Cuchillo

Cuchillo

Jo Nesbø

Traducción de
Lotte Katrine Tollefsen

R

ROJA Y NEGRA

PRIMERA PARTE

1

Un vestido deshilachado se agitaba en la rama de un pino podrido. El anciano rememoró una canción de su juventud que hablaba de un vestido tendido a secar. Pero ese vestido no ondeaba al viento del sur como el de la canción, sino en la corriente helada de un río. Ahí, en el fondo del río, todo estaba en silencio. Aunque eran las cinco de la tarde de un día de marzo, y según el parte meteorológico el cielo estaba despejado, allí llegaba muy poco de la luz del sol tras pasar por el filtro de una capa de hielo y cuatro metros de agua. Por eso el pino y el vestido se encontraban en una extraña penumbra verdosa. Era un vestido de verano, pensó, blanco con lunares azul claro. Puede que hubiera sido de algún color vivo, no sabía, dependía de cuánto tiempo llevara atrapado en la rama. El vestido oscilaba en la imparable corriente, que lo lavaba y lo acariciaba cuando el río llevaba poca agua, y que tiraba de él y lo rasgaba cuando la corriente era intensa, y lo rompía en pedazos. El anciano pensó que, visto así, el vestido deshilachado era como él. Una vez ese vestido había tenido valor para alguien, para una joven o una mujer, para la mirada de un hombre o los brazos de un niño. Pero ahora estaba igual que él mismo, perdido, extraviado, sin sentido, atrapado, detenido, mudo. Solo era cuestión de tiempo que la corriente arrancara el último resto de lo que había sido en el pasado.

—¿Qué miras? —oyó decir a sus espaldas.

Desafiando sus dolores musculares, giró la cabeza y alzó la mirada. Advirtió que era un cliente nuevo. El viejo estaba perdiendo la memoria, pero nunca olvidaba una cara que hubiera pasado por Simensen Caza & Pesca. Ese cliente en particular no quería ni armas, ni municiones. Con un poco de práctica aprendías a interpretar su mirada, sabías quiénes pertenecían a esa parte de la humanidad que había perdido el instinto asesino: los rumiantes. No compartían el secreto de la otra mitad según el cual no hay nada que haga sentirse más intensamente vivo a un hombre que introducir una bala en un mamífero grande y cálido. El viejo apostó a que el cliente venía en busca de una cuchara de pesca o de las cañas que colgaban de los anaqueles, encima y debajo de la gran pantalla de televisión, tal vez una de las cámaras de caza que estaban al final de la tienda.

–Está mirando el río Haglebu. –Fue Alfons quien contestó. Su yerno se había aproximado y se balanceaba sobre los talones, las manos metidas en los bolsillos del largo chaleco de cuero que siempre llevaba en el trabajo–. El verano pasado pusimos una cámara submarina en colaboración con el fabricante. Así que ahora tenemos retransmisión en directo, las veinticuatro horas, de la escalera de peces que pasa por la cascada de Norafoss y vemos el momento preciso en el que los salmones empiezan a ascender por el río.

–¿Y cuándo es eso?

–Hay unos pocos peces despistados en abril y mayo, pero la avalancha no se produce hasta junio. La trucha tiene que desovar antes que el salmón.

El cliente sonrió al anciano.

–Empiezas un poco pronto, ¿no? ¿O ya has visto algún pez?

El viejo abrió la boca. Pensó las palabras que quería pronunciar, no las había olvidado. Pero no consiguió decir nada. Cerró la boca.

–Afasia –dijo Alf.

–¿Qué?

–Infarto cerebral. No habla. ¿Buscas algo para pescar?

–Una cámara de caza –dijo el cliente.

—¿Así que eres cazador?

—Pues no, la verdad. Encontré unos excrementos junto a mi cabaña, en Sørkedalen, y no se parecían a nada que hubiera visto antes, así que hice una foto, la publiqué en Facebook y pregunté qué era. Enseguida me respondieron unos montañeros. Un oso. ¡Un oso! En el bosque, a veinte minutos en coche y media hora a pie de aquí, en el centro de la capital de Noruega.

—Es fantástico.

—Depende de lo que quieras decir con fantástico. Como ya he dicho tengo allí mi cabaña, llevo a mi familia. Quiero que alguien le pegue un tiro al bicho ese.

—Soy cazador, así que entiendo perfectamente lo que quieres decir, pero sabes que incluso en Noruega, donde hace unos años había muchos osos, no se ha registrado prácticamente ningún ataque mortal en los últimos doscientos años.

Once, pensó el viejo. Once personas desde 1800. El último en 1906. Puede que hubiera perdido la capacidad de hablar y la motricidad, pero no la memoria. Y siempre tenía las ideas claras. Bueno, casi siempre. A veces se desconcertaba un poco, entonces veía que su yerno Alf y su hija Mette intercambiaban miradas y comprendía que se había liado. Al principio, cuando se hicieron cargo de la tienda que él había fundado y administrado durante cincuenta años, resultaba útil. Pero ahora, después del último derrame, solo estaba ahí sentado. No es que fuera para tanto. No, después de la muerte de Olivia ya no le pedía mucho a lo que le quedara de vida. Le bastaba con poder estar cerca de la familia, comer caliente todos los días, sentarse en una silla en la tienda y observar una pantalla de televisión, un programa infinito, sin sonido, en el que las cosas sucedían a su ritmo, donde lo más emocionante que podía ocurrir era que el primer salmón listo para desovar ascendiera por la escalera de peces.

—Pero eso no quiere decir que no pueda volver a ocurrir. —El viejo oía la voz de Alf, que se había llevado al cliente hacia el expositor de las cámaras de caza—. Por mucho que ese animal parezca un osito de peluche, todos los carnívoros matan. Claro que debes hacerte con una cámara, así sabrás si el animal se ha

11

instalado cerca de tu cabaña o solo pasaba por allí. Por cierto que el oso pardo sale de su guarida más o menos por estas fechas, y está hambriento. Así que pon una cámara donde encontraste los excrementos, o junto a la cabaña.

—¿Y la cámara va dentro de la caja nido para pájaros?

—Esta caja nido, como tú la llamas, protege del viento y la lluvia y de animales curiosos. Es una cámara sencilla y económica. Funciona con una lente de Fresnel que detecta los infrarrojos que emite el calor que desprende el animal, una persona o cualquier otra cosa. Cuando se altera su entorno, la cámara se enciende automáticamente.

El viejo escuchaba solo a medias, porque algo había captado su atención. Algo que ocurría en la pantalla. No veía lo que era, pero la pantalla verde había adquirido un tono más claro.

—La grabación se almacena en una memoria USB que lleva la cámara, luego puedes verla en el ordenador.

—Eso es fantástico.

—Sí, pero tienes que ir en persona a comprobar la cámara para ver si hay imágenes grabadas. Si optas por este modelo, un poco más caro, recibirás un mensaje de texto en tu teléfono cada vez que se tomen fotos. La alternativa es este modelo puntero que también tiene una memoria USB, pero además te manda la grabación directamente al teléfono o a tu dirección de correo electrónico. Puedes quedarte en el salón de tu casa y solo ir a cambiar las pilas de la cámara de vez en cuando.

—¿Y si el oso aparece de noche?

—Las cámaras tienen luces Black Led o White. Luz invisible que evita que el animal se asuste.

Luz. El viejo la vio claramente. Era un haz de luz que entraba siguiendo la corriente por la derecha. Atravesó la luz verde, iluminó el vestido, y por un instante sobrecogedor imaginó a una chica que por fin vuelve a la vida y baila de felicidad.

—¡Parece ciencia ficción!

El anciano abrió la boca cuando vio aparecer una nave espacial en la pantalla. El interior estaba iluminado y flotaba a un metro y medio del lecho del río. Arrastrada por la corriente impactó con una gran roca y, a cámara lenta, giró mientras las luces de los faros barrían el fondo del río, y, cuando iluminaron la cámara, deslumbraron al viejo un instante. Por fin la embarcación flotante quedó atrapada entre las gruesas ramas del pino y se detuvo por completo. El anciano sintió que se le aceleraba el corazón. Era un coche. La luz del interior estaba encendida y pudo ver que el coche estaba lleno de agua casi hasta el techo. Y había alguien dentro. Una persona que estaba incorporada sobre el asiento del conductor mientras presionaba con desesperación la cabeza hacia el techo, era evidente que para respirar. Una de las ramas podridas que sujetaba el coche se partió y la corriente la arrastró.

—Las imágenes no son tan nítidas y definidas como las que proporciona a la luz del día, y son en blanco y negro. Pero si la lente no está cubierta de vaho o algún otro impedimento, podrás ver a tu oso, sí.

El viejo pegaba patadas al suelo intentando llamar la atención de Alf. La persona del coche pareció coger aire y bucear. Su cabello corto de punta oscilaba y tenía las mejillas infladas. Golpeó con las dos manos la ventanilla del lado de la cámara, pero el agua le restaba fuerza al impacto. El viejo había clavado los brazos en la silla e intentaba ponerse de pie, pero los músculos no le obedecían. Se fijó en que una de las manos tenía el dedo corazón gris. El hombre dejó de dar golpes y estampó la frente en el cristal. Parecía que se había rendido. Otra rama se partió y la corriente siguió tirando sin descanso para soltar el coche, pero el pino aún no quería dejarlo ir. El viejo miró fijamente el rostro atormentado que se pegaba al interior de la ventanilla. Ojos azules desorbitados. Una cicatriz dibujaba un arco amoratado desde la comisura del labio hasta la oreja. El viejo había logrado levantarse de la silla y dio dos pasos tambaleantes hacia la estantería de las cámaras de caza.

—Perdón —le dijo Alf al cliente—. ¿Qué pasa, padre?

El anciano gesticuló hacia el televisor que tenía a su espalda.

—¿De verdad? —dijo Alf incrédulo y se acercó con paso rápido al televisor.

—¿Peces?

El viejo negó con la cabeza y volvió a girarse hacia la pantalla. El coche. Había desaparecido. Y todo volvía a ser como antes. El fondo del río, el pino muerto, el vestido, la luz verde que atravesaba el hielo. Como si no hubiera ocurrido nada. El viejo volvió a dar patadas al suelo y señaló la pantalla.

—Vamos, tranquilo padre. —Alf le dio una amistosa palmadita en la espalda—. Es pronto para que desoven. Ya lo sabes —dijo, y volvió con el cliente a las cámaras de caza.

El viejo miraba a los dos hombres que le daban la espalda mientras la desesperación y la ira lo invadían. ¿Cómo podría explicar lo que acababa de ver? El médico había dicho que cuando el derrame afectaba tanto al lóbulo frontal como al lóbulo parietal no solo interfería en la capacidad de hablar, sino que con frecuencia se veía mermada la capacidad de comunicarse en general. También la escritura o los gestos. Volvió a la silla con paso inseguro. Miraba el río que fluía y fluía. Impertérrito. Impasible. Inalterable. Pasados un par de minutos notó que su corazón latía con más calma. Quién sabe, tal vez no hubiera ocurrido. Quizá solo fuera un breve atisbo del siguiente paso hacia la oscuridad total de la vejez. O, en este caso, su colorido mundo de alucinaciones. Observó el vestido. Por un instante, cuando creyó que lo iluminaban los faros del coche, le pareció que veía a Olivia bailando con ese vestido. Y tras la ventanilla del coche, en el interior iluminado, había distinguido una cara que había visto antes. Que recordaba. Y las únicas caras que todavía recordaba era las que veía allí dentro, en la tienda. Y a este hombre lo había visto dos veces. Los ojos azules, la cicatriz amoratada. Las dos veces compró una cámara de caza. Hacía poco que la policía había venido a preguntar por él. El viejo podría haberles contado que era un hombre alto. Y que tenía esa mirada. La mirada que revelaba que conocía el secreto. Que significaba que no era un rumiante.

2

Svein Finne se inclinó sobre la mujer y le puso una mano sobre la frente. Estaba húmeda de sudor. Los ojos que le observaban desde abajo estaban desorbitados por el dolor. O el terror. Apostó que era sobre todo terror.

—¿Me tienes miedo? —susurró.

Ella asintió y tragó saliva. Siempre le había parecido hermosa. Cuando iba y volvía a su casa, en el gimnasio, cuando se acomodaba a unos pocos asientos de ella en el metro y dejaba que lo viera. Solo para que lo supiera. Pero nunca la había encontrado tan hermosa como ahora, tumbada tan indefensa, tan a su arbitrio.

—Te prometo que será rápido, amada —susurró.

Ella tragó saliva. Qué asustada estaba. Tal vez debería besarla.

—Un cuchillo en la barriga —susurró—. Y todo habrá pasado.

Ella cerró los ojos con fuerza y dos lágrimas transparentes se abrieron paso entre sus pestañas.

Svein Finne rio por lo bajo.

—Sabías que vendría. Sabías que no podía dejarte ir. Era una promesa.

Pasó el dedo índice por la mezcla de sudor y lágrimas de su mejilla. Vio uno de sus ojos por el agujero que tenía en la palma de la mano, en el ala del halcón. Era resultado de la bala de un policía, en aquellos tiempos un hombre joven. Habían condenado a Svein Finne a veinte años de cárcel por dieciocho delitos de abusos sexuales, y él no había negado los hechos en sí, pero sí había protestado por que los calificaran de «abusos», y por que condenaran a un hombre como él en base a actos de ese tipo. Pero el juez y el jurado fueron de la opinión de que el Código Penal de Noruega estaba por encima de las leyes de la naturaleza. Allá ellos.

Su ojo le miraba fijamente a través del cráter.

—¿Estás lista, mi amor?

—No me llames así —gimió ella. Más como un ruego que como una orden—. Y no digas cuchillo…

Svein Finne suspiró. ¿Por qué a la gente le daba tanto miedo el cuchillo? Había sido la primera herramienta de la humanidad, y les había llevado dos millones y medio de años acostumbrarse a ella. A pesar de eso la gente era incapaz de ver la hermosura de algo que les había posibilitado bajarse de los árboles. Caza, albergue, agricultura, alimento, protección. El cuchillo creaba tanta vida como la que arrebataba. No podías tener lo uno sin lo otro. Solo quienes lo comprendían, los que asumían las consecuencias de su humanidad, sus orígenes, podían amar el cuchillo. Temer y amar. De nuevo, dos caras de la misma moneda.

Svein Finne levantó la vista hacia los cuchillos que estaban sobre la encimera, a su lado. Listos para usar. Para elegir. Era importante elegir el cuchillo adecuado para cada trabajo. Estos cuchillos eran buenos, apropiados para su función, de excelente calidad. Pero eso sí, les faltaba lo que Svein Finne buscaba en un cuchillo. Personalidad. Espíritu. Magia. Antes de que el joven y alto policía de pelo rebelde lo hubiera estropeado todo, Svein Finne tenía una colección de veintiséis cuchillos.

El mejor era un cuchillo de Java. Largo, delgado y asimétrico, como una serpiente contorsionada con mango. De una belleza pura, como una mujer. Quizá no era el más eficaz de los cuchillos, pero aunaba el efecto hipnótico de la serpiente y el de una mujer hermosa, lograba que la gente hiciera exactamente lo que uno les ordenaba. Sin embargo, el arma asesina más eficaz de la colección era un rampuri, el favorito de la mafia india. Despedía frío, como si fuera de hielo, y era tan feo que resultaba fascinante. En el karambite, que tenía la forma de la garra de un tigre, se combinaban la belleza y la eficacia. Pero su belleza tal vez fuera excesivamente calculada, como una prostituta que fuera demasiado maquillada y con un vestido exageradamente ajustado y escotado. A Svein Finne no le gustaban así. Le gustaban inocentes. Virginales. Y a poder ser, sencillas. Como su cuchillo favorito de toda la colección. Un puukko finlandés. El mango era de madera oscura, color nuez, sin hoja, corto, con una estría y el filo se combaba para terminar en punta. Había comprado el puukko en Turko y, dos días después, lo empleó para explicarle la situación a una chica regordeta de dieciocho años que trabajaba completamente sola en una gasolinera Neste, en las afueras de Helsinki. Ya había empezado a tartamudear un poco, como siempre que tenía un acto sexual en perspectiva. No era un síntoma de falta de control, al contrario, era el efecto de la dopamina. La confirmación de que la fuerza seguía siendo igual de intensa tras setenta años en este mundo. Había tardado exactamente dos minutos y medio desde que entró por la puerta, la sujetó contra el mostrador, le cortó los pantalones, la fecundó, cogió su tarjeta identificativa, anotó el nombre y la dirección de Maalin, y volvió a salir. Dos minutos y medio. ¿Cuánto tiempo le había llevado la fecundación en sí? El coito de un chimpancé tenía una duración media de ocho segundos, ocho segundos en los que los dos monos se encontraban indefensos en un mundo de alimañas que los amenazaban constantemente. Un gorila, que tenía menos enemigos naturales, podía extender el placer a un minuto. Pero un hombre disciplinado en territorio enemigo debía sacrificar el placer en aras de un fin más elevado: la reproducción. Igual que un atraco a un banco nunca debe durar más de cuatro minutos, una fecundación en un lugar público nunca debe llevar más de dos y medio. La evolución le daría la razón, solo era cuestión de tiempo.

Pero ahora, aquí, estaban en lugar seguro. Además, no iba a producirse fecundación alguna. No es que no tuviera ganas, las tenía. Iba a ser penetrada por un cuchillo, nunca tendría sentido intentar embarazar a una mujer si en ningún caso habría descendencia. En ese caso, un hombre disciplinado reservaba su valioso semen.

—Debo llamarte amada cuando estamos prometidos —susurró Svein Finne.

Ella lo miró con los ojos oscurecidos por el terror. Negros, como si ya se hubieran apagado. Como si ya no hubiera ninguna luz de la que protegerse.

—Sí, estamos prometidos —rio por lo bajo y apretó sus gruesos labios contra los de ella.

Le secó instintivamente los labios con la manga de la camisa de franela para no dejar rastro de saliva.

—Y esto es lo que te prometí —dijo bajando la mano entre sus pechos hasta el estómago.

3

Harry despertó. Algo iba mal. Sabía que pronto recordaría de qué se trataba, que solo tendría esos escasos y benditos segundos antes de que la realidad le sacudiera como un puñetazo. Abrió los ojos y enseguida se arrepintió. Era como si la luz del día que atravesaba la ventana sucia, mugrienta, e iluminaba el pequeño salón vacío, se abriera paso sin encontrar obstáculo hasta un punto doloroso detrás de sus ojos. Volvió a buscar refugio tras los párpados y recordó lo que había soñado. Con Rakel, por supuesto. Al principio era el mismo sueño que había tenido muchas veces: era una mañana de hacía muchos años, poco después de conocerse. Ella tenía la cabeza apoyada en su pecho y él le preguntaba si estaba comprobando que lo que decían era cierto: que él no tenía corazón. Rakel había prorrumpido en esa risa que él amaba, al punto que era capaz de hacer cualquier idiotez para provocarla. Ella había levantado la cabeza, le había mirado con sus cálidos ojos castaños, heredados de su madre austríaca, y le había respondido que tenían razón, pero que le daría la mitad del suyo. Y así lo hizo. El corazón de Rakel era tan grande que había bombeado la sangre por su cuerpo, le había descongelado, le había convertido en un auténtico ser humano. En un esposo. En el padre de Oleg, el chico serio e introvertido al que Harry había acabado por querer como si fuera su hijo. Harry había sido feliz. Y estaba aterrorizado. Felizmente ignorante de *qué* iba a pasar, pero infelizmente sabedor de que *algo* pasaría, de que no había nacido para tanta felicidad. Muerto de miedo ante la idea de perder a Rakel. Porque medio corazón no podía latir sin el otro medio, él lo sabía, Rakel lo sabía. Entonces, si no podía vivir sin ella ¿por qué en el sueño de esa noche había huido de ella?

No lo sabía, no lo recordaba, pero Rakel había reclamado la mitad de su corazón, había escuchado los latidos ya débiles, había dado con él y había llamado a su puerta.

Por fin sintió el impacto del puño aproximándose. La realidad. Que ya había perdido a Rakel.

Y que no era él quien había huido, sino ella quien le había echado.

A Harry le faltaba el aire. Un sonido se abrió paso por su canal auditivo y supo que el dolor no solo estaba localizado detrás de sus ojos, sino que todo su cerebro era un gran foco de sufrimiento. También advirtió que era el mismo sonido que había desencadenado el sueño para luego despertarlo. Alguien estaba llamando a la puerta. La estúpida, molesta y fiel esperanza volvía a asomar la cabeza.

Sin abrir los ojos, Harry estiró la mano desde el sofá cama hacia la botella de whisky que estaba en el suelo, la tiró, y por el sonido hueco que hizo al rodar por el parqué gastado supo que estaba vacía. Se obligó a abrir los ojos. Observó la mano que colgaba como una zarpa voraz, la larga prótesis de titanio. Tenía la mano ensangrentada. Joder. Se olió los dedos mientras intentaba recordar cómo había acabado el día anterior, si hubo mujeres. Apartó el edredón y echó una mirada a su cuerpo de metro noventa y tres de largo, desnudo y delgado. Hacía tan poco tiempo que había recaído que aún no se veían los efectos físicos, pero si ocurría lo de las otras veces, la masa muscular se iría esfumando semana a semana y la piel, que ya era de un blanco grisáceo, palidecería aún más. Se convertiría en un fantasma y acabaría por desaparecer del todo. Ese era el objetivo final que perseguía bebiendo, ¿o no?

Gimiendo, se impulsó hasta sentarse. Miró a su alrededor. Había regresado al punto de partida, de donde había salido antes de volver a ser una persona, pero ahora había descendido un escalón más. No sabía si era una ironía del destino, pero el apartamento de un dormitorio, cuarenta metros cuadrados, que un policía joven le había prestado primero y alquilado después, estaba debajo del piso en el que vivía antes de mudarse con Rakel a su casa de madera de Holmenkollen. Al marcharse de allí, Harry compró un sofá cama en IKEA. Este, unido a la estantería con los vinilos de detrás del sofá, la mesa, el espejo que todavía estaba apoyado en la pared y la cómoda del recibidor, constituía todo el mobiliario. Harry no estaba muy seguro de si era consecuencia de su falta de iniciativa o si intentaba convencerse de la provisionalidad de su situación y de que ella volvería a aceptarle cuando se lo pensara un poco.

Comprobó si tenía ganas de vomitar. Bueno, parecía que podía controlarlas. Era como si, después de un par de semanas, el cuerpo se acostumbrara al veneno, tolerara las dosis. Y exigiera que las aumentara. Miró fijamente la botella de whisky vacía que se había asentado entre las plantas de sus pies. Peter Dawson Special. No era especialmente bueno. Jim Bean era bueno, y lo envasaban en botellas cuadradas que no ruedan por el suelo. Pero Dawson era especialmente barato, y un alcohólico sediento con sueldo de agente de policía y la cuenta a cero no podía permitirse exquisiteces. Miró el reloj. Las cuatro menos diez. Le quedaban dos horas y diez minutos antes de que cerrara el monopolio estatal donde vendían bebidas alcohólicas.

Respiró hondo y se levantó. Le estallaba la cabeza. Se tambaleó, pero seguía de pie. Se miró en el espejo. Era un pez del fondo marino al que habían sacado a la superficie tan deprisa que los ojos y las entrañas querían salírsele del cuerpo; un pez al que habían arrastrado con tanta fuerza que el anzuelo le había rasgado la mejilla y le había dejado una cicatriz rosada con forma de hoz desde la comisura izquierda de la boca hasta la oreja. Buscó bajo el edredón, pero no encontró ningún calzoncillo; se puso los vaqueros que estaban en el suelo y salió al recibidor. Tras el rugoso cristal de la puerta se dibujaba una silueta oscura. Era ella, había vuelto. Pero eso mismo había pensado la última vez que llamaron al timbre. Entonces resultó ser un hombre que explicó que venía de la compañía eléctrica Hafslund Strøm para cambiar los contadores de la luz por otros nuevos, modernos, con los que se podía medir el consumo hora a hora hasta el último vatio. Añadió que todos sus clientes lo tenían ya y podían saber exactamente a qué hora habían encendido la vitrocerámica, o cuando apagaron el flexo. Harry le explicó que no tenía cocina y que, si la tuviera, no querría saber cuándo la usaba y cuándo no. Y cerró la puerta.

Pero esta vez la silueta que veía tras la puerta era la de una mujer. De su altura, de su complexión. ¿Cómo había entrado en el portal?

Abrió.

Eran dos. Una mujer que no había visto nunca y una niña tan pequeña que no alcanzaba al cristal de la puerta. Al ver la hucha que le tendía comprendió que habrían llamado al interfono y otro vecino las había dejado entrar.

—Se trata de la acción solidaria —dijo la mujer.

Las dos llevaban un chaleco naranja con el logotipo de la Cruz Roja.

—Creía que era en otoño —dijo Harry.

Ella y la niña le miraban en silencio. Algo que primero interpretó como animadversión, como si las hubiera acusado de estafa. Luego comprendió que era desprecio, probablemente porque estaba a medio vestir y apestaba a alcohol a las cuatro de la tarde. Y encima ignoraba esa campaña nacional puerta por puerta que la televisión estaría retransmitiendo. Harry se preguntó si se avergonzaba. Sí. Un poco. Metió la mano en el bolsillo del pantalón, donde solía llevar el efectivo cuando estaba de borrachera, porque sabía por experiencia que no era recomendable llevarse la tarjeta de crédito.

Sonrió a la niña, que miraba con los ojos muy abiertos su mano ensangrentada mientras metía un billete doblado por la ranura de la hucha sellada. Antes de que el billete desapareciera vio el destello de un bigote. El bigote de Edvard Munch.

—Joder —dijo Harry y volvió a meterse la mano en el bolsillo.

Estaba vacío, exactamente igual que su cuenta corriente.

—¿Perdón? —dijo la mujer.

—Creí que era un billete de doscientos, pero os he dado a Munch. Un billete de mil.

—Vaya.

—Podríais… esto… ¿devolvérmelo?

La niña y la mujer le miraron en silencio. La niña levantó con cuidado la hucha, para que pudiera ver mejor el sello de plástico sobre el logo de la campaña.

—Entiendo —susurró Harry—. ¿Y si me dierais el cambio?

La mujer sonrió como si fuera un chiste, y él le devolvió la sonrisa como para asegurarle que así era, mientras su cerebro buscaba desesperadamente la solución al problema. Doscientas noventa y nueve coronas con noventa céntimos antes de las seis. O ciento sesenta y nueve con noventa para media botella.

—Consuélate con que el dinero es para gente necesitada —dijo la mujer llevando a la niña hacia la escalera y la puerta contigua.

Harry cerró la puerta, entró en la cocina y se lavó la sangre de la mano; sintió un dolor abrasador. En el salón miró a su alrededor y se fijó en que el edredón tenía la marca de una mano ensangrentada. Se puso a cuatro patas y encontró el teléfono móvil debajo del sofá. Ningún SMS. Solo tres llamadas de la noche anterior, una de Bjørn Holm, técnico criminalista y natural de Toten, y dos de Alexandra de Medicina Legal. Harry y ella habían intimado por primera vez hacía poco, después de la expulsión, pero a juzgar por lo que sabía y recordaba de ella, Alexandra no era de las que consideraban que la menstruación era un motivo para cancelar una cita. La primera noche, cuando ella le ayudó a volver a casa y los dos habían buscado sin suerte las llaves en sus bolsillos, había abierto la cerradura en un momento con una ganzúa a una velocidad inquietante. Luego los tumbó, a él y a ella misma, en el sofá cama. Cuando se despertó ya no estaba, le había dejado una nota dando las gracias por los servicios prestados. Así que la sangre podría ser suya, claro.

Harry cerró los ojos e intentó concentrarse. Recordaba vagamente los acontecimientos de las últimas semanas y su cronología, pero en cuanto a la noche y la madrugada pasadas, estaba en blanco. Totalmente en blanco, la verdad. Abrió los ojos, contempló su dolorida mano derecha. Tres nudillos ensangrentados, descarnados, con sangre coagulada alrededor. Habría pegado a alguien. Tres nudillos equivalían a varios golpes. Descubrió que también tenía sangre en los pantalones. Demasiada para que procediera solo de los nudillos. Y no era sangre menstrual.

Harry quitó la funda del edredón mientras devolvía la llamada a Bjørn Holm. Oyó la vibración al otro lado y supo que en algún lugar estaba sonando una canción especial de Hank Williams, una que según aseguraba Bjørn trataba de un técnico criminalista como él.

—¿Qué tal estás? —oyó que decía la bienintencionada voz de Toten de Bjørn.

—Depende —dijo Harry entrando en el baño—. ¿Tienes trescientas coronas para prestarme?

—Es domingo, Harry. El monopolio está cerrado.

—¿Domingo? —Harry pisoteó los pantalones y los echó junto con el edredón a la cesta de la ropa sucia, que ya estaba a tope—. Joder, vaya mierda.

—¿Algo más?

—Veo que me llamaste hacia las nueve.

—Sí, pero no me contestaste.

—No, parece que el teléfono ha estado debajo del sofá las últimas veinticuatro horas. Estaba en Jealousy.

—Eso pensé, así que llamé a Øystein y me dijo que estabas allí.

—¿Y?

—Fui para allá. ¿De verdad que no te acuerdas de nada?

—Joder, joder. ¿Qué pasó?

Harry oyó el suspiro de su colega y lo imaginó poniendo en blanco sus saltones ojos de besugo en su rostro redondo y pálido, enmarcado por una gorra y las patillas más grandes y pelirrojas de toda la comisaría.

—¿Qué quieres saber?

—Solo lo que creas que debo saber —dijo Harry y vio algo en la cesta de la ropa sucia.

El cuello de una botella que asomaba entre calzoncillos usados y camisetas. La agarró. Jim Bean. Vacía, ¿o no? Desenroscó el tapón, se la llevó a la boca y echó la cabeza hacia atrás.

—Ok. Esta es la versión resumida —dijo Bjørn—. Cuando llegué al Jealousy Bar eran las 21.25, estabas borracho, y cuando me fui a las 22.30, llevabas todo el tiempo hablando sin parar de una cosa. De una persona. Adivina quién.

Harry no respondió, miró bizqueando al interior de la botella boca abajo y observó la gota que se deslizaba hacia la abertura.

—Rakel —concluyó Bjørn—. Te quedaste frito en el coche, conseguí meterte en casa y eso fue todo.

Harry vio que la gota avanzaba muy despacio y apartó la botella.

—Mmmm. ¿Eso fue todo?

—Esa es la versión resumida.

—¿Nos peleamos?

—¿Tú y *yo*?

—Dado el énfasis que has puesto en la palabra «yo», parece que al menos yo sí me peleé. ¿Con quién?

—Bueno, parece que el nuevo propietario del Jealousy se llevó alguna bofetada.

—¿Bofetada? Me he despertado con tres nudillos ensangrentados y hay sangre en los pantalones.

—Con el primer golpe le atizaste en la nariz y salió sangre a chorros. Pero luego se agachó, y le diste a la pared de cemento. Más de una vez. Creo que la pared todavía debe estar manchada de sangre tuya.

—¿Pero Ringdal no se defendió?

—La verdad es que estabas tan pedo que no tenías capacidad de dañar a nadie, Harry. Øystein y yo te paramos antes de que te hicieras más daño.

—Joder, estoy pasadísimo.

—Bueno, el tal Ringdal se merecía esa bofetada. Puso el vinilo ese, *White Ladder*, y pretendía repetir. Pero entonces tú empezaste a echarle la bronca por haberse cargado la buena reputación del bar que, según afirmabas, habíais levantado tú, Øystein y Rakel.

—¡Es que fue así! Ese bar era una mina de oro, Bjørn. Dejé que se lo quedara por menos de nada y solo le exigí una cosa: que se resistiera a la mierda, que pusiera música decente.

—¿Tu música?

—Nuestra música, Bjørn. Tuya, mía, la de Øystein, la de Mehmet..., ¡nada de la mierda de David Gray!

—Tal vez deberías haber definido lo que... ¡Uy! El niño está llorando, Harry.

—Ah, sí. Perdona. Y gracias. Siento lo de ayer. Joder, parezco un payaso. Vamos a colgar. Recuerdos a Katrine.

—Está trabajando.

Colgaron. Y en el mismo instante, como si fuera un destello de luz, Harry vio algo. Fue tan rápido que no pudo ver de qué se trataba pero, de pronto, su corazón latía tan deprisa que le faltaba el aire.

Harry miró la botella que seguía sujetando boca abajo. La gota se había derramado. Bajó la vista. Una gota marrón brillaba sobre un sucio azulejo blanco.

Suspiró. Desnudo, se agachó, sintió el frío de los azulejos en las rodillas. Sacó la lengua, tomó aire y se agachó con la frente hacia el suelo, como si se dispusiera a rezar.

Harry bajaba por la calle Pilestredet a grandes zancadas. Las botas Dr. Martens dejaban huellas negras en la fina capa de nieve que había caído la noche anterior, como si el oblicuo sol de primavera hiciera lo posible por fundirla antes de esconderse tras las fachadas más antiguas de la ciudad, todas de cuatro o cinco pisos de altura. Oyó el golpeteo rítmico de la gravilla que llevaba incrustada en el grueso dibujo de las suelas contra el asfalto, mientras pasaba frente a los edificios más altos y modernos que habían levantado en la parcela que ocupara el Hospital Central, Rikshospitalet, donde había nacido hacía casi cincuenta años. Observó las últimas muestras de arte callejero en la fachada del centro Blitz, el que una vez fuera un bloque cutre, okupado, el fuerte del movimiento punk. Allí Harry había ido a conciertos de calidad dudosa en su adolescencia, aunque nunca llegó a formar parte del movimiento. Pasó por delante del Rex Pub, donde se había emborrachado cuando el local era otra cosa, despachaban la pinta de cerveza más barata, los seguratas de la puerta eran más flexibles y lo frecuentaba gente del mundillo del jazz. Pero tampoco había pertenecido a ese mundillo. Ni a la congregación de los redimidos de Filadelfia, que hablaban en varias lenguas, en la acera de enfrente. Pasó por delante del juzgado. ¿A cuántos asesinos había conseguido que condenaran allí? A muchos. No los suficientes. Porque no eran los que capturabas los que regresaban a tus pesadillas, eran los que se libraban, y sus víctimas. Pero había cogido bastantes como para hacerse un nombre, adquirir cierta reputación. Para lo bueno y para lo malo. En parte su fama se debía a que había sido, directa o indirectamente, el responsable de la muerte de algunos colegas. Llegó a la calle de Grønlandsleiret. Allí, en los años setenta, esa Oslo que albergaba una sola etnia por fin se había abierto al mundo, o tal vez fuera al contrario. Los restaurantes árabes, tiendas con verduras importadas y especias de Karachi, mujeres somalíes cubiertas con el hiyab dando un paseo dominical con el cochecito del niño y los hombres charlando animadamente entre ellos tres pasos por detrás. Harry también reconoció un par de pubs de la época en que Oslo tenía una clase obrera blanca que vivía en ese barrio. Pasó por delante de la iglesia de Grønland y subió hacia el palacio de cristal en la cima del parque. Se detuvo antes de empujar la pesada puerta de acceso metálica y con ojos de buey. Contempló Oslo. Fea y hermosa. Fría y cálida. Algunos días amaba esta ciudad, otros la odiaba. Pero nunca podría abandonarla. Tomarse un descanso, dejarla una temporada, eso sí. Pero no abandonarla para siempre. No como había hecho ella con él.

Esperó a que el guardia le permitiera el acceso y se desabrochó el chaquetón marinero mientras esperaba el ascensor. Cuando se abrieron las puertas notó que no había parado de sudar y temblar. Comprendió que ese día no podría usar el ascensor, así que se dio la vuelta para empezar a subir las escaleras hasta el sexto piso.

—¿Trabajando en domingo? —dijo Katrine Bratt y levantó la vista del ordenador cuando Harry entró en su despacho sin pedir permiso.

—Lo mismo digo. —Harry se dejó caer en la silla que había delante de la mesa.

Sus miradas se cruzaron.

Harry cerró los ojos, se repantingó en la silla y estiró las piernas por debajo del escritorio que había pertenecido a Gunnar Hagen. Katrine había hecho pintar las paredes de un color claro y había lijado el parqué; por lo demás el despacho del jefe de sección era el mismo. Y aunque Katrine Bratt era la nueva responsable de la sección de Delitos Violentos y había sido madre recientemente, Harry todavía podía ver a la chica salvaje de ojos oscuros que había llegado de la comisaría de Bergen con un plan e ideas propias, una chica que llevaba un flequillo negro y una cazadora del mismo color y cuya figura contradecía la hipótesis de que en Bergen no existía el género femenino, una chica a la que los colegas de Harry devoraban con la mirada. Las razones por las que ella solo tenía ojos para Harry fueron las paradojas de siempre. Su mala fama. Que ya estaba comprometido. Y que la había ignorado en todos los aspectos que no fueran el de compañera de trabajo.

—Puede que me equivoque —bostezó Harry—. Pero al teléfono casi me ha parecido que a tu chico de Toten le encanta estar de baja paternal.

—Así es —dijo Katrine tecleando en el ordenador—. ¿Y tú? ¿Llevas bien…?

—¿La baja marital?

—Iba a preguntarte si te gusta haber vuelto a la sección de Delitos Violentos.

Harry abrió un ojo.

—¿Con las funciones de un agente sin categoría?

Katrine suspiró.

—Era lo mejor que Gunnar y yo podíamos ofrecerte en las presentes circunstancias, Harry. ¿Qué te esperabas?

Harry dejó que su ojo abierto recorriera el despacho mientras meditaba sobre qué había esperado. ¿Que Katrine le hubiera dado a su despacho un toque femenino? ¿Que a él se le concediera la misma libertad de acción que cuando dejó de ser investigador de homicidios para trabajar de profesor de la Academia Superior de Policía, se casó con Rakel e hizo un intento de vivir una vida tranquila y sobria? Claro que no habían podido ofrecerle eso. Katrine, con la bendición de Gunnar Hagen y la ayuda de Bjørn, le había sacado literalmente de la cuneta y le había proporcionado un lugar donde trabajar, una razón para levantarse, otra cosa en la que pensar que no fuera Rakel, una excusa para no matarse bebiendo. La prueba de que estaba peor, de que había caído más bajo de lo que jamás habría creído posible, era que hubiera aceptado clasificar documentos y revisar casos fríos. Aunque la experiencia le había demostrado que siempre era posible caer más bajo. Así que Harry carraspeó:

—¿No tendrás quinientas coronas para prestarme?

—Joder, Harry. —Katrine le miró desconsolada—. ¿Por eso has venido? ¿No tuviste suficiente ayer?

—No es así como funciona —dijo Harry—. ¿Fuiste tú quién mandó a Bjørn a recogerme?

—No.

—Entonces ¿cómo dio conmigo?

—Todo el mundo sabe dónde pasas las noches, Harry. Aunque da que pensar eso de que elijas precisamente el bar que acabas de vender.

—Antes de negarse a servir al anterior propietario se lo piensan.

—Puede que fuera así hasta ayer. Según Bjørn el último recado que te dio el propietario es que tienes prohibida la entrada de por vida.

—¿De verdad? No recuerdo una mierda.

—Deja que te ayude un poco. Intentaste convencer a Bjørn para que te ayudara a denunciar al Jealousy en comisaría por la música que ponen, luego para que llamara a Rakel y la convenciera de que recapacitara. Desde su teléfono, puesto que te habías dejado el tuyo en casa y además dudabas que ella respondiera si veía tu nombre en la pantalla.

—Dios mío —gimió Harry y escondió la cara entre las manos mientras se masajeaba la frente.

—No te lo estoy contando para torturarte, sino para que veas lo que pasa cuando bebes, Harry.

—Mil gracias, guapa.

Harry entrelazó los dedos sobre el estómago. Descubrió que había un billete de doscientas coronas en el borde de la mesa, a su alcance.

—No llega para emborracharte —dijo Katrine—, pero sí para darte sueño. Eso es lo que necesitas. Dormir.

La observó. Su mirada se había dulcificado con los años, ya no era la chica enfadada que iba a vengarse del mundo. Tal vez fuese porque era responsable de otras personas, de la gente de la sección y del niño de año y medio. Sí, al parecer esas cosas despertaban el instinto de protección de la gente y suavizaban su carácter. Dos años antes, durante el caso del Vampirista, cuando Rakel había estado ingresada en el hospital y él había recaído en la bebida, Katrine lo había llevado a su casa. Dejó que vomitara en su baño impoluto y le dejó que durmiera casi inconsciente en la cama que compartía con Bjørn.

—No —dijo Harry—. No me hace falta dormir, necesito un caso.

—Tienes un caso...

—Necesito el caso Finne.

Katrine suspiró.

—Los asesinatos a los que te refieres no se llaman «caso Finne», no hay nada que lo señale a él. Y, como ya te he dicho, he asignado ese caso a otra gente.

—Tres asesinatos. Tres asesinatos sin resolver. ¿Y de verdad crees que no necesitas a nadie que pueda demostrar lo que tú y yo sabemos, que son obra de Finne?

—Tienes tu caso, Harry. Resuélvelo y déjame dirigir este chiringuito como me parezca.

—Mi caso no es un caso, es un asesinato machista en el que el marido ha confesado; tenemos el móvil del crimen y numerosas pruebas técnicas.

—Podría retirar la confesión y entonces necesitaríamos pruebas más concluyentes.

—Es un caso que podrías haberle dado a Wyller, o Skarre o uno de los benjamines. Finne es un pervertido sexual y un asesino en serie. ¡Joder! Soy el único investigador que tienes especializado precisamente en eso.

—Te digo que no, Harry. Y es un no definitivo.

—Pero ¿por qué?

—¿Por qué? ¡Mírate! Si tú estuvieras al frente de la sección de Delitos Violentos ¿enviarías a un investigador borracho e inestable a entrevistarse con nuestros muy escépticos colegas de Copenhague y Estocolmo? Estos aseguran que detrás de los asesinatos perpetrados en sus respectivas ciudades no hay un solo hombre. Ves asesinos en serie por todas partes porque tu cerebro está impregnado de asesinatos en serie.

—No digo que no, pero es Finne. Tienen todos los rasgos distintivos de...

—¡Para! Libérate de esas obsesiones, Harry.

—¿Obsesiones?

—Bjørn me dice que cuando estás mamao no paras de balbucear sobre Finne, de decir que tienes que acabar con él antes de que él acabe contigo.

—¿«Mamao»? Repite conmigo. Mamado. Mama-do. —Harry agarró el billete de doscientas coronas y se lo metió en el bolsillo del pantalón—. Que tengas un buen día.

—¿Adónde vas?

—A un lugar donde pueda santificar el domingo.

—Tienes gravilla en las suelas, así que haz el favor de levantar los pies cuando pises el parqué.

Harry bajó a zancadas por Grønlandsleiret, camino del Olympen y el Pigalle. No eran sus locales preferidos para beber, pero sí los que estaban más cerca. Había tan poco tráfico en la calle principal de Grønland que pudo cruzar en rojo mientras comprobaba el teléfono móvil. Se planteó devolverle la llamada a

Alexandra, pero decidió no hacerlo. No estaba de ánimo para hablar con ella. Vio en el registro de llamadas que había intentado contactar con Rakel en seis ocasiones entre las seis y las ocho de la tarde de ayer. Tuvo un escalofrío. «Llamada cancelada», a veces el lenguaje tecnológico se pasaba de preciso.

No sería la peor manera de partir. Un dolor en el pecho. Caer de rodillas. La frente pegada al asfalto. THE END. Unos días más bebiendo a este ritmo y podría ocurrir. Harry siguió caminando. Un destello. Había visto algo más que esa mañana. Pero luego se había escabullido, como un sueño en el momento de despertar.

Harry se detuvo en la puerta del Olympen y miró dentro. Hacía unos años era uno de los garitos más cutres de Oslo, pero lo habían restaurado de arriba abajo, al punto que Harry dudó si entrar. Observó a la nueva clientela. Unos cuantos hípsters y algunas parejas bien vestidas, pero también familias con niños con poco tiempo libre y una economía lo bastante desahogada como para cenar en un restaurante un domingo.

Titubeando, se metió la mano en el bolsillo. Tocó el billete de doscientas coronas, pero también algo más. Una llave. No era la suya, sino la del escenario del crimen de violencia doméstica. Estaba en la calle Borggata, en Tøyen. No sabía muy bien por qué había pedido la llave si el caso ya estaba resuelto. Pero lo cierto era que tenía la escena del crimen para él, para él solo, puesto que el otro «investigador técnico» del caso, Truls Berntsen, no iba a mover un dedo en ese caso. Truls Berntsen no había conseguido un puesto en la sección de Delitos Violentos en base a sus méritos, por decirlo con prudencia, sino por intercesión de su amigo de la infancia y anterior director general de la Policía, Mikael Bellman. Truls Berntsen era un perfecto inútil y había un acuerdo tácito entre Katrine y Truls para que este se mantuviera apartado de las cuestiones técnicas y se ocupara del café y las tareas administrativas de escasa complejidad. Lo que en la práctica quería decir solitarios y Tetris. El café no sabía mejor que antes pero últimamente Truls había derrotado a Harry al Tetris algunas veces. En verdad conformaban una pareja patética, sentados al fondo de la oficina y solo separados por un biombo rodante de madera carcomida y de metro y medio de altura.

Harry seguía escrutando el interior del local. Había un cubículo vacío junto a una familia con niños pequeños sentados al lado de la ventana. Uno de los niños lo vio y lo señaló riéndose. El padre, que estaba de espaldas, se volvió y Harry dio instintivamente un paso atrás para ocultarse entre las sombras. Y desde allí vio su propio rostro pálido y lleno de arrugas reflejarse en el cristal y fundirse con el del niño. Le sobrevino un recuerdo de infancia. Su abuelo y él. Vacaciones de verano y cena familiar en Romsdalen. Él riéndose del abuelo. Sus padres poniendo cara de preocupación. El abuelo estaba borracho.

Harry volvió a tocar las llaves. La calle Borggata. Estaba a cinco minutos andando. Sacó el teléfono. Vio las llamadas. Llamó. Esperó mientras se examinaba los nudillos de la mano derecha. El dolor disminuía, así que no podía haberle pegado muy fuerte. Pero claro, era de esperar que la virginal nariz de un admirador de David Gray sangraría al más mínimo roce.

—Sí, ¿Harry?

—Sí, ¿Harry?

—Estoy cenando.

—Vale, seré breve. ¿Puedes reunirte conmigo cuando acabes de cenar?

—No.

—Respuesta equivocada. Inténtalo otra vez.

—¿Sí?

—Acertaste. Borggata 5. Llámame cuando llegues y bajaré a abrirte.

Harry oyó un profundo suspiro de Ståle Aune, uno de sus amigos más antiguos y psicólogo experto en casos de asesinato que colaboraba habitualmente con la sección de Delitos Violentos.

—¿Eso quiere decir que no me estás invitando a un bar para que pague yo, sino que de verdad estás sobrio?

—¿Recuerdas alguna vez que te haya dejado pagar? —Harry sacó la cajetilla de Camel.

–Antes hacías las dos cosas: pagar la cuenta y recordar, pero el alcohol está carcomiendo tanto tu economía como tu memoria, ¿lo sabías?

–Sí. Es por ese crimen doméstico. Con cuchillo y…

–Sí, sí, he leído sobre él…

Harry se puso un cigarrillo entre los labios.

–¿Vendrás?

Harry volvió a oír un profundo suspiro.

–Si eso puede mantenerte alejado de la botella por unas horas…

–Genial –dijo Harry, colgó y se guardó el teléfono en el bolsillo de la chaqueta.

Encendió el cigarrillo. Inhaló profundamente. Estaba de espaldas a la puerta cerrada. Podía tomarse una cerveza y llegar a la calle Borggata antes que Aune. Oyó la música procedente del interior. Una declaración de amor pasada por el Auto-Tune. Se lanzó a cruzar la calzada y levantó la mano a modo de disculpa en dirección al coche que tuvo que frenar en seco.

Tras la vieja fachada de clase obrera de Borggata se ocultaban apartamentos recién construidos con cocinas abiertas a luminosos salones, modernos baños, balcones que daban al jardín trasero. Harry interpretó esos cambios como un aviso de lo que ocurriría en el barrio obrero de Tøyen: también sería reformado, el metro cuadrado se dispararía, remplazarían a sus habitantes actuales por otros y el estatus social de la zona se elevaría. Las tiendas de alimentación de los inmigrantes y los pequeños locales hosteleros dejarían paso a gimnasios y restaurantes hípster.

Sentado en una de las endebles sillas de madera que Harry había colocado en medio del suelo de parqué claro, el psicólogo parecía incómodo. Harry lo atribuyó a la desproporción entre la silla y la corpulencia de Ståle Aune; y a que sus gafitas redondas todavía estaban empañadas después de que accediera a regañadientes a prescindir del ascensor y subir por la escalera al ritmo de Harry hasta el segundo piso. O al charco de sangre

34

que se extendía entre ellos como un lacre negro y solidificado. Cuando Harry era pequeño su abuelo le dijo que el dinero no se podía comer. Harry volvió a su cuarto, cogió la moneda de cinco coronas que su abuelo le había dado e hizo la prueba. Recordaba la grima que sintió entre los dientes, el olor metálico y el sabor dulzón. Exactamente igual que cuando se chupaba la sangre de las heridas. O como el olor de los escenarios de crímenes a los que acudiría muchos años más tarde, incluso cuando la sangre era antigua. El olor de la habitación en la que se encontraban en aquel momento. Moneda. Dinero manchado de sangre.

—Cuchillo —dijo Ståle Aune y apretó las manos contra las axilas, como si tuviera miedo de que alguien se las arrancara—. Pensar en un cuchillo nos pone malos. Acero frío que se abre paso a través de la piel y penetra en el cuerpo. Me alucina, como dicen los jóvenes.

Harry no respondió. La sección de Delitos Violentos y él mismo habían recurrido a Aune como asesor en casos de asesinato durante muchos años. Tantos que Harry no era capaz de determinar el momento en que había empezado a considerar al psicólogo, diez años mayor que él, como un amigo. Pero, al menos, sabía que era una coquetería del psicólogo fingir que no sabía que la expresión «alucinar» era más vieja que ellos dos. A Aune le encantaba presentarse como un espíritu independiente y conservador, libre de la esclavitud del momento que sus colegas perseguían con tanto afán para que los consideraran «importantes». Aune declaraba a la prensa cosas como que: «La psicología y la religión tienen en común que suelen dar a la gente las respuestas que esta espera. Ahí fuera, en las tinieblas a las que aún no ha llegado la luz de la ciencia, la psicología y la religión campan a sus anchas. Si se atuvieran a lo que realmente sabemos, no habría trabajo suficiente para tanto psicólogo y tanto sacerdote».

—Así que este es el lugar donde el padre de familia acuchilló a su mujer... ¿Cuántas veces?

—Trece —dijo Harry mirando a su alrededor.

En la pared de enfrente colgaba una gran foto en blanco y negro de Manhattan. El rascacielos de Chrysler en el centro. Probablemente la habían comprado en IKEA. ¿Y qué? Era una buena foto. Si no te molestaba que mucha gente tuviera la misma foto y que algunas visitas la miraran con desaprobación, no porque no fuera buena, sino porque era de IKEA, debías hacerte con una. Había utilizado esos argumentos con Rakel cuando ella dijo que le gustaría tener una foto numerada de Torbjørn Rødland, una limusina en medio de una estrecha curva de ciento ochenta grados en Hollywood Hills, que costaba ochenta mil coronas. Rakel le había dado la razón a Harry, y este, satisfecho, le había comprado la foto. No porque no se diera cuenta de que lo estaban engañando, sino porque en su fuero interno tenía que admitir que era una foto más chula.

—Estaba enfadado —dijo Aune y se abrió un botón de la camisa donde a diario llevaba una pajarita, normalmente con un motivo o un estampado que parecía medio en broma. Como una azul con estrellas amarillas igual que la bandera de la UE.

Se oyó llorar a un niño en una vivienda vecina.

Harry tiró la ceniza del cigarrillo.

—Dice que no recuerda los detalles de cómo la mató.

—Recuerdos reprimidos. Deberían haber dejado que lo hipnotizara.

—No sabía que te dedicaras a eso.

—¿Hipnosis? ¿Cómo crees que conseguí casarme?

—Bueno, en este caso no hacía falta. Las pruebas técnicas muestran que ella se estaba alejando de él, y que él la siguió y primero la acuchilló por detrás. La cuchillada entró por la parte baja de la espalda y penetró en los riñones. Probablemente por eso los vecinos no la oyeron gritar.

—¿Ah no?

—Es un lugar donde la cuchillada resulta tan dolorosa que con frecuencia la víctima se queda paralizada, no es capaz de gritar, pierde la conciencia de manera casi inmediata y muere. Casualmente también es la manera preferida por los militares expertos en lo que llaman *silent killing*.

—¿No me digas? ¿Y qué hay del anticuado y eficaz método de llegar por detrás, tapar la boca con una mano y cortar el cuello con la otra?

—Está anticuado y además nunca fue muy bueno. Requiere demasiada coordinación y precisión. Ocurría con una frecuencia sorprendente que los soldados se hacían cortes en la mano con la que tenían que tapar la boca.

Aune hizo una mueca.

—Pero no creo que el marido fuera un antiguo soldado de élite, ¿no?

—Lo más probable es que fuera pura casualidad. Nada indica que tuviera intención de ocultar el asesinato.

—¿Qué quieres decir? ¿Que planeó el asesinato, que no fue algo impulsivo?

Harry asintió despacio.

—Su hija había salido a correr. Llamó a la policía antes de que regresara, de manera que cuando la chica volvió ya estábamos aquí y pudimos impedir que entrara y encontrara a su madre.

—Un tipo considerado.

—Eso dicen. Que es un hombre considerado.

Harry volvió a sacudir la ceniza del cigarrillo. La ceniza cayó sobre la sangre coagulada.

—¿No deberías usar un cenicero, Harry?

—El equipo de investigación de escenarios ya ha acabado su trabajo y todo encaja.

—Ya, pero aun así…

—No me has preguntado por el motivo.

—Vale. ¿El motivo?

—Clásico. Se quedó sin batería en el móvil y cogió prestado el de su mujer sin que ella lo supiera. Entonces descubrió un mensaje de texto que lo hizo sospechar y comprobó el historial. Se remontaba hasta seis meses atrás y dejaba claro que ella tenía un amante.

—¿Se enfrentó al amante?

—No, pero según se lee en los informes han comprobado el teléfono, han leído los mensajes y se han puesto en contacto con él. Un veinteañero, quince años menor que ella. Ha confirmado los hechos.

—¿Algo más que deba saber?

—El marido es un hombre con una sólida formación universitaria, un buen trabajo y economía solvente, y nunca ha tenido problemas con la policía. Su familia, los colegas, amigos y vecinos lo describen como extrovertido, alegre, superequilibrado. Y como has dicho tú: un hombre considerado. «Un hombre dispuesto a darlo todo por la familia», decía uno de los informes. —Harry le dio una profunda calada al cigarrillo.

—¿Me consultas a mí porque crees que el caso no está resuelto?

Harry dejó escapar el humo por la nariz.

—Este caso está más claro que el agua, se han comprobado todas las evidencias, y no hay manera de cagarla, por eso Katrine me lo ha dejado a mí. Y a Truls Berntsen. —Harry separó las comisuras de los labios como si sonriera.

La familia tenía una situación económica holgada, pero habían elegido vivir en Tøyen, la zona inmigrante, barata, y compraba fotos de IKEA para decorar las paredes. A lo mejor les gustaba vivir allí, sin más. Harry también estaba a gusto en Tøyen. Y a lo mejor la foto de la pared era la original, y ahora valía una fortuna.

—Entonces me has pedido que viniera porque…

—Porque quiero entenderlo —dijo Harry.

—¿Quieres entender por qué un hombre mata a su mujer porque esta tiene un lío a sus espaldas?

—El marido suele matar cuando teme que lo humillen ante terceros. Según las declaraciones del amante habían mantenido el asunto en completo secreto y, además, lo iban a dejar.

—¿Y si no tuvo tiempo de contarle todo eso al marido antes de que este la acuchillara?

—Sí, pero él dice que no la creyó, que en todo caso había traicionado a la familia.

—Ahí lo tienes. Por supuesto que para un hombre que siempre ha antepuesto la familia a todo lo demás esa traición resulta aún mayor. Es un hombre humillado, y cuando una humillación es lo bastante profunda, puede convertirnos a todos en asesinos.

—¿A todos?

Aune miró con ojos entornados las estanterías que había junto a la foto de Manhattan.

—Tienen literatura de calidad.

—Ya lo he visto, sí —dijo Harry.

Aune tenía la teoría de que los asesinos no leían, en el mejor de los casos solo ensayos y libros técnicos.

—¿Has oído hablar de Paul Mattiuzzi? —preguntó Aune.

—Hummm.

—Un psicólogo experto en asesinatos y violencia. Agrupa a los asesinos en ocho categorías. Tú y yo no encajamos en las siete primeras. Pero en la octava, que llama «el traumatizado», cabemos todos. Nos convertimos en asesinos como reacción a una agresión única pero masiva a nuestra identidad. Experimentamos la agresión como un insulto, sí, nos resulta insoportable. Nos hace sentir indefensos, impotentes, y creer que si no respondemos no tendremos ni razón de existir ni hombría. Está claro que puedes llegar a sentirte así si descubres que te han engañado.

—¿Estás seguro de que cabemos todos?

—El asesino traumatizado no tiene unos rasgos de personalidad definidos como los de las otras siete categorías. Es ahí, y solo ahí, donde encontrarás a los asesinos que leen a Dickens y a Balzac. —Aune respiró hondo y se tiró de las mangas de la chaqueta de tweed—. ¿Qué es lo que de verdad quieres saber, Harry?

—¿De verdad?

—Sabes más de asesinos que nadie que yo conozca, nada de lo que estoy diciendo sobre humillaciones o categorías es nuevo para ti.

Harry se encogió de hombros.

—Tal vez solo me haga falta oírselo decir a alguien una vez más para poder creérmelo.

—¿Qué es lo que no te crees?

Harry se rascó el cabello cortísimo, que salía disparado en un acto de rebeldía hacia todos los lados y donde empezaba a destacar una veta gris entre el rubio. Rakel había dicho que cada vez se parecía más a un erizo.

—No lo sé.

—¿Y si solo se trata de tu ego, Harry?

—¿Qué quieres decir?

—¿No resulta evidente también? Te dieron el caso cuando ya lo había resuelto otro. Ahora te gustaría dar con algo que sembrara la duda. Algo que demuestre que Harry Hole ve algo que nadie más ha visto.

—¿Y si fuera así? —dijo Harry observando la punta del cigarrillo—. ¿Si poseo un increíble talento investigador y he desarrollado instintos que ni yo mismo soy capaz de analizar?

—Espero que estés de broma.

—Un poco. Leí los informes de los interrogatorios. Es cierto que a tenor de sus respuestas el marido parecía estar traumatizado. Pero luego escuché las grabaciones. —Harry miraba a un punto fijo.

—¿Sí?

—Parecía más asustado que resignado. Confesar es resignarse. Ya no debería quedar nada que temer.

—Queda el castigo.

—Ha dejado el castigo atrás. La humillación. El dolor. Ver a su amada morir. La cárcel es aislamiento. Silencio. Rutina. Paz. Tiene que ser un alivio. Puede que sea por su hija. La preocupación por lo que pueda ser de ella.

—Y va a arder en el infierno.

—Ya se está quemando.

Aune suspiró.

—Pues deja que repita la pregunta: ¿qué es lo que quieres de verdad?

—Quiero que llames a Rakel y le digas que debe volver conmigo.

Ståle abrió los ojos de par en par.

—Estoy bromeando —dijo Harry—. Me dan taquicardias, ataques de ansiedad. No, no es eso. He soñado algo… Algo que no soy capaz de ver pero que me vuelve una y otra vez.

—Por fin una pregunta fácil —dijo Aune—. Embriaguez. La psicología es una ciencia sin muchos hechos demostrados a los que aferrarse, pero la correlación entre el consumo de estupefacientes y el naufragio mental está más que demostrada. ¿Cuánto hace que te pasa?

Harry miró el reloj.

—Dos horas y media.

Aune rio sin ganas.

—¿Y querías hablar conmigo para consolarte pensando que has buscado ayuda profesional antes de volver a la automedicación?

—No es lo de siempre —dijo Harry—. No son los fantasmas.

—¿Porque ellos vienen de noche?

—Sí. Y no se esconden. Los veo, los reconozco. Víctimas, colegas muertos. Asesinos. Esto era otra cosa.

—¿No tienes idea de lo que era?

Harry negó con la cabeza.

—Una persona encerrada. Se parecía a… —Harry se echó hacia delante y apagó el cigarrillo en el charco de sangre.

—A Svein «el Prometido» Finne —dijo Aune.

Harry le miró con una ceja levantada.

—¿Por qué crees eso?

—Dicen que crees que va a por ti.

—Has hablado con Katrine.

—Está preocupada por ti, quería una evaluación.

—¿Y tú dijiste que sí?

—Dije que como psicólogo no tengo la distancia necesaria. Pero es evidente que la paranoia va asociada al abuso del alcohol.

—Fui yo quien por fin lo metió entre rejas, Ståle. Fue mi primer caso. Lo condenaron a veinte años por abusos sexuales y asesinato.

—Solo hacías tu trabajo, no hay ninguna razón para que Finne se lo tome como algo personal.

—Confesó los abusos pero afirmó que era inocente del asesinato, dijo que habíamos colocado las pruebas. Lo visité en la cárcel hace dos años para ver si nos podía ayudar con el caso del Vampirista. Lo último que hizo antes de que me marchara fue comunicarme la fecha exacta en la que lo pondrían en libertad y preguntarme por las medidas de seguridad de mi familia y las mías.

—¿Rakel lo sabía?

—Sí. En Año Nuevo encontré pisadas de botas en la linde del bosque, frente a la ventana de la cocina de casa, así que monté una cámara de caza.

—Puede haber sido cualquiera, Harry. Alguien que se hubiera equivocado de camino.

—¿Dentro de una propiedad privada con portalón y cincuenta metros de acceso empinado y helado?

—Espera un momento. ¿No te mudaste en Navidad?

—Más o menos. —Harry apartó el humo.

—¿Pero estuviste en la propiedad después de esa fecha, en el bosquecillo? ¿Rakel lo sabía?

—No, pero tranquilo, no me he convertido en un acosador. Rakel ya estaba bastante asustada y solo quise comprobar que todo estaba bien. Y no lo estaba.

—¿Así que tampoco conocía la existencia de la cámara de caza?

Harry se encogió de hombros.

—¿Harry?

—¿Hmmmm?

—¿Estás completamente seguro de que pusiste esa cámara pensando en Finne?

—¿Quieres decir que quería saber si mi expareja tenía amantes de visita?

—¿Querías?

—No —dijo Harry con firmeza—. Si Rakel no me quiere a mí, no me importa que quiera a otros.

—¿Te lo crees?

Harry suspiró.

—Vale —dijo Aune—. ¿Dices que tuviste un destello en el que viste a alguien parecido a Finne encerrado?

—No, eso lo dijiste tú. No era Finne.

—¿No?

—No, era… yo.

Ståle Aune se pasó la mano por el escaso cabello.

—¿Y quieres un diagnóstico?

—Venga, ¿ansiedad?

—Creo que tu cerebro busca razones para que Rakel te necesite. Por ejemplo para que la protejas de enemigos externos. Pero no estás encerrado, Harry, estás excluido. Acéptalo y sigue adelante.

—Aparte de aconsejarme que lo acepte, ¿puedes recetarme algo?

—Duerme. Haz ejercicio. Y tal vez deberías conocer a alguien que te ayudara a apartar un poco tus pensamientos de Rakel.

Harry se metió el cigarrillo en la comisura del labio y levantó el puño con el pulgar hacia arriba.

—Lo de dormir ya lo hago: bebo hasta desmayarme cada noche. —Mostró el dedo índice—. También hago ejercicio: me peleo con la gente en bares que fueron míos. —Mostró el dedo de titanio gris—. Y en cuanto a conocer a alguien: follo con mujeres, feas, guapas, y con algunas de ellas tengo conversaciones cargadas de sentido.

Aune miró a Harry. Suspiró hondo, se puso de pie y se abrochó la chaqueta de tweed.

—Pues en ese caso todo debería irte bien.

Tras la marcha de Aune, Harry se quedó mirando por la ventana. Luego se puso de pie y deambuló por el piso. El dormitorio del matrimonio estaba recogido y limpio, la cama hecha. Miró en los armarios. El vestuario de la esposa ocupaba de forma holgada cuatro armarios, mientras que la ropa del hombre estaba comprimida en uno. Un esposo considerado. El papel pintado del cuarto de la hija tenía zonas rectangulares donde los colores eran más intensos. Harry apostó a que eran los huecos de los pósters de adolescente que la chica habría quitado al cumplir diecinueve años. Todavía quedaba una foto más pequeña, un chico con una guitarra eléctrica Rickenbacker colgada del cuello.

Harry examinó la pequeña colección de discos alineados bajo el espejo. *Propagandhi, Into It. Over It, My Heart To Joy* y *Panic!*

at the Disco. Cosas estilo emo. Por eso se sorprendió al encender el tocadiscos y oír las notas insinuantes y suaves de una melodía que parecía de los primeros Byrds. Pero a pesar de las doce cuerdas estilo McGuinn, enseguida comprendió que la producción era más reciente. Por mucho amplificador y viejos micrófonos Neuman que hubieran empleado, la producción retro nunca había engañado a nadie y, además, el vocalista cantaba con un innegable acento noruego y parecía haber escuchado más a Thom Yorke y Radiohead 1995 que a Gene Clark y David Crosby 1965. Paseó la mirada por la cubierta del disco que estaba junto al tocadiscos, boca abajo, y comprobó que, efectivamente, todos los nombres sonaban noruegos. Harry siguió mirando a su alrededor y se detuvo sobre un par de zapatillas de deporte de la marca Adidas delante del armario. Eran del mismo modelo que las suyas, había intentado comprar un par nuevo hacía dos años, pero ya se habían dejado de fabricar. En los informes de los interrogatorios había leído que tanto el padre como la hija confirmaron que ella había salido de casa sobre las 20.15 y regresó cuarenta minutos más tarde, después de correr hasta la cima del parque de esculturas de Ekeberg, volviendo por el restaurante Ekeberg. Su ropa de correr estaba encima de la cama, y pudo imaginar cómo la policía había dejado entrar a la pobre chica para que pudiera cambiarse, bajo supervisión, y llevarse una bolsa con ropa. Harry se puso en cuclillas y levantó las deportivas. La piel era suave, las suelas estaban limpias y lisas, no le había dado tiempo a usarlas mucho. Diecinueve años. Toda una vida por delante. Sus zapatillas se habían rajado. Podría comprar otras, claro, otro modelo. Pero no quería, había encontrado las que quería utilizar de ahora en adelante. En adelante. Tal vez todavía tuvieran arreglo.

Harry volvió al salón. Recogió del suelo la ceniza del cigarrillo. Comprobó el teléfono. No había mensajes. Se metió la mano en el bolsillo. Doscientas coronas del ala.

4

–Última ronda y cerramos.

Harry miraba el fondo del vaso. Lo había hecho durar. Normalmente se lo bebía de un trago, puesto que no le gustaba el sabor, solo el efecto. Bueno, gustar no era la palabra adecuada. Más bien necesitaba el efecto. Pero tampoco lo *necesitaba*. En realidad *tenía* que beber. No podía vivir sin beber. Era como una respiración asistida cuando la mitad de tu corazón ha dejado de latir.

Esas deportivas tenían que tener arreglo.

Volvió a sacar el teléfono. Harry solo tenía siete personas almacenadas en sus contactos, y puesto que todos los nombres empezaban por letras distintas, los tenía guardados por una sola inicial. Pulsó la R y observó su foto de perfil. Una mirada castaña y dulce que pedía que le correspondieras. Piel cálida y ardiente que reclamaba una caricia. Labios rojos para besar. En los meses anteriores se había desnudado y acostado con varias mujeres. ¿Había habido un solo segundo en que no pensara en Rakel mientras estaba con ellas, en que no hubiera imaginado que se encontraba con Rakel? ¿Habían ellas comprendido lo que les decía cuando él les había contado que estaba engañándolas con su esposa mientras las follaba? ¿Había sido tan desconsiderado como para advertírselo? Seguro. Porque su medio corazón latía con menos fuerza por cada día que pasaba y había abandonado su vida provisional de ser humano auténtico.

Miraba fijamente el teléfono.

Pensaba lo mismo muchos años atrás, en Hong Kong, cada vez que pasaba por delante de esa cabina telefónica. Que estaban allí. Ella y Oleg. Dentro del aparato. A doce teclas de distancia.

Pero también eso había ocurrido mucho después de que Harry y Rakel se conocieran. Habían pasado quince años. Harry había conducido por el camino escarpado y sinuoso que llevaba a su casa de madera de Holmenkollen. El motor del coche se había apagado en cuanto llegó y una mujer salió de la casa. Harry había preguntado por Sindre Hauke mientras ella echaba la llave, y no fue hasta que se dio la vuelta y se acercó más a él cuando vio lo hermosa que era. Cabello negro, cejas marcadas, casi salvajes sobre sus ojos castaños, pómulos magníficos, aristocráticos. Unos treinta años, calculó. Vestida con un abrigo sencillo y elegante. Con voz más grave de lo que su aspecto hacía esperar le explicó que Sindre Hauke era su padre, que ella había heredado la casa, y que él ya no vivía allí. Rakel Fauke hablaba con seguridad, relajada, con una vocalización exagerada, casi teatral, y le miraba directamente a los ojos. Caminaba como si avanzara por un cable, como una bailarina. Harry le pidió ayuda para empujar el coche y ponerlo en marcha. Luego la llevó a su destino. Descubrieron que habían estudiado derecho por la misma época. Que habían estado en el mismo concierto de los Raga Rockers. Le gustó el sonido de su risa, que no era profunda como su voz, sino ligera y clara, como el agua de un arroyo. Iba a Majorstua.

—La cuestión es si este coche llegará tan lejos —dijo él.

Ella le había dado la razón. Como si ya entonces intuyeran que lo que aún no había comenzado, no podía durar. Cuando se quiso bajar, él tuvo que empujar la puerta rota del copiloto e inspiró el aroma de ella. Solo habían pasado treinta minutos desde el momento en que la había visto y se preguntó qué demonios estaba pasando. Solo podía pensar en besarla.

—Puede que nos veamos —dijo ella.

—Puede —respondió él y la siguió con la mirada mientras desaparecía con pasos de bailarina por la calle Sporveisgata.

Volvieron a encontrarse en una fiesta en comisaría. Resultó que Rakel Fauke trabajaba en la sección de extranjería, POT, el servicio de vigilancia policial. Llevaba un vestido rojo. Hablaron, rieron. Siguieron charlando. Él de su infancia, de su hermana Søs, que tenía lo que ella misma llamaba un toque de síndrome de Down, de la madre que murió cuando Harry era joven y de que él había tenido que ocuparse de su padre. Rakel le contó que había estudiado ruso en el Ministerio de Defensa, le habló del tiempo que había pasado en la embajada de Noruega en Moscú y del hombre ruso al que había conocido allí, el padre de su hijo Oleg. Y que cuando dejó Moscú también dejó a su marido, que tenía problemas con el alcohol. Harry le conto que él era alcohólico, algo que probablemente ella habría intuido al ver que bebía Coca-Cola en una fiesta de trabajo. No le contó que aquella noche su risa, clara, espontánea y luminosa sustituía al alcohol, una noche en la que, con tal de escucharla, era capaz de decir las cosas más comprometedoras sobre sí mismo, las más idiotas. Entonces, hacia el final de la noche, bailaron. Harry bailó. Una versión pegadiza en flauta travesera de «Let It Be». Esa era la prueba: estaba perdidamente enamorado.

Unos días después dio un paseo dominical con Oleg y Rakel. En un momento determinado Harry cogió a Rakel de la mano, un gesto que le pareció de lo más natural. Fueron así un rato hasta que ella se soltó. Cuando Oleg jugó al Tetris con el nuevo amigo de mamá, sintió la mirada oscura de Rakel e imaginó lo que ella estaba pensando. Que un alcohólico, quizá igual que el que había dejado, estaba en su casa con su hijo. Harry se dio cuenta de que antes que ella le dejara entrar en su vida tendría que demostrar muchas cosas.

Y lo había conseguido. Tal vez fueron Rakel y Oleg quienes le salvaron de matarse bebiendo. Por supuesto que a partir de ese momento no todo fue un camino de rosas, él le había fallado de vez en cuando y habían roto varias veces, pero siempre habían vuelto. Porque ambos habían encontrado un tesoro. El amor. El que se escribe con mayúscula, el que es tan exclusivo que si lo experimentas podrías morir de alegría, y el amor que es recíproco, y que sientes una sola vez en la vida. Durante los años siguientes se habían despertado cada mañana en una armonía y una felicidad tan intensas y frágiles a la vez que Harry había sentido un pánico total. Caminaba de puntillas como si se moviera por una fina capa de hielo; entonces ¿por qué se había hundido? Porque él era quien era, por supuesto. El jodido Harry Hole. O «demolition man», como solía llamarle Øystein.

¿Podría tomar ese camino de nuevo? Subir por la cuesta empinada y llena de curvas, el difícil camino que conducía a Rakel y presentarse otra vez. Ser el hombre que ella no había conocido. Podría intentarlo, por supuesto. Sí, podría. Este era un momento tan bueno como cualquier otro. En realidad, era la ocasión perfecta. Solo había dos inconvenientes: uno, que no tenía dinero para el taxi. Pero podía solucionarlo: llegaría a casa en diez minutos. El tercer Ford Escort que tenía estaba cubierto de nieve en el aparcamiento del patio de atrás. El segundo inconveniente era la voz que le decía que era una idea pésima. Pero podía acallarla. Harry se terminó la copa de un trago. Así. Se puso de pie y fue hacia la puerta.

—¡Nos vemos, colega! —gritó el camarero a su espalda.

Diez minutos después Harry estaba en el patio trasero de la calle Sofiesgate y observaba pensativo el coche aparcado en una penumbra perpetua, entre los montículos de nieve y las ventanas del sótano. El coche no estaba cubierto de nieve, como esperaba, así que solo tenía que subir a buscar la llave, arrancar y pisar el acelerador. Quince minutos después estaría con ella. Abrir la puerta que daba a la enorme habitación que funcionaba como recibidor, salón y cocina y ocupaba la planta baja casi en su totalidad. Verla junto a la encimera de la cocina, mirando por la ventana que daba a la entrada. Que ella le dedicara una media sonrisa y le preguntara si seguía prefiriendo el café en polvo más que el expreso.

Harry tomó aire al ver el destello. Y allí estaba de nuevo la garra en el pecho.

Harry corría. Era más tarde de la medianoche del domingo, lo que quería decir que tenías las calles de Oslo para ti solo. Había sujetado las deportivas rajadas al empeine con cinta aislante. Seguía el mismo recorrido que, según su declaración recogida en el informe, había tomado la hija de la calle Borggata. Por senderos iluminados y caminos cubiertos de gravilla que recorrían el parque de esculturas, regalo del constructor Christian Ringnes a la ciudad y homenaje a las mujeres. El silencio era total, solo se oían la respiración de Harry y la gravilla que crujía bajo sus pies. Corrió por el parque hasta la planicie de Ekeberg y volvió a bajar. Se detuvo junto a la escultura llamada *Anatomy of an Angel*, de Damien Hirst. Una escultura de mármol blanco. Rakel le había explicado que era mármol de Carrara. La grácil figura femenina sedente que a Harry le había recordado a la Sirenita de Copenhague. Pero Rakel, que de costumbre se había documentado sobre lo que iban a ver, le contó que su origen era *L'Hirondelle* de Alfred Boucher, de 1920. Podía ser, pero la diferencia era que el ángel de Hirst tenía cortes hechos a cuchillo y bisturí de manera que las entrañas, los músculos, los huesos y el cerebro quedaban a la vista. ¿Era eso lo que quería mostrar el artista, que los ángeles también son personas en su interior? ¿O que algunas personas son ángeles? Harry ladeó la cabeza. Podía estar de acuerdo en esto último. Después de tantos años y de todo lo que Rakel y él habían pasado juntos, después de haberla diseccionado tanto como ella lo había diseccionado a él, no había encontrado sino un ángel. Un ángel y un ser humano, las dos cosas a la vez. Su capacidad de perdonar, una cualidad que por supuesto era un punto de partida imprescindible para estar con alguien como Harry, casi no tenía limite. Casi. Aunque por supuesto él había sido capaz de dar con ese límite, y cruzarlo.

Harry miró el reloj y siguió corriendo. Aumentó la velocidad. Notó que su corazón trabajaba con más intensidad. Aumentó la velocidad un poco más. Empezó a notar el ácido láctico. Un poco más. Hacer que la sangre circulara por su cuerpo, eliminar las toxinas. Borrar los malos días pasados. Limpiar la mierda. ¿Por qué quería creer que correr era lo contrario a beber, que era un antídoto, cuando en realidad solo se trataba de otro tipo de droga? Bueno. Una droga mejor. Salió del bosque a la altura del restaurante Ekeberg, el edificio que un día fuera un despojo de la arquitectura funcional en el que Harry, Øystein y el Tresko habían bebido sus primeras cervezas. Donde una mujer había pescado al Harry de diecisiete años. Le había parecido viejísima, pero no tendría más de treinta y tantos años. En todo caso le había proporcionado un estreno sin complicaciones, seguramente él no había sido ni el primero ni el último al que guio con sus instrucciones expertas. A veces se preguntaba si el inversor que rehabilitó el restaurante podría haber sido uno de ellos, y si lo había hecho para saldar su deuda con ella. Harry ya no era capaz de acordarse de su aspecto, solo recordaba que después ronroneó en su oreja: «No ha estado mal, chico. Seguro que harás felices a algunas mujeres. Y desgraciadas a otras».

Resultó que una de esas mujeres había sido lo uno y lo otro con él.

Harry se detuvo en la escalera del restaurante, que estaba cerrado y a oscuras.

Las manos sobre las rodillas, la cabeza colgando. Notó el cosquilleo de las ganas de vomitar en las profundidades de la garganta y escuchó su respiración rasposa. Contó hasta veinte mientras susurraba su nombre. Rakel, Rakel. Luego se enderezó y miró hacia la ciudad que se extendía a sus pies. Oslo, una ciudad otoñal. Ahora, en primavera, parecía una mujer que se despertaba en su cama de mal humor y tenía razón al pensar que debía maquillarse. Pero a Harry no le interesaba lo que había en el centro, miró en sentido contrario, hacia la colina, hacia su casa al otro lado de lo que, por muchas luces y febril actividad humana que contuviera, no era más que el cráter de un volcán extinguido, piedras frías y arcilla petrificada. Volvió a echar un vistazo rápido al cronómetro del reloj y reanudó la marcha.

No se detuvo hasta la calle Borggata.

Allí paró el cronómetro y lo examinó. El resto del camino hasta llegar a su casa corrió despacio. Al abrir la puerta del piso oyó el sonido áspero de la gravilla de la suela de las zapatillas contra la madera y recordó que Katrine le había pedido que levantara los pies.

Utilizó el teléfono para seguir escuchando sus *playlists* de Spotify. El sonido de The Hellacopters salía a borbotones de la barra de sonido Sonos que Oleg le había regalado por su cumpleaños y que, de la noche a la mañana, había convertido en superflua la colección de discos que estaban en la estantería de detrás del sofá. Un monumento muerto en honor a treinta años de meticuloso coleccionismo, donde todo lo que no había soportado el paso del tiempo había sido arrancado sin piedad como mala hierba y acabado en la basura. Mientras el caótico preludio de guitarra y batería de «Carry Me Home» hacía vibrar los altavoces y él se sacaba la gravilla del parque que llevaba pegada a las suelas de las zapatillas, recordó que la chica de diecinueve años estaba deseosa de retroceder a los tiempos del vinilo, mientras que Harry avanzaba hacia el futuro a regañadientes. Dejó los zapatos, buscó The Byrds, que no estaban en ninguna de sus *playlists*, la música de los sesenta y primeros setenta era más del estilo de Bjørn Holm, y sus intentos de redimir a Harry con Glen Campbell habían sido en vano. Encontró «Turn! Turn! Turn!» y al instante siguiente tintineó por la habitación la guitarra Rickenbacker de Roger MacGuinns. Pero *ella* se había enganchado. Se había enamorado a pesar de que no era su música. Porque pasaba algo con las guitarras y las chicas. Bastaba con cuatro cuerdas, y este tipo tenía doce. Harry pensó que podría estar equivocándose. Pero el vello de su nuca rara vez se equivocaba, y se le había puesto de punta cuando reconoció uno de los nombres de los informes de los interrogatorios en la funda del disco. Y lo asoció a la foto del chico con la guitarra Rickenbacker. Harry encendió un cigarrillo y escuchó el doble solo de guitarra del final de «Rainy Days Revisited». Se preguntó cuánto tiempo tardaría en dormirse. Cuánto tiempo sería capaz de dejar tranquilo el teléfono sin comprobar si Rakel le había contestado.

5

—Sabemos que ya has respondido a estas preguntas, Sara —dijo Harry, y miró a la chica de diecinueve años que estaba sentada frente a él, en la estrecha sala de interrogatorios que parecía una casa de muñecas.

En la sala de control estaba Truls Berntsen bostezando y con los brazos cruzados. Eran las dos, llevaban una hora y Sarah se había mostrado impaciente cuando repasaban la secuencia de los hechos, pero no había delatado ningún otro sentimiento. Ni siquiera cuando Harry había leído en voz alta el informe de los daños que había sufrido su madre a consecuencia de las trece cuchilladas.

—Pero, como te decía, el agente Berntsen y yo nos hemos hecho cargo de la investigación, y nos gustaría aclararlo todo lo más posible. Así que: ¿tu padre solía ayudarte a cocinar? Lo digo porque tuvo que ser muy rápido para dar con el cuchillo más afilado de la cocina; debía de saber exactamente en qué cajón y en qué parte del cajón estaba.

—No, no, él no ayudaba —dijo Sara y su descontento resultaba ahora más patente—. Él preparaba la comida; la que ayudaba era yo. Mamá siempre había salido.

—¿Había salido?

—Quedaba con amigas. Entrenaba. Eso decía.

—He visto fotos suyas, parece que estaba muy en forma. Se mantenía joven.

—*Whatever.* Murió joven.

Harry esperaba. Dejaba que las respuestas quedaran en el aire. Vio que Sara hacía una mueca. Harry lo había visto en otros casos. Los allegados batallaban contra la pena como si fuera un enemigo, una molestia irritante a la que había que engañar. Y una manera de hacerlo era desprestigiar al ser que habían perdido, desacreditar al muerto. Pero en esta ocasión sospechaba que no era el caso. Cuando Harry le propuso a Sarah que viniera con un abogado, ella lo descartó. Dijo que solo quería quitárselo de encima cuanto antes, que tenía otros planes. Era comprensible, tenía diecinueve años, estaba sola, pero era capaz de adaptarse a las circunstancias, la vida seguía. Y el caso estaba resuelto, seguramente por eso se había relajado. Mostraba sus verdaderos sentimientos, o la falta de ellos.

—Tú no entrenas tanto como lo hacía tu madre —dijo Harry—. Al menos no corres igual.

—¿Ah no? —dijo con una media sonrisa y levantó la vista hacia Harry.

Era la sonrisa orgullosa de una joven de una generación en la que destacabas por tu delgadez si tenías la complexión que en la generación de Harry se consideraba la norma.

—Vi tus zapatillas de deporte —dijo Harry—. Apenas las has usado. Y no es porque sean nuevas, pues ese modelo se dejó de fabricar hace dos años. Tengo el mismo.

Sara se encogió de hombros.

—Ahora tendré más tiempo para correr.

—Sí, tu padre va a pasarse doce años en la cárcel, así que no tendrás que ayudarlo a preparar la cena.

Harry la observó. Vio que esas palabras le habían impactado. Abrió la boca y parpadeó varias veces subiendo y bajando sus pestañas pintadas con rímel.

—¿Por qué mentiste? —preguntó Harry.

—¿C… cómo?

—Dijiste que habías corrido desde tu casa hasta arriba del parque de esculturas, que bajaste al restaurante de Ekeberg y volviste a casa en treinta minutos. Yo hice ese mismo recorrido ayer por la noche y tardé casi cuarenta y cinco, y corro bastante rápido. Hablé con el agente que te paró cuando volviste. Dijo que no estabas sudando ni te faltaba el aire.

Al otro lado de la mesa de la casa de muñecas Sara se incorporó y sin darse cuenta clavó la mirada en la luz roja del micrófono que indicaba que la grabadora estaba encendida.

—Vale, no corrí hasta arriba del todo.

—¿Hasta dónde?

—Hasta la escultura esa de Marilyn Monroe.

—Entonces tuviste que correr como yo por el sendero de gravilla. Cuando llegué a casa tuve que sacar las piedrecitas de las suelas, Sara. Ocho. Mientras que tus suelas estaban impolutas.

Harry no tenía ni idea de si habían sido ocho o tres piedras. Pero cuanto más preciso fuera, más difícil parecería cuestionar su argumento. Al mirar a Sara le pareció que la táctica había funcionado.

—No fuiste a correr para nada, Sara. Saliste del apartamento a la hora que le dijiste a la policía, las 20.15, mientras tu padre llamaba a la policía y afirmaba haber matado a tu madre. Puede que dieras una vuelta por el vecindario, el tiempo suficiente para que la policía llegara, y volviste corriendo. Como tu padre te había dicho que hicieras, ¿verdad?

Sara no respondió, solo pestañeaba y pestañeaba. Harry se fijó en que tenía las pupilas dilatadas.

—He hablado con el amante de tu madre. Andreas. Su nombre artístico es Bom-Bom. Puede que no cante tan bien como toca esa guitarra de doce cuerdas.

—Andreas canta… —La ira de su mirada se extinguió y se contuvo.

—Confesó que os habíais visto unas cuantas veces, que fue así como conoció a tu madre.

Harry bajó la mirada hacia el bloc de notas. No porque no supiera lo que ponía, estaba en blanco, sino para rebajar la intensidad de la situación y darle un respiro a la muchacha.

—Andreas y yo éramos novios. —La voz de Sara tembló débilmente.

—Según él no. Dijo que solo fueron un par de… —Harry echó la cabeza hacia atrás como para leer mejor lo que ponía en el bloc de notas—… polvos con una fan.

Sara dio un respingo sobre la silla.

—Pero añadió que no lo dejabas en paz. Que el camino que va de fan a acosadora es corto, al menos en su experiencia. Que resultaba más fácil con una mujer madura y casada que se tomaba las cosas como lo que eran. Un poco de aventura en la rutina diaria, un poco de picante en las albóndigas de pescado. Así lo llamó, albóndigas de pescado.

Harry levantó la vista hacia ella.

—Fuiste tú quien cogió prestado el teléfono de tu madre, no tu padre. Y descubriste que ella y Andreas tenían una relación.

Harry intentó escuchar la voz de su conciencia. ¿Era lícito presionar a una joven de diecinueve años sin la presencia de un abogado, una adolescente enferma de amores traicionada por su madre y por un tipo al que consideraba suyo?

—Tu padre no solo es un hombre sacrificado, Sara, es un tipo listo. Sabe que la mejor mentira es la que se aproxima lo más posible a la verdad. La mentira era que tu padre estaba en el supermercado del barrio comprando un par de cosas para la cena y que al volver encontró los mensajes y mató a tu madre. La verdad es que mientras estaba en la tienda tú encontraste los mensajes y apuesto a que a partir de ese momento si cambiamos a tu padre por ti en el informe tendremos una descripción bastante precisa de lo que pasó en la cocina. Discutisteis, ella te dio la espalda y quiso salir de la cocina, tú sabías dónde estaba el cuchillo, el resto ocurrió solo. Y cuando tu padre regresó y vio lo ocurrido trazasteis este plan entre los dos.

Harry no vio ninguna reacción en su mirada. Solo un odio intenso, oscuro e inmutable. Y se dio cuenta de que su conciencia no le atormentaba en absoluto. Las autoridades entregaban armas a jóvenes de diecinueve años y les pedían que mataran. Esta había matado a su madre y dejado que su padre inocente se arrojara a los pies de los caballos por ella. Sara no se sumaría a las personas que visitaban a Harry en sus pesadillas.

—Andreas me ama —susurró. Parecía tener la boca llena de arena—. Pero mamá lo apartó de mí. Lo sedujo solo para que yo no lo tuviera. La odio. ¡Yo…! —Estaba a punto de prorrumpir en llanto. Harry contuvo la respiración. Casi estaba, la avalancha había empezado, solo necesitaba que se registraran un par de palabras en la cinta, pero el llanto crearía una pausa y en ese descanso podía detenerse el alud. Sara levantó la voz. La ira tomó el relevo—. ¡Odio a esa maldita puta! ¡Debería haberla acuchillado más veces, tendría que haberle cortado esa cara asquerosa de la que estaba tan jodidamente orgullosa!

—Hummm… —Harry se reclinó en la silla—. Te hubiera gustado matarla más despacio, ¿es eso lo que quieres decir?

—¡Sí!

Asesinato confirmado. *Touchdown*. Harry miró un instante por la ventana de la casa de muñecas y vio que Truls Berntsen se había despertado y levantaba el pulgar. Pero Harry no estaba contento, al contrario, la exaltación que había sentido unos instantes antes había sido sustituida por una débil tristeza, una decepción. No era una sensación desconocida. Solía producirse después de una cacería prolongada en la que se había ido construyendo la expectativa de una solución, tras el arresto como un clímax, una liberación, la idea de que cambiaría algo, que haría del mundo un lugar un poco mejor. En vez de eso, después de solucionar un caso sufría una depresión, con su correspondiente recaída en el alcohol y días o semanas de borrachera. Harry se imaginaba que equivalía a la frustración del asesino en serie cuando el crimen no produce ninguna satisfacción, solo una sensación de anticlímax que le hostiga a salir de caza una vez más. Tal vez fuera por eso por lo que Harry, de nuevo como un destello, sintió una profunda desesperación, como si por un instante estuviera sentado al otro lado de la mesa, en el lugar de la muchacha.

—Bueno, nos ha salido bien —dijo Truls Berntsen cuando subían en el ascensor a la sección de Delitos Violentos en el sexto piso.

—¿Nos? —dijo Harry cortante.

—Yo he apretado la tecla de grabar, ¿o no?

—Eso espero, la verdad. ¿Has comprobado que se haya grabado?

—¿Si lo he comprobado? —Truls levantó una ceja interrogante. Luego rio entre dientes—. Relájate.

Harry bajó la vista de los números iluminados del ascensor a Truls Berntsen. Envidiaba a su colega de frente prominente; tenía una risa que se parecía a un gruñido y por la que se había hecho merecedor del sobrenombre de Beavis, que nadie se atrevía a decirle a la cara, probablemente porque emitía señales pasivo agresivas que te exhortaban a mantenerte alejado de él en situaciones críticas. Probablemente Truls gustaba aún menos que Harry Hole en la sección de Delitos Violentos, pero no era eso lo que Harry le envidiaba. Le envidiaba su capacidad de pasar de todo, absolutamente de todo. No que le diera igual lo que pensaran sus colegas de él, eso también le importaba una mierda a Harry. Sino su capacidad de declinar cualquier responsabilidad, práctica o moral, del trabajo que debía realizar como policía. Se podían decir muchas cosas malas de Harry, y él era consciente de ello, pero nadie podía negarle que se tomaba en serio ser policía. Era una de sus pocas cualidades y, a la vez, su peor defecto. Incluso cuando el Harry ciudadano iba a la deriva, como le ocurría desde que Rakel le había echado, el Harry policía no podía abandonarse del todo; era incapaz de disfrutar de la deliciosa caída libre hacia el nihilismo y la anarquía como Truls Berntsen. Nadie iba a darle a Harry las gracias por eso, y no hacía falta, no buscaba ningún agradecimiento, y tampoco buscaba redimirse a través de sus buenas acciones. Su búsqueda incansable, casi obsesiva, de los peores delincuentes de la sociedad, había sido su única razón para levantarse de la cama hasta que conoció a Rakel, así que le estaba agradecido a ese gen de miembro de la manada o lo que fuera por el punto de referencia que había supuesto. Pero una parte de él ansiaba la libertad total y destructiva, soltar la cadena del ancla y dejarse aplastar por la marejada o limitarse a desaparecer en un océano inmenso y oscuro.

Salieron del ascensor y fueron por el pasillo de paredes pintadas de rojo que confirmaban que se habían bajado en la planta correcta, pasaron por delante de los despachos individuales hacia la zona de trabajo.

—¡Hola, Hole! —gritó Skarre por una puerta abierta. Por fin había conseguido ascender a detective y ahora ocupaba el despacho que fuera de Harry—. El dragón te está buscando.

—¿Tu mujer? —preguntó Harry sin reducir la marcha para poder ver el cabreo de Skarre y su intento fracasado de protestar.

—*Nice* —rebuznó Berntsen—. Skarre es un idiota.

Harry no sabía si intentaba tenderle la mano, pero no respondió. No tenía intención de hacerse con más amiguetes dudosos.

Tomó el corredor de la izquierda sin despedirse y entró por la puerta abierta del despacho de la directora de la sección. Había un hombre de espaldas, apoyado sobre la mesa de Katrine Bratt, pero era fácil reconocerlo por la calva brillante y la aureola de cabello negro y sorprendentemente denso.

—No quiero molestar pero, ¿me buscabas?

Katrine levantó la vista y el director de la policía Gunnar Hagen se giró a toda velocidad como si lo hubieran pillado con las manos en la masa. Le miraron en silencio.

Harry enarcó una ceja.

—¿Qué pasa? ¿Ya os habéis enterado?

Katrine y Gunnar Hagen se miraron. Hagen carraspeó.

—¿Y tú, te has enterado?

—¿Qué quieres decir? —dijo Harry—. La he interrogado yo.

Harry buscó una respuesta y supuso que el abogado de la policía, a quien Harry había llamado tras el interrogatorio para hablar de la puesta en libertad del padre, a su vez había informado a Katrine Bratt. ¿Pero qué hacía allí el director de la policía?

—Aconsejé a la hija que viniera con un abogado, pero no quiso —dijo Harry—. Y se lo he repetido antes de empezar el interrogatorio, pero ha vuelto a descartarlo, lo tenemos grabado. No, no lo tenemos grabado, lo tenemos en el disco duro.

Ninguno de ellos sonrió y Harry comprendió que algo iba mal, muy mal.

—¿Es por el padre? —preguntó Harry—. ¿Se ha... hecho algo?

—No —dijo Katrine—. No es el padre, Harry.

Harry se fijó inconscientemente en los detalles, que Hagen había dejado que hablara Katrine, su colega más cercana. Y que ella había utilizado su nombre de pila sin que hiciera falta. Airbags. En el silencio que se hizo a continuación, volvió a sentir la garra en el pecho. A pesar de que Harry no tenía mucha fe en la telepatía y la clarividencia, sintió como si lo que se aproximaba fuera lo que la garra y los destellos habían intentado advertirle desde el principio.

—Es Rakel —dijo Katrine.

6

Harry contuvo la respiración. Había leído que si uno contenía la respiración mucho rato se moría. Y no por falta de oxígeno, sino por exceso de dióxido de carbono. Que la mayoría de la gente no suele ser capaz de contener la respiración más de medio minuto, máximo un minuto, y que un buceador danés lo había hecho más de veintidós.

Harry había sido feliz. Pero la felicidad es como la heroína, una vez que la has probado, una vez que has experimentado que la felicidad existe, ya no podrás adaptarte a la vida infeliz, la corriente. Porque la felicidad no es lo mismo que la satisfacción. La felicidad no es natural. La felicidad es un vibrante estado de excepción, son segundos, minutos, días que sabes que no pueden durar. La privación no llega después, sino a la vez que la felicidad. Porque con la felicidad llega la dolorosa certeza de que nada volverá a ser igual, y echas de menos lo que ya tienes, temes el síndrome de abstinencia, la pena de la pérdida, maldices saber lo que eres capaz de sentir.

Rakel tenía la costumbre de leer en la cama. A veces le leía en voz alta, si era algún libro que a él le gustaba. Como los relatos breves de Kjell Askildsen. Le hacían feliz. Una noche le leyó una frase que se le quedó grabada. Sobre la chica joven que había vivido siempre sola con sus padres en un faro, hasta que llegó el hombre casado Krafft y se enamoró. Y pensó: «¿Por qué tuviste que venir para que me sintiera tan sola?». Katrine carraspeó, pero de todos modos le falló la voz.

—Han encontrado a Rakel, Harry.

Tuvo ganas de preguntar cómo podían haber encontrado a alguien que no había desaparecido. Pero para poder hablar tenía que respirar. Y respiró.

—¿Y eso… qué quiere decir?

Katrine luchaba por controlar la expresión de su rostro, pero tuvo que darse por vencida y se tapó la boca deformada por una mueca.

Gunnar Hagen tomó el relevo.

—Lo peor, Harry.

—No —se oyó decir Harry. Enfadado. Suplicante—. No.

—Ella…

—¡Espera! —Harry levantó las manos para protegerse—. No lo digas, Gunnar. Todavía no. Solo deja que… espera un poco.

Gunnar Hagen esperó. Katrine se había tapado la cara con las manos. Sollozaba en silencio, pero las sacudidas de sus hombros la delataban. Él buscó la ventana con la mirada. En el mar marrón que era el parque de Bostparken todavía había islotes y pequeños continentes de nieve blanquecina. Pero los tilos del paseo que llevaba a los calabozos habían empezado a echar brotes. En mes o mes y medio los capullos se abrirían de repente y cuando Harry despertara la primavera habría vuelto a tomar Oslo por asalto durante la noche. Y no tendría ningún sentido. Había estado solo la mayor parte de su vida. Lo había llevado bien. Ya no. No respiraba. Estaba repleto de dióxido de carbono. Y esperaba que llevara menos de veintidós minutos.

—Ok —dijo—. Adelante.

—Ha muerto, Harry.

7

Harry sopesó el teléfono móvil con la mano.

A ocho teclas de distancia.

Cuatro menos que cuando vivía en el Chunking Mansion de Hong Kong, las cuatro torres grises que formaban una pequeña sociedad, con alojamientos para trabajadores inmigrantes de África y Filipinas, restaurantes, espacios para rezar, sastres, oficinas de cambio de moneda, salas de parto y funeraria. La habitación de Harry estaba en el primer piso del bloque C. Cuatro metros cuadrados de hormigón desnudo con espacio para un colchón sucio y un cenicero, donde el goteo de un aparato de aire acondicionado marcaba el paso de los segundos, mientras que él había perdido la cuenta de los días y las semanas en que se deslizaba entrando y saliendo del efecto anestesiante del opio. Al final vino una tal Kaja Solness de la sección de Delitos Violentos y se lo llevó de vuelta a casa. Pero antes, había entrado en una especie de rutina. Cada día, después de comerse sus fideos transparentes en Li Yuan o bajar por Nathan Road y Melden Row para comprar una bola de opio en un biberón, regresaba, se situaba frente a los ascensores de Chunking Mansion y observaba el teléfono allí colgado. Había huido de todo. Del trabajo de detective de homicidios porque le corroía el alma. De sí mismo porque se había convertido en una fuerza destructiva que mataba todo lo que se le ponía por delante. Pero, sobre todo, de Rakel y Oleg porque no quería hacerles daño a ellos también. No más de lo que ya les había hecho.

Todos los días, mientras esperaba el ascensor, miraba fijamente al teléfono. Y tocaba las monedas que llevaba en el bolsillo del pantalón. Doce teclas y podría escuchar su voz. Asegurarse de que ella y Oleg estaban bien.

Pero no podía saberlo antes de llamar.

Sus vidas habían sido caóticas, y desde que él se marchó les había ocurrido de todo. Puede que Rakel y Oleg hubieran sido arrastrados por el torbellino que dejó el Muñeco de Nieve. Rakel era fuerte, pero Harry lo había visto en otros casos de asesinato, cómo los supervivientes también se convertían en víctimas.

Pero mientras no llamara, estarían allí. En su cabeza, en la cabina telefónica, en algún lugar del mundo. Mientras no supiera nada de ellos, mejor o peor, podía seguir imaginándolos paseando por los senderos de Nordmarka en octubre. Por donde habían caminado Rakel, Oleg y él mismo. El niño que corría por delante dando gritos de alegría mientras intentaba capturar las hojas que caían de los árboles. La mano cálida y seca de Rakel en la de Harry. Su voz que preguntaba entre risas por qué sonreía, y él que negaba con la cabeza al darse cuenta de que era así, de que estaba sonriendo. Nunca tocó ese teléfono público. Porque mientras Harry no marcara esas doce teclas podría imaginar que las cosas volverían a ser como antes.

Harry apretó la última de las ocho teclas.

El teléfono sonó tres veces antes de que respondiera.

—¿Harry?

La primera de las dos sílabas expresaba sorpresa y alegría, la segunda seguía reflejando sorpresa, pero mezclada con cierto grado de preocupación. Las pocas veces que Harry y Oleg se llamaban era por la noche, no en plena jornada laboral. Y solía ser por cuestiones prácticas. Claro que a veces la excusa práctica era algo endeble, pero ni Oleg ni Harry eran aficionados a hablar por teléfono así que, incluso cuando solo llamaban para ver cómo iba todo, procuraban ser breves. Las cosas no habían cambiado desde que Oleg y su pareja, Helga, se habían mudado a Lakselv, en Finnmark, al norte de Noruega, donde Oleg hacía su año de prácticas antes de empezar el último curso en la Academia Superior de Policía.

—Oleg —dijo Harry notando que ya tenía la voz llorosa.

Estaba a punto de derramar agua hirviendo sobre Oleg y este llevaría las cicatrices que esas quemaduras le provocaran el resto de su vida. Harry lo sabía muy bien, pues él tenía muchas cicatrices de ese tipo.

—¿Pasa algo? —preguntó Oleg.

—Se trata de tu madre —dijo Harry y se detuvo porque era sencillamente incapaz de seguir.

—¿Os vais a vivir juntos otra vez? —La voz de Oleg sonó esperanzada.

Harry cerró los ojos.

Oleg se enfadó cuando supo que su madre había dejado a Harry. Y puesto que nadie le había dicho la causa, lo había pagado con Rakel, no con Harry. Harry no creía que hubiera sido un padre lo bastante bueno como para que tomaran partido por él. Al contrario, cuando Harry apareció en sus vidas se mantuvo en segundo plano, tanto como educador como bálsamo, pues era evidente que el chico no necesitaba un padre de repuesto. Y Harry tampoco necesitaba ningún hijo. El problema, si es que podía considerarse así, era que a Harry le gustaba el chico serio y callado. Y viceversa. Rakel los acusaba de parecerse, y puede que tuviera algo de razón. Pasado un tiempo, cuando el niño estaba especialmente cansado o tenía dificultades para concentrarse, a veces se le escapaba un «papá» en lugar del «Harry» que habían acordado.

—No —dijo Harry—. No vamos a volver a vivir juntos. Oleg, son malas noticias.

Silencio. Harry comprendió que Oleg contenía la respiración. Harry derramó el agua.

—La han declarado fallecida, Oleg.

Pasaron dos segundos.

—¿Puedes repetir eso? —dijo Oleg.

Harry no sabía si sería capaz, pero lo hizo.

—¿Cómo que fallecida? —dijo Oleg.

Harry podía oír el eco metálico de la desesperación en su voz.

—La encontraron en casa esta mañana. Parece un asesinato.

—¿Parece?

—Acabo de enterarme. El equipo de guardia ya está allí y yo iré ahora.

—¿Cómo…?

—Todavía no lo sé.

—Pero…

Oleg no dijo nada más y Harry sabía que después de ese «pero» no había más que silencio. Era solo el instinto de objetar, de protestar, que te mantenía con vida, el rechazo a que las cosas fueran como eran en realidad. Un eco de su propio «pero» en el despacho de Katrine Bratt hacía veinticinco minutos. Harry esperó mientras Oleg se esforzaba para no llorar. Contestó a las siguientes veinticinco preguntas de Oleg con el mismo «No lo sé, Oleg».

Oyó los sollozos del chico y pensó: «Mientras él llore yo no lloraré».

Cuando Oleg dejó de llorar permanecieron un rato en silencio.

—Dejaré el teléfono encendido y te llamaré en cuanto sepa algo más —dijo Harry—. ¿Hay algún vuelo…?

—Hay uno vía Tromsø a la una. —La dificultosa y pesada respiración de Oleg restalló en el altavoz.

—Bien.

—Llámame en cuanto puedas, ¿vale?

—Sí.

—Y… ¿Papá?

—¿Sí?

—No dejes que…

—Claro que no —dijo Harry. Ignoraba por qué sabía en qué estaba pensando Oleg, no era ninguna idea racional, pero allí estaba. Carraspeó—. Prometo que ninguno de los que estén trabajando en el lugar de los hechos verá de ella más que lo que resulte imprescindible. ¿vale?

—Vale.

—Vale.

Silencio.

Harry buscó palabras de consuelo, pero no encontró ninguna que no pareciera un sinsentido.

—Te llamaré.

—Sí.

Colgaron.

8

Harry subió despacio por la cuesta que conducía al chalet de madera negra mientras recibía el impacto de las luces azules de los coches patrulla aparcados en la explanada. Las tiras de plástico naranja y blanco empezaban ya desde el portón. A su paso le observaban compañeros que no sabían qué hacer ni decir. Era como si caminara bajo el agua. Como un sueño del que tuviera la esperanza de despertar muy pronto. O tal vez no, mejor no despertar, porque estaba entumecido, padecía una extraña ausencia de sentimientos y sonidos, solo notaba una luz difusa y el ruido amortiguado de sus propios pasos. Como si le hubieran inyectado una droga.

Harry subió los tres escalones hasta la puerta abierta de la casa que Rakel, Oleg y él habían compartido. Oyó el chisporroteo de las radios policiales y las breves órdenes que Bjørn Holm daba a los restantes miembros del equipo de investigación de escenarios de crímenes.

Sin dejar de temblar, Harry respiró hondo. Luego cruzó el vano de la puerta y evitó instintivamente las banderitas blancas que habían colocado los técnicos.

Investigación, pensó. Se trata de una investigación. Estoy soñando pero, incluso en sueños, soy capaz de investigar. Solo hay que hacer las cosas bien, dejar que el tiempo fluya, y no me despertaré. Mientras no me despierte, esto no será verdad. Así que Harry hizo lo correcto, no miró al sol, al cadáver que sabía que se encontraba entre la cocina y el salón. El sol que, aunque no se tratara de Rakel, le cegaría si lo miraba de frente. La visión de un cadáver afecta a los sentidos del más curtido de los investigadores, los abruma en menor o mayor grado, los entumece y hace que estos sean menos receptivos a impresiones no tan impactantes, como los demás pequeños detalles del escenario de un crimen que pueden decirles algo, o conformar una historia lógica, hilada. O hace que les pasen desapercibidas cosas que rechinan, que no encajan en la imagen completa. Paseó la mirada por las paredes. Bajo el estante de los sombreros colgaba de un gancho un solitario abrigo rojo. Allí ella solía dejar la última chaqueta que se hubiera puesto, salvo que ya supiera que no la iba a volver a usar próximamente, entonces la colgaba en el armario, junto al resto de los abrigos. Tuvo que controlarse para no coger el abrigo, apretarlo contra su rostro e inhalar su aroma. A bosque. Porque usara el perfume que usara Rakel, la sinfonía de olores siempre tenía una nota de bosque de coníferas bañado por el sol. No vio el pañuelo de seda roja que solía llevar con ese abrigo, pero los botines negros estaban en el zapatero, justo debajo. Harry dejó que su mirada siguiera el recorrido hacia el salón, pero tampoco allí vio nada nuevo. Estaba exactamente igual que la habitación que había abandonado hacía dos meses, once días y veinte horas. No había ningún cuadro torcido, no habían movido ningún mueble, las alfombras estaban en su sitio. Se fijó en la cocina. Allí. Faltaba un cuchillo en el bloque de madera piramidal de la encimera de la cocina. La mirada fue acercándose al cadáver en círculos. Notó una mano sobre el hombro.

—Hola, Bjørn —dijo Harry sin darse la vuelta y sin detener el sistemático escaneo del lugar del crimen que estaba realizando con la vista.

—Harry —dijo Bjørn—. No sé qué decir.

—Deberías decir que no puedo estar aquí —dijo Harry—. Deberías decir que soy un inútil, que esta no es mi investigación, y que yo, como todos los demás, debería esperar a que me citen para una eventual identificación.

—Sabes que no voy a decir eso.

—Si no lo haces tú, lo hará otro —dijo Harry, observando el chorro de sangre que caía de la parte baja de la librería y mojaba el lomo de las obras completas de Hamsun y una vieja enciclopedia que a Oleg le gustaba ojear mientras Harry le explicaba cómo había cambiado el mundo desde que imprimieron la enciclopedia y por qué—. Y preferiría que fueras tú.

Harry miró a Bjørn por primera vez. Tenía los ojos húmedos y aún más saltones de lo habitual, el rostro pálido enmarcado por unas patillas pelirrojas estilo Elvis en los años setenta, unos cuantos pelos de barba diseminados por el mentón y una gorra que había sustituido a la de rastafari que siempre llevaba.

—Si quieres que lo diga, lo diré, Harry.

Ahora la mirada de Harry se estaba aproximando al sol y dio con el borde de un charco de sangre en el suelo de madera. Por la forma cabía suponer que era grande. A Oleg le había dicho: «Dada por fallecida», como si no acabara de creérselo hasta que no lo viera por sí mismo. Harry carraspeó.

—Antes dime qué tenéis.

—Cuchillo —dijo Bjørn—. Medicina Legal está en camino, pero creo que han sido tres incisiones, nada más. Y una es en el cuello, justo debajo del cráneo. Eso quiere decir que murió…

—Rápido y sin dolor —dijo Harry—. Gracias por ser tan considerado, Bjørn.

Bjørn asintió con un movimiento de cabeza y Harry comprendió que el técnico criminalista había hablado de ese modo tanto por Harry como por él mismo.

Volvió a mirar el taco de madera de la encimera. Los afiladísimos cuchillos Tojiro que había comprado en Hong Kong eran del estilo tradicional santoku con mango de roble, pero estos además llevaban una almohadilla de cuerno de búfalo de agua. A Rakel le encantaban. Parecía que faltaba el más pequeño, uno universal con una hoja de entre diez y quince centímetros.

—Y no hay ningún indicio de agresión sexual —dijo Bjørn—. Lleva puesta toda la ropa y no está rasgada por ningún lado.

La mirada de Harry había llegado al sol.

No se despertaría.

Rakel estaba en posición fetal y le daba la espalda, el rostro dirigido hacia la cocina. Más encogida que cuando dormía. No tenía ninguna marca visible de cuchilladas en la espalda, el largo cabello negro ocultaba la nuca. Las voces que berreaban en su cabeza intentaban ahogarse entre ellas. Una gritaba que llevaba puesta la chaqueta de lana tradicional que le había comprado en un viaje a Reikiavik. Otra que no era ella. Que no podía ser ella. Una tercera que, si era lo que parecía, que la habían acuchillado por delante primero y que el asesino no se interponía entre ella y la puerta de la calle, es que no había intentado huir. Y la cuarta, que en cualquier momento se pondría de pie, se acercaría a él riéndose y señalaría una cámara oculta.

Cámara oculta.

Harry oyó que alguien carraspeaba discretamente y se giró.

En la puerta había un hombre robusto, cuadrado de espaldas, con una cabeza que parecía tallada en granito y dibujada con tiralíneas. Un cráneo sin pelo con una barbilla rectangular, boca grande, nariz recta, ojos alargados y estrechos bajo unas cejas horizontales. Pantalones vaqueros, chaqueta de traje y camisa sin corbata. Los ojos grises no expresaban nada, pero la voz, la manera en que prolongaba las palabras, como si las disfrutara, como si hubiera esperado el momento de pronunciarlas, transmitían todo lo que los ojos ocultaban.

—*I'm sorry*, pero debo pedirte que abandones el lugar de los hechos, Hole.

Harry sostuvo la mirada de Ole Winter y se dijo que el director de la Policía Judicial había echado mano de un anglicismo, como si el noruego no sirviera ni para expresar compasión. Y que Winter ni siquiera había puesto un punto y seguido entre el anglicismo y la orden, solo una coma rápida. Harry no respondió. Se limitó a darse la vuelta y mirar de nuevo a Rakel.

—Eso quiere decir ya, Hole.

—Hummm. Que yo sepa el cometido de la Policía Judicial es prestar apoyo a la Policía del Distrito de Oslo, no dar órde…

—Y en este momento el apoyo de la Policía Judicial consiste en mantener al marido de la víctima alejado del escenario del crimen. Puedes actuar como un profesional y decir que estás de acuerdo o puedo pedirle a alguno de los chicos de uniforme que te ayude a salir.

Harry sabía que a Ole Winter no le importaría que dos agentes arrastraran a Harry hasta un coche patrulla de la policía a la vista de sus colegas, vecinos y los carroñeros de la prensa que fotografiaban todo lo que veían desde la calle. Ole Winter era un par de años mayor que Harry y llevaba como este veinticinco años investigando asesinatos: Harry en el distrito policial de Oslo, y Winter en el cuerpo nacional y especializado de la Policía Judicial, Kripos, que prestaba apoyo a las policías locales en casos de crímenes graves, como asesinatos. A veces, debido a la superioridad de sus recursos y capacitación, se hacían cargo de la investigación por completo. Harry suponía que era el director del distrito policial, Gunnar Hagen, quien había tomado la decisión de llamar a Kripos. Una decisión perfectamente correcta, puesto que el marido de la víctima trabajaba en la sección de Delitos Violentos de la Comisaría de Oslo. Pero también un poco dolorosa, puesto que siempre había una competencia tácita entre los dos cuerpos de investigación de asesinatos más importantes del país. Ole Winter opinaba que Harry Hole estaba muy sobrevalorado, que su estatus de leyenda se debía más a la espectacularidad de los casos que había resuelto que al nivel profesional del trabajo policial realizado. También pensaba que a él mismo, pese a ser la estrella indiscutible de Kripos, lo subestimaban, al menos fuera de su círculo más cercano. Y que eso se debía a que sus triunfos nunca eran objeto de los mismos titulares que los de Hole porque la labor policial seria rara vez lo era. Mientras que un borracho que iba por libre y tenía un solo momento de inspirada clarividencia siempre llamaba la atención.

Harry sacó la cajetilla de Camel, se puso un cigarrillo entre los labios y cogió el encendedor.

—Ya me voy, Winter.

Pasó junto a él, consiguió bajar la escalera y llegar hasta la gravilla antes de tener que dar un paso a un lado para evitar caerse. Se quedó de pie, quería fumar, pero las lágrimas lo cegaban hasta el punto de que no veía ni el encendedor ni el cigarrillo.

—Toma.

Harry oyó la voz de Bjørn, parpadeó un par de veces y aspiró la llama del encendedor que Bjørn acercaba a su cigarrillo. Harry inhaló con fuerza. Tosió e inhaló de nuevo.

—Gracias. ¿Te han echado a ti también?

—Para nada, yo trabajo igual de bien para Kripos que para la policía del distrito de Oslo.

—Por cierto, ¿tú no estás de baja paternal?

—Katrine me ha llamado. Seguramente ahora mismo el niño está sentado en el regazo de la jefa y dirige la sección de Delitos Violentos. —La media sonrisa de Bjørn se esfumó tan rápido como había aparecido—. Perdóname, Harry, no hago más que decir tonterías.

—Hummm. —El viento arrastró el humo que Harry exhalaba—. ¿Habéis acabado con la zona de acceso?

Permanecería en modo investigador, seguiría anestesiado.

—Sí —dijo Bjørn—. La noche del sábado al domingo heló, así que la gravilla estaba más compacta. Si aquí hubo coches o gente, no han dejado mucha huella.

—¿La noche del sábado al domingo? ¿Crees que fue cuando ocurrió?

—Está fría, y cuando le doblé el brazo tuve la impresión de que el rigor mortis ya se estaba reduciendo un poco.

—En ese caso, mínimo veinticuatro horas.

—Sí, pero el forense ya debe de estar aquí. ¿Estás bien, Harry?

Harry había tenido una arcada, pero asintió y se tragó la bilis ardiente. Lo estaba consiguiendo. Lo lograba. Seguía dormido.

—Esas cuchilladas, ¿tienes alguna impresión de qué cuchillo han utilizado?

—Apostaría a que es una hoja entre mediana y pequeña. No hay moratones en el lateral de la herida, así que o no profundizó mucho o el cuchillo no tiene la punta curvada.

—La sangre. Lo hundió mucho.

—Sí.

Harry chupó con desesperación el cigarrillo que ya se aproximaba al filtro. Un hombre joven y alto que llevaba una cazadora Burberry y traje subía por la cuesta hacia ellos.

—Katrine me ha dicho que quien dio el aviso fue alguien del trabajo de Rakel —dijo Harry—. ¿Sabes algo más?

—Solo que fue su jefe —dijo Bjørn—. Rakel no se presentó a una reunión importante, no conseguían dar con ella. Se temió algo.

—Hummm. ¿Es normal llamar a la policía solo porque uno de tus empleados no se presente a una reunión?

—No lo sé, Harry. Dijo que no era propio de Rakel no aparecer y menos todavía no avisar. Y sabían que vivía sola.

Harry asintió despacio. Sabían más que eso. Sabían que acababa de echar de casa a su marido. Un hombre con fama de desequilibrado. Tiró el cigarrillo y oyó el quejido de la gravilla cuando lo aplastó con el talón.

El joven había llegado hasta ellos. Tendría treinta y tantos años, delgado, porte erguido, rasgos asiáticos. Parecía llevar un traje hecho a medida, lucía una camisa blanquísima y recién planchada, el nudo de la corbata apretado. Llevaba el cabello negro y espeso corto, con un corte que podría parecer discreto si no fuera tan estudiadamente clásico. El investigador de Kripos Sung-min Larsen olía ligeramente a un perfume que Harry supuso caro. Por lo que sabía, en Kripos le llamaban el Índice Nikkei, a pesar de que el nombre de pila Sung-min, que Harry conocía de la época que pasó en Hong Kong, era coreano, no japonés. Se había licenciado en la Academia Superior de Policía el mismo año que Harry empezó a dar clases allí, pero aun así Harry lo recordaba de las clases de investigación por las camisas blancas y su presencia silenciosa, las medias sonrisas que le dedicaba cuando él, que daba sus primeros pasos como profesor, se sentía inseguro en algún tema, y por sus notas, que habían sido las más altas nunca obtenidas por nadie en la academia.

—Mi más sentido pésame, Hole —dijo Sung-min Larsen—. Te acompaño en el sentimiento. —Era casi tan alto como Harry.

—Gracias, Larsen. —Harry señaló con un movimiento de cabeza el cuaderno de notas que el investigador de Kripos llevaba en la mano—. ¿Has dado una vuelta por el vecindario?

—Así es.

—¿Algo de interés?

Harry miró a su alrededor. En el elegante barrio de Holmenkollen había mucha distancia entre las casas. Setos altos e hileras de pinos.

Por unos instantes Sung-min Larsen pareció preguntarse si debía compartir esa información con el distrito policial de Oslo. O tal vez el problema fuera que Harry era el marido de la fallecida.

—Tu vecina, Wenche Angondora Syvertsen, dice que no oyó ni vio nada extraordinario el sábado por la noche. Le pregunté si duerme con la ventana abierta y me confirmó que así es. Pero también me dijo que lo hace porque los sonidos familiares no la despiertan. Sonidos como el coche de su marido, los de los vecinos o el camión de la basura. Comentó que la casa de Rakel Fauske tiene unas paredes de madera muy gruesas.

Dijo esto sin necesidad de consultar sus notas y Harry tuvo la impresión de que Larsen presentaba esta información de poca relevancia como una prueba, para ver si provocaba alguna reacción.

—Hummm —dijo Harry en tono grave, como para indicar que había comprendido lo que Larsen le decía.

—¿Es así? ¿Su casa? ¿También tuya, no?

—Separación de bienes —dijo Harry—. Insistí yo. No quería que nadie pensara que me casaba con ella por su dinero.

—¿Era rica?

—No, es broma. —Harry señaló la casa con la cabeza—. Será mejor que transmitas la información que has obtenido a tu jefe, Larsen.

—¿Winter ha llegado?

—Por lo menos ahí dentro ha empezado a hacer frío.

Sung-min Larsen esbozó una sonrisa educada.

—Formalmente es Winter quien está al frente de la investigación, pero parece que voy a tener bastante responsabilidad en este caso. No soy de tu calibre, Hole, pero te prometo que pondré todo de mi parte para detener al asesino de tu mujer.

—Gracias.

Harry tuvo la sensación de que el joven investigador había querido decir cada palabra que había pronunciado. Salvo lo del calibre. Siguió con la mirada a Larsen, que pasó por delante de los coches patrulla camino hacia la casa.

—Cámara oculta —dijo Harry.

—¿Cómo?

—Puse una cámara de caza en ese pino del centro. —Harry inclinó la cabeza hacia un grupo de arbustos y árboles, una pequeña muestra de bosque noruego que crecía frente a la valla de la propiedad vecina—. Tendré que avisar a Winter.

—No. —Bjørn fue contundente. Harry lo miró sorprendido. No era frecuente ver al de Toten tan decidido. Bjørn Holm se encogió de hombros—. Si ahí hay grabaciones que puedan servir para solucionar el caso, no quiero que Winter se lleve los honores.

—¿Y bien?

—Por otra parte, tampoco tú deberías tocar nada.

—Porque soy sospechoso —dijo Harry.

Bjørn no respondió.

—No pasa nada —dijo Harry—. El marido siempre es el primer sospechoso.

—Hasta que te hayamos descartado —dijo Bjørn—. Yo me ocuparé de la grabación de la cámara. El pino del centro, ¿no?

—No es fácil verla —dijo Harry—. La caja de la cámara está dentro de un calcetín del mismo color que el tronco. Está a dos metros y medio de altura.

Bjørn miró a Harry con una expresión extraña. A continuación, el técnico de criminalística empezó a avanzar hacia los árboles con sus andares sorprendentemente suaves y lentos. El teléfono de Harry sonó. Las primeras cuatro cifras le decían que era de un teléfono fijo de la redacción del diario sensacionalista VG. Los buitres olían carnaza. Que le llamaran a él probablemente quería decir que tenían el nombre de la víctima y habían pillado la conexión. Rechazó la llamada y devolvió el teléfono al bolsillo.

Bjørn se había puesto en cuclillas junto a los pinos. Levantó la vista y le indicó con la mano a Harry que se aproximara.

—No te acerques más —dijo Bjørn, que se había puesto sus guantes de látex blanco—. Alguien ha estado aquí antes que nosotros.

—¿Qué cojones…? —susurró Harry—. Habían arrancado la rama del tronco, que yacía desgarrada en el suelo. Junto a la cámara rota y la caja. Alguien la había pisoteado. Bjørn levantó la cámara.

—Han quitado la tarjeta de memoria.

Harry respiraba por la nariz.

—Tiene mérito ver esa cámara de caza con la media de camuflaje puesta —dijo Bjørn—. Habría que acercarse mucho al árbol para verla.

Harry asintió despacio.

—O… —dijo, sintiendo que el cerebro necesitaba más oxígeno del que era capaz de proporcionarle—, quien fuera sabía que la cámara estaba allí.

—Bien. ¿A quién se lo has dicho?

—A nadie. —La voz de Harry sonaba afónica y en un primer momento no comprendió por qué; luego pensó que era el dolor que crecía en su pecho y quería salir. ¿Se estaba despertando?—. Absolutamente nadie —dijo Harry—. Y la instalé en la más completa oscuridad, en plena noche, nadie me vio. Ningún ser humano, al menos.

Ahora Harry supo qué era lo que quería salir. Graznidos de cuervo. El llanto del loco. La risa.

9

Eran las dos y media de la tarde y los pocos clientes del local miraron con escaso interés hacia la puerta que se abría.

Restaurante Schrøder.

Puede que la palabra restaurante fuera un poco exagerada para describir ese lugar. La desangelada cafetería servía algunas especialidades noruegas, eso era cierto, como bacon con bechamel, pero el plato principal eran la cerveza y el vino. Llevaba en la calle Waldemar Thrane desde mediados de los años cincuenta y era el bar preferido de Harry desde los noventa. Con unos años de descanso que se correspondían con la época en que se fue a vivir con Rakel a Holmenkollen. Pero ya estaba de vuelta.

Harry se dejó caer sobre el banco de la mesa de la ventana.

El banco era nuevo. Por lo demás, la decoración no había cambiado en los últimos veinte años: las mismas mesas y sillas, la misma bóveda de cristales de colores, los mismos paisajes de Oslo de Sigurd Fosnes, incluso los mismos manteles blancos encima de otros rojos. El mayor cambio que Harry podía recordar se produjo cuando aprobaron la ley antitabaco en 2004 y pintaron el local para quitar la peste a humo. El color era el mismo. Y el olor a tabaco nunca había desaparecido del todo.

Comprobó el teléfono, pero Oleg no había respondido a su mensaje para que lo llamara, estaría en el avión.

—Espantoso, Harry —dijo Nina recogiendo dos pintas de cerveza vacías de la mesa—. Acabo de leerlo en la red. —Se secó la mano libre en el delantal y le miró—. ¿Cómo estás?

—Mal, gracias —dijo Harry.

Vio que los buitres ya habían publicado los nombres. Seguro que habrían conseguido una foto de Rakel en alguna parte. Y de Harry, por supuesto, de esas tenían el archivo lleno, algunas tan feas que Rakel le había preguntado si no podría posar un poco la próxima vez. Ella no sale fea en una foto ni a propósito. No. *Salía*. Joder.

—¿Café?

—Hoy debo pedirte que me sirvas cerveza, Nina.

—Entiendo las circunstancias, pero no te he servido alcohol en… ¿cuántos años, Harry?

—Muchos, y te agradezco que te preocupes, pero es que no puedo despertarme, sabes.

—¿Despertarte?

—Si voy a un sitio donde me sirvan alcohol destilado, es posible que hoy me mate bebiendo.

—¿Has venido aquí porque solo servimos cerveza?

—Y también porque desde aquí sé volver a casa a ciegas.

La robusta y decidida camarera se quedó mirándolo con un gesto preocupado y meditabundo. Luego suspiró.

—Vale, Harry. Pero yo decido cuándo es suficiente.

—Nunca es suficiente, Nina.

—Lo sé. Pero creo que has venido porque quieres que te sirva alguien de quien te fías.

—Puede ser.

Nina se marchó y volvió con una pinta.

—Despacio —dijo cuando se la puso delante—. Bebe despacio.

Cuando ya iba por la tercera, la puerta volvió a abrirse. Harry notó que la gente que había levantado la cabeza no volvía a bajarla, que sus miradas seguían el recorrido de las largas piernas enfundadas en cuero hasta que la mujer llegaba a la mesa de Harry y se sentaba.

—No contestas al teléfono —dijo y detuvo con un gesto a Nina, que se dirigía hacia ellos.

—Está apagado. VG y los otros han empezado a llamar.

—Eso no es nada, no he visto tanto interés por una rueda de prensa desde el caso del Vampirista. Y, en parte por eso, el director de la Policía ha decidido suspenderte de tus funciones de momento.

—¿Eh? Entiendo que no pueda trabajar en este caso, ¿pero me suspendéis de todo servicio, de verdad? ¿Porque la prensa cubre un caso de asesinato?

—Porque no te van a dejar en paz y así no podrás trabajar. Además, ahora mismo lo que menos necesitamos es esa distracción.

—¿Y?

—¿Y qué?

—No has acabado. —Harry se llevó el vaso de cerveza a los labios.

—No tengo nada más que decir.

—Sí que hay algo. Algo que ver con la política. Cuéntame.

Katrine suspiró profundamente.

—Desde que Bærum y Asker pasaron a formar parte del distrito policial de Oslo somos responsables de una quinta parte de la población de Noruega. Hace dos años las encuestas indicaban que el ochenta y seis por ciento de la población tenía confianza o mucha confianza en nosotros. Esa cifra, a causa de un par de casos aislados desafortunados, ha caído al sesenta y cinco por ciento. Y eso ha hecho que a nuestro querido director Hagen le haya pedido explicaciones nuestro no tan querido ministro de Justicia, Mikael Bellman. Por decirlo en pocas palabras: lo que menos necesitan en estos momentos Hagen y el distrito policial de Oslo es que, por ejemplo, se publique una entrevista iracunda con un policía borracho de servicio.

—Y paranoico, no lo olvides. Paranoico, borracho e iracundo. —Harry echó la cabeza hacia atrás y vació el vaso.

—Por favor, basta de paranoias, Harry. He hablado con Winter, de Kripos, y no hay rastro de Finne.

—Entonces ¿de qué hay rastro?

—De nada.

—Tenemos una mujer muerta, por supuesto que hay rastros. —Harry hizo una señal a Nina para indicarle que estaba listo para la siguiente.

—Vale. Estos son los indicios que nos ha proporcionado Medicina Legal —dijo Katrine—. Rakel murió a consecuencia de una cuchillada en la nuca. La hoja seccionó el centro de control de la respiración en la *medulla oblongata*, entre la primera vértebra y el cráneo. Lo más probable es que falleciera de manera instantánea.

—No le pregunté a Bjørn por las otras dos —dijo Harry.

—¿Las otras qué?

Vio que Katrine tragaba saliva. Que había intentado ahorrárselo.

—Cuchilladas.

—El estómago —dijo ella.

—Por lo tanto, quizá no fue una muerte sin dolor.

—Harry…

—Sigue —dijo Harry doblando la cintura. Parecía que estaba sintiendo las cuchilladas en su propio cuerpo.

Katrine carraspeó.

—Suele resultar muy difícil fijar la hora de la muerte con cierta precisión cuando alguien ha fallecido veinticuatro o más horas antes, como en este caso. Pero, como tal vez hayas oído mencionar, Medicina Legal ha desarrollado un método, en colaboración con Criminalística, en el que combinan, entre otras cosas, la temperatura rectal, la de los ojos, la presencia de hypotaxin en el líquido ocular y la temperatura del cerebro…

—¿El cerebro?

—Sí. El cráneo protege el cerebro y hace que le afecten menos los factores externos. Introducen una sonda con forma de aguja por una fosa nasal y luego por la *lamina cribosa*, donde la base del cráneo…

—Pues sí que has aprendido mucho latín últimamente.

Katrine no respondió.

—Lo siento —dijo Harry—. Estoy… no estoy…

—No pasa nada —dijo Katrine—. Se dieron un par de circunstancias favorables. Sabemos que la temperatura del piso bajo ha sido constante puesto que todos los radiadores están conectados a un termostato común. Y puesto que la temperatura era bastante baja…

—Decía que pensaba mejor con un jersey de lana y la cabeza fría —dijo Harry.

—… la temperatura de los órganos internos aún no se había equiparado a la del entorno. Así hemos podido establecer la hora de la muerte entre las veintidós horas del sábado y las dos de la madrugada del domingo once de marzo.

—Hummm. ¿Y qué tienen los técnicos del escenario del crimen?

—La puerta de la calle no tenía la llave echada cuando llegó la policía y, como carece de cierre automático, todo parece indicar que el asesino abandonó el lugar del crimen por esa puerta. Tampoco hay ningún indicio de que hayan forzado acceso alguno, por lo que parece que la puerta estaba abierta cuando llegó el asesino…

—Rakel siempre tenía esa puerta cerrada con llave. Y todas las demás puertas. Esa casa es una maldita fortaleza.

—… o Rakel lo dejó pasar.

—Hummm. —Harry se giró impaciente buscando a Nina.

—Tienes razón en eso de que parece una fortaleza. Bjørn fue de los primeros en llegar y dice que revisó la casa desde el sótano hasta el desván y que todas las puertas estaban cerradas por dentro y todas las ventanas tenían las fallebas echadas. ¿Qué crees tú?

—Creo que tiene que haber más indicios.

—Sí —asintió Katrine—. El rastro de una persona que ha borrado los indicios. Alguien que *sabe* qué debe eliminar.

—Exacto. ¿Y crees que Finne no sabe cómo se hace?

—Sí, claro. Y Finne es sospechoso, por supuesto, siempre lo será. Pero no podemos decirlo en público, no podemos señalar a un ciudadano en concreto basándonos en una corazonada.

—¿Corazonada? Ya te he dicho que Finne nos amenazó a mi familia y a mí. —Katrine no respondió. Harry la observó. Luego asintió despacio—. Mejor dicho: afirma el marido repudiado por la víctima.

Katrine se inclinó sobre la mesa.

—Escucha, cuanto antes podamos descartarte menos lío habrá. Ahora mismo el principal responsable es Kripos, pero estamos colaborando con ellos, así que puedo presionar para que den prioridad a averiguar si estás o no libre de sospecha, así podremos emitir una nota de prensa.

—¿Nota de prensa?

—Sabes que los periódicos no lo dicen a las claras, pero los lectores no son tontos. Y la verdad es que no se equivocan. La probabilidad de que el marido sea el culpable en casos de asesinato como este es de aproximadamente...

—Ochenta por ciento —dijo Harry despacio y en voz alta.

—Perdón —dijo Katrine sonrojándose—. Solo queremos acabar con esa posibilidad cuanto antes.

—Lo entiendo —murmuró Harry planteándose la opción de llamar a Nina—. Es que hoy estoy un poco susceptible.

Katrine alargó la mano por encima de la mesa y la apoyó encima de la de él.

—No puedo ni imaginarme cómo es, Harry, perder así al amor de tu vida.

Harry miraba su mano.

—Yo tampoco —dijo—. Por eso tengo intención de estar lo menos presente posible mientras me voy haciendo a la idea. ¡Nina!

—No pueden tomarte declaración si estás borracho, no podrán descartarte hasta que estés sobrio.

—Solo es cerveza, si me llaman, estaré sobrio en un par de horas. Por cierto, te sienta muy bien la maternidad, ¿te lo había dicho ya?

Katrine esbozó una sonrisa y se puso de pie.

—Tengo que volver, Kripos nos ha pedido usar nuestras instalaciones para los interrogatorios. Cuídate, Harry.

—Hago lo que puedo. Anda, ve y captúralo.

—Harry...

—Si no, lo haré yo mismo. ¡Nina!

Dagny Jensen caminaba por el sendero cubierto del rocío primaveral entre las tumbas del cementerio de Vår Frelser. El olor a metal quemado que desprendían unos trabajos de mantenimiento en la calle se superponía al aroma de ramos de flores putrefactas y tierra mojada. Y cagadas de perro. Así era la primavera en Oslo cuando la nieve acababa de derretirse; pero, a veces, se preguntaba quiénes serían los propietarios de esos perros que utilizaban el campo santo para abandonar las heces de sus mascotas sin testigos. Dagny había ido a visitar la tumba de su madre, como hacía cada lunes después de la última clase en el colegio Katetralskolen, que estaba a solo tres o cuatro minutos caminando. Trabajaba allí como profesora de inglés. Echaba de menos a su madre, sus charlas diarias sobre el mar y los peces. Su madre había estado tan viva para ella, era tan real, que cuando la llamaron de la residencia para decirle que había muerto no se lo creyó. Ni siquiera cuando vio el cadáver, que parecía una muñeca de cera, una copia falsa. Es decir, su cerebro lo comprendía, claro, pero el cuerpo no. Era el cuerpo quien exigía haber presenciado la muerte de su madre para creérsela. Por eso Dagny aún soñaba que llamaban a la puerta de su piso en la calle Thorvald Meyer y que allí estaba su madre, como la cosa más natural del mundo. ¿Por qué no? Pronto mandarían a la gente a Marte, por lo que ¿quién podía asegurar que era médicamente imposible insuflar vida a un cuerpo muerto? Durante el funeral, la joven pastora había dicho que nadie tenía una respuesta segura a la cuestión de qué había más allá de la muerte, que todo lo que sabíamos era que quienes traspasaban ese umbral nunca regresaban. Eso había alterado a Dagny. No tanto porque la llamada Iglesia del Pueblo hubiera renunciado a su única función real: dar respuestas seguras y consuelo sobre lo que nos espera al morir. Si no por ese «nunca» que la sacerdote había enfatizado con tanta seguridad. Si la gente necesitaba una esperanza, la ingeniosa idea de que sus muertos algún día se levantarían de entre los muertos, ¿por qué había que quitársela? Si era cierto lo que la fe de la pastora afirmaba, que ya había ocurrido, ¿por qué no podía suceder de nuevo?

Dagny cumpliría los cuarenta dentro de dos años, hasta ahora nunca había estado casada ni prometida, no había tenido hijos, no había viajado a Micronesia, no había llevado a cabo su plan de abrir un orfelinato en Eritrea ni había terminado de escribir su poemario. Pero tenía la esperanza de que nunca más oiría a nadie decir la palabra «nunca». Dagny subía por el sendero, en el extremo del cementerio que quedaba más cerca de la calle Ullevåsveien, cuando se fijó en la espalda de un hombre. Es decir, se fijó en la larga trenza negra que colgaba por su espalda, y en que no llevaba abrigo sobre la camisa de cuadros de franela. Estaba frente a una lápida que había llamado la atención a Dagny porque durante el invierno siempre estaba cubierta de nieve y pensó que era un fallecido sin parientes, o al menos sin nadie que lo hubiera querido en vida.

Dagny Jensen tenía un físico fácil de olvidar. Una mujer menuda, bajita, que hasta el momento había pasado por la vida de puntillas. Además, el tráfico de la tarde en Ullevålsveien ya era intenso, a pesar de que no eran ni las tres, puesto que en los últimos cuarenta años el horario laboral de Noruega había encogido hasta tal punto que impresionaba y a la vez irritaba a los extranjeros. Por eso se sorprendió de que el hombre pareciera haberla oído acercarse y, cuando se volvió hacia ella, de que fuera viejo. Tenía la piel del rostro muy curtida y con arrugas tan profundas que parecían llegarle hasta el hueso. Bajo la camisa de franela se intuía un cuerpo esbelto, musculoso y joven, pero la cara y el blanco amarillento de los ojos que rodeaba el iris marrón y las pupilas del tamaño de la cabeza de un alfiler eran los de un hombre de al menos setenta años. Llevaba una cinta roja en la frente, como un indio, y un bigote ralo alrededor de los gruesos labios.

—Buenos días —dijo en voz alta para ahogar el tráfico.

—Qué bien que alguien visite esta tumba —dijo Dagny sonriendo.

No solía ser tan comunicativa con desconocidos, pero hoy estaba de buen humor, sí, casi un poco emocionada, puesto que Gunnar, el nuevo profesor, que también daba clase de inglés, la había invitado a una copa de vino.

El hombre correspondió a su sonrisa.

—Es mi hijo —dijo con voz profunda y ronca.

—Lo lamento —dijo, y vio que lo que el hombre había clavado en la nieve frente a la tumba no era una flor, sino una pluma.

—En la tribu de los cherokees solían dejar una pluma de águila en la tumba de sus muertos —dijo el hombre como si hubiera leído sus pensamientos—. No es de águila, es de halcón ratonero.

—Ah. ¿Dónde la has conseguido?

—¿Una pluma de halcón ratonero? Oslo está totalmente rodeada de naturaleza agreste, ¿no lo sabías? —El hombre sonrió.

—Bueno, da la sensación de que aquí todo es bastante civilizado. Pero una pluma es una idea muy bonita. Tal vez pueda llevar el alma de tu hijo al cielo.

El hombre negó con la cabeza.

—Naturaleza agreste y nada de civilización. Un policía asesinó a mi hijo. No creo que mi hijo llegue al cielo por muchas plumas que le ponga, pero tampoco estará en un infierno tan atroz como ese al que se dirige el policía. —Su voz no traslucía odio, sino que parecía lamentarse, como si se compadeciera del policía—. ¿Tú a quién vienes a ver?

—A mi madre —dijo Dagny contemplando la tumba del hijo. Valentin Gjertsen. El nombre le resultaba vagamente familiar.

—Entonces no eres viuda. Porque una mujer be-bella como tú se ca-casaría joven y tendrá hijos, ¿no?

—Gracias, ninguna de las dos cosas. —Dagny se echó a reír y una idea cruzó su mente: un niño con sus rizos rubios y la sonrisa tranquila de Gunnar. Sonrió aún más.

—Qué bonito es —dijo ella señalando el hermoso y elaborado objeto metálico clavado en la tierra, frente a la tumba—. ¿Qué representa?

Él lo cogió y se lo mostró. Parecía una serpiente contorsionándose y terminaba en una punta afilada.

—Simboliza la muerte. ¿Hay lo-locos en tu familia?

—Eh… no, que yo sepa.

Él se arremangó la camisa de franela en el brazo en el que llevaba el reloj.

–Las dos y cuarto –dijo Dagny.

Él sonrió como si fuera un dato superfluo, apretó el lateral del reloj, la miró y añadió a modo de explicación:

–Dos mi-minutos y medio.

¿Iba a cronometrar algo?

De repente se plantó frente a ella en dos zancadas. Olía a hoguera. Como si pudiera leer sus pensamientos, dijo:

–Yo también te huelo. Te olí antes de que llegaras. –Se había humedecido los labios, que se retorcían como anguilas en una nasa cuando hablaba–. Es-estás ovulando.

Dagny se arrepintió de haberse parado. Pero seguía allí, atrapada por su mirada.

–Si no te resistes, será un momento –susurró.

Al fin ella consiguió liberarse y se dio la vuelta para echar a correr. Pero una mano rápida se metió por debajo de su chaqueta corta, agarró el cinturón del pantalón y tiró de ella hacia atrás. Tuvo tiempo de dar un par de pasos cortos y mirar hacia el campo santo desierto antes de que él la lanzara e incrustara en el seto que crecía junto a la cerca que daba a la calle Ullevål. Dos robustos brazos rodearon sus pechos, la sujetaron como un torniquete. Consiguió tomar un poco de aire para dar la voz de alarma, pero fue como si eso fuera lo que él estaba esperando, porque en el momento en que exhaló y empezó a emitir un sonido, los brazos apretaron aún más el torniquete y vaciaron de aire sus pulmones. El hombre seguía sosteniendo la serpiente de metal oscilante en una mano. La otra la agarró por el cuello y apretó. Todo se volvió oscuro y, a pesar de que el brazo que rodeaba su pecho se soltó de pronto, sintió el cuerpo pesado, sin fuerzas.

«Esto no está pasando», pensó cuando la otra mano se abrió paso entre sus muslos por detrás. Notó que algo afilado se apoyaba en su vientre, bajo la hebilla del cinturón y oyó el sonido de la tela al rasgarse desde la parte delantera del cinturón hasta la parte de atrás. «Esto no está pasando en un cementerio de Oslo en pleno día. ¡Esto no me puede estar pasando a mí!»

La mano que le rodeaba el cuello se soltó. En la cabeza de Dagny se oyó un ruido como el que hacía mamá al pisar con el pie el inflador de la colchoneta vieja; la mujer aspiró ansiosa y una mezcla del aire primaveral de Oslo y de los humos de los tubos de escape de la hora punta llegó a sus pulmones doloridos. A la vez sintió algo afilado presionándole su garganta. Vislumbró la punta del cuchillo y oyó la voz susurrante y áspera pegada a la oreja:

—Lo de antes ha sido una boa constrictor. Ahora es una serpiente venenosa. Una ligera mordedura y morirás. Quédate completamente quieta y no hagas ningún ruido. Así. Exactamente así. ¿Es-estás cómoda?

Dagny Jensen sintió que las lágrimas corrían por sus mejillas.

—Bueno, bueno, todo va a ir bien. ¿Quieres hacerme feliz y casarte conmigo?

Dagny sintió la presión del cuchillo sobre la laringe.

—¿Quieres?

Ella asintió con cuidado.

—Entonces estamos prometidos, mi amor.

Sintió sus labios en la nuca. Justo delante, al otro lado del seto y la cerca, oyó pasos rápidos, dos personas en animada conversación que se perdieron en la lejanía.

—Y ahora lo consumaremos. Dije que la serpiente que tienes contra la garganta simboliza la mu-muerte. Mientras que esta simboliza la vida…

Dagny la sintió y cerró los ojos con fuerza.

—Nuestra vida, que vamos a crear ahora…

La embistió, ella apretó los dientes para no gritar.

—Por cada hijo que pierdo, traeré ci-cinco al mundo —siseó en su oreja y volvió a embestir—. Y no te atreverás a matar lo que es nuestro, ¿me oyes? Porque un niño es obra de Dios.

Embistió una tercera vez y eyaculó con un prolongado gemido.

El cuchillo desapareció y la soltó. Dagny abrió las manos y vio que tenía las palmas ensangrentadas porque se había agarrado al seto lleno de espinas. Pero se quedó de pie, inclinada hacia delante, dándole la espalda.

—Vuélvete hacia mí —ordenó el hombre.

No quería, pero hizo lo que le pedía.

Tenía su cartera, había sacado la tarjeta de identificación bancaria.

—Dagny Jensen —leyó—. Calle Kjelsåsveien. Bonita zona. Me pasaré por allí de vez en cuando —le tendió la cartera, ladeó la cabeza y la observó—. Recuerda que este es nuestro secreto, Dagny. Desde ahora te velaré, te protegeré, como un águila a la que nunca ves, pero que sabes que está allí arriba, que te mira. Nadie puede ayudarte, porque soy un espíritu imposible de capturar. Pero tampoco puede ocurrirte nada malo, porque estamos prometidos y alzo la mano ante ti.

Levantó la mano y Dagny se percató que lo que había creído que era una fea cicatriz en el dorso era un agujero que le atravesaba la mano.

Se marchó y Dagny Jensen se dejó caer exhausta, sollozando desesperada, sobre la nieve podrida que bordeaba la valla. Entre lágrimas pudo ver la espalda del viejo y la trenza que se alejaba con paso tranquilo hacia el interior del cementerio, camino de la salida norte. Se oyó un pitido rítmico y el hombre se detuvo, se arremangó y se apretó la muñeca. El sonido paró.

Harry abrió los ojos. Estaba tumbado sobre algo suave y miraba al techo, a la pequeña pero hermosa araña de cristal que Rakel se había traído consigo cuando volvió a Noruega después de pasar varios años en la embajada de Moscú. Desde abajo las lágrimas formaban una S que no había visto antes. Una voz de mujer dijo su nombre. Se giró, pero no vio a nadie. «Harry», repitió la voz. Estaba soñando. ¿Era este el despertar? Abrió los ojos. Seguía sentado, en Schrøder.

—¿Harry? —era la voz de Nina—. Tienes visita.

Levantó la vista y se encontró con los ojos preocupados de Rakel. El rostro tenía la boca de Rakel, el suave brillo de la piel de Rakel. Pero el flequillo ruso y liso de su padre. No, seguía soñando.

—Oleg —dijo Harry con voz empañada, hizo un intento de ponerse de pie y darle un beso a su hijastro, pero tuvo que desistir—. Creía que llegarías más tarde.

—He llegado a la ciudad hace una hora.

El joven alto se dejó caer en la misma silla que había ocupado Katrine. Hizo una mueca como si se hubiera clavado una chincheta.

Harry miró por la ventana y se sorprendió al ver que era de noche.

—¿Cómo has sabido dónde…?

—Bjørn Holm me dio la pista. He hablado con una funeraria y he concertado una cita para mañana por la mañana. ¿Vendrás?

Harry dejó caer la cabeza sobre la mesa y gimió.

—Claro que iré, Oleg. Joder, me encuentras borracho cuando llegas y encima haces las cosas de las que debería ocuparme yo.

—Lo siento, pero es más fácil estar ocupado. Mantener la cabeza entretenida en cuestiones prácticas. He empezado a pensar en qué haré con la casa cuando… —Contuvo la respiración, se llevó la mano a la cara y se presionó las sienes con los dedos—. Es una locura, ¿no? Mamá todavía no se ha enfriado y… —Mientras se masajeaba las sienes la nuez subía y bajaba.

—No es una locura —dijo Harry—. Tu cerebro busca una vía para huir del dolor. Yo he encontrado la mía, pero no te la recomiendo. —Movió el vaso de cerveza vacío—. Puedes engañar al dolor una temporada, pero este acabará por encontrarte. Cuando te relajes un poco y bajes la guardia, a la que asomes la cabeza por encima de la trinchera. Mientras tanto tienes permiso para no sentir gran cosa.

—Estoy entumecido —dijo Oleg—. Solo entumecido. Hace un rato me he dado cuenta que no había comido y me he comprado un perrito caliente con chili. Le he echado un montón de la mostaza más picante solo para sentir algo. Y ¿sabes qué?

—Sí, lo sé —dijo Harry—. Lo sé. No has sentido nada.

—Nada —repitió Oleg parpadeando para sacarse algo del ojo.

—El dolor llegará —dijo Harry—. No hace falta que lo busques. Dará contigo. Contigo y con todos los agujeros de tu armadura.

—¿A ti te ha encontrado?

—Estoy intentando no despertarme. —Se miró las manos. Daría lo que fuera por poder asumir algo del dolor de Oleg. ¿Qué podía decirle? ¿Que nunca volvería a dolerle tanto como la primera vez que pierdes a alguien a quien de verdad amas? Ni siquiera estaba seguro de que fuera del todo cierto. Carraspeó—. La casa está cerrada hasta que los expertos en escenarios de crímenes acaben su trabajo. ¿Dormirás en mi casa?

—Voy a dormir en casa de los padres de Helga.

—Vale. ¿Cómo está Helga?

—Mal. La verdad es que Rakel y ella eran muy amigas.

Harry asintió.

—¿Quieres que hablemos de lo que ha pasado?

Oleg sacudió la cabeza.

—Hablé un rato largo con Bjørn, me contó todo lo que sabemos. Y lo que no.

Sabemos. Harry tomó nota de que después de unos meses de prácticas a Oleg utilizaba con naturalidad la primera persona del plural al referirse a la policía. Ese «nosotros» que él no había llegado a emplear después de veinticinco años de servicio. Pero la experiencia le había demostrado que estaba más arraigado en su interior de lo que suponía. Porque era un hogar. Para lo bueno y para lo malo. Y cuando habías perdido todo lo demás, sobre todo para lo bueno. Esperaba que Oleg y Helga se apoyaran el uno al otro.

—Me han citado para tomarme declaración mañana a primerísima hora —dijo Oleg—. Kripos.

—Sí.

—¿Me preguntarán por ti?

—Si cumplen con su trabajo, lo harán.

—¿Qué les digo?

Harry se encogió de hombros.

—La verdad. Sin adornos, como tú la ves.

—Vale. —Oleg cerró los ojos con fuerza y respiró profundamente un par de veces—. ¿Vas a invitarme a una cerveza?

Harry suspiró.

—Como ves no soy gran cosa, pero al menos soy un hombre al que le cuesta faltar a su palabra. Por eso tampoco le prometí el oro y el moro a tu madre. Solo le prometí una cosa: que como tu padre es portador del mismo gen defectuoso que yo, nunca, jamás, te serviría una gota de alcohol.

—Pero mamá no se oponía a que yo bebiera.

—Esa promesa fue idea mía, Oleg. No tengo intención de impedirte nada.

Oleg se dio la vuelta y levantó un dedo. Nina asintió con un movimiento de cabeza.

—¿Cuánto tiempo vas a pasar dormido? —preguntó Oleg.

—Todo el que pueda.

La cerveza llegó y Oleg se la bebió a pequeños sorbos. Entre trago y trago dejaba el vaso sobre la mesa, como si la compartieran. No decían nada. No era necesario. No podían hablar. Su llanto silencioso era atronador.

Cuando el vaso estuvo vacío Oleg sacó el teléfono y lo miró.

—Es el hermano de Helga, que ha venido en coche a recogerme. Ya está fuera. ¿Te acercamos a casa?

Harry negó con la cabeza.

—Gracias, pero necesito andar un rato.

—Te mandaré un mensaje de texto con la dirección de la funeraria.

—Bien.

Se pusieron de pie a la vez. Harry comprobó que a Oleg le seguía faltando un par de centímetros para alcanzar su estatura, metro noventa y cuatro. Luego recordó que esa carrera había terminado, Oleg era un hombre ya crecido. Se estrecharon en un fuerte abrazo La barbilla sobre el hombro del otro. Y no se soltaban.

—¿Papá?

—¿Hummm?

—Cuando llamaste y dijiste que se trataba de mamá, yo te pregunté si os ibais a vivir juntos otra vez. Lo dije porque dos días antes le había preguntado si no podía intentarlo una vez más.

Harry sintió un nudo en el pecho.

—¿Qué estás diciendo?

—Dijo que lo pensaría el fin de semana. Pero sé que ella quería. Mamá quería que volvieras.

Harry cerró los ojos y apretó las mandíbulas con tanta fuerza que temió que las muelas le fueran a estallar. ¿Por qué tuviste que venir para que me sintiera tan solo?

10

Rakel había querido que volviera.

¿Era un alivio o aún empeoraba más las cosas?

Harry sacó el teléfono del bolsillo para apagarlo. Oleg había mandado un mensaje sobre un par de cuestiones prácticas que había planteado la funeraria. Había tres llamadas perdidas que supuso que eran de periódicos, además de una llamada cuyo número reconoció como el de Alexandra, de Medicina Legal. ¿Quería darle el pésame? ¿O una noche de sexo? Para darle el pésame bastaba un mensaje. A lo mejor eran las dos cosas. La joven técnica de laboratorio le había dicho varias veces que la excitaban las emociones intensas, tanto las buenas como las malas. Ira, alegría, odio, dolor. ¿La pena también? Bueno. Deseo y vergüenza. La inaudita y excitante experiencia de follarse a alguien que estaba de luto, la verdad era que había deseos más enfermizos. Por ejemplo ¿no era todavía más enfermizo que estuviera pensando en las posibles fantasías sexuales de Alexandra unas pocas horas después de que Rakel apareciera muerta? ¿Qué cojones era eso?

Harry mantuvo apretado el botón de apagar hasta que la pantalla se oscureció y devolvió el teléfono al bolsillo. Observó el micrófono que tenía delante en la estrecha habitación que parecía de una casa de muñecas. La lucecita roja indicaba que estaban grabando. Luego fijó su mirada en la persona que estaba al otro lado de la mesa.

—¿Empezamos?

Sung-min Larsen asintió. En lugar de colgar su gabardina Burberry del gancho de la pared, junto al chaquetón marinero de Harry, la había puesto sobre el respaldo de la silla que quedaba libre.

Larsen se aclaró la voz antes de comenzar.

—Es trece de marzo, son las quince cincuenta y estamos en la sala de interrogatorios número tres de la comisaría de Oslo. Quien pregunta es el agente de Kripos, Sung-min Larsen y el interrogado es Harry Hole...

Harry escuchaba mientras el otro hablaba en un noruego tan estándar y correcto que parecía sacado de una radionovela antigua. Larsen sostuvo su mirada mientras grababa el número de identificación personal de Harry y su dirección sin mirar las anotaciones que tenía delante. Puede que se los hubiera aprendido de memoria para impresionar a su colega que, de momento, era el más famoso de los dos. O tal vez solo fuera una estrategia para asustar y dejar clara su superioridad intelectual con el fin de que el interrogado desistiera de cualquier idea de manipular o mentir sobre datos contrastados. Y luego estaba la tercera posibilidad, claro: sencillamente que Sung-min Larsen tuviera muy buena memoria.

—Entiendo que como policía conoces tus derechos —dijo Larsen—. Y has renunciado a la presencia de un abogado.

—¿Soy sospechoso? —preguntó Harry, y miró entre las cortinas hacia la sala de control donde el comisario Winter les observaba cruzado de brazos.

—Esta es una toma de declaración rutinaria y no estás acusado de nada —dijo Larsen, que se atenía al manual y prosiguió advirtiendo que su declaración sería grabada.

—¿Puedes contarme cuál era tu relación con la fallecida, Rakel Fauke?

—Es mi... era mi esposa.

—¿Estáis separados?

—No. O mejor dicho sí, ha muerto.

Sung-min Larsen levantó la mirada hacia Harry como si se preguntara si lo decía como un desafío.

—Entonces ¿no estabais separados?

—No, no nos dio tiempo. Pero yo ya no vivía en casa.

—Por las conversaciones que hemos mantenido con otras personas he entendido que fue ella quien te dejó a ti. ¿A qué se debió la ruptura?

Ella quería que volviera.

—Discrepancias. ¿Podemos ir directos al punto en que me preguntas si tengo coartada para el momento del asesinato?

—Entiendo que esto resulta doloroso, pero…

—Gracias por aclararme lo que entiendes, Larsen, y tu intuición ha dado en el clavo, es doloroso, pero si te pido que vayamos al grano es porque tengo poco tiempo.

—¿Ah sí? Tenía entendido que de momento estabas fuera de servicio.

—Sí. Pero tengo bastantes copas pendientes.

—¿Y son urgentes?

—Sí.

—De todos modos me gustaría que me explicases qué tipo de relación teníais tú y Rakel Fauke las semanas previas al asesinato. Tu hijastro Oleg dice que en su opinión ninguno de los dos le disteis una explicación comprensible de vuestra separación. Pero que en ningún caso ayudó que como profesor de la Academia Superior de Policía dedicaras mucho de tu tiempo libre a buscar a un tal Svein Finne que acababa de cumplir su condena.

—Cuando te he pedido que fuéramos al grano te estaba diciendo de una manera educada que no pienso hablar de este asunto.

—¿Así que te niegas a explicar tu relación con la fallecida?

—Declino contarte detalles de mi vida privada y te propongo exponer mi coartada para que ninguno de los dos perdamos más el tiempo. Para que Winter y tú podáis concentraros en buscar al culpable. Supongo que en las clases habrás aprendido que cuando los asesinatos no se resuelven en las primeras cuarenta y ocho horas, la memoria de los testigos y las pistas técnicas se deterioran hasta tal punto que la probabilidad de solucionarlos se reduce a la mitad. ¿Hablamos de la noche del asesinato, Larsen?

El investigador de Kripos observaba un punto de la frente de Harry mientras golpeaba la mesa rítmicamente con un bolígrafo. Harry advirtió que el joven detective quería cruzar la mirada con Winter para que este le indicara cómo proceder: ¿debía presionar o dejar que Harry se saliera con la suya?

–Sí –dijo Larsen–. Hagamos eso.

–Bien –dijo Harry–. Cuéntame.

–¿Perdón?

–Cuéntame dónde estuve y cuándo la noche del asesinato.

Sung-min Larsen esbozó una sonrisa.

–¿Te refieres a que lo diga yo?

–Habéis optado por interrogar a otros antes que a mí, para estar lo mejor preparados posible. Yo hubiera hecho lo mismo en tu lugar, Larsen. Eso quiere decir que habéis hablado con Bjørn Holm y sabéis que estuve en el bar Jealousy adonde él fue esa noche, me recogió, me llevó a casa y me metió en la cama. Yo estaba borracho como una cuba, no recuerdo una mierda y no tengo ninguna noción de las horas. Por eso, sencillamente, no estoy en condiciones de informaros de nada que contradiga o respalde lo que él os haya contado. Pero espero que hayáis hablado con el propietario del Jealousy y, supongo, otros testigos que hayan confirmado la declaración de Holm. Como tampoco sé a qué hora murió mi mujer, deberás ser tú quien me diga si tengo o no coartada, Larsen.

Larsen apretaba el capuchón de su bolígrafo y luego lo sacaba, mientras estudiaba a Harry como un jugador de póker que hace rodar sus fichas mientras se pregunta si debe o no apostarlas.

–Bien –dijo soltando el bolígrafo–. Hemos comprobado los repetidores de la compañía telefónica de la zona en ese intervalo de tiempo y ninguno de ellos ha captado la señal de tu teléfono móvil.

–Vale. He estado fuera de juego pero ¿todos los teléfonos móviles mandan automáticamente una señal al repetidor más cercano cada media hora?

Larsen no respondió.

—Podría haberme dejado el móvil en casa o haber entrado y salido de la zona en media hora. Repito la pregunta: ¿tengo coartada?

Esta vez Larsen no fue capaz de resistirse y su mirada se desvió hacia la sala de control, donde estaba Winter. Harry vio por el rabillo del ojo que Winter se pasaba una mano por la cabeza de granito antes de asentir levemente en dirección a su investigador.

—Bjørn Holm dice que os marchasteis del bar Jealousy a las diez y media, el dueño lo ha confirmado. También dice que te ayudó a subir a tu casa y te acostó. Al salir, Holm se cruzó con tu vecino, Gule, que salía de su turno en los Tranvías de Oslo. Entiendo que Gule vive en el segundo piso, debajo de tu casa, afirma que estuvo despierto hasta las tres de la mañana, que las paredes son delgadas y que si hubieras salido antes de esa hora te habría oído.

—Hummm. ¿Y según Medicina Legal a qué hora murió la víctima?

Larsen bajó la vista hacia el cuaderno de notas como si tuviera que comprobarlo, pero Harry sabía que el joven investigador tenía todos los datos almacenados en su memoria, que solo necesitaba ganar tiempo para decidir cuánto podía, y quería, contarle al interrogado. Harry también observó que esta vez Larsen no miraba a Winter antes de tomar su decisión.

—Medicina Legal se basa en la temperatura corporal comparada con la temperatura de la habitación, puesto que no habían movido el cuerpo. Aun así resulta difícil determinar la hora porque probablemente lleva allí día y medio, pero parece bastante seguro que fue en algún momento entre las diez de la noche y las dos de la mañana.

—¿Así que me han descartado oficialmente de la investigación?

El investigador trajeado asintió despacio. Harry notó que Winter se había incorporado sobre la silla, como si fuera a protestar, pero Larsen no le hizo el menor caso.

—Hummm. Ahora os preguntáis si yo quería quitarla de en medio. Imagináis que como soy policía sabía que me convertiría en el centro de atención, por lo que me busqué un asesino a sueldo y una coartada, ¿no? ¿Es por eso por lo que sigo aquí sentado?

Larsen se pasó la mano por el pisacorbatas con el logo de British Airways.

—En realidad no, pero sabemos lo importantes que son las primeras cuarenta y ocho horas, así que queríamos dejar esto claro antes de preguntarte que crees tú que ha pasado.

—¿Yo?

—Ya no eres sospechoso. Pero sigues siendo… —Larsen lo dejó en suspenso un instante antes de pronunciar el nombre con su exagerada dicción –… Harry Hole.

Harry miró a Winter. ¿Así que esa era la razón por la que había permitido que su investigador desvelara lo que sabían? Estaban atascados. Necesitaban ayuda. ¿O solo se debía a una iniciativa de Sung-min Larsen? De pronto Winter le pareció extrañamente tieso allí sentado.

—Así que es cierto –dijo Harry–. El asesino no dejó ningún rastro en la escena del crimen, ¿no?

Harry supuso que el gesto inexpresivo de Larsen era una confirmación.

—No tengo ni idea de lo que ha ocurrido –dijo Harry.

—Bjørn Holm dijo que habías encontrado huellas de botas no identificadas en la propiedad.

—Sí, pero podrían ser de alguien que se hubiera equivocado de camino, a veces ocurre.

—¿Sí? No había ningún indicio de allanamiento y Medicina Legal ha determinado que tu… que la víctima fue asesinada en el lugar donde la encontraron. Por lo que resulta lógico creer que dejó entrar al asesino. ¿La víctima habría dejado entrar a un hombre que no conociera?

—Hummm. ¿Te fijaste en las rejas de las ventanas?

—Rejas de hierro forjado en las doce ventanas, pero no en las cuatro ventanas del sótano –dijo Larsen sin pararse a pensar.

—No era una paranoica, sino la mujer de un investigador de asesinatos demasiado conocido.

Larsen tomaba nota.

—En ese caso supongamos que el asesino fuera alguien a quien ella conocía. La reconstrucción provisional indica que estaban cara a cara. El asesino junto a la cocina y la víctima cerca de la puerta de la calle cuando la acuchilló dos veces en el estómago. —Harry inhaló con dificultad. El estómago. Rakel había sufrido dolores antes de esa cuchillada en la nuca, el golpe de gracia—. Del hecho de que el asesino se encontrara más cerca de la cocina —prosiguió Larsen—, es decir, más dentro de la casa, deduzco que era una persona de confianza. ¿Estás de acuerdo, Hole?

—Es una posibilidad, la otra es que rodea a la víctima y coge el cuchillo que falta en el bloque de madera.

—¿Cómo sabes...?

—Me dio tiempo a dar un vistazo al escenario del crimen antes de que tu jefe me echara.

Larsen ladeó un poco la cabeza y miró a Harry, como si lo sopesara.

—Entiendo. En todo caso, lo de la cocina nos hizo pensar en una tercera posibilidad. Que fuera una mujer.

—¿En serio?

—Sé que es poco frecuente, pero acabo de leer que una mujer confesó ese asesinato a cuchilladas de la calle Borggata. La hija. ¿Te suena?

—Algo.

—Una mujer tendría menos reparos en abrir la puerta y dejar pasar a otra mujer, aunque no la conociera mucho. ¿No crees? Y no sé por qué, pero me resulta más fácil imaginar que una mujer entre directamente en la cocina de otra a que lo haga un hombre. Vale, quizá todo sea un poco especulativo.

—De acuerdo —dijo Harry sin aclarar con cuál de las dos afirmaciones coincidía, o si estaba de acuerdo en general, que había pensado lo mismo cuando estuvo en el lugar de los hechos.

—¿Conoces alguna mujer que querría hacerle daño a Rakel Fauke? —preguntó Larsen—. ¿Que le tuviera envidia, por ejemplo?

Harry negó con la cabeza. Podría haber mencionado a Silje Gravseng, claro, pero no tenía sentido hacerlo ahora. Había sido una de sus alumnas en la Academia de Policía unos años antes, y se había convertido en lo más parecido a una acosadora que Harry había conocido. Una noche le había ido a ver a su despacho y había intentado seducirlo. Harry la había rechazado y ella había intentado denunciarlo por violación. Pero su explicación tenía tantas y tan evidentes lagunas que su propio abogado, Johan Krohn, le había parado los pies, y al final Silje Gravseng había tenido que dejar la Academia Superior de Policía. Después había ido a casa para hablar con Rakel, no para hacerle daño ni amenazarla, sino para pedir disculpas. De todas formas Harry había hecho una pequeña comprobación sobre Silje Gravseng el día anterior. Tal vez porque recordaba el odio que destilaba su mirada cuando comprendió que él no la deseaba. Tal vez porque la falta de huellas físicas daba a entender que el asesino sabía unas cuantas cosas sobre la investigación de un homicidio. Tal vez porque quería excluir todas las demás posibilidades antes de dictar la sentencia definitiva. Y ejecutar el castigo. La comprobación fue sencilla y mostró que Silje Gravseng era guardia de seguridad en Tromsø y la noche del sábado al domingo estaba trabajando a mil setecientos kilómetros de Oslo.

—Volvamos al cuchillo —dijo Larsen al no obtener respuesta—. Los cuchillos del bloque de madera pertenecen a un juego de cuchillos japoneses y la forma y el tamaño del que falta concuerdan con las heridas. Si partimos de la base de que usaron ese cuchillo, habría que deducir que el asesinato ocurrió de manera espontánea, que no lo habían planificado con detalle. ¿De acuerdo?

—Esa es una posibilidad, otra es que el asesino conociera la existencia de los cuchillos antes de ir. Una tercera es que el asesino haya usado su propio cuchillo pero que, además de eliminar rastros técnicos, haya querido desconcertaros llevándose un cuchillo similar del lugar de los hechos.

Larsen volvió a tomar nota. Harry miró el reloj y carraspeó.

—Para terminar, Hole. Afirmas no tener conocimiento de que haya mujeres que pudieran querer matar a Rakel Fauke. ¿Algún hombre?

Harry negó despacio con la cabeza.

—¿Qué hay del tal Svein Finne?

Harry se encogió de hombros.

—Tendréis que preguntárselo a él.

—No sabemos dónde está.

Harry se puso de pie, cogió el chaquetón marinero del gancho de la pared.

—Si me lo encuentro, le daré saludos de vuestra parte y le diré que lo estáis buscando, Larsen.

Harry se volvió hacia la ventana, hizo los honores a Winter llevándose dos dedos a la sien. En respuesta recibió una sonrisa amarga y un saludo de un solo dedo.

Larsen se levantó y le tendió la mano a Harry.

—Gracias por tu ayuda, Hole. Bueno, ya conoces el camino.

—Me pregunto si lo conocéis vosotros. —Harry le dedicó a Larsen una breve sonrisa, le dio un apretón de manos aún más corto, y se marchó.

Al llegar al ascensor pulsó el botón de llamada y apoyó la frente sobre el metal brillante del lateral de la puerta.

Ella quería que volvieras.

Saber eso, ¿era un alivio o lo empeoraba todo aún más?

Como todos esos inútiles «y si…». Esos «debería haber…» con los que se fustigaba. Pero también lo empeoraba todo la esperanza patética a la que las personas se aferraban de que habría un lugar en el que los que se aman, los que tenían las raíces del Old Tjikko, volverían a encontrarse, porque la idea de que no fuera así resultaba insoportable.

Las puertas del ascensor se abrieron. Vacío. Solo este ataúd claustrofóbico y opresor que lo invitaba a entrar para descender. ¿Descender adónde? ¿A una oscuridad total? Además, Harry no se subía a ascensores, no los soportaba.

Dudó. Luego entró.

11

Harry se despertó de golpe y se quedó mirando fijamente la habitación. El eco de su propio grito todavía resonaba entre las paredes. Miró el reloj. Las diez. De la noche. Reconstruyó las últimas treinta y seis horas. Había estado más o menos borracho todo el tiempo, no había ocurrido nada y, sin embargo, fue capaz de establecer una especie de esquema temporal sin lagunas. Solía poder hacerlo. Pero la noche del sábado en el Jealousy se presentaba como un inmenso y dilatado vacío. Probablemente era consecuencia del abuso prolongado del alcohol que por fin empezaba a pasarle factura.

Harry puso los pies en el suelo desde el sofá mientras intentaba recordar qué le había hecho gritar esta vez. Al final lo logró, pero se arrepintió al instante. Sujetaba el rostro de Rakel entre las manos mientras sus ojos turbios miraban fijamente, no a él, sino a través de él, como si no estuviera allí. Tenía una fina capa de sangre en la barbilla, como si hubiera tosido, en sus labios había explotado una burbuja de sangre.

Harry agarró la botella de Jim Beam de la mesa del salón y bebió un trago. No funcionó. Bebió otro. Lo extraño era que aún no había visto su mascarilla funeraria, y no lo haría hasta el jueves, en el entierro, pero en el sueño le había parecido completamente real.

Miró el móvil encima de la mesa, apagado y abandonado junto a la botella. Lo había desconectado el día anterior al empezar la toma de declaración. Debería encenderlo. Seguramente Oleg le había llamado. Debía organizar unas cuantas cosas. Tenía que hacer un esfuerzo. Recogió el tapón de la botella de Jim Beam y lo colocó en el borde de la mesa. Lo olió. No olía a nada. Tiró el tapón contra la pared desnuda y agarró el cuello de la botella con fuerza, como si fuera a estrangularla.

12

Harry dejó de beber a las tres de la tarde. No es que hubiera ocurrido nada ni que hubiese pensado en algo que le impidiera seguir bebiendo hasta las cuatro, las cinco, o el resto de la noche. Lo que sucedía era que su cuerpo ya no aguantaba más. Encendió el teléfono, ignoró las llamadas recibidas y los mensajes y llamó a Oleg.

—¿Has salido a la superficie?

—Más bien he acabado de ahogarme —dijo Harry—. ¿Y tú?

—Me mantengo a flote.

—Bien. ¿Me flagelas primero? ¿Y luego hablamos de los detalles prácticos?

—Vale. ¿Listo?

—Vamos allá.

Dagny Jensen miró el reloj. Solo eran las nueve y acababan de terminar el segundo plato. Gunnar había hablado casi todo el tiempo, aun así Dagny no podía más. Le explicó que tenía dolor de cabeza y, afortunadamente, Gunnar fue comprensivo. Se saltaron el postre y él insistió en acompañarla a casa a pesar de que ella aseguró que no era necesario.

—Ya sé que Oslo es una ciudad segura —dijo—. Es solo que me parece muy agradable pasear.

Hablaba de cosas divertidas, nada comprometidas, y ella había hecho lo posible por participar y reírse cuando tocaba, aunque en su interior reinaba el caos. Pero cuando pasaron por delante del cine Ringen y empezaron a subir por la calle Thorvald Meyer hacia el bloque en el que vivía, se hizo un silencio. Y por fin él lo dijo.

—Hace un par de días que no pareces encontrarte bien. No es que sea asunto mío, pero ¿algo va mal, Dagny?

Ella había esperado ese momento, tenía la esperanza de que alguien le preguntara. Pensaba que así se atrevería a contestar. Al contrario de todas esas víctimas de violaciones que se callaban, y que luego justificaban su silencio alegando vergüenza, impotencia, miedo a que no las creyeran. Estaba convencida de que ella nunca reaccionaría así. Tampoco se sentía como esas mujeres. Entonces ¿por qué había sido como ellas? ¿Fue porque al volver del cementerio había estado llorando dos horas seguidas antes de llamar a la policía, porque mientras esperaba a que pasaran la llamada a la sección de Delitos Morales o donde correspondiera denunciar la violación, de pronto no pudo más y colgó? Después se quedó dormida en el sofá, se despertó en plena noche y su primer pensamiento fue que la violación solo había sido un sueño. Sintió un alivio enorme. Hasta que recordó. Pero por un instante le pareció que podría haber sido una pesadilla. Y que si se convencía de que había sido un sueño, podría seguir siéndolo, siempre y cuando no se lo contara a nadie.

—¿Dagny?

Inhaló temblorosa y consiguió que la voz le respondiera.

—No, no pasa nada. Vivo aquí. Gracias por acompañarme, Gunnar. Nos vemos mañana.

—Espero que mañana te encuentres mejor.

—Gracias.

Él debió de notar que ella se apartaba cuando le dio un beso en la mejilla, pues se separó de ella enseguida. Dagny fue hacia el portal D mientras sacaba la llave del bolso, y al alzar la vista vio que había alguien. La luz del farol de la puerta iluminaba la figura de un hombre ancho de hombros, delgado, que llevaba una cazadora de piel marrón y un pañuelo rojo alrededor del cabello largo y negro. Ella se detuvo de golpe con un sollozo.

—No temas, amada Dagny, no voy a hacerte daño. —Los ojos brillaban como ascuas en la cara llena de arrugas—. Solo he venido a cuidar de ti y de nuestro hijo. Porque yo cumplo lo que prometo. —Hablaba en voz baja, casi susurraba, pero no tenía que levantar la voz para que ella lo oyera—. Porque recuerdas mi promesa, ¿verdad? Estamos prometidos, Dagny. Hasta que la muerte nos separe.

Dagny boqueó, aunque le pareció que tenía paralizados los órganos respiratorios.

—Para sellarlo, repetiremos la promesa teniendo a Dios por testigo, Dagny. Nos encontraremos en la iglesia católica de Vika el domingo por la noche, así la tendremos para nosotros solos. ¿A las nueve? No me dejes solo ante el altar. —Soltó una risita—. Hasta entonces, dormid bien. Los dos.

Retrocedió unos pasos y volvió a la oscuridad, de manera que a Dagny la luz del portal la deslumbró unos instantes y cuando pudo protegerse los ojos con la mano, el hombre ya no estaba. Dagny se quedó muda mientras las lágrimas calientes rodaban por sus mejillas. Miró la mano que sujetaba la llave hasta que dejó de temblar. Luego abrió y entró.

13

Los altocúmulos de nubes cubrían la iglesia de Voksen como un tapete de ganchillo.

—Mis condolencias —dijo Mikael Bellman con un énfasis y una expresión de dolor muy ensayada.

El que fuera joven director de la Policía —y en la actualidad un ministro de Justicia también bastante joven— estrechó la mano de Harry con la derecha mientras la cubría con la izquierda como si quisiera sellar el apretón de manos. Como si quisiera decir que era sincero. O para asegurarse de que Harry no retirara la mano antes de que los fotógrafos presentes, que no habían podido hacer fotos en el interior de la iglesia, consiguieran lo que habían ido a buscar. Cuando Bellman dio por terminado el momento «ministro de Justicia acude al entierro de la mujer de uno de sus excolegas de la policía», se esfumó en busca del todoterreno negro que lo estaba esperando. Probablemente, antes de ir se había asegurado de que Hole no era sospechoso del asesinato.

Harry y Oleg siguieron estrechando manos y saludando con un movimiento de cabeza a las caras que desfilaban ante ellos, la mayoría amigos y colegas de Rakel. Algunos vecinos. Rakel no tenía familiares cercanos aparte de Oleg, aun así, la enorme iglesia estaba bastante llena. El responsable de la funeraria dijo que si hubieran esperado a la semana siguiente probablemente habría acudido más gente. Harry se alegró de que Oleg hubiera preferido no organizar ningún tipo de salida tras el entierro. Ninguno de los dos conocía muy bien a los colegas de Rakel y no tenían ganas de hablar con los vecinos. Lo que había que decir de Rakel ya lo habían dicho en la iglesia Oleg, Harry y dos amigas de la infancia, con eso era suficiente; incluso el sacerdote había sabido limitarse a los salmos, rezos y citas de la Biblia.

—Joder —dijo Øystein Eikeland, uno de los dos amigos de infancia de Harry. Con los ojos bañados en lágrimas le plantó las manos sobre los hombros a Harry y le echó el aliento del alcohol recién ingerido a la cara. Quizá no fuera solo por su aspecto por lo que Harry se acordaba de Øystein cuando la gente bromeaba sobre Keith Richards. «Por cada cigarrillo que fumas en tu vida, Dios te quita una hora… y se la da a Keith Richards.» Harry vio que su colega se concentraba antes de volver a abrir la boca de dientes sucios y repetir, solo que con un poco más de intensidad—: Joder.

—Gracias —dijo Harry.

—El Tresko no ha podido venir —dijo Øystein sin soltar a Harry—. Bueno, es que le dan ataques de pánico entre una muchedumbre de más de… bueno, más de dos. Pero te manda recuerdos y dice… —Øystein cerró un ojo para protegerse del sol de la tarde—. Joder.

—Vamos a ir a Schrøder unos pocos.

—¿Cerveza gratis?

—Tres máximo.

—Vale.

—Roar Bohr. Era el superior de Rakel. —Harry le miró a los ojos, que eran de un gris pizarra. Era un hombre quince centímetros más bajo que él, pero que aun así daba la impresión de ser alto. Había algo en su postura y también en ese «superior» un poco arcaico, que a Harry le recordó a un oficial del ejército. Daba la mano con energía y la mirada era firme y decidida, pero también transmitía cierta sensibilidad, incluso vulnerabilidad. Pero tal vez fuera por las circunstancias—. Rakel era mi mejor colaboradora y una persona extraordinaria. Es una gran pérdida para NRHI y para todos los que trabajamos allí, en especial para mí, que trabajaba codo con codo con ella.

—Gracias —dijo Harry.

Le había creído, tal vez solo por la calidez de su mano. La calidez de alguien que trabaja por los derechos humanos. Harry siguió con la mirada a Roar Bohr cuando se acercó a dos mujeres que esperaban en el césped, y se fijó en que Bohr miraba dónde ponía los pies. Como alguien que instintivamente busca minas antipersona. También le pareció que una de las mujeres le sonaba de algo, aunque estuviera de espaldas. Bohr dijo algo, claramente en voz baja, porque la mujer tuvo que agacharse y Bohr le puso la mano en la parte inferior de la espalda.

La fila de personas que les daban el pésame se había dispersado. El coche de la funeraria se había alejado con el ataúd, algunos ya se habían ido a sus reuniones y a reincorporarse a la rutina diaria. Harry vio a Truls Berntsen marcharse solo a coger el autobús que le llevaría a la sección de Delitos Violentos, seguramente para seguir haciendo solitarios. Otros formaban corrillos y charlaban frente a la iglesia. El director de la Policía, Gunnar Hagen, y Anders Wyller, el joven agente que le alquilaba a Harry el apartamento, estaba junto a Katrine y Bjørn, que había traído al niño. Para algunos supondría un consuelo escuchar el llanto de un niño en un funeral, un recordatorio de que la vida seguía su curso. Es decir, para aquellos que deseaban que la vida siguiera. Harry anunció a los que quedaban que se reunirían en Schøder. Søs, la hermana de Harry, que había venido de Kristiansand con su novio, se acercó a Harry y a Oleg, les abrazó largo rato y dijo que tenían que emprender el viaje de regreso. Harry respondió que era una pena, pero que lo entendía; aun así pensó que era un alivio que se fueran. Aparte de Oleg, Søs era la única con la capacidad para hacerle llorar en público.

Helga fue en coche con Harry y Oleg a Schrøder. Nina les había preparado una mesa larga. Se presentaron una docena de personas y Harry permaneció inclinado sobre su café, escuchando las conversaciones de los demás. De pronto notó una mano en la espalda. Era Bjørn.

—No es que sea habitual dar regalos en los entierros. —Le entregó a Harry un objeto cuadrado y plano, envuelto en papel de regalo–. Pero a mí este me ha ayudado a sobrellevar algunos malos ratos.

–Gracias, Bjørn. –Harry le dio la vuelta al paquete. No era muy difícil adivinar lo que era–. Por cierto, quería preguntarte algo.

–¿Sí?

–Song-min Larsen no preguntó por la cámara de caza cuando me tomó declaración. Eso quiere decir que tú no la mencionaste cuando te interrogaron.

–No preguntó. Pensé que si te parecía relevante lo contarías tú.

–Hummm. Así que no dijiste nada.

–Si tú tampoco hablaste de ella, será que no tiene importancia, pienso yo.

–¿No dijiste nada porque has comprendido que tengo intención de ir tras Finne sin que Kripos ni nadie interfieran?

–No te he oído y, si lo hubiera hecho, no entendería de qué estás hablando.

–Gracias, Bjørn. Y una cosa más: ¿qué sabes de Roar Bohr?

–¿Bohr? Solo que es el jefe del lugar donde trabajaba Rakel. Algo de derechos humanos, ¿no?

–Instituto Nacional para los Derechos Humanos.

–Exacto. Fue Bohr quien dio aviso al servicio de guardia de la policía de que estaban preocupados porque Rakel no se había presentado a trabajar.

–Hummm. –Se oyó la puerta y Harry miró hacia la entrada. Olvidó al instante el resto de preguntas que tenía pensado hacerle a Bjørn. Era la mujer que había estado de espaldas hablando con Bohr. Miraba a su alrededor con prudencia. No había cambiado gran cosa. El rostro de pómulos marcados, las cejas negrísimas y perfiladas sobre los grandes, casi infantiles ojos verdes, el cabello castaño miel, los labios carnosos y la boca un poco ancha.

Por fin localizó a Harry y se le iluminó el rostro.

–¡Kaja! –oyó exclamar a la vez a Gunnar Hagen–. Ven y siéntate aquí.

El director de la Policía le ofreció una silla.

La mujer de la puerta sonrió a Hagen y le indicó con un gesto que antes debía saludar a Harry.

110

Tenía la piel de la mano tan suave como creía recordar.

—Mis condolencias. Te acompaño en el sentimiento, Harry.

La voz también.

—Gracias. Este es Oleg. Y su novia, Helga. Esta es Kaja Solness, una antigua colega.

Se dieron la mano.

—Así que has vuelto —dijo Harry.

—De momento.

—Hummm. —Pensó en algo que decir. No se le ocurrió nada.

Ella le puso una mano ligerísima en el brazo.

—Ocúpate de los tuyos y yo hablaré con Gunnar y los demás.

Harry asintió y la observó mientras se deslizaba con sus largas piernas suavemente entre las sillas hasta llegar al final de la mesa.

Oleg se inclinó hacia él.

—¿Quién es? ¿Además de una excolega?

—Es una larga historia.

—Ya lo he visto. ¿Y la versión resumida es?

Harry bebió un sorbo de su café.

—Que una vez la dejé porque quería estar con tu madre.

Eran las tres y, como antepenúltimo invitado al convite funerario, Øystein se puso de pie, citó mal un texto de Bob Dylan para despedirse y se fue.

Una de las dos personas que quedaban se cambió a la silla que estaba junto a Harry.

—¿Hoy no tienes un trabajo que te reclame? —preguntó Kaja.

—Mañana tampoco. Estoy suspendido por tiempo indefinido. ¿Y tú?

—Estoy en *standby* para Cruz Roja. Eso quiere decir que me pagan, pero que ahora mismo estoy en casa esperando a que algo estalle en algún lugar del mundo.

—Y estallará, ¿no?

—Sin duda. Visto así es como trabajar en la sección de Delitos Violentos, en cierto modo siempre albergas la esperanza de que ocurra algo horrible.

—Hummm. Cruz Roja. No tiene nada que ver con la sección de Delitos Violentos.

—Sí y no. Soy responsable de seguridad. Mi último destino fue Afganistán. Dos años.

—¿Y antes de eso?

—Otros dos años. En Afganistán.

Al sonreír, enseñó los dientes, pequeños y afilados. Le daban a su rostro un toque de imperfección que lo hacían interesante.

—¿Qué resulta tan atractivo en Afganistán?

Ella se encogió de hombros.

—Al principio probablemente el atractivo consistía en que veías unos problemas tan graves que los tuyos propios empequeñecían. Y que de verdad resultabas útil. Luego te encariñas con la gente que conoces en el trabajo.

—¿Como Roar Bohr?

—Sí. ¿Te contó que ha estado en Afganistán?

—No, pero tiene el aspecto de un soldado que intenta no pisar ninguna mina. ¿Estaba en las fuerzas especiales? —Kaja lo miró pensativa. Sus grandes pupilas destacaban sobre el iris verde. En Schrøder no desperdiciaban la luz—. ¿Materia reservada? —preguntó Harry.

Ella se encogió de hombros.

—Era teniente coronel del Comando Especial de la Defensa, sí. Fue uno de los que mandaron a Kabul con una lista de terroristas talibanes que la ISAF, que es como se conoce la Fuerza Internacional de Asistencia para la Seguridad, quería eliminar.

—Hummm. ¿Un general de despacho o pegaba tiros a yihadistas personalmente?

—Celebrábamos reuniones para tratar temas de seguridad en la embajada noruega, pero nunca supe los detalles. Solo sé que tanto Roar como su hermana fueron campeones locales de tiro en Vest-Agder.

—¿Acabó con la lista?

—Supongo que sí. Os parecéis bastante, Bohr y tú, no os rendís hasta que cogéis a los que tenéis en el punto de mira.

—Si Bohr era tan bueno en lo suyo, ¿por qué lo dejó y se metió en derechos humanos?

Ella alzó una ceja. Como para preguntarle a qué venía tanto interés por Bohr. Pero pareció concluir que él necesitaba hablar de cualquier asunto, lo que fuera, cualquier cosa que no fuera Rakel, él mismo, las circunstancias, el aquí y el ahora.

—La ISAF fue reemplazada por la misión Resolute Support, y se convirtió en lo que llaman una fuerza de paz en una operación no bélica. Ya no podían disparar. Además, su mujer quería que volviera a casa. Ya no aguantaba criar sola a sus dos hijos. Un oficial noruego con ambiciones de llegar a general, en la práctica, debe pasar un periodo destinado en Afganistán, así que cuando Roar pidió la baja sabía que estaba renunciando a un puesto en la cúpula. Entonces ya no tendría tanta gracia seguir. Además, hay demanda de gente con su experiencia de liderazgo en otros sectores.

—Sí, pero ¿pasar de pegar tiros a la gente a derechos humanos?

—¿Por qué causa crees que estaba luchando en Afganistán?

—Hummm. Así que un idealista y un padre de familia.

—Roar es un hombre de convicciones. Que se sacrifica por aquellos a quienes ama. Como hiciste tú. —Hizo una mueca. Una breve sonrisa dolorida. Se abrochó el abrigo—. Eso es digno de respeto, Harry.

—Hummm. ¿Crees que me sacrifiqué aquella vez?

—Nos creemos seres racionales, pero todos obedecemos las órdenes del corazón, ¿no es así? —Metió la mano en el bolso y sacó una tarjeta de visita que dejó sobre la mesa—. Vivo en el mismo lugar. Si necesitas alguien con quien hablar, sé algo de la pérdida y la nostalgia.

El sol se había deslizado tras las colinas y había teñido el cielo de naranja cuando Harry abrió la puerta de la casa de madera. Oleg iba camino de Lakselv y le había dado las llaves para que pudiera entrar con un tasador la semana siguiente. Harry le había pedido a Oleg que se lo pensara, le preguntó si estaba seguro de querer vender, si tras el año de prácticas no querría regresar e instalarse en la casa. Helga y él tal vez podrían ir a vivir ahí. Oleg prometió que se lo pensaría, pero a Harry le pareció que ya había tomado una decisión.

Los técnicos de la policía habían acabado su labor y habían dejado todo recogido. Es decir: el charco de sangre había desaparecido, pero no el clásico dibujo de tiza que mostraba el lugar y la postura del cadáver. Harry imaginó al agente de la inmobiliaria, incómodo y desesperado, sugiriendo con tacto que deberían borrar las marcas de tiza antes de mostrar la casa a los potenciales compradores.

Harry se situó junto a la ventana de la cocina y contempló cómo el cielo palidecía y la luz iba apagándose. Al final la oscuridad lo cubrió todo. Llevaba sobrio veintiocho horas, y Rakel hacía al menos ciento cuarenta y una horas que estaba muerta.

Dio unos pasos y se situó sobre el dibujo de tiza. Se arrodilló. Pasó las puntas de los dedos por el rugoso suelo de madera. Se tumbó, se metió en el dibujo, se encogió hasta adoptar una postura fetal, intentó caber entre las líneas blancas. Entonces, por fin, le sobrevino el llanto. En caso de que eso fuera un llanto, porque no había lágrimas, solo gritos afónicos que empezaban en el pecho, crecían y a duras penas se abrían paso por su garganta demasiado estrecha antes de inundar la estancia con los aullidos de un hombre que luchase para sobrevivir. Cuando acabó de gritar, se tendió boca arriba para respirar. Entonces llegaron también las lágrimas. Y entre las lágrimas, deformada como en un sueño, vio la lámpara de araña justo encima de él. Y observó que las lágrimas formaban una S.

14

Los pájaros cantaban alegres en la calle Lyder Sagen.

Tal vez porque eran las nueve de la mañana y aún no había habido tiempo para que se estropeara el día. Tal vez porque brillaba el sol y parecía el principio perfecto de un fin de semana para el que habían pronosticado buen tiempo. O tal vez porque en Lyder Sagen hasta los pájaros eran más felices que en el resto del mundo. Porque incluso en el país que a menudo encabezaba la clasificación de los países más felices del mundo, la discreta calle que llevaba el nombre de un profesor de Bergen representaba una cima de la felicidad. Cuatrocientos setenta metros de felicidad, ajenos no solo a las preocupaciones económicas, sino también a la presión del materialismo excesivo, con sólidos chalets sin pretensiones y jardines grandes pero no demasiado cuidados, los juguetes de los niños esparcidos con encanto de manera que nadie pudiera poner en duda cuáles eran las prioridades de la familia. Aire bohemio pero un Audi nuevo, no demasiado llamativo, en un garaje lleno de muebles de jardín, muebles pesados, viejos, de madera pintada de marrón, divinos en su falta de practicidad. Lyder Sagen era probablemente una de las calles más caras del país, pero el vecino prototípico parecía ser un artista que hubiera heredado la casa de su abuela, al menos la mayoría de sus habitantes se presentaban como buenos socialdemócratas que creían en el desarrollo sostenible y poseían principios tan sólidos como las sobredimensionadas vigas de madera que asomaban aquí y allá en los chalets suizos.

Cuando Harry empujó la cancela, oyó un quejido que sonó como un eco del pasado. Todo seguía igual. El crujido de los escalones de madera que conducían a la puerta. El timbre sin nombre. Los zapatos de hombre, del número 46, que Kaja Solness dejaba fuera para ahuyentar a ladrones y otros intrusos.

Kaja abrió y se apartó de la frente un mechón de cabello aclarado por el sol.

Hasta el jersey de lana que le quedaba demasiado grande y las zapatillas de fieltro agujereado eran las mismas.

—Harry —constató.

—Vives a un paseo de mi apartamento, así que pensé que podía pasarme en lugar de llamar.

—¿Qué? —Ella ladeó la cabeza.

—Eso fue lo que dije la primera vez que llamé a esta puerta.

—¿Cómo puedes acordarte?

«Porque fueron las palabras que había preparado y ensayado», pensó Harry y sonrió:

—Memoria privilegiada. ¿Puedo pasar?

Vio en sus ojos que dudaba por unos instantes, y cayó en la cuenta de que ni siquiera se le había pasado por la cabeza que Kaja pudiera estar con alguien. Quizá vivía con alguien. O tenía un amante. Tal vez tenía otras razones para no permitirle cruzar el umbral de su casa.

—Si no molesto, claro.

—Eh, no, no. Es que… no te esperaba.

—Puedo volver más tarde.

—No, no. Por Dios, si te dije que vinieras cuando quisieras.

Abrió la puerta y se hizo a un lado.

Kaja colocó una taza de té humeante en la mesa del salón, frente a Harry, y se acurrucó en el sofá recogiendo sus largas piernas. Harry se fijó en el libro abierto con el lomo hacia arriba. *Jane Eyre*, de Charlotte Brontë. Recordaba algo de una joven que se enamoraba de un solitario amargado y divorciado, pero que luego resultaba que todavía tenía a su mujer encerrada en la finca.

—No me dejan investigar el asesinato —dijo—. A pesar de que me han descartado como sospechoso.

—Supongo que es el procedimiento habitual en casos como este.

—No sé si existen procedimientos para investigadores de homicidios con esposas asesinadas. Sé quién es el culpable.

—¿De verdad?

—Estoy bastante seguro.

—¿Tienes pruebas?

—Intuición.

—Al igual que cualquiera que haya trabajado contigo, Harry, siento un gran respeto por tus corazonadas, pero ¿estás seguro de que son fiables cuando se trata de tu propia esposa?

—No solo es una corazonada, he descartado el resto de posibilidades.

—¿Todas? —Kaja sostenía la taza sin beber, como si se hubiera preparado un té solo para calentarse las manos—. Creo recordar que tuve un maestro llamado Harry que me explicó que siempre hay otras posibilidades, que las conclusiones basadas en deducciones tienen una fama inmerecida.

—Rakel no tenía ningún enemigo salvo este. Y no era su enemigo, sino el mío. Se llama Svein Finne. También conocido como el Prometido.

—¿Quién es?

—Un violador y asesino. Lo llaman el Prometido porque embaraza a sus víctimas y las mata si no traen su descendencia al mundo. Cuando era un joven investigador trabajé día y noche para capturarlo. Fue el primero que apresé. Y reí de placer cuando le coloqué las esposas. —Harry se miró las manos—. Probablemente fue la última vez que sentí auténtica alegría al detener a alguien.

—¿En serio? ¿Por qué?

La mirada de Harry recorrió el espléndido y antiguo papel pintado de flores.

—Seguramente hay varios motivos y mi capacidad de autoanálisis es limitada. Pero una de las razones debe de ser que en cuanto Finne cumplió su condena, violó a una chica de diecinueve años y amenazó con matarla si abortaba. Ella lo hizo de todas formas. Una semana más tarde la encontraron boca abajo en un bosquecillo de Linnerud. Había sangre por todas partes, los policías estaban seguros de que había muerto. Pero cuando le dieron la vuelta, oyeron un sonido, una especie de voz de bebé que decía «mamá». La llevaron al hospital y sobrevivió. Pero resultó que la voz de bebé no era la de la chica. Finne le había abierto el estómago, le había metido un bebé de juguete a pilas que hablaba y la había cosido.

Kaja jadeó.

—Lo siento —dijo—. Estoy algo desentrenada.

Harry asintió.

—Así que lo capturé de nuevo. Utilicé un cebo y lo pillé con los pantalones bajados, literalmente. Hay una foto, algo velada, pues el flash es muy fuerte. Además de la humillación, me he ocupado personalmente de que Svein «el Prometido» Finne haya pasado veinte de sus aproximadamente setenta años encarcelado. Entre otras cosas por un asesinato que afirma no haber cometido. Ahí tienes el motivo. La corazonada. ¿Podemos salir a la terraza a fumar?

Cogieron dos chaquetones y se sentaron en la gran terraza cubierta que daba a un jardín de manzanos desnudos. Harry miró hacia las ventanas del segundo piso de la casa de enfrente en la calle Lyder Sagen. Ninguna estaba iluminada.

—Y tu vecino —dijo Harry sacando la cajetilla de tabaco—, ¿ya no cuida de ti?

—Greger cumplió los noventa hace un par de años, pero murió el año pasado —suspiró Kaja.

—¿Así que ahora te tienes que cuidar tú?

Ella se encogió de hombros. Lo hizo con cierto ritmo, como si fuera un baile.

—Tengo la sensación de que siempre me cuidan un poco.

—¿Te has vuelto creyente?

—No. ¿Me das un cigarrillo?

Harry la miró. Estaba sentada encima de las manos. Recordaba que era muy friolera.

—Sabes que estuvimos aquí sentados haciendo exactamente lo mismo hace ¿cuántos años? ¿Siete? ¿Ocho?

—Sí —dijo ella—. Lo recuerdo —Alargó una de las manos y sujetó el cigarrillo entre los dedos mientras Harry se lo encendía. Inhaló y luego expulsó una nube gris. Manejaba el cigarrillo con la misma torpeza de entonces. Harry paladeó el dulce regusto de los recuerdos. Habían hablado de cómo fumaban en la película *Now, Voyager*, del monismo materialista, el libre albedrío, John Fante y el placer de robar cosas sin importancia. Entonces, como si se castigara por los segundos en que había olvidado el dolor, pronunció su nombre de nuevo y dio un respingo mientras el cuchillo se retorcía en la herida.

—Pareces muy seguro cuando afirmas que Rakel no tenía más enemigos que el tal Finne, Harry. ¿Pero qué te hace pensar que conocías todos los detalles de su vida? La gente puede convivir, compartir la cama, compartir la vida, pero eso no quiere decir que se confíen los secretos.

Harry carraspeó.

—La conocía, Kaja. Ella me conocía a mí. Nos conocíamos. No teníamos secre… —Oyó cómo le temblaba la voz y se interrumpió.

—Está bien, Harry, pero no sé qué papel quieres que interprete en este asunto. ¿Buscas consuelo u oficio?

—Oficio.

—Bien. —Kaja dejó el cigarrillo al borde de la mesa de madera—. Entonces te brindaré otra posibilidad, solo a modo de ejemplo. Rakel tiene una relación con otro hombre. Puede que te resulte imposible imaginar que te haya engañado, pero créeme, a las mujeres se les da mejor ocultar estas cosas que a los hombres, especialmente si creen tener una buena razón. Mejor dicho: a los hombres se les da peor descubrir los engaños que a las mujeres.

Harry cerró los ojos.

—Eso suena a burda…

—… generalización. Ya lo sé. Y aquí tienes otra. Las mujeres son infieles por otras razones que los hombres. Puede que Rakel supiera que tenía que apartarse de ti, pero necesitaba un catalizador, un impulso. Como una aventura sin importancia. Cuando esa relación había cumplido su cometido y se había liberado de ti, cortó con ese otro hombre también. Y, tachán, ahí tienes un hombre profundamente enamorado y ultrajado con un motivo para matar.

—Vale —dijo Harry—. ¿Pero tú te crees esa historia?

—No, pero muestra que puede haber otros motivos. Pero tampoco me creo el móvil que atribuyes a Finne.

—¿Ah no?

—¿El que haya matado a Rakel solo porque tú cumpliste con tu deber como policía? Que te odie y te amenace, vale. Pero la gente como Finne se mueve por el deseo sexual, no por venganza. Por lo menos no más que otros delincuentes. Nunca me he sentido amenazada por la gente que he mandado a la trena, a pesar de todas las barbaridades que soltaron por la boca. Entre amenazar y asumir el coste de cometer un asesinato hay un abismo. Creo que Finne necesitaría un motivo mucho más fuerte para arriesgarse a pasar doce años, quizá el resto de su vida, en la cárcel.

Airado, Harry dio una calada intensa al cigarrillo. Estaba enfadado porque sentía que todo su ser protestaba contra lo que acababa de oír. Irritado porque sabía que tenía razón.

—¿Qué motivo de venganza crees que sería lo bastante fuerte?

Otra vez volvió a encogerse de hombros con ese gesto infantil, como si estuviera bailando.

—No lo sé. ¿Algo personal? ¿Una venganza que fuera proporcional a lo que tú le hiciste?

—Eso mismo. Le quité la libertad, la vida que amaba. Y él me ha quitado lo que yo más quería.

—Rakel —dijo Kaja sacando el labio inferior y asintiendo con un movimiento de cabeza—. Para que vivas con el dolor.

—Exacto. —Harry vio que se había fumado el cigarrillo hasta el filtro—. Tú entiendes las cosas, Kaja. Esa es la razón por la que he venido.

—¿Qué quieres decir?

—Ya ves que pienso mal —Harry intentó sonreír—. Me he convertido en el prototipo de investigador desastroso que se deja llevar por los sentimientos, empieza por las conclusiones y luego busca preguntas cuyas respuestas espera que confirmen su teoría. Por eso te necesito, Kaja.

—No te sigo.

—Me han suspendido y no me dejan trabajar con la gente de la sección. Como investigadores necesitamos a otros con quienes contrastar nuestras hipótesis, que ofrezcan oposición y aporten nuevas ideas. Tú has sido investigadora de homicidios y en este momento no tienes nada que hacer.

—No, no, Harry.

—Escúchame, Kaja. —Harry se inclinó hacia delante—. Sé que no me debes absolutamente nada, sé que fui yo quien te dejé aquella vez. Que tengo el corazón roto es una explicación, pero no justifica que haya roto el tuyo. Sabía lo que hacía y volvería a hacerlo. Porque no tenía otra opción, amaba a Rakel. Sé que es pedirte demasiado, pero te lo pido de todas formas. Porque me estoy volviendo loco, Kaja. Tengo que hacer algo y lo único que sé hacer es investigar asesinatos. Y beber. Y si solo me queda beber puedo llegar a matarme con la bebida.

Harry vio que Kaja volvía a dar un respingo.

—Te digo las cosas como son —dijo Harry—. No tienes que contestarme, solo te pido que lo pienses. Tienes mi número. Ahora te dejaré tranquila.

Harry se levantó.

Se puso las botas, salió por la cancela, tomó la calle Suhm, bajó la cuesta de Norrabakken y dejó atrás la iglesia de Fagerborg. Logró pasar de largo dos bares con sus correspondientes parroquianos en la barra, contempló la entrada del estadio de Bislett que en su día también había tenido a sus parroquianos pero ahora parecía una construcción carcelaria, observó el cielo absurdamente luminoso, y al cruzar la calle vislumbró una S que vibraba bajo el sol. Cuando chirriaron los frenos del tranvía oyó el eco de su propio grito antes de levantarse del suelo y arrastrar una bota por el charco de sangre.

Truls Berntsen estaba frente a la pantalla del ordenador viendo el tercer episodio de la primera temporada de *The Shield*. Se había tragado la serie completa dos veces y había vuelto a empezar. Porque con las series de televisión pasaba lo mismo que con las pelis porno: las viejas, las primeras, eran y seguirían siendo las mejores. Además, Truls era Vic Mackay. Vale, puede que no del todo, pero al menos Vic era lo que Truls Berntsen quería ser: totalmente corrupto, pero con un código moral que lo volvía aceptable. Por eso molaba tanto. Poder ser muy malo y que fuera aceptable, pues todo dependía del punto de vista. Del color del cristal con que se mire. Los nazis y los comunistas también habían hecho películas de guerra en las que los cerdos no eran tales. Nada era del todo cierto ni completamente mentira. El punto de vista. Eso era todo. El punto de vista.

Sonó el teléfono.

La llamada era inquietante.

Hagen había decidido que la sección de Delitos Violentos estuviera de guardia el fin de semana. Con una sola persona, eso sí. A Truls no le importaba, incluso hacía algunas guardias de los demás. Para empezar, no tenía otra cosa que hacer; además necesitaba dinero y días de vacaciones extra para su viaje a Pattaya en otoño. Y, por último, no había absolutamente nada que hacer puesto que el servicio de guardia de la policía se ocupaba de todas las llamadas. Hasta dudaba de que supieran que durante el fin de semana había un policía de guardia en Delitos Violentos, y él no tenía ninguna intención de comunicárselo.

Por eso la llamada resultaba inquietante, porque la pantalla mostraba que era precisamente la policía de guardia la que llamaba.

Después de cinco timbrazos Truls maldijo por lo bajo, bajó el sonido de *The Shield* sin detener la película, y levantó el auricular.

—¿Sí? —dijo, logrando que esa única sílaba positiva sonara como un completo rechazo.

—Aquí el servicio de guardia de la policía. Tenemos a una mujer que necesita ayuda. Quiere ver fotos de violadores; se trata de una violación.

—Eso es para Delitos Morales.

—Tenéis las mismas fotos y ellos no tienen servicio de guardia el fin de semana.

—Mejor que vuelva el lunes.

—Será mejor si ve las fotos mientras recuerda las caras. ¿Tenéis servicio de guardia en fin de semana o no?

—Vale —gruñó Truls Berntsen—. Pues traedla aquí.

—Estamos bastante ocupados, así que ¿qué te parece si vienes tú a buscarla?

—Yo también estoy liado —Truls esperó, pero no obtuvo respuesta—. Vale, voy —suspiró.

—Vale. Y oye, ya hace tiempo que dejó de llamarse Delitos Morales. Ahora se llama sección de Delitos Sexuales.

—Que te jodan a ti también —murmuró Truls muy bajito para que no lo oyeran, colgó e hizo clic en pausa para que *The Shield* se quedara congelada justo antes de una de las escenas favoritas de Truls Berntsen: esa en la que Vic se carga a su colega de la policía Terry con un balazo justo debajo del ojo izquierdo.

—¿De modo que no se trata de una violación de la que hayas sido víctima, sino de una que creíste ver? —dijo Truls Berntsen acercando una silla a su mesa—. ¿Estás segura de que era una violación?

—No —dijo la mujer que se había presentado como Dagny Jensen—. Pero si reconozco a alguno de los violadores que tenéis en el archivo, estaré bastante segura.

Truls se rascó su prominente frente de Frankenstein.

—¿Pero no quieres denunciar hasta que hayas reconocido al agresor?

—Así es.

—Ese no es el procedimiento habitual —dijo Truls—, pero digamos que voy a ponerte diez minutos de fotos en la pantalla y, si damos con el tipo, haces el resto, la denuncia y la declaración con la policía de guardia. Estoy solo aquí y voy de cabeza, ¿comprendes? ¿Estás de acuerdo?

—Vale.

—Entonces empezamos. ¿Edad estimada del violador?

Solo habían pasado tres minutos cuando Dagny señaló una foto de la pantalla.

—¿Quién es ese? —notó que se esforzaba por controlar el temblor de su voz.

—Es el mismísimo Svein Finne —dijo Truls—. ¿Fue a él a quien viste?

—¿Qué ha hecho?

—¿Qué no ha hecho? Veamos.

Truls tecleó, presionó enter y aparecieron sus antecedentes completos.

Vio que la mirada de Dagny saltaba por la página y que la expresión de horror iba en aumento a medida que el monstruo iba emergiendo del árido lenguaje policial.

—Ha asesinado —susurró— a mujeres a las que ha dejado embarazadas.

—Ha lesionado y asesinado —corrigió Truls—. Y ha cumplido su condena, pero si hay una denuncia que recibiremos con los brazos abiertos es la de Finne.

—¿Entonces, estáis… completamente seguros de que podréis cogerle?

—Si lo ponemos en busca y captura seguro que damos con él —dijo Truls—. Otra cosa es que consigamos que lo condenen por una denuncia de violación. En estos casos acaba siendo la palabra de uno contra la del otro, ¿no? Y entonces tenemos que dejarlo ir. Pero claro, con una testigo, seréis vosotras dos contra él. Eso espero.

Dagny Jensen tragó saliva varias veces.

Truls bostezó y miró el reloj.

—Ahora que has visto esa foto, será mejor que bajes a donde la policía está de guardia y empieces con el papeleo, ¿vale?

—Sí —dijo la mujer mirando fijamente a la pantalla—. Sí, claro.

15

Harry estaba sentado en el sofá con la mirada clavada en la pared. No había encendido la luz y la oscuridad había ido borrando poco a poco los contornos y los colores, cubriendo su frente como un pañuelo húmedo y refrescante. Ojalá lo hubiera borrado a él también. Si uno lo pensaba, la vida no tenía por qué ser tan complicada, podía resumirse en la pregunta de The Clash: «Should I stay or should I go?». ¿Beber? ¿No beber? Quería ahogarse. Desaparecer. Pero no podía, aún no.

Harry desenvolvió el regalo que le había hecho Bjørn. Como había supuesto, era un vinilo. *Road to Ruin*. Uno de los tres álbumes que Øystein insistía en que era el único bueno de verdad de Ramones (y acto seguido recordaba que Lou Reed consideraba la música de Ramones como «shit»); Bjørn había comprado el que Harry no tenía. En la estantería, detrás de él, entre el álbum de debut de The Rainmakers y el de Rank and Files, estaban tanto *The Ramones* como su favorito, *Rocket to Russia*.

Harry puso *Road to Ruin* en el tocadiscos.

Reconoció el título de una canción y puso la aguja al principio de «I Wanna Be Sedated». Los acordes de guitarra llenaron la habitación. Sonaba más estándar y se notaba más la producción que en su álbum de debut. Le gustaba el solo de guitarra minimalista, pero no las modulaciones posteriores, se parecían sospechosamente al boogie de Status Quo en su momento más pobre. Pero lo tocaban con una confianza en sí mismos a prueba de bomba. A Harry le encantaba esa seguridad. Como su canción favorita, «Rockaway Beach», en la que con el mismo aplomo se subían a los hombros de los Beach Boys, como ladrones de coches que circulan sonriendo entre dientes por la calle mayor con las ventanillas bajadas.

Mientras Harry intentaba decidir si de verdad le gustaba «I Wanna Be Sedated» o no, si ir al bar o no, el teléfono que estaba sobre la mesa del salón iluminó la habitación.

Miró la pantalla con los ojos entornados. Suspiró. Contestar o no.

—Hola, Alexandra.

—Hola, Harry. He estado intentando localizarte. Tendrás que cambiar el mensaje de tu contestador.

—¿Por?

—«Háblame si no hay más remedio» —imitó—. Ni siquiera dices tu nombre, solo seis palabras que parecen una advertencia y luego un pitido.

—Parece que cumple su cometido.

—La cuestión, señor Hole, es que te he llamado varias veces.

—Lo he visto, pero no he estado… de humor.

—Me he enterado —suspiró profundamente y su voz adquirió un timbre atormentado, compasivo—. Es horrible.

—Sí.

Siguió una pausa, como un mudo intermedio que indicara la transición entre dos actos. Porque cuando Alexandra siguió hablando, no fue ni con la voz grave y juguetona ni con la sufriente y solidaria. Fue con su tono profesional.

—Tengo algo para ti.

Harry suspiró y se pasó la mano por la cara.

—Vale, soy todo oídos.

Había pasado tanto tiempo desde la primera vez que se dirigió a Alexandra Sturdza que había desistido de obtener nada de ella. Hacía más de medio año que había visitado la sección de Medicina Legal del hospital Rikshospitalet; lo recibió una joven que venía directamente del laboratorio, con un rostro marcado por el acné, la expresión severa, ojos fulgurantes y un acento casi imperceptible. Le llevó a su despacho y colgó la bata blanca del laboratorio mientras Harry le preguntaba si podía ayudarle un poco extraoficialmente a comprobar el ADN de viejos casos de violaciones y asesinatos prescritos.

—¿Qué es lo que quieres, Harry Hole, que te cuele?

Cuando en el año 2014 el Parlamento eliminó la prescripción de asesinatos y violaciones, se había producido una previsible avalancha de solicitudes para emplear las nuevas tecnologías de ADN en casos antiguos, y el tiempo de espera se había disparado.

Harry vio enseguida que no tenía sentido andarse con circunloquios.

—Sí.

—Interesante. ¿A cambio de qué?

—¿A cambio? Bueno, ¿qué quieres?

—Una cerveza con Harry Hole sería un punto de partida.

Debajo de la bata, Alexandra Sturdza llevaba una ropa negra y ceñida que resaltaba un cuerpo musculoso y bien delineado que a Harry le hizo pensar en felinos y coches deportivos. Pero en realidad los coches nunca le habían interesado y le iban más los perros que los gatos.

—Si hace falta, te pagaré una cerveza, pero yo no bebo. Y estoy casado.

—Ya veremos —dijo ella y soltó una risa ronca.

Parecía haber vivido intensamente, pero resultaba difícil calcularle la edad, podía ser entre veinte y diez años menor que él. Ladeó la cabeza y lo observó.

—Quedamos en Revolver mañana a las ocho y veremos qué tengo para ti. ¿De acuerdo?

No tenía gran cosa. Ni entonces, ni después. Lo justo para que la invitara a una cerveza de vez en cuando. Pero él había mantenido la distancia profesional y se había asegurado de que los encuentros fueran breves y técnicos. Hasta que Rakel lo echó, la presa se derrumbó y se lo llevó todo por el sumidero, incluidos los principios de distanciamiento profesional.

Harry observó que la pared había adquirido un tono todavía más gris.

—No tengo una coincidencia total con un caso… —empezó Alexandra.

Harry bostezó. Era la cantinela de siempre.

—Pero pensé que podía comparar el ADN de Svein Finne con otros que tenemos almacenados en el sistema. Entonces obtuve una coincidencia parcial con un asesino.

—¿Eso qué quiere decir?

—Quiere decir que si Svein Finne no es un asesino convicto, sí que es el padre de uno.

—¡Joder! —A Harry se le encendió una luz. Un presentimiento—. ¿Cómo se llama el asesino?

—Valentin Gjertsen.

Harry sintió un escalofrío en la espalda. Valentin Gjertsen. No es que Harry creyera más en la influencia de la carga genética que en el ambiente, pero había cierta lógica en pensar que los genes de Svein Finne, su esperma, hubieran contribuido a concebir un hijo que se había convertido en uno de los peores asesinos de la historia de los crímenes noruegos.

—Suenas menos sorprendido de lo que esperaba —dijo Alexandra.

—Estoy menos sorprendido de lo que habría esperado estar —respondió Harry frotándose la nuca.

—¿Te resulta útil?

—Sí —dijo Harry—. Muy útil. Muchas gracias, Alexandra.

—¿Qué haces?

—Hummm, buena pregunta.

—¿Y si vienes por aquí y me das las gracias en persona?

—Ya te he dicho que no estoy de humor para…

—No tenemos que hacer nada. A lo mejor los dos solo necesitamos a alguien con el que acurrucarnos un rato. ¿Recuerdas mi dirección?

Harry cerró los ojos. Había pasado por unas cuantas camas, portales y manzanas desde que la presa se derrumbó y el alcohol había dejado caer un velo sobre los rostros, los nombres, las direcciones. Además, en estos momentos la cara de Valentin Gjertsen se sobreponía a todo lo que pudiera recordar.

—Coño, Harry. Estabas borracho, pero al menos podrías fingir que te acuerdas.

—Grunnerløkka —dijo Harry—. Calle Seilduksgata.

—Buen chico. ¿Dentro de una hora?

Cuando Harry colgó y mientras llamaba a Kaja Solness, se percató de algo. Que había recordado la calle Seilduksgata porque, por muy borracho que estuviera, siempre recordaba algo, nunca se quedaba totalmente en blanco. Quizá no fueran los efectos a largo plazo del alcohol la razón por la que no recordaba nada de aquella noche en el bar Jealousy, quizá se debía a que no quería recordar algo en concreto.

—Hola, este es el contestador de Kaja.

—He descubierto el motivo por el que me preguntabas —dijo Harry después de la señal—. Se llama Valentin Gjertsen y resulta que es hijo de Svein Finne. Valentin Gjertsen está muerto. Lo mataron. Lo maté yo.

16

Alexandra Sturdza emitió un sonido prolongado mientras extendía los brazos por encima de la cabeza, de manera que los dedos de sus manos y los de sus pies desnudos tocaron a la vez el cabecero y el pie de bronce de la cama. Luego se colocó de lado, apretó el edredón entre los muslos y se puso una de las grandes almohadas blancas debajo de la cabeza. Sonrió entre dientes hasta casi hacer desaparecer sus ojos en el rostro endurecido.

—Qué bien que has venido —dijo poniendo una mano sobre el pecho de Harry.

—Hummm.

Harry estaba tumbado de espaldas y tenía la mirada clavada en la intensa luz de la lámpara del techo. Le había abierto la puerta vestida con una bata de seda, lo había cogido de la mano y lo había llevado directamente al dormitorio.

—¿Tienes mala conciencia? —preguntó ella.

—Siempre —dijo Harry.

—Quiero decir por estar aquí.

—No especialmente. Solo es un indicio más entre muchos.

—¿Indicio de qué?

—De que soy un mal hombre.

—Pero si ya tienes mala conciencia, podrías desnudarte.

—¿Así que no hay ninguna duda de que Valentin Gjertsen es hijo de Finne? —Harry entrelazó las manos en la nuca.

—No hay duda, no.

—Joder, menuda carrera de relevos tan absurda. Piénsalo. Valentin Gjertsen probablemente fuera el resultado de una violación.

—¿Y quién no lo es? —preguntó al tiempo que frotaba el bajo vientre contra el muslo de él.

—¿Sabías que Valentin Gjertsen violó a la dentista de la cárcel durante una consulta? Luego le pasó sus propias medias de nylon por la cabeza y les prendió fuego.

—Calla la boca, Harry. Tengo ganas de hacerlo contigo. Hay preservativos en el cajón de la mesilla.

—No gracias.

—¿No? ¿No querrás volver a ser padre?

—No me refería al preservativo.

Harry puso la mano encima de la de Alexandra, que había iniciado la tarea de desabrocharle el cinturón.

—¡Joder! —siseó ella—. ¿Para qué me sirves si no quieres follar?

—Buena pregunta.

—¿Por qué no quieres?

—Supongo que es por una baja producción de testosterona.

Alexandra se dejó caer de espaldas con un gruñido de mosqueo.

—No solo era tu exmujer. Está muerta, Harry. ¿Cuándo vas a aceptarlo?

—¿Opinas que cinco días de celibato son una exageración?

Lo miró.

—Muy gracioso. Pero no lo llevas con tanta chulería como quieres aparentar, ¿verdad?

—Aparentar es la mitad de la tarea —dijo Harry, levantó las caderas y sacó el paquete de tabaco del bolsillo—. Hay investigaciones científicas que demuestran que uno se pone de mejor humor si activa los músculos con los que sonríe. Si quieres llorar, ríe. Yo duermo. ¿Qué normas tienes sobre el tabaco en este dormitorio?

—Aquí vale todo. Pero tengo la costumbre de repetirle a la gente que fuma delante de mí lo que pone en la cajetilla: El tabaco mata, amigo mío.

—Hummm. Lo de «amigo mío» ha sido ingenioso.

—Es para que comprendas que cuando fumas no solo te perjudicas a ti mismo, sino también a todos los que te quieren.

—Lo había entendido. Bien, pese al riesgo de contraer cáncer y tener todavía peor conciencia, voy a encender un cigarrillo. —Harry inhaló y expulsó el humo hacia la lámpara del techo—. Te gusta la luz.

—Pasé mi infancia en Timisoara.

—¿Y?

—La primera ciudad de Europa en tener farolas eléctricas. Solo se nos adelantó Nueva York.

—¿Y por eso te gusta la luz?

—No, pero a ti te gustan las curiosidades.

—Sí. Como que Finne tenía un hijo violador.

—Eso es algo más que una curiosidad.

—¿Por qué?

Harry dio una calada al cigarrillo, pero no le supo a nada.

—Porque el hijo le proporciona a Finne un motivo de venganza lo bastante fuerte. Perseguí a ese hijo en relación con varios casos de asesinato. Y acabé por pegarle un tiro.

—¿Tú…?

—Valentin Gjertsen iba desarmado, pero provocó los disparos al fingir que agarraba un arma. Por desgracia yo fui el único testigo y Asuntos Internos consideró problemático que hubiera disparado tres veces. Pero me exculparon. Alegaron que no podían demostrar que no disparé en defensa propia.

—¿Y Finne lo averiguó? ¿Ahora crees que por eso mató a tu exmujer?

Harry asintió despacio.

—Ojo por ojo, diente por diente.

—Si lo piensas, lo lógico sería que hubiera matado a Oleg.

Harry enarcó una ceja.

—¿Así que sabes cómo se llama?

—Hablas mucho cuando estás borracho, Harry. Sobre todo de tu exmujer y el chico.

—Oleg no es mío, es del primer matrimonio de Rakel.

—También me lo contaste, pero ¿eso no es solo biología?

Harry negó con la cabeza.

—Para Svein Finne no. No quería a Valentin Gjertsen como persona, apenas lo conocería. Quería a Valentin única y exclusivamente porque daba continuidad a sus propios genes. Lo que mueve a Finne es diseminar su esperma y su descendencia. Para él la biología lo es todo, es lo que le da vida eterna.

—Eso es enfermizo.

—¿Te parece? —Harry observó su cigarrillo. Se preguntó qué lugar ocuparía el cáncer de pulmón en la cola de las cosas que acabarían con él—. Tal vez tengamos conexiones más estrechas con lo biológico de lo que nos gusta admitir. Tal vez todos sintamos fervor por los lazos de sangre, y seamos chovinistas, racistas y nacionalistas por naturaleza y abriguemos un deseo instintivo de que nuestra estirpe domine el mundo. Y luego desaprendemos esas pulsiones, al menos casi todos, en mayor o menor grado.

—Es evidente que todos queremos saber de dónde procedemos desde el punto de vista puramente biológico. ¿Sabías que en los últimos veinte años en Medicina Legal hemos experimentado un aumento del trescientos por ciento de gente que quiere saber quién es su padre o si su vástago es hijo suyo de verdad?

—¿Otra curiosidad?

—Eso revela que nuestra identidad va unida a nuestro material genético.

—¿Lo crees de verdad?

—Sí. —Levantó la copa de vino que tenía sobre la mesilla—. Si no fuera así no estaría aquí.

—¿Metida en la cama conmigo?

—En Noruega. Vine a buscar a mi padre. Mi madre no quería hablar de él, y yo solo sabía que era noruego. Cuando ella murió compré un billete y vine a buscarlo. El primer año tuve tres trabajos. Lo único que sabía de mi padre era que probablemente era inteligente, porque mi madre era del montón y yo sacaba notas brillantes en Rumanía y tardé seis meses en aprender a hablar bien el noruego. Pero no encontré a mi padre. Así que me concedieron una beca para estudiar química en la NTNU; empecé a trabajar en Medicina Legal, sección de análisis de ADN.

—Donde podrías seguir buscando.

—Sí.

—¿Y?

—Lo encontré.

—¿De verdad? Entonces tuviste mucha suerte, porque, que yo sepa, borráis los perfiles de ADN de los casos de paternidad pasado un año.

—En los casos de paternidad, sí.

Harry comprendió.

—Encontraste a tu padre en la base de datos de la policía. ¿Era un criminal?

—Sí.

—Hummm. Entonces lo habían condenado...

El bolsillo de Harry vibró. Miró el número. Apretó «responder».

—Hola, Kaja. ¿Recibiste mi recado?

—Sí. —Su voz era suave.

—¿Y?

—Y estoy de acuerdo, creo que has dado con el motivo de Finne.

—Hummm. ¿Eso quiere decir que me ayudarás?

—No lo sé. —En la pausa que siguió oyó la respiración de Kaja en una oreja, la de Alexandra en la otra—. Suenas como si estuvieras tumbado, Harry. ¿Estás en casa?

—No, está con Alexandra. —La voz de Alexandra taladró el oído de Harry.

—¿Quién era esa? —preguntó Kaja.

—Esa —dijo Harry—, era Alexandra.

—Ah, pues en ese caso no te molesto. Buenas noches.

—No moles...

Kaja había colgado.

Harry observó el teléfono y lo devolvió al bolsillo. Apagó el cigarrillo en el velón de la mesilla y puso los pies en el suelo.

—¡Eh! ¿Adónde vas?

—A casa —dijo Harry, se agachó y la besó en la frente.

Harry caminaba hacia el oeste con pasos rápidos mientras su cerebro daba vueltas.

Cogió el teléfono y marcó el número de Bjørn.

—¿Harry?

—Fue Finne.

—Vamos a despertar al niño, Harry —susurró Bjørn Holm—. ¿Podemos dejarlo para mañana?

—Svein Finne es el padre de Valentin Gjertsen.

—¡Joder!

—El motivo es una venganza de sangre. Estoy seguro. Tenéis que poner a Finne en busca y captura, y cuando sepáis su domicilio, debéis pedir una orden de registro. Si encontráis el cuchillo, *case closed*...

—Te escucho, Harry. Pero Gert por fin se ha dormido y eso significa que yo también debo dormir. No estoy muy seguro de que vayan a darnos una orden de registro con esa justificación. Querrán algo más concreto.

—Pero es una venganza de sangre, Bjørn. Está en nuestra naturaleza. ¿No te vengarías tú también si alguien matara a Gert?

—Menuda mierda de pregunta.

—Piénsalo.

—¡Ah! No lo sé, Harry.

—¿No lo sabes?

—Mañana, ¿vale?

—Por supuesto. —Harry cerró los ojos con fuerza y se maldijo en su interior—. Siento portarme como un idiota, Bjørn, pero es que no soy capaz de...

—No pasa nada, Harry. Mañana lo vemos. Y mientras permanezcas suspendido será mejor que no le digas a nadie que hablamos del caso.

—Claro. Duerme, colega.

Harry abrió los ojos y deslizó el teléfono en el bolsillo. Sábado por la noche. En la acera había una chica borracha que sollozaba con la frente apoyada en la pared. Un chico estaba detrás y la consolaba poniéndole la mano en su espalda.

—Se folla a otras —gritó la chica—. No le importo. ¡No le importo a nadie!

—A mí me importas —dijo el chico en voz baja.

—A ti sí, claro —balbuceó con desprecio y sollozó.

La mirada de Harry se cruzó con la del chico al pasar a su lado.

Sábado noche. Había un bar a cien metros de distancia, a este lado de la calle. Tal vez debería cruzarse de acera para evitarlo. No había mucho tráfico, solo algunos taxis. Mejor dicho, había muchos taxis. Formaban un muro de carrocerías que hacían imposible cruzar. Joder, joder.

Truls Berntsen veía la séptima y última temporada de *The Shield*. Se planteó echar un vistazo a Pornhub. Pero lo descartó enseguida, seguro que alguno de la sección de informática tenía un registro de las páginas por las que navegaban los empleados. ¿Todavía se decía navegar? Truls volvió a comprobar la hora. La red iba peor en casa, pero de todas maneras ya era hora de pillar la horizontal. Se puso la cazadora, se subió la cremallera. Algo le inquietaba. No sabía qué podía ser porque había sido un día más en nómina de la Administración sin tener que hacer nada útil, un día en que podría irse a dormir con la tranquilidad de que la cuenta salía a su favor una vez más.

Truls Berntsen miró el teléfono.

Era una estupidez, pero si así no tenía que pensar en ello, mejor.

—Policía de guardia.

—Soy Truls Berntsen. Esa señora que mandasteis para acá, ¿denunció a un tal Svein Finne al bajar?

—No volvió.

—¿Se fue sin más?

—Eso parece.

Truls Berntsen colgó. Pensó un poco. Volvió a teclear. Esperó.

—Harry.

Truls casi no podía oír la voz de su compañero entre la música y los gritos del fondo.

—¿Estás en una fiesta?

—Bar.

—Ponen Motörhead —dijo Truls.

—Y es lo único positivo que puede decirse de este sitio. ¿Qué quieres?

—Svein Finne. Querías saber de él, ¿no?

—¿Y?

Truls le contó la visita que había tenido.

—Hummm. ¿Tienes el nombre y el número de teléfono de la mujer?

—Se llamaba Dagny no-sé-qué. Puede que Jensen lo sepa. Pregunta a los de la policía de guardia por si tomaron algún dato más, pero lo dudo.

—¿Por qué?

—Creo que tiene miedo de que Finne descubra que ha estado aquí.

—Vale. Yo no puedo llamar a los policías de guardia, estoy suspendido. ¿Podrías hacerlo por mí?

—Me iba a casa.

Truls oyó el silencio al otro lado de la línea. Y a Lemmy que cantaba «Killed By Death».

—Vale —gruñó Truls.

—Y una cosa más. Mi tarjeta de identificación está desactivada, no puedo entrar en la oficina. ¿Podrías coger mi pistola de servicio del último cajón de mi mesa y encontrarte conmigo delante del Olympen en veinte minutos?

—¿Tu pistola? ¿Para qué la quieres?

—Para defenderme de la maldad del mundo.

—Tu cajón está cerrado con llave.

—Pero tú te has hecho con una copia.

—¿Eh? ¿Qué te hace creer eso?

137

–He visto que cambiabas cosas de sitio. Y una vez guardaste allí una bola de hachís, confiscada por los de antidroga, a juzgar por la bolsa en la que estaba. Para que no lo encontraran en tu cajón si les daba por buscarla.

Truls no respondió.

–¿Y bien?

–En quince minutos –gruñó Truls–. Exactos. No me da la gana de estar ahí pasando frío.

Kaja Solness estaba de brazos cruzados, mirando fijamente por la ventana del salón. Tenía frío. Siempre tenía frío. En Kabul, donde la temperatura oscilaba entre menos cinco grados y más de treinta, los temblores nocturnos podían sobrevenirle igual en julio que en diciembre, y entonces había poco que hacer aparte de esperar que el amanecer y el sol del desierto la deshelaran. A su hermano le había pasado lo mismo, una vez le preguntó si le parecía que habían venido al mundo con la sangre fría, si eran incapaces de regular su temperatura corporal que, como los reptiles, dependían del calor externo para no quedarse rígidos y morir de frío. Durante mucho tiempo creyó que así era. Que ella no podía controlarlo. Que estaba indefensa, a merced de otros. Observó la oscuridad. Dejó que su mirada recorriera la valla del jardín.

¿Estaría allí afuera, en alguna parte?

Era imposible saberlo. La negritud era impenetrable y, en cualquier caso, un hombre como él sabía cómo esconderse.

Temblaba, pero no tenía miedo. Porque ahora sabía que no dependía del entorno. Que no necesitaba a los demás. Que podía conformar su propio destino. Pensó en el sonido de la voz de la otra mujer.

No, está con Alexandra.

Su propio destino, y el de otros.

17

Dagny Jensen se detuvo de pronto. Había dado su paseo de costumbre por la ribera del río Akerselva. Había dado de comer a los patos. Había sonreído a las familias con niños pequeños y a los propietarios de perros. Había buscado con la mirada las primeras anémonas blancas. Había hecho todo lo posible para no pensar. Porque había estado pensando toda la noche y lo único que quería hacer ahora era olvidar.

Pero él no se lo permitía. Escrutó la figura que estaba frente al portal de su edificio. Pegaba patadas al suelo, como si tuviera frío. Como si llevara mucho tiempo esperando. Iba a darse la vuelta y a marcharse cuando se dio cuenta de que no era él. Ese hombre era más alto que Finne.

Dagny se acercó.

Tampoco tenía el pelo largo, sino el pelo claro muy corto, de punta. Se acercó un poco más.

—¿Dagny Jensen? —dijo el hombre.

—¿Sí?

—Harry Hole, de la policía de Oslo.

Parecía que las palabras salieran por un molinillo.

—¿De qué se trata?

—Ayer quisiste denunciar una violación.

—Cambié de opinión.

—Ya me di cuenta. Estás asustada.

Dagny lo examinó. Iba sin afeitar, tenía los ojos enrojecidos y, como si fuera una señal de prohibido, una cicatriz rojiza le cruzaba la mitad de la cara. Pero, pese a que su rostro tenía algo de la brutalidad de Svein Finne, también poseía una expresión que lo suavizaba, que lo hacía casi hermoso.

—¿Estoy asustada? —preguntó.

—Sí, y he venido para que me ayudes a capturar al hombre que te violó.

Dagny dio un respingo.

—¿A mí? No lo has entendido bien, Hole, no fue a mí a quien violaron. Si es que fue una violación, claro.

Hole no respondió. Se limitó a sostener su mirada. Ahora era él quien la examinaba.

—Intentó dejarte embarazada —dijo el policía—. Como tiene la esperanza de que lleves a su hijo en tu interior, cuida de ti. ¿Ha estado aquí?

Dagny parpadeó dos veces.

—¿Cómo sabes…?

—Es su obsesión. ¿Te ha amenazado con lo que pasará si te deshaces del bebé?

Dagny Jensen tragó saliva. Había estado a punto de decirle que se fuera, pero ahora dudaba. No sabía si debía creerle cuando hablaba de capturar a Finne, faltaban pruebas. Pero este policía tenía algo que a los demás les había faltado. Decisión. Tenía voluntad. Tal vez pasara como con los sacerdotes, pensó Dagny, que creemos en ellos porque deseamos con intensidad que lo que dicen sea cierto.

Dagny echó café en las tazas en la pequeña mesa plegable de la cocina.

El policía alto había sido capaz de encajarse en la silla que estaba entre la encimera de la cocina y la mesa.

—¿Así que Finne quería que te encontraras con él esta noche en la iglesia católica de Vika? ¿A las nueve?

No la había interrumpido mientras se lo contaba, no había tomado notas, pero sus ojos enrojecidos habían permanecido fijos en ella, le había dado la impresión de que absorbía cada palabra, que podía imaginar, igual que ella, fotograma a fotograma, la breve película que se repetía en su cabeza.

—Sí —dijo ella.

—Bueno, podríamos detenerlo allí. Tomarle declaración.

—Pero necesitáis pruebas.

—Sí. Sin pruebas tendremos que dejarlo ir tarde o temprano y como habrá comprendido que has sido tú quien lo ha delatado...

—... aún correré más peligro que ahora.

El policía asintió.

—Por eso no lo denuncié —dijo Dagny—. Es como pegarle un tiro a un oso, ¿no? Si no lo tumbas con el primer disparo, no tendrás tiempo de volver a cargar la escopeta antes de que se abalance sobre ti. En ese caso sería mejor no haber disparado.

—Hummm. Por otra parte, hasta el oso más grande puede caer si se le dispara bien una sola vez.

—Pero ¿cómo?

El policía rodeó la taza de café con la mano.

—Hay varias maneras. Una es utilizarte a ti como cebo. Equipada con un micrófono oculto. Hacer que hable de la violación.

Ella bajó la vista hacia la mesa.

—Sigue.

Él levantó la mirada. El azul del iris parecía descolorido.

—Debes preguntarle por las consecuencias si no haces lo que te pide. Para que podamos grabar las amenazas. Si grabáramos las amenazas y una conversación en la que indirectamente confirmara la violación, podríamos conseguir que lo condenaran.

—¿Seguís usando cinta americana?

El policía se acercó el café a los labios.

—Lo lamento —dijo Dagny—. Es que estoy tan...

—Por supuesto —dijo el policía—. Si decides no hacerlo, lo entenderé perfectamente.

—¿Dijiste que había otros métodos?

—Sí.

El policía no dijo nada más, se limitó a beber de la taza.

—¿Pero?

El policía se encogió de hombros.

—La iglesia es, desde varios puntos de vista, el lugar ideal. No hay ruido, lo que nos proporcionará una buena calidad de grabación. Y estaréis en un lugar público donde no te podrá atacar...

—Estábamos en un lugar público la última vez.

—... y nosotros podemos estar allí y vigilar.

Dagny lo miró. Había reconocido algo en sus ojos. Ahora veía lo que era. La misma expresión que había visto en su propia mirada, que al principio tomó por una raja en el espejo. Una lesión, algo que estaba destruido. Su voz le recordaba a la voz insegura de sus alumnos cuando contaban una mentira para explicar por qué no habían entregado el último trabajo. Se acercó a la cocina, dejó la cafetera y miró por la ventana. La gente daba su paseo dominical por la calle, pero él no estaba. Era un idilio antinatural, forzado. Dagny nunca lo había considerado así, creía que era como tenía que ser.

Volvió y se dejó caer sobre la silla de la cocina.

—Si hago esto, tengo que estar segura de que no volverá a aparecer. ¿Lo entiendes, Hole?

—Sí, lo entiendo. Te doy mi palabra de que nunca volverás a ver a Svein Finne. Nunca. ¿Vale?

Nunca. Sabía que no era cierto. Exactamente igual que sabía que la pastora de la iglesia no decía la verdad cuando hablaba de redención. Que era un consuelo. Pero funcionaba. Aunque desconfiáramos de ese «nunca» y esa «redención», eran la contraseña que abría la puerta del corazón, y el corazón creía lo que quería creer. Dagny sintió que ya respiraba mejor. Pestañeó un poco. Al verlo así, con la luz de la ventana como un halo alrededor de la cabeza, ya no vio la lesión en la mirada del policía, ya no oyó el tono impostado de su voz.

—Vale —dijo—. Explícame cómo lo haremos.

Harry se detuvo en la calle, frente al chalet de Kaja Solness y marcó su número por tercera vez. Con el mismo resultado.

«El número al que llama está apagado o fuera de…» Abrió la cancela quejumbrosa de hierro forjado y caminó hacia la casa.

Era una locura. Claro que era una locura. ¿Pero qué otra cosa podía hacer? Llamó. Esperó. Volvió a llamar. Apoyó la cabeza sobre el gran ojo de buey de la puerta y vio el abrigo de Kaja, el que llevaba en el entierro, colgado del perchero. Y las botas negras de caña alta en el zapatero.

Dio la vuelta a la casa. Todavía había manchas de nieve en la hierba marchita, encharcada, de la fachada norte. Miró hacia la ventana del que había sido el dormitorio de Kaja, pero podía haberse llevado la cama a otra habitación, claro. Al agacharse para hacer una bola de nieve, las vio. Pisadas en la nieve. De una bota. El cerebro empezó a buscar en sus archivos. Encontró lo que buscaba. La huella de una bota delante del chalet de Holmenkollen.

Se llevó la mano al interior de la chaqueta. Podía ser una pisada distinta, claro. Ella podía no estar en casa, claro. Agarró con fuerza la culata de su pistola de servicio, una Heckler & Koch P30L, se agachó y volvió con pasos largos y silenciosos a la escalera. Sujetó la pistola por el cañón para poder romper el cristal del ojo de buey, pero primero probó a abrir la puerta.

Estaba abierta.

Entró. Escuchó. Silencio. Olisqueó. Solo percibió un suave resto de perfume, el de Kaja, probablemente del pañuelo que colgaba del perchero junto al abrigo.

Entró con la pistola por delante.

La puerta de la cocina estaba abierta y el piloto rojo de la cafetera encendido. Harry agarró la culata con más fuerza, puso el dedo en el gatillo. Siguió hacia el interior de la casa. La puerta del salón estaba entornada. Un zumbido. Como de moscas. Harry empujó la puerta cuidadosamente con el pie mientras sostenía la pistola ante él.

Kaja estaba en el suelo. Tenía los ojos cerrados y los brazos en cruz sobre el pecho de la chaqueta de lana que le quedaba grande. Su cuerpo y el rostro pálido estaban bañados por la luz que entraba a raudales por la ventana del salón.

Harry soltó el aire de los pulmones con un gemido. Bajó la pistola y se puso en cuclillas. Agarró la zapatilla de fieltro gastado tirándole del dedo gordo del pie.

Kaja dio un respingo, gritó y se quitó los cascos.

—¡Por Dios, Harry!

—Sorry, he intentado localizarte. —Se sentó a su lado en la alfombra—. Necesito ayuda.

Kaja cerró los ojos y se llevó una mano al pecho, aún agitada.

—Eso ya lo has dicho.

El zumbido que había oído procedente de los auriculares era rock duro a todo volumen.

—Y tú me llamaste porque querías que te convenciera para que aceptaras —dijo él sacando el paquete de tabaco.

—No soy de las que se dejan convencer, Harry.

Señaló los auriculares con un movimiento de cabeza.

—Te dejaste convencer para escuchar a Deep Purple.

¿Se estaba ruborizando o eran imaginaciones suyas?

—Solo porque dijiste que era la mejor banda de la categoría «involuntariamente ridículos, pero a la vez buenísimos».

—Hummm. —Harry se metió un cigarrillo apagado entre los labios—. Bueno, pues como este plan pertenece a la misma categoría, cuento con que te interesará y empiezo...

—Harry...

—... haciéndote notar que ayudándome a encerrar a un violador reincidente estarás ayudando a todas las mujeres de esta ciudad. Ayudarás a Oleg a castigar al hombre que mató a su madre. Y me ayudarás a mí...

—Déjalo, Harry.

—... a salir de una situación de la que solo puedo responsabilizarme a mí mismo.

Ella arqueó una ceja oscura.

—¿Ah sí?

—Cuento con la colaboración de una de las víctimas de Svein Finne como cebo para capturarlo con las manos en la masa. He convencido a una mujer inocente para que se ponga un micrófono y una grabadora en la creencia de que se trata de una operación policial, mientras que en realidad es una ocurrencia solitaria de un policía suspendido de sus funciones. Y de su aliada, una vieja colega. Tú.

Kaja le clavó la mirada.

—Estás de coña.

—No —dijo Harry—. Resulta que no hay ningún límite moral para lo que estoy dispuesto a hacer con tal de coger a Svein Finne.

—Esas son exactamente las mismas palabras que hubiera empleado yo.

—Te necesito, Kaja. ¿Estás conmigo?

—¿Por qué razón iba a estarlo? Es una completa locura.

—¿Cuántas veces hemos sabido quién era el culpable sin poder hacer nada al respecto porque teníamos que respetar las reglas? Bueno, pues tú no estás en la policía, no tienes que seguir las reglas.

—Pero tú sí, aunque estés suspendido. No solo te arriesgas a perder tu trabajo, sino tu libertad. Acabarán encerrándote a ti.

—No voy a perder nada, Kaja. No me queda nada que perder.

—El sueño. ¿Sabes a qué estás exponiendo a esa mujer?

—No voy a perder ni siquiera el sueño. Dagny Jensen sabe que no hacemos esto según el reglamento. Me ha calado.

—¿Te lo ha dicho?

—No, y lo vamos a dejar así. Así después podrá alegar que ella pensaba que era una acción policial legal y no se juega nada. Desea con tanta intensidad como yo que Svein Finne sea eliminado.

Kaja se puso boca abajo y se apoyó en los codos. Las mangas de la chaqueta de lana se deslizaron por sus largos y delgados antebrazos.

—Eliminado. Exactamente ¿qué es lo que quieres decir con eso?

Harry se encogió de hombros.

—Dejarlo fuera de juego. Quitarlo de en medio.

—Quitarlo ¿de dónde?

—De las calles, de la vida pública.

—Entonces quieres decir encarcelar, ¿no?

Harry la miró chupando el cigarrillo apagado. Asintió.

—Por ejemplo.

Kaja negó con la cabeza.

−No sé si me atrevo, Harry. Estás… cambiado. Siempre has traspasado límites, pero esto no es propio de ti. No somos nosotros. Esto es… −Siguió moviendo la cabeza.

−Dilo −dijo Harry.

−Esto es odio. Es una combinación horrible de pena y odio.

−Tienes razón −dijo Harry. Se sacó el cigarrillo de la boca y lo empujó al interior de la cajetilla−. Me equivoqué, no lo he perdido todo. Me queda el odio.

Se puso de pie, y al salir del salón oyó el zumbido de Gillan que con un grito vibrante prometía que te lo haría pasar mal, que tú… No terminó la frase, la guitarra de Ritchie Blackmore tomó el relevo antes de que Gillan llegara a la conclusión: *Into The Fire*… Harry salió de la casa por el portón hacia la luz cegadora del día.

Pia Bohr llamó a la puerta del dormitorio de su hija.

Esperó. No obtuvo respuesta.

Empujó la puerta.

Él estaba sentado en la cama, de espaldas a ella. Todavía llevaba puesto el uniforme de camuflaje. Sobre la colcha estaba la pistola, la funda de la daga y las NVG, las gafas de visión nocturna.

−Tienes que dejarlo −dijo ella−. ¿Me oyes, Roar? Esto no puede seguir así.

Se giró hacia ella.

Los ojos inyectados en sangre en el rostro mugriento dejaban ver que había llorado, que probablemente no hubiera dormido.

−¿Dónde has pasado la noche? ¿Roar? Tienes que hablar conmigo.

Su marido, o lo que una vez fue su marido, se volvió hacia la ventana. Pia Bohr suspiró. Nunca decía adónde había ido, pero los terrones de tierra que dejaba en el suelo indicaban que tal vez se tratara de un bosque. Un campo. Un basurero. Se sentó al otro lado de la cama. Necesitaba esa distancia. La distancia que uno quiere mantener con un desconocido.

—¿Qué has hecho? —preguntó ella—. ¿Qué has hecho, Roar?

Esperó con miedo a lo que fuera a responder. Y cuando pasados cinco segundos no hubo dicho nada, se levantó y salió deprisa. Casi aliviada. Fuera lo que fuese que hubiera hecho, ella no tenía la culpa. Había preguntado tres veces. ¿Qué más se le podía exigir?

18

Dagny miró el reloj a la luz de la lámpara de la entrada de la iglesia católica. Las nueve. ¿Y si Finne no se presentaba? Se oía el zumbido del tráfico de Drammensveien y Munkedamsveien, pero al mirar por la calle estrecha que llevaba hacia Slottsparken, el jardín del palacio, no vio ni coches en movimiento ni personas. Tampoco bajando hacia el puerto Aker Brygge ni hacia el fiordo. El ojo de la tormenta, el ángulo muerto de la ciudad. La iglesia estaba comprimida entre dos edificios de oficinas, y nada hacía pensar que fuera la casa de Dios. Cierto que el edificio se estrechaba en la parte alta y tenía una torre rematada por un chapitel, pero en la fachada no había cruz alguna, ni Jesús ni María, ninguna cita en latín. Las tallas del sólido portalón de madera, que era alto, ancho y no estaba cerrado, podían sugerir cierto vínculo con la religión pero, salvo por eso, Dagny se dijo que podía haber sido la entrada de una sinagoga, una mezquita o el templo de cualquier pequeña congregación. Pero conforme uno se acercaba podía leer en un tablón cubierto por un cristal que ese domingo se habían celebrado varias misas desde la mañana. En noruego, inglés, vietnamita y polaco. La última había terminado hacía solo media hora. El zumbido no se detenía nunca, pero la calle volvía a estar silenciosa. No veía a nadie, pero sabía que no estaba sola. Dagny no le había preguntado a Harry Hole cuántos de sus colegas apostaría para vigilarla de cerca, si habría alguien fuera de la iglesia o si todos estarían dentro. Tal vez porque prefería no saberlo, porque el detective podría quedar en evidencia. Su mirada recorrió las ventanas y los portales del otro lado de la calle, buscando esperanzada. Sin esperanza. Porque tenía la profunda intuición de que solo estaba Hole. Él y ella. Eso era lo que Hole había intentado contarle con su mirada. Cuando se marchó comprobó en internet lo que creía haber leído en la prensa. Que Harry Hole era un policía famoso y el marido de esa pobre mujer que habían asesinado hacía poco. Con un cuchillo. Eso explicaba la mirada de aquel hombre, tenía algo roto, como un espejo rajado. Pero ya era tarde. Ella misma había puesto aquello en marcha, aunque habría podido pararlo. Pero no lo había hecho. No, no se mentía menos a sí misma de lo que Hole le había mentido a ella. Había visto su pistola.

Tenía frío, debería haberse abrigado mejor. Volvió a mirar el reloj.

—¿Me estabas esperando?

Se le paró el corazón. ¿Cómo demonios se le había acercado tanto sin que se diera cuenta?

Ella asintió.

—¿Estamos solos?

Dagny asintió de nuevo.

—¿De veras? ¿No ha venido nadie a celebrar que sellemos nuestro compromiso matrimonial? —Dagny abrió la boca, pero no emitió sonido alguno. Svein Finne sonrió con sus labios gruesos y húmedos pegados a los dientes amarillos—. Tienes que respirar, querida. No queremos que nuestro niño tenga lesiones cerebrales por falta de oxígeno, ¿verdad que no?

Dagny hizo lo que le decía. Tomó aire.

—Tenemos que hablar —dijo con voz temblorosa—. Creo que estoy embarazada.

—Claro que lo estás.

Dagny consiguió a duras penas no dar un paso atrás cuando él levantó el brazo y por un instante vio la luz del portalón de la iglesia a través del agujero de la palma de su mano, antes de que la pusiera, seca y caliente, sobre su mejilla. Se acordó de respirar.

—Tenemos que hablar de cosas prácticas. ¿Podemos entrar?

—¿Entrar?

—En la iglesia, aquí hace frío.

—Claro. Vamos a casarnos. No hay tiempo que perder.

Le pasó la mano por un lado del cuello. Había enganchado con celo el pequeño micrófono entre las copas del sujetador, por debajo del fino jersey y el abrigo. Hole le había dicho que no conseguirían una grabación aceptable hasta que entraran en la iglesia para evitar los ruidos de fondo de la ciudad y ella pudiera quitarse el abrigo, que reducía el volumen. Además allí dentro Finne no podría escapar, lo detendrían en cuanto hubieran grabado lo bastante como para poder acusarlo.

—¿Entonces vamos? —dijo Dagny apartándose de su mano.

Metió las manos en los bolsillos y se estremeció de un modo ostensible.

Finne se quedó parado. Cerró los ojos, echó la cabeza atrás y olisqueó.

—Huelo algo —dijo.

—¿Oler?

Abrió los ojos y volvió a mirarla.

—Huelo tristeza, Dagny. Desesperación. Dolor.

Esta vez Dagny no tuvo que fingir un escalofrío.

—La última vez no olías así. ¿Has tenido visita?

—¿Visita? —intentó reírse, pero solo emitió una especie de carraspeo—. ¿Visita de quién?

—No lo sé. Pero ese olor me resulta familiar. Deja que revise mi memoria… —Se puso un dedo en la barbilla. Arrugó la frente. La escrutó—. Dagny, ¿no me digas que has…? No habrás… ¿Lo has hecho, Dagny?

—¿Hecho qué? —intentó resistirse al pánico que empezaba a invadirla.

Él sacudió la cabeza, apesadumbrado.

—¿Lees la Biblia, Dagny? ¿Conoces al sembrador? Su semilla es la palabra. La promesa. Si la semilla no germina vendrá Satán y la destruirá. Satán arrebatará la fe. Nos robará a nuestro hijo, Dagny. Porque yo soy ese sembrador. La pregunta es si te has encontrado con Satán.

Dagny tragó saliva, pero no supo si estaba afirmando o negando con la cabeza. Svein Finne suspiró.

—Tú y yo engendramos un hijo en un delicioso momento de amor. Pero puede que ahora te arrepientas, que ya no quieras tener un hijo. No te atreverás a asesinarlo a sangre fría mientras sepas que es un hijo producto del amor verdadero, por eso estás buscando algo que justifique que te deshagas de él.

Hablaba alto y claro y vocalizaba con sus blandos labios para que se le entendiera bien. «Como un actor en el escenario —pensó ella—, que utiliza el volumen y la dicción para que sus palabras lleguen hasta la última fila.»

—Así que le mientes a tu propia conciencia, Dagny. Te dices a ti misma que no fue así como ocurrió, yo no quería, él me obligó. Te dices que podrías lograr que la policía te crea. Porque ese hombre, ese Satán, te ha contado que he sido condenado por otras supuestas violaciones.

—Te equivocas —dijo Dagny y desistió de su intento de controlar el temblor de la voz—. ¿No pasamos? —se oyó a sí misma suplicar.

Finne ladeó la cabeza, como un pájaro que mirase a un gusano antes de lanzarse sobre él. Como si valorara la situación, como si todavía no hubiera decidido si iba a dejar a la presa viva.

—Una promesa de matrimonio es una cosa seria, Dagny. No quiero que lo hagas sin darle importancia, que te precipites. Y pareces... insegura. ¿Tal vez debamos esperar un poco?

—¿No podemos hablarlo? ¿Dentro?

—Cuando dudo —dijo Finne—, dejo que mi padre decida.

—¿Tu padre?

—Sí, el destino. —Se metió la mano en el bolsillo y le mostró algo que sujetaba entre el índice y el pulgar. Era de un metal entre azulado y gris. Un dado.

—¿Ese es tu padre?

—El destino es el padre de todos nosotros, Dagny. El uno y el dos significan que debemos casarnos hoy, el tres y el cuatro que esperaremos hasta otro día. El cinco y el seis quieren decir que... —se inclinó y le susurró al oído— que me has traicionado, que te rebanaré el cuello aquí y ahora. Tú no emitirás sonido alguno, como un cordero que va a ser sacrificado, dejarás que ocurra. Alarga la mano.

Finne se irguió. Dagny le miraba fijamente. Los ojos no expresaban emoción alguna, al menos ninguna que ella conociera: ira, piedad, excitación, nerviosismo, sentimiento maternal, odio, amor. Todo lo que veía era voluntad. La voluntad de él. Una fuerza hipnótica y dominante que no requería lógica ni sentido común, solo voluntad. Quería gritar. Quería correr. Pero en lugar de eso, alargó la mano.

Finne juntó las manos, agitó el dado. Abrió rápidamente la mano inferior, la puso sobre la palma abierta de Dagny. Sintió su piel caliente, seca y rugosa contra la suya y tuvo un escalofrío. Él apartó la mano. Miró la palma de ella. Su boca se abrió en una amplia sonrisa. Dagny había dejado de respirar otra vez. Retiró la mano. El dado mostraba tres ojos negros.

—Hasta la vista, mi amor —dijo Finne alzando la mirada—. Mantengo mi promesa.

Dagny miró al cielo instintivamente, donde la luz de la ciudad teñía las nubes de amarillo. Cuando bajó la vista, Finne había desaparecido. Oyó que se cerraba del golpe uno de los portales del otro lado de la calle.

Empujó el portalón y entró. Era como si las notas del órgano de la última misa todavía flotaran en la gran iglesia. Se acercó a uno de los dos confesionarios del fondo y se sentó. Echó la cortinilla.

—Se fue —dijo.

—¿Adónde? —dijo la voz tras la rejilla.

—No lo sé, en todo caso es demasiado tarde.

—¿Que lo olía? —dijo Harry, y la pregunta resonó en la iglesia desde el último banco, donde se habían sentado. Pese a que desde donde estaban se veía que estaban solos, bajó la voz—. ¿Dijo que lo olía? ¿Y tiró un dado?

Dagny asintió y señaló la grabadora que había dejado sobre el banco, entre ellos.

—Ahí está todo.

—¿Y no confesó nada?

—No. Se autodenominó sembrador. Puedes oírlo.

Harry no pudo evitar soltar una maldición y se reclinó con tanta fuerza sobre el respaldo que el banco se levantó por delante.

—¿Qué hacemos ahora? —dijo Dagny.

Harry se pasó la mano por la cara. ¿Cómo podía Finne saberlo? Además de él y Dagny, solo Kaja y Truls conocían el plan. ¿Tal vez lo hubiera deducido de la expresión y el lenguaje corporal de Dagny? Era posible, claro. El miedo funcionaba como un amplificador. En todo caso, era una pregunta jodidamente oportuna: ¿qué iban a hacer ahora?

—Tengo que verlo muerto —dijo Dagny.

Harry asintió.

—Finne es viejo y puede pasar cualquier cosa. Te mandaré llamar cuando esté muerto.

Dagny negó con la cabeza.

—No lo entiendes. Cuando muera tengo que verlo. Si no, mi cuerpo no aceptará que ha desaparecido y se me aparecerá en sueños. Igual que mi madre.

El móvil emitió un pitido indicando que había recibido un mensaje y Dagny se sacó un aparato plateado del bolsillo.

Harry cayó en la cuenta de que Rakel no se le había aparecido en sueños después de su muerte. Todavía no, al menos al despertar no recordaba nada. ¿Por qué no? Bueno, había soñado que veía su mascarilla funeraria. Sintió que quería, que deseaba que se le apareciera, era mejor ver una mascarilla funeraria y gusanos ondulantes en las comisuras de los labios que esa nada fría y vacía.

—Dios mío —susurró Dagny.

La luz de la pantalla del móvil le iluminaba la cara. Dagny tenía la boca abierta y los ojos desorbitados.

El teléfono cayó con un tintineo al suelo y se quedó con la pantalla hacia arriba. Harry se agachó. El vídeo había acabado y se había detenido en la última imagen, la esfera de un reloj con números rojos iluminados. Harry tocó el icono para reproducir y el vídeo empezó de nuevo. No tenía sonido, la resolución era baja y la cámara se movía, pero pudo distinguir la imagen de una barriga blanca con una herida de la que manaba sangre. Una mano peluda con una correa de reloj gris apareció en la imagen. Todo sucedía muy deprisa. La mano desaparecía en el interior de la herida hasta el reloj, cuya pantalla se activaba y se iluminaba mientras manaba más sangre. La cámara bajaba hasta enfocar el reloj y la imagen se congelaba. El vídeo se había acabado. Harry intentó tragarse el mareo.

—¿Qué... qué era eso? —tartamudeó Dagny.

—No lo sé —dijo Harry mirando fijamente la imagen final del reloj—. No lo sé —repitió.

—No puedo... —empezó Dagny—. Me matará a mí también, y tú solo no podrás detenerlo, porque ¿estás solo, verdad?

—Sí —dijo Harry—. Estoy solo.

—En ese caso tendré que buscar ayuda en otra parte. Tengo que velar por mi seguridad.

—Hazlo —dijo Harry.

No era capaz de despegar la mirada de la imagen detenida. La calidad del vídeo era demasiado mala como para que la barriga o la mano pudieran servir para identificar a alguien. Pero el reloj estaba muy claro. Y la hora. Y la fecha. Las 03.00. La noche en que mataron a Rakel.

19

Por la ventana entraba una franja de luz que hacía refulgir el documento blanco que había encima del escritorio de Katrine Bratt.

—En su queja, Dagny Jensen dice que la convenciste para tenderle una trampa a Svein Finne —dijo.

Levantó la vista del papel y se fijó en las largas piernas que empezaban junto a su escritorio y acababan en el hombre despatarrado en la silla frente a ella. Los ojos azul claro se ocultaban tras las gafas de sol Ray-Ban con cinta americana negra en una de las patillas. Hacía poco que había bebido. Porque su ropa y su cuerpo no solo despedían el aroma dulzón de una borrachera de días que recordaba la peste de una residencia de ancianos y de frambuesas podridas. También notaba el olor del licor reciente de su boca, refrescante, depurador. En resumen: el tipo que tenía delante era un alcohólico resacoso que volvía a estar de borrachera.

—¿Es cierto eso, Harry?

—Sí —dijo el hombre y tosió sin taparse la boca. Una mancha de saliva brilló al sol en el apoyabrazos de la silla—. ¿Dieron con el remitente del vídeo?

—Sí —dijo Katrine—. Un teléfono móvil con tarjeta de prepago. El teléfono está desconectado y es ilocalizable.

—Lo mandó Svein Finne. Es él quien graba, él quien mete la mano en su estómago.

—Una pena que no use la mano del agujero, así tendríamos una identificación segura.

—Es él. ¿Has visto la hora y la fecha del reloj?

—Sí. Por supuesto que resulta sospechoso que la fecha sea la misma que la noche del asesinato. Pero es una hora después del intervalo que ha estimado Medicina Legal para la muerte de Rakel.

—La palabra clave es «estimado» —dijo Harry—. Sabes tan bien como yo que no aciertan con la hora exacta.

—¿Reconoces la barriga, puedes afirmar que es de Rakel?

—Venga ya, es una imagen con poca resolución y la cámara no para de moverse.

—Así que podría ser cualquiera. Por lo que sabemos, hasta podría ser algo que Finne ha encontrado en internet y se lo ha mandado a Dagny para asustarla.

—Vale, pues quedamos así. —Harry apoyó las manos en los brazos de la silla y empezó a levantarse.

—¡Siéntate! —ladró Katrine.

Harry se dejó caer en la silla de nuevo.

Katrine suspiró profundamente.

—Dagny tiene protección policial.

—¿Las veinticuatro horas?

—Sí.

—Bien. ¿Qué más?

—Me acaban de informar de Medicina Legal que Valentin Gjertsen era hijo biológico de Svein Finne. Y que hace un tiempo que lo sabes. —Katrine esperó a que Harry reaccionara, pero solo vio su propio reflejo en el espejo de los cristales azules—. Así que has concluido que Svein Finne mató a Rakel para vengarse de ti. Has pasado por encima de cualquier protocolo policial y has puesto a otra persona, la víctima de una violación, en peligro para obtener lo que buscas a título personal. No es solo lo que llamaríamos una grave falta de juicio en el cumplimiento del servicio, Harry, es un acto directamente punible.

Katrine se contuvo. ¿Qué estaba mirando desde detrás de esas malditas gafas de sol? ¿La miraba a ella? ¿Al cuadro que colgaba de la pared a sus espaldas? ¿Las punteras de sus propias botas?

—Ya estás suspendido, Harry. No me quedan otras sanciones que despedirte de manera definitiva. O denunciarte. Lo que también conduciría a tu despido si te encontraran culpable. ¿Lo entiendes?

—Sí.

—¿Sí?

—Sí, no es que sea muy complicado. ¿Puedo irme ya?

—¡No! ¿Sabes lo que le dije a Dagny Jensen cuando pidió protección policial? Le dije que la tendrá, pero que los policías que la van a proteger también son personas, que pueden perder parte de su entusiasmo por la misión si saben que la mujer a quien van a proteger ha denunciado a un colega de la policía por ser demasiado entusiasta en el cumplimiento de su deber. La presioné, Harry, a una víctima inocente. ¡Por ti! ¿Qué me dices a eso?

Harry asintió despacio.

—Bueno. Qué te parece «¿Puedo irme ya?».

—¿Irte? —Katrine alzó los brazos—. ¿De verdad? ¿Es eso todo lo que tienes que decir?

—No, pero es mejor que me vaya sin decirlo.

Katrine gimió. Clavó los codos en la mesa, entrelazó las manos y apoyó la frente en ellas.

—Vale, vete.

Harry cerró los ojos. Sentía el ancho tronco del abedul contra la espalda y el penetrante sol primaveral le caldeaba el rostro. Ante él había una sencilla cruz de madera marrón. Llevaba el nombre de Rakel pero ninguna fecha ni nada grabado. La mujer de la funeraria la había llamado «señal de espera», algo que ponían hasta que la lápida estuviera lista, pero Harry no había podido evitar interpretar esas palabras a su modo: la cruz indicaba que ella le estaba esperando.

—Estoy dormido —dijo Harry—. Espero que no te importe. Porque si despierto, me desmoronaré y no seré capaz de atraparle. Y lo haré, te lo juro. ¿Recuerdas el miedo que te daban esos zombis carnívoros de *La noche de los muertos vivientes*? Bueno… —Harry levantó la petaca—. Ahora soy uno de ellos.

Harry dio un trago largo. Tal vez estaba ya tan anestesiado que el licor no parecía proporcionarle alivio; se dejó caer por el tronco hasta quedarse sentado, y sintió la nieve bajo el trasero y los muslos.

—Por cierto, corren rumores de que querías que volviera. ¿Fue Old Tjikko? No hace falta que contestes.

Se acercó la bebida a la boca. La apartó. Abrió los ojos.

—Estoy solo —dijo—. Antes de conocerte, pasaba mucho tiempo solo, pero no me sentía solo. La soledad es nueva, la soledad es… interesante. Cuando nos unimos no llenaste ningún vacío, pero has dejado uno enorme, abismal, al irte, vaya. Podría decirse que el amor es un proyecto condenado al fracaso. ¿Qué opinas tú?

Volvió a cerrar los ojos. Escuchó.

La luz más allá de sus párpados perdió intensidad y la temperatura bajó. Harry pensó que se trataba de una nube que le tapaba el sol, esperó a que volviera el calor mientras se dejaba arrastrar por el sueño. Hasta que algo le hizo reaccionar. Contuvo el aliento. Estaba oyendo otra respiración. No era una nube, tenía a alguien o algo delante de él. Harry no había oído a ese algo acercarse a pesar de que había nieve por todas partes. Abrió los ojos.

El sol rodeaba como un halo la silueta que tenía delante.

La mano derecha de Harry se deslizó hacia el interior de su cazadora.

—Te he estado buscando —dijo la silueta en voz baja.

Harry detuvo el movimiento.

—Me has encontrado —dijo Harry—. ¿Qué va a pasar ahora?

La silueta se hizo a un lado y por un momento Harry se vio deslumbrado por el sol.

—Ahora nos vamos a ir a mi casa —dijo Kaja Solness.

—Gracias, pero ¿hace falta que me beba esto? —preguntó Harry haciendo una mueca mientras olía el té del platillo que Kaja le había dado.

—No lo sé —sonrió Kaja—. ¿Qué tal la ducha?

—Templada.

—Eso es porque has estado duchándote tres cuartos de hora.

—¿En serio? —Harry se reclinó en el sofá con el platillo entre las manos—. *Sorry.*

—No pasa nada. ¿Cómo te queda la ropa?

Harry miró el pantalón y el jersey.

—Mi hermano era un poco más bajo que tú. —Kaja sonrió.

—¿Así que has cambiado de opinión y quieres ayudarme a pesar de todo?

Harry probó la infusión. Era amarga y le recordaba al té de escaramujo que le daban de pequeño cuando estaba acatarrado. No soportaba el té de escaramujo, pero su madre decía que reforzaba las defensas, que una taza tenía tanta vitamina C como cuarenta naranjas. Tal vez no se había vuelto a constipar gracias a aquellas sobredosis. Tampoco había vuelto a comer naranjas.

—Quiero ayudarte, sí —dijo sentándose frente a él—. Pero no con el caso.

—Ah, ¿no?

—¿Sabes que tienes todos los síntomas característicos del TEPT?

Harry la miró.

—Trastorno por estrés postraumático —dijo Kaja.

—Sé lo que es.

—Vale. Pero ¿sabes cuáles son los síntomas?

Harry se encogió de hombros.

—Revivir el trauma. Sueños, *flashbacks.* Sentimientos reprimidos. Te conviertes en un zombi. Te sientes como un zombi, un excluido que toma antidepresivos, no experimentas cambios de humor, no quieres vivir más allá de lo imprescindible. El mundo parece irreal. La percepción del tiempo cambia. Como mecanismo de defensa fragmentamos el trauma, recordamos algunos detalles, pero los mantenemos aislados de manera que todo el suceso y la relación entre ellos sigan en tinieblas.

Kaja asintió.

—No olvides la hiperactividad. Inquietud. Depresión. Irritación y agresividad. Problemas para dormir. ¿Por qué sabes tanto del tema?

—Nuestro psicólogo de cabecera me ha hecho las pruebas.

—¿Ståle Aune? ¿Y afirma que no tienes TEPT?

—Bueno. No lo descarta. Por otra parte, he tenido esos síntomas desde que era un adolescente. Como no puedo recordar una percepción de la realidad distinta, dijo que quizá sea mi personalidad. O que soy así desde la infancia, desde que murió mi madre. Al parecer es fácil confundir la pena con el TEPT.

Kaja movió la cabeza con decisión.

—Yo he tenido mi propia dosis, sé lo que es la pena, Harry. Me recuerdas mucho a los soldados que se marchaban de Afganistán con un TEPT agudo. A algunos se les cronificaba la enfermedad, otros se quitaban la vida. Pero ¿sabes qué? Lo peor de todo era que algunos volvían. Conseguían escapar del radar de los psicólogos y se convertían en bombas de relojería que ponían en peligro a otros soldados y a ellos mismos.

—No he estado en la guerra. Solo he sufrido una pérdida.

—Has estado en la guerra, Harry. Mucho, demasiado tiempo. Eres uno de los pocos policías que han tenido que matar varias veces en acto de servicio. En Afganistán descubrimos lo que el hecho de matar puede hacerle a una persona.

—Y yo he visto lo que no le hace a una persona. Mucha gente olvida esa experiencia como si no fuera nada. Y hay quien espera que se les presente otra oportunidad.

—Tienes razón; no todo el mundo experimenta lo mismo cuando mata a otra persona. Pero para la gente más o menos normal también es importante saber el porqué. Un estudio llevado a cabo por RAND concluye que entre el veinte y el treinta por ciento de los soldados americanos que han prestado servicio en Afganistán o Irak, sufrían TEPT. Lo mismo ocurrió con los soldados americanos que lucharon en Vietnam. Parece que la cifra de los soldados aliados en la Segunda Guerra Mundial era la mitad. Los psicólogos atribuyen ese aumento a que los soldados no comprendían las guerras de Vietnam, Irak y Afganistán. Mientras que todos entendían por qué había que combatir a Hitler. Los soldados que habían estado en Vietnam, Irak y Afganistán se reincorporaron a una sociedad que no organizaba desfiles, sino que los miraba con desconfianza. Los soldados tampoco son capaces a título individual de contextualizar las muertes en un relato convincente que los justifique. En ese sentido es más fácil matar por Israel. Allí la tasa de TEPT desciende hasta el ocho por ciento. No porque la violencia sea menos cruenta, sino porque los soldados pueden verse como defensores de una nación pequeña rodeada de enemigos, y porque gozan de un amplio apoyo entre sus compatriotas. Ello les proporciona una ética sencilla y concreta que justifica el acto de matar. Lo que hacen es necesario, tiene sentido.

–Hummm. Quieres decir que aunque estoy traumatizado siempre que he matado ha sido por necesidad. Sí, vienen a visitarme de noche, pero aprieto el gatillo sin dudar. Una y otra vez.

–Perteneces a ese ocho por ciento que padece TEPT a pesar de que tenían la posibilidad de justificar sus muertes –dijo Kaja–. Pero que no lo hacen. Los que de manera inconsciente pero activa buscan una manera de echarse la culpa. Igual que ahora crees tener la culpa de…

–Vale, dejémoslo ya.

–… que Rakel esté muerta.

Se quedaron en silencio. Harry miraba al infinito y no dejaba de pestañear.

Kaja tragó saliva.

–Lo siento, no quería decirlo así. No era mi intención decirlo de esta manera.

–Tienes razón –dijo Harry–. Salvo en eso de echarme la culpa. Es culpa mía, es un hecho. Si yo no hubiera matado al hijo de Svein Finne…

–Hacías tu trabajo.

–… Rakel estaría viva.

—Conozco a gente especialista en TEPT. Necesitas ayuda, Harry.

—Sí. Ayuda para coger a Finne.

—Ese no es tu mayor problema.

—Sí, lo es.

Kaja suspiró.

—¿Cuánto tiempo estuviste buscando a su hijo hasta que diste con él?

—¿Quién lleva la cuenta de los años? Al final di con él.

—Nadie captura a Finne. Es como un espíritu.

Harry levantó la vista.

—Yo trabajé en Delitos Sexuales antes que en Delitos Violentos —dijo Kaja—. He leído los informes sobre Svein Finne. Eran parte del temario.

—Espíritu —dijo Harry.

—¿Qué?

—Eso es lo que todos buscamos. —Se puso de pie—. Gracias por el agua caliente. Y la pista.

—¿La pista?

El viejo observaba el vestido azul que flotaba y se agitaba en la corriente. La vida era un baile para las flores de un día. Estás en una sala saturada de testosterona y perfume, llevas el ritmo de la música con los pies y sonríes a la más guapa porque crees que es la que te toca. Pero cuando la invitas a bailar te dice que no mientras mira por encima de tu hombro en busca del otro, ese que no eres tú. Luego, cuando se te ha curado el corazón destrozado, ajustas tus expectativas e invitas a la segunda más guapa. Después a la tercera. Hasta que llegas a la que dice que sí. Si tienes suerte y bailáis bien juntos, la invitarás al siguiente baile. Y al siguiente. Hasta que la velada ha pasado y le preguntas si quiere compartir contigo la eternidad. «Sí, querido, pero somos flor de un día», dice ella, y se muere.

Entonces llega la noche, la noche de verdad, únicamente tienes un recuerdo, un vestido azul que te llama con su movimiento, la promesa de que solo pasará un día antes de que puedas ir tras ella. El vestido azul es lo único que te permite soñar que un día volverás a bailar.

–Querría una cámara de caza.

La voz profunda y ronca procedía del mostrador.

El viejo se dio la vuelta. Era un hombre alto. De hombros anchos, pero delgado.

–Tenemos distintos tipos... –dijo Alf.

–Lo sé, compré una aquí hace un tiempo. Esta vez quiero una de las sofisticadas. La que te avisa al móvil cuando aparece alguien. Y tengo que poder esconderla.

–Entiendo. Iré a buscar una que creo que servirá.

El yerno desapareció camino de la estantería de las cámaras de caza y el alto se volvió y sostuvo la mirada del viejo. Este recordaba su cara, no solo porque había estado en la tienda en otra ocasión, sino porque no había podido decidir si tenía la mirada de un rumiante o de una alimaña. Resultaba extraño, porque ahora no había duda. El hombre era una alimaña. Pero en su mirada había algo más que le resultaba conocido. El viejo forzó la vista. Alf regresó y el alto se volvió otra vez hacia el mostrador.

–Cuando esta cámara capta movimiento frente a la lente hace una foto y la envía inmediatamente al número de teléfono que registres en el...

–Gracias, me la llevo.

El alto salió de la tienda, la mirada del viejo volvió a la pantalla. Un día se rasgarían y serían arrastrados todos los vestidos azules, los recuerdos se desengancharían y desaparecerían. Todos los días veía la cicatriz de la pérdida y la resignación en la mirada que le devolvía el espejo. Eso era lo que había reconocido en la mirada del alto. La pérdida. Pero no la resignación. Todavía no.

Harry oyó la gravilla crujir bajo sus botas y pensó que aquello era lo que te ocurría cuando te hacías viejo, estabas cada vez más tiempo en cementerios. Te familiarizabas con los futuros vecinos del lugar en el que pasarías la eternidad. Se detuvo ante la pequeña piedra negra. Se puso en cuclillas, cavó un agujero en la nieve, dejó la maceta de lirios blancos dentro. Lo rodeó de nieve y colocó los tallos. Dio un paso atrás y comprobó que había quedado bien. Levantó la vista, contempló la hilera de tumbas. Si la norma era que te enterraban lo más cerca posible de tu lugar de residencia, a Harry lo enterrarían aquí, y no cerca de Rakel, que descansaba en el cementerio de Voksen. Desde su apartamento hasta aquí tardaba siete minutos caminando, tres minutos y medio si se daba prisa, lo había comprobado. Durante los primeros veinte años tu tumba permanecía en paz, después podían poner otros ataúdes en el mismo lugar, encima o al lado del tuyo. Así que, si el destino lo quería, podrían reunirse tras su muerte. Harry tuvo un escalofrío y tiritó bajo la gabardina. Miró el reloj y se apresuró hacia la salida.

—¿Cómo te va?

—Bien —dijo Oleg.

—¿Bien?

—A ratos.

—Hummm. —Harry apretó el teléfono contra la oreja como si quisiera reducir la distancia entre los dos, entre un apartamento de la calle Sofies en que Bruce Springsteen alargaba las estrofas de «Stray Bullet» en la oscuridad del atardecer y la casa dos mil kilómetros al norte de Oleg con vistas sobre la base aérea y el fiordo de Porsanger—. Te llamo para pedirte que seas prudente.

—¿Prudente?

Harry le habló de Svein Finne.

—Si Finne se está vengando de mí porque maté a su hijo, tú también podrías estar en peligro.

—Voy a Oslo —dijo Oleg decidido.

—¡No!

—¿No? Si ha matado a mamá no pienso limitarme a quedarme aquí sentado y…

—Para empezar, la sección de Delitos Violentos ni se planteará la posibilidad de permitir que te aproximes a la investigación.

Imagínate el partido que podría sacarle un abogado defensor a que en la investigación hubieras participado tú, el hijo de la víctima. Además, es probable que eligiera a tu madre en lugar de a ti porque te encuentras lejos de sus cotos de caza.

—Voy.

—¡Escucha! Si va a por ti, hay dos razones por las que quiero que permanezcas en el norte. Finne no hará dos mil kilómetros en coche, así que iría en avión. Y aterrizaría en un aeropuerto pequeño en el que tú habrás proporcionado su foto al personal. Svein Finne no es una persona que pase fácilmente desapercibida en un lugar pequeño. Si te quedas ahí, aumentamos nuestras posibilidades de capturarlo, ¿entiendes?

—Pero…

—Razón número dos. Imagínate que no estás allí cuando llegue. Que encuentra a Helga sola en casa.

Silencio. Solo Springsteen y un piano.

Oleg carraspeó.

—¿Me mantendrás informado de todo?

—Sí, vale.

Colgaron y Harry se quedó mirando fijamente el teléfono que había dejado sobre la mesa del salón. The Boss había empezado con otra canción de las que tampoco se habían incluido en *The River*. «The Man Who Got Away».

Ni hablar. Esta vez no, joder.

El teléfono seguía frío y apagado sobre la mesa.

A las once y media ya no pudo estarse quieto por más tiempo.

Se ató las botas, cogió el teléfono y salió al recibidor. Las llaves del coche no estaban sobre la cómoda donde acostumbraba a dejarlas, así que buscó por todos los bolsillos de pantalones y chaquetas hasta que dio con ellas en el vaquero ensangrentado que había dejado en la cesta de la ropa sucia. Localizó el Ford Escort, se sentó al volante, ajustó la inclinación del asiento, giró la llave y automáticamente alargó la mano hacia la radio, pero cambió de opinión. Tenía sintonizada StoneHard FM porque no hablaban y no ponían otra cosa que rock duro sin pretensiones, del que mitigaba el dolor, las veinticuatro horas, pero ahora mismo no necesitaba ningún analgésico. Necesitaba el dolor. Condujo en silencio por las calles nocturnas y adormiladas del centro de Oslo, y subió las pendientes frente a la Escuela Naval en dirección a Nordstrand. Aparcó en el arcén, sacó la linterna de la guantera, se bajó y contempló el fiordo de Oslo a la luz de la luna, negro y brillante, que se desviaba hacia el suroeste, hacia Dinamarca y el mar abierto. Abrió el maletero y sacó la palanqueta. Se quedó unos instantes observándola. Algo no encajaba, algo que había pensado, pero era tan poca cosa, un fragmento que cruza la retina, que no pudo retenerlo. Mordió la prótesis del dedo, tuvo un escalofrió cuando los dientes entraron en contacto con el titanio. Pero no sirvió de nada, había desaparecido, como un sueño que inevitablemente se escapa de la memoria.

Harry vadeó la nieve hasta el borde del precipicio, hasta los viejos búnkers donde él, Øystein y el Tresko solían guarecerse para emborracharse cuando otros jóvenes de su edad celebraban la graduación, la fiesta nacional del 17 de mayo, la noche de San Juan y lo que cojones fuera que celebraran.

El Ayuntamiento había puesto candado a las puertas después de que un periódico de la capital publicara un reportaje fotográfico. No es que los responsables del Ayuntamiento no hubieran sabido que los búnkers servían de refugio a drogadictos y prostitutas, ya se habían publicado fotos con anterioridad. Fotos de jóvenes que se inyectaban heroína en brazos cubiertos de heridas y de putas extranjeras tumbadas sobre colchones agujereados. Pero la que hizo reaccionar a la opinión pública fue una sola foto. Ni siquiera era especialmente brutal. Un chico sentado en un colchón con toda la parafernalia del drogadicto a su lado. Miraba al objetivo con ojos tristes, subyugados. Impresionaba porque tenía el aspecto de cualquier joven noruego: ojos azules, jersey de lana tradicional y el pelo corto y cuidado. Era fácil confundirla con una instantánea de las vacaciones de Semana Santa en la cabaña familiar. Al día siguiente el Ayuntamiento había ordenado poner candados en todas las puertas y carteles que advertían que el acceso estaba prohibido y que los búnkers serían vigilados por patrullas. Harry sabía que esto último era una amenaza vana, pues el director de la Policía ni siquiera disponía de personal o recursos económicos suficientes para investigar allanamientos de verdad.

Metió la barra de hierro en la rendija de la puerta.

La cerradura cedió cuando empujó con todo el cuerpo.

Harry entró. Solo rompía el silencio el eco de un goteo que provenía de oscuras profundidades y que a Harry le recordó al sonar de un submarino. El Tresko le contó que había descargado de la red una grabación del latido del sonar de un submarino, lo había programado para que se repitiera y lo usaba para conciliar el sueño. Al parecer la sensación de estar bajo el agua lo tranquilizaba. Olía mal. Por lo que a Harry le pareció era una mezcla de orina, gasolina y hormigón mojado. Encendió la linterna y se adentró en las sombras. La luz se topó con un banco de madera que seguramente habían robado en un parque cercano y un colchón negro de humedad y hongos. La ranura que se abría hacia el fiordo para poder disparar estaba cubierta por tablones. Era, como suponía, el lugar perfecto.

Y no pudo resistirse.

Apagó la linterna.

Cerró los ojos. Quería ver qué sentiría, ahora, por adelantado.

Intentó visualizarlo, pero las imágenes no se presentaron.

¿Por qué no? Tal vez tendría que alimentar el odio.

Pensó en Rakel. Rakel en el suelo del salón. Svein Finne sobre ella. Alimentar el odio.

Y entonces llegó la imagen.

Harry gritó en la oscuridad y abrió los ojos.

¿Qué coño pasaba? ¿Por qué su cerebro fabricaba imágenes de él mismo cubierto de sangre?

Una rama se partió y despertó a Svein Finne.

En un instante estuvo despabilado, observando la oscuridad y el techo de su tienda de campaña para dos. ¿Le habían encontrado? ¿En un lugar tan alejado de las zonas habitadas, en un denso bosque de pinos, en un territorio tan irregular que hasta los perros tendrían dificultad para abrirse paso?

Escuchó. Intentó identificar por los sonidos de qué podía tratarse. Un bufido. No era un humano. Pasos pesados en el bosque. Tan pesados que percibía una leve vibración en el suelo. Era un animal grande, tal vez un alce. Cuando era joven, Svein Finne se había escondido en el bosque con frecuencia, se llevaba la tienda de campaña y hacía noche en el valle de Maridalen o de Sørkedalen. La sierra de Oslomarka era grande, le proporcionaba libertad y escondrijos a un chaval con tendencia a meterse en problemas, que no encajaba, a quien la gente solía evitar o espantar. La gente reaccionaba así cuando tenían miedo. Svein Finne no sabía cómo se daban cuenta. Él intentaba ocultarlo. Solo mostraba a unos pocos quién era. Quién era en realidad. Y comprendía que esos se asustaran. Se sentía más a gusto aquí en el bosque, entre los animales, que en la ciudad, que estaba a un par de horas a pie. En el bosque, en la misma puerta de sus casas, había más animales de lo que la gente de Oslo se imaginaba. Corzos, martas, liebres. Zorros, por supuesto, que se alimentaban de la basura que tiraba la gente. Algún que otro ciervo. Una noche de luna llena vio un lince caminando en silencio por la otra orilla de un lago. Y aves. El águila pescadora. El cárabo y el mochuelo boreal. No había visto azores ni gavilanes, que cuando era niño eran comunes en esa zona. Pero un águila ratonera había planeado sobre su cabeza, entre las copas de los pinos. El alce estaba más cerca. Había dejado de partir ramas. El alce rompe ramas. Un morro se apretó contra la lona de la tienda, olisqueando arriba y abajo. Un morro que buscaba comida. En plena noche. No era un alce. Finne se giró dentro del saco de dormir, agarró la linterna y golpeó el morro. El bulto desapareció hacia el otro lado de la lona y Finne oyó un profundo gruñido procedente del exterior. El morro había vuelto y esta vez presionaba la lona de la tienda con tanta fuerza que cuando Finne encendió un instante la linterna otra vez, pudo ver lo que era. Había visto la silueta de la gran cabeza y el morro. Oyó el ruido de la tela al desgarrarse cuando las garras rajaron la tienda.

Finne fue rápido como el rayo, agarró la vaina del cuchillo que siempre dormía a su lado sobre la esterilla, bajó la cremallera y rodó hacia el exterior para no darle la espalda al animal. Había acampado sobre un par de metros cuadrados limpios de nieve en una ladera, frente a una gran roca que dividía el flujo del agua del deshielo, que corría a ambos lados de la tienda, y ahora se dejó caer dando tumbos, desnudo. Las ramas y las rocas le hicieron cortes en la piel, pero él no hizo caso, y solo se fijó en los crujidos del sotobosque cuando el oso se lanzó en pos de él. El animal percibía la huida y su instinto de cazador se activaba. Svein Finne sabía que ningún ser humano podía escapar de un oso, al menos no en ese terreno. Pero no tenía intención alguna de intentarlo. Tampoco de tumbarse y hacerse el muerto, a pesar de que se decía que era una buena estrategia si te encontrabas con un oso. Un oso que acaba de salir de la cueva donde ha hibernado, está desesperado de hambre, por lo que se come sin remilgos un cadáver, fingido o real. Qué imbéciles. Entretanto, Svein Finne había llegado al final de la ladera, recuperó el equilibrio, apoyó la espalda contra un grueso tronco y se puso de pie. Encendió la linterna y la dirigió hacia el sonido que se aproximaba. El animal se detuvo de golpe al notar la luz en los ojos. Deslumbrado, se levantó sobre las patas traseras y pateó el aire con las zarpas. Era un oso pardo. De unos dos metros de alto. «Podría haber sido más grande», pensó Svein Finne, clavó los dientes en la vaina y sacó el cuchillo puukko. El abuelo Finne afirmaba que el último oso que liquidaron en la sierra de Oslomarka, en 1882, tenía casi dos metros y medio de altura. Lo mató el guardabosques Kjelsås cuando estaban arrancando las raíces de los árboles talados en Gronvollia, bajo la cima de Oppkuven.

Ahora el oso había vuelto a ponerse a cuatro patas. La piel le colgaba alrededor. Bufó, movió la cabeza de lado a lado, miró alternativamente al interior del bosque y hacia la luz, como si no pudiera decidirse.

Finne sostenía el cuchillo en el aire.

—¿No quieres trabajarte la comida, oso gruñón? ¿Te sientes débil esta noche? —El oso berreó como si estuviera frustrado y

Finne rio tan alto que la ladera rocosa sobre sus cabezas le devolvió el eco–. Mi abuelo se comió al tuyo en 1882 –gritó Finne–. Dijo que sabía fatal, incluso cocinado con un montón de especias. Aun así yo me zamparía un pedazo de ti, gruñón, así que ven. Ven acá, tonto del demonio.

Finne dio un paso al frente, hacia el oso, que retrocedió un poco y cambió el peso del cuerpo de un lado a otro. Parecía desconcertado, sí, incluso un poco cabizbajo.

–Sé lo que sientes –dijo Finne–. Llevas encerrado una eternidad, de pronto sales y hay demasiada luz, poca comida, y estás completamente solo. No porque la manada te haya expulsado, porque tú no eres como ellos, no eres un animal gregario, eres tú quien les ha repudiado a ellos. –Finne avanzó otro paso más–. Pero eso no quiere decir que no puedas sentirte solo, ¿verdad que no? Reparte tu semen, gruñón, haz otros como tú, que te entiendan. Que sepan honrar a su padre. ¡Eh, eh! Largo, porque en Sørkedalen no hay osas. ¡Lárgate, este es mi coto, pobre oso hambriento! Todo lo que encontrarás aquí es soledad.

El oso tomó impulso con las patas delanteras como si quisiera volver a ponerse de pie, pero no lo consiguió. Ahora Finne podía verlo. El oso era viejo. Puede que estuviera enfermo. Finne notó un olor inconfundible. El olor del miedo. Y lo que lo asustaba no era ese ser mucho más pequeño que él erguido allí delante, sino el hecho de que no segregaba el mismo olor. No tenía miedo. Estaba loco. Era capaz de hacer cualquier cosa.

–¿En qué quedamos, viejo gruñón?

El oso bufó, dejó al descubierto la dentadura amarilla.

Luego se dio la vuelta, avanzó a cuatro patas y la oscuridad se lo tragó.

Svein Finne se quedó escuchando las ramas que se partían cada vez más lejos. El oso volvería. Cuando tuviera aún más hambre o cuando hubiera comido y se sintiera con fuerzas para adueñarse del coto. Al día siguiente Finne tendría que buscar un lugar menos accesible, a ser posible un escondrijo con paredes que pudieran resistir el ataque de un oso. Pero primero debía ir a la ciudad a comprar una trampa. Y visitar la tumba. La manada.

Katrine no podía dormir.

Pero el niño dormía en la cuna, junto a la ventana, eso era lo importante.

Se dio la vuelta en la cama y se quedó mirando el rostro pálido de Bjørn. Tenía los ojos cerrados, pero no roncaba. Eso quería decir que él tampoco dormía. Lo observó. Los párpados finos y rojizos en los que se transparentaban las venas, las cejas claras, la piel blanquecina. Como si se hubiera tragado una bombilla encendida. Hinchado e iluminado desde dentro. Mucha gente se sorprendió cuando empezaron a salir. Nadie había formulado la pregunta, claro, pero veía la sorpresa en sus caras: ¿Cómo puede ser que una mujer bella y económicamente independiente elija a un hombre menos atractivo que la media y sin dinero? Una diputada que formaba parte de la comisión de justicia del Congreso había hecho un aparte con ella en uno de esos cócteles de «mujeres influyentes» orientados al «networking». Dijo que le parecía estupendo que Katrine se hubiera casado con un compañero de trabajo que tenía menos estatus que ella. Katrine había respondido que Bjørn Holm era increíble en la cama, y le preguntó a la política si se avergonzaba de tener un marido de buena posición que ganaba más que ella y qué probabilidad había de que su siguiente marido fuera un hombre de estatus bajo. Katrine no tenía ni idea de quién era el marido de aquella mujer, pero dedujo por su expresión que más o menos había dado en la diana. Además, odiaba ese tipo de encuentros para mujeres de éxito. No porque no apoyara su objetivo, no es que no viera que había que luchar por la verdadera igualdad entre géneros, sino porque no compartía esa forzada solidaridad entre amigas y la retórica de base emocional de la que iba acompañada. A veces tenía ganas de pedirles que se callaran y preguntarles si podían limitarse a exigir el mismo sueldo por el mismo trabajo. Claro que hacía mucho tiempo que era necesario un cambio de actitud, no solo en relación al acoso sexual, sino también ante las técnicas de dominación basadas en el sexo, más indirectas y muchas veces inconscientes, que utilizaban los hombres. Pero eso no podía ser el primer punto del orden del día y desviar la atención del objetivo básico de la igualdad. Las mujeres se harían un flaco favor si volvían a dar prioridad a sus sentimientos heridos sobre la cuantía de su nómina. Porque solo si obtenían mayores ingresos, más poder económico, se volverían inmunes. Tal vez tendría otro punto de vista si fuera ella la más vulnerable en este dormitorio. Había buscado a Bjørn cuando se sintió más expuesta, más débil, cuando necesitaba a alguien que la amara incondicionalmente. El técnico de la policía científica, gordito pero bondadoso y encantado con la situación, casi no pudo creer en su suerte y respondió con una adoración absoluta, con abnegación. Ella se dijo que no se aprovecharía, que había visto a demasiada gente convertirse en un calzonazos por culpa de su pareja. Lo había intentado, de verdad que sí. Había visto a otros que lo intentaban, pero, cuando llegaba la prueba de fuego, un tercero, un niño, el instinto de supervivencia que te ayudaba a subsistir día a día se hacía con el control. Y la consideración por la pareja quedaba en segundo plano.

El tercero en discordia. El hijo al que amabas más que a tu pareja. Pero en el caso de Katrine esa persona había estado allí todo el tiempo. Una vez. Una vez había yacido así, en la misma cama que él, el tercero. Le había oído respirar mientras una tormenta otoñal agitaba las ventanas, hacía crujir las paredes, llevaba su mundo al hundimiento final. Pertenecía a otra, solo lo había tomado prestado sin permiso, pero si era todo lo que le iban a dar, lo cogería. ¿Se arrepentía de aquel ataque de locura? Sí. Sí, claro que se arrepentía. ¿Fue el momento más feliz de su vida? No. Hubo desesperación y un extraño adormecimiento. ¿Podría haberse evitado? De ninguna manera.

—¿En qué piensas? —susurró Bjørn.

¿Y si se lo dijera? ¿Y si se lo contara todo?

—El caso —dijo ella.

—¿Sí?

—¿Cómo puede ser que no hayáis averiguado absolutamente nada?

—Como te dije, el asesino lo recogió todo. ¿Estás pensando en la investigación o... en otra cosa?

Katrine no podía ver la expresión de sus ojos en la oscuridad, pero notó algo en su voz. Siempre había sabido de la existencia del tercero. Ella se había confiado a Bjørn cuando solo era un amigo; acababan de contratarla en la comisaría y se había enamorado de Harry absurdamente, sin esperanza. Hacía mucho tiempo. Pero nunca le habló de aquella noche.

—La noche del asesinato un matrimonio que reside en Holmenkollen llegó a casa en coche —dijo Katrine—. Vieron a un hombre bajar por la calle Holmenkollveien sobre las doce menos cuarto de la noche.

—Eso cuadra con la hora estimada del asesinato, entre las diez y las dos —dijo Bjørn.

—La gente adulta y sobria de Holmenkollen va en coche. El último autobús ya había salido y comprobamos las cámaras de vigilancia de la estación de metro de Holmenkollen. Llegó un metro a las doce menos veinticinco, pero solo se bajó una mujer. ¿Qué hace un peatón andando por ahí tan tarde? Si hubiera vuelto a pie desde un bar del centro, iría hacia arriba, y si fuera a la ciudad, habría ido a la estación de metro, ¿no crees? Salvo que quisiera evitar las cámaras de vigilancia.

—Un hombre que sale a dar un paseo. Es poca cosa, ¿no crees? ¿No lo describieron?

—Lo normal, mediana estatura, entre veinticinco y sesenta años de edad, etnia desconocida, pero no era de piel oscura.

—Así que la razón por la que le estás dando vueltas es...

—... que es la única pista que tiene algún valor.

—¿Y la vecina qué dice? ¿No le habéis sacado alguna información que nos sirva?

—¿La señora Syvertsen? Su dormitorio da a la parte de atrás. La ventana estaba abierta, pero dice que durmió toda la noche como un bebé.

Como si hubiera hecho un comentario irónico les llegó un ruidito de la cuna. Se miraron y estuvieron a punto de echarse a reír.

Katrine se dio la vuelta y apretó la oreja contra la almohada, pero aun así oyó los dos gemidos siguientes y la característica pausa que precedía al estallido. Notó que el colchón cedía cuando Bjørn apoyó los pies en el suelo.

Ella no pensaba en el niño. No pensaba en Harry. Y no pensaba en el caso. Pensaba en dormir. El sueño profundo del mamífero, el que apaga los dos hemisferios del cerebro.

Kaja pasó la mano por la culata de la pistola, rugosa y dura. Había apagado todas luces del salón y aguzaba el oído. Estaba fuera. Lo había oído. Había adquirido una pistola poco después de lo que le ocurrió a Hala en Kabul. Hala era, junto con Kaja, una de las nueve mujeres que compartían la vivienda con un total de veintitrés personas. La mayoría trabajaba en la Media Luna Roja o en la Cruz Roja, pero algunos ocupaban puestos civiles en las fuerzas de pacificación. Hala era una persona excepcional con una historia excepcional, pero lo que más la diferenciaba del resto de los ocupantes de la casa era que no era extranjera, era afgana. Su casa no estaba muy lejos del Hotel Serena Kabul y el palacio presidencial afgano. El ataque talibán al Serena en 2008 había dejado claro que ninguna zona de Kabul era completamente segura, pero todo es relativo, y se sentían protegidos por la guardia que patrullaba tras su alto muro. Por las tardes, ella y Kaja subían a la azotea a hacer volar las cometas que compraban en el Strand Bazaar por uno o dos dólares. Para Kaja el hecho de que las cometas en el cielo de Kabul fueran el símbolo de la liberación del régimen talibán no era más que un tópico romántico de una novela superventas. En los años noventa habían prohibido las cometas porque restaban tiempo y atención al rezo. Pero ahora, durante el fin de semana, se veían cientos, si no miles, de cometas en el aire. Según Hala los colores de las cometas eran todavía más intensos que antes de los talibanes, gracias a las nuevas tintas que habían llegado al mercado. Le había mostrado cómo debían colaborar para hacerlas volar, una tenía que dirigir el artilugio y la otra ocuparse de los hilos para evitar las cometas a las que habían pegado pedazos de cristal para derribar a otras cometas. Sí, no era difícil ver los paralelismos con la misión que Occidente se había arrogado en Afganistán, pero no dejaba de ser un juego. Si perdían una cometa, sencillamente arrojaban al aire otra. Aún más hermoso que las cometas en el cielo resultaba contemplar la luz de los hermosos ojos de Hala cuando las miraba.

Era más de medianoche cuando Kaja oyó las sirenas y vio las luces azules de la policía por las ventanas del salón. Estaba preocupada porque Hala no había regresado, así que se vistió y salió. Los coches patrulla estaban aparcados junto a un callejón. No habían colocado ninguna barrera y ya había un corro de curiosos. Jóvenes hombres afganos con cazadoras de cuero, imitaciones de Gucci y Armani, casi los únicos que andaban por la calle a aquellas horas. ¿Cuántos escenarios de crímenes había contemplado Kaja como investigadora de la sección de Delitos Violentos? Pero todavía ahora la despertaban las pesadillas relacionadas con aquella noche. El cuchillo había rasgado grandes trozos de su *salwar kameez*, de manera que la piel había quedado al descubierto y la cabeza de Hala estaba doblada hacia atrás en un ángulo imposible, como si tuviera el cuello roto; la herida de la garganta cercenada quedaba abierta y Kaja pudo ver el interior rosado, ya seco. Cuando se inclinó sobre el cadáver, un enjambre de moscas de arena salió de la herida como un espíritu negro de una lámpara, y Kaja se puso a dar violentos manotazos al aire.

La autopsia desveló que Hala había tenido relaciones sexuales justo antes del asesinato y, aunque las pruebas físicas no podían descartar que hubiera sido consentido, se suponía, dadas las circunstancias y su condición de joven soltera que seguía las estrictas normas de los Hazara, que se trataba de una violación. La policía nunca dio con el autor o los autores del asesinato. Se decía que la probabilidad de ser violada en Kabul era una centésima parte menor del riesgo de saltar por los aires por efecto de un IED, un artefacto explosivo improvisado. Aunque el número de violaciones había aumentado tras la caída de los talibanes, la policía creía que los responsables no eran sino estos, que querían dejar claro lo que les esperaba a las mujeres afganas que trabajaban para la ISAF, Resolute Support u otras organizaciones occidentales. En todo caso, la violación y el asesinato en Kabul asustaron a las mujeres que compartían la casa con Kaja, quien les enseñó cómo manejar un arma. Esa pistola, que había ido de mano en mano como el testigo de una carrera de relevos cada vez que una de ellas salía después del anochecer, las había unido de tal manera que formaron un equipo. Un equipo de cometas.

Kaja sopesó la pistola. Cuando trabajaba en la policía, siempre sentía una mezcla de horror y tranquilidad al sujetar una pistola cargada. En Afganistán había empezado a considerarla una herramienta necesaria, algo cuya presencia agradecías. Como el cuchillo. Roger le había enseñado a manejarlo. Y también le enseñó que en la Cruz Roja, al menos en su Cruz Roja, uno protegía su vida, si hacía falta, matando. Cuando conoció a Roger pensó que el suizo rubio y alto, refinado, un poco afectado, demasiado guapo, no era su tipo. Estaba equivocada por completo y al mismo tiempo tenía toda la razón. Pero en el caso del asesinato de Hala, no se equivocaba, solo tenía razón.

No era obra de los talibanes.

Sabía quién era, pero le faltaban las pruebas.

Kaja apretó la culata con fuerza. Aguzó el oído. Respiró. Esperó. Entumecida. Eso era lo extraño, su corazón latía como si estuviera a punto de sufrir un ataque de pánico, y a la vez se sentía completamente indiferente. Tenía miedo a morir, pero no tenía muchas ganas de vivir. A pesar de todo, cuando volvía a casa había conseguido pasar el control psicológico en su parada obligada en Tallin. Había escapado al radar.

20

Harry despertó y todo seguía igual. Pasaron un par de segundos antes de que empezara a recordar; no era una pesadilla, sino un puñetazo en el bajo vientre. Se dio media vuelta y se fijó en la foto de la mesa. Rakel, Oleg y él, sonrientes, sentados sobre una roca y rodeados de hojas de otoño, en una de esas excursiones que tanto entusiasmaban a Rakel y que Harry sospechaba que también a él habían empezado a gustarle. Por primera vez se formuló la pregunta siguiente: si este era el principio de un día que solo iría a peor, ¿cuántos días como ese sería capaz de aguantar? Estaba pensando en la respuesta cuando comprendió que no lo había sacado del sueño el despertador. El teléfono que estaba junto a la foto vibraba de manera casi inaudible, como las alas de un colibrí. Agarró el teléfono.

Era un mensaje de texto con una foto.

Se le desbocó el corazón.

Dio dos veces al cristal con el índice y le pareció que se le paraba el corazón. Svein «el Prometido» Finne agachaba la cabeza ante la cámara y elevaba un poco la mirada. Detrás se veía un cielo rojizo.

Harry saltó de la cama, se puso los pantalones. Se remetió la camiseta mientras iba camino de la puerta, consiguió ponerse la gabardina, las botas, se lanzó hacia el descansillo. Metió las manos en los bolsillos de la gabardina y comprobó que todo lo que llevaba la noche anterior seguía allí, las llaves del coche, las esposas, la pistola Heckler & Koch.

Salió a zancadas del portal, inspiró el frío aire de la mañana y se sentó en el Escort que estaba aparcado junto a la acera. Si corría, tardaría tres minutos y medio, pero necesitaba el coche para llevar a los dos. Harry maldijo en silencio cuando el motor no arrancó a la primera. No pasaría la siguiente ITV. Giró la llave otra vez y pisó con fuerza el acelerador. ¡Ahora! Harry derrapó por los adoquines mojados de la calle Stensberggata sumida en la tranquilidad matinal. ¿Cuánto tiempo permanece una persona junto a una tumba? Atravesó el atasco que empezaba a formarse en Ullevålsveien. Aparcó en la acera de Akersbakken, frente a la salida norte del cementerio Vår Frelsers. Dejó el coche sin cerrar, con las luces de emergencia encendidas y la identificación policial bien visible en el salpicadero.

Corrió, pero se detuvo al pasar la cancela. Desde su posición, en la cima de la ladera por la que descendía el cementerio, vio de inmediato la silueta solitaria frente a la tumba. Tenía la cabeza inclinada y una gruesa trenza india le colgaba por la espalda. Harry apretó la culata de la pistola que llevaba en el bolsillo de la gabardina y empezó a andar. Ni deprisa, ni despacio. Se detuvo a tres metros de la espalda del hombre.

—¿Qué quieres?

La voz del hombre bastó para que Harry tuviera un escalofrío. La última vez que había oído ese tono sacerdotal, atronador, áspero, fue en una celda de la cárcel de Ila, cuando Harry intentaba que lo ayudara a capturar al hombre que ahora ocupaba la tumba que estaba visitando. En aquel momento Harry no tenía ni idea de que Valentin Gjertsen fuera el hijo de Svein Finne. Más tarde pensó que debería haberlo intuido. Haberse dado cuenta de que unas fantasías tan violentas y enfermizas de alguna manera debían de proceder de la misma fuente.

—Svein Finne —dijo Harry notando que su voz afónica temblaba—. Estás detenido.

No oyó la risa de Finne, solo vio que sus hombros se sacudían levemente.

—Se ve que es la frase de tu repertorio que escoges cada vez que me ves, Hole.

—Pon las manos a la espalda.

Finne suspiró con fuerza. Puso las manos a la espalda con aire indiferente, como si así se sintiera más cómodo.

—Voy a esposarte. Antes de que se te ocurra hacer alguna tontería, debes saber que te estoy apuntando a las lumbares con una pistola.

—¿Me quieres disparar a las lumbares, Hole? —Finne giró la cabeza y sonrió entre dientes. La mirada castaña. Los labios gruesos y húmedos. Harry respiraba por la nariz. Frío. Debía mantener la frialdad, no pensar en ella. Pensar en lo que iba a hacer, nada más. Cosas sencillas, prácticas—. ¿Acaso crees que me da más miedo quedarme inválido que morir?

Harry respiró hondo en un intento de calmar sus temblores.

—Quiero que confieses antes de morir.

—¿Así fue como conseguiste la confesión de mi hijo? ¿Y después le disparaste?

—Tuve que dispararle porque se resistió.

—Sí, supongo que es así como quieres recordarlo. Supongo que también recuerdas así la ocasión en la que me disparaste a mí.

Harry vio el agujero de la palma de la mano de Finne, y pensó en Torghatten, la montaña que tiene una abertura por la que puedes ver la luz del día. Ese agujero era el resultado de una bala disparada durante una detención al principio de la carrera policial de Harry. Pero fue la otra mano la que llamó su atención. La correa gris del reloj que llevaba en la muñeca. Sin bajar la pistola agarró la mano de Finne con la que tenía libre y le dio la vuelta. Apretó la esfera del reloj. Se iluminaron las cifras rojas de la fecha y la hora. El clic de las esposas sonó como un beso húmedo en el cementerio vacío.

Harry giró la llave hacia la izquierda y el motor se apagó.

—Una hermosa mañana —dijo Finne mirando por el parabrisas del Escort, hacia el fiordo a sus pies—. Pero ¿por qué no estamos en la comisaría?

—Quiero darte la posibilidad de elegir —dijo Harry—. Puedes confesar aquí y ahora, e iremos a la comisaría, desayuno, una celda calentita. O puedes negarte y tú y yo nos daremos una vuelta por ese búnker alemán.

—Je, je. Me gustas, Hole. Me gustas. Te odio como individuo, pero me gusta tu personalidad. —Se humedeció los labios—. Y claro que confieso, ella...

—Espera que ponga la grabadora —dijo Harry sacando el teléfono del bolsillo de la gabardina.

—... participó voluntariamente. —Finne se encogió de hombros—. De hecho, creo que lo disfrutó más que yo.

Harry tragó saliva. Cerró los ojos un instante.

—¿Le gustó que le clavaran un cuchillo en el estómago?

—¿Cuchillo? —Finne se giró sobre su asiento y miró a Harry—. La tomé contra la valla justo detrás de donde tú me has detenido. Por supuesto que sé que es ilegal follar en un cementerio, pero teniendo en cuenta cómo insistía en que le diera más, me parecería razonable que ella pagara la mayor parte de la multa. ¿De verdad que lo ha denunciado? Se habrá arrepentido de su comportamiento tan poco cristiano. Sí, la verdad es que no me extrañaría nada. O puede que incluso se crea su propia versión, ya se sabe que la vergüenza nos puede llevar a reprimir cualquier cosa. Sabes, en la cárcel un psicólogo quiso explicarme algo sobre la brújula de la vergüenza de Nathanson. Según él, yo estaba tan abochornado por haber matado a aquella chica, tal y como vosotros afirmabais, que tenía que reprimir lo ocurrido para poder huir de la vergüenza. En este caso, esa es la cuestión: Dagny se avergüenza tanto del placer que sintió en el cementerio que su memoria lo transforma en una violación. ¿Te suena de algo, Hole?

Harry iba a responder, cuando sintió nauseas. Vergüenza. Represión. Las esposas tintinearon cuando Finne se inclinó sobre el asiento.

—Bueno, ya sabes lo que pasa en los casos de violación, cuando es la palabra de uno contra el otro y no hay testigos ni pruebas técnicas. Quedaré en libertad, Hole. ¿Acaso se trata de eso? ¿Sabes que la única manera de enchironarme por una violación es conseguir que confiese? Lo siento, Hole. Como ya te he dicho, confieso haber follado en un lugar público, así al menos podrás ponerme esa multa. ¿Sigue en pie la invitación a desayunar?

—¿He dicho algo que no debía? —rio Finne mientras tropezaba por la nieve putrefacta.

Cayó de rodillas y Harry lo levantó y lo fue empujando hacia los búnkeres.

Harry estaba en cuclillas frente al banco de madera. En el suelo había dejado lo que encontró al registrar a Svein Finne. Un dado de metal gris azulado. Un par de billetes de cien y calderilla, pero ningún billete de tranvía ni de autobús. Un cuchillo en su vaina. El cuchillo tenía el mango de madera marrón, la hoja corta. Afilado. ¿Podría tratarse del arma asesina? No tenía restos de sangre. Harry levantó la mirada. Había roto uno de los tablones que tapaban la tronera para que entrara algo de luz. Alguna vez pasaba algún corredor por el sendero cercano, pero solo cuando ya no había nieve. Nadie oiría los gritos de Svein Finne.

—Bonito cuchillo —dijo Harry.

—Colecciono cuchillos —dijo Finne—. Tenía veintiséis que me confiscasteis, ¿te acuerdas? Nunca me los devolvisteis.

La luz oblicua del sol de la mañana impactó sobre el rostro de Svein Finne y su torso desnudo y musculoso. No tenía la musculatura inflada que los presos habituales conseguían después de levantar pesas una y otra vez en gimnasios angostos, sino el cuerpo fibrado producto del entrenamiento constante. El cuerpo de un bailarín, pensó Harry. Iggy Pop. Limpio. Finne estaba sentado en el banco de madera con los brazos sujetos al respaldo. Harry también le había quitado los zapatos, pero dejó que se quedara con los pantalones puestos.

—Recuerdo los cuchillos —dijo Harry—. ¿Para qué es el dado?

—Para tomar las decisiones difíciles de esta vida.

—Luke Rhinehart —dijo Harry—. Has leído *The Dice Man*.

—Yo no leo, Hole. Pero puedes quedarte el dado, te lo regalo. Cuando no sepas qué hacer deja que el destino decida. Lo encontrarás muy liberador, créeme.

—¿Así que el destino es más liberador que decidir por uno mismo?

—Por supuesto. Imagina que tienes ganas de matar a alguien, pero no te decides. Necesitas ayuda. Del destino. Si el dado dice que debes matar, la culpa es del destino, os libera a ti y a tu libre albedrío, ¿comprendes? Solo hace falta tirar el dado.

Harry comprobó que la grabadora estuviera activada y dejó el teléfono sobre el banco. Tomó aire.

—¿Tiraste el dado antes de matar a Rakel Fauke?

—¿Quién es Rakel Fauke?

—Mi esposa —dijo Harry—. El asesinato tuvo lugar en nuestra cocina, en la calle Holmenkollveien hace diez días —Notó que los ojos de Finne se movían.

—Te acompaño en el sentimiento.

—Calla la boca y habla.

—¿Y si no lo hago? ¿Irás a buscar la batería del coche y la aplicarás a mis testículos?

—Las baterías de coche como instrumento de tortura son un mito —dijo Harry—. No producen electricidad suficiente.

—¿Cómo lo sabes?

—Anoche estuve leyendo en internet sobre métodos de tortura —dijo Harry raspándose la yema del pulgar con la punta del cuchillo—. Parece ser que lo que hace confesar a la gente no es el dolor en sí, sino el miedo al dolor. Pero claro, tiene que ser un temor bien fundamentado, el torturador debe convencer a la víctima de que la única limitación al grado de dolor que está dispuesto a infligirle es su fantasía. Y si hay algo que ahora mismo tengo, Finne, es imaginación.

Svein Finne se humedeció los labios blandos y gruesos.

—Comprendo. ¿Quieres los detalles?

—Todos.

—El único detalle que tengo para ofrecerte es que yo no lo hice.

Harry cerró la mano alrededor del mango del cuchillo y le golpeó con él. Sintió como los huesos de la nariz del otro cedían, sintió el impacto sobre sus nudillos, la sangre caliente del otro en el dorso de la mano. Los ojos de Finne se llenaron de lágrimas de dolor, sus labios se separaron. Esbozó una amplia sonrisa que dejó al descubierto sus grandes dientes amarillos.

—Todo el mundo mata, Hole. —La voz de predicador había adquirido un tono distinto, más nasal—. Tú, tus colegas, tu vecino. Pero yo no. Yo creo nuevas vidas, reparo lo que vosotros destruís. Repueblo el mundo conmigo mismo, con personas que buscan el bien. —Negó con la cabeza—. No entiendo por qué la gente se empeña en que lo que no es suyo crezca y salga adelante. Como tú, con ese hijo bastardo tuyo. Se llama Oleg, ¿no? ¿Es porque no tienes semen capaz de dar vida, Hole? ¿O es que no follabas a Rakel lo bastante bien como para que quisiera tener descendencia tuya?

Harry le pegó otra vez. Dio en el mismo sitio. Se preguntó si el crujido anormalmente fresco procedía del tabique nasal o solo estaba dentro de su cabeza. Finne echó la cabeza hacia atrás y gritó alborozado mirando al techo y riéndose.

—¡Más!

Harry estaba sentado en el suelo con la espalda apoyada en la pared de hormigón, escuchaba la mezcla de su propia respiración agitada y el jadeo sibilante que procedía del banco. Se había envuelto la mano en la camisa de Finne; le dolía tanto que se dijo que debía de habérsele arrancado la piel de uno de sus nudillos por lo menos. ¿Cuánto tiempo llevaban? ¿Cuánto tiempo llevaría? En la página web sobre torturas decía que nadie, absolutamente nadie, se ríe de la tortura a la larga, que tarde o temprano te cuentan lo que necesitas saber, o lo que creen que quieres saber. Hasta ahora Svein Finne solo había repetido una palabra: «más». Y le había dado lo que pedía.

—Cuchillo. —La voz de Finne era irreconocible. Y cuando Harry levantó la vista, tampoco reconoció al hombre. Tenía los ojos cerrados por culpa de la hinchazón y la sangre colgaba como una barba roja y goteante—. Se usa un cuchillo.

—¿Cuchillo? —repitió Harry en un susurro.

—La gente se ha acuchillado desde la edad de piedra, Harry. El miedo está grabado en nuestros genes. La idea de que algo penetre tu piel, llegue al interior, estropear lo que tienes dentro, lo que eres tú. Muéstrales un cuchillo y harán lo que quieras.

—¿Quién hará lo que quieras?

Finne carraspeó y escupió sangre roja al suelo.

—Todos. Mujeres, hombres. Tú. Yo. En Ruanda, a los tutsi les ofrecían comprar balas para que les dispararan en lugar de ser masacrados con un machete. ¿Sabes qué? Aflojaban la pasta.

—Vale. Tengo un cuchillo —dijo Harry indicando el cuchillo que estaba en el suelo entre ellos con un movimiento de cabeza.

—¿Y dónde lo vas a clavar?

—Había pensado en el mismo lugar en el que pinchaste a mi mujer. El estómago.

—Mal farol, Hole. Si me pinchas en el estómago no podré hablar, me desangraré antes de que puedas obtener tu confesión. —Harry no respondió—. O, espera un momento —dijo Finne ladeando la cabeza ensangrentada—. ¿Podría ser que tú, que hasta te has estudiado el tema de la tortura, te dediques a este ineficaz boxeo porque en el fondo no quieres una confesión? —Olisqueó el aire—. Sí, eso es. Quieres que no confiese, así tendrás una excusa para verte obligado a matarme a fin de que la justicia triunfe. Solo necesitabas un preludio al asesinato. Para poder decirte a ti mismo que lo intentaste, que no era eso lo que querías. Que no eres como los asesinos que lo hacen sencillamente porque les gusta. —La risa de Finne se convirtió en una tos húmeda—. Sí, te mentí, yo también soy un asesino. Porque matar es fantástico, Hole, ¿verdad que sí? Ver a un niño venir al mundo, saber que es tu creación, solo puede superarse con una cosa: eliminar a una persona de este mundo. Acabar con una vida, ser el destino de alguien, su dado. Entonces eres Dios, Hole, puedes negarlo todo lo que quieras, pero es precisamente ese sentimiento el que tienes ahora mismo. Una delicia, ¿verdad?

Harry se puso de pie.

—Siento tener que estropearte la ejecución, Hole, pero voy a confesar. Mea culpa, Hole. Maté a tu esposa, Rakel Fauke. —Harry se quedó petrificado. Finne volvió el rostro hacia el techo—. Con un cuchillo —susurró—. Pero no el que tienes en la mano. Gritó al morir. Gritó tu nombre, Haarr-y. Haarr-y...

Harry sintió que le invadía otro tipo de ira. La fría, la que lo calmaba. Y que también lo enloquecía. La que temía que pudiera presentarse y la que sabía que no podía hacerse fuerte.

—¿Por qué? —preguntó Harry, la voz repentinamente relajada, la respiración normal.

—¿Por qué?

—¿El motivo?

—Es evidente. El mismo que tienes tú ahora mismo, Hole. Venganza. Estamos en una clásica batalla de sangre, tú mataste a mi hijo, yo mato a tu mujer. Eso es lo que hacemos los seres humanos, es lo que nos diferencia de los animales, nos vengamos. Es racional, pero ni siquiera necesitamos pensar en ello como un acto racional, solo sentimos que es una delicia. ¿No es así para ti ahora mismo, Harry? Transformas tu dolor en el de otro. Te convences de que ese alguien tiene la culpa de tu dolor.

—Demuéstralo.

—¿Demostrar qué?

—Que la mataste. Cuéntame algo que no podrías saber del asesinato o del lugar.

—Para Harri. Con «i».

Harry pestañeó.

—De Oleg —prosiguió Finne—. Está grabado a fuego en una tabla de madera para cortar que cuelga en la pared entre los armarios de la cocina y la cafetera. —En el silencio que siguió solo se oía un goteo parecido al sonido de un metrónomo—. Ahí tienes tu confesión —dijo volviendo a escupir—. Que te deja dos alternativas. Puedes meterme en prisión provisional y que me condenen según la ley noruega. Eso es lo que haría un policía. O puedes hacer lo que haríamos nosotros, los asesinos.

Harry asintió. Volvió a ponerse en cuclillas. Cogió el dado. Ahuecó las manos y lo agitó antes de dejarlo caer al suelo de hormigón. Lo miró pensativo. Se metió el dado en el bolsillo, agarró el cuchillo y se puso de pie. La luz del sol que se colaba entre los maderos se reflejó en la hoja. Se colocó detrás de Finne, puso el antebrazo izquierdo alrededor de su frente y le apretó la cabeza contra su pecho.

−¿Hole? −La voz sonaba un tono más alto−. Hole, no... −Finne tiró de las esposas y Harry sintió el temblor de su cuerpo.

Por fin un poco de angustia ante la muerte.

Harry suspiró y dejó caer el cuchillo en el bolsillo de la gabardina. Siguió sujetándole la cabeza mientras sacaba un pañuelo del bolsillo del pantalón y frotaba la cara de Finne. Quitó la sangre de debajo de la nariz, alrededor de la boca y la barbilla. Finne farfullaba y maldecía, pero no se resistió. Harry arrancó dos tiras del pañuelo y se las metió por las fosas nasales. Luego se volvió a meter el pañuelo en el bolsillo, dio la vuelta al banco y contempló el resultado. Finne resoplaba como si hubiera corrido los cuatrocientos metros lisos. Como Harry le había pegado la mayor parte del tiempo con la camiseta de Finne enrollada al puño, no había cortes, solo hinchazones y sangre de la nariz.

Harry salió, llenó la camiseta de nieve, volvió y la aplicó a la cara de Finne.

−¿Intentas dejarme presentable para decir que esto no ha pasado? −preguntó Finne, que ya se había tranquilizado.

−Me temo que es demasiado tarde −dijo Harry−. Pero me castigarán en función de la gravedad de las lesiones, así que digamos que estoy limitando el alcance de la infracción. Y me provocaste, claro, porque querías que te pegara.

−¿Ah, sí? ¿Eso quería?

−Por supuesto. Querías proporcionarle a tu abogado pruebas físicas de que fuiste maltratado durante un interrogatorio policial. Ningún juez aceptará pruebas que la policía haya obtenido con métodos no reglamentarios. Por eso confesaste. Porque contaste con que la confesión te sacaría de aquí y después no tendría ningún coste para ti.

—Puede ser. Pero no tienes intención de matarme.

—¿No?

—Lo habrías hecho antes. Puede que me equivoque, quizá no lo lleves dentro, después de todo.

—¿Crees que debería matarte?

—Como tú mismo has dicho, ahora es demasiado tarde, una bolsa de hielo no va a arreglarlo. Me libraré.

Harry cogió el teléfono del banco. Apagó la grabadora y llamó a Bjørn Holm.

—¿Sí?

—Soy Harry. Tengo a Svein Finne. Acaba de confesarme el asesinato de Rakel, lo tengo grabado.

Se hizo un silencio en el que Harry oyó el llanto de un niño.

—¿De veras? —dijo Bjørn despacio.

—De veras. Quiero que vengas aquí y lo detengas.

—¿Yo? ¿No acabas de decir que ya lo has detenido?

—No, arrestado no —dijo Harry mirando a Finne—. La policía me ha suspendido, en este contexto solo soy un particular que retiene a otro particular en contra de su voluntad. Finne tendrá que denunciarme por ello, pero estoy seguro de que serán benevolentes conmigo puesto que se trata del hombre que mató a mi esposa. Ahora lo importante es que sea detenido y que lo interrogue la policía de manera reglamentaria.

—Entiendo. ¿Dónde estáis?

—El búnker de los alemanes, más arriba de la iglesia de los Marineros. Finne está allí, encadenado a un banco.

—Vale. ¿Y tú?

—Bueno…

—No, Harry.

—¿No qué?

—Esta noche no tengo fuerzas para sacarte en brazos de ningún bar.

—Hummm. Te mandaré la grabación a tu correo electrónico.

Mona Daa se detuvo ante la puerta del despacho del redactor jefe. Hablaba por teléfono.

–Han arrestado a alguien por el asesinato de Rakel Fauke –dijo en voz alta.

–Tengo que dejarte –dijo el redactor, cortó y levantó la vista sin esperar respuesta–. ¿Estás escribiendo sobre el asunto, Daa?

–Ya lo tengo escrito –dijo Mona.

–¡Sácalo ya! ¿Lo ha publicado alguien más?

–El comunicado nos ha llegado hace cinco minutos, hay una rueda de prensa a las cuatro. Lo que quería consultar contigo es si debemos desvelar el nombre del detenido.

–¿El nombre figuraba en el comunicado?

–Por supuesto que no.

–Entonces ¿cómo es que lo tienes tú?

–Porque soy una de tus mejores periodistas.

–¿En cinco minutos?

–La mejor, ahora que lo pienso.

–¿Y quién es?

–Svein Finne. Con condenas anteriores por agresión, violación, unos antecedentes interminables. ¿Desvelamos su nombre?

El redactor se pasó la mano por la cabeza afeitada.

–Bueno, no sé qué decirte.

Mona entendía el dilema, claro. En el código ético, punto 4.7, la prensa se autoimponía prudencia a la hora de dar nombres con relación a acciones reprochables o punibles, sobre todo en una fase preliminar de una investigación. La identificación debía justificarse por la necesidad de informar al público. Por otra parte, su periódico, el diario sensacionalista VG, había publicado el nombre de un catedrático cuya infracción había consistido en mandar mensajes de texto inapropiados a mujeres. Todo el mundo estaba de acuerdo en que el tipo era un cerdo, claro, pero que supieran no había incurrido en ningún delito, y era difícil entender que la opinión pública necesitara conocer la identidad del catedrático. Pero en el caso de Finne por supuesto que podían justificar la publicación del nombre diciendo que el público debía saber de quién debían protegerse. ¿Pero podían recurrir a lo que el código ético llamaba «peligro inminente de agresiones a gente desvalida como consecuencia de graves y reiteradas acciones violentas» mientras Finne estuviera detenido?

—Vamos a esperar a publicar el nombre —dijo el redactor—. Pero informa sobre sus antecedentes y di que VG sabe quién es. Así nos pondrán un positivo en la Asociación de la Prensa.

—Pues así es como había escrito el artículo; está listo. También hemos conseguido una foto nueva de Rakel que hasta ahora no se había publicado.

—Fantástico.

El redactor tenía razón. Después de semana y media de intensa cobertura mediática del asesinato la cobertura gráfica había empezado a resultar repetitiva.

—Pero ¿tal vez podrías poner una foto del marido policía bajo el titular del artículo?

Mona Daa parpadeó. ¿Te refieres a la foto de Harry Hole justo debajo de DETENIDO UN SOSPECHOSO EN EL CASO RAKEL? ¿No lleva un poco a engaño?

El redactor se encogió de hombros.

—Enseguida les quedará claro, en cuanto lean el artículo.

Mona Daa asintió despacio. El impacto del muy conocido rostro, entre apuesto y feo, de Harry Hole bajo un titular así daría muchos clics más que otra foto de Rakel. Y los lectores les perdonarían el malentendido aparentemente involuntario, siempre lo hacían. El mundo no quería que lo estafaran de verdad, pero no le importaba que le tomaran un poco el pelo para entretenerlo. Entonces ¿por qué a Mona Daa le disgustaba ese aspecto de un trabajo que por lo demás adoraba?

—¿Mona?

—Ahora mismo —dijo Mona y se despegó del marco de la puerta—. Esto va a dar que hablar.

21

Katrine Bratt ahogó un bostezo y esperó que nadie lo hubiera notado. Estaba sentada con tres hombres a la mesa del despacho del director de la policía. Había sido un día muy largo, y se sumaba a la conferencia de prensa sobre la detención en el caso Rakel del día anterior. Cuando por fin pudo irse a casa y meterse en la cama, el niño la había mantenido despierta casi toda la noche. Pero tal vez hubiera alguna esperanza de que ese no fuera otro día maratoniano. Puesto que no habían publicado el nombre de Svein Finne en ningún medio de comunicación, se había producido un vacío, estaban en el ojo del huracán y, al menos por un tiempo, se mantendrían en calma. Pero todavía era demasiado temprano como para saber lo que iba a depararles ese día.

–Gracias por recibirnos sin apenas haberos avisado –dijo Johan Krohn.

–Faltaría más –dijo el director de la policía, Gunnar Hagen, asintiendo con la cabeza.

–Bien, en ese caso iré directo al asunto.

«La típica frase de un hombre que se siente cómodo con el asunto», pensó Katrine. Porque, aunque resultaba evidente que a Johan Krohn le gustaba la luz de los focos, antes que nada era un profesional obsesivo. Un abogado defensor, ahora famoso, que pronto cumpliría los cincuenta y parecía un muchacho. Había sufrido acoso de niño y ahora llevaba el prestigio profesional y su recién adquirida autoestima a modo de coraza. Katrine había leído lo del acoso en una entrevista concedida a una revista. Aunque Krohn no había recibido una «paliza en cada recreo», como le había ocurrido a Katrine en su infancia, sino que sus compañeros se metían con él, no lo invitaban a las fiestas de cumpleaños o no le dejaban participar en los juegos; era la clase de acoso que hoy en día decían haber sufrido la mitad de los famosos. Y luego la gente los alababa por su sinceridad. Krohn recordaba haber ayudado a otros niños que eran brillantes en el colegio y sufrían por ello. Por eso a Katrine le resultaba extraño que el contrapunto de su solicitada competencia en temas legales como abogado defensor fuera su falta de empatía. Bueno, Katrine sabía que estaba siendo injusta. Se encontraban, como ahora, en extremos opuestos de la mesa, y el trabajo de Krohn no consistía en ser empático con las víctimas. Tal vez hasta era una condición indispensable para la seguridad pública que un abogado defensor pudiera dejar a un lado su capacidad de identificarse con la víctima y fuera capaz de concentrarse solo en lo mejor para su cliente. Esto no era sino una condición previa indispensable para el éxito profesional de Krohn. Probablemente era esto último lo que más le molestaba. Además de haber perdido demasiados casos contra él.

Krohn echó una mirada al reloj Patek Philippe de su muñeca izquierda mientras alargaba la derecha hacia la joven sentada junto a él. Esta iba vestida con un traje de chaqueta de Hermés, discreto, pero extremadamente caro, y seguramente se había licenciado con matrícula de honor. Katrine Bratt tomó nota de que ese día tampoco se comerían los bollos resecos que creía haber reconocido de una reunión del día anterior.

Como si se tratara de un movimiento ensayado al detalle, la enfermera de quirófano que le tiende el bisturí al cirujano, la joven depositó una carpeta amarilla en la mano de Krohn.

—El caso ha sido objeto de mucha atención mediática —dijo Krohn—. Algo que no les beneficia ni a ustedes ni a mi cliente—. «Pero te beneficia a ti», pensó Katrine y se preguntó si estarían esperando que ella sirviera el café a los visitantes y al director de la policía—. Supongo que será beneficioso para todos que lleguemos a un acuerdo lo antes posible.

Krohn abrió la carpeta, pero no miró en su interior. Katrine no sabía si era cierto o solo una leyenda que Krohn tenía una memoria fotográfica perfecta. Se decía que cuando era estudiante, en las fiestas estudiantiles, le pedía a un compañero que le dijera un número de página comprendido entre el uno y el tres mil setecientos sesenta del Código Penal noruego, y a continuación repetía de memoria el contenido completo de esa página. Fiestas para frikis. Esas eran las únicas fiestas a las que invitaban a Katrine cuando era estudiante. Porque era muy guapa, pero a la vez una marginada, a pesar de la ropa de cuero y el peinado punki. No iba con punkis y tampoco con la gente normal y exitosa. Así que la panda de los tímidos, los que se miraban los zapatos, la habían invitado a unirse a ellos. Pero había dicho que no, gracias, pues tampoco quería representar el papel de la chica guapa que se solidariza con los marginados encantadores. Porque Katrine Bratt tenía suficiente con ella misma. Más que suficiente. Los diagnósticos de los psiquiatras fueron muchos y variados. Pero de alguna manera se las había apañado.

—Con posterioridad a la detención de mi cliente como sospechoso del asesinato de Rakel Fauke, han aparecido tres denuncias por violación —dijo Krohn—. Una denuncia de una mujer adicta a la heroína que ya ha recibido una indemnización pública como víctima de violación con una base cuando menos dudosa, sin que hubiera una sentencia condenatoria. La segunda ha solicitado hoy, si no me equivoco, retirar la denuncia. La tercera, Dagny Jensen, no tiene caso mientras no haya pruebas técnicas, y mi cliente ha declarado que hubo consentimiento expreso al coito. Hasta un hombre que ha cumplido condena debe tener derecho a tener relaciones sexuales sin ser objeto de persecución policial o de cualquier mujer que se arrepienta después, ¿no les parece? —Katrine escrutó a la mujer que estaba junto a Krohn, para descubrir alguna reacción, pero no vio nada—. Sabemos cuántos recursos policiales exigen estos casos ambiguos de violación, y aquí tenemos nada menos que tres

—prosiguió Krohn con la mirada fija al frente, como si ante él flotara un guion invisible—. No es que me competa defender los derechos de la sociedad, pero en este caso en concreto creo que nuestros intereses pueden ser coincidentes. Mi cliente ha accedido a confesar el asesinato si no se le acusa de las violaciones. Es un caso de asesinato en el que creo entender que todo lo que habéis averiguado es... —Krohn bajó la mirada hacia sus papeles como si necesitara asegurarse de que realmente era así—, una tabla de cortar el pan, una confesión obtenida bajo tortura y unos segundos grabados en vídeo que podrían ser de cualquiera, tal vez sacados de una película. —Krohn volvió a levantar la mirada con aire interrogante.

Gunnar Hagen miró a Katrine, que carraspeó.

—¿Café?

—No, gracias. —Krohn se rascó, o tal vez sería mejor decir que se alisó, la ceja cuidadosamente con el dedo índice—. Mi cliente también quisiera, si nos ponemos de acuerdo, considerar la posibilidad de retirar la denuncia contra el comisario Harry Hole por secuestro y lesiones.

—El cargo del comisario resulta irrelevante en este contexto —refunfuñó Hagen—. Harry Hole actuaba a título particular. Si alguno de los nuestros incumpliera la ley noruega en acto de servicio, yo mismo lo denunciaría.

—Por supuesto —respondió Krohn—. De ninguna manera estoy poniendo en duda la integridad de la policía, solo lo menciono, aunque sea fuera de contexto.

—Entonces seguro que también sabes que no es una práctica habitual de la policía noruega concertar una especie de trueque como el que propones. Reducción de pena, vale, pero retirar una acusación de violación...

—Entiendo que el director de la policía tenga sus reservas, pero me atrevo a recordarles que mi cliente tiene más de setenta años, si es condenado por asesinato es razonable suponer que morirá de viejo en la cárcel cumpliendo esa condena. Sinceramente, no veo que haya mucha diferencia entre encarcelarle por asesinato o por violación. En lugar de defender principios que no favorecen a nadie, por qué no preguntan a las personas que han denunciado a mi cliente por violación qué prefieren: que Svein Finne muera en una celda en algún momento de los próximos doce años, o que vuelva a la calle en cuatro. En cuanto a la indemnización como víctimas de violación, estoy seguro de que mi cliente y las supuestas víctimas podrán llegar a un acuerdo amistoso al margen del aparato judicial.

Krohn devolvió la carpeta a la abogada y Katrine pudo ver que esta lo observaba un instante con una mezcla de entusiasmo horrorizado y enamoramiento. Estaba bastante segura de que esos dos se lo montaban en los sofás de cuero oscuro del despacho una vez terminada la jornada laboral.

—Gracias —dijo Hagen, se puso de pie y le tendió la mano desde el otro lado de la mesa—. Tendrás noticias nuestras en breve.

Katrine se levantó también y apretó la mano sorprendentemente blanda y húmeda de Krohn.

—¿Cómo se lo está tomando tu cliente?

Krohn la miró muy serio.

—Está muy hundido, como es natural, lo está llevando fatal.

Katrine sabía que no debía decirlo, pero no fue capaz de resistirse.

—¿Por qué no le llevas un par de estos bollos para levantarle el ánimo? En cualquier caso tendremos que tirarlos.

Krohn fijó la mirada en ella unos instantes y luego la deslizó hacia el director de la policía.

—Espero tener noticias vuestras a lo largo del día.

Katrine constató que la escolta femenina de Krohn llevaba una falda tan estrecha que, para salir del despacho del director, tenía que dar tres pasos por cada uno de él. Durante unos instantes pensó en las consecuencias de tirarles los bollos por la ventana del quinto piso cuando salieran de la comisaría.

—¿Y bien? —dijo Gunnar Hagen cuando la puerta se cerró tras los visitantes.

—¿Por qué siempre se representa a los abogados defensores como los adalides solitarios de la justicia?

Hagen rio por lo bajo.

—Son los enemigos necesarios del estado policial, Katrine, y la objetividad nunca ha sido tu punto fuerte. Ni el autocontrol.

—¿Autocontrol?

—¿A qué ha venido eso de «levantarle el ánimo»?

Katrine se encogió de hombros.

—¿Qué opinas de su propuesta?

Él se frotó la nuca.

—Es problemática. Pero claro, la presión por el caso Rakel aumenta por cada día que pasa, y si no conseguimos que condenen a Finne, sería la derrota de la década. Por otra parte, con toda la atención que se ha prestado a los violadores que se han librado en los últimos años, eso de archivar tres denuncias... ¿Qué opinas tú, Katrine?

—Odio al tipo ese, pero su propuesta es sensata. Creo que deberíamos ser pragmáticos y fijarnos en la situación en su totalidad. Deja que hable con las mujeres que lo han denunciado.

—Bien. —Hagen carraspeó con prudencia—. Hablando de objetividad...

—¿Sí?

—¿Tu punto de vista no se habrá visto influenciado por el hecho de que Harry quedaría libre?

—¿Cómo?

—Habéis trabajado juntos y...

—¿Y?

—No estoy ciego, Katrine.

Katrine se acercó a la ventana y miró hacia el sendero peatonal que partía de la comisaría, atravesaba el parque Botspark, donde la nieve por fin había sucumbido al calor, y moría en el tráfico lento de Grønlandsleiret.

—¿Alguna vez te has arrepentido de haber hecho algo, Gunnar? Quiero decir arrepentirte de verdad.

—Hummm. ¿Te refieres a algo que haya hecho trabajando como policía?

—No necesariamente.

—¿Quieres contarme algo?

Katrine pensó en la liberación que supondría contárselo a alguien. Que alguien lo supiera. Había creído que la carga, el secreto, con el tiempo sería más fácil de llevar, pero, al contrario, le pesaba más cada día que pasaba.

—Le entiendo —dijo bajito.

—¿A quién? ¿A Krohn?

—No, a Svein Finne. Entiendo que quiera confesar.

22

Dagny Jensen apoyó las palmas de las manos sobre la mesa fría y miró a la policía morena que ocupaba el pupitre que tenía delante. Era la hora del recreo, por la ventana oían los gritos y las risas de los alumnos en el patio.

—Entiendo que no es una decisión fácil de tomar —dijo la mujer que se había presentado como Katrine Bratt, responsable de la sección de Delitos Violentos de la Policía de Oslo.

—Parece que ya han tomado la decisión por mí —dijo Dagny.

—Por supuesto que no podemos obligarte a retirar una denuncia —dijo Bratt.

—Pero en la práctica es lo que estáis haciendo —dijo Dagny—. Me traspasáis a mí la responsabilidad de que se le pueda condenar por ese caso de asesinato. —La policía miraba al pupitre—. ¿Sabes cuál es el objetivo fundamental de la escuela pública de Noruega? —dijo Dagny—. Enseñar a los alumnos a ser ciudadanos responsables, que entiendan que es un deber tanto como un privilegio. Por supuesto que retiraré la denuncia si eso quiere decir que podrán encerrar a Svein Finne el resto de su vida.

—En cuanto a la indemnización como víctima de una violación…

—No quiero dinero. Solo quiero olvidar. —Dagny miró el reloj. Faltaban cuatro minutos para que sonara el timbre. Y se alegraba. A pesar de llevar diez años como maestra, seguía ilusionándose, quería ayudar a los jóvenes a tener un futuro mejor. Sus aspiraciones tenían sentido. Eso era todo lo que quería. Eso, y olvidar–. ¿Me prometes que conseguiréis que lo condenen?

–Lo prometo –dijo la policía levantándose.

–Harry Hole –dijo Dagny–. ¿Qué le pasará a él?

–No lo sé, pero esperemos que el abogado de Finne retire la denuncia por secuestro.

–¿Esperemos?

–Lo que hizo era ilegal, claro, y no es así como la policía debe trabajar –dijo Katrine–. Pero se sacrificó para que pudieran coger a Finne.

–¿De la misma manera que me sacrificó a mí, para obtener su venganza personal?

–Como ya he dicho, no voy a justificar lo que Harry Hole ha hecho en este caso, pero la cuestión es que, si no fuera por él, Svein Finne habría seguido aterrorizándote a ti y a otras mujeres.

Dagny Jensen asintió despacio.

–Tengo que volver para preparar un interrogatorio. Gracias por ayudarnos. Te prometo que no te arrepentirás.

23

—Para nada, no molesta en absoluto, señora Bratt —dijo Johan
Krohn sujetando el teléfono entre la oreja y el hombro mientras
se abrochaba la camisa—. ¿Así que ya se han retirado las tres denuncias?

—¿Cuándo podríais tú y Finne presentaros a declarar?

Johan Krohn disfrutaba escuchando sus marcadas erres de
Bergen. Es decir, Bratt no las pronunciaba, solo las insinuaba.
Como una falda con el largo justo. Le gustaba Katrine Bratt. Era
guapa, inteligente y ofrecía resistencia. El hecho de que llevara una alianza en el dedo no tenía por qué ser importante. Él
mismo era una buena prueba de ello. También le resultaba una
pizca excitante que pareciera estar tan nerviosa. La misma clase
de nerviosismo que experimenta el comprador después de en-
tregar el maletín del dinero y espera que el traficante le entregue
la bolsa con la droga. Krohn se acercó a la ventana, abrió una
rendija en las lamas de la persiana con los dedos y miró hacia la
calle Rosenkrantz, seis pisos por debajo de las oficinas del bufete de abogados. Apenas eran las tres, pero en Oslo equivalía a la
hora punta. Salvo que trabajaras como abogado. A veces Johan
Krohn se preguntaba cómo iría todo el día que se acabara el
petróleo y los noruegos tuvieran que volver a cumplir con las
exigencias del mundo real. El optimista que llevaba en su interior decía que iría muy bien, que la gente se adapta a las circunstancias mucho más rápido de lo que cabría pensar, solo había

que fijarse en los países en los que se declaraba una guerra. El realista que llevaba dentro le decía que en un país sin tradición en el campo de la innovación ni cerebros acostumbrados a destacar, volverían directamente al punto de partida de Noruega: los últimos puestos de la economía europea.

–Podemos estar allí dentro de un par de horas –dijo Krohn.

–Bien –dijo Bratt.

–Nos vemos, señora Bratt.

Krohn colgó y se quedó quieto un momento sin saber dónde dejar el teléfono móvil.

–Aquí –dijo una voz desde la oscuridad del sofá Chesterfield.

El abogado fue hacia ella en dos zancadas y cogió los pantalones que le ofrecía.

–¿Y bien?

–Se tragaron el cebo –dijo Krohn y comprobó que no se había manchado los pantalones antes de ponérselos.

–¿Es un cebo? ¿Como si dijéramos «tragarse el anzuelo»?

–No me preguntes a mí, en este caso me limito a seguir las instrucciones del cliente.

–¿Pero crees que hay anzuelo?

Krohn se encogió de hombros, miró a su alrededor buscando los zapatos.

–Dime quién eres y te diré con quién andas.

Se sentó junto al macizo escritorio de roble negro que había heredado de su padre. Marcó un número desde el fijo.

–Mona Daa. –La enérgica voz de la periodista de sucesos del diario VG chisporroteó desde el altavoz por todo el despacho.

–Buenos días, señorita Daa, soy Johan Krohn. Sueles ser tú quien me llama a mí, pero esta vez he querido mostrarme un poco proactivo. Tengo un caso que creo merece algo de espacio en tu periódico.

–¿Se trata de Svein Finne?

–Sí. La policía de Oslo me acaba de confirmar que archivan la investigación de las acusaciones de violaciones que sin fundamento se han lanzado en medio del caos originado por esta sospecha de asesinato.

—¿Y puedo citarte diciendo eso?

—Puedes citarme diciendo que confirmo los rumores que había sobre ello, supongo que son el motivo por el que me has llamado.

Pausa.

—Comprendo, pero no puedo escribir eso, Krohn.

—Pues di que lo hago público para adelantarme a los rumores. Si tú has oído esos rumores o no, resulta irrelevante.

Nueva pausa.

—Vale —dijo Mona Daa—. ¿Podrías darme algún detalle sobre…

—¡No! —la interrumpió Krohn—. Te daré más esta noche. No publiques nada de esto hasta las cinco de la tarde.

—Las cartas ya están sobre la mesa, Krohn. Pero si me estás dando esto en exclusiva…

—Es solo tuyo, querida. Hablamos.

—Una última cosa. ¿Cómo conseguiste mi número? No figura en ninguna parte.

—Como ya te he dicho, me has llamado al móvil y tu número aparece en pantalla.

—¿Así que lo guardaste?

—Bueno, en cierto modo. —Krohn colgó y se volvió hacia el sofá de piel—. Alise, pequeña, si eres capaz de volver a embutirte en esa falda, te lo agradeceré; tenemos que trabajar un poco.

Bjørn Holm estaba en la acera frente al bar Jealousy en Grünnerløkka. Entreabrió la puerta y al oír la música del interior pensó que probablemente lo encontraría allí. Tiró del cochecito del niño para meterlo en el local casi vacío. Era un local mediano, al estilo de un pub inglés, con mesas de madera sencillas frente a una gran barra y cubículos. No eran más que las cinco, se iría llenando por la noche. Porque en el breve lapso de tiempo que Øystein Ekeland y Harry habían llevado el pub, habían conseguido algo muy poco habitual: que la gente fuera a escuchar la música que ponían. Nada de sofisticados DJ, solo una canción detrás de otra, siguiendo la planificación semanal que pegaban junto a la puerta. Bjørn había participado como asesor para las veladas de country y las dedicadas a Elvis. La noche más inolvidable fue cuando pusieron canciones de hacía por lo menos cuarenta años de artistas y bandas procedentes de estados americanos que empezaban por M.

Harry estaba sentado junto a la barra, de espaldas y con la cabeza gacha. Detrás del mostrador Øystein Eikeland levantó una jarra de cerveza a modo de saludo. Aquello pintaba mal, pero al menos Harry estaba sentado.

—El límite de edad son veinte años, amigo —gritó Øystein por encima de la música—, «Good Time Charlie's Got The Blues», primeros años setenta, el único éxito de verdad de Danny O'Keefe. No es la música típica de Harry, pero sí el típico disco que Harry desempolva para ponerlo en el bar Jealousy.

—¿Aunque vaya acompañado por un adulto? —preguntó Bjørn aparcando el carrito delante de uno de los cubículos.

—¿Exactamente cuándo se hace uno mayor, Holm? —Øystein Eikeland puso la jarra de cerveza en el mostrador. Bjørn sonrió.

—En el instante en que ve a su hijo por primera vez y comprende que está completamente indefenso. Que va a necesitar un huevo de ayuda de un adulto. Igual que este de aquí. —Bjørn puso la mano en el hombro de Harry. Y descubrió que Harry tenía la cabeza gacha porque estaba leyendo en el móvil.

—¿Has visto lo que ha publicado VG sobre la detención? —preguntó Harry y levantó una taza.

Café, comprobó Bjørn.

—Sí. Utilizaron tu foto.

—Eso me importa una mierda, pero mira lo que acaba de salir. —Harry le acercó el teléfono y Bjørn leyó.

—Aquí dice que hemos hecho un trato —dijo Bjørn—. Asesinato por violación. Vale, no es habitual, pero a veces pasa.

—Lo que no pasa es que lo publiquen en la prensa —dijo Harry—. Y menos antes de que hayamos cazado al oso.

—¿Quieres decir que no lo hemos cazado?

—Si haces un trato con el diablo, debes preguntarte por qué el diablo cree que es un buen negocio.

—¿No estás siendo un poco paranoico?

—Solo espero que de verdad consigamos una confesión en un interrogatorio policial en regla. Eso que grabé en el búnker puede cargárselo un defensor como Krohn.

—Ahora que lo han sacado en el periódico y todo, Finne tiene que confesar. Si no, le procesaremos por los casos de violación. Por cierto, Katrine le está tomando declaración ahora mismo.

—Hummm. —Harry tecleó y se llevó el teléfono a la oreja—. Tengo que poner a Oleg al día. ¿Qué haces por aquí?

—Yo... he, he... le prometí a Katrine que comprobaría que estabas bien. No estabas ni en casa ni en Schrøder. En realidad, creí que aquí te habían prohibido la entrada de por vida después de la última vez...

—Sí, pero ese idiota no viene a trabajar hasta esta noche. —Harry señaló el carrito con un movimiento de cabeza—. ¿Puedo echar un vistazo?

—Es que cuando se acerca alguien enseguida lo nota y se despierta.

—Vale. —Harry se apartó el teléfono de la oreja—. Ocupado. ¿Alguna propuesta para la lista de temas del jueves que viene?

—¿Temas?

—Versiones que son mejores que el original.

—Joe Cocker con «A Little...

—Ya está metida. ¿Qué opinas de la versión de Francis and the Light de «Can't Tell Me Nothing»?

—¿Kanye West? ¿Estás mal de la cabeza, Harry?

—Vale. ¿Pues una de Hank Williams?

—¿Estás loco de atar? Nadie ha hecho Hank mejor que Hank.

—¿Qué pasa con la versión de Beck de «Your Cheatin' Heart»?

—¿Quieres que te dé de ostias?

Harry y Øystein se echaron a reír y Bjørn comprendió que le estaban tomando el pelo. Harry le pasó el brazo por los hombros.

—Te echo de menos, amigo. ¿Por qué no nos ponemos a resolver juntos un asesinato brutal de verdad?

Bjørn asintió mientras examinaba sorprendido el rostro sonriente de Harry. El brillo intenso y poco natural de sus ojos. ¿Tal vez se le había ido la pinza de verdad? Quizá la pena había acabado por empujarlo al abismo. Pero entonces la sonrisa de Harry pareció desmoronarse, como el hielo quebradizo de las mañanas de octubre, y Bjørn se asomó de nuevo a la negra profundidad de su dolor. Como si Harry solo hubiera querido saborear un poco la alegría. Y luego la hubiera escupido.

—Sí —dijo Bjørn en voz baja—. Seguro que lo haremos.

Katrine observó la luz roja del micrófono que indicaba que el equipo estaba grabando. Sabía que si levantaba la mirada se encontraría con la de Svein «el Prometido» Finne. Y no quería. No porque temiera que pudiera influir en ella, sino por lo que pudiera influir en él. Habían discutido si debía ser un hombre quien lo interrogara, dada la evidente retorcida relación de Finne con las mujeres. Pero leyendo anteriores interrogatorios a Finne, daba la impresión de que en un interrogatorio se abría más con las agentes. No sabía si ellas lo habían mirado o no.

Se había puesto una blusa que no debería resultar provocativa pero tampoco dar la impresión de que temiera su mirada. Miró hacia la sala de control donde un agente controlaba el equipo de grabación. También estaban allí Magnus Skarre, de investigación, y Johan Krohn, que acababa de salir a regañadientes de la sala de interrogatorios cuando el mismo Finne pidió que lo dejaran solo con Katrine. Esta saludó con la cabeza al agente, que le devolvió el saludo, leyó el número del caso, su nombre y el de Finne, el lugar, la fecha y la hora. Era una antigua rutina de los tiempos en los que una cinta podía extraviarse, pero también funcionaba como un recordatorio de que había empezado la parte formal del interrogatorio.

—Sí —respondió Finne con una sonrisita y una dicción exageradamente clara cuando Katrine le preguntó si le habían informado de sus derechos y de que la declaración sería grabada.

—Empecemos por la noche y la madrugada del diez al once de marzo —dijo Katrine—. Desde este momento llamada la noche del asesinato. ¿Qué ocurrió?

—Me había tomado unas pastillas —dijo Finne.

Katrine bajó la vista y empezó a tomar notas.

—Valium. Diazepam. O Rohypnol. Puede que un poco de todo. —La voz de Finne le recordó a las ruedas del tractor de su abuelo sobre la gravilla en Sotra—. Así que quizá todo está un poco borroso.

Katrine dejó de apuntar. ¿Borroso? Notó un sabor metálico al final de la garganta, el sabor del pánico. ¿Tenía intención de retractarse de la confesión?

—O tal vez sea porque siempre me mareo un poco cuando me pongo cachondo. —Katrine levantó la vista. La mirada de Svein Finne atrapó la suya. Sintió como si algo le taladrara la cabeza. Él se humedeció los labios. Sonrió. Bajó la voz—. Pero siempre me acuerdo de lo más importante. Por eso lo hacemos, ¿no? Porque nos quedamos con los recuerdos y podemos recurrir a ellos en los ratos de soledad.

Katrine tuvo tiempo de ver la mano derecha subiendo y bajando a modo de explicación, antes de volver a bajar la vista a sus anotaciones.

Skarre había sido partidario de ponerle esposas a Finne, pero Katrine lo había descartado. Argumentó que le daría una ventaja psicológica creer que le tenían tanto miedo. Que eso podía tentarlo a jugar con ellos. No llevaban más de un minuto de interrogatorio y era precisamente lo que estaba haciendo: jugar con ellos.

Katrine pasó las hojas que tenía delante.

—Si no te acuerdas muy bien, podemos hablar de los tres casos de violación que tengo aquí. Con declaraciones de testigos que ayudarán a completar posibles lagunas de tu memoria.

—*Touché* —dijo Finne, y sin levantar la vista Katrine supo que seguía sonriendo—. Pero, como ya he dicho, recuerdo lo más importante.

—Cuéntamelo.

—Llegué sobre las nueve de la noche. Le dolía el estómago y estaba bastante pálida.

—Espera, ¿cómo entraste?

—Estaba abierto, así que entré directamente. Ella gritaba y gritaba. Tenía tanto miedo. Así que la su-sujeté.

—¿La estrangulaste? ¿Le hiciste una llave de lucha libre?

—No lo recuerdo.

Katrine era consciente de que estaban yendo demasiado deprisa, que hacían falta más detalles, pero en ese momento era prioritario obtener una confesión antes de que Finne cambiara de idea.

—¿Y entonces?

—Le dolía mucho. Se desangraba. Utilicé un cu-cuchillo…

—¿Tuyo?

—No, uno más afilado que había allí.

—¿En qué parte del cuerpo lo clavaste?

—A-aquí.

—El interrogado se señala la tripa —dijo Katrine.

—El ombligo —dijo Finne hablando con una vocecita infantil—. El ombligo.

—El ombligo —repitió Katrine tragándose las náuseas. Tragándose la sensación de triunfo. Tenían la confesión. El resto iba a ser coser y cantar.

—¿Puedes describir a Rakel Fauke? ¿La cocina?

—¿Rakel? Hermosa. Como t-tú, Katrine. Os parecéis.

—¿Qué llevaba puesto?

—No lo recuerdo. ¿Alguien te ha dicho lo mucho que os parecéis? Como he-hermanas.

—Describe la cocina.

—Una cárcel. Rejas de hierro forjado en las ventanas. Casi parece que le tuvieran miedo a alguien. —Finne se echó a reír—. ¿Te parece que digamos que ya vale, Katrine?

—¿Que vale?

—Tengo cosas que hacer.

Katrine sintió un ligero pánico.

—Pero si acabamos de empezar.

—Me duele la cabeza. Es muy duro pasar por situaciones tan traumáticas como esta, seguro que lo entiendes.

—Contéstame solo a…

—En realidad no era una pregunta, querida mía. Aquí acabo. Si quieres más, tendrás que venir a visitarme a la celda esta noche. Estoy di–disponible.

—La grabación en vídeo que recibió Dagny Jensen. ¿La mandaste tú? ¿Muestra a la víctima?

—Sí. —Finne se puso de pie.

Katrine vio por el rabillo del ojo que Skarre ya estaba moviéndose. Hizo un gesto con la mano hacia el cristal para detenerlo. Miró la hoja con las preguntas. Intentó pensar. Podía presionar. Arriesgarse a que Krohn invalidara la confesión arguyendo el uso de métodos de interrogación excesivamente duros. O podía contentarse con lo que ya tenía, que era más que suficiente para que la fiscalía lo acusara. Podrían conseguir los detalles más adelante, antes del juicio. Miró el reloj de pulsera que Bjørn le había regalado por su primer aniversario de boda.

—El interrogatorio finaliza a las 15.31 —dijo.

Cuando levantó la vista vio que un Gunnar Hagen congestionado había entrado en la sala de control y que hablaba con Johan Krohn. Skarre entró en la sala de interrogatorios y le puso a Finne las esposas para llevarlo de vuelta al calabozo de la comisaría. Katrine vio que Krohn se encogía de hombros y respondía algo y a Hagen ponerse todavía más rojo.

—Nos vemos, señora Bratt.

Lo había dicho tan cerca de su oreja que sintió una leve ducha de saliva. Acto seguido Skarre y Finne estuvieron fuera. Vio que Krohn los seguía. Katrine se secó con un pañuelo de papel antes de reunirse con Hagen.

—Krohn le ha contado a VG nuestro cambalache. Está en su web.

—¿Qué ha dicho en su defensa?

—Que ninguna de las partes se había comprometido a mantenerlo en secreto. Después me preguntó si consideraba que habíamos llegado a un acuerdo que no podía exponerse a la luz del día. Porque él, por su parte, evita ese tipo de acuerdos: eso ha dicho, tal cual.

—Ese cínico presuntuoso. Solo quiere exhibirse, mostrar de lo que es capaz.

—Esperemos que sea así.

—¿Qué quieres decir?

—Krohn es un abogado defensor competente y astuto. Pero hay alguien más astuto todavía.

Katrine miró a Hagen. Se mordió el labio inferior.

—¿Te refieres a su cliente?

Hagen asintió y los dos se volvieron para mirar por la puerta abierta hacia el pasillo. Vieron las espaldas de Finne, Skarre y Krohn que esperaban el ascensor.

—*Siempre* me viene bien que me llames, Krohn —dijo Mona Daa ajustándose el auricular a la oreja mientras se observaba en el espejo que cubría toda la pared del gimnasio—. Como podrás ver en tu registro de llamadas, yo también he intentado dar contigo. Al igual que el resto de los periodistas de Noruega, supongo.

—Da esa impresión, sí. Deja que vaya directo al grano. Ahora mismo vamos a emitir una nota de prensa sobre la confesión y estamos pensando en adjuntar una foto de Finne tomada hace solo un par de semanas.

—Bien, las fotos que tenemos de él deben ser de hace diez años como poco.

—Veinte, en realidad. La condición que pone Finne para mandaros esa foto privada es que la pongáis en la portada.

—¿Perdón?

—No me preguntes por qué, él lo quiere así.

—Ni puedo ni quiero prometer algo así, seguro que lo entiendes.

—Yo entiendo la cuestión de la integridad periodística igual que seguro que tú entiendes el valor de una foto así.

Mona ladeó la cabeza y se miró el cuerpo en el espejo. El cinturón ancho que se ponía para levantar pesas de arrancada, hacía que su silueta —normalmente parecida a la de un pingüino, aunque en realidad era su manera de caminar, oscilante a causa de una lesión de cadera congénita, lo que recordaba al ave palmípeda— tuviera por un rato la forma de un reloj de arena. A veces Mona Daa sospechaba que ese cinturón era el verdadero motivo por el que pasaba tantas horas levantando pesas en un entrenamiento que solo servía para desarrollar músculos inútiles. Del mismo modo, en el trabajo la motivación fundamental era obtener reconocimiento a su labor personal, mucho más que defender a la sociedad, apoyar la libertad de expresión, satisfacer la curiosidad periodística y todo el resto de chorradas que solían soltar cuando repartían los premios anuales a los periodistas. No es que no creyera en esos ideales, pero estaban en segundo lugar, bastante después de que el periodista hubiera brillado gracias a los artículos que firmaba, después de que se hubiera hartado de mirarse en el espejo. Desde ese punto de vista, no podía afirmarse que Finne fuera más pervertido que el resto por querer ver una gran foto suya en el periódico, aunque fuese en su condición de violador en serie y asesino. Al fin y al cabo, lo que Finne había logrado en la vida era eso, tal vez fuera comprensible que, al menos, quisiera ser un violador y asesino famoso. Ya se sabe que, si no puedes ser amado, el punto siguiente de la lista de preferencias es ser temido.

—Es un dilema hipotético —dijo Mona Daa—. Si la foto tiene una mínima calidad, es seguro que querremos publicarla en gran tamaño. Especialmente si nos la proporcionas a nosotros una hora antes que a los demás, ¿vale?

Roar Borh dejó el rifle, un Blaser R8 Professional, sobre el marco de la ventana y observó por la mira telescópica Swarovski x5i. Su chalet estaba en una ladera al oeste de la circunvalación Ring 3, justo debajo del cruce Smedstadkrysset. Desde la ventana abierta del sótano veía los chalets del otro lado de la autopista, el lago Smestaddamen, un pequeño lago artificial poco profundo que habían diseñado en el siglo XIX para proporcionar hielo a la burguesía de la ciudad.

El punto rojo de la mira telescópica de infrarrojos dio con un gran cisne blanco que recorría inmóvil la superficie del agua y lo siguió. Parecía que el viento impulsara el ave. Estaba a una distancia de medio kilómetro, bastante mayor de lo que sus colegas americanos en las fuerzas aliadas llamaban «maximum point blank range». Ahora tenía el punto infrarrojo sobre la cabeza del cisne. Bohr bajó la mira para situar el punto rojo en el agua, justo al lado del cisne. Respiró hondo. Aumentó la presión sobre el gatillo. Hasta los reclutas recién incorporados al campo de entrenamiento militar de RENA comprendían que las balas seguían una trayectoria elíptica porque, hasta la bala más rápida está bajo la influencia de la fuerza de gravedad, lo que por supuesto implica que debes apuntar más alto cuanto más lejos se encuentre el objetivo. Entendían también que si el objetivo se encontraba a cierta altura, debías apuntar un poco más alto porque la bala tenía que esforzarse «cuesta arriba». Pero solían protestar cuando se les explicaba que si el objetivo se encuentra a una altura inferior a la tuya, también debes apuntar más alto, no más bajo, que si estuvieras en terreno llano.

Roar Bohr miró los árboles y advirtió que no hacía viento. La temperatura era de unos diez grados. El cisne se movía a un metro por segundo. Imaginó la bala atravesando la pequeña cabeza. El cuello de cisne que perdía tensión y se enrollaba como una serpiente sobre el blanquísimo cuerpo. Sería un disparo exigente incluso para un tirador de élite de las fuerzas especiales de la Defensa. Pero no más de lo que él mismo y sus colegas esperarían de Roar Bohr. Exhaló el aire de los pulmones y desplazó la mira al islote que había al lado del puente. Allí solían descansar la cisne madre y sus polluelos. Recorrió la isla y después el resto del lago, pero no vio nada. Suspiró, dejó el rifle apoyado en la pared y se acercó a la impresora que cacareaba sin descanso y por la que asomaba el final de una hoja A-4. Había hecho una impresión de pantalla de la foto que acababa de publicar el diario VG en su web y estaba observando el rostro casi completo que tenía delante. Nariz ancha y plana. Labios gruesos que esbozaban una sonrisa, el cabello recogido en lo que probablemente era una trenza tirante, que probablemente era lo que confería un aire achinado y hostil a sus ojos. La impresora empujó el último fragmento de hoja con un prolongado jadeo, como si quisiera expulsar de su interior a ese ser horrible. Una persona que acababa de confesar el asesinato de Rakel Fauke con aparente orgullo. Exactamente igual que los talibanes cuando afirmaban estar detrás de cualquier bomba que explotara en Afganistán, sobre todo si el atentado había tenido éxito. Atribuirse el asesinato, como hacían algunos soldados en Afganistán si se presentaba la ocasión de robarse un *kill*. A veces casi parecían profanadores de tumbas. Roar había sido testigo de cómo los soldados, después de un enfrentamiento caótico, se habían atribuido *kills* que el jefe de tropa, tras revisar las grabaciones de los cascos de los militares caídos, había descubierto que eran obra suya.

Roar Bohr cogió la hoja y fue hacia la pared del fondo del enorme y diáfano sótano. Fijó la hoja en una de las dianas que colgaba frente a las cajas que recogían las balas. Retrocedió hasta situarse a una distancia de diez metros y medio. Cerró la ventana del sótano en la que había montado tres capas de pesado cristal de plomo, y se puso los cascos para protegerse del ruido. Luego cogió la pistola, una High Standard HD 22, que estaba junto al ordenador, se colocó rápidamente como si se tratara de una situación imprevista, apuntó el arma hacia la diana y disparó. Una vez. Dos. Tres veces.

Bohr se quitó los cascos, cogió el silenciador y empezó a enroscarlo en la High Standard. Un silenciador cambiaba el punto de equilibrio, era como hacer prácticas con otra arma. Oyó pasos rápidos por la escalera.

—¡Mierda! —murmuró y cerró los ojos.

Volvió a abrirlos y vio la cara pálida, boquiabierta e iracunda de Ingrid.

—¡Me vas a matar del susto! ¡Creí que estaba sola en casa!

—Lo siento Ingrid, yo pensaba lo mismo.

—¡Eso no es excusa, Roar! ¡Me prometiste que no volverías a disparar en casa! Vuelvo de la compra, sin preocuparme por nada y... ¿Por qué no estás en el trabajo? ¿Y por qué estás desnudo? ¿Y qué llevas en la cara?

Roar Bohr se miró. Pues claro que estaba desnudo. Se pasó un dedo por la cara. Contempló la yema. La pintura negra de camuflaje del comando especial de la Defensa, FSK. Dejó la pistola en el escritorio y apretó el dedo sobre una tecla cualquiera del ordenador.

—Hoy toca trabajo a distancia.

Eran las ocho de la noche y el grupo de investigación se había reunido en Justisen, su abrevadero habitual, tanto cuando las cosas iban bien como cuando iban mal. Fue Skarre quien había tomado la iniciativa de celebrar la resolución del caso, y Katrine no encontró argumentos de peso para oponerse. Ni tampoco una explicación a por qué los buscaba. Era una tradición enfatizar las victorias, unía al grupo, y ella, al estar al frente, debería haber sido la primera en comunicar las buenas noticias y convocar a todos en Justisen después de obtener la confesión de Finne. El hecho de que hubieran resuelto el caso delante de las narices de Kripos no hacía que la victoria fuera menos dulce. Había provocado una llamada malhumorada de Winter, que opinaba que, al ser Kripos la principal encargada de la investigación, deberían haberse ocupado también de interrogar a Finne. Pero al final había aceptado a regañadientes la explicación que le dieron: el caso estaba muy liado, pues incluía tres violaciones que caían bajo la jurisdicción del distrito policial de Oslo, y solo el distrito policial de Oslo podía haber llegado a ese acuerdo. Era difícil argumentar en contra de un éxito.

Entonces ¿a qué se debía esa inquietud? Todo encajaba, pero aun así seguía escuchando eso que Harry llamaba la nota desafinada en una orquesta sinfónica. La oyes, pero no eres capaz de situarla.

—¿Te has dormido, jefa?

Katrine dio un respingo y levantó su pinta de cerveza hacia el resto de los que rodeaban la larga mesa. Estaban todos. Salvo Harry, que no había respondido a sus llamadas. Como si le hubiera leído el pensamiento, su teléfono empezó a vibrar y lo buscó con afán. Vio en la pantalla que era Bjørn. Por un momento se le ocurrió una idea impresentable. Que podía fingir que no lo había visto. Explicarle luego, lo cual era cierto, que la habían frito a llamadas tras mandar el comunicado de prensa sobre la confesión, y que había visto su nombre en el registro de llamadas perdidas más tarde. Pero claro, tuvo que hacer acto de presencia el jodido instinto maternal. Se levantó, se alejó del follón hacia el pasillo que llevaba a los aseos y contestó.

—¿Pasa algo?

—No, nada —dijo Bjørn—. Está dormido. Solo quería…

—¿Solo quería?

—Saber si crees que llegarás muy tarde.

—No más de lo necesario. Pero no puedo escabullirme sin más.

—No, claro, lo entiendo. ¿Con quiénes estás?

—¿Quiénes? Pues con el grupo de investigación, claro.

—¿Solo ellos? ¿Nadie… de fuera?

Katrine estiró la espalda. Bjørn era un hombre bueno y prudente. Un hombre que gustaba a todo el mundo porque también tenía encanto y una autoestima discreta, tranquila. Pero, aunque Bjørn y ella nunca hablaran de ello, no dudaba que él, de vez en cuando, se preguntaba cómo podía ser que precisamente él hubiera acabado casado con la chica que, por lo menos la mitad de los hombres y algunas de las mujeres de la sección de Delitos Violentos habían deseado, al menos antes de que fuera su jefa. Una de las razones por las que nunca lo había mencionado probablemente fuera que sabía que no había nada menos sexy que una pareja insegura y celosa. Había logrado disimularlo, incluso después de que ella le dejara hacía año y medio y volvieran al poco tiempo. Pero a la larga era difícil fingir, había notado que en los últimos meses las cosas habían cambiado entre ellos. Tal vez fuera porque él se quedaba en casa con el niño, tal vez por la falta de sueño que sufrían los dos. O quizá porque, después de soportar una presión continuada durante los seis meses anteriores, ella se mostraba demasiado sensible.

—Solo nosotros —dijo—. Estaré en casa antes de las diez.

—Quédate más si quieres, solo quería saberlo.

—Antes de las diez —repitió, y miró hacia la puerta al hombre alto rodeado de los muchos clientes recorriendo el pub con la vista.

Colgó.

El hombre intentaba dar la sensación de estar relajado, pero ella captaba la tensión que emanaba de su cuerpo, la expresión angustiada que transmitían sus ojos. Entonces la localizó, y ella pudo ver cómo se le relajaban los hombros.

—¡Harry! —dijo—. Has venido.

Lo abrazó. Aprovechó el breve beso en la mejilla para inhalar su aroma, tan familiar y a la vez tan desconocido. Lo mejor de Harry Hole era lo bien que olía, pensó una vez más para su sorpresa. No como una colonia, o un prado o un bosque. A veces olía a borrachera trasnochada, y en otra ocasión apestaba a sudor. Pero en general su aroma era algo indefinible y bueno. Olía a él. ¿No debería tener mala conciencia por pensar cosas así?

Magnus Skarre se acercó a ellos con los ojos brillantes y una sonrisilla beatífica.

—Dicen que esta es mi ronda. —Les puso una mano en el hombro a cada uno—. ¿Una cerveza, Harry? Oigo por ahí que fuiste tú quien dio con Finne. ¡Uau! ¡Je, je!

—Una Coca-Cola —dijo Harry quitándose discretamente de encima la mano de Skarre.

Skarre se perdió camino del bar.

—Así que has vuelto a dejar de beber —dijo Katrine.

Harry asintió.

—De momento.

—¿Por qué crees que confesó?

—¿Finne?

—Ya sé que le rebajarán la pena por haber confesado, y que sabía que tenemos un caso bien fundamentado por ese vídeo que mandó. Y se libraba de esos casos de violación, claro. Pero ¿fue solo por eso?

—¿Qué quieres decir?

—¿No crees que todos deseamos, y necesitamos, confesar nuestros pecados?

Harry la miró. Se humedeció los labios resecos.

—No —dijo.

Katrine se fijó en que un hombre con chaqueta y camisa azul estaba inclinado sobre la mesa que ocupaba la sección y que alguien señalaba en la dirección de ellos dos. El hombre saludó con un movimiento de cabeza y se acercó a grandes zancadas.

—Alerta. Periodista —suspiró Katrine.

—Jon Morten Melhus —dijo el hombre—. He intentado localizarla por teléfono toda la noche, Bratt.

Katrine lo miró con más atención. Los periodistas no hablaban a la gente de usted.

—Así que al final contacté con comisaría, expliqué por qué la buscaba y me informaron de que probablemente la encontraría aquí.

Nadie de la comisaría le habría dicho a un interlocutor cualquiera dónde estaba Katrine.

—Soy cirujano del hospital de Ulleval. Hace unos días atrás tuvimos un incidente bastante fuerte. Hubo complicaciones durante un parto, y tuvimos que hacer una cesárea de urgencia. La parturienta llegó junto a un hombre que dijo ser el padre del niño, algo que la madre confirmó. Al principio pareció que su presencia era útil. Cuando la mujer supo que debíamos hacer una incisión, se asustó mucho, y el hombre se sentó a su lado, le acarició la frente, la consoló y prometió que sería rápido. Y es cierto, no solemos tardar más de cinco minutos en sacar al bebé. Pero lo recuerdo porque le oí decir: «Un cuchillo en el estómago. Y todo habrá pasado». Es eso exactamente, claro, pero la elección del vocabulario no deja de ser especial. Pensé que no había nada raro, sobre todo porque después la besó. Tal vez fuera un poco más extraño que después del beso le secara los labios. Y que grabara la cesárea. Pero lo excepcio-

215

nal de verdad es que de repente se abrió paso hasta la parturienta y quiso sacar él al niño. Antes de que pudiéramos detenerlo, metió la mano directamente en la incisión que habíamos realizado.

Katrine hizo una mueca.

—Joder —dijo Harry en voz baja—. Joder, joder.

Katrine le miró. Percibía algo raro, pero sobre todo estaba desconcertada.

—Conseguimos apartarlo y llevar a cabo el resto de la intervención —dijo Melhus—. Afortunadamente la madre no presenta síntoma alguno de infección.

—Svein Finne. Era Svein Finne.

Melhus miró a Harry y asintió despacio.

—Pero a nosotros nos dio otro nombre.

—Por supuesto —dijo Harry—. Pero has visto la fotografía que VG ha publicado esta tarde.

—Sí, y no tengo ninguna duda de que es el mismo hombre. Y menos aún después de haber visto el cuadro de la pared del fondo. La foto está tomada en la sala de espera del departamento de obstetricia.

—¿Entonces por qué lo denuncia pasado tanto tiempo y se dirige a mí personalmente? —preguntó Katrine.

Por unos instantes Melhus pareció desconcertado.

—Esto no es ninguna denuncia —dijo.

—¿No?

—No. No es infrecuente que la gente se comporte de manera excéntrica durante una prueba física y mental tan dura como es un parto con complicaciones. Como ya he dicho, no dio en ningún momento la impresión de que quisiera hacer daño a la madre, solo le preocupaba el bebé. Todo se calmó y, como les digo, fue bien. Incluso cortó el cordón umbilical.

—Con cuchillo —dijo Harry.

—Así es.

Katrine frunció el entrecejo.

—¿Qué pasa, Harry? ¿Te has dado cuenta de algo que se me está escapando?

—La hora —dijo Harry dirigiéndose a Melhus—. Has leído sobre el asesinato y has venido a contarnos que Svein Finne tiene coartada. Esa noche estaba en el paritorio.

—El secreto profesional nos sitúa en un terreno resbaladizo, por eso quería tratar este asunto con usted personalmente, Bratt. —Melhus miró a Katrine con el gesto compasivo y profesional de quien ha sido formado para dar malas noticias—. He hablado con la comadrona y me dice que el hombre estuvo allí desde que la parturienta ingresó hacia las nueve y media hasta que el parto acabó a las cinco de la madrugada.

Katrine se llevó la mano a la cara.

En la mesa larga se oían risas triunfales seguidas de vasos de cerveza que entrechocaban, seguramente alguien acababa de contar un chiste gracioso.

SEGUNDA PARTE

24

Poco antes de medianoche VG soltó la noticia de que la policía había dejado en libertad a Svein «el Prometido» Finne.

Johan Krohn declaró al mismo periódico que su cliente daba por válida la confesión, pero que la policía, por su cuenta, había llegado a la conclusión de que no se trataba de Rakel Fauke, si no de otro delito en el que su cliente podría haber causado lesiones a una mujer parturienta y a su hijo. Había testigos e incluso un vídeo, pero ninguna denuncia. La confesión se había producido, su cliente había cumplido con su parte del trato y Krohn advertía a la policía de las consecuencias si no cumplían con su parte archivando la acusación relativa a esas vagas e infundadas denuncias de violación.

El corazón de Harry latía aceleradamente.

Se había metido en el agua hasta los tobillos, y respiraba con dificultad. Acababa de correr. Había corrido por todas las calles de la ciudad hasta que no le quedaron más calles que recorrer, y entonces había corrido hasta allí. Pero su corazón no estaba desbocado por eso, ya lo estaba cuando salió de Justisen. Un frío paralizante le subía por las piernas, por las rodillas, hacia la entrepierna. Harry estaba frente al edificio de la Ópera, en la plaza. A sus pies el mármol blanco descendía hacia el fiordo como un polo que se derrite, como el aviso de un hundimiento inminente.

Bjørn Holm se despertó. Se quedó quieto en la cama, escuchando.

No era el niño. No era Katrine acostada de espaldas a él sin ganas de hablar. Abrió los ojos. Vio una débil luz en el techo blanco del dormitorio. Alargó la mano hacia la mesilla y cogió el móvil; en la pantalla figuraba el nombre de la persona que lo estaba llamando. Vaciló. Luego se levantó de la cama sin hacer ruido y salió al pasillo. Contestó.

–Son las tantas de la noche –susurró.

–Gracias por la información, ahora mismo me lo estaba preguntando –dijo Harry en tono seco.

–De nada. Buenas noches.

–No cuelgues. No tengo acceso a los archivos del caso Rakel. Parece que han bloqueado mi código de identificación bancaria, BID.

–Eso tendrás que hablarlo con Katrine.

–Katrine es la jefa, y tiene que seguir los procedimientos, los dos lo sabemos. Pero conozco tu código BID, el descodificador, y quizá también sea capaz de adivinar tu contraseña. Por supuesto que no me la vas a dar. Eso sería incumplir el reglamento.

–¿Pero? –suspiró Bjørn.

–Pero podría escapársete una pista.

–Harry…

–Lo necesito, Bjørn. Lo necesito desesperadamente. Que no sea Finne solo quiere decir que es otro. Vamos, Katrine también lo necesita, porque sé que ni vosotros ni Kripos tenéis ni puta idea.

–¿Por qué precisamente tú?

–Ya lo sabes.

–¿Cómo que ya lo sé?

–Porque en un mundo de ciegos yo soy el tuerto.

Bjørn no pudo reprimir una risa que sonó como un gemido. Nueva pausa.

–Dos letras, cuatro cifras –dijo Bjørn–. Si pudiera elegir, moriría como él. En un coche, en el momento en que empieza un nuevo año.

Colgó.

25

—Según el catedrático Paul Matiuzzi, hay un total de ocho categorías de asesinos y la mayoría encaja en una u otra —dijo Harry—. Primero están los agresivos crónicos. Controlan mal los impulsos y se frustran con facilidad, no soportan que decidan por ellos, se convencen a sí mismos de que es legítimo responder a las afrentas con violencia, y en el fondo disfrutan manifestando su ira. Esos son los que ves venir.

Harry se metió un cigarrillo entre los labios.

—En segundo lugar están los que controlan su hostilidad. Rara vez manifiestan su ira, son emocionalmente inflexibles y parecen educados y serios. Siguen las normas y se ven como los guardianes de la justicia. Pueden ser buenos hasta el punto de que la gente se aproveche de ellos. Son ollas a presión silenciosas. Pertenecen al tipo de individuos de los que luego los vecinos dicen «que parecía muy majo».

Harry encendió el mechero, lo acercó al cigarrillo e inhaló.

—En tercer lugar están los ofendidos. Los que sienten que los han pisoteado, que no les tratan como merecen, que los demás tienen la culpa de que no les haya ido bien en la vida. Sienten rencor, sobre todo hacia los que les han criticado o regañado. Adoptan el papel de víctimas, son psicológicamente impotentes y cuando no pueden más recurren a la violencia y atacan a quienes guardan rencor. Luego, en cuarto lugar, están los traumatizados.

Harry soltó el humo por la boca y la nariz.

—El asesinato responde a una sola agresión a la personalidad del asesino, un ataque que le resulta tan humillante e insoportable que le incapacita para vivir. El asesinato se convierte en necesario para que no se destruya por completo el núcleo de la existencia del traumatizado, o su masculinidad. Si se tiene noticia de las circunstancias por adelantado, este tipo de asesinato suele poder predecirse y evitarse.

Harry sujetaba el cigarrillo entre los dedos mientras observaba su reflejo en el pequeño charco ya medio seco rodeado de tierra y gravilla.

—Y aún quedan cuatro más. El obsesivo, el narcisista inmaduro. El paranoico y celoso que roza la locura. El que ya ha traspasado la barrera de la locura.

Harry dio otra calada y levantó la vista. Escrutó la casa de vigas de madera. La escena del crimen. El sol de la mañana se reflejaba en los cristales. Nada parecía haber cambiado en la casa, solo el grado de abandono. En el interior pasaba lo mismo. Una especie de decoloración, como si el silencio absorbiera la tonalidad de las cortinas y las paredes, eliminara los rostros de las fotos, los recuerdos de los libros. No había visto nada distinto que no estuviera la última vez, no había pensado nada que no pensara entonces; los acontecimientos de la noche anterior los habían devuelto allí, a la casilla de salida; y ahora estaban en bancarrota y con las ruinas humeantes de hoteles y casas a sus espaldas.

—¿Y la octava categoría? —preguntó Kaja, a pesar del abrigo tiritó y pateó la gravilla.

—El catedrático Mattiuzzi los llama «sencillamente malvados y furiosos». Que puede ser cualquier combinación de los siete anteriores.

—¿Crees que el asesino que buscas se encuentra en una de las ocho categorías que se ha inventado un psicólogo americano cualquiera?

—Hummm.

—¿Y que Svein Finne es inocente?

—Finne no es inocente. Pero lo es del asesinato de Rakel.

Harry dio una profunda calada al Camel y sintió el calor del humo en la garganta. Por alguna extraña razón no le había provocado un choque que la confesión de Finne fuera falsa. En el búnker ya lo había intuido; algo no cuadraba, Finne se había mostrado demasiado satisfecho con las circunstancias. Finne le había provocado de manera intencionada para que su confesión de asesinatos o violaciones, obtenida mediante la violencia, fuera imposible de utilizar en un juicio. ¿Había sabido todo el tiempo que el asesinato de Rakel había ocurrido la misma noche que él estuvo en el paritorio? ¿Era consciente de que la grabación en vídeo podía malinterpretarse? ¿O fue después, durante el interrogatorio en la comisaría, cuando descubrió esa ironía del destino, que las casualidades habían orquestado una comedia trágica? Harry miró hacia la ventana de la cocina junto a la que en abril del año anterior había un remolque en el que Rakel y él habían amontonado las hojas y las ramas secas del jardín. Eso fue justo después de que Finne saliera de prisión y amenazara veladamente con hacerle una visita a la familia de Harry. Si Finne se había subido alguna noche a ese remolque y había mirado a través de los barrotes de la ventana de la cocina, habría visto la tabla de cortar en la pared, y si tenía buena vista habría leído el texto. Finne habría constatado que la casa era un fuerte. Y habría descartado el plan.

Harry dudaba de que Krohn participara en la jugarreta de utilizar la falsa confesión para deshacerse de las acusaciones de violación. Krohn era más consciente que nadie de que lo que pudiera ganar a corto plazo con una maniobra de ese tipo era calderilla en comparación con lo que perdía en credibilidad, y que, incluso para un abogado defensor con licencia para manipular, la verdadera moneda de cambio era dicha credibilidad.

—¿Eres consciente de que esas categorías tuyas no reducen gran cosa el espectro? —dijo Kaja, que se había dado la vuelta y miraba hacia la ciudad—. Todos podemos, en algún momento de nuestra vida, encajar en una de esas descripciones.

—Hummm. Pero ¿todo el mundo es capaz de planificar un asesinato a sangre fría?

—¿Por qué preguntas si ya sabes la respuesta?

—Tal vez solo quiera oírselo decir a otra persona.

Kaja se encogió de hombros.

—El asesinato solo depende del contexto, nadie encuentra ninguna dificultad en cercenar una vida si se considera el carnicero respetado de la ciudad, el valiente soldado al servicio de la patria o el largo brazo de la ley. Incluso el justo vengador de la justicia autoinfligida.

—Gracias.

—No hay de qué, lo he sacado de tus clases en la academia. Así que ¿quién mató a Rakel? ¿Alguien con rasgos de personalidad de una de las categorías que asesina sin contexto, o una persona normal que mata en un contexto hecho en casa?

—Bueno. Yo creo que hasta un loco necesita un contexto. Incluso en un ataque de ira hay un instante en el que somos capaces de creernos que hacemos bien. La locura es un diálogo solitario, en el que nos damos a nosotros mismos las respuestas que queremos. Todos hemos tenido esa conversación.

—Ah, ¿sí?

—Yo sé que la he tenido —dijo Harry mirando hacia el sendero flanqueado de oscuros y pesados pinos que parecían hacer guardia—. Para contestar a tu pregunta: creo que la reducción del posible número de sospechosos empieza aquí. Por eso quería que vieras el lugar del crimen. Han recogido. Pero el asesinato no es limpio, está cargado de sentimiento. Es como si estuviéramos ante un asesino que a la vez estuviera entrenado y no. O tal vez entrenado, pero con los sentimientos alterados, como un asesino al que hubiera provocado la frustración sexual o un odio personal.

—Puesto que no hay indicios de abusos sexuales, ¿concluyes que se trata de odio?

—Sí. Por eso Svein Finne parecía el sospechoso perfecto. Un abusador con experiencia que desea vengar el asesinato de su hijo.

—Entonces ¿no debería haberte matado a ti?

—Se me ocurrió pensar que Svein Finne sabía que vivir después de haber perdido a quien amas es peor que la muerte. Pero me equivoqué.

—Que tengas la persona equivocada no quiere decir necesariamente que el motivo esté errado.

—Hummm. Quieres decir que es difícil encontrar personas que odiaran a Rakel, pero fácil dar con las que me odian a mí.

—Solo era una idea —dijo Kaja.

—Bien. Quizá sirva como punto de partida.

—Puede que el equipo de investigación tenga algún material que nosotros desconozcamos.

Harry negó con la cabeza.

—Anoche revisé sus archivos y solo tienen detalles sueltos. Ningún hilo conductor ni pistas concretas.

—No sabía que tuvieras acceso a los archivos de la investigación.

—Me sé el BID de uno que lo tiene. Recordé que había bromeado con que la sección de Informática le había dado su talla de sujetador. BH100. Y adiviné la contraseña.

—¿Su fecha de nacimiento?

—Casi. HW1953. El año en que encontraron muerto a Hank Williams en un coche el día de Año Nuevo.

—Así que solo tienen ideas deslavazadas en ese caso. ¿Nos vamos a pensar a un sitio donde haga menos frío?

—Sí —dijo Harry y se dispuso a darle la última calada al cigarrillo.

—Espera —dijo Kaja alargando la mano—. ¿Puedo...?

Harry la miró antes de darle el cigarrillo. No era verdad que viera más que los demás. Estaba más ciego que cualquiera de ellos, cegado por las lágrimas, pero en ese momento le pareció que podía secarlas por unos instantes y, por primera vez desde su reencuentro, vio a Kaja Solness. Fue por el cigarrillo. Los recuerdos se agolparon de pronto, sin previo aviso. La joven agente que había viajado a Hong Kong para traer a Harry a casa con el fin de que intentara cazar a un asesino en serie que la policía de Oslo no conseguía atrapar. Lo encontró en un colchón en Chungking Mansion, en una especie de limbo de droga e indiferencia. No estaba muy claro quién se encontraba más necesitado de salvación, la policía de Oslo o Harry. Pero aquí estaba otra vez. Kaja Solness, que renegaba de su belleza enseñando siempre que podía los dientes afilados e irregulares que estropeaban un rostro por lo demás perfecto. Recordó las mañanas que habían pasado juntos en una gran casa vacía, los cigarrillos que habían compartido. Rakel solía pedir la primera calada del cigarrillo, Kaja siempre quería la última.

Las había abandonado a las dos, había vuelto a Hong Kong. Pero regresó por una de ellas. Rakel.

Harry observó cómo los labios rojo frambuesa de Kaja rodeaban el filtro pardo y se contraían un poco al inhalar. Luego tiró el cigarrillo en la tierra marrón y húmeda entre el charco y la gravilla, lo pisó y empezó a caminar hacia el coche. Harry iba a seguirla, pero se detuvo.

Su mirada había caído sobre la colilla pisoteada, hasta que se apagó.

Pensó en esquemas reconocibles. En que se dice que la capacidad del cerebro humano de reconocer patrones es lo que nos diferencia de los animales, que nuestra eterna y automática búsqueda de esquemas que se repiten es lo que ha desarrollado nuestra inteligencia y ha permitido la existencia de la civilización. Reconoció en la huella del suelo el dibujo de la suela. De fotos del archivo: «Fotos del escenario del crimen» en la documentación de la investigación. Del día que había estado unos metros más allá de donde se encontraba ahora, en la nieve entre los árboles donde había estado la cámara de caza. En un breve comentario se decía que no habían encontrado ninguna coincidencia en la base de datos de la Interpol sobre huellas de zapatos.

Harry carraspeó.

—¿Kaja?

Vio que la delgada espalda que se dirigía al coche se ponía tensa. Los dioses sabrían por qué, tal vez ella había notado algo en su voz que él mismo no había percibido. Se volvió hacia él. Había separado los labios para que viera sus dientes afilados.

26

—Todos los soldados de infantería tienen el cabello castaño —dijo el hombre robusto y en buena forma física que ocupaba la butaca detrás de la mesa baja.

En lugar de estar enfrente, la silla de Erland Madsen se encontraba situada en un ángulo de noventa grados con respecto a la de Roar Bohr. Era para que fueran los propios pacientes de Madsen quienes eligieran si querían verlo o no. No ver a la persona con quien hablabas cumplía la misma función que el confesionario: le daba al paciente la sensación de estar hablando consigo mismo. Cuando no vemos las reacciones de nuestro interlocutor en forma de gestos o expresiones faciales, bajamos el listón de lo que estamos dispuestos a contar. Le había dado vueltas a la idea de hacerse con un diván, a pesar de que se había convertido en un tópico, en un número de revista.

Madsen miró su cuaderno de notas. Al menos se había podido quedar ese.

—¿Puedes profundizar?

—¿Profundizar en el cabello castaño? —Roar Bohr sonrió. Cuando la sonrisa le iluminó los ojos fue como si el llanto que estos ocultaban, un llanto seco y silencioso que se limitaba a estar allí, reforzara la expresión, igual que el sol quema más cuando está al borde de una nube—. Tienen el cabello castaño y se les da bien meterte una bala en la cabeza a doscientos metros de distancia. Pero lo que los vuelve reconocibles cuando subes a un puesto de control es que tienen el pelo castaño y son simpáticos. Están muertos de miedo y son encantadores. Ese es su trabajo. Nada de disparar al enemigo, que es para lo que los han entrenado, al contrario, es lo último que pensaron que tendrían que hacer cuando solicitaron entrar en el ejército y luego pasaron por un infierno para ingresar en las fuerzas especiales, FSK. Su trabajo es, pues, sonreír y ser amables con los civiles que cruzan un puesto de control que un terrorista suicida ha hecho saltar por los aires dos veces en el último año. Conquistar sus corazones, lo llaman.

—¿Conquistasteis alguno?

—No —dijo Roar Bohr.

Como especialista en trastorno por estrés postraumático, Madsen se había convertido en una especie de doctor Afganistán, el psicólogo del que habían oído hablar y al que acudían los que tenían problemas después de haber pasado por zonas de conflicto. A pesar de que Madsen había acabado por saber bastante de la vida diaria y de los sentimientos de los que le contaban cosas, sabía por experiencia que era mejor ser como una hoja en blanco. Preguntar como si no supiera nada. Dejar que los pacientes entraran en calor hablando de cosas concretas, sencillas. No había que dar nada por sobreentendido, tenía que hacerles comprender que debían describirle la imagen completa. Los pacientes no siempre sabían dónde estaban los puntos más dolorosos, a veces podían llegar a aspectos que el paciente mismo percibía como triviales y carentes de importancia, algo que se saltarían con facilidad, que su subconsciente se esforzaba por ocultar y proteger para que no lo tocaran. Pero de momento estaban calentando.

—¿Así que no conquistasteis ningún corazón? —dijo Madsen.

—En Afganistán nadie entiende del todo qué hace allí la ISAF. Ni siquiera todos los que forman parte de la misión. Pero nadie cree que la ISAF esté allí con el único propósito de llevar la democracia y la felicidad a un país que ni entiende el concepto de democracia ni tiene interés por los valores que representa. Los afganos nos dicen lo que queremos oír mientras les ayudemos a conseguir agua potable, suministros y a desactivar las minas. Aparte de eso, nos podemos ir a la mierda. Y no estoy hablando solo de los partidarios de los talibanes.

—¿Por qué fuiste?

—Si quieres escalar en la jerarquía del ejército, tienes que haber pasado por la ISAF.

—¿Y tú querías ascender?

—Supongo que no hay otra opción. Si dejas de moverte, te mueres. El ejército reserva una muerte lenta, dolorosa y humillante a los que creen que pueden dejar de esforzarse por ascender.

—Háblame de Kabul.

—Kabul. —Bohr se incorporó en la butaca—. Perros callejeros.

—¿Perros callejeros?

—Están por todas partes, perros sin amo.

—Quieres decir literalmente, no…

Bohr negó con la cabeza, sonriendo. Esta vez sus ojos no se iluminaron.

—Los afganos tienen demasiados señores. Los perros viven de la basura. Hay mucha basura. Huele a los tubos de escape de los coches. Y a quemado. Lo queman todo para calentarse. Basura, gasoil. Leña. En Kabul nieva. Y diría que la nieve es gris. Hay algunos edificios bonitos, claro. El palacio presidencial. El hotel Serena debe de tener cinco estrellas. Los jardines, Babur Gardens, están bien. Pero lo que más se ve cuando vas en coche por la ciudad son edificios desangelados de una planta o dos, y tiendas en las que venden todo tipo de baratijas. O arquitectura rusa en su versión más deprimente. —Bohr sacudió la cabeza—. He visto fotos de Kabul anteriores a la invasión soviética. Es verdad lo que dicen, Kabul fue hermosa en su día.

—¿Pero no lo era cuando tú viviste allí?

—En realidad no vivíamos en Kabul, sino en tiendas de campaña en las afueras. Muy buenas tiendas, eran casi como casas. Pero las oficinas estaban en edificios normales, en condiciones. En las tiendas de campaña no teníamos aire acondicionado, solo ventiladores. Muchas veces no los encendíamos, porque las noches son frías. Pero de día podía hacer tanto calor que era imposible salir. No tan insoportable como los cincuenta grados con humedad de Basora, en Irak, pero, de todas formas, en verano Kabul puede ser un infierno.

—A pesar de eso volviste… —Madsen consultó sus anotaciones—. ¿Tres veces? ¿Estancias de doce meses cada vez?

—Una de doce, dos de seis.

—Tu familia y tú conocíais los riesgos que implica ir a una zona en guerra. Tanto para la salud mental como para las relaciones personales.

—Me lo contaron, sí. Me dijeron que lo único que sacas de Afganistán son los nervios destrozados, un divorcio y un ascenso a coronel justo antes de jubilarte, en caso de que hayas conseguido ocultar que bebes.

—Pero…

—Mi trayectoria estaba trazada. Apostaban por mí. La academia militar, la Escuela Superior de la Defensa. Si das a la gente la sensación de que han sido elegidos, estará dispuesta a hacer lo que sea. Que te mandaran a la luna en una lata en los años sesenta era, en la práctica, una misión suicida, y todo el mundo lo sabía. La NASA pidió solo a los mejores pilotos que se presentaran voluntarios al programa de los astronautas, es decir, aquellos que tenían unas brillantes perspectivas de futuro en un tiempo en el que los pilotos, incluso los de la aviación civil, tenían el estatus de una estrella de cine o un jugador de fútbol. No fueron a buscar a los pilotos jóvenes, intrépidos y deseosos de aventuras, sino a los más experimentados y estables. Los que sabían lo que era el riesgo y no lo perseguían. Los casados, los que tenían un hijo o dos. En resumen: los que tenían mucho que perder. ¿Cuántos de ellos crees que dijeron que no a la oferta de suicidarse en público?

—¿Tú también te marchaste por esa razón?

Bohr se encogió de hombros.

—Supongo que fue una mezcla de ambiciones personales e idealismo. Pero ya no recuerdo en qué proporción.

—¿Qué recuerdas mejor de la vuelta a casa?

Bohr esbozó media sonrisa.

—Que mi mujer tuvo que reeducarme. Debía recordarme constantemente que no contestara «recibido» cuando me pedía que comprara leche. Que me vistiera bien. Cuando no has llevado nada más que un uniforme de campaña durante años a causa del calor, un traje te… aprieta por todas partes. No paraba de decirme que en los eventos sociales hay que dar la mano a todo el mundo, también a las mujeres, incluso las que llevan hiyab.

—¿Quieres que hablemos de matar?

Bohr se tiró de la corbata y miró el reloj. Inspiró despacio, profundamente.

—¿Te parece?

—Nos queda tiempo.

Bohr cerró los ojos unos instantes.

—Matar es complicado —dijo cuando abrió los ojos—. Y muy sencillo. Cuando seleccionábamos soldados para un cuerpo de élite como FSK, no solo tenían que cumplir con los requisitos físicos y mentales. También debían ser capaces de matar. Por eso buscamos a gente que mantenga cierta distancia con el hecho de matar. Seguro que has visto películas y programas de televisión sobre el reclutamiento para tropas especiales, como el curso Ranger, donde se trata sobre todo de controlar el estrés, solucionar las tareas asignadas sin comer ni dormir, funcionar como un soldado bajo tensión física y emocional. Cuando yo era soldado raso, apenas se hablaba del hecho de matar, la capacidad que uno tiene de acabar con una vida y gestionarlo después. Ahora sabemos más al respecto. Sabemos que el que tiene que matar debe conocerse a sí mismo. No debe dejarse sorprender por sus propios sentimientos. No es verdad que no sea natural matar a uno de tu misma especie, al contrario, es de lo más natural. En la naturaleza ocurre todo el tiempo. Es cierto que la mayoría de gente siente rechazo, eso también resulta lógico desde un punto de vista evolutivo. Pero el rechazo debe poder superarse cuando las circunstancias lo exijan. Sí, ser capaz de matar es señal de salud, es una muestra de autocontrol. Si mis soldados de la FSK tenían algo en común es que se tomaban el hecho de matar con una calma extrema. Pero daría un puñetazo en la nariz a cualquiera que se atreviera a acusar a cualquiera de ellos de ser un psicópata.

—¿Solo un puñetazo en la nariz? —preguntó Madsen con media sonrisa.

Bohr no respondió.

—Me gustaría que me concretaras un poco más cuál es tu problema —dijo Madsen—. Los casos en los que fuiste tú el que mataba. En mis anotaciones de nuestra anterior consulta veo que te referiste a ti mismo como un monstruo. Pero en ese momento no quisiste hablar más de ello.

Bohr asintió.

—Veo que dudas, así que una vez más repetiré lo que ya he dicho respecto a la obligación que tengo de mantener el secreto profesional.

Bohr se pasó la palma de la mano por la frente.

—Lo sé, pero tendría que irme, llego tarde a una reunión de trabajo.

Madsen asintió. Aparte de la curiosidad profesional, que le exigía averiguar dónde apretaba el zapato, era poco frecuente que se interesara por la historia del paciente en sí. Pero esto era diferente y esperaba que su cara no hubiera delatado su decepción.

—Bien, pues ya basta por hoy. Y si no quieres hablar de ello…

—Quiero hablar de ello, yo… —Bohr se contuvo. Se abrochó la chaqueta del traje—. Tengo que hablar con alguien de eso, si no…

Madsen esperó, pero no hubo continuación.

—¿Nos vemos el lunes a la misma hora? —preguntó Madsen.

Sí, al final tendría que hacerse con un diván. Y hasta con un confesionario.

—Espero que te guste el café cargado —gritó Harry hacia el salón mientras echaba agua del hervidor en las tazas de café.

—¿Cuántos discos tienes? —le respondió Kaja.

—Unos mil quinientos. —El calor escoció los nudillos de Harry cuando metió los dedos en las asas de las tazas. Con tres pasos largos y acelerados se salió de la cocina y se plantó en el salón. Kaja estaba de rodillas en el sofá pasando la colección de vinilos de la estantería.

—¿Aproximadamente?

Harry esbozó una media sonrisa.

—Mil quinientos treinta y seis.

—Como la mayor parte de los chavales neuróticos, los tienes ordenados alfabéticamente por artista, claro, pero veo que al menos los discos de cada uno no aparecen en orden cronológico de publicación.

—No —dijo Harry, dejó las tazas junto al ordenador en la mesa del salón y se sopló los dedos—. Están ordenados por fecha de adquisición. La última adquisición de cada artista está a la izquierda.

Kaja se echó a reír.

—¡Estáis locos!

—Bueno, Bjørn opina que el único loco soy yo, todo el mundo los ordena por fecha de publicación.

Se sentó en el sofá, ella se dejó caer a su lado y bebió un sorbo de café.

—Hummm.

—Café liofilizado de un tarro de cristal recién abierto —dijo Harry.

—Se me había olvidado lo bueno que está. —Kaja se echó a reír.

—¿Cómo? ¿Nadie te lo ha servido desde la última vez?

—Se ve que solo tú sabes cómo tratar a una mujer, Harry.

—Pues no vas desencaminada, joder —dijo Harry y señaló la pantalla—. Aquí aparece la foto de la huella de una suela en la nieve frente a la casa de Rakel. ¿Ves que es la misma?

—Sí —dijo Kaja levantando su bota—. Sí, pero la huella de la foto, ¿es de una bota grande?

—Probablemente son del número 43 o 44 —dijo Harry.

—Las mías son del 38. Me las vendieron en un mercadillo de segunda mano en Kabul, y eran las más pequeñas que tenían.

—O sea que son botas de campaña soviéticas de la época de la ocupación.

—Sí.

—Eso quiere decir que tienen por lo menos treinta años.

—¿Impresionante, verdad? En Kabul teníamos un teniente coronel noruego que decía que si esos zapateros hubieran dirigido la Unión Soviética, a la federación de repúblicas nunca se le hubieran roto las costuras.

—¿Te refieres al teniente coronel Bohr?

—Sí.

—¿Eso quiere decir que podría tener estas mismas botas?

—No lo recuerdo, pero a todos nos gustaban. Y eran baratas. ¿Por qué lo preguntas?

—En el archivo donde se registran las llamadas de Rakel, Roar Bohr aparecía tantas veces que comprobaron su coartada para aquella noche.

—¿Y?

—Su mujer dice que estuvo en casa toda la tarde y toda la noche. Lo que me llama la atención de las llamadas de Bohr es que de media él la ha llamado tres veces por cada vez que ella lo ha llamado a él. Quizá no pueda llamarse acoso, ¿pero no es habitual que un subordinado responda a las llamadas de su jefe con más frecuencia?

—No lo sé. ¿Quieres decir que el interés de Bohr por Rakel ha podido ir más allá de lo profesional?

—¿Tú qué crees?

Kaja se rascó la barbilla. Harry no sabía por qué, pero le parecía un gesto masculino, tal vez lo asociaba con tener barba.

—Bohr es un jefe escrupuloso —dijo Kaja—. Y a veces puede parecer que se implica demasiado y que es impaciente. No me cuesta imaginar que te llame tres veces antes de que te dé tiempo a responder a la primera llamada.

—¿A la una de la madrugada?

Kaja hizo una mueca.

—Quieres discutir o…

—Prefiero escuchar.

—Si lo he entendido bien, Rakel era subdirectora de NHRI, ¿no?

—Directora de área. Sí.

—¿Y qué hacía?

—Informes para la división, para asuntos de tratados de Naciones Unidas. Conferencias. Asesorar a políticos.

—En la NHRI uno está a merced de los horarios laborales y los plazos de terceros. La sede de Naciones Unidas va seis horas por detrás de nosotros. En ese caso no resulta extraño que tu jefe te llame un poco tarde de vez en cuando.

—¿Dónde vive…? ¿Cuál es la dirección de Bohr?

—En Smestad. Creo que era la casa de sus padres.

—Hummm.

—¿Qué piensas?

—Ideas sueltas.

—Vamos.

Harry se frotó la nuca.

—Como estoy suspendido no puedo interrogar a un sospechoso, pedir una orden de registro o actuar de ninguna otra manera que resulte visible para Kripos o la sección de Delitos Violentos. Pero podemos hurgar un poco en los ángulos muertos en los que no nos ven.

—¿Cómo por ejemplo?

—Esta es la hipótesis. Bohr mató a Rakel. Luego se fue derecho a casa y se deshizo del arma por el camino. En ese caso lo más probable es que haya hecho el mismo recorrido que acabamos de hacer nosotros desde Homenkollen hasta aquí hace un rato. ¿Dónde te desharías de un cuchillo entre la calle Holmenkollveien y Smestad?

—El lago Holmendammen está literalmente a tiro de piedra de la carretera.

—Bien —dijo Harry—. Pero en la documentación de la investigación dice que lo han drenado, la profundidad media es de solo tres metros, así que lo hubieran encontrado.

—Entonces ¿dónde?

Cerró los ojos, descansó la cabeza contra la pared de vinilos que tenía detrás y reconstruyó el recorrido que tantas veces había hecho. De Holmenkollen a Smestad. No podían ser más de tres o cuatro kilómetros. Pero presentaba infinidad de posibilidades de librarse de un objeto pequeño. Había sobre todo jardines. La maleza que había justo antes de llegar a la calle Stajonsveien era una posibilidad. Oyó el quejido metálico de un tranvía a lo lejos y el lamento quejumbroso de otro que pasaba por delante. De repente notó un destello. Esta vez verde. Con olor a muerte.

—Basura —dijo—. El contenedor.

—En la gasolinera justo debajo de la calle Stajonsveien.

Kaja se echó a reír.

—Es una posibilidad entre mil, y suenas tan seguro.

—Bueno. Es lo primero que se me ocurrió que haría yo.

—¿Estás bien?

—¿Qué quieres decir?

—Estás muy pálido.

—Falta de hierro —dijo Harry levantándose.

—La empresa que nos alquila el contenedor viene a llevárselo cuando está lleno —dijo la mujer de piel oscura y gafas.

—¿Cuándo fue la última vez que vino? —preguntó Harry mirando el gran contenedor gris que estaba junto al edificio de la gasolinera.

La mujer, que se había presentado como encargada de la gasolinera, había explicado que el contenedor era para uso de la estación de servicio y tiraban sobre todo embalajes, y que no recordaba haber visto que la gente que pasaba por allí aprovechara para tirar nada. El contenedor tenía una boca metálica abierta a un lado y la mujer les había mostrado cómo, apretando un botón rojo del lateral, podía activarse el mecanismo de la mordida para comprimir la basura y empujarla hacia atrás en el tracto digestivo del contenedor. Kaja se encontraba a unos metros tomando nota del nombre y el teléfono de la empresa de alquiler de contenedores, que estaban impresos en el acero gris.

—Creo que la última vez que se lo llevaron fue hace cosa de un mes —dijo la responsable de la gasolinera.

—¿La policía lo ha abierto y verificado el contenido? —preguntó Harry.

—¿Me pareció que decíais que vosotros sois la policía?

—En una investigación de este calibre la mano derecha no siempre sabe lo que hace la izquierda. ¿Podrías abrirnos el contenedor para que podamos ver lo que hay dentro?

—No lo sé. Tendría que llamar al jefe.

—Me pareció que decías que tú eras la jefa —dijo Harry.

—Dije que era la encargada de la gasolinera. Eso no quiere decir que...

—Lo entendemos. —Kaja sonrió—. Si pudieras llamarlo te lo agradeceríamos.

La mujer entró en el edificio rojo y amarillo de la gasolinera. Harry y Kaja se quedaron mirando la pista de césped artificial y las pistas valladas donde un par de niños practicaban el último truco de Neymar que habían visto en YouTube.

Después de un rato Kaja miró el reloj.

—¿Entramos a preguntar cómo va la cosa?

—No —dijo Harry.

—¿Por qué no?

—El cuchillo no está en ese contenedor.

—Pero tú dijiste...

—Me equivoqué.

—¿Cómo estás tan seguro?

—Mira —dijo Harry señalando—. Cámaras de vigilancia. Por eso nadie tira aquí la basura a escondidas. Un asesino que acaba de ser lo bastante despierto como para eliminar una cámara de caza bien camuflada en el lugar de los hechos, no irá a una gasolinera con vídeo de vigilancia para deshacerse del arma.

Harry empezó a caminar hacia las pistas de fútbol.

—¿Adónde vas? —gritó Kaja a su espalda.

Harry no respondió. Sencillamente porque no sabía qué responder. Hasta que llegó a la parte trasera de la gasolinera, a un edificio que tenía el logo del club deportivo Ready sobre la puerta. Junto al edificio del club deportivo había seis cubos de basura con la tapa de plástico verde. Fuera del alcance de la cámara. Harry abrió la tapa del más grande, que dejó escapar un olor nauseabundo a comida podrida.

Levantó el cubo sobre las ruedas traseras y lo empujó hacia el espacio abierto frente al edificio. Allí volcó el contenedor desparramando todo el contenido.

—Menudo olor —dijo Kaja, que se había acercado.

—Eso es bueno.

—¿Bueno?

—Quiere decir que no lo han vaciado en una buena temporada —dijo Harry poniéndose en cuclillas y rebuscando entre la basura—. ¿Empiezas con alguno?

—En la descripción del puesto de trabajo no se especificaba que tendría que revolver en la basura.

—Pero con la mierda de sueldo que tienes deberías haber comprendido que el asunto de la basura aparecería tarde o temprano.

—No me pagas nada —dijo Kaja, y volcó un cubo más pequeño.

—A eso me refería con sueldo de mierda. Y el tuyo no huele tan mal como el mío.

—Nadie dirá que no sabes cómo motivar a tus empleados.

Kaja se puso en cuclillas y Harry se fijó en que empezaba en la parte superior izquierda, como hacían cuando aprendían técnicas de registro en la academia superior de policía.

Un hombre había salido a la escalera y se había colocado debajo del logo de Ready. También llevaba un jersey con el logo de Ready.

—¿Qué demonios estáis haciendo?

Harry se incorporó, se acercó al hombre y le enseñó su tarjeta de identificación de la policía.

—¿Visteis a alguien por aquí la noche del 10 de marzo?

El hombre miraba alternativamente a Harry y la tarjeta con la boca medio abierta.

—Eres Harry Hole.

—Así es.

—El mismísimo superdetective.

—No creas todo lo que…

—Y estás buscando en nuestra basura.

—Si te decepciona, lo siento.

—Harry… —Era Kaja.

Harry se dio la vuelta. Sostenía algo entre el índice y el pulgar. Parecía un minúsculo trocito de plástico negro.

—¿Qué es? —preguntó él, entornó los ojos y sintió que el corazón le empezaba a latir más deprisa.

—No estoy segura pero creo que es una de esas…

«Tarjetas de memoria —pensó Harry—. Como las que se usan en una cámara de caza.»

La luz del sol iluminaba la cocina de la calle Lyder Sagen, donde Kaja hurgaba en la ranura de lo que Harry creyó que era un cámara barata para sacar la tarjeta de memoria. Kaja le explicó un poco ofendida que se trataba de una Canon G9 por la que había pagado una pequeña fortuna en 2009, y que había aguantado muy bien el paso del tiempo. Metió la tarjeta del cubo de basura en la ranura, conectó la cámara al MacBook con un cable e hizo clic en «Fotos». Aparecieron una serie de iconos. Algunos mostraban la casa de Rakel iluminada por distintas intensidades de luz diurna. Otras estaban hechas en la oscuridad de manera que solo se veía la luz de la ventana de la cocina.

—Aquí tienes —dijo Kaja, y fue hacia la máquina de café expreso, que vibraba con vehemencia, a preparar la segunda taza de café del día, pero Harry comprendió que lo hacía para dejarlo solo. En los iconos aparecía la fecha.

La penúltima estaba fechada el 10 de marzo, la última el 11 de marzo. La noche del asesinato.

Contuvo la respiración. ¿Qué iba a ver? ¿Qué temía ver? ¿Y qué deseaba ver? Su cerebro hervía como un avispero al que hubieran sacudido con un palo; sería mejor lanzarse de una vez. Apretó el «play» del icono del 10 de marzo. Aparecieron cuatro iconos menores con la hora sobreimpresa.

La cámara se había activado cuatro veces antes de la medianoche. Eligió la primera grabación, donde se leía 20.02.10.

Oscuridad. Luz tras las cortinas de la ventana de la cocina. Pero alguien o algo se había movido en la noche y la grabación se había activado. Mierda, tendría que haber hecho lo que le sugirió el tipo de la tienda y haber comprado una cámara más cara con la tecnología Zero-Blur esa. ¿O era No Glow? En cualquier caso, algo que le permitiera ver qué había delante de la cámara, aunque fuera noche cerrada. La escalera se iluminó de pronto y en la puerta apareció una silueta que solo podía ser Rakel. Estuvo allí un par de segundos y luego dejó pasar a otra figura y la puerta se cerró tras ellos.

Harry respiró con fuerza por la nariz.

Pasaron unos largos segundos y la imagen se detuvo.

La siguiente grabación había comenzado a las 20.29.25. Harry la seleccionó. La puerta de la calle estaba abierta, pero la luz del salón y la cocina estaba apagada o muy baja y apenas se vislumbraba la silueta que emergió, cerró la puerta y desapareció por la escalera en medio de la oscuridad total. Pero era una grabación de las ocho y media de la tarde, hora y media antes del lapso de tiempo que Medicina Legal había estimado para la muerte. Las que importaban eran las grabaciones siguientes.

Harry sintió que le sudaban las manos al presionar el tercer icono con la hora 23.21.09.

Un coche se deslizaba por el patio. Los faros iluminaban la pared de la casa y luego se detenían delante de la escalera y se apagaban. Harry miraba fijamente la pantalla, intentaba sin éxito penetrar la oscuridad con la mirada.

Los segundos pasaban en el reloj, pero no ocurría nada. ¿Estaba el conductor sentado en el interior, a oscuras, esperando algo? No, puesto que la grabación no se detenía, en el área de alcance de la cámara debía de haber movimiento. Entonces, por fin, Harry atisbó algo. Una débil luz se derramó sobre la escalera al abrirse la puerta y lo que parecía una figura agazapada entró. La puerta se cerró y la pantalla volvió a quedarse en negro. Y, tras unos segundos, se detuvo.

Presionó para visionar la última grabación anterior a la medianoche. 23.38.21.

Oscuridad.

Nada.

¿Qué había captado el sensor PIR de la cámara? Algo había que se movía y tenía pulso, que poseía una temperatura distinta a la del entorno.

Tras medio minuto, la grabación se paró.

Podría tratarse de una persona que se hubiera movido por la explanada frente a la casa. Pero también un pájaro, un gato, un perro. Harry se frotó la cara con fuerza. ¿De qué cojones servía una cámara con un sensor mucho mejor que la lente a la que iba asociada? Recordaba vagamente que el dependiente de la tienda le había dicho algo así cuando quiso que Harry invirtiera un poco más en la cámara. Pero eso fue cuando Harry empezaba a ir escaso de dinero para pagarse la bebida y le costaba encontrar un sitio para dormir por las noches.

—¿Has descubierto algo? —preguntó Kaja dejando una de las tazas junto a él.

—Algo, pero no lo suficiente.

Harry apretó el icono del 11 de marzo. Una grabación. 02.23.12.

—Cruza los dedos —dijo, y puso en marcha la grabación.

La puerta de la calle se abrió y pudo distinguirse a duras penas una silueta a la débil luz grisácea del recibidor. Se quedó allí unos segundos, parecía que se tambaleaba. Luego se cerró la puerta y todo volvió a quedar a oscuras.

—Ha salido, se mueve —dijo Harry.

Luz.

Se habían iluminado los faros del coche, las luces rojas de freno también. Se encendieron las que indicaban marcha atrás. Luego se apagaron y todo volvió a quedar a oscuras.

—Volvieron a apagar el motor —dijo Kaja—. ¿Qué está pasando?

—No lo sé —Harry se inclinó hacia la pantalla—. Algo se acerca, ¿lo ves?

—No.

La imagen dio un salto y la silueta de la casa se torció. Un salto más y se torció más todavía. Y la grabación se había terminado.

—¿Qué ha sido eso?

—Han quitado la cámara de caza —dijo Harry.

—¿Pero no tendríamos que haberlo visto si fue directamente del coche hacia la cámara?

—La rodeó —dijo Harry—. El que se aproximaba era él, pero desde fuera de la imagen, por la izquierda.

—¿Por qué dio un rodeo? Me refiero a que de todas maneras iba a tirar la grabación a la basura.

—Evitó la zona con más nieve. Así resultaría menos trabajoso borrar las huellas de sus botas.

Kaja asintió despacio.

—Debe de haber inspeccionado la zona al detalle para saber de la existencia de esa cámara.

—Sí. Y ha llevado a cabo el asesinato con una precisión casi militar.

—¿Casi?

—Se metió en el coche primero y estuvo a punto de olvidarse de la cámara.

—¿No lo había planificado?

—Sí —dijo Harry llevándose la taza de café a la boca—. Todo estaba previsto hasta el último detalle. Como por ejemplo que no se encendiera la luz del interior al bajar y subir del coche. La había apagado antes por si acaso los vecinos oían el coche y miraban para ver quién era.

—Pero verían el coche, ¿no?

—Dudo que fuera su propio coche. Si lo fuera, habría aparcado un poco más lejos. Casi parece que quería mostrar el coche en el lugar del crimen.

—¿Para que los posibles testigos proporcionaran una pista falsa a la policía?

—Hummm. —Harry se tragó el café e hizo una mueca.

—Siento no tener café en polvo —dijo Kaja—. Entonces ¿qué conclusión sacamos? ¿Lo hizo sin fallos o no?

—No lo sé. —Harry se reclinó para sacarse el paquete de tabaco del bolsillo del pantalón—. No acaba de cuadrar con el resto que esté a punto de olvidarse de la cámara de caza. Y parece que se tambalea en la puerta, ¿lo has visto? Casi parece que la persona que sale no es la misma que la que entró. Y ¿qué hace allí dentro durante dos horas y media?

—¿Tú qué crees?

—Creo que se droga. Drogas o alcohol. ¿Roar Bohr toma pastillas?

Kaja sacudió la cabeza con la mirada fija en la pared que Harry tenía detrás.

—¿Eso significa no? —preguntó.

—Es un no lo sé.

—Pero no lo descartas.

—¿Si descarto que uno de la FSK que ha estado destinado tres veces en Afganistán sea adicto a las pastillas? En absoluto.

—Hummm. ¿Puedes sacar la tarjeta? Se la daré a Bjørn, quizá la sección de Criminalística pueda obtener algo más de las imágenes.

—Claro. —Kaja agarró la cámara—. ¿Qué opinas del cuchillo? ¿Por qué no se limitó a tirarlo en el mismo sitio que la tarjeta de memoria?

Harry observó lo que quedaba de su taza de café.

—Del modo en que ha dejado la escena del crimen se deduce que tiene idea de cómo trabaja la policía. Por eso es probable que también sepa algo de cómo registramos las zonas colindantes al lugar del crimen en busca de la posible arma homicida y que las probabilidades de que demos con un cuchillo en un cubo de basura a menos de un kilómetro de distancia son relativamente altas.

—Pero la tarjeta de memoria...

—... no era peligroso tirarla. Ni siquiera contaba con que la fuéramos a buscar. ¿Quién iba a saber que Rakel tenía una cámara de caza camuflada en su propiedad?

—Entonces ¿dónde está el cuchillo?

—No lo sé, pero si tuviera que adivinarlo, diría que en casa del asesino.

—¿Por qué? —preguntó Kaja mientras miraba a la pantalla de la cámara—. Si la encontraran allí, en la práctica estaría condenado.

—Porque cuenta con estar fuera de sospecha. Un cuchillo no se pudre, no se derrite, hay que esconderlo en un lugar donde nunca lo encuentren. Y el primer sitio que se nos ocurre que pueda tener los mejores escondites es nuestra casa. Tenerlo cerca nos proporciona una sensación de control sobre nuestro propio destino.

—Pero si ha utilizado un cuchillo del lugar del crimen y eliminado las huellas dactilares, no podrán relacionarlo con él salvo que lo encuentren en su casa. Mi casa sería el último sitio que yo elegiría.

Harry asintió.

—Tienes razón. Como ya he dicho, no lo sé, estoy imaginando. Es una... —Harry buscaba la expresión correcta.

—¿Corazonada?

—Sí. No. —Se presionó las sienes con los dedos—. No lo sé. ¿Recuerdas las advertencias que nos hacían en nuestra juventud antes de tomar LSD, que podíamos sufrir *flashbacks* y sin previo aviso empezar a alucinar volviendo a cualquier momento de nuestra vida?

Kaja apartó la vista de la pantalla de la cámara.

—Nunca tomé ni me ofrecieron LSD.

—Chica lista. Yo fui un chico algo más tonto. Hay quien dice que esos *flashbacks* se pueden provocar. Estrés. Drogas. Traumas. Y a veces los *flashbacks* en realidad son un nuevo viaje, los restos de la antigua sustancia que se activan, puesto que el LSD es sintético y no se procesa, como por ejemplo la cocaína.

—¿Te preguntas si estás alucinando en *flashbacks*?

Harry se encogió de hombros.

—El LSD amplía la conciencia. Hace que el cerebro vaya a muchas revoluciones, que procese la información con tanto detalle que uno tiene la sensación de poseer una clarividencia cósmica. Es la única manera que tengo de explicar el haber sentido que debíamos comprobar los cubos de basura verdes. Quiero decir que uno no encuentra por casualidad un pedazo de plástico tan pequeño en el primer sitio elegido al azar en el que buscas a un kilómetro del lugar del crimen, ¿no?

—Puede que no —dijo Kaja con la mirada pegada a la pantalla de la cámara.

—Bien. La misma clarividencia cósmica me dice que Roar Bohr no es el hombre que buscamos, Kaja.

—¿Y si yo te dijera que mi clarividencia cósmica me dice que te equivocas?

Harry se encogió de hombros.

—Yo soy el que ha tomado LSD, no tú.

—Pero soy yo quien ha mirado las grabaciones de antes del 10 de marzo, no tú.

Kaja giró la cámara y sostuvo la pantalla hacia Harry.

—Esto es de una semana antes del asesinato —dijo ella—. La persona aparece claramente desde detrás de la cámara, así que cuando empieza la grabación solo le vemos la espalda. Se pone directamente frente a la cámara, pero por desgracia no se da la vuelta para que podamos verle la cara. Tampoco cuando se va, dos horas después.

Harry vio una gran luna suspendida sobre el tejado de la casa. Su luz iluminaba todos los detalles del cañón y parte de la culata que asomaban por encima del hombro de una persona que tapaba en parte la visión de la casa.

—Si no me equivoco —dijo Kaja, y Harry sabía que no se equivocaba—... es un Colt Canada C8. No es precisamente un rifle estándar, por así decirlo.

—¿Bohr?

—Al menos es una de las que la FSK utiliza en Afganistán.

—¿Sois conscientes de la situación en la que me habéis dejado? —preguntó Dagny Jensen. No se había quitado el abrigo y estaba sentada con la espalda muy recta en la silla que había delante del escritorio de Katrine Bratt, mientras se agarraba con fuerza al bolso que tenía en el regazo—. Svein Finne está libre, ni siquiera necesita esconderse. ¡Y ahora sabe que lo he denunciado por violación!

Katrine vio a Kari Beal esperando junto a la puerta. Era una de los tres agentes que se turnaban para proteger a Dagny Jensen.

—Dagny... —empezó Katrine.

—Jensen —la interrumpió ella—. Señorita Jensen. —Luego ocultó la cara entre las manos y empezó a llorar—. Él ha quedado libre para siempre y vosotros no podréis vigilarme tanto tiempo. Pero él... ¡él me vigilará como... como un granjero a una vaca preñada!

El llanto se convirtió en sollozos jadeantes y Katrine se preguntó qué podía hacer. Si ponerse de pie, rodear la mesa para intentar consolar a la mujer o dejarla tranquila. No hacer nada. Esperar a que se le pasara. A que desapareciera.

Katrine tuvo un escalofrío.

—Estamos pensando en acusar a Finne de las violaciones a pesar de todo. Para que lo pongan a buen recaudo.

—No lo conseguiréis nunca. Tiene el abogado ese. Y es más listo que vosotros, eso lo ha visto todo el mundo.

—Puede que sea más listo, pero está en el bando equivocado.

—¿Y tú estás en el correcto? ¿En el bando de Harry Hole?

Katrine no respondió.

—Me convenciste para que no lo denunciara —dijo Dagny.

Katrine abrió el cajón del escritorio y le ofreció a Dagny un clínex.

—Si has cambiado de opinión, adelante, señorita Jensen. Si presentas una denuncia oficial contra Harry Hole por haberse hecho pasar por un policía de servicio y haberte puesto en peligro, estoy segura de que le echarán del cuerpo y lo condenarán. Así estarás contenta.

Al ver el gesto de Dagny Jensen, Katrine advirtió que había empleado un tono algo más agresivo de lo que era su intención.

—Tú no lo sabes, Bratt. —Dagny se secó los ojos sucios de rímel—. Tú no sabes lo que se siente al llevar dentro un niño que no quieres...

–Podemos ayudarte a concertar una cita con un médico que puede…

–¡Déjame terminar!

Katrine cerró la boca.

–Perdón –susurró Dagny–. Es que estoy agotada. Iba a decir que no sabes lo que se siente… –tomó aire temblorosa–, al querer tener ese hijo a pesar de todo.

En el silencio que siguió, Katrine oyó pies apresurados de un lado a otro del pasillo. Pero el día anterior habían ido más deprisa. Pies cansados.

–¿No lo sé? –dijo Katrine.

–¿Qué?

–Nada. Por supuesto no soy capaz de ponerme en tu lugar. Escucha, yo quiero atrapar a Finne tanto como tú. Y lo conseguiremos, que nos engañara con este trato no nos va a parar. Es una promesa.

–La última vez que un policía me hizo una promesa fue Harry Hole.

–Esta es una promesa que te hago yo. Este despacho. Este edificio. Esta ciudad.

Dagny Jensen dejó el pañuelo encima de la mesa y se puso de pie.

–Gracias.

Cuando se hubo marchado, Katrine pensó que nunca había oído una sola palabra que expresara tanto y a la vez tan poco. Tanta resignación. Tan poca esperanza.

Harry miraba fijamente la tarjeta de memoria que había dejado en la barra.

–¿Qué ves? –preguntó Øystein Eikeland, que había puesto a Kendrick Lamar *To Pimp a Butterfly*.

Según Øystein ese era el lugar de menor resistencia para viejos que quieren superar sus escleróticos prejuicios contra el hiphop.

–Grabación nocturna –dijo Harry.

—Suenas como St. Thomas cuando se acerca una cinta de casete a la oreja y dice que la está escuchando. ¿Has visto el documental?

—No. ¿Es bueno?

—Buena música, sí señor. Buenas imágenes de archivo y entrevistas. Pero demasiado largo. Parece como si tuvieran demasiado metraje y no fueran capaces de desechar nada.

—Lo mismo digo —dijo Harry dando la vuelta a la tarjeta de memoria.

—El montaje lo es todo.

Harry asintió despacio.

—Tengo que vaciar la lavadora —dijo Øystein, y se fue al cuarto de atrás.

Harry cerró los ojos. La música. Las referencias. Los recuerdos. Prince. Marvin Gaye. Chick Corea. Discos de vinilo, la aguja del tocadiscos que raspa, Rakel tumbada en el sofá de la calle Holmenkollveien, somnolienta, sonriente cuando él susurra: «Escucha ahora, precisamente ahora…».

Tal vez estaba tumbada en ese sofá cuando él se presentó.

—¿Quién era él?

Tal vez no fuera un hombre, las grabaciones ni siquiera aclaraban eso. Pero la primera persona que había llegado a pie a las ocho y se había ido media hora más tarde era un hombre, de eso Harry estaba bastante seguro. Y no lo esperaban. Ella había abierto la puerta y se había quedado allí dos o tres segundos en lugar de dejarle pasar al momento. Tal vez había pedido permiso para entrar y ella había abierto la puerta sin dudarlo. Así que lo conocía bien. ¿Hasta qué punto? Lo conocía tanto que más de media hora más tarde había salido por su cuenta. Tal vez esa visita no tuviera nada que ver con el asesinato, pero Harry no podía parar de hacerse preguntas: ¿Qué les da tiempo a hacer a un hombre y a una mujer en algo menos de media hora? ¿Por qué habían bajado la intensidad de la luz del salón y de la cocina cuando se fue? Joder, no podía dejar que sus pensamientos fueran por esos derroteros ahora. Se apresuró a seguir adelante.

El coche que había llegado dos horas después.

Aparcó junto a la escalera. ¿Por qué? Así, el recorrido hasta la casa era más corto, había menos probabilidades de que lo vieran. Sí, eso cuadraba con que hubiera desconectado la luz del interior del coche.

Pero había transcurrido demasiado tiempo desde la llegada del coche hasta que abrieron la puerta de la casa.

Tal vez el conductor estaba buscando algo en el coche.

Guantes. Un trapo para quitar las huellas dactilares. Tal vez estaba comprobando que la pistola con la que iba a amenazarla tuviera el seguro echado. Porque no iba matarla con ella, por supuesto que no, los análisis de balística identifican las pistolas que a su vez identifican a sus dueños. En lugar de eso iba a emplear un cuchillo. El cuchillo perfecto, el apto para matar, ya sabía que lo encontraría en su soporte de la encimera de la cocina.

¿O había improvisado una vez dentro, y había encontrado el cuchillo en el lugar del crimen por pura suerte? A Harry se le ocurrió esto porque le parecía una torpeza pasar tanto tiempo dentro del coche frente a la escalera. Rakel podía despertarse, alarmarse, los vecinos tener tiempo de acercarse a la ventana. Y cuando por fin se abrió la puerta de la calle, esta había dejado salir luz suficiente para que pudiera verse entrar una silueta extrañamente encogida, ¿qué había sido eso? ¿Una persona borracha? Eso podría cuadrar con la torpeza al aparcar y haber tardado tanto en ir hacia la puerta, pero no con la luz del interior del coche y el escenario del crimen recogido. ¿Una mezcla de planificación, embriaguez y suerte? Fuera quien fuese había estado allí casi tres horas, desde un poco antes de la medianoche hasta más o menos las dos y media de la madrugada. Teniendo en cuenta la estimación que había hecho Medicina Legal de la hora de la muerte, se había quedado un buen rato después de cometer el asesinato. Se había tomado su tiempo para recoger. ¿Podría tratarse de la misma persona que había estado al principio de la noche, que hubiera vuelto en coche?

No.

Las imágenes eran demasiado malas para poder afirmar nada con seguridad, pero la silueta de la persona que había entrado agachada por la puerta parecía más ancha. Pero también podría deberse a que llevara otra ropa o a una sombra.

La persona que había salido a las 02.23 se había quedado un par de segundos en el vano de la puerta y parecía balancearse. ¿Estaba herido? ¿Borracho? ¿Había perdido el equilibrio momentáneamente? Se había sentado en el coche, y luego las luces se habían encendido y apagado. Había ido dando un rodeo hacia la cámara de caza. Fin de la grabación.

Harry frotó la tarjeta de memoria con la esperanza de que saliera un genio.

Se estaba equivocando con el razonamiento. ¡Completamente! Joder, joder.

Necesitaba un descanso. Necesitaba un… café. Café turco, cargado. Harry alargó los brazos para coger el *cezve*, la cafetera turca que Mehmed les había había dejado y se dio cuenta de que Øystein había cambiado la música. Seguía siendo hip hop, pero el jazz y las complejidades del bajo habían desaparecido.

—¿Qué es esto, Øystein?

—Kanye West, «So Appalled» —gritó Øystein desde el cuarto trasero.

—Ahora que casi me habías convencido. Apágalo, sé bueno.

—¡Esto es bueno, Harry! Dale tiempo. No podemos dejar que se nos atrofien los oídos.

—¿Por qué no? Hay miles de álbumes del siglo pasado que no he escuchado, eso me basta para el tiempo que me queda por vivir.

Harry tragó saliva. Qué delicioso era descansar de tanta carga, esos intercambios de comentarios ligerísimos, sin importancia, con un contrincante que conoces de sobra, como jugar al ping-pong con una pelota de tres gramos.

—Espabila, *brother.*

Øystein entró en el bar con una sonrisa amplia y desdentada. Había perdido el último incisivo superior en un bar de Praga; se había caído, sin más. Y aunque había descubierto el agujero de la boca en el espejo del baño del aeropuerto, había llamado al bar y pedido que le mandaran el diente marrón y amarillento por correo, pero apenas habían podido hacer nada. Pero a Øystein no parecía afectarle mucho esa pérdida.

—Estos son los clásicos que escucharán los fans del hip hop de viejos, Harry. Esto no es solo forma, es contenido.

Harry sostuvo la tarjeta de memoria hacia la luz. Asintió despacio.

—Tienes razón, Øystein.

—Dime algo que no sepa ya.

—Estoy equivocándome en el razonamiento porque pienso en la forma, en cómo se llevó a cabo el asesinato. Me estoy saltando aquello en lo que siempre les insistía a mis estudiantes. El porqué. El móvil. El contenido.

Se abrió la puerta a sus espaldas.

—Vaya, joder —dijo Øystein en voz baja.

Harry levantó la vista hacia el espejo. Un hombre se aproximaba. Menudo, el paso ligero, moviendo la cabeza de lado a lado, con una media sonrisa bajo el flequillo negro y liso. Era el tipo de sonrisita que lucen los jugadores de golf o de fútbol cuando acaban de lanzar la pelota a lo alto de la tribuna, una sonrisa que probablemente quiere dar a entender que es tal la metedura de pata que no pueden hacer otra cosa que reírse.

—Hole. —Una voz clara, peligrosamente amable.

—Ringdal. —Una voz ni clara ni peligrosamente amable.

Harry vio que Øystein se estremecía, como si la temperatura del bar hubiera descendido de golpe.

—¿Qué estás haciendo en mi bar, Hole?

Ringdal se quitó el anorak azul y lo colgó de un gancho en la puerta del cuarto trasero haciendo sonar las llaves y la calderilla de los bolsillos. Harry pensó que Ringdal se parecía a un músico, pero no recordaba a cuál.

—Bien —dijo Harry—. ¿Te parece una respuesta aceptable «comprobando cómo cuidan mi herencia»?

—La única respuesta aceptable es «me marcho».

Harry se metió la tarjeta de memoria en el bolsillo y se bajó del taburete.

—No pareces tan lesionado como hubiera esperado, Ringdal.

Ringdal se remangó la camisa.

—¿Lesionado?

—Para merecer que me prohíbas la entrada a perpetuidad al menos debería haberte roto la nariz. Pero ¿tienes huesos en la nariz?

Ringdal se rio como si de verdad pensara que Harry era gracioso.

—Me colocaste el primer golpe porque no lo esperaba, Hole. Un leve sangrado de nariz, pero me temo que no lo bastante potente como para romper ningún hueso. Y después solo le diste al aire y a esa pared de ahí. —Ringdal llenó un vaso de agua del grifo de detrás del mostrador. Tal vez fuera paradójico que un abstemio regentara un bar. Tal vez no—. Pero hay que reconocer que lo intentaste, Hole. La próxima vez que intentes pegar a un campeón de Noruega de judo deberías estar menos borracho.

—Acabáramos —dijo Harry.

—¿Cómo?

—¿Alguna vez has oído hablar de alguien que practique judo y tenga la más mínima idea de música?

Ringdal suspiró, Øystein puso los ojos en blanco y Harry comprendió que el balón había ido a parar a la grada.

—Me marcho —dijo Harry levantándose.

—Hole.

Harry se detuvo y se dio la vuelta.

—Siento lo de Rakel. —Ringdal levantó el vaso de agua con la mano izquierda como si fuera a brindar—. Era una persona extraordinaria. Una pena que no tuviera tiempo para seguir aquí.

—¿Qué?

—Ah, ¿no te lo contó? Le ofrecí continuar al frente de la dirección del negocio después de que tú te fueras. En cualquier caso, hagamos borrón y cuenta nueva, Harry. Eres bienvenido y

255

te prometo que escucharé a Øystein para elegir la música. Veo que hemos experimentado una pequeña caída en la recaudación que por supuesto podría deberse a una... –buscó las palabras– política musical algo menos estricta.

Harry asintió y empujó la puerta. En la acera se detuvo y miró a su alrededor.

Grünerløkka. El áspero sonido de un monopatín que monta un tipo más cercano a los cuarenta que a los treinta, Converse y ropa de franela. Harry apostó a que sería alguien de una agencia de diseño, una tienda de ropa o una de las hamburgueserías hípsters que Helga, la novia de Oleg, le había explicado lo que vendían: «*Same shit, same wrapping*, salvo por las trufas que le echaban a la carne de caballo para poder triplicar el precio y seguir estando de moda».

Oslo. Un joven con una imponente y descuidada barba de profeta colgando como si fuera un babero sobre la corbata y el traje impecable y la gabardina de Burberry sin abrochar. ¿Financiero? ¿Ironía? ¿O solo desconcierto?

Noruega. Una pareja embutida en licra, corriendo con unos mini esquíes y bastones en las manos, cera para engrasarlos a mil coronas, bebida isotónica y barrita energética en la riñonera, camino de las últimas manchas de nieve en las zonas en sombra más alejadas de la sierra de Nordmarka.

Harry sacó el teléfono y marcó el número de Bjørn.

–¿Harry?

–He encontrado la tarjeta de memoria de la cámara de caza.

Silencio.

–¿Bjørn?

–Solo tenía que alejarme un poco de la gente. ¡Es increíble! ¿Qué ves?

–No mucho, por desgracia. Por eso me preguntaba si podrías ayudarme a conseguir que la analizaran. Está oscura, pero vosotros tenéis más medios que yo para para sacarle partido a las imágenes. Examinar siluetas y referencias, como la altura de la puerta y esas cosas. Tal vez un especialista en 3D pueda darnos una descripción aproximada. —Harry se frotó la nuca. Le picaba, pero no sabía dónde exactamente.

—Lo puedo intentar —dijo Bjørn—. Puedo usar un experto externo. Porque supongo que quieres que se haga con total discreción.

—Si voy a tener alguna posibilidad de seguir esta pista sin interferencias, sí.

—¿Has hecho copia de las imágenes?

—No, está todo en la tarjeta de memoria.

—Bien. Déjala en un sobre en Schrøder y luego pasaré a buscarlo.

—Gracias, Bjørn. —Harry colgó.

Marcó la R de Rakel. El resto de los que tenía en la lista de contactos eran O de Oleg, Ø de Øystein, K de Katrine, B de Bjørn y A de Ståle Aune. Eso era todo. Era suficiente, a pesar de que Rakel le había dicho a Ståle que Harry estaba listo para conocer a gente nueva. Pero siempre que la letra inicial no estuviera ya ocupada.

Llamó al trabajo de Rakel sin especificar la extensión.

—¿Me pasa con Roar Bohr? —dijo cuando le respondieron en la recepción.

—Aquí dice que Bohr no ha venido.

—¿Dónde está y cuándo vuelve?

—No lo pone. Pero tengo un número de móvil.

Harry anotó el número y lo introdujo en la app del servicio de información de números de teléfono 1881. Buscó y encontró una dirección entre Smestad y Huseby, y el número de un teléfono fijo. Miró el reloj. La una y media. Llamó.

—¿Sí? —dijo una voz de mujer al tercer timbrazo.

—Perdone, número equivocado.

Harry colgó y empezó a andar hacia la parada del tranvía de la parte alta de la arboleda de Birkelund. Se rascó el brazo. Tampoco era ahí donde le picaba. Cuando ya iba montado en el tranvía camino de Smestad concluyó que el picor seguramente provenía de la cabeza. Que lo habría provocado el gesto de Ringdal, tal vez bienintencionado o tal vez muy calculado. Hubiera preferido seguir excluido de por vida antes que ser objeto de esta irritante y magnánima amnistía. Se dijo que probablemente había subestimado el judo.

La mujer que abrió la puerta del chalet amarillo irradiaba la ligera vitalidad propia de las mujeres de entre treinta y cincuenta años del estamento social más alto en la privilegiada zona oeste. Harry ignoraba si era un ideal que se autoimponían o su verdadero nivel de energía, pero sospechaba que había cierta presunción en esas órdenes en voz alta, sin esfuerzo aparente, que impartían a dos hijos, un marido y un perro de caza, sobre todo cuando se hallaban en un lugar público.

—¿Pia Bohr?

—¿En qué puedo ayudarle?

Ningún gesto de acercamiento y trato de usted en un tono un poco seco, pero acompañado de una sonrisa segura. Era baja, iba sin maquillar, las arrugas delataban que estaba más cerca de los cincuenta que de los cuarenta. Pero era esbelta como una adolescente. Harry imaginó que haría mucho deporte y vida al aire libre.

—Policía —dijo, y le mostró su identificación.

—Por supuesto, eres Harry Hole —dijo ella sin mirar la placa—. He visto tu foto en el periódico. Eras el marido de Rakel Fauke. Te acompaño en el sentimiento.

—Gracias.

—Supongo que quieres hablar con Roar. No está en casa.

—¿Cuándo…?

—Probablemente esta noche. Le pediré que se ponga en contacto contigo si me das un número.

Si se percató de que sus palabras podían sonar como una broma atrevida, la mujer no lo dio a entender.

—Hummm. Tal vez podría hablar con usted, señora Bohr, ¿le parece?

—¿Conmigo? ¿Por qué?

—No tardaremos mucho. Solo necesito saber un par de cosas. —La mirada de Harry se fijó en el mueble zapatero que había detrás de la mujer—. ¿Puedo pasar?

Harry notó que vacilaba. Y encontró lo que buscaba en la balda inferior. Un par de botas negras de campaña, soviéticas.

—No me va bien, iba a...

—Puedo esperar.

Pia Bohr esbozó una sonrisa. No era una belleza, pero sí mona, graciosa, concluyó Harry. Quizá pertenecía a la categoría de las que Øystein llamaba las Toyota: no constituyen la primera elección de los chicos en la adolescencia, pero luego resultaba que eran las que se habían conservado mejor.

Miró el reloj.

—Tengo que ir a la farmacia a recoger una cosa. Podemos hablar mientras vamos andando, ¿vale?

Cogió una chaqueta del perchero, salió a la escalera y cerró la puerta. Harry vio que la cerradura era del mismo tipo que la de Rakel, sin resorte, pero Pia Bohr no cerró con llave. Un vecindario seguro. Por allí no había hombres desconocidos que se metían en tu casa sin más. Pasaron por delante del garaje, salieron por el portón y bajaron por la calle residencial a la que regresaban zumbando los primeros coches eléctricos de lujo Tesla tras una breve jornada laboral.

Harry se puso un cigarrillo entre los labios pero no lo encendió.

—¿Lo que vas a recoger son pastillas para dormir?

—¿Perdón?

Harry se encogió de hombros. Insomnio. Le dijiste a la policía que tu marido estuvo en casa toda la noche y la madrugada del 11 de marzo. Para estar tan segura no puedes haber dormido mucho.

—Yo... Sí, son pastillas para dormir.

—Hummm. Yo también necesité pastillas para dormir cuando Rakel y yo nos separamos. El insomnio te corroe el alma. ¿Qué te han dado a ti?

—Eh... Zoplicona y Carisoprodol. —Ahora Pia andaba más rápido.

Harry alargó sus zancadas mientras intentaba encender el cigarrillo con el mechero sin conseguirlo.

—Lo mismo que yo. Llevo un par de meses tomándolas, ¿y tú?

—Algo así.

Harry volvió a meterse el mechero en el bolsillo.

—¿Por qué mientes, Pia? Zoplicona y Carisoprodol son fármacos muy potentes. Si los tomas dos meses, te enganchas. Y si estás enganchada, los tomas todas las noches. Porque funciona. Funciona tan bien que si tomaste eso la noche del 11, pasaste unas horas en coma y no puedes saber nada de lo que hizo quien estuviera a tu lado. Pero el caso es que no pareces alguien enganchado a los sedantes, tienes los pies y la cabeza demasiado ágiles.

Pia Bohr redujo la velocidad.

—Pero puedes convencerme de que me equivoco, claro —dijo Harry—. Solo tienes que enseñarme la receta.

Pia Bohr se detuvo. Se metió la mano en el bolsillo trasero del vaquero ceñido. Sacó un papel azul, lo desdobló.

—¿Ves? —dijo con voz ligeramente temblorosa, se lo mostró y dijo—: Carisoprodol.

—Ya lo veo —dijo Harry y le quitó el papel antes de que ella tuviera tiempo de reaccionar—. Y si me fijo un poco más, veo que está a nombre de Bohr. Roar Bohr. Parece que no te ha contado lo fuertes que son las medicinas que necesita.

Harry le devolvió la receta.

—¿Puede haber más cosas que no te haya contado, Pia?

—Yo…

—¿Estuvo en casa esa noche?

Ella tragó saliva. Ya no tenía buen color, la enérgica vitalidad se había evaporado. Harry aumentó la edad estimada en cinco años.

—No —susurró—. No estuvo.

Pasaron por delante de la farmacia sin entrar y bajaron hasta el lago de Smestad. Se sentaron en uno de los bancos de la ladera este, miraron hacia el diminuto islote en el que crecía un único sauce blanco.

—La primavera —dijo Pia—. Lo peor sin duda es la primavera. En verano está todo tan verde. Todo crece a lo bestia. Los insectos zumban. Peces, ranas. Está lleno de vida. Y cuando a los árboles les salen hojas y el viento juega con ese sauce, baila y silba hasta ahogar el ruido de la autopista. —Sonrió con tristeza—. Y el otoño en Oslo...

—El otoño más bonito del mundo —dijo Harry encendiéndose el cigarrillo.

—Incluso el invierno es mejor que la primavera —dijo Pia—. Al menos antes, cuando el frío era constante y el lago se helaba. Traíamos a los niños a patinar. Les encantaba.

—¿Cuántos...?

—Dos. Una chica y un chico. Veintiocho y veinticinco. June es bióloga marina en Bergen y Gustav estudia en Estados Unidos.

—Empezasteis pronto.

Ella esbozó una sonrisa.

—Cuando tuvimos a June, Roar tenía veintitrés y yo veintiuno. Las parejas que se mueven por el país a las órdenes del ejército suelen ser padres a una edad temprana. Supongo que es para que las mujeres tengan algo que hacer. Como mujer de un oficial tienes dos alternativas. Dejarte adiestrar y aceptar la vida de una vaca; es decir, quedarte en el establo, parir terneros, dar leche, rumiar heno.

—¿Y la segunda alternativa?

—No ser la mujer de un oficial.

—¿Pero tú escogiste la primera?

—Eso parece.

—Hummm. ¿Por qué mentiste sobre esa noche?

—Para evitarnos más preguntas. No quería que nos convirtiéramos en el centro de atención. ¿Puedes imaginarte el daño que habría sufrido la reputación de Roar si le hubieran llamado a declarar por un caso de asesinato? Es lo último que le faltaba, por así decirlo.

—¿En qué sentido?

Ella se encogió de hombros.

—Supongo que a nadie le favorece verse envuelto en un asunto así. Especialmente en nuestro vecindario.

—Entonces ¿dónde estuvo esta noche?

—No lo sé. Fuera.

—¿Fuera?

—No puede dormir.

—Pero toma carisoprodol.

—Fue peor al volver de Irak, entonces le dieron Rohypnol para el insomnio. Se enganchó en dos semanas y sufría desmayos. Así que ahora se niega a tomar nada de nada. Se pone el uniforme de campaña y dice que tiene que salir a reconocer el terreno. A hacer guardia. A vigilar. Dice que va de un sitio a otro, como una patrulla nocturna, que se mantiene oculto. Al parecer es un comportamiento típico de la gente que sufre estrés postraumático, tienen miedo todo el tiempo. Suele volver a casa y dormir un par de horas antes de irse al trabajo.

—¿Y consigue ocultar ese comportamiento en el trabajo?

—Vemos lo que queremos ver. Y a Roar siempre se le ha dado bien cubrir las apariencias. La gente confía en él.

—¿Tú también?

Ella suspiró.

—Mi marido no es una mala persona. Pero a veces la gente buena se rompe por dentro.

—¿Lleva armas cuando sale a patrullar de noche?

—No lo sé, sale cuando yo duermo.

—¿Sabes dónde estuvo la noche del asesinato?

—Se lo pregunté después de que vosotros me lo preguntarais a mí. Dijo que durmió en el cuarto de June.

—Pero tú no le creíste.

—¿Por qué lo dices?

—Si no, le habrías contado a la policía que durmió en otra habitación. Mentiste porque tuviste miedo de que supiéramos algo más. Una información para la que necesitara una coartada más incontestable que la verdad.

—Hole, ¿no me estarás diciendo en serio que sospecháis de Roar?

Harry contempló una pareja de cisnes que se aproximaba. Percibió un destello en la colina, al otro lado de la autopista. Tal vez alguien había abierto una ventana.

—Padece de estrés postraumático —dijo Harry—. ¿Cuál es el trauma?

Ella suspiró.

—No lo sé. La suma de muchas cosas. Experiencias duras en la infancia. Y Afganistán. Irak. Pero claro, cuando volvió del último destino y dijo que dejaba el ejército, comprendí que le había pasado algo. Había cambiado, se había cerrado. Después de mucho insistir conseguí sacarle que había matado a alguien en Afganistán. Para eso están allí, pero estaba muy afectado y no quería hablar de ello. Pero al menos funcionaba.

—¿Y ahora ya no?

Pia lo miró con ojos de náufrago. Hole comprendió por qué se había confiado a él con tanta facilidad, siendo como era un desconocido. «No en nuestro vecindario.» Pia había ansiado desahogarse, desesperadamente, pero hasta ahora no había tenido a nadie con quien hablar.

—Después de que Rakel Fauke... Tras la muerte de tu esposa, se vino abajo. No, no funciona.

Volvió a ver el reflejo. Y cayó en la cuenta de que provenía más o menos de la zona de la colina donde estaba el chalet de Bohr. Harry se quedó rígido. Había visto algo por el rabillo del ojo, sobre el blanco respaldo del banco entre Pia y él, una vibración, un movimiento, que enseguida había desaparecido, como un insecto rojo, rápido y silencioso. Pero no había insectos en marzo.

Harry se lanzó hacia delante, clavó los talones en el suelo, tomó impulso y empujó con todas sus fuerzas hacia atrás para tirar al suelo el respaldo. Pia Bohr gritó cuanto el banco volcó. Harry la rodeó con los brazos al caer al suelo y la arrastró hacia la cuneta poco profunda que corría en paralelo al banco. Luego empezó a arrastrarse por el barro tirando de ella. Se detuvo, miró hacia la colina. El tilo estaba entre ellos y el punto en que había visto el destello. Un hombre que vestía una sudadera con capucha y paseaba un rottweiler se detuvo, parecía estar planteándose la posibilidad de intervenir.

—¡Policía! —gritó Harry—. ¡Aléjense! ¡Hay un francotirador!

Harry vio una señora mayor darse la vuelta y alejarse deprisa, pero el hombre del rottweiler se quedó. Pia intentó soltarse, pero Harry cubrió el cuerpo de la mujer menuda con todo su peso de manera que quedaron cara a cara.

—Se ve que tu marido sí que está en casa —dijo sacando el teléfono—. Por eso no me dejaste pasar. Por eso no cerraste con llave cuando nos fuimos. —Marcó un número.

—¡No! —gritó Pia.

—Central de emergencias —dijo una voz en el teléfono.

—Aquí el detective Hole. Aviso de un hombre armado…

Le arrancaron el teléfono de la mano.

—Solo usa la mira telescópica como prismático. —Pia Bohr se acercó el teléfono a la oreja—. Perdone, número equivocado. —Colgó y le devolvió el teléfono a Harry—. Eso fue lo que dijiste cuando me llamaste a mí, ¿no?

Harry no se movió.

—Pesas un poco, Hole. ¿Podrías…?

—¿Cómo sé que no me meterán una bala en la frente cuando me levante?

—Porque has tenido un punto rojo en la frente desde que nos sentamos en el banco.

Harry la miró. Después clavó las palmas de las manos en el barro frío y se empujó con los brazos. Se puso de pie. Miró con los ojos entornados hacia la ladera. Se dio la vuelta para ayudar a Pia Bohr pero esta ya se había incorporado. La chaqueta y los pantalones vaqueros goteaban barro negro. Harry sacó un Camel partido del paquete de cigarrillos.

—¿Crees que tu marido escapará?

—Sí —suspiró Pia Bohr—. Tenéis que entender que ahora mismo está en muy malas condiciones psíquicas y muy nervioso.

—¿Adónde irá?

—No lo sé.

—¿Sabes que obstaculizar la labor de la policía es legalmente punible, señora Bohr?

—¿Te refieres a mí o a mi marido? —Se limpió los muslos con las manos—. ¿O lo dices por ti?

—¿Perdón?

—Es imposible que tus jefes te hayan autorizado a investigar el asesinato de tu esposa, Hole. Estás aquí como investigador privado. ¿O debería decir investigador pirata?

Harry arrancó la punta partida del cigarrillo y encendió lo que quedaba. Echó un vistazo a su propia ropa manchada. La gabardina se había desgarrado al caerse un botón.

—¿Avisarás si tu marido vuelve?

Pia Bohr señaló el lago con un movimiento de cabeza.

—Cuidado con ese, ataca a la gente.

Harry se giró y vio que uno de los cisnes venía en su dirección.

Cuando se volvió, Pia Bohr ya subía por la cuesta.

—¿Investigador pirata?

—Pues sí —dijo Harry sujetando la puerta del pabellón de Bjølsehallen para que entrara Kaja.

El edificio se integraba en las construcciones urbanas colindantes; Kaja le había explicado que el club de tenis de mesa de Kjelsås tenía sus locales en el piso superior, sobre el gran supermercado de la planta.

—¿Sigue sin gustarte la idea del ascensor? —preguntó Kaja mientras daba zancadas para seguir a Harry por la escalera.

—No es el concepto, es el tamaño —dijo Harry—. ¿Cómo has dado con este oficial de la Policía Militar?

—No había tantos noruegos en Kabul y ya he hablado con la mayoría de los que conocí allí. Glenne era el único que parecía tener algo que contarnos.

La chica de la recepción les mandó hacia el fondo de las instalaciones. Antes de dar la vuelta a la esquina oyeron los chirridos que hacían las suelas sobre el duro suelo y el cacareo de las pelotas de ping-pong y llegaran a un espacio grande y diáfano donde una docena de personas, la mayoría hombres, se balanceaban y se agachaban en los extremos de una mesa verde.

Kaja se acercó a una de las mesas.

Dos hombres se pasaban la pelota en diagonal sobre la red, la misma trayectoria cada vez, un drive cortado. Casi no se movían, solo repetían los mismos gestos: pegaban con el brazo doblado y un leve giro de muñeca, y daban un pisotón. La pelota iba tan rápida que dibujaba una línea blanca entre los dos hombres que parecían atrapados en un duelo, como un juego en un ordenador bloqueado.

Entonces una pelota resultó demasiado larga y saltó cacareando por el suelo entre las mesas.

—Joder —dijo el jugador que había fallado, un hombre en buena forma, de cuarenta y tantos o cincuenta años con una cinta negra sobre el cabello gris plateado cortado al estilo militar.

—No lees bien los efectos —dijo el otro, y fue a por la pelota.

—Jørn —dijo Kaja.

—¡Kaja! —sonrió el hombre de la cinta—. Toma soldado sudado.

Se abrazaron. Kaja se lo presentó a Harry.

—Gracias por recibirnos —dijo Harry.

—Nadie dice que no a un encuentro con esta señorita —dijo Glenne con la sonrisa todavía en los ojos, y apretó la mano de Harry con la fuerza justa para que pudiera interpretarse como un reto—. Pero si llego a saber que iba a venir con refuerzos...

Kaja y Glenne se rieron.

—Tomémonos un café —dijo Glenne, y dejó la raqueta encima de la mesa.

—¿Y qué pasa con tu contrincante? —preguntó Kaja.

—Es mi entrenador, y ya le he pagado —dijo Glenne mostrándoles el camino—. Connolly y yo vamos a coincidir en Juba este otoño, tengo que ir preparado.

—Un colega americano —le explicó Kaja a Harry—. Cuando estuvimos en Kabul se pasaban todo el santo día jugando al tenis de mesa.

—¿Quieres venir con nosotros? —preguntó Glenne—. Seguro que tu empresa tiene un trabajo para ti allí.

—¿En Sudán del Sur? —preguntó Kaja—. ¿Qué está pasando allí ahora?

—Lo mismo de siempre: guerra civil, hambruna, los dinka, los nuer, canibalismo, violaciones grupales y más armas que en todo Afganistán.

—Deja que me lo piense —dijo Kaja y Harry entendió por su expresión que no estaba bromeando.

Cogieron café en el mostrador de una cafetería con aspecto de comedor de empresa y se sentaron junto a una ventana llena de churretones con vistas al silo de Bjølsen Valsemølle y el río Akerselva. Jørn Glenne tomó la palabra antes de que Harry y Kaja tuvieran tiempo de empezar a hacerle preguntas:

—He aceptado hablar con vosotros porque me enemisté con Roar Bohr en Kabul. Violaron y asesinaron a una mujer, la intérprete personal de Bohr. Era hazara. La mayoría de los hazara son agricultores, gente sencilla y pobre, sin estudios. Pero esa joven, Hela…

—Hala —corrigió Kaja—. Es el halo que rodea la luna llena.

—… había aprendido inglés y francés por su cuenta. Y también estaba aprendiendo noruego. Tenía un talento fantástico para los idiomas. La encontraron frente a la casa que compartía con otras mujeres que trabajaban para la coalición y las organizaciones de ayuda. Bueno, tú vivías allí, Kaja.

Kaja asintió.

—Sospechamos de los talibanes o de alguien de su poblado. Como sabéis, el honor se cotiza muy alto entre los musulmanes suníes y todavía más entre los hazara. El solo hecho de que trabajara con infieles como nosotros y vistiera al estilo occidental puede haber sido motivo suficiente para que alguien decidiera darle un escarmiento ejemplificador.

—He oído hablar de matar por honor. ¿Pero violar por honor?

Glenne se encogió de hombros.

–Lo uno puede haber llevado a lo otro. Pero ¿quién sabe? El caso es que Bohr nos impidió investigarlo.

–¿De verdad?

–El cadáver apareció a tiro de piedra de la casa que estaba bajo nuestra jurisdicción. En la práctica éramos responsables de la zona. A pesar de eso Bohr dejó la investigación en manos de la policía local afgana. Cuando protesté, argumentó que la policía militar, en este caso yo y otro de los hombres, tiene la obligación de apoyarlo a él como jefe y de asegurarse de que se respetan los derechos judiciales de las tropas noruegas en el extranjero, punto. A pesar de que sabía perfectamente que la policía afgana carece por completo de recursos y de los avances técnicos que nosotros damos por descontado. Las huellas dactilares se han puesto de moda hace muy poco y nunca han oído hablar de las pruebas de ADN.

–Bohr debía tener en cuenta consideraciones políticas –dijo Kaja–. El ambiente estaba enrarecido porque las fuerzas occidentales se tomaban demasiadas libertades, y Hala era afgana.

–Era hazara. –Glenne resopló–. Bohr sabía que no le darían la misma prioridad al caso que si se hubiera tratado de una pasthun. Vale, hicieron una autopsia y encontraron restos de *fluni* lo que sea. Eso que los hombres echan en la bebida de las mujeres que van a violar…

–Flunizatrepam –dijo Kaja–. Como el Rohypnol.

–Eso es. ¿Y tú crees que un afgano se va a gastar el dinero en drogar a una mujer antes de matarla?

–Hummm.

–No, joder, ¡fue un extranjero! –Glenne golpeó la mesa con las palmas de las manos–. ¿Y el caso se resolvió? Por supuesto que no.

–¿Crees… –Harry bebió un sorbo de café. Buscó una manera alternativa, más indirecta, de formular la pregunta, pero cambió de opinión al levantar la vista y encontrarse con la mirada de Jørn Glenne– que Roar Bohr podría ser el asesino y que se aseguró de que los responsables de la investigación fueran los que tenían menos posibilidades de atraparlo? ¿Por eso has querido hablar con nosotros?

Glenne pestañeó. Abrió la boca. Pero no respondió.

—Escucha, Jørn —dijo Kaja—. Sabemos que Bohr le ha contado a su mujer que mató a alguien en Afganistán. Y he hablado con Jan...

—¿Jan?

—El instructor de lucha en FSK. Alto, rubio...

—Ah sí. Ese estaba loco por ti. ¡También!

—En cualquier caso —dijo Kaja bajando los ojos, y Harry sospechó que se hacía la avergonzada para tener contento al risueño Glenne—, Jan dice que no han registrado asesinatos ni *claimed* ni *confirmed* relativos a Roar. Estaba al mando y es lógico que no estuviera mucho en primera línea, pero el caso es que tampoco tiene *kills* en su carrera anterior, cuando sí que estaba en primera línea.

—Lo sé —dijo Glenne—. Oficialmente, la FSK no estaba en Basora, pero Bohr recibió allí formación de una fuerza especial americana. Los rumores dicen que vio muchísima acción, pero que siguió virgen. Y lo más próximo que estuvo a la acción en Afganistán fue cuando los talibanes capturaron al sargento Waage.

—Ah, eso —dijo Kaja.

—¿Qué pasó? —preguntó Harry.

Glenne se encogió de hombros.

—Bohr y Waage habían salido a hacer un recorrido largo y se detuvieron en el desierto para que el sargento cagara. El sargento se fue detrás de un montón de piedras, y como pasados veinte minutos no volvía ni respondía a los gritos, Bohr se bajó del coche a buscarlo. Eso es lo que afirma en su informe. Pero estoy bastante seguro de que no se movió del coche.

—¿Por qué?

—Porque la jodida lista de cosas que pueden pasar en el desierto no es muy larga. Porque detrás de ese pedregal había un par de agricultores talibanes con rifles básicos y un cuchillo esperando a que Bohr se acercara. Y Bohr lo sabía, por supuesto.

Y también sabía que estaba seguro dentro de un coche blindado con el camino despejado entre él y el montón de piedras. Sabía que no habría testigos que pudieran decir que mentía. Así que cerró todas las puertas y llamó al campamento. Creo recordar que me dijeron que estaba a cinco horas de coche del campamento. Dos días después, una patrulla afgana encontró un rastro de sangre de varios kilómetros en el asfalto a unas cuantas horas de coche al norte de allí. A veces los talibanes cuelgan a sus prisioneros de un carro de caballos y los arrastran. En las afueras de un poblado, aún más al norte, había una cabeza clavada en una estaca junto a la carretera. El asfalto había raspado la cara hasta hacerla desaparecer, pero mira por dónde el análisis de ADN que hicieron en París confirmó que era la cabeza de Waage.

—Hummm. —Harry manoseaba la taza—. ¿Crees que Bohr no actuó porque tú hubieras hecho lo mismo en su situación, Glenne?

El oficial de la PM se encogió de hombros.

—No me hago ilusiones. Somos personas, siempre elegimos la opción menos dura. Pero no fui yo.

—¿Entonces?

—Entonces condeno a otros por lo menos con la misma dureza que emplearían conmigo. Y puede ser que Bohr también lo hubiera hecho. Es un mal trago para un líder perder a su gente. El caso es que Bohr ya no volvió a ser el mismo después de aquello.

—¿Así que crees que violó y mató a su traductora, pero que lo que acabó con él fue que a su sargento lo capturaran los talibanes?

Glenne se encogió de hombros.

—Como ya he dicho, no me dejaron investigar, así que solo son suposiciones.

—¿Y la mejor es?

—Que eso de la violación solo fue una cortina de humo para que pareciera un crimen sexual. Para que la policía buscara entre los sospechosos habituales, es decir, los pervertidos. Una lista bien corta en Kabul.

—¿Cortina de humo para tapar qué?

—Para el verdadero proyecto de Bohr, matar a alguien.

—¿Alguien?

—Como habrás comprendido, Bohr tenía problemas para matar. Y si estás en al FSK ese es un gran problema.

—Ah, ¿sí? No creí que fueran tan sanguinarios.

—No, claro. Pero... ¿cómo podría explicártelo? —Glenne negó con la cabeza—. Los de la vieja escuela de la FSK, que provenían de la antigua academia de paracaidistas, fueron seleccionados pensando en que se les enviaría a largas misiones de recogida de información tras las líneas enemigas, donde lo más importante era resistir y tener paciencia. Eran los corredores de fondo de Defensa, ¿entiendes? Bohr es uno de ellos. Pero ahora la prioridad son acciones antiterroristas en zonas urbanas. ¿Y sabes qué? En la FSK los nuevos parecen jugadores de hockey. ¿Entiendes? En ese ambiente se había empezado a correr el rumor de que Bohr era... —Glenne hizo una mueca, como si no le gustara el sabor de la palabra que tenía en la punta de la lengua.

—¿Cobarde? —preguntó Harry.

—Impotente. Imagínate la vergüenza. Eres jefe y a la vez virgen. Y no porque no se te haya presentado la oportunidad, al fin y al cabo en la FSK hay soldados que nunca se han encontrado en una situación en la que fuera necesario matar. Sino porque cuando llegó el momento no se te levantó.

Harry asintió.

—Como perro viejo, Bohr sabe que la primera muerte es la más difícil —prosiguió Glenne—. Después del bautizo de sangre se hace más fácil. Mucho más fácil. Así que eligió una primera víctima fácil. Una mujer que no podía defenderse, que confiaba en él y no tenía miedo. Una hazra odiada, una joven musulmana en un país suní a la que muchos podían tener motivos para matar. Puede que entonces le cogiera el gusto. Matar es una experiencia muy especial. Mejor que el sexo.

—Ah, ¿sí?

—Eso dicen. Pregúntale a la gente de la FSK. Pídeles que te contesten con total sinceridad. —Harry y Glenne se sostuvieron la mirada un rato antes de que este último la desviara para observar a Kaja–. Hasta ahora me había guardado estos pensamientos. Pero si Bohr le ha confesado a su mujer haber matado a Hela...

–Hala.

–... podéis contar con mi ayuda. –Glenne vació el resto del café–. Conolly no descansa, tengo que entrenar.

–¿Y bien? –preguntó Kaja cuando Harry y ella llegaron a la calle–. ¿Qué opinas de Glenne?

–Creo que la manda demasiado lejos porque no lee bien los efectos.

–Muy gracioso.

–Hablo metafóricamente. Saca conclusiones exageradas de la trayectoria de la pelota, pero sin haber analizado qué golpe acaba de dar con la raqueta su contrincante.

–¿Con esa jerga me quieres dar a entender que sabes de tenis de mesa?

Harry se encogió de hombros.

–Juego en el sótano de Øystein desde los diez años. Él, yo y el Tresko. Y King Crimson. Digamos que para cuando cumplimos los dieciséis teníamos más conocimientos sobre pelotas con efecto y rock progresivo que sobre chicas. Nosotros... –Harry se contuvo bruscamente, hizo una mueca.

–¿Qué pasa? –dijo Kaja.

–Estoy hablando por hablar, yo... –cerró los ojos–. Hablo para no despertar.

–¿Despertar?

Harry inhaló.

–Duermo. Mientras duerma, mientras sea capaz de permanecer en el sueño, puedo seguir buscándolo. Pero a veces, como ahora, parece que se me escapa. Tengo que concentrarme en dormir, porque si me despierto...

–¿Sí?

–Entonces sabré que es verdad. Y moriré.

Harry aguzó el oído. Unos neumáticos con pinchos invernales sobre el asfalto. El rugido de un pequeño salto de agua en Akerselva.

—Parece lo que mi psicólogo llama «lucid dreaming» —oyó decir a Kaja—. Un sueño en el que puedes controlarlo todo. Por eso hacemos todo lo que podemos por no abandonarlo.

Harry sacudió la cabeza.

—No controlo nada. Solo quiero encontrar al que mató a Rakel. Es entonces cuando quiero despertar. Y morir.

—¿Por qué no dormir de verdad? —Su voz era suave—. Creo que te vendría bien tomarte algún descanso, Harry.

Harry volvió a abrir los ojos. Kaja había levantado la mano, probablemente para ponérsela en el hombro, pero al ver su mirada optó por apartarse un mechón de pelo de la cara. Él carraspeó.

—¿Dijiste que habías encontrado algo en el registro de la propiedad?

Kaja pestañeó un par de veces.

—Sí —dijo—. La escritura de una cabaña a nombre de Roar Bohr. En Eggedal. Una hora y cuarenta y cinco minutos en coche según Google Maps.

—Bien. Veré si Bjørn puede conducir.

—¿Estás seguro de que no deberías hablar con Katrine para que emitan una orden de búsqueda?

—¿Con qué excusa? ¿Que su mujer no vio con sus propios ojos que aquella noche él durmiera en la habitación de su hija?

—Si a Katrine no le parecería suficiente lo que hemos averiguado, ¿por qué te lo parece a ti?

Harry se abrochó la gabardina y sacó el teléfono.

—Porque tengo un sexto sentido que ha hecho caer a muchos asesinos en este país.

Harry notó la mirada estupefacta de Kaja mientras llamaba a Bjørn.

—Puedo conducir —dijo Bjørn tras pensarlo unos instantes.

—Gracias.

—Otra cosa. ¿Recuerdas la tarjeta de memoria?

273

—¿Sí?

—Reenvié el sobre en tu nombre a Freund, el experto externo en 3D. No he hablado con él, pero te mandé los datos de contacto por e-mail, para que puedas hablar con él tú mismo.

—Hummm. Comprendo. Prefieres que no se mezcle tu nombre en este asunto.

—Solo sé trabajar en esto, Harry.

—Lo dicho, lo entiendo.

—Si me echaran ahora, con el niño y todo…

—Déjalo, Bjørn, no tienes por qué pedir disculpas. El que te involucro en esta mierda soy yo.

Pausa. A pesar de lo que acababa de decir, Harry tuvo la impresión de que podía sentir que el otro destilaba mala conciencia a través del teléfono.

—Ahora voy a buscarte —dijo Bjørn.

El inspector Felah tenía el ventilador apuntándole a la espalda y, a pesar de eso, la camisa se le quedaba pegada. Odiaba el calor, odiaba Kabul, odiaba a los extranjeros, odiaba su despacho a prueba de bombas. Pero lo que más odiaba de todo eran las mentiras que se veía a obligado a escuchar, día tras día. Como este patético hazara, analfabeto y cultivador de opio, que tenía delante.

—Te han traído a mi presencia porque has afirmado en un interrogatorio que puedes darnos el nombre de un asesino —dijo Felah—. Un extranjero.

—Solo si me conserváis la vida —dijo el hombre.

Felah lo contempló mientras se encogía. La gastada gorra que el hazara apretaba entre las manos no era un *pakol*, pero por lo menos le tapaba el pelo sucio. El ignorante bandido shia rogaba que le conmutaran la pena de muerte por una larga condena de cárcel creyendo que de ese modo le mostraban clemencia. Una sentencia de muerte alargada, eso es lo que era, y si lo hubiera sabido, él habría elegido sin dudarlo que lo ahorcaran de manera rápida y eficaz.

Felah se pasó el pañuelo por la frente.

—Depende de lo que tengas que contarme. Escúpelo.

—Mató… —dijo el hazara con voz temblorosa—. Él creía que nadie lo veía pero yo lo vi. Con mis propios ojos, lo juro, Alá es testigo.

—Has dicho que fue un militar extranjero.

—Sí, señor. Pero no fue en una batalla. Fue un asesinato. Un asesinato sin más.

—Bien. ¿Y quién era ese militar extranjero?

—El jefe de los noruegos. Lo sé porque lo reconocí. Vino a nuestra aldea a decirnos que estaban aquí para ayudarnos, que tendríamos democracia y puestos de trabajo y… bueno, lo de siempre.

Felah sintió una emoción que hacía tiempo que echaba en falta.

—¿Quieres decir el mayor Jonassen?

—No, se llama de otra manera. El teniente coronel Bo.

—¿Quieres decir Bohr?

—Sí, sí señor.

—¿Y le viste matar a un afgano?

—No, eso no.

—¿Entonces qué?

Felah escuchó mientras sentía que la emoción y el interés se esfumaban. Para empezar, el teniente coronel Bohr había vuelto a casa y las probabilidades de que lo extraditaran eran mínimas. Además, un jefe que ya no estaba en el juego no era una ficha de valor en el ajedrez político de Kabul, un juego que Felah odiaba más que la suma de todo. En tercer lugar, esa víctima no era digna de que emplearan los recursos que se necesitarían para investigar las afirmaciones del cultivador de opio. Y luego estaba el cuarto punto. Era mentira. Por supuesto que era mentira. Todo el mundo quiere salvarse. Cuantos más detalles del asesinato describía el hombre que tenía delante, y por lo poco que sabía del crimen Felah podía confirmar que eran ciertos, más seguro estaba de que ese hombre estaba describiendo un asesinato que había cometido él. Una idea absurda, y Felah tampoco iba a utilizar los pocos medios de los que disponía para investigar esa hipótesis. Cultivar opio o un asesinato, que más daba, al fin y al cabo, no puedes colgar a un hombre más de una vez.

27

—¿De verdad que no puede correr más? —preguntó Harry mirando hacia la oscuridad, entre el agua nieve y los incansables limpiaparabrisas.

—Sí, pero no quisiera salirme de la carretera llevando tanta capacidad mental insustituible en el coche. —Como era habitual, Bjørn había reclinado tanto el asiento que iba casi tumbado—. Sobre todo, cuando el coche lleva cinturones de seguridad de los de antes y no tiene airbag.

Un tráiler apareció de frente por la curva de la carretera local 287 y pasó tan pegado que el Volvo Amazon modelo 1970 de Bjørn se sacudió.

—Hasta yo tengo airbag —dijo Harry mirando al quitamiedos de escasa altura que había en el lado de Bjørn y al río todavía helado que había fluido paralelo a la carretera durante los últimos diez kilómetros.

El río Haglebuelva, según el GPS del teléfono que llevaba en el regazo. Cuando se giró hacia el otro lado vio las escarpadas laderas del valle nevadas y el oscuro bosque de pinos. Ante ellos: la carretera estrecha y asfaltada que absorbía toda la luz de los faros y se deslizaba imprevisible hacia las montañas, más bosque y tierras agrestes. Había leído que en esas montañas había osos pardos. A medida que las laderas del valle se elevaban a su alrededor, la voz de la radio, que entre canción y canción anunciaba que estaban escuchando el canal de cobertura nacional P10

Country, perdía credibilidad puesto que fluctuaba entre fuertes interferencias y su total desaparición.

Harry apagó la radio.

Bjørn la encendió. Movió el dial. Zumbidos y una sensación de espacio exterior vacío y de haber llegado el día del juicio final.

–DAB, la radio digital, *killed the radio star* –dijo Harry.

–Para nada –dijo Bjørn–. Aquí tienen un canal de radio local. –Una *steel guitar* afiladísima atravesó de pronto las interferencias–. Ahí la tienes. –Sonrió–. Radio Hallingdal, la mejor emisora de country de Noruega.

–Por lo que veo sigues siendo incapaz de conducir sin country…

–Vamos, conducir y el country son como el gin-tonic –dijo Bjørn–. Y luego, todos los sábados hay bingo radiofónico. ¡Escucha!

La *steel guitar* bajó de intensidad y, efectivamente, una voz anunció que había que tener listos los cartones del bingo, especialmente en Flo, de donde, dos semanas antes, habían sido por primera vez todos los ganadores, los cinco. Y luego la *steel guitar* volvió a sonar a todo meter.

–¿Podemos bajarlo? –dijo Harry mirando la pantalla encendida de su móvil.

–Puedes aguantar un poco de country, Harry. Te di el disco de Ramones porque es *country in disguise*. Prométeme que vas a escuchar «I Wanted Everything» y «Don't Come Close».

–Me está llamando Kaja.

Bjørn apagó la radio y Harry se acercó el teléfono a la oreja.

–Hola, Kaja.

–¡Hola! ¿Dónde estáis?

–En el valle de Eggedal.

–¿En qué parte de Eggedal?

–Bastante cerca del final.

–No tienes ni idea.

–No.

–Vale. No es que haya encontrado nada de Roar Bohr. No tiene antecedentes y ninguno de los que he entrevistado me ha contado nada que pueda indicar que sea un potencial violador o asesino. Más bien al contrario, todo el mundo lo describe como un hombre muy considerado. Casi sobreprotector cuando se trata de sus hijos o sus soldados. Hablé con un empleado del Instituto Noruego para los Derechos Humanos, NHRI que me dijo lo mismo.

—Espera. ¿Cómo has conseguido que hablen?

—Les cuento que estoy trabajando en un artículo para la revista de la Cruz Roja, un encantador retrato de Roar Bohr en su época de Afganistán.

—¿Así que mientes descaradamente?

—Para nada. Puede que esté trabajando en ese artículo. Quizá todavía no le he preguntado a la Cruz Roja si les interesaría.

—Muy fina. Sigue.

—Cuando le pregunté a una empleada cómo se había tomado Bohr el asesinato de Rakel Fauke, me dijo que parecía triste y cansado, que se había ausentado mucho los últimos días y hoy había mandado un parte de baja. Le pregunté qué relación tenían Bohr y Rakel y entonces me dijo que Bohr había seguido con especial interés a Rakel.

—¿Especial interés? ¿Quería decir que estaba especialmente interesado en ella?

—No lo sé, eso fue lo que dijo.

—Hummm. Has dicho que habías averiguado algo de Bohr. ¿Qué es, aunque sea irrelevante?

—Sí. Como ya he dicho Roar Bohr no tiene antecedentes, pero encontré un caso antiguo cuando busqué su nombre en el archivo. Resulta que en 1988 una tal Margaret Bohr se puso en contacto con la policía porque su hija, Bianca, de diecisiete años, había sido violada. La madre afirmaba que presentaba el comportamiento característico de una víctima de violación y tenía cortes en el estómago y en las manos. La policía interrogó a Bianca, pero negó haber sido violada y dijo que ella misma se había hecho los cortes. Según el informe hubo la sospecha de un posible incesto, y entre los sospechosos estaban el padre de Bianca y su hermano mayor, Roar Bohr, que entonces tenía veintitantos años. Más tarde tanto el padre como Bianca pasaron una breve temporada en un hospital psiquiátrico. Pero nunca se supo qué había ocurrido, si es que había pasado algo. Cuando seguí buscando datos sobre Bianca Bohr, apareció un informe de la comisaría de Sigdal de cinco años más tarde. Habían encontrado muerta a Bianca Bohr, aplastada contra las rocas bajo la cascada de Norafossen, de veinte metros de alto. La cabaña de la familia Bohr está cuatro kilómetros más arriba siguiendo el cauce del río.

—Sigdal. ¿Es la misma cabaña a la que nos dirigimos?

—Supongo. La autopsia concluyó que Bianca había muerto ahogada. La policía supuso que podía haber caído accidentalmente al río, pero que lo más probable era que se hubiera quitado la vida.

—¿Por qué?

—Un testigo vio a Bianca correr descalza por la nieve en el sendero que va de la cabaña al río, vestida tan solo con un traje azul. Hay varios cientos de metros desde la cabaña hasta el río. Cuando la encontraron estaba desnuda. Además, su psiquiatra confirmó que había pasado por etapas con tendencias suicidas. Por cierto que averigüé el número de teléfono del psiquiatra y le he dejado un mensaje en el contestador.

—Bien.

—¿Sigues en Eggedal?

—Probablemente.

Bjørn volvió a encender la radio y una voz monótona que anunciaba cifras para luego repetirlas número a número se mezcló con el roce constante de los neumáticos de pinchos sobre el asfalto. El bosque se oscureció y la noche se hizo más cerrada, las laderas más escarpadas.

Roar Bohr apoyó la escopeta sobre la rama más baja y gruesa y miró por la mira telescópica. Vio el punto rojo bailar por la pared de madera antes de dar con la ventana. Dentro estaba oscuro, pero el hombre estaba en camino. El hombre al que había que detener antes de que lo estropeara todo, Roar Bohr lo sabía, sin más. Solo era una cuestión de tiempo. Y tiempo era lo único que le quedaba a Roar Bohr.

—Es aquí arriba, en la ladera —dijo Harry mirando la pantalla del teléfono donde el símbolo de una gota roja señalaba las coordinadas que le había proporcionado Kaja. Estaban en el arcén y Bjørn había apagado el motor y las luces. Harry se inclinó y miró por el parabrisas donde caía una lluvia ligera. En la oscura ladera no se veía ni una luz—. No parece que esté muy poblado.

—Habrá que regalarles perlas a los nativos —dijo Bjørn sacando la linterna y la pistola de servicio de la guantera.

—La verdad es que había pensado subir solo —dijo Harry.

—¿Y dejarme solo aquí, con el miedo que tengo a la oscuridad?

—¿Recuerdas lo que te conté de la mira láser? —Harry se llevó el índice a la frente—. Todavía estoy marcado a fuego por lo que me pasó en el lago de Smestaddammen. Este proyecto es mío, y tú estás de baja paternal.

—¿Has visto esas discusiones en las películas en las que la chica le insiste al héroe para que la deje participar en algo peligroso?

—Sí...

—Suelo saltármelo porque sé quién va a salirse con la suya. ¿Vamos?

28

–¿Estás seguro de que esa es la cabaña? –preguntó Bjørn.

–Según el GPS, sí –dijo Harry, que tapaba el teléfono con la gabardina, en parte para proteger el teléfono de la lluvia, que le había tomado el relevo a la nieve, y en parte para que la luz no los descubriera en el caso de que Bohr estuviera vigilando.

Porque si se encontraba en la cabaña, la oscuridad del interior daba a entender que era precisamente eso lo que estaba haciendo. Harry entornó los ojos. Habían hallado un sendero cubierto parcialmente de nieve y las huellas marrones que se veían en esta indicaban que se había usado recientemente. No tardaron más de quince minutos en encontrar la cabaña. La nieve del suelo reflejaba la luz, pero, a pesar de ello, estaba tan oscuro que era imposible distinguir el color de la construcción. Harry apostaba por el rojo. La lluvia ahogaba los ruidos que pudieran hacer, pero ahora también anulaba cualquier sonido que pudiera provenir del interior.

–Voy a entrar, tú espera aquí –dijo Harry.

–Necesito más instrucciones, hace demasiado tiempo que soy un técnico de criminalística.

–Dispara si ves a alguien disparando que no sea yo –dijo Harry, salió de debajo de las ramas bajas y goteantes y se acercó a zancadas a la cabaña.

Había reglas que explicaban cómo había de entrarse en una casa en la que podía esperarse resistencia armada. Harry se sabía unas cuantas. Roar Bohr probablemente todas. No había razón para pensárselo mucho. Harry se acercó a la puerta y tiró del picaporte. Cerrada. Se colocó a un lado de la puerta y la golpeó dos veces.

—¡Policía!

Apoyó la espalda en la pared de la cabaña y escuchó. Solo oía el susurro constante de la lluvia. Y una rama que se partía en algún lugar. Miró fijamente hacia la oscuridad, pero era como una pared negra e inmóvil. Contó hasta cinco, luego golpeó la ventana que estaba junto a la puerta con la culata de la pistola. Se oyó el sonido de cristales rotos. Metió la mano y soltó la falleba de la ventana, que se había dilatado, tuvo que agarrar el marco de la ventana para abrirla de un tirón. Entró. Inhaló el olor especiado de leña fresca de abedul y ceniza. Encendió la linterna, la sostuvo apartada del cuerpo por si alguien quisiera utilizarla como diana. Dejó que el haz de luz recorriera la habitación hasta que iluminó un interruptor junto a la puerta. Cuando Harry presionó el interruptor y encendió la lámpara del techo se apresuró a colocarse de espaldas contra la pared que separaba las dos ventanas. Dejó que su mirada inspeccionara la estancia, de izquierda a derecha, como si fuera el escenario de un crimen. Estaba en el cuarto de estar, dos puertas abiertas daban a los dormitorios con literas. No había baño. Una encimera de cocina con una pila y un transistor al fondo de la habitación. Una chimenea abierta. El mobiliario de pino característico de las cabañas noruegas, un arcón decorado con la tradicional pintura de rosas además de una ametralladora y un rifle automático apoyados en la pared. Una mesa de salón con un mantel de ganchillo y un candelabro, una revista de temática deportiva, una pistola High Standard HD 22 con silenciador, dos relucientes cuchillos de caza y un juego de dados. Las paredes estaban cubiertas de hojas DIN-A4 impresas. Harry dejó de respirar cuando vio a Rakel junto a la chimenea. La foto la mostraba de pie tras una ventana enrejada. La ventana de la cocina de la calle Holmenkollveien. Tenía que estar tomada justo delante de la cámara de caza.

Harry se obligó a apartar la mirada.

Encima de la mesa del comedor había fotos que retrataban a varias mujeres, algunas tenían un recorte de prensa debajo. Cuando Harry se dio la vuelta hacia la pared que tenía a su espalda, vio más. Fotografías de hombres. Aproximadamente una docena de fotos formaban tres filas, estaban numeradas en una especie de ranking. Reconoció tres de ellas inmediatamente. La número uno era de Anton Blix, condenado por varias violaciones y un doble asesinato diez años atrás. El número dos era Svein Finne. Y más abajo, con el número seis, Valentin Gjertsen. Ahora Harry reconoció un par más. Violadores conocidos, al menos uno de ellos fallecido y un par todavía encarcelados, que él supiera. Entornó los ojos para leer los recortes debajo de las fotos en el otro lado de la habitación. Distinguió un titular en negrita. «Violada en un parque.» El resto tenía la letra demasiado pequeña. Si se acercaba, sería un objetivo fácil desde el exterior. Pero podía apagar la luz del techo, claro, e iluminar los recortes con la linterna. La mirada de Harry buscó el interruptor, pero volvió a encontrarse con Rakel.

No podía verle la cara, pero tenía una postura singular. Como un corzo que ha levantado la cabeza, aguzado el oído tras la ventana. Tal vez por eso tenía un aspecto solitario. «Mientras me espera a mí —pensó Harry—. Como yo la espero a ella. Los dos estábamos a la espera.»

Harry se dio cuenta de que había avanzado hacia el centro de la habitación, a la luz, al alcance de todo y de todos. ¿Qué coño estaba haciendo? Cerró los ojos.

Y esperó.

Roar Bohr tenía la cruz de la mira en la espalda de la persona que estaba en la habitación iluminada. Había apagado la mira telescópica con láser que lo había descubierto cuando Pia y Hole ocupaban el banco junto al lago Smestaddammen. Las gotas de lluvia hacían ruido sobre la hojarasca que tenía encima, goteaba por la visera de la gorra del uniforme de campaña. Esperó.

No ocurrió nada.

Harry abrió los ojos. Volvió a respirar.

Y a leer los recortes de prensa.

Algunos amarilleaban, otros solo tenían un par de años. Reportajes sobre violaciones. Ningún nombre, solo la edad, el lugar de los hechos, una descripción aproximada de los sucesos. Oslo, Østlandet. Una en Stavanger. Los dioses sabrían cómo había conseguido Bohr las fotos, pero Harry no tenía duda de que eran de las víctimas de las violaciones. ¿Qué tenían en común las fotos de los violadores? ¿Era una especie de ranking de los peores, o tal vez los mejores violadores de Noruega? ¿Una clasificación en la que Roar Bohr podía inspirarse, con la que medirse?

Harry giró el cerrojo de la puerta y abrió.

—¡Bjørn! ¡Vía libre!

Miró una foto pegada junto a la puerta. Sol deslumbrante en unos ojos azules entornados, una mano que sujeta unos mechones de cabello en el viento, un chaleco blanco con una cruz roja, paisaje desértico, Kaja que sonríe con dientes afilados.

Harry bajó la mirada. Vio las mismas botas de campaña que había visto en el recibidor de Bohr. El montón de piedras. El talibán que espera a que el número dos salga del coche blindado.

—¡No, Bjørn! ¡No!

—Kaja Solness —repitió la voz exageradamente grave desde el altavoz situado en la encimera de piedra negra junto a la cocina.

—Agente de la policía de Oslo —dijo Kaja mientras escrutaba los estantes de la nevera buscando en vano algo que comer.

—¿En qué puedo ayudarla, agente Solness?

—Estamos investigando a un agresor sexual reincidente. —Se sirvió un vaso de zumo de manzana con la esperanza de que le elevara un poco el nivel de glucosa. Miró la hora. Desde la última vez que estuvo en casa habían abierto un restaurante de barrio, informal, en la calle Vibe–. Por supuesto que sé que como psiquiatra estás sujeto al secreto profesional cuando se trata de pacientes vivos, pero se trata de una que ha fallecido…

–Las mismas reglas.

–… de quien sospechamos que fue violada por un hombre; intentamos impedir que este reincida.

Se hizo un silencio.

–Avisa cuando tu pausa para pensar haya finalizado, London.

No sabía por qué ese apellido, el de una de las ciudades más grandes del mundo, le hacía pensar en la soledad. Desconectó el altavoz del teléfono y se llevó el vaso de zumo al salón.

–Pregunta y veremos –dijo.

–Gracias. ¿Recuerdas a Bianca Bohr, que fue tu paciente?

–Sí –dijo con una rotundidad que hizo comprender a Kaja que también recordaba cómo había acabado su vida.

–Cuando fue paciente tuya, ¿crees que fue víctima de una violación?

–No lo sé.

–Vale. ¿Tenía comportamientos que pudieran ser indicativos de…

–El comportamiento de una persona con un brote psicótico puede indicar muchas cosas. No descarto la violación. Ni los abusos. U otros traumas. Pero son meras especulaciones.

–Su padre también fue internado por problemas psiquiátricos. ¿Lo mencionó?

–En una conversación con un psiquiatra uno suele mencionar la relación con sus padres, sí, pero no recuerdo que hubiera nada que me llamara especialmente la atención.

–Bien.

Kaja presionó una tecla del ordenador del escritorio para que la pantalla volviera a iluminarse. La imagen congelada mostraba la silueta de una persona que salía por la puerta de la casa de Rakel.

–¿Y qué hay del hermano mayor, Roar?

Nueva pausa prolongada. Kaja bebió un trago y miró hacia el jardín.

—¿Estamos hablando de un violador en serie que está en libertad?

—Sí —dijo Kaja.

—Cuando Bianca estuvo ingresada con nosotros una de las enfermeras me pasó una nota informando que Bianca había gritado un nombre en sueños en varias ocasiones. Y era ese nombre que mencionas.

—¿Crees que Bianca ha podido ser violada, no por su padre sino por su hermano mayor?

—Como ya le he dicho, Solness, no puedo descartar…

—¿Pero se te ha pasado por la cabeza, verdad?

Kaja escuchó su respiración intentando interpretarla, pero todo lo que oyó fue la lluvia en el exterior.

—Bianca me contó algo, pero insisto en que tenía una psicosis, y que en ese estado un paciente dice de todo.

—Pero ¿qué dijo…?

—Que su hermano le había practicado un aborto en una cabaña propiedad de la familia.

Kaja tuvo un escalofrío.

—Por supuesto que no tiene por qué haber ocurrido —dijo London—. Pero recuerdo un dibujo que había colgado sobre su cama, en su habitación. Era una gran águila verde que planeaba sobre un niño pequeño. Del pico de la rapaz salían las letras ROAR.

—¿Como «berrear» en inglés?

—En aquella ocasión elegí interpretarlo así, sí.

—¿Pero después?

Kaja le oyó suspirar profundamente al otro lado de la línea.

—Es lo que suele pasar cuando un paciente de manera inesperada se quita la vida, crees que lo has malinterpretado todo, que todo lo que hiciste y pensaste fue un error. Cuando Bianca murió creíamos que estaba mejorando. Entonces saqué mis anotaciones para ver qué no había comprendido, dónde había fallado. Descubrí que en dos ocasiones, que yo descarté como producto de delirios psicóticos, me dijo que ellos habían matado a su hermano mayor.

—¿Quiénes eran «ellos»?

—Ella misma y su hermano mayor.

—¿Qué quiere decir eso? ¿Que Roar había colaborado en su propio suicidio?

Roar Bohr bajó la culata del rifle, pero dejó el cañón apoyado en la rama. La persona a la que había estado apuntando se había apartado de la ventana iluminada. Escuchó los sonidos de la oscuridad que lo rodeaba.

La lluvia. El tableteo cercano de neumáticos sobre asfalto mojado. Diría que un Volvo. En la calle Lyder Sagen les gustaban los Volvos. Y los Volkswagen. Y las rancheras. Los modelos de alta gama. En Smestad eran más de Audi y BMW. Aquí los jardines no estaban tan impecables como en su vecindario, pero el aspecto aparentemente relajado que gastaban aquí no tenía por qué suponer menos trabajo de jardinería y planificación. La excepción era el jardín asilvestrado de Kaja, allí todo era anárquico. En su defensa había que decir que no había vivido mucho en casa en los últimos años. Y no se quejaba, los arbustos que crecían a su aire y los árboles le proporcionaban mejor camuflaje que el que había tenido en Kabul. Una vez tuvo que esconderse detrás de los restos de un coche carbonizado encima del techo de un garaje donde estaba demasiado expuesto, pero era el único sitio desde el que disfrutaba de una vista completa de la casa donde vivían las chicas. Había pasado las horas suficientes allí observando a Kaja Solness por unos prismáticos como para saber que no era de las que dejaban que un jardín estuviera en aquel estado salvo que tuviera cosas más importantes que hacer. Y las tenía. La gente hace muchas cosas raras cuando cree que nadie la ve y Roar Bohr sabía cosas de Kaja Solness que nadie habría podido imaginar. Por ejemplo, lo que le gustaba mirar en internet. Con la mira Swarovski era fácil leer el texto de la pantalla de su ordenador sobre el escritorio cuando Kaja no estaba delante. Y ahora acababa de presionar una tecla y la pantalla se había iluminado. Mostraba una foto. Hecha de noche. De una casa con una ventana iluminada.

A Bohr le llevó unos segundos darse cuenta de que lo que veía era la casa de Rakel.

Ajustó la mira, enfocó la pantalla del ordenador por completo. Vio que no era una foto fija, sino una grabación. Debían de haberlo grabado desde donde solía ponerse él. ¿Qué cojones? Ahora se abría la puerta de la casa de Rakel y había una silueta en la puerta. Bohr contuvo la respiración para que la mira se estabilizara y pudo leer la hora y la fecha en la parte inferior de la grabación.

Era la noche del asesinato.

Roar Bohr exhaló y apoyó el rifle en el tronco.

¿La imagen era lo bastante buena como para identificar a la persona?

Se pasó la mano izquierda por la cadera. Por encima del cuchillo Karambit.

Pensar. Pensar y después, en su caso, actuar.

Las puntas de los dedos sobre el acero frío, con forma de diente de depredador. Arriba y abajo. Arriba y abajo.

—Cuidado —alertó Harry.

—¿Qué pasa ahora? —preguntó Bjørn.

Harry no sabía si Bjørn se refería al grito de advertencia que había soltado junto a la cabaña, que había resultado carecer de fundamento.

—Lluvia helada.

—Ya lo veo —dijo Bjørn frenando con cuidado antes de girar hacia el puente.

Había dejado de llover, pero sobre el asfalto brillaba una fina capa de hielo. La carretera volvió a ensancharse tras cruzar el río y Bjørn aceleró. Una señal. Oslo 85 kilómetros. No había muchos coches en la carretera, y si el asfalto hubiera estado seco, habrían podido llegar a la ciudad al cabo de un poco más de una hora.

—¿Estás completamente seguro de que no quieres ponerlo en búsqueda? —preguntó Bjørn.

—Hummm.

Harry cerró los ojos. Hacía poco que Roar Bohr había estado en la cabaña, el periódico que había en la leñera estaba fechado seis días antes. Pero ya no estaba allí. No había ninguna pisada en la nieve frente a la cabaña. Nada de comer. Moho en los restos de café de la taza que estaba encima de la mesa del salón. En cuanto a las botas de campaña junto a la puerta, dedujo que debía de tener varios pares.

—Llamé a ese especialista de 3D, Freund. Por cierto que se llama Sigurd.

Bjørn rio por lo bajo.

—Katrine propuso que le pusiéramos al niño el nombre del vocalista de Suede. Brett. Brett Bratt. ¿Qué dijo Freund?

—Que miraría la tarjeta de memoria. Que cuente con tener una respuesta después del fin de semana. Le expliqué lo que había en la película y dijo que no podía hacer gran cosa con respecto a la falta de luz. Pero que midiendo la altura del hueco de la puerta y la profundidad de la escalera de Holmenkollveien podría darme la altura de la persona al centímetro. Si doy la alerta para que busquen a Bohr después de haber allanado su cabaña sin una orden de registro, tú también tendrás problemas, Bjørn. Si la altura del tipo de la puerta cuadra con la de Bohr tendremos algo mejor, porque no quiero que te relacionen con un allanamiento. Llamaré a la Policía Judicial, a Kripos, les explicaré que tengo imágenes que muestran que Bohr ha podido estar en el escenario del crimen, y propondré que registren su cabaña. Encontrarán una ventana rota, pero podría haberlo hecho cualquiera.

Harry vio una luz azul intermitente en su lado de la carretera. Al otro lado había un coche destrozado junto al quitamiedos del río. El antiguo coche le recordó a Harry a una lata espachurrada.

Un policía les indicó que siguieran adelante.

—Espera —dijo Harry, y bajó la ventanilla—. El coche tiene matrícula de Oslo.

Bjørn detuvo el Amazon a la altura de un policía con cara de bulldog, cuello de toro y brazos que parecían demasiado cortos asomando del abdomen excesivamente musculado.

—¿Qué ha pasado? —preguntó Harry enseñando su identificación.

El policía miró la placa y asintió.

—El conductor del tráiler está prestando declaración, ya veremos. El asfalto está muy resbaladizo, así que podría ser un accidente.

—Es un tramo un poco recto para estamparse, ¿no?

—Sí —dijo el policía poniendo un gesto de compunción profesional—. En las épocas peores tenemos uno al mes. Llamamos a este tramo de carretera *the green mile*. Ya sabes, el corredor de la muerte que recorren los condenados a la pena capital en Estados Unidos.

—Hummm. Estamos buscando a un tipo que vive en Oslo, nos interesa saber quién iba al volante de ese coche.

El policía respiró pesadamente.

—Por así decirlo: cuando un coche que no llega a los ochocientos kilos impacta a ochenta o noventa contra el frontal de un tráiler de casi cincuenta toneladas, el cinturón de seguridad y los airbags no sirven absolutamente para nada. No sabría decírtelo aunque fuera mi propio hermano el que iba en ese coche. O hermana. Pero el coche está a nombre de Stein Hansen, así que de momento suponemos que es él.

—Gracias —dijo Harry y subió la ventanilla.

Prosiguieron el viaje en silencio.

—Pareces aliviado —dijo Bjørn después de un rato.

—Ah, ¿sí? —dijo Harry sorprendido.

—Te parecería poco castigo que Bohr escapara de esa manera, ¿verdad?

—¿Morir en un accidente?

—Quiero decir que te dejaría sin compañía en este mundo donde tienes que soportar el paso de los días en soledad. ¿No es justo, a que no? Quieres que él sufra igual que tú.

Harry miró por la ventanilla. La luz de la luna se deslizaba entre los claros de las nubes y teñía de plata el hielo del río.

Bjørn puso la radio. The Highway Men. Harry escuchó un rato, luego sacó el teléfono y llamó a Kaja.

No obtuvo respuesta. Extraño. Volvió a llamar.

Esperó a que saltara el contestador. Su voz. Le recordaba a la de Rakel. La señal. Harry carraspeó.

—Soy yo. Llámame.

Tendría los cascos puestos escuchando la música a toda castaña otra vez.

Los limpiaparabrisas despejaban el cristal. Una y otra vez. Un nuevo comienzo, hojas limpias cada tres segundos. El eterno perdón de los pecados.

En la radio sonaban a coro un banjo y un canto tirolés.

29

Dos años y medio antes

Roar se secó el sudor de la frente y miró hacia el cielo del desierto. El sol se había fundido, por eso no podía verlo. Se había expandido, cubría el azul neblinoso como una capa de cobre. Y debajo: un buitre negro con sus tres metros de longitud dibujaba una cruz negra sobre el cobre amarillento.

Roar Bohr volvió a mirar alrededor. Solo estaban ellos dos. Ellos dos y un desierto abierto y pedregoso, montañas poco escarpadas y montones de rocas. Había incumplido las reglas del manual de seguridad, claro, dos hombres solos en un vehículo no podían salir al campo sin protección. Pero, en su informe, diría que el hecho de que el jefe de Hala trasladara el cadáver en persona y sin más protección que la que ella había tenido lo consideraba un gesto hacia el pueblo de Hala, una llamada a los corazones afganos.

Un mes más y se marcharía a casa, lo mandaban a casa tras su tercera y última misión en Afganistán. Tenía ganas de volver, siempre las tenía, pero no le hacía ilusión. Porque sabía que cuando llegara a casa pasarían dos semanas, tres, y empezaría a desear estar de vuelta.

Pero no habría más viajes, después de que lo solicitara le habían ofrecido trabajo como responsable de la NHRI en Oslo, una unidad nacional para los derechos humanos recién creada. NHRI estaba bajo la tutela del Parlamento, pero operaba como una entidad independiente. Estudiarían cuestiones relativas a los derechos humanos, informarían y asesorarían a la asamblea nacional, por lo demás las instrucciones eran vagas. Pero eso solo quería decir que él y los restantes dieciocho empleados podían decidir el contenido de su labor. En muchos sentidos era una especie de prolongación de lo que había hecho en Afganistán, solo que sin armas. Así que iba a aceptar. En ningún caso llegaría a general. En un momento determinado se lo habían dado a entender de manera discreta y considerada. Que no era uno de los pocos escogidos. Pero esa no era la razón por la que tenía que salir de Afganistán.

Imaginó a Hala tirada en el asfalto. Normalmente vestía ropa occidental y un discreto hiyab, pero aquella noche llevaba un *salwar kameez* que estaba levantado hasta la cintura. Bohr recordaba las caderas y el estómago al descubierto, su piel todavía tenía un resplandor que se apagaría poco a poco. Como se había apagado la luz de aquellos ojos hermosos, tan hermosos. Incluso muerta, Hala se parecía a Bianca. Lo vio desde el primer momento en que Hala se presentó como su intérprete, que era Bianca quien se asomaba a sus ojos, que había vuelto de entre los muertos, del río, para estar con él. Pero Hala no lo podía saber, y él tampoco era capaz de explicárselo. Ahora ella también se había ido.

Él había encontrado a otra que se parecía a Bianca. La jefa de seguridad de la Cruz Roja. Kaja Solness. ¿Tal vez ahora Bianca vivía en ella? O quizá en otras. Tendría que estar atento.

—No lo hagas —suplicó el hombre que estaba de rodillas sobre el asfalto detrás del Land Rover aparcado en el arcén. El uniforme de camuflaje de colores claros tenía tres galones en medio del pecho, los cuales indicaban que era sargento, y en la manga izquierda la enseña del comando especial de Defensa: una daga alada. Las manos entrelazadas. Pero tal vez porque las tenía unidas por una estrecha tira de plástico blanco de las que utilizaban para los prisioneros de guerra. Una cadena de cinco metros de largo iba del plástico a un enganche en el portón trasero del Land Rover.

—Suéltame, Bohr. Tengo dinero. Una herencia. No diré nada si tú te callas. Nadie tiene que saber qué ha ocurrido, nunca.

—¿Qué ha ocurrido? —preguntó Bohr sin apartar el cañón de su Colt Canada C8 de la frente del sargento.

El sargento tragó saliva.

—Una mujer afgana. Una hazara. Todo el mundo sabe que estabais muy unidos, pero si nadie mete bulla, pronto se habrá olvidado.

—No deberías haberle contado a nadie lo que viste, Waage. Por eso tengo que matarte. No olvidarás. Yo no olvidaré.

—Dos millones. Dos millones de coronas, Bohr. No, dos y medio. En efectivo, cuando lleguemos a Noruega.

Roar Bohr empezó a caminar hacia el Land Rover.

—¡No! ¡No! —gritó su soldado—. ¡Tú no eres un asesino, Bohr!

Roar Bohr tomó asiento, arrancó el coche y empezó a conducir. Miró por el espejo retrovisor, donde el camino se extendía hacia el horizonte como una larga línea vibrante. No notó resistencia alguna cuando la cadena levantó al sargento y este empezó a correr tras el coche. Roar redujo la velocidad. Aceleró un poco al notar que la cadena no estaba tensa. Observó al sargento trotando de forma irregular con las manos extendidas como en una plegaria. Cuarenta grados. Incluso caminando el sargento se deshidrataría enseguida, no sería capaz de sostenerse de pie, se desmayaría. Un agricultor con un carro y un caballo venía hacia ellos. Cuando pasó a su lado el sargento le gritó, le pidió ayuda, pero el agricultor se limitó a bajar la cabeza cubierta por un turbante y mirar hacia las riendas. Extranjeros. Talibán. Su guerra no era la suya, su guerra era contra la sequía, el hambre, las exigencias y los sufrimientos constantes, diarios.

Bohr se inclinó hacia delante y miró al cielo.

El buitre negro los seguía.

Nadie recibía respuesta a sus plegarias. Nadie.

—¿Estás seguro de que no quieres que te espere? —preguntó Bjørn.

—Vete a casa, te están esperando —dijo Harry y miró por la ventanilla del coche hacia la casa de Kaja.

La luz del salón estaba encendida. Harry se bajó, encendió el cigarrillo que no había podido fumarse en el coche.

—Nuevas reglas con el niño —le había explicado Bjørn—. Katrine no quiere ni rastro de olor a tabaco en ninguna parte.

—Hummm. ¿Parece que se hacen con el poder en el momento que son madres, o qué?

Bjørn se había encogido de hombros.

Harry dio cuatro profundas caladas. Apagó el cigarrillo y volvió a meterlo en el paquete. El portalón gimió bajito cuando lo abrió. El hierro goteó, aquí también había llovido.

Fue hasta la puerta y llamó al timbre. Esperó.

Transcurridos diez segundos de silencio, bajó el picaporte. Sin cerrar, igual que la última vez. Con cierta sensación de *déjà vu* entró y pasó por delante de la puerta abierta de la cocina. Vio un teléfono puesto a cargar en la encimera. Tal vez eso explicara por qué no le había contestado. Quizá. Abrió la puerta del salón.

Vacío.

Iba a gritar el nombre de Kaja cuando percibió un ruido tras él, un crujido de madera. En unos segundos su cerebro había llegado a la conclusión de que por supuesto sería Kaja que bajaba del primer piso o del aseo, por eso no dio ninguna señal de alarma. Hasta que un brazo le rodeó el cuello y presionaron un trapo sobre su boca y su nariz. Cuando el cerebro percibió la señal de peligro, automáticamente mandó la orden de inspirar profundamente, con fuerza, antes de que el trapo bloqueara el acceso al oxígeno. Y cuando el proceso cognitivo, más lento, le dijo que esa era precisamente la finalidad del trapo, era demasiado tarde.

30

Harry miró a su alrededor. Estaba en un salón de baile. Una orquesta tocaba algo, un vals lento. La vio. Estaba sentada a la mesa, mantel blanco, bajo una de las arañas de cristal. Los dos hombres de esmoquin que la flanqueaban intentaban llamar su atención. Pero tenía clavada la mirada en él, Harry. Le decía que se diera prisa. Llevaba puesto el vestido negro, uno de sus vestidos negros que él llamaba el vestido negro. Harry se miró y vio que él llevaba puesto el traje negro, el único, el que servía para bautizos, bodas y entierros. Puso un pie delante del otro, se abrió paso entre las mesas, pero iba despacio, porque la habitación estaba llena de agua. En la superficie las olas debían ser grandes porque le arrastraban primero hacia delante, luego hacia atrás, y las arañas de cristal con forma de S se movían al ritmo del vals. Cuando llegó, cuando iba a decir algo y soltó la mesa, sus pies se levantaron del suelo y empezó a ascender. Ella alargó la mano para cogerle la suya, pero él ya estaba fuera de su alcance y, aunque se puso de pie y se estiró hacia él, se quedó allí mientras él ascendía y ascendía. Entonces descubrió que el agua estaba teñida de rojo, estaba tan roja que ella desapareció, roja y caliente, la presión de su cabeza se incrementó. Por fin comprendió que no era capaz de respirar, claro que no, y empezó a bracear, tenía que llegar a la superficie enseguida.

–Buenas noches, Harry.

Harry abrió los ojos. La luz le hería como un cuchillo y los cerró.

—Triclorometano, más conocido como cloroformo. Un poco de la vieja escuela, claro. Pero eficaz, lo utilizábamos en la E14 cuando había que secuestrar a alguien.

Harry entreabrió los ojos. Tenía una lámpara apuntándole a la cara.

—Seguro que tendrás muchísimas preguntas. —La voz le llegaba de la oscuridad que había detrás de la lámpara—. Como ¿qué ha ocurrido? ¿Dónde estoy? ¿Quién es él? —Solo habían intercambiado unas palabras en el entierro, pero a pesar de ello Harry reconoció la voz y el sutil acento al arrastrar las erres—. Pero deja que conteste a lo que más te estás preguntando, Harry. ¿Qué quieres de mí?

—Bohr —dijo Harry afónico—. ¿Dónde está Kaja?

—No te preocupes por eso, Harry.

Por la acústica Harry dedujo que estaba en una gran estancia. Las paredes probablemente fueran de madera. Es decir que no era un sótano. Hacía frío, la humedad indicaba que no se había usado últimamente. El olor era neutral, como el de una sala de juntas o de una gran oficina. Podría ser. Tenía los brazos atados a los apoyabrazos y los pies al soporte de las ruedas de una silla de oficina. No había olor a pintura ni a reforma, pero veía que la luz se reflejaba en el plástico transparente que habían puesto sobre el parqué, debajo de la silla.

—¿También has matado a Kaja, Bohr?

—¿También?

—Además de a Rakel. Y al resto de las chicas de las que tenías fotos en tu cabaña.

Harry oyó unos pasos tras la luz de la lámpara.

—Tengo que hacer una confesión, Harry. He matado. No creí que fuera capaz, pero resultó que me equivocaba. —Sus pasos se detuvieron—. Y dicen que una vez que empiezas…

Harry echó hacia atrás la cabeza, miró fijamente al techo. Habían quitado uno de los paneles y asomaban un montón de cables cortados. Seguramente eran para los equipos informáticos.

—Oí el rumor de que uno de mis hombres en la FSK, Waage, sabía algo del asesinato de Hala, mi intérprete. Cuando lo comprobé, no me cupo duda de que tendría que matarlo.

Harry tosió.

—Iba tras tu pista y lo mataste. Y ahora piensas matarme a mí. No me da la gana de ser tu puto confesionario, así que ejecútame de una vez, Bohr.

—Me malinterpretas, Harry.

—Cuando todo el mundo te interpreta mal es que ha llegado el momento de preguntarte si estás loco, Bohr. Vamos, pobre infeliz, estoy listo.

—Pero qué prisa tienes.

—A lo mejor se está mejor que aquí. Puede que la compañía también resulte más agradable.

—No me entiendes, Harry. Déjame que te cuente.

—¡No! —Harry tiró de la silla, pero la cinta americana lo mantuvo sujeto.

—Escúchame, por favor. Yo no maté a Rakel.

—Sé que mataste a Rakel, Bohr. No quiero que me lo cuentes ni escuchar tus patéticas excu…

Harry se contuvo cuando la cara de Roar Bohr de pronto se iluminó desde abajo, como en una película de terror. Harry tardó unos segundos en entender que la luz provenía de un teléfono que estaba entre ellos, sobre la mesa, y que había empezado a sonar.

Bohr lo miró.

—Tu teléfono, Harry. Es Kaja Solness.

Bohr presionó la pantalla, levantó el teléfono y se lo acercó a Harry a la oreja.

—¿Harry? —Era la voz de Kaja.

Harry carraspeó.

—¿Dónde… dónde estás?

—Acabo de volver a casa. Veo que me has llamado, pero tenía que comer y me acerqué al nuevo restaurante del vecindario y dejé el teléfono cargando en casa. Dime, ¿has estado aquí?

—¿Estado?

—Han movido mi ordenador del escritorio a la mesa del salón. Dime que has sido tú o me voy a morir de miedo.

Harry miró fijamente a la luz de la lámpara.

—Harry ¿dónde estás? Suenas tan...

—Fui yo —dijo Harry—. No te preocupes por nada. Oye, ahora estoy liado, te llamo luego, ¿vale?

—Vale —dijo ella con voz dubitativa.

Bohr colgó y dejó el teléfono sobre la mesa.

—¿Por qué no has dado la voz de alarma?

—Si eso hubiera servido para algo, no me habrías dejado hablar con ella.

—Creo que es porque me crees, Harry.

—Me tienes atado a una silla con cinta americana. Da igual lo que yo crea.

Bohr volvió a entrar en el haz de luz. En la mano llevaba un gran cuchillo de hoja ancha. Harry intentó tragar saliva, pero tenía la boca demasiado seca. Bohr acercó el cuchillo a Harry. Hacia la parte inferior del apoyabrazos de la silla. Cortó. Repitió la operación en el lado izquierdo. Harry levantó los brazos liberados y aceptó el cuchillo.

—Te até para que no me atacaras antes de que te lo contara todo —dijo Bohr mientras Harry cortaba la cinta de los pies—. Rakel me explicó lo de las amenazas que habíais sufrido los dos en relación con un par de tus casos de asesinato. Cometidos por gente que estaba en libertad. Así que os cuidaba.

—¿Os?

—Sobre todo a ella. Hacía guardia. Exactamente igual que cuidé de Kaja en Kabul después de que violaran y mataran a Hala. Y ahora en Oslo.

—¿Sabes que eso es paranoia?

—Sí.

Harry se incorporó, se masajeó los antebrazos. Se quedó con el cuchillo.

—Cuenta.

—¿Por dónde empiezo?

—Empieza por el sargento.

—Recibido. No hay nadie en la FSK que sea tonto del bote, las exigencias para acceder al cuerpo son demasiado estrictas. Pero el sargento Waage era uno de esos soldados con más testosterona que cerebro, por así decirlo. En los días posteriores al asesinato de Hala, cuando todo el mundo hablaba de ella, me llegó un rumor de que alguien había dicho que a Hala debía de gustarle Noruega, puesto que llevaba una palabra en noruego tatuada en el cuerpo. Indagué y descubrí que lo había dicho el sargento Waage tomándose una copa en el bar. Pero el caso era que Hala siempre iba cubierta y ese tatuaje lo tenía justo encima del corazón. Estaba descartado que hubiera mantenido una relación con Waage. Y sé que Hala no hablaba de ese tatuaje con nadie. A pesar de que es muy común usar henna, muchos musulmanes consideran que un tatuaje permanente es un *sin of the skin*.

—Hummm. ¿Pero el tatuaje no era un secreto para ti?

—No. Yo era el único, aparte de quien hizo el tatuaje, que sabía de su existencia. Antes de hacerse tatuar, Hala me consultó la grafía correcta y me preguntó si la palabra tenía otros significados.

—¿Cuál era la palabra?

Bohr sonrió con tristeza.

—«Amigo.»

—Waage pudo enterarse de la existencia del tatuaje por los que la encontraron, o por los que le hicieron la autopsia.

—Ese era el problema —dijo Bohr—. Dos de las cuchilladas… —Se detuvo y, tembloroso, tomó aire—. Dos de las dieciséis puñaladas se habían clavado en el tatuaje y habían vuelto la palabra ilegible salvo que ya supieras lo que decía.

—Salvo que fueras quien la violó y vieras el tatuaje antes de empezar a apuñalarla.

—Sí.

—Entiendo, pero esa no es exactamente una prueba, Bohr.

—No. Con las reglas de impunidad en vigor para las fuerzas internacionales, Waage habría sido enviado a Noruega, donde un abogado medianamente competente le habría librado de la cárcel.

—Así que decidiste tomarte la justicia por tu mano.

Roar Bohr asintió.

–Hala era mi intérprete. Mi responsabilidad. Al igual que el sargento Waage. Mi responsabilidad. Me puse en contacto con los padres de Hala y les informé de que yo mismo me ocuparía de llevar sus restos mortales a su poblado. Son cinco horas en coche desde Kabul. La mayor parte desierto completamente despoblado. Ordené a Waage que condujera. Pasadas unas horas le pedí que se detuviera, le apunté con una pistola a la cabeza y confesó. Luego le até al coche y arranqué. Lo que llaman *D and Q*.

–¿*D and Q*?

–*Drawing and quartering*. El castigo por cometer alta traición en Inglaterra entre 1283 y 1870. Colgaban al condenado y, cuando estaba próximo a morir, le abrían el estómago, le sacaban las entrañas y las quemaban delante de él. Antes de decapitarlo. Pero antes de todo lo ataban a un caballo y lo arrastraban hasta la horca, *the drawing*. Y si el camino de la cárcel a la horca era largo, con suerte se moría. Porque cuando ya no tenía fuerzas ni para caminar o correr tras el caballo, lo arrastraban por los adoquines. Se descarnaba, capa a capa. Era una muerte lenta y sumamente dolorosa.

Harry pensó en el largo rastro de sangre que habían encontrado en el asfalto.

–La familia de Hala estaba muy agradecida porque les llevé su cuerpo a casa –dijo Bohr–. Y también por el cadáver del asesino. O lo que quedaba de él. Fue una hermosa ceremonia fúnebre.

–¿Y el cadáver del sargento?

–No sé lo que hicieron con él. Puede que *quartering* sea una costumbre británica. Pero se ve que la decapitación es internacional, pues su cabeza apareció empalada a la entrada del poblado.

–De vuelta a casa informaste de que el sargento había desaparecido.

–Sí.

–Hummm. ¿Por qué cuidas de esas mujeres?

Silencio. Bohr se había sentado en el borde de la mesa, a la luz, y Harry intentó leer su rostro inexpresivo.

–Tuve una hermana –su voz carecía de entonación–. Bianca. Hermana pequeña. La violaron cuando tenía diecisiete años.

Yo debía haberla cuidado esa noche, pero quería ir al cine a ver *Die Hard*. Estaba prohibida para menores de dieciocho. Me contó varios años después que esa noche la habían violado. Mientras yo miraba a Bruce Willis.

—¿Por qué no lo contó justo después?

Bohr tomó aire.

—El violador la amenazó con matarme a mí, su hermano mayor, si decía algo. No tenía ni idea de cómo el violador podía saber que tenía un hermano mayor.

—¿Qué aspecto tenía el violador?

—No pudo verlo, estaba muy oscuro. Eso dijo. O quizá su cerebro lo había bloqueado. Lo he visto en Sudán. Soldados que vivían cosas tan horribles que las olvidaban, sin más. Podían despertar al día siguiente y negar con toda sinceridad que hubieran estado allí, que lo hubieran visto. Para algunos la represión funciona perfectamente. Para otros reaparece más tarde, como *flashbacks*. Pesadillas. En el caso de Bianca creo que todo volvió. Y no pudo con ello. El miedo la aplastó.

—¿Crees que es culpa tuya?

—Por supuesto que es mi culpa.

—¿Sabes que estás loco, Bohr?

—Desde luego. ¿No lo estás tú también?

—¿Qué hacías en casa de Kaja?

—Vi que tenía una grabación en el ordenador, un hombre que salía de casa de Rakel la noche del asesinato. Cuando se marchó entré y lo miré bien.

—¿Qué viste?

—Nada, imágenes de poca calidad. Entonces oí que abrían la puerta. Salí del salón hacia la cocina.

—Así me pillaste por la espalda en el pasillo. ¿Casualmente llevabas cloroformo encima?

—Siempre llevo cloroformo encima.

—¿Por?

—El que intente entrar donde se encuentre una de mis chicas acaba en esa silla en la que estás sentado tú ahora.

—¿Y?

—Pagan el precio.

—¿Por qué me cuentas todo esto, Bohr?

Bohr entrelazó las manos.

—Debo reconocer que al principio creí que eras tú quien había matado a Rakel, Harry.

—¿Sí?

—Marido abandonado. Es un clásico y lo primero en lo que piensas, ¿no te parece? Creí verlo en tu mirada durante el entierro. Una mezcla de culpa y arrepentimiento. La mirada de quien ha matado sin otro motivo que el odio y las ganas, y que se arrepiente. Que se arrepiente tanto que es capaz de reprimirlo. Porque es la única manera de que pueda sobrevivir, la verdad resulta insoportable. Vi esa mirada en el sargento Waage. Él había conseguido olvidar lo que le había hecho a Hala, pero cuando le obligué a confrontar la realidad lo recordó todo. Pero entonces, cuando supe que tenías coartada, comprendí que la culpa que había visto en tu mirada era la misma que arrastro yo. La culpa de no haber sido capaz de evitarlo. Así que la razón por la que te cuento esto… —Bohr se levantó de la mesa y desapareció en la oscuridad mientras proseguía—… es que sé que quieres lo mismo que yo. Quieres castigarlos. Nos quitaron lo que amábamos. La cárcel no es pena suficiente. Una muerte sin más no basta.

Los tubos de neón parpadearon dos veces y la estancia se inundó de luz.

Efectivamente eran unas oficinas. O lo habían sido. Los seis o siete escritorios, las zonas más pálidas donde había habido pantallas de ordenador o discos duros, las cajas de cartón, suministros de papelería repartidos aquí y allá, una impresora. Parecía que hubieran abandonado el lugar deprisa y corriendo. En la pared de madera blanca había una foto del rey. Militares, pensó Harry automáticamente.

—¿Nos vamos? —preguntó Bohr.

Harry se puso de pie. Estaba mareado y caminó con paso inseguro hacia la sencilla puerta de madera donde Bohr esperaba mientras le tendía a Harry el teléfono, su pistola de servicio y el encendedor.

—¿Dónde estabas? —preguntó Harry, guardó el teléfono y el mechero pero se quedó sopesando la pistola en la mano—. ¿La noche que mataron a Rakel? Porque no estabas en casa...

—Era fin de semana y estaba en la cabaña —dijo Bohr—. En Eggedal. Solo.

—¿Qué hacías allí?

—Bueno... ¿qué hice? Limpiar las armas. Encender la chimenea. Pensar. Escuchar la radio.

—Hummm. Radio Hallingdal.

—Pues sí. Es la única que podemos sintonizar.

—Esa noche había bingo radiofónico.

—Pues sí. ¿Vas mucho por Hallingdal?

—No. ¿Recuerdas algo en especial?

Bohr enarcó una ceja.

—¿Del bingo?

—Sí.

Bohr negó con la cabeza.

—¿Nada? —dijo Harry y tanteó el peso de la pistola. Se dijo que no había sacado las balas del cargador.

—No. ¿Me estás interrogando?

—Piensa.

Bohr frunció el ceño.

—Quizá el hecho de que todos los ganadores fueran del mismo sitio. Ål. O Flå.

—Bingo —dijo Harry con suavidad y se guardó la pistola en el bolsillo de la gabardina—. Acabo de borrarte de mi lista de sospechosos.

Roar Bohr miró a Harry.

—Podía haberte matado sin que nadie lo descubriera. ¿Pero es el bingo radiofónico el que me borra de tu lista?

Harry se encogió de hombros.

—Necesito un pitillo.

Bajaron por una gastada escalera de madera que crujía y salieron a la noche en el momento en que un carillón empezaba a tocar un estribillo.

–¡Vaya! –dijo Harry aspirando el aire frío. En la plaza, un poco más adelante, vio gente con la prisa propia del sábado ir hacia los locales nocturnos; el Ayuntamiento descollaba por encima de los tejados–. Pero si estamos en pleno centro.

Harry había oído las campanas del Ayuntamiento tocar de todo, desde Kraftwerk a Dolly Parton, y en una ocasión Oleg había reconocido entusiasmado una música del juego Minecraft. Pero esta vez era uno de los clásicos, *Vektersang* de Edvard Grieg. Eso quería decir que era medianoche.

Harry se dio la vuelta. La casa de la que habían salido era una construcción de madera con aspecto de barracón, nada más pasar el acceso al fuerte de Akershus, Akershusfestning.

–No es precisamente el MI6 ni Langley –dijo Bohr–. Pero resulta que era la sede central de E14.

–¿E14? –Harry sacó el paquete de tabaco del fondo del bolsillo.

–Una organización de espionaje noruega de breve existencia.

–Tengo un vago recuerdo.

–Empezó en 1995, unos años de acción tipo James Bond, luego hubo lucha por el poder, disputas políticas sobre los métodos empleados y fue clausurada en 2006. Desde entonces esto ha estado vacío.

–¿Pero tú tienes las llaves?

–Formé parte de la organización en los últimos años. Nadie me las ha pedido.

–Hummm. Exespía. Eso explica lo del cloroformo.

Bohr sonrió a medias.

–Uy, hicimos cosas más raras que esa.

–No lo dudo. –Harry miró hacia el reloj de la torre del Ayuntamiento.

–Siento haberte estropeado la noche –dijo Bohr–. Pero ¿podría pedirte un cigarrillo antes de que nos despidamos?

–Cuando me reclutaron era un joven oficial –dijo Bohr exhalando el humo del cigarrillo hacia el cielo. Habían encontrado un banco en el terraplén, tras los cañones que apuntaban hacia el fiordo de Oslo–. Pero en el E14 no solo éramos gente de Defensa. Había diplomáticos, camareros, carpinteros, policías, matemáticos. Mujeres hermosas que podían servir de cebo.

–Suena a película de espías –dijo Harry dando una calada a su cigarrillo.

–Era una película de espías.

–¿Cuál era vuestro mandato?

–Recoger información sobre lugares en los que Noruega tenía presencia militar. Los Balcanes, Oriente Medio, Sudán, Afganistán. Nos dieron mucha libertad, íbamos a actuar con independencia de la red de inteligencia de Estados Unidos y de la OTAN. Durante un tiempo pareció que funcionaba. Gran camaradería. Gran lealtad. Y tal vez un exceso de libertad. En ambientes cerrados como ese se desarrollan estándares propios sobre lo que es aceptable y lo que no. Pagábamos a mujeres para que se acostaran con nuestros contactos. Nos equipamos con armas sin registrar, pistolas High Standard HD 22.

Harry asintió. Esa era la pistola que había visto en la cabaña de Bohr, la pistola que preferían los agentes de la CIA porque tenía un silenciador fácil de montar que funcionaba muy bien. La pistola que los soviéticos le encontraron a Francis Gary Powers, el piloto del avión espía U2 abatido sobre territorio soviético en 1960.

–Al no tener número de serie, las pistolas no podían delatarnos si nos veíamos obligados a liquidar a alguien.

–¿Tú hiciste todo eso?

–Ni compré sexo ni liquidé a nadie. Lo peor que hice… –Bohr se rascó pensativo la barbilla–, o lo que lamenté más, fue la primera vez que traicioné la confianza de alguien. Una de las pruebas que había que superar para ser admitido consistía en llegar de Oslo a Trondheim lo más rápido posible con solo diez coronas en el bolsillo. El objetivo era demostrar que tenías las habilidades sociales y la creatividad necesaria para superar una situación difícil durante una misión. Le ofrecí las diez coronas a una mujer de aspecto bondadoso en una cafetería de la estación central de Oslo para que me prestara su teléfono y poder llamar a mi hermana pequeña, enferma terminal en el hospital regional de Tromsø, y contarle que me acababan de robar la bolsa de viaje donde llevaba el teléfono, la cartera y el billete de tren. Llamé a otro agente y fingí que lloraba al teléfono. Cuando colgué, la mujer también estaba llorando, y me disponía a pedirle prestado el dinero para poder coger el tren cuando se ofreció a llevarme en su coche, que estaba en un aparcamiento cercano. Condujimos lo más rápido que pudimos. Pasaron las horas, hablamos de todo un poco, nos contamos nuestros secretos más íntimos como solo pueden hacerlo dos desconocidos. Mis secretos eran mentiras aprendidas en un buen entrenamiento para un espía con ambiciones. Paramos al cabo de cuatro horas, en Dovre. Vimos el sol ponerse sobre el altiplano. Nos besamos. Reímos entre lágrimas y nos dijimos te quiero. Dos horas más tarde, justo antes de la medianoche, me dejó frente a la puerta principal del hospital regional de Tromsø. Le pedí que buscara un sitio para aparcar mientras yo me informaba de dónde estaba mi hermana. Dije que la esperaría en la recepción. Luego atravesé la entrada, salí por la puerta trasera y corrí, corrí hasta la estatua de Olav donde esperaba el responsable de reclutamiento de la E14 con un cronómetro en la mano. Llegué el primero y esa noche me trataron como a un héroe.

—¿No te quedó mal sabor de boca?

—Entonces no. Eso vino después. Pasaba lo mismo en la FSK. Estás sometido a una presión que la gente normal no experimenta. Por eso, pasado un tiempo crees que las reglas que se aplican a la gente normal no valen para ti. En la E14 empezaban con manipulaciones suaves. Aprovecharte de alguien. Delitos menores. Y acababa tratándose de cuestiones morales de vida o muerte.

—¿Pero opinas que las reglas deben valer también para la gente con esa clase de trabajo?

—Sobre el papel... —Bohr se clavó el dedo índice en el muslo—, por supuesto. La cabeza... —se golpeó la frente con el dedo—, la cabeza sabe que tienes que incumplir algunas normas para preservarlas. Porque eres tú quien está de guardia, todo el tiempo.

Es una guardia solitaria, los guardianes solo nos tenemos los unos a los otros. Nadie más nos dará las gracias, porque la mayoría nunca sabrá que cuidamos de ellos.

—El Estado de derecho...

—... tiene sus limitaciones. Si el Estado de derecho pudiera decidir, un soldado noruego que hubiera violado y asesinado a una mujer afgana sería mandado a casa y cumpliría una breve condena que a un hazara le parecería un hotel de cinco estrellas. Le di lo que se merecía, Harry. Y lo que merecían Hala y la familia de Hala. Una pena afgana por un delito cometido en Afganistán.

—Y ahora vas a la caza del que mató a Rakel. Pero, si sigues el mismo principio, un delito cometido en Noruega debería perseguirse con la ley noruega, y nosotros no tenemos pena de muerte.

—Puede que Noruega no, pero yo tengo pena de muerte y tú también, Harry.

—Ah, ¿sí?

—No dudo que tú, como la mayor parte de la gente de este país, crees sinceramente en imponer castigos compasivos y en dar nuevas oportunidades. Pero también eres un ser humano, Harry. A quien han arrebatado a un ser querido. Que también era un ser querido para mí.

Harry dio una profunda calada al cigarrillo.

—No —dijo Bohr—. Así no. Rakel era mi hermana pequeña. Exactamente igual que Hala. Las dos eran Bianca. Y las he perdido a todas.

—¿Qué quieres, Bohr?

—Quiero ayudarte, Harry. Cuando lo encuentres, quiero ayudarte.

—Ayudarme ¿de qué manera?

Bohr levantó el cigarrillo.

—Matar es como fumar. Toses, te resistes, crees que lo conseguirás. En el fondo nunca me creí lo que decían los chicos de la FSK, que matar era el colocón perfecto. Si el asesino de Rakel muere después de ser arrestado, necesitarás estar fuera de sospecha.

—Yo tengo que firmar la sentencia de muerte, pero tú te ofreces a ser el ejecutor, ¿no?

—Ah, la sentencia ya la tenemos, Harry. El odio nos arrastra. Lo vemos, pero el incendio ya se ha extendido, es demasiado tarde para apagarlo. —Bohr tiró la colilla al suelo—. ¿Te acerco a casa?

—Iré andando —dijo Harry—. Necesito airear el cloroformo. Solo dos preguntas más. Cuando tu mujer y yo estábamos sentados junto al lago Smestaddamenn, nos apuntaste con una mira láser. ¿Por qué, y cómo supiste que estaríamos precisamente allí?

Bohr sonrió.

—No lo sabía. Suelo sentarme en el sótano a vigilar. Para que el visón no se coma a más crías de la pareja de cisnes que viven allí. Entonces aparecisteis vosotros.

—Hummm.

—¿Y la segunda pregunta?

—¿Cómo conseguiste sacarme del coche y subir tantos escalones esta noche?

—Como llevamos a nuestros caídos en combate, como si fueras una mochila. Es la única manera.

Harry asintió.

—Supongo que sí.

Bohr se puso de pie.

—Sabes dónde encontrarme, Harry.

Harry pasó por delante del Ayuntamiento, recorrió la calle Stortingsgata y se detuvo ante el Teatro Nacional. Tomó nota de que había pasado de largo tres bares abiertos y animados un sábado por la noche, sin mayor problema.

Sacó el teléfono. Un mensaje de Oleg.

«¿Alguna novedad? ¿Vas aguantando?»

Decidió llamarle cuando hubiera hablado con Kaja. Contestó a la primera.

—¿Harry? —Su voz transmitía inquietud.

—He hablado con Bohr —dijo él.

—¡Sabía que algo pasaba!

—Es inocente.

—Ah, ¿sí? —Oyó el sonido de un edredón que rozaba el micrófono del teléfono; Kaja debía de haberse dado la vuelta en la cama—. ¿Eso qué quiere decir?

—Eso quiere decir que volvemos a partir de cero. Te daré un informe completo mañana temprano, ¿vale?

—¿Harry?

—Sí.

—Me he asustado.

—Lo he notado.

—Y ahora me siento un poco sola.

Pausa.

—¿Harry?

—Hummm.

—No tienes que hacerlo.

—Lo sé.

Colgó. Marcó la O de Oleg. Iba a presionar el icono de llamada, pero dudó. En su lugar eligió escribir un mensaje: «Mañana te llamo».

31

Harry estaba tumbado boca arriba sobre el edredón, vestido. Las botas Dr. Martens descansaban en el suelo, junto a la cama, la gabardina colgaba del respaldo de la silla.

Kaja estaba bajo el edredón, pero pegada a él, con la cabeza encima de su brazo.

—Tienes el mismo tacto —dijo ella pasando la mano por su jersey—. Tantos años y nada ha cambiado. Es injusto.

—He empezado a oler a sudor —dijo él.

Ella le metió la cara en el sobaco e inspiró.

—Tonterías, hueles bien, Harry.

—Ese es el izquierdo. El que echa para atrás es el derecho. Será la edad.

Kaja rio bajito. Esa risa suave que Harry había echado de menos. Su risa.

—Cuéntame lo que ha pasado con Bohr —dijo Kaja.

Le dio permiso para fumarse un cigarrillo y Harry empezó por el principio. Había estado en la cabaña de Bohr, luego en casa de Kaja y Bohr le había asaltado en el salón, justo debajo de donde estaban ahora. Más tarde despertó en los locales vacíos de E14 y tuvo una conversación con Bohr. La repitió casi al detalle, salvo la parte final. La oferta que le había hecho para hacer de verdugo.

Curiosamente, Kaja no pareció escandalizarse por el hecho de que Bohr hubiera ejecutado a uno de sus soldados. O porque la hubiera vigilado tanto en Kabul como en Oslo.

—Creí que te asustarías cuando te contara que te espiaban.

Ella negó con la cabeza y le cogió el cigarrillo de la mano.

—Nunca lo vi, pero a veces lo presentía. Sabes, cuando Bohr supo que yo había perdido a mi hermano mayor de la misma manera que él perdió a su hermana pequeña, empezó a tratarme como si fuera un clon de esta. Se notaba en los detalles, por ejemplo, cuando íbamos a trabajar fuera de las zonas seguras me asignaba un refuerzo un poco mayor. Fingí que no me daba cuenta. Una se acostumbra a que la vigilen.

—¿Sí?

—Claro que sí. —Dio otra calada al cigarrillo—. Cuando trabajaba en Basora, la mayoría de las fuerzas aliadas que estaban cerca del hotel en que vivíamos los de la Cruz Roja eran británicas. Y los británicos son distintos, ¿sabes? Los americanos se despliegan a lo ancho, van barriendo la calle y optan por el *snake procedure* cuando van a la caza de alguien. Avanzan en línea recta, se abren camino, literalmente, haciendo estallar las paredes que les estorban. Dicen que es más rápido y da más miedo, algo que no se debe subestimar. Mientras que los británicos… —caminó con los dedos por el pecho de Harry— se deslizan pegados a las paredes, son invisibles. Había toque de queda a partir de las ocho, pero a veces salíamos a la azotea del hotel, frente al bar. Nunca los vimos, pero de vez en cuando distinguía un par de puntos rojos sobre la persona que tenía al lado. Y esa persona veía lo mismo sobre mí. Era un discreto mensaje que nos enviaban los británicos avisando de que estaban en su puesto. Y que nos metiéramos dentro. Hacía que me sintiera más segura.

—Hummm. —Harry dio una calada al cigarrillo—. ¿Quién era esa persona?

—¿Quién?

—Esa a la que le veías los puntos rojos.

Kaja sonrió. Pero sus ojos se entristecieron.

—Roger, estaba en la ICRC, el Comité Internacional de la Cruz Roja. La mayoría de la gente no lo sabe, pero la Cruz Roja está constituida por dos organizaciones. Tienes la IFCR, de la que formábamos parte nosotros, los soldados de la salud que trabajamos para Naciones Unidas. Y luego tienes la ICRC, cuyos miembros son en su mayor parte suizos y cuya sede se encuentra fuera de la oficina central del palacio de Naciones Unidas en Ginebra. Es el equivalente en la Cruz Roja de los marines y la FSK. Rara vez oirás hablar de ellos, pero son los primeros en entrar y los últimos en salir. Se ocupan de todo lo que Naciones Unidas no se ocupa por cuestiones de seguridad. Son los de la ICRC los que salen de noche a contar cadáveres, por así decirlo. La gente de la ICRC mantiene un perfil bajo, pero los reconocerás porque llevan ropa más caras y destilan la sensación de sentirse superiores al resto.

—¿Y lo son?

Kaja inhaló aire.

—Sí, pero el impacto de la metralla también los mata.

—Hummm. ¿Le amabas?

—¿Estás celoso?

—No.

—Yo sí estaba celosa.

—¿De Rakel?

—La odiaba.

—Pero si ella no había hecho nada malo.

—Sería por eso. —Kaja rio—. Me dejaste por ella, una mujer no necesita más razón que esa para odiar, Harry.

—No te dejé, Kaja. Tú yo éramos dos seres humanos con el corazón roto que se consolaron el uno al otro durante un tiempo. Y cuando me fui de Oslo, os dejé a las dos.

—Pero dijiste que la amabas a ella. Cuando regresaste a Oslo por segunda vez, volviste por ella, no por mí.

—Fue por Oleg, se había metido en líos. Pero sí, siempre he amado a Rakel.

—¿También cuando ella no te quería?

—Especialmente cuando no me quería. Así somos los seres humanos, ¿no crees?

Los dedos caminantes de Kaja retrocedieron.

—El amor es complicado —dijo pegándose más a él y apoyando la cabeza en su pecho.

—El amor es la raíz de todo —dijo Harry—. De lo bueno y lo perverso. De lo bueno y lo malo.

Kaja lo miró.

—¿En qué estás pensando?

—¿Parece que estoy pensando?

—Sí.

Harry negó con la cabeza.

—Es una historia de raíces.

—Pues cuéntala, venga.

—Bueno, ¿has oído hablar de Old Tjikko?

—¿Qué es eso?

—Es un pino. En cierta ocasión Rakel, Oleg y yo fuimos en coche a Fulufjället, en Suecia, porque Oleg había estudiado en el colegio que allí crecía Old Tjikko, el árbol más viejo del mundo, que iba a cumplir diez mil años. En el coche Rakel no paraba de explicarnos que el origen del árbol se remontaba a la época en que el ser humano descubrió la agricultura e Inglaterra todavía formaba parte del continente europeo. Cuando subimos la montaña, nos sentimos decepcionados al descubrir que Old Tjikko no era sino un pino raquítico, nada alto y torcido por efecto del viento. Un guarda forestal nos explicó que el árbol no tiene más que unos cientos de años y es uno más de un conjunto de árboles, y que es el sistema de raíces en el que estos árboles crecen el que tiene diez mil años. Oleg se puso triste, pues había tenido la ilusión de contarles a sus compañeros de clase que había visto el árbol más antiguo del mundo. Y ni siquiera se veían las raíces de ese churro de árbol. Yo le dije que, en lugar de eso, podía levantar la mano y contarle al profesor que las raíces no son todo el árbol. Por eso, el árbol más antiguo del que se tiene noticia está en White Mountains, en California, y tiene cinco mil años. Al oír eso Oleg se alegró y fue corriendo por delante de nosotros durante todo el descenso porque no podía esperar a llegar a Noruega y triunfar con su superior sabiduría. Cuando nos fuimos a dormir esa noche, Rakel se acurrucó a mi lado y me dijo que me amaba, que nuestro amor era como ese sistema de raíces. Los árboles podían pudrirse, partirse por culpa de un rayo, y nosotros podíamos discutir, yo podía volver a beber. Pero con lo que había bajo la tierra, ni nosotros ni nadie podría hacer nada, siempre estaría allí y siempre volvería a crecer un nuevo árbol.

Se quedaron en silencio en la oscuridad.

—Apenas oigo el latido de tu corazón —dijo Kaja.

—El de una de sus mitades —dijo Harry—. Deja de latir cuando falta la otra mitad.

De pronto, Kaja se tumbó sobre él.

—Quiero olerte el otro sobaco —dijo ella.

Harry dejó que lo hiciera. Ella se quedó tumbada con la mejilla pegada a la suya y él notó el calor de su cuerpo a través del pijama gastado y su propia ropa.

—A lo mejor tienes que quitarte el jersey para que pueda notarlo —susurró ella con la boca pegada a su oreja.

—Kaja…

—No, Harry. Lo necesitas. Lo necesito. Como dijiste: consuelo. —Se movió para dejar más sitio a la mano.

Él la agarró.

—Ha pasado muy poco tiempo, Kaja.

—Piensa en ella cuando lo hagas. Lo digo en serio. Hazlo. Y piensa en Rakel.

Harry tragó saliva.

Le soltó la mano. Cerró los ojos.

Fue como dejarse caer en una bañera de agua caliente con el traje puesto y el teléfono metido en el bolsillo: terriblemente equivocado, terriblemente delicioso.

Ella le besó. Él abrió los ojos, la miró a la cara. Por unos segundos fue como si se vigilaran, dos animales que se habían encontrado en el bosque y tenían que decidir si eran amigos o enemigos. Luego correspondió a su beso. Ella lo desvistió, se desvistió, se sentó sobre él. Agarró su miembro. No movió la mano, solo lo sujetó, con fuerza. Tal vez estuviera fascinada por sentir la sangre latiendo en su erección, como él la sentía. Luego, sin más preámbulos, lo introdujo en su interior.

Encontraron el ritmo, lo recordaban. Lento, pesado. Harry la vio oscilar sobre él en la escasa luz rojiza del despertador. Acarició lo que parecía un collar con la forma de un símbolo o una letra, pero era un tatuaje, una especie de S con dos puntos debajo que le recordó el coche de Pedro Picapiedra. Los gemidos de Kaja eran más altos, quería ir más deprisa, pero Harry no la dejó, la retuvo. Ella lanzó un grito enfadado, pero dejó que él llevara el ritmo. Él cerró los ojos buscando a Rakel, encontró a Alexandra. Encontró a Katrine. Pero no encontró a Rakel. Hasta que Kaja se quedó rígida, dejó de gemir, abrió los ojos y vio la luz roja deslizarse como la sangre por su rostro y su torso. La mirada clavada en la pared, la boca abierta en un grito mudo, el brillo de los dientes húmedos, afilados.

Y su medio corazón latió.

32

−¿Has dormido bien? −preguntó Kaja, le ofreció a Harry una de las dos tazas de café humeante y volvió a tumbarse a su lado en la cama.

La luz pálida del sol de la mañana se filtró por las cortinas, que se mecían suavemente ante la ventana abierta. El aire de la mañana seguía siendo helado, y Kaja sintió un placentero escalofrío al meter los pies fríos entre las pantorrillas de Harry.

Harry pensó la respuesta. Sí, joder, había dormido bien. No recordaba haber tenido pesadillas. Ni haber sufrido el síntoma de abstinencia. No había experimentado ninguna visión repentina ni indicios de un posible ataque de pánico.

−Eso parece −dijo Harry sentándose en la cama y bebiendo un sorbo de café−. ¿Y tú?

−Como un tronco. La idea de tenerte aquí a mi lado me funciona, pero claro, también me ocurrió la última vez.

Harry miró al infinito y asintió.

−¿Qué te parece? ¿Lo intentamos otra vez? ¿Empezamos de nuevo desde cero? −Se dio la vuelta y vio por el asombro que se dibujaba en la cara de Kaja que le había malinterpretado−. El caso es que no tenemos ningún sospechoso a la vista −añadió deprisa−. ¿Así que por dónde empezamos?

Se le tensó la cara. Su expresión parecía decir «¿No podías dejar a Rakel en paz durante cinco minutos cuando acabamos de despertarnos juntos?», pero no dijo nada.

La joven recuperó el control y luego carraspeó.

—El caso es que Rakel le habló a Bohr de las amenazas que había recibido como consecuencia de tu trabajo. Pero también sabemos que en nueve de cada diez asesinatos cometidos en el hogar, el asesino es alguien del entorno de la víctima. Así que se trata de alguien a quien conocía. O alguien que te conoce a ti.

—La primera sería una larga lista, la segunda es breve.

—¿A qué hombres conocía si descontamos a Bohr y otros posibles colegas del trabajo?

—Conocía a mis compañeros de trabajo y... no.

—¿Sí?

—En la época que yo regentaba el bar Jealousy ella me ayudaba. Ringdal, el que después se hizo cargo del negocio, quería que continuara. Ella dijo que no, pero no creo que eso sea motivo de asesinato.

—¿Podría haberla asesinado una mujer?

—Hay un quince por ciento de probabilidades.

—Estadísticamente, sí. Pero piénsalo. ¿Alguien que sintiera celos?

Harry negó con la cabeza.

Un teléfono empezó a vibrar. Kaja se agachó por su lado de la cama, sacó el móvil del bolsillo de Harry, miró la pantalla y presionó «Responder».

—Está en la cama de Kaja, y bastante ocupado, por cierto, así que procura ser breve.

Le pasó el teléfono Harry. Él miró la pantalla con cara de frustración.

—¿Sí?

—No es que sea asunto mío, pero ¿quién es Kaja? —La voz de Alexandra sonó gélida.

—A veces yo también me lo pregunto —dijo Harry y siguió con la mirada a Kaja, que se deslizó fuera de la cama, se quitó el pijama, y fue al baño—. ¿De qué se trata?

—¿De qué se trata? —lo imitó Alexandra—. Pues pensaba informarte del último informe sobre ADN que hemos mandado al grupo de investigación.

—Dime.

—Pero ya no sé si voy a hacerlo.

—¿Porque estoy tumbado en la cama de Kaja?

—¡Lo admites! —gritó Alexandra.

—Admitir no es la palabra adecuada, pero sí. Si no te gusta, lo siento, pero para ti solo soy una *booty call*, lo superarás enseguida.

—Pues no vas a recibir más *booty calls* mías, *pretty boy*.

—Vale. Intentaré hacerme a la idea.

—Al menos podrías fingir que estás un poco apenado.

—Escucha, Alexandra, hace meses que no hago otra cosa que arrastrarme por las calles como un alma en pena, y ahora mismo no estoy de humor para seguirte el rollo. ¿Me vas a contar qué dice el informe o no?

Pausa. Harry oyó el zumbido de la ducha.

Alexandra suspiró.

—Hemos analizado hasta el más mínimo elemento que pudiera contener ADN en el escenario del crimen y, naturalmente, hay muchas coincidencias con los policías que ya tenemos registrados. Tú, Oleg, el grupo de investigación de escenarios de crímenes.

—¿Pero cómo puede ser que contaminaran la escena?

—No seas tan estricto, se trata de una exploración detallada en busca de indicios, Harry, por toda la casa, incluido el sótano. Nos mandaron tantos que el grupo nos hizo una selección de los que debíamos priorizar. Por eso no hemos dado con ese rastro hasta ahora. Los vasos y los cubiertos sin lavar en el interior del friegaplatos no estaban al principio de la lista.

—¿Qué ha aparecido?

—ADN de alguien sin identificar en la saliva del borde de un vaso.

—¿Un hombre?

—Sí. Dijeron que también había huellas dactilares en el vaso.

—¿Huellas dactilares? En ese caso tendrán una foto. —Harry se levantó de golpe—. Alexandra, eres una buena amiga. Gracias.

—Amiga —escupió ella—. ¿Quién quiere ser la amiga?

—¿Me llamarás cuando tengas algo más?

—Te llamaré cuando tenga un tiarrón en la cama. Eso es lo que pienso hacer. —Colgó.

Harry se vistió, cogió la taza de café, la gabardina y las botas, bajó al salón, abrió el ordenador portátil de Kaja y se conectó con la página de investigación de la policía del distrito de Oslo. Encontró la foto del vaso en el informe más reciente, donde también había una foto del contenido del friegaplatos. Dos platos y cuatro vasos. Eso quería decir que probablemente hubieran usado el vaso a una hora próxima a la del asesinato. Rakel no dejaba las cosas más de dos días en el friegaplatos. Si el electrodoméstico estaba medio lleno, a veces lo vaciaba y fregaba los platos a mano.

El vaso de las huellas era uno de los que Rakel había comprado en una pequeño taller de sopladores de vidrio en Nittedal. El taller pertenecía a una familia siria que había llegado a Noruega como refugiada. A Rakel le habían gustado los vasos azulados y quiso ayudar a la familia, así que propuso que el bar Jealousy los comprara, aduciendo que le darían al bar un toque personal. Pero antes de que Harry tomara una decisión al respecto, se vio fuera tanto de la casa de Holmenkollen como de la propiedad del bar. Rakel guardaba los vasos en un armario del salón. No sería el primer lugar en el que el asesino buscaría un vaso si quisiera beber después de cometer el asesinato. En el informe especificaban que en el vaso también estaban las huellas de Rakel. Lo que quería decir que le había dado a esa persona algo de beber, le había tendido el vaso. Agua, probablemente, según el informe no había rastro de otra cosa. Y Rakel no había bebido nada, en el friegaplatos solo había uno de los vasos azulados. Harry se pasó la mano por la cara.

Había llegado alguien a quien Rakel conocía lo bastante bien como para dejarlo pasar, pero no tanto como para coger uno de los vasos de IKEA del armario de encima del fregadero cuando esa persona le pidió agua. Parecía haberse tomado una pequeña molestia. ¿Un amante? En ese caso sería reciente, pues había que dar un rodeo para llegar hasta ese armario. Y la persona en cuestión no había estado en la casa con anterioridad. Cuando comprobó el resto de la tarjeta de memoria, en las grabaciones solo se veía ir y venir a Rakel, no había tenido ni una sola visita más. Hasta la noche del asesinato. Tenía que ser él. Harry pensó en la persona a la que Rakel parecía sorprendida de ver, pero a la que de todas maneras dejaba pasar al cabo de un par de segundos. En el informe decía que no habían encontrado huellas coincidentes en el archivo. Así que no se trataba de policías en activo, al menos ninguno que trabajara en el lugar de los hechos, y de ningún criminal conocido. Y era una persona que no había estado mucho en la casa, puesto que había dejado una única huella.

Los que habían sacado la huella del vaso lo habían hecho a la antigua: polvo con color repartido de manera uniforme con un cepillo o un imán. Harry veía las huellas de cinco dedos. En el centro había cuatro huellas juntas situadas de un modo que sugería que el dedo meñique, el más corto, había apuntado hacia la izquierda. En la parte baja del vaso había la huella de un pulgar. El de Rakel, que se lo había ofrecido con la mano derecha. Harry siguió leyendo el informe y obtuvo la confirmación que buscaba: que las huellas eran de la mano derecha de Rakel y de la izquierda del desconocido. El cerebro de Harry se alarmó cuando escuchó el mismo crujido de la noche anterior.

—¡Menudo bote has dado! —exclamó riendo Kaja, que entró descalza en el salón con un gastado albornoz de franela azul que le quedaba muy grande. Debía de haber pertenecido a su padre. O a su hermano mayor—. Solo tengo desayuno para uno, pero podemos salir y…

—No pasa nada —dijo Harry cerrando el portátil—. Tengo que ir a casa a cambiarme de ropa. —Se puso de pie y la besó en la frente—. Bonito tatuaje, por cierto.

—¿Te parece bonito? Pensaba que no te gustaban los tatuajes.

—¿De verdad?

Ella sonrió.

—Dijiste que los seres humanos estamos locos por naturaleza y que por eso no deberíamos escribir de forma indeleble en piedra o en la piel, solo con colores que se diluyan en el agua. Que necesitamos poder borrar el pasado, poder olvidar quiénes hemos sido.

—Vaya. ¿Yo dije eso?

—Que había que optar por hojas en blanco, dijiste. Por la libertad de ser algo nuevo, mejor. Que los tatuajes te definen, te obligan a conservar antiguas convicciones. Utilizaste como ejemplo que si te tatúas a Jesús en el pecho, eso ya es un motivo para agarrarte a viejas supersticiones, porque el tatuaje parecería una estupidez en el cuerpo de un ateo.

—No está mal. Y es impresionante que lo recuerdes.

—Eras un hombre reflexivo con muchas ideas extrañas, Harry.

—Antes era mejor, tal vez debería haberme tatuado esas ideas.

Harry se frotó la nuca. Esa alarma no quería apagarse, como la alarma vieja de un coche que zumbara junto a la ventana del dormitorio esperando a que alguien fuera a apagarla. ¿Había sido algo más que el crujido de una madera suelta en el suelo lo que la había activado?

Kaja le siguió hasta el recibidor y él se puso las botas.

—¿Sabes una cosa? —dijo cuando él estuvo listo para salir por la puerta abierta—. Tienes el aspecto de alguien que tiene intención de sobrevivir.

—¿Qué?

—Cuando te vi en la iglesia me pareció que estabas esperando la primera oportunidad para morirte.

Katrine vio en la pantalla del teléfono el nombre de la persona que le estaba llamando. Dudó, miró el montón de informes que tenía encima del escritorio y suspiró.

—Buenos días, Mona. No sabía que trabajabas en domingo.

—¿Tú también? —dijo Mona.

—¿Perdón?

—¿Tú también? Es una abreviatura para cuando envías un mensaje.

—Sí, yo siempre. Sin camiones, Noruega se detiene.

—¿Perdón?

—Un viejo eslogan. Sin mujeres… Olvídalo. ¿Qué puedo hacer por VG?

—Me gustaría que me pusieras al día del caso Rakel.

—Para eso están las ruedas de prensa.

—La última fue hace mucho. Y Anders parece...

—Que tu pareja sea un investigador de la policía no te da derecho a ponerte la primera de la cola, Mona.

—Al revés, me pone la última de la fila. Porque tenéis pánico de que parezca que me dais trato de favor. Y lo que iba a decir es que por supuesto que Anders no me cuenta nada, pero últimamente está más hermético que nunca. Y eso lo interpreto como que el caso está en vía muerta.

—Los casos nunca están en vía muerta —dijo Katrine y se masajeó la frente con la mano que tenía libre. Dios mío, qué cansada estaba—. Tanto Kripos como nosotros trabajamos de manera sistemática e incansable. Cada pista que no nos lleva a la meta, nos acerca a ella.

—Guay, pero creo que ya te cité con esas palabras exactas, Bratt. ¿Tienes algo más sexy?

—¿Sexy? —Katrine sintió que algo se desprendía, algo que llevaba tiempo a punto de caer ladera abajo—. Vale, aquí viene lo sexy. Rakel Fauke era una persona maravillosa. Y eso es mucho más de lo que puedo decir de ti y de tus métodos de trabajo. Si no santificas las fiestas, al menos mantén el respeto por su memoria y lo que pueda quedarte de integridad, jodida zorra. Ya está, ¿te ha parecido lo bastante sexy?

En los segundos que siguieron, Katrine se sintió tan atónita por lo que había dicho como Mona Daa.

—¿Quieres que cite lo que acabas de decir? —preguntó Mona. Katrine se reclinó sobre su silla y maldijo en silencio.

—¿Tú qué crees?

—Pensando en posibles colaboraciones futuras —dijo Mona—, soy de la opinión de que esta conversación telefónica nunca ha tenido lugar.

—Gracias.

Colgaron y Katrine apoyó la frente sobre la fría superficie de la mesa. Era demasiado. La responsabilidad. Los titulares. La impaciencia de los que ocupaban las plantas altas. El niño. Bjørn. La incertidumbre. La certeza. La certeza de tantas cosas, de que se encontraba allí en domingo porque no quería estar en casa, con ellos. Y no era suficiente. Podía leer todos los informes, los suyos, los de Winter y los de Kripos, no serviría para nada. Porque Mona Daa tenía razón: estaban en vía muerta.

Harry se detuvo de golpe en medio del parque de Stenspark. Había dado un pequeño rodeo para poder pensar, sin recordar que era domingo. Los ladridos coléricos de los perros les hacían la competencia a los frenéticos gritos infantiles que a su vez competían con las órdenes que proferían los dueños de los perros y los padres de los niños. Pero ni siquiera esto había acallado esa alarma que no quería dejar de sonar. De repente enmudeció. Porque recordó. Recordó dónde había visto una mano izquierda sosteniendo un vaso de agua.

—¿Sabías que te pueden meter en la cárcel por encargar una muñeca hinchable con forma de niña? —preguntó Øystein Eikeland pasando las páginas del periódico del mostrador del bar Jealousy—. Quiero decir que, aunque la idea sea asquerosa, el pensamiento es libre, ¿no?

—Tiene que haber límites para lo asqueroso que se puede llegar a ser —dijo Ringdal chupándose la punta del dedo antes de seguir contando billetes de la caja registradora—. Anoche fue muy bien, Eikeland.

—Aquí dice que los expertos no se ponen de acuerdo sobre si usar muñecas sexuales infantiles aumenta el riesgo de que se abuse de menores.

—Pero vienen pocas tías buenas. ¿A lo mejor deberíamos anunciar copas más baratas para chicas menores de treinta y cinco?

—Si es así, ¿por qué no castigan con la cárcel a los padres que les compran ametralladoras de juguete a sus hijos y les dejan jugar a masacres escolares?

Ringdal acercó un vaso al grifo.

—¿Eres pedófilo, Eikeland?

Øystein Eikedal miró al infinito.

—Naturalmente lo he pensado, solo por curiosidad, ya sabes. Pero no, no me hace tilín en ninguna parte. ¿Y tú?

Ringdal llenó el vaso.

—Puedo asegurarte que soy un hombre muy normal, Eikeland.

—¿Eso qué quiere decir?

—¿Qué quiere decir qué?

—Muy normal, eso suena sospechoso.

—Muy normal quiere decir que me gustan las nenas mayores de edad. Exactamente igual que a nuestros clientes masculinos. —Ringdal levantó el vaso—. Y por eso he contratado a una camarera nueva.

Øystein Eikeland tenía la boca abierta.

—Estará además de nosotros dos —dijo Ringdal—. Así podremos tener un poco más de tiempo libre. Hacer rotaciones en el equipo, ¿no? Estilo Mourinho. —Bebió un trago de agua.

—Para empezar, fue sir Alex quien introdujo el sistema de rotación. Y para seguir, José *Moronho* es un cretino que se toma demasiado en serio; vale, ha ganado títulos con los jugadores más caros del mundo, pero, como la mayoría de la gente, se ha dejado engañar por esos supuestos expertos comentaristas y está convencido de que el éxito se debe a sus cualidades extraordinarias. A pesar de que todas las investigaciones apuntan a que es un mito que el entrenador tenga algo que ver con los resultados obtenidos por un equipo de fútbol. Gana el equipo con los jugadores mejor pagados. Y punto. Si quieres que el bar Jealousy gane la liga de los bares de Grunnerløkka, solo tienes que pagarme más, Ringdal. No le des más vueltas.

—Hay que reconocer que resulta entretenido, no te lo voy a negar, Eikeland. Será por eso que les gustas a los clientes. Pero creo que no vendrá mal un poco de variedad.

Øystein sonrió y dejó al descubierto los restos marrones de su dentadura.

—¿Vamos a mezclar dientes en mal estado con tetas grandes? Porque las tendrá grandes, ¿no?

—Bueno...

—Eres un idiota, Ringdal.

—Ándate con ojo, Eikeland, tu puesto en el equipo no es tan seguro.

—Tienes que decidir qué clase de bar quieres. ¿Un sitio con integridad y principios o Hooters?

—En ese caso opto por…

—No contestes hasta que hayas tenido en cuenta estas consideraciones estratégicas, *Moronho*. Según las estadísticas de la página porno de internet Pornhub, los usuarios del futuro, los que tienen entre dieciocho y veinticuatro años, muestran una inclinación casi un veinte por ciento inferior a buscar tetas que otros grupos. Mientras que los que pronto la espicharán, los que tienen entre cincuenta y cinco y sesenta y cuatro años, son los que más buscan esas tías tetudas tuyas. Las tetas están pasando de moda, Ringdal.

—¿Y la dentadura hecha un asco? —preguntó Harry.

Se volvieron hacia el recién llegado.

—A lo mejor podrías servirme algo de beber, Ringdal.

Ringdal negó con la cabeza.

—Todavía no es la una.

—No quiero ningún licor, ponme…

—Nada de vino ni de cerveza antes de las doce los domingos, Hole. Nos gustaría conservar la licencia.

—… un vaso de agua —concluyó Harry.

—Bueno —dijo Ringdal, cogió un vaso limpio y abrió el grifo.

—Dijiste que le habías preguntado a Rakel si quería seguir trabajando para el Jealousy —dijo Harry—. Pero no apareces ni en sus correos electrónicos ni en la lista de sus llamadas de los últimos meses.

—Ah, ¿no? —dijo Ringdal ofreciendo el vaso a Harry.

—Así que me preguntaba ¿dónde, cuándo y cómo hablaste con ella?

—¿Te lo preguntabas tú, o la policía?

—¿Cambiaría en algo tu respuesta?

Ringdal asomó el labio inferior y ladeó la cabeza.

—No, porque no me acuerdo.

—¿No recuerdas si te encontraste con ella en persona o le mandaste un correo electrónico?

—No, la verdad es que no.

—¿O si fue hace poco o hace mucho?

—Estoy seguro de que tú entiendes lo que es tener alguna página en blanco en la memoria.

—Tú eres abstemio —dijo Harry llevándose el vaso de agua a la boca.

—Y siempre ando muy liado, me encuentro con mucha gente y ocurren muchas cosas, Harry. Por cierto…

—¿Ahora andas muy liado? —dijo Harry recorriendo el bar vacío con la vista.

—Hay que anticiparse, Harry. Los preparativos lo son todo. Así no tienes que improvisar. Cuando te planificas las cosas todo son ventajas. ¿Tú también lo haces?

—¿El qué? ¿Planificar?

—Piénsalo, Harry. Merece la pena. Si nos permites…

Cuando vieron que la puerta se cerraba detrás de Harry, la mirada profesional de Øystein recorrió instintivamente la barra, sin éxito, en busca de su vaso vacío.

—Debe de estar desesperado —dijo Ringdal moviendo la cabeza en dirección al periódico que Øystein tenía delante—. Por lo que dicen, la policía no tiene nada, nada de nada. Y ya se sabe lo que hacen en esos casos.

—¿Qué? —preguntó Øystein desistiendo de su búsqueda.

—Vuelven al principio. Las pistas y las sospechas que tenían, pero que habían descartado.

Pasó un rato antes de que Øystein cayera en la cuenta de lo que Ringdal quería decir. Harry no estaba desesperado porque la policía no tuviera nada. Harry estaba desesperado porque la policía sería más rigurosa con las pistas que ya tenía. Como la coartada de Harry.

Los locales que ocupaban los técnicos de criminología en Bryn estaban vacíos. Pero dos hombres estaban inclinados sobre la pantalla del ordenador en el laboratorio de Huellas Dactilares.

—Coincide —afirmó Bjørn Holm y se enderezó—. Son las mismas huellas que las del vaso azulado de casa de Rakel.

—Ringdal estuvo allí —dijo Harry estudiando las huellas grasientas del vaso del Jealousy.

—Eso parece.

—Con la excepción de la noche del asesinato, durante semanas la única que salió y entró en la casa fue Rakel. Nadie más.

—Vale. Puede que el primero en visitar la casa fuera el tal Ringdal. El que acudió a primera hora de la noche y luego se marchó.

Harry asintió.

—Por supuesto. Puede que le hiciera una visita sin avisar, que Rakel le diera un vaso de agua mientras él le preguntaba si quería trabajar en el Jealousy; ella le respondió que no, gracias, y él se fue. Todo eso coincidiría con la grabación en vídeo. Lo que no cuadra es que Ringdal haya dicho que no lo recuerda. Claro que recuerdas haber estado de visita en casa de una mujer cuando dos días después lees en el periódico que fue el escenario de un crimen unas horas después de que estuvieras allí.

—A lo mejor miente porque no quiere que sospechemos de él. Si ha estado solo con Rakel la noche del asesinato, tendría que explicar muchas cosas. Y aunque sepa que es inocente, teme no poder demostrarlo, lo que le expondría tanto a padecer prisión provisional como a sufrir una atención indeseada en los medios. Tendrás que presentarle las pruebas a ver si recupera la memoria.

—Hummm. O tal vez debamos guardarnos esa baza hasta que sepamos algo más.

—Nosotros no, Harry. Esta es tu historia. Yo apuesto, igual que Ringdal, por la estrategia de no verme involucrado.

—Suena como si pensaras que es inocente.

—Lo de creer una cosa u otra es asunto tuyo. Pero estoy de baja paternal y me gustaría seguir teniendo un trabajo cuando se acabe.

Harry asintió.

—Tienes razón, soy un egoísta que espera que gente que no me debe nada se juegue la casa, el sueldo y los años cotizados para la pensión solo para ayudarme.

Se oyó un lloriqueo procedente del cochecito. Bjørn miró la hora y se sacó un biberón de debajo del jersey. Le había contado a Harry que el truco consistía en meterse el biberón debajo del jersey y entre dos michelines para que mantuviera más o menos la temperatura corporal.

—Ah, ya sé a qué músico me recuerda Ringdal, se me acaba de ocurrir —dijo Harry mientras veía cómo el niño con sus tres enormes y graciosos rizos chupaba y hacía ruiditos con el biberón—. A Paul Simon.

—¿Paul Frederic Simon? —exclamó Bjørn—. ¿Y eso se te acaba de ocurrir?

—Es por tu hijo. Se parece a Art Garfunkel.

Harry contaba con que Bjørn levantara la vista y le dijera que eso era una ofensa, pero su amigo siguió con la cabeza gacha, concentrándose en darle de comer al bebé. Tal vez estaba preguntándose en qué punto de su barómetro musical situaría a Art Garfunkel.

—Gracias otra vez, Bjørn —dijo Harry abrochándose la gabardina—. Será mejor que me ponga en marcha.

—Eso que dijiste de que no te debo nada —dijo Bjørn sin levantar la mirada—, no es verdad.

—No se me ocurre qué podría ser.

—Si no fuera por ti no habría conocido a Katrine.

—Por supuesto que sí.

—Fuiste tú quien la echó en mis brazos. Katrine vio lo que pasaba con tus relaciones, representabas todo lo que ella no buscaba en un hombre. Y yo era lo menos parecido a ti que pudo encontrar. Así que, en cierto modo, fuiste mi padrino, Harry. —Bjørn levantó la vista con una amplia sonrisa y los ojos húmedos.

—Joder, no me digas que habla la famosa emoción paternal.

—Probablemente. —Bjørn se rio secándose los ojos con el dorso de la mano—. ¿Qué harás ahora? Me refiero a Ringdal.

—Dijiste que no querías que te implicara.

—Cierto. No quiero saberlo.

—Entonces me iré corriendo antes de que sean dos los que lloren —dijo Harry mirando el reloj—. Me refiero a vosotros dos.

Mientras iba hacia el coche, Harry llamó a Kaja.

—Indaga sobre Peter Ringdal, a ver qué averiguas.

A las siete de la tarde ya era de noche. Una lluvia leve, silenciosa e invisible cubrió el rostro de Harry como una telaraña mientras subía por el sendero de grava hacia la casa de Kaja.

—Tenemos un indicio —dijo al teléfono—. Ni siquiera lo llamaría una pista.

—¿Quiénes somos «nosotros»? —preguntó Oleg.

—¿No te lo había mencionado? —Oleg no respondió—. Kaja Solness —dijo Harry—. Fuimos colegas.

—Estáis…

—No, nada de eso. No…

—¿Nada que yo deba saber? —completó Oleg.

—No, creo que no.

—Vale.

Pausa.

—¿Crees que daréis con él?

—No lo sé, Oleg.

—Pero sabes lo que quiero oír.

—Hummm. Seguro que acabamos dando con él.

—Vale. —Oleg soltó un profundo suspiro—. Hablamos.

Harry encontró a Kaja en el salón con el ordenador portátil en el regazo, el teléfono sobre la mesa baja. Había averiguado lo siguiente:

Peter Ringdal tenía cuarenta y seis años, se había divorciado dos veces, sin hijos, no estaba claro si actualmente tenía pareja, pero vivía solo en un chalet de Kjelsås. Su carrera profesional era bastante accidentada. Había estudiado empresariales en la universidad privada BI y en su día había lanzado un nuevo concepto de sistema de transporte.

—Encontré dos entrevistas que le habían hecho, ambas en el diario económico *Finansavisen* —dijo Kaja—. En la primera, de 2004, busca inversores en lo que define como una futura revolución de nuestra idea de transportar personas. El titular es: «El aniquilador del uso del coche particular». –Tecleó en el ordenador–. Aquí está. Cita de Ringdal: «Hoy transportamos a una o dos personas en vehículos que pesan una tonelada por carreteras que requieren enormes extensiones de terreno y mucho mantenimiento para soportar el tráfico al que están expuestas. La cantidad de energía necesaria para rodar esas pesadas máquinas sobre anchos neumáticos y asfalto rugoso resulta absurda si tomamos en cuenta las alternativas que tenemos a nuestra disposición. Además, a todo ello hay que sumarle los recursos que destinamos a fabricar esas máquinas completamente sobredimensionadas. Pero ese no es el mayor coste para la humanidad derivado del actual transporte de personas. Es el tiempo. El tiempo que se pierde por el hecho de que un potencial contribuyente a nuestra sociedad tenga que pasar cuatro horas ocupado por completo en conducir su máquina por el tráfico de Los Ángeles. ¡No solo es un uso absurdo de una cuarta parte del tiempo que una persona pasa despierta, también implica una pérdida de PIB que solo en esa ciudad sería suficiente para financiar una expedición a la luna todos los años!».

–Hummm. –Harry pasó el índice por el barniz descascarillado del apoyabrazos de la butaca en la que se había sentado–. ¿Y qué propone Ringdal?

–Postes de los que cuelgan pequeños vagones para una o dos personas, algo parecido a un teleférico. Los vagones están aparcados en plataformas en la esquina de las casas, como si fueran bicicletas de uso comunitario. Te sientas, introduces tu contraseña y tu destino. Cargan un pequeño coste por kilómetro recorrido a tu tarjeta de crédito y un programa informático pone en marcha el vagón con una aceleración progresiva de hasta doscientos kilómetros por hora, incluso en el centro de Los Ángeles. Mientras tanto tú sigues trabajando, haciendo deberes o viendo la televisión sin apenas notar las curvas. O la curva, en la mayoría de los casos sería suficiente con una. No hay semáforos ni atascos, los vagones son como electrones que van lanzados por un sistema informático sin llegar a chocarse nunca. Debajo, todas las calles de la ciudad quedan libres para los peatones, los ciclistas y los monopatines.

—¿Y el transporte pesado?

—El transporte que resulte demasiado pesado para los postes irá en camiones que circularán muy despacio por ciudad, en franjas horarias de noche o de madrugada.

—Parece caro mantener carreteras y mástiles a la vez.

—Según Ringdal los nuevos mástiles y carriles costarán entre un cinco y un diez por ciento de lo que cuesta una carretera nueva. Lo mismo se aplica al mantenimiento. De hecho, el paso a un sistema de mástiles y carriles se costeará en tan solo una década con la reducción del precio de mantenimiento de las carreteras. Además, hay que sumarle el ahorro en vidas humanas y gastos al haber menos accidentes de coche. El objetivo es que no haya ni una víctima de accidentes de tráfico.

—Hummm. La verdad es que suena sensato en la ciudad, pero en las zonas poco pobladas...

—Se pueden poner postes hasta la cabaña de vacaciones, costaría una quinta parte de lo que supone abrir un camino de grava.

Harry esbozó una media sonrisa.

—Parece que te gusta la idea.

Kaja se echó a reír.

—Si hubiera tenido dinero en 2004, lo habría invertido.

—¿Y?

—Lo habría perdido. La segunda entrevista a Ringdal es de 2009, lleva por titular: «Cinturón negro en suspensión de pagos». Los inversores lo han perdido todo y están furiosos con Ringdal. Él, por su parte, opina que la víctima es él, que son ellos los que con su falta de visión y cobardía han boicoteado el proyecto al cerrar el grifo del dinero. ¿Sabías que fue campeón de Noruega de judo?

—Hummm.

—Por cierto, que dijo una cosa divertida... —Kaja movió el ratón y leyó en tono risueño—: «La así llamada élite financiera es una panda de parásitos que cree que hace falta ser inteligente para hacerse rico en un país que acumula cincuenta años seguidos de bonanza económica. Pero lo único que hace falta es tener complejo de inferioridad, voluntad de arriesgarte a costa de otros y haber nacido después de 1960. Nuestra supuesta élite financiera es una panda de gallinas ciegas en un silo de grano y Noruega el paraíso de la mediocridad».

—Qué fuerte.

—Y no acaba aquí. También hay una teoría de la conspiración.

Harry vio que la taza de café que tenía sobre la mesa todavía humeaba un poco, eso quería decir que había café recién hecho en la cocina.

—Cuenta.

—El desarrollo es inevitable y ¿quién tiene más que perder?

—¿Me lo preguntas a mí?

—¡Estoy leyéndote la entrevista!

—Entonces pon esa voz tan divertida.

Kaja le miró amenazante.

—¿Los fabricantes de coches? —suspiró Harry—. ¿Los constructores de carreteras? ¿Las empresas petroleras?

Kaja carraspeó y volvió a mirar la pantalla.

—«Al igual que los fabricantes de armas, las empresas automovilísticas son grupos de poder, y su supervivencia depende del uso del coche privado. Por eso batallan desesperadamente contra el desarrollo fingiendo impulsarlo. Pero cuando intentan convencer a la gente de que la solución está en los coches sin conductor, por supuesto que no están buscando remediar el problema del transporte, sino que quieren, mientras les sea posible, frenar el avance de la historia y seguir produciendo monstruos de una tonelada de peso, aunque sepan que no benefician al mundo, al contrario, son muy conscientes de estar malgastando los mermados recursos del planeta. Y empleando todos los medios que tienen a su alcance pretenden acabar con cualquier otra iniciativa. Han ido a por mí desde el primer día. No han conseguido asustarme, pero está claro que han logrado espantar a mis inversores.» —Kaja levantó la vista.

—¿Has encontrado alguna noticia más reciente? —preguntó Harry.

—Casi nada. Una noticia breve de 2016, también en *Finansavisen*, sobre el que apodan «el Musk noruego». Según la noticia, hoy regenta un pequeño estanco en Hellerud, pero en su día elaboró una quimera que duró poco a pesar de que los expertos del Instituto de Economía del Transporte la recibieron como una de las ideas más sensatas que se habían presentado sobre el transporte de viajeros en el futuro, especialmente en ciudad.

—Hummm. ¿Tiene antecedentes?

—Figura una denuncia por haberle propinado una paliza a un tío cuando trabajaba de portero en una discoteca en su época de estudiante y otra por conducción temeraria, también cuando era estudiante. No se le declaró culpable en ninguno de los dos casos. Pero he dado con otra cosa. Un caso archivado de persona desaparecida.

—Ah ¿sí?

—Su última exmujer, Andrea Klitsjkova, fue dada por desaparecida el año pasado. Como el caso se archivó, el documento se ha borrado, pero encontré una copia de un correo electrónico de la amiga noruega que denunció la desaparición de Andrea. Escribe que antes de dejar a Ringdal, Andrea le contó que la había amenazado varias veces con un cuchillo cuando lo criticó por haberse arruinado. Encontré el número de esa amiga y hablé con ella. Dijo que la policía había interrogado a Ringdal, pero que luego recibió un correo de Andrea desde Rusia en el que se disculpaba por no haber avisado de que regresaba a su país. Como Andrea era ciudadana rusa, el caso quedó en manos de la policía rusa.

—¿Y?

—Supongo que encontraron a Andrea, al menos el caso no vuelve a aparecer en la red policial.

Harry se puso de pie y fue a la cocina.

—¿Cómo es que tienes acceso a la intranet de la policía? —preguntó Harry—. ¿Se olvidaron los de informática de borrar tu usuario?

—No, pero sigo teniendo mi token criptográfico y me pasaste el BID y la contraseña de tu colega.

—¿Eso hice?

—BH100 y HW1953. ¿Lo has olvidado?

«No es que lo haya olvidado, es que se ha esfumado», pensó Harry mientras cogía una taza del armario de la cocina y se servía café de la jarra. Ståle Aune le había hablado del síndrome Wernicke-Korsakoff, de cómo el alcohol, sin prisa pero sin pausa, carcome la capacidad de recordar del bebedor. Bueno, al menos recordaba los nombres Wernicke y Korsakoff. Pero era raro que olvidara cosas que había hecho estando sobrio. Y también muy inusual que no recordara nada de un tiempo tan prolongado como la noche del asesinato. Contraseña.

Observó las fotos colgadas de la pared, entre los armarios y la encimera.

Una foto descolorida de un chico y una niña en el asiento trasero de un coche. Los dientes afilados de Kaja a la vista, sonriendo al fotógrafo, el chico que la rodeaba con el brazo debía de ser su hermano mayor, Even. Otra de Kaja con una mujer de cabello oscuro a la que le sacaba una cabeza. Kaja con una camiseta y pantalones kaki, la otra mujer vestida con ropa occidental y un hiyab; un paisaje desértico al fondo. En el suelo la sombra del trípode de una cámara, pero ningún fotógrafo. La habían hecho con disparador automático. Solo era una foto, pero su manera de estar juntas, tan pegadas, hizo que Harry percibiera lo mismo que en la foto del asiento trasero. Intimidad.

Luego dirigió la vista hacia una foto de un hombre alto, de cabello claro, que vestía una chaqueta de lino y estaba sentado tras la mesa de un restaurante, con un vaso de whisky delante y un cigarrillo colgando de una mano. Tenía una mirada juguetona, segura, que no dirigía directamente a la cámara, sino un poco por encima. Harry pensó en el suizo, el de la versión dura de la Cruz Roja.

La cuarta foto era de él, con Rakel y Oleg. La misma foto que Harry tenía en su apartamento; no sabía cómo la había conseguido Kaja. Pero tenía menos resolución que la suya, y la parte oscura era más oscura, y había un brillo en un lado, como si hubiera fotografiado la foto. Quizá había sacado una foto a escondidas en la breve ocasión en que habían estado juntos, si es que podía llamarse así. Solo eran dos cuerpos que se habían acurrucado juntos para darse calor en la noche invernal, buscando refugio de la tormenta. Y cuando la tormenta amainó él se levantó y se marchó a tierras más cálidas.

¿Por qué colgaba uno fotos de su vida en la pared de la cocina? ¿Porque no quieres olvidar cuando el río del tiempo ha borrado los colores y los márgenes de los recuerdos? Las fotos se conservaban mejor, eran más seguras. ¿Era por ese motivo por lo que él no tenía fotos aparte de esa? ¿Porque prefería olvidar?

Harry bebió un sorbo de café.

No, las fotos no eran verdad. Las fotos que uno colgaba de la pared eran versos sueltos de una vida tal y como te gustaría que hubiera sido. Las fotos decían más de quien las había colgado que de los retratados en la imagen. Y si las leías bien, podían contarte más que cualquier interrogatorio. Los recortes de prensa en la pared de la cabaña de Bohr. Las armas. La foto del chico con la guitarra Rickenbacker en el cuarto de la adolescente de Borggata. Las zapatillas de deporte. El único armario del padre.

Tenía que entrar en casa de Peter Ringdal. Leer sus paredes. Leer sobre el hombre que se enfurece con los inversores porque no quieren seguir sufragándole. Que amenaza a su mujer con un cuchillo porque lo critica.

—Categoría tres —gritó mientras observaba a Rakel, Oleg y a sí mismo. Habían sido felices. Al menos eso era cierto, ¿no?

—¿Categoría tres? —le respondió Kaja con otro grito.

—La clasificación de los asesinos.

—¿Cuál era la número tres?

Harry fue con la taza de café hasta el hueco de la puerta, se apoyó en el marco.

—Los ofendidos. Los que asumen el papel de víctimas, que no aguantan las críticas y vuelven su agresividad contra aquellos a los que guardan rencor.

Ella estaba allí sentada, con las piernas dobladas, flexible como un gato, la taza en una mano mientras se apartaba el pelo rubio de la cara con la otra. Harry volvió a sorprenderse de lo guapa que era.

—¿En qué piensas? —preguntó ella.

«Rakel», pensó él.

—Allanamiento de morada —dijo él.

La vida de Øystein Eikeland era sencilla. Se levantaba. O no. Si se levantaba, iba desde su piso en Tøyen al quiosco de Ali Stian. Si estaba cerrado, es que era domingo y entonces averiguaba lo único que retenía en su memoria a largo plazo: los encuentros del equipo de fútbol de Vålerenga, puesto que en su contrato ponía que libraba en el Jealousy todos los domingos en los que este jugara en casa. Si Vålerenga no jugaba en el nuevo estadio de Valle Hovin ese día, se iba a casa y volvía a acostarse para levantarse media hora antes de que abriera el Jealousy. Pero si era un día entre semana, Ali Stian le daba un café. Ali Stian tenía un padre paquistaní, una madre noruega y, al igual que su nombre, un pie bien plantado en cada una de las dos culturas. Un año en el que la fiesta nacional noruega del 17 de mayo cayó en viernes lo vieron de rodillas sobre su esterilla en la mezquita del barrio vestido con el traje regional del valle de Gudbransdalen.

Después de echar un vistazo a los periódicos de Ali Stian, discutir con él las noticias más importantes y dejar los periódicos en el expositor, Øystein iba a un café donde estaba citado con Eli, una mujer mayor con sobrepeso que lo invitaba a desayunar encantada a cambio de que hablara con ella. O a ella, porque ella no tenía mucho que decir, solo sonreía y asentía con la cabeza, daba igual qué chorradas soltara. Øystein no tenía para nada mala conciencia, ella apreciaba su compañía, y ese aprecio se materializaba en un cruasán y un vaso de leche.

Después Øystein iba de Tøyen al bar Jealousy de Grünnerløkka, que era su ejercicio del día. Y aunque lo despachaba en veinte minutos, a veces pensaba que se merecía una cerveza. Nada de una pinta, una caña, era riguroso con eso. Y menos mal, porque no siempre había sido así. Pero el trabajo fijo le hacía bien. Aunque no le gustara su nuevo jefe, Ringdal, le gustaba el trabajo y quería conservarlo. Igual que quería que su vida siguiera siendo sencilla. Por eso le disgustaba profundamente la conversación telefónica que acababa de mantener con Harry.

—No, Harry. —Estaba en el cuarto de atrás del Jealousy con el teléfono en una oreja y el índice metido en la otra para no oír a Peter Gabriel cantando «Carpet Crawlers» en el bar, donde Ringdal y la chica nueva servían a los primeros clientes de la tarde—. No puedo robar las llaves de Ringdal.

—Robar no —dijo Harry—. Tomar prestadas.

—Tomar prestado, sí. Eso dijiste cuando teníamos diecisiete y nos agenciamos ese coche en Oppdal.

—Fuiste tú el que dijo eso, Øystein. Y era el coche del padre del Tresko. Y salió bien, ¿no lo recuerdas?

—¿Bien? Nos libramos, pero el Tresko estuvo dos meses castigado sin salir de casa.

—Eso es salir bien.

—Y una polla.

—Las lleva en el bolsillo de la chaqueta. Cuando la cuelga se oye el ruido que hacen.

Øystein miró fijamente la vieja cazadora que colgaba de un gancho ante él. En los años ochenta esa chaqueta corta de algodón, carísima, había sido el uniforme de los pijos de Oslo. En otras partes del mundo la llevaban los grafiteros. Pero Øystein se acordaba sobre todo de una foto de Paul Newman. Era increíble cómo algunas personas podían hacer que la prenda más sosa pareciera tan chula que tuvieras que conseguirla a toda costa. A pesar de que intuías la decepción que sufrirías cuando te la pusieras y te miraras en el espejo.

—Pero ¿para qué quieres esas llaves?

—Solo quiero echar un vistazo a su piso —dijo Harry.

—¿Crees que ha matado a Rakel?

—No lo pienses.

—No, claro, como si fuera tan fácil —gimió Øystein—. Si fuera tan idiota que dijera que sí, *what's in it for me?*

—La sensación de que le has hecho un favor a tu mejor y único amigo.

—Y el paro cuando el dueño del Jealousy acabe en la cárcel.

—Entonces vale. Di que vas a sacar la basura y encuéntrate conmigo en el patio trasero a las nueve. Para eso faltan… seis minutos.

—¿Te das cuenta de que todo esto es una muy mala idea, Harry?

—Deja que lo piense. Lo he pensado. Tienes razón. Una idea malísima.

Cuando Øystein colgó, le dijo a Ringdal que iba a salir a fumar, cruzó la puerta de atrás, se colocó entre los coches aparcados y los contenedores de basura, se encendió un cigarrillo y meditó sobre los dos misterios que le atormentaban siempre: ¿Cómo podía ser que cuanto más caros eran los jugadores que fichaba el Vålerenga, mayor era la probabilidad de que descendieran de categoría en lugar de conseguir ganar? ¿Cómo podía ser que cuanto peor era lo que Harry le pedía a Øystein que hiciera, mayor era la probabilidad de que accediera? Øystein Eikeland hizo sonar las llaves que había cogido de la cazadora y se había metido en el bolsillo, mientras se repetía el argumento definitivo de Harry: «Muy mala idea, pero es la única que tengo».

33

Harry tardó diez minutos escasos en ir de Grünnerløkka a Kjelsås pasando por Storo. Aparcó el Escort en una de las calles paralelas a Grefsenveien, una que tenía el nombre de un planeta, y siguió a pie hacia una con el nombre de otro. La llovizna se había transformado en una lluvia torrencial y constante, las calles oscuras estaban desiertas. Un perro empezó a ladrar en una terraza cuando Harry se acercó al número de la casa de Peter Ringdal que Kaja había localizado en el Registro Civil. Harry se subió el cuello de la gabardina y entró por el portón de la calle asfaltada hasta el chalet de cemento pintado de azul. Una parte de la construcción tenía un diseño rectangular tradicional y la otra la forma de un iglú. Harry se preguntó si los vecinos habrían acordado trabajar el tema del espacio exterior en la decoración, pues en el jardín había una escultura metálica que parecía un satélite y que se suponía que se trasladaba alrededor de la parte circular de la casa, el globo terráqueo. El hogar. La impresión se veía reforzada por una ventana con forma de media luna en la puerta. No había ningún cartel adhesivo de alarma. Harry llamó al timbre. Si alguien abría, explicaría que se había perdido y preguntaría cómo podía ir a la calle en la que había aparcado el coche. Nadie abrió. Metió la llave en la cerradura, la giró. Abrió y entró en el recibidor a oscuras.

Lo primero que le sorprendió fue el olor. O mejor dicho, la ausencia de olor. Todos los hogares en los que Harry había entrado tenían el suyo: ropa, sudor, pintura, comida, jabón, algo. Pero al dejar el aroma de la primavera en el exterior fue como si hubiera salido de otra casa, los olores desaparecieron.

La cerradura no se bloqueaba automáticamente, había que girarla desde el interior para que se cerrara. Encendió la linterna del móvil. Dejó que la luz recorriera las paredes del pasillo que atravesaba la casa como un eje. Las paredes estaban decoradas con cuadros y fotos artísticas, y por lo que Harry podía juzgar el que las había escogido no tenía mal gusto. Le pasaba lo mismo con la comida. Harry no sabía cocinar, y cuando le daban una carta extensa, ni siquiera era capaz de escoger una combinación de platos que armonizaran entre sí. Pero al menos tenía la capacidad de reconocer una buena comanda cuando oía a Rakel decirle al camarero, sonriente y en voz baja, lo que quería comer, y la copiaba sin avergonzarse de ello.

Nada más entrar había una cómoda. Harry sacó el primer cajón. Guantes y bufandas de lana. Sacó el siguiente. Llaves, pilas sueltas, una linterna, una revista de judo. Una caja de balas. Harry la levantó. 9 milímetros. Ringdal tenía una pistola en alguna parte. Dejó la caja en su sitio y se disponía a cerrar el cajón cuando notó algo. Ya no había una total ausencia de olor, del cajón emergía un aroma casi imperceptible.

Un olor al calor del sol en el bosque.

Apartó la revista de judo.

Había un pañuelo de seda rojo. Se quedó paralizado unos instantes. Luego lo levantó, se lo acercó a la cara, inspiró el olor. No había ninguna duda. Era suyo, era de Rakel.

Harry tardó unos segundos en centrarse. Pensó un momento. Devolvió el pañuelo a su lugar, debajo de la revista, cerró el cajón y siguió avanzando por el pasillo.

En lugar de entrar a donde suponía que estaba el salón, subió por la escalera. Otro distribuidor. Abrió una puerta. El baño. Como no tenía ventanas que permitieran ver la luz desde el exterior, apretó el interruptor. En el mismo instante cayó en la cuenta de que si Ringdal había hecho instalar un contador de la luz nuevo y lo que había dicho el instalador de Hafslund era cierto, podrían descubrir que alguien había estado en la casa si comprobaban que el gasto de electricidad se había incrementado mínimamente pasadas las nueve y media. Harry revisó el estante del espejo y el armarito del baño. Solo los artículos normales que necesitaría cualquier hombre. No había pastillas interesantes ni otros remedios. Lo mismo en el dormitorio. La cama hecha, todo ordenado, limpio. No había gato encerrado en los armarios. Al parecer la linterna del teléfono gastaba mucha electricidad, advirtió que el nivel de la batería había bajado peligrosamente. Se apresuró. Un despacho. Su dueño lo usaba poco, casi daba la impresión de que estaba abandonado.

Bajó al salón. La cocina. La casa permanecía muda, no le contaba nada.

Encontró una puerta que llevaba al sótano. El teléfono se apagó cuando iba a bajar por la estrecha escalera de madera. Desde el exterior no había visto que hubiera ventanas en el sótano, al menos no en el lado de la casa que daba a la calle. Encendió la luz y bajó.

Aquí tampoco encontró nada que le hablara. Un congelador, dos pares de esquís, un bote de pintura con goterones, lágrimas blancas y azules, zapatos de campo gastados, un panel con herramientas bajo una ventana alargada de sótano, del mismo tipo que las de casa de Rakel, que daba a la parte de atrás. Cuatro trasteros. Probablemente la casa había estado ocupada por dos familias en algún momento: una en el iglú, la otra en la parte convencional. Pero si allí solo vivía una persona ¿por qué los trasteros estaban cerrados con candados? Harry miró por la rejilla de la parte alta de una de las puertas. Estaba vacío. También los dos siguientes. El último, el del fondo, tenía una tabla de conglomerado delante.

Era ahí adonde quería llegar.

Los tres trasteros estaban cerrados y evidentemente vacíos para hacer creer a un posible intruso que aquel cuarto también lo estaba.

Harry pensó sobre lo que se disponía a hacer. No dudó, solo se tomó el tiempo necesario para valorar las posibles consecuencias, sopesar las ventajas de lo que pudiera encontrar contra los inconvenientes si llegara a descubrirse que alguien había entrado y que, por tanto, lo que hubiera hallado ya no tuviera valor como prueba. En el tablón de las herramientas había visto una palanca. Tomó una decisión, se acercó al panel, cogió un destornillador y se acercó a la puerta. Tardó tres minutos en soltar los tornillos del herraje de las bisagras de la puerta. La apartó. La luz del interior debía de estar conectada al interruptor del principio de la escalera, al menos estaba encendida. Un lugar de trabajo. Harry observó el escritorio con un ordenador, las estanterías con archivadores y libros. Se detuvo ante la foto que estaba pegada con un trozo de celo rojo en la pared desnuda y gris, por encima del escritorio. Era en blanco y negro. Habían utilizado flash, tal vez por eso el contraste entre el brillo blanco de la piel y la oscuridad de la sangre era tan intenso, como en un dibujo hecho con rotulador. Pero el dibujo mostraba su rostro ovalado, su cabello oscuro, su mirada apagada, su cuerpo muerto, mutilado. Harry cerró los ojos con fuerza. Y ahí, en el interior amarillo de sus párpados, volvió a aparecer. El flash. La cara de Rakel, la sangre en el suelo. Tuvo la sensación de que le clavaban un cuchillo en el pecho con tanta fuerza que tuvo que dar un paso atrás.

—¿Qué has dicho? —gritó Øystein Eikeland para hacerse oír por encima de David Bowie mirando a su jefe fijamente.

—¡He dicho que os apañaréis perfectamente los dos! —gritó Ringdal; metió la mano en el cuarto de atrás y se puso la cazadora.

—Pe-pero —tartamudeó Øystein—… ¡si acaba de empezar!

—Y también de demostrarnos que no es la primera vez que trabaja en un bar —dijo Ringdal señalando con un movimiento de cabeza a la chica que llenaba dos pintas de cerveza a la vez mientras hablaba con un cliente.

—¿Adónde vas? —preguntó Øystein

—A casa, ¿por qué?

—¿A casa tan temprano? —gimió Øystein desesperado.

Ringdal se echó a reír.

—Se supone que ese es el objetivo de contratar a una tercera persona, Eikeland —replicó, se cerró la cremallera de la cazadora y se sacó las llaves del coche del bolsillo del pantalón—. Hasta mañana.

—¡Espera!

Ringdal arqueó una ceja.

—¿Sí?

Øystein estaba allí parado, se rascó frenético el dorso de la mano, intentó pensar deprisa, lo que sin duda no era su fuerte.

—Me preguntaba si podrías darme la noche libre, solo esta noche.

—¿Por qué?

—Porque los del Klan van a ensayar canciones nuevas esta noche.

—¿Los de la peña del club de fútbol, los del Vålerenga?

—Eh, sí.

—Se las apañarán sin ti.

—¿Apañarse? ¡Podemos bajar de categoría!

—¿Habiendo jugado dos partidos de la temporada? Lo dudo. Vuelve a preguntarme en octubre.

Ringdal cruzó riéndose el cuarto de atrás hacia la puerta. Y desapareció.

Øystein cogió el teléfono, apoyó la espalda en el interior de la barra y marcó el número de Harry.

Respondieron al segundo tono. Una voz de mujer.

—El teléfono está apagado o fuera de cobertura...

—¡No! —gritó Øystein, colgó y volvió a intentarlo. Esta vez tres tonos. Pero la misma voz de mujer y la misma respuesta. Øystein hizo un último intento y esta vez creyó detectar un rastro de irritación en la voz de la mujer.

Escribió un mensaje.

—¡Øyvind! —Voz de mujer. Indudablemente molesta.

La nueva camarera estaba mezclando un cóctel mientras señalaba con la cabeza la cola de gente impaciente y sedienta que tenía detrás.

—Øystein —susurró antes de darse la vuelta y mirar mal a una joven que con un suspiro condescendiente y frustrado le pidió una cerveza.

A Øystein le temblaba la mano y derramó cerveza, pasó el trapo para limpiar el vaso de espuma y lo dejó sobre la barra mientras miraba el reloj. ¿Kjelsås? Dentro de diez minutos aquello sería un infierno. Harry en la cárcel y él sin trabajo. ¡Joder con el puto poli loco! Estaba claro que la joven había intentado comunicarse con él, porque ahora se estaba inclinando sobre la barra y le gritaba en la oreja:

—¡He dicho una caña, cretino, no una pinta!

Los altavoces chillaron «Suffragette City».

Harry examinaba la foto. Absorbía todos los detalles. La mujer estaba en el maletero de un coche. Ahora, más de cerca, vio dos cosas: que no era Rakel, sino una mujer más joven con los colores y los rasgos de Rakel. Lo que le había hecho creer que se trataba de un dibujo y no de una fotografía era que el cuerpo mostraba algunas irregularidades. Tenía hendiduras y abultamientos donde no correspondía, como si el dibujante no supiera anatomía. Ese cuerpo no solo había sido golpeado hasta morir sino que habían desahogado tal ira y fuerza en él que parecía que la hubieran arrojado por un precipicio. Nada en la foto delataba dónde había sido tomada, o por quién. Harry dio la vuelta a la foto sin soltarla del celo. Papel para fotografías con brillo. Nada por detrás.

Se sentó al escritorio, que estaba cubierto de dibujos de pequeños vagones para dos que colgaban de vías suspendidas entre mástiles. En uno de los vagones iba una persona escribiendo en un ordenador personal, en otro el viajero iba durmiendo sobre un asiento completamente reclinado, en el tercero una pareja de cierta edad se besaba. Por las calles había rampas de acceso cada cien metros, con vagones libres, vacíos. Otro dibujo mostraba un cruce a vista de pájaro, con vías que formaban una estrella de cuatro puntas. Sobre una hoja grande había un mapa de Oslo con dibujos geométricos que Harry supuso sería una red de vías.

Abrió los cajones del escritorio. Sacó esbozos futuristas de vagones aerodinámicos que colgaban de cables o vías, todos pintados en colores fuertes, con diseños extravagantes, personas sonrientes que derrochaban fe en el futuro y que a Harry le recordaron los anuncios de los años sesenta.

Algunos tenían el texto en japonés, otros en inglés. Era evidente que las imágenes no mostraban la idea de Ringdal, sino conceptos relacionados. Pero no había más fotos de cadáveres, solo la que colgaba frente a él. ¿Qué significaba, qué le contaban las paredes esta vez?

Presionó con un dedo el teclado y la pantalla se iluminó. No tenía contraseña. Hizo clic en el icono del correo electrónico. Introdujo la dirección de Rakel en el buscador pero no encontró nada. No era extraño, pues resultó habían vaciado todos los buzones. O no estaban en uso, o los vaciaba con regularidad, tal vez por eso no se había preocupado de bloquear el ordenador con una contraseña. Tal vez uno de los expertos informáticos de la policía pudiera encontrar y reconstruir la correspondencia de Ringdal, aunque Harry sabía que con los años esa labor se había complicado.

Buscó entre la lista de documentos, abrió algunos. Informes sobre la economía del transporte. Una solicitud de permiso para ampliar el horario del bar Jealousy. Una contabilidad semestral que evidenciaba que el bar había producido un beneficio bastante considerable. Nada de interés.

En las estanterías tampoco. Las carpetas contenían teoría del transporte, investigación sobre el desarrollo urbano, accidentes de tráfico, teoría del juego. Pero también había un libro encuadernado en tapa dura, muy gastado. La obra de Friedrich Nietzsche *Also Sprach Zarathustra*. En su juventud, Harry, por pura curiosidad, había ojeado este mítico libro sin encontrar nada relativo al superhombre o a un supuesto sustrato del pensamiento nazi; le pareció el relato de un viejo de la montaña que, aparte de afirmar que Dios había muerto, decía cosas completamente incomprensibles.

Miró el reloj. Llevaba allí media hora. Sin batería en el teléfono no podía hacer una foto de la chica muerta para averiguar quién era. Pero no había ninguna razón para temer que la foto y el pañuelo de Rakel hubieran desaparecido cuando volvieran con una orden de registro.

Harry salió, atornilló las bisagras de la puerta, colgó el destornillador en el tablón, subió corriendo la escalera, apagó la luz, salió al descansillo. Oyó ladrar al perro del vecino. Cuando iba hacia la salida abrió la puerta de la única habitación en la que no había entrado. Era un aseo donde también estaba la lavadora. Iba a cerrar la puerta cuando vio un jersey blanco tirado junto a ropa interior para lavar y camisetas sobre los azulejos del suelo delante de la lavadora. El jersey tenía una cruz azul en el pecho. Y manchas que parecían de sangre. Más concretamente: salpicaduras de sangre. Harry pestañeó. La cruz había despertado un recuerdo. Se veía en el bar Jealousy, Ringdal estaba detrás de la barra. Era el jersey que Ringdal llevaba puesto aquella tarde, la noche en que Rakel murió. Parece ser que Harry había pegado a Ringdal. Los dos habían sangrado. ¿Pero tanto? Si lavaban el jersey antes de que se produjera el registro, nunca lo sabrían. Harry dudó unos instantes. El perro había dejado de ladrar. Se agachó, enrolló el jersey con mucho cuidado y se lo metió en el bolsillo de la gabardina con cierta dificultad. Volvió al recibidor.

Se detuvo de golpe. Se oían pasos sobre la gravilla. Harry retrocedió hacia la oscuridad del final del pasillo. A través de la ventana con forma de media luna vio una silueta iluminada por la luz de la escalera.

Joder.

La ventana estaba demasiado baja como para que pudiera ver su rostro, pero advirtió que buscaba en los bolsillos de una cazadora azul, y luego maldecía en voz baja. El picaporte descendió. Harry intentó recordar si había cerrado con llave.

El hombre del exterior tiró de la puerta. Soltó tacos en voz alta.

Harry dejó salir el aire de sus pulmones sin hacer ruido. Había cerrado con llave. Y de nuevo revivió una sensación. La cerradura de Rakel. Que la había comprobado, que había echado la llave.

Una luz se encendió en el exterior. La pantalla de un teléfono. Un rostro pálido se apretó contra la media luna de la puerta, la nariz y la barbilla aplastadas contra el cristal, iluminadas por el teléfono que tenía en la oreja. Ringdal estaba casi irreconocible, su cara, cubierta por una media de nailon, recordaba a la de un atracador, demoníaca, pero eran sus ojos los que miraban hacia la oscuridad del pasillo.

Harry permaneció inmóvil, contuvo la respiración. Les separaban cinco metros como mucho. ¿De verdad que Ringdal no podía verlo? A modo de respuesta se oyó la voz de Ringdal contra la ventana de media luna, con un eco concentrado, extraño. Baja y tranquila.

—Ahí estás.

Joder, joder.

—No encuentro las llaves de casa —dijo Ringdal. La humedad de su boca formaba vaho en el cristal.

—Eikeland —había respondido Øystein algo formal cuando después de pensárselo, presa del pánico, fue al cuarto de atrás y contestó a la llamada de Ringdal.

—Ahí estás —había dicho Ringdal—. No encuentro las llaves de casa.

Øystein cerró la puerta que daba al bar para oír mejor.

—¿Sí? —Øystein se esforzaba por parecer tranquilo. ¿Dónde cojones estaba Harry y por qué cojones había apagado el teléfono?

—¿Puedes mirar a ver si están en el suelo debajo del gancho donde cuelgo mi chaqueta?

—Vale, un momento —dijo Øystein y se apartó el teléfono de la boca. Respiró hondo como si hubiera estado conteniendo la respiración, seguramente lo había hecho. Piensa, piensa.

—¿Eikeland? ¿Estás ahí, Eikeland? —A Øystein la voz de Ringdal le parecía más débil y menos amenazante si sostenía el teléfono un poco apartado de la oreja. Se lo acercó otra vez con desgana.

—Sí. No, no veo ninguna llave. ¿Dónde estás?

—Estoy delante de mi casa.

Harry estará dentro, pensó Øystein. Si ha oído llegar a Ringdal, va a necesitar tiempo para salir de allí, una ventana trasera, otra puerta.

—A lo mejor las llaves están en la barra —dijo Øystein—. O en el baño. Espera un par de minutos, voy a comprobarlo.

—Yo no dejo las llaves en cualquier sitio, Eikeland. —Lo afirmó con tal seguridad que Øystein comprendió que no serviría de nada intentar hacerle dudar—. Romperé el cristal.

—Pero…

—Mañana localizaré a un cristalero, no es gran cosa.

Harry miró de frente a los ojos de Ringdal tras el cristal, y le pareció que era un misterio que el otro no lo viera. Se planteó la posibilidad de retroceder de puntillas hacia la puerta del sótano, salir por una de las ventanas. Pero sabía que ahora cualquier movimiento lo delataría. El rostro de Ringdal desapareció de la media luna. Harry vio que Ringdal se metía la mano debajo de la chaqueta y de un jersey negro. Sacó un objeto también negro. Una pistola con lo que Bjørn llamaba «nariz respingona», es decir, un cañón sumamente corto, probablemente una Sig Sauer P320. Fácil de esconder, fácil de usar, gatillo rápido, eficaz en las distancias cortas.

Harry tragó saliva.

Le pareció que ya podía oír al abogado defensor de Ringdal. El acusado creyó que un ladrón iba a su encuentro por el pasillo oscuro, disparó en defensa propia. El abogado defensor preguntando a Katrine Bratt como testigo durante el juicio: ¿Quién había ordenado a Hole que allanara la casa?

Vio que levantaban la pistola, la mano que se echaba hacia atrás.

—¡Están aquí! —gritó Øystein al teléfono.

Silencio al otro lado.

—Ha faltado muy poco —se oyó por fin la voz de Ringdal—. ¿Dónde...

—En el suelo. Debajo del gancho, como has dicho. Estaban detrás del cubo de la basura.

—¿El cubo de la basura? No hay ningún...

—Lo puse ahí, en el bar no paraba de darle patadas —dijo Øystein asomándose por la puerta del bar donde la cola de clientes sedientos volvía a ser enorme. Agarró el cubo de la basura y lo puso a un lado de la puerta, bajo el gancho.

—Vale. Ten las llaves listas. Voy ahora mismo.

Colgó.

Øystein marcó el número de Harry. La misma voz femenina seguía con el mantra del teléfono apagado. Øystein se secó el sudor. Bajarían a segunda división. La temporada apenas había empezado, pero estaba escrito hace mucho, era la ley de la gravedad, algo que en el mejor de los casos se podría aplazar, pero no evitar.

—¡Øyvind! ¿Dónde estás, Øyvind?

—¡ES ØYSTEIN! —Su voz atronó sobre el follón que se oía al otro lado de la puerta.

La silueta se apartó de la ventana. Harry oyó pasos acelerados por la escalera. El perro que volvía a ladrar.

Ten las llaves listas. Voy ahora mismo.

Øystein debía de haber convencido a Ringdal de que había encontrado sus llaves.

Oyó un coche que arrancaba y se marchaba.

El suyo estaba aparcado en otro planeta. No tenía ninguna posibilidad de llegar al bar Jealousy antes que Ringdal. Y el teléfono estaba sin batería, no podía comunicarse con Øystein. Harry intentó pensar. Pero le parecía que su cerebro había perdido el rumbo. Pensó en la foto de la chica muerta. Y recordó algo que Bjørn le había explicado del revelado de fotos en la época en que todavía tenían cuarto oscuro en la sección de Criminología. Los técnicos recién contratados tenían cierta tendencia a poner demasiado contraste en las fotos de manera que había poca resolución y menos detalles tanto en el blanco como en el negro. Los contrastes de la foto del sótano no eran tan exagerados a causa del *flash*, sino porque la foto había sido tomada y revelada por un aficionado. Harry estaba seguro. Era Peter Ringdal quien había hecho la foto. De una chica que él mismo había matado.

34

Øystein vio abrirse la puerta por el rabillo del ojo. Era él, Ringdal. Entró, era bastante bajito y enseguida se perdió de vista
entre los clientes. Pero advirtió que la gente se apartaba mientras
él se acercaba a la barra, como la jungla que se bamboleaba alrededor del *Tyranosaurus rex* en *Jurassic Park*. Øystein siguió sir-
viendo cerveza. El líquido marrón llenaba el vaso, la espuma se
expandía por encima. El grifo tosió una vez. ¿Una burbuja oca-
sional o ya era hora de cambiar el barril? No lo sabía. Joder, no
sabía si aquello era el final o si era pasajero, un obstáculo en el
camino. Tendría que esperar y ver. Esperar y ver si todo se iba a
la mierda. Sin el «si». Todo acababa por irse a la mierda, siempre,
solo era cuestión de tiempo. Al menos si tu mejor colega se
llama Harry Hole.

—Es el barril —le dijo a la chica—. Voy a cambiarlo, dile a
Ringdal que enseguida vuelvo.

Øystein entró en el cuarto de atrás, se encerró en el aseo del
personal que hacía las veces de almacén de todo, desde los vasos
y las servilletas al café y los filtros. Sacó el teléfono y llamó a
Harry, con el mismo y decepcionante resultado.

—¿Eikeland?

Ringdal estaba en el cuarto trasero.

—¿Eikeland?

—Estoy aquí dentro —murmuró Øystein.

—Creí que ibas a cambiar el barril.

–Al final resulta que no estaba vacío. Estoy ocupado.

–Y yo esperando.

–Estoy ocupado cagando. –Øystein recalcó su afirmación apretando la musculatura del estómago y sacando el aire de los pulmones con dos largos y sonoros gemidos–. Ve a echar una mano en el bar, salgo enseguida.

–Pasa las llaves por debajo de la puerta. Vamos, Eikeland, ¡me voy a casa!

–Estoy aquí con un chorizo fantástico a medio salir, jefe, puede que estemos hablando de un récord mundial, no quisiera dejarlo a la mitad.

–Ese humor barriobajero puedes guardártelo para los de tu calaña, Eikeland. Ya.

–Vale, vale, solo son sesenta segundos.

Se quedaron en silencio.

Øystein se preguntó cuánto tiempo podría aplazarlo. Aplazarlo era la clave de todo, al fin y al cabo, ¿la vida no consistía en eso?

Contó despacio hasta veinte sin que se le ocurriera ninguna explicación mejor que las diez idioteces que ya tenía pensadas, tiró de la cadena, abrió la puerta y se fue al bar.

Ringdal le sirvió una copa de vino a un cliente, cogió su tarjeta de crédito y se volvió hacia Øystein, que se había metido las manos en los bolsillos del pantalón y ponía una cara con la que intentaba expresar desconcierto y desesperación. Que en verdad se parecía mucho a sus verdaderos sentimientos.

–¡Las tenía aquí! –gritó Øystein intentando hacerse oír entre la música y el zumbido de las conversaciones–. Me las he debido de dejar en alguna parte.

Øystein vio que Ringdal ladeaba la cabeza y lo observaba como si fuera una interesante obra de arte abstracto.

–¿Qué está pasando, Eikeland? –Más abstracto que interesante.

–¿Pasando?

Ringdal entornó los ojos.

–Pa-san-do. –Lo dijo en voz baja, casi un susurro, pero atravesó el ruido como un cuchillo.

Øystein tragó saliva con fuerza. Decidió rendirse. Nunca había entendido a la gente que primero se dejaba torturar y luego decía la verdad. Doble derrota, así lo veía él.

—Vale jefe. El caso es que…

—¡Øystein!

Esta vez no era la chica, que por fin se había aprendido su nombre. El grito venía de la puerta y el recién llegado no solo no desapareció entre los presentes, sino que su cabeza descollaba por encima, como si nadara entre ellos.

—¡Øystein, mi Øystein! —repitió Harry sonriendo como un loco. Y como Øystein nunca había visto a Harry sonreír de esa manera, le pareció una visión un poco aterradora—. ¡Feliz cumpleaños, viejo amigo!

Algunos clientes se volvieron hacia Harry, otros miraron a Øystein. Harry había llegado hasta la barra y abrazó a Øystein, lo estrechó contra su cuerpo y le puso una mano entre los omóplatos y la otra en la parte baja de la espalda. Sí, la deslizó peligrosamente cerca del culo.

Luego Harry lo soltó y se estiró. Alguien empezó a cantar. Y alguien que debía de ser la chica, apagó la música. Otros clientes se unieron al coro.

—*Happy Birthday to you…*

No, pensó Øystein, eso no. Prefiero que me torturen como antiguamente, que me desmembren y me arranquen las uñas. Pero era demasiado tarde. Incluso Ringdal cantaba desganado, tenía que mostrar su lado amable cuando todo el mundo lo estaba observando. Øystein esbozó una sonrisa forzada y dejó al descubierto la dentadura marrón mientras la vergüenza le abrasaba las mejillas y las orejas, pero de ese modo solo consiguió que se rieran y cantaran todavía más alto. Al acabar la canción todos levantaron sus vasos hacia Øystein y Harry le dio una palmada en el culo. Entonces notó que se le clavaba un objeto duro en el trasero y comprendió el motivo del primer abrazo.

La música volvió y Ringdal se giró hacia Øystein y le dio la mano.

—Feliz cumpleaños, Eikeland. ¿Por qué no me dijiste que era tu cumpleaños cuando me pediste la tarde libre?

—Bueno. No quise… —Øystein se encogió de hombros—. Igual es que soy un poco reservado.

—¿De veras? —dijo Ringdal con aspecto de estar sinceramente sorprendido.

—Pero, oye —dijo Øystein—. Al fin he caído en dónde me he dejado tus llaves. —Se metió la mano en el bolsillo trasero del pantalón con un movimiento que esperaba que no resultara demasiado estudiado.

—Toma.

Levantó el llavero. Ringdal lo escrutó un momento y miró de reojo a Harry. Las agarró de un tirón.

—Que tengáis buena noche, chicos.

Ringdal se apresuró hacia la salida.

—Joder, Harry —siseó Øystein mientras lo seguían con la mirada—. ¡Jo-der!

—Lo siento —dijo Harry—. Una pregunta muy corta. Después de que Bjørn viniera a buscarme la noche del asesinato, ¿qué hizo Ringdal?

—¿Hacer? —Øystein pensó la respuesta. Se metió un dedo en la oreja como si fuera a encontrarla allí—. Bueno, sí. Se fue a casa. Dijo que no conseguía parar la hemorragia de la nariz.

Øystein sintió algo suave sobre la mejilla. Se giró hacia la chica que todavía tenía los labios formando un beso.

—Felicidades. Nunca hubiera adivinado que eres Aries, Øyvind.

—Ya sabes lo que dicen. —Harry sonrió poniendo la mano en el hombro de Øyvind—. Valiente como un león, cobarde como un carnero.

—¿Qué ha querido decir con eso? —preguntó la chica viendo cómo Harry salía a zancadas por la puerta detrás de Ringdal.

—Quién sabe, es un tipo misterioso —murmuró Øystein pensando que ojalá Ringdal no se fijara mucho en su fecha de nacimiento al hacer la próxima nómina—. Vamos a poner algo de los Stones y a relajarnos un poco, ¿vale?

El teléfono resucitó de entre los muertos después de unos minutos cargándose en el coche. Harry escribió un nombre, presionó el icono de llamada y mientras frenaba en el semáforo en rojo de la calle Sannergata le contestaron la llamada.

—No, Harry, no quiero acostarme contigo.

Por la acústica imaginó que Alexandra estaba en su despacho del Instituto de Medicina Legal.

—Vale —dijo Harry—. Pero tengo un jersey ensangrentado que…

—¡No!

Harry tomó aire.

—Si el ADN de Rakel está en la sangre de ese jersey, podríamos situar a su dueño en el lugar de los hechos la noche del asesinato. Por favor, Alexandra.

Se hizo un silencio al otro lado. Un borracho que gritaba y se tambaleaba se detuvo en el paso de peatones delante del coche, le lanzó a Harry una mirada oscura, velada, dio un puñetazo en el capó y se perdió en la oscuridad haciendo eses.

—¿Sabes una cosa? —dijo ella—. Odio a los golfos como tú.

—Vale, pero adoras resolver casos de asesinato.

Otra pausa.

—A veces me pregunto si tan siquiera te gusto, Harry.

—Claro que me gustas. Soy un hombre desesperado, también a la hora de elegir compañeros de cama.

—Compañeros de cama. ¿No somos nada más que eso?

—No, no digas locuras. Somos profesionales que colaboramos en la captura de criminales que de otro modo abocarían a nuestra sociedad al caos y la anarquía.

—Ja ja —gimió ella sin entonación.

—Por supuesto, está claro que estoy dispuesto a mentir para conseguir que hagas lo que te pido —dijo Harry—. Pero me gustas. ¿Vale?

—¿Quieres acostarte conmigo?

—Bueno. No. Sí, pero no. ¿Entiendes?

En el despacho sonaba bajito una radio encendida. Estaba sola. Suspiró profundamente.

–Quiero que sepas que si hago esto no es por ti, Harry. Y en todo caso no voy a poder hacer un análisis completo de ADN en varios días, hay bastante espera y todo tiene alta prioridad. Kripos y el grupo de investigadores de Bratt se pasan todo el día al teléfono.

–Lo entiendo. Pero un perfil parcial que posibilite descartar que coincide con otros perfiles concretos llevaría menos tiempo, ¿verdad?

Harry oyó que Alexandra dudaba.

–¿Y cuáles son los que quieres descartar?

–El ADN del dueño del jersey. El mío y el de Rakel.

–¿El tuyo?

–El dueño del jersey y yo practicamos un poco de boxeo. Él sangró por la nariz y yo en la mano, así que no es imposible que haya sangre de los dos en el jersey .

–Vale. Rakel y tú estáis en el registro de ADN, así que no hay problema. Pero si voy a descartar que sea la sangre del dueño del jersey, necesitaré algún objeto que contenga su perfil de ADN.

–Ya lo he pensado. Tengo un pantalón ensangrentado en la cesta de la ropa sucia, y hay demasiada sangre para que toda provenga de mis nudillos, seguro que hay sangre de su nariz. Estás en Medicina Legal, ¿verdad?

–Supongo que sí.

–Estaré allí dentro de veinte minutos.

Alexandra estaba esperando en la calle helada, con los brazos cruzados, cuando Harry giró frente a la entrada del hospital Rikshospitalet. Llevaba zapatos de tacón alto, pantalones ceñidos, iba muy maquillada. Trabajaba sola, pero iba vestida como para ir a una fiesta. Harry nunca la había visto de otra manera. Alexandra Sturdza decía que la vida era demasiado corta para no estar lo más guapa posible todo el tiempo.

Harry bajó la ventanilla. Ella se agachó.

—*Hello, mister* —sonrió—. *Five hundred for handjob, seven for…*

Harry negó con la cabeza y le pasó dos bolsas de plástico: una con el jersey de Ringdal, otra con sus vaqueros.

—¿Sabes que en Noruega no se trabaja a estas horas?

—¿Ah sí? ¿Por eso estoy aquí sola? Está claro que los noruegos tenéis algo que enseñarle al mundo.

—¿A trabajar menos?

—A poner el listón más bajo. ¿Para qué viajar a la luna si tienes una cabaña en la montaña?

—Hummm, te agradezco mucho lo que haces, Alexandra.

—En ese caso deberías haber elegido un servicio de mi lista de precios —dijo ella muy seria—. ¿Es Kaja la que te está tentando? La voy a matar.

—¿A ella? —Harry se agachó y la miró más detenidamente—. Pensaba que odiabas a los tipos como yo, no a las otras mujeres.

—A ti te odio, pero a la que quiero matar es a ella. ¿Entiendes?

Harry asintió despacio. Matar. Iba a preguntarle si era una forma de hablar rumana, una broma que traducida al noruego sonaba más dura de lo esperado. Pero cambió de opinión. Alexandra se apartó del coche y le miró por la ventanilla que subía en silencio. Harry la observó por el retrovisor mientras se alejaba. Ella permaneció en la acera, con los brazos caídos y pegados al cuerpo, iluminada por la farola y cada vez más pequeña.

Al pasar bajo la carretera de circunvalación Ring 3, recibió una llamada de Kaja. Harry le contó lo del jersey. Y lo del pañuelo en el cajón. La aparición de Ringdal. La pistola. Le pidió que comprobara cuanto antes si este tenía licencia de armas.

—Una cosa más —empezó Harry.

—¿Eso quiere decir que no vienes para aquí? —lo interrumpió ella.

—¿Qué?

—Estás a cinco minutos de mi casa y dices «una cosa más», como si fuéramos a estar un rato sin hablarnos.

—Tengo que pensar —dijo Harry—, y pienso mejor solo.

—Por supuesto, no era mi intención darte la lata.

—No me das la lata.

—No, yo… —ella suspiró—. ¿Qué más querías decirme?

—Ringdal tiene la foto del cadáver maltratado de una mujer en la pared, encima del ordenador. Ya sabes, colocado de manera que puedas verlo todo el rato. Como si fuera un diploma o algo así.

—Dios mío. ¿Y eso qué quiere decir?

—No lo sé, pero ¿crees que podrías conseguir una foto de su exmujer, la rusa que desapareció?

—No tiene por qué ser complicado. Si está en Google, llamaré a su amiga. Te la mandaré por MMS.

—Hummm, gracias. —Harry condujo despacio por la calle Sognsveien, entre las casas de cemento con jardines de estilo británico del barrio residencial. Unos faros solitarios se aproximaban en sentido contrario—. ¿Kaja?

—¿Sí?

Era un autobús, al pasar por su lado le observaron rostros fantasmales desde el interior iluminado. Entre ellos vislumbró el rostro de Rakel. Los recuerdos se agolpaban como rocas sueltas antes de un desprendimiento.

—Nada —dijo Harry—. Buenas noches.

Harry estaba sentado en el sofá escuchando a los Ramones.

No porque le apeteciera especialmente escuchar la música de los Ramones, sino porque era el disco que tenía puesto desde que había desenvuelto el regalo de Bjørn. Cayó en la cuenta de que había evitado la música desde el entierro, que no había encendido la radio ni una vez, ni en casa ni en el Escort, que prefería el silencio. Silencio para pensar. Silencio mientras intentaba averiguar qué decía la voz que estaba fuera, más allá de la oscuridad, tras un cristal con forma de luna, tras las ventanas del autobús fantasma; siempre estaba a punto de oírlo, pero al final se le escapaba. Sin embargo ahora debía ahogarla. Porque esa voz le hablaba demasiado alto y no soportaba escucharla. Subió el volumen, cerró los ojos y apoyó la cabeza en la colección de discos de detrás del sofá. Ramones. *Road to Ruin*. Joey y sus mensajes categóricos. Pero no. Seguía sonándole más a pop que a punk. Siempre pasaba lo mismo. El éxito, la buena vida, la edad, volvían conciliador incluso al más rebelde. Como le había pasado a Harry. Los años le habían vuelto más moderado, mejor. Casi tratable. Felizmente domesticado por una mujer a la que amaba y un matrimonio que funcionaba. No era perfecto. Bueno, joder, era todo lo perfecto que uno podía soportar que fuera. Hasta que un día, cuando menos se lo esperaba, había recordado un viejo error. Ella le había enfrentado a sus sospechas. Y él había confesado. No, confesado no. Siempre le contaba a Rakel lo que ella quería saber, lo que ella preguntaba. Ella siempre tuvo el sentido común de no preguntar más allá de lo que creía que tenía que saber. Así que en esa ocasión debía de haber considerado que tenía que enterarse de aquello. Había pasado una noche con Katrine. Esta se lo había llevado a su casa en una ocasión en que estaba tan borracho que no era capaz de cuidar de sí mismo. ¿Hubo sexo? Harry no lo recordaba, estaba como una cuba, aunque lo hubiera intentado lo más probable era que no hubiera podido. Pero le había respondido a Rakel la verdad, que no podía descartarlo del todo. Ella dijo que daba igual, que en cualquier caso la había traicionado, que no quería volver a verle y le pidió a Harry que recogiera sus cosas.

Cuando lo recordaba, la pena que sentía era tan grande que le faltaba el aire.

Se había llevado una bolsa con ropa, el neceser y los discos, dejó los CD. Harry no había probado una gota de alcohol desde el día que Katrine lo llevó a su casa, pero el día que Rakel lo echó, había ido directo al monopolio estatal de bebidas alcohólicas. Un empleado le llamó la atención cuando desenroscó el tapón de una botella sin siquiera haber traspasado la puerta.

Alexandra ya estaba trabajando con el jersey.

Harry ordenó las ideas en su cabeza.

Si la sangre era de Rakel, el caso estaba claro. Querría decir que la noche del asesinato Peter Ringdal se había ido del bar Jealousy sobre las 22.30 y luego había ido a visitar a Rakel sin avisar, tal vez con la excusa de convencerla para que siguiera con la gestión del bar. Ella le había dejado pasar y le había dado un vaso de agua. Había vuelto a rechazar la oferta de trabajo. O tal vez había aceptado. Quizá por eso Ringdal se había quedado más rato, tenían que hablar de más cosas. Y tal vez la conversación había derivado hacia temas más personales. Seguro que Ringdal le había contado que Harry había tenido un comportamiento agresivo en el bar un par de horas antes y Rakel le había hablado de los problemas de Harry y (algo que hasta ese momento no se le había ocurrido) le había contado que Harry había instalado una cámara de caza en su jardín sin decírselo a ella. Sin embargo Rakel la había descubierto y entonces le había explicado a Ringdal dónde estaba colgada la cámara. Habían compartido sus penas, tal vez también alguna alegría, y de pronto Ringdal debía de haber pensado que había llegado el momento de probar algún acercamiento físico. Pero esta vez Rakel le habría rechazado con firmeza. Como consecuencia de la ira que le produciría esa humillación, Ringdal había cogido un cuchillo del taco de madera de la encimera y la había agredido. Se lo había clavado varias veces, quizá porque seguía enfadado o porque comprendió que era demasiado tarde, que el daño estaba hecho, que debía terminar lo que había empezado, matarla y ocultar su rastro. Había conseguido mantener la cabeza fría. Había hecho todo lo que tenía que hacer. Cuando abandonó el lugar de los hechos, se había llevado un trofeo, un diploma, como la foto que tenía de la otra mujer a la que había matado. El pañuelo rojo que colgaba junto al abrigo en el estante del recibidor. Ya sentado en el coche se acordaría de la cámara de caza de la que Rakel le había hablado, así que saldría y la sacaría de su escondite. Se deshizo de la tarjeta de memoria en la gasolinera. Tiró el jersey manchado con la sangre de Rakel al suelo, entre la ropa sucia, tal vez no había visto la sangre, de ser así lo habría lavado inmediatamente. Eso fue lo que pasó. Podría ser. O no.

Veinte años investigando asesinatos le habían enseñado a Harry que la secuencia de los hechos casi siempre era más complicada e incomprensible que lo que uno había supuesto en un principio. Mientras que el móvil casi siempre era tan sencillo y evidente como parecía a primera vista.

Peter Ringdal había estado muy enamorado de Rakel. ¿Acaso no había Harry detectado el deseo en su mirada la primera vez que él se pasó por el Jealousy para echarle un vistazo? ¿Acaso no le había echado un vistazo a Rakel también? Amor y crimen. La combinación clásica. Cuando Rakel rechazó a Ringdal en la casa de madera, tal vez le había dicho que pensaba volver con Harry. Y todos somos pecadores recalcitrantes. Ligones, ladrones, borrachos, asesinos. Repetimos nuestros pecados y esperamos que nos perdonen, el perdón de Dios, de los demás o al menos el de nosotros mismos. Así, Peter Ringdal había matado a Rakel igual que a su exmujer, Andrea Klitsjkova.

Harry también había pensado en la posibilidad de que esa noche solo hubiera ido una persona a la casa. Había cometido el crimen a primera hora y después de un rato, sabiendo que no habría nadie, había vuelto para limpiar su rastro. En la grabación de la cámara primero se veía a Rakel abriendo la puerta, pero la segunda vez ya no estaba. ¿Era posible que ya estuviera muerta, que el asesino se hubiera llevado las llaves, abriera y luego dejara las llaves dentro antes de irse? ¿O el asesino había mandado a otra persona para que limpiara? En realidad, Harry tenía la vaga impresión de que las siluetas de las dos visitas no podían pertenecer a la misma persona. En cualquier caso, Harry había descartado esa hipótesis porque en su informe escrito Medicina Legal aseguraba, basándose en la temperatura del cuerpo y de la habitación, que el asesinato había tenido lugar después de la primera visita, es decir, cuando el segundo intruso todavía estaba allí.

Harry oyó la aguja rozar con cuidado la etiqueta, como si quisiera indicarle discretamente que diera la vuelta al disco. El cerebro le exigía más rock a todo volumen a modo de anestesia, pero descartó la idea, igual que rechazaba rutinariamente la voz del diablo que habitaba en su cerebro instigándole a tomarse una copa, un trago, una gota. Era hora de irse a dormir. Si además conseguía dormir, sería un premio añadido. Quitó el vinilo del tocadiscos sin tocar los surcos, sin dejar huellas dactilares. Ringdal había olvidado limpiar el vaso del friegaplatos. Resultaba extraño. Harry dejó caer el disco en la funda interior, luego lo metió en la cubierta. Recorrió los álbumes con un dedo. Ordenados alfabéticamente por el nombre del grupo, después cronológicamente según la fecha de adquisición. Metió la mano e hizo sitio para su nueva adquisición entre los álbumes que había clasificado como The Rainmakers y Ramones. Descubrió que había algo aplastado entre los discos. Los empujó a un lado para verlo mejor. Pestañeó. Su corazón se aceleró, como si hubiera comprendido algo que su cerebro aún no había sido capaz de asimilar.

Sonó el teléfono.

Harry contestó.

—Soy Alexandra. He hecho un primer barrido y ya veo diferencias en los perfiles de ADN que hacen que podamos descartar que la sangre del jersey del tal Ringdal proceda de Rakel.

—Hummm.

—Tampoco es tuya. Y, efectivamente, la sangre de tu pantalón no es tuya.

Silencio.

—¿Harry?

—Sí.

—¿Pasa algo?

—No lo sé. Supongo que la sangre del jersey y de mis pantalones será de su nariz. Aun así tenemos huellas dactilares que lo vinculan al lugar de los hechos. Y el pañuelo de Rakel que guarda en un cajón de su casa huele a ella, seguro que tiene su ADN. Un cabello, sudor, piel.

—Vale. Pero el ADN del jersey y de tu pantalón tampoco coinciden.

—¿Estás diciendo que la sangre del jersey no es ni de Rakel ni de Ringdal?

—Esa es una posibilidad.

Harry comprendió que le estaba dando tiempo para que llegara solo a las otras opciones. A la otra opción. Era una lógica muy sencilla.

—La sangre de mis pantalones no es de Ringdal. Y has empezado diciendo que no es mía. Entonces ¿de quién es?

—No lo sé —dijo Alexandra—, pero...

—¿Pero?

Harry tenía la mirada clavada entre los discos. Sabía la respuesta. Porque ya no eran unas rocas sueltas que avisaban de un desprendimiento. Ya había ocurrido. Toda la montaña se había derrumbado.

—Hasta ahora no hay ninguna discrepancia ente la sangre de tus pantalones y el ADN de Rakel —dijo Alexandra—. Por supuesto que queda mucha labor por hacer para que llegue a ser del 99,999 por ciento que consideramos una coincidencia total, pero ya estamos en el 82 por ciento.

Ochenta y dos por ciento. Cuatro de cinco.

—Por supuesto —dijo Harry—. Llevaba puestos esos pantalones cuando fui al lugar de los hechos después de que encontraran a Rakel. Me arrodillé junto al cadáver. Había un charco de sangre.

—Eso lo explicaría, en caso de que sea la sangre de Rakel la que hay en los pantalones, claro. ¿Quieres que siga con el análisis ahora que hemos descartado que la sangre del jersey sea de Rakel?

—No, no es necesario —dijo Harry—. Gracias, Alexandra. Te debo un favor.

—Vale. ¿Seguro que va todo bien? Suenas un poco...

—Sí —la interrumpió Harry—. Gracias y buenas noches. —Colgó.

Había un charco de sangre. Se había agachado. Pero lo que había provocado un alarido en la cabeza de Harry, el alud que estaba a punto de sepultarlo, no era eso. Porque cuando fue al escenario del crimen de Rakel no llevaba puestos esos pantalones, los había dejado en la cesta de la ropa sucia esa mañana. De eso se acordaba perfectamente. Hasta ahora los recuerdos de aquella noche habían permanecido en una oscuridad total, desde que había entrado en el bar Jealousy hacia las siete de la tarde hasta que habían llamado a su puerta a la mañana siguiente y lo habían despertado. Pero las imágenes estaban volviendo, iban conectándose, formando una película. Una película en la que él tenía el papel protagonista. Y la voz que le gritaba en su cabeza, con cuerdas vocales vibrantes que terminaban por romperse, era la suya, y le hablaba de una escena en la casa de Rakel. Había estado allí la noche del asesinato.

Comprimido entre Rainmakers y Ramones estaba el cuchillo que le había gustado tanto a Rakel. Un cuchillo Tojiro de estilo santoku, con el mango de roble y la almohadilla de cuerno de búfalo de agua. La hoja estaba manchada de algo que podía ser sangre.

35

Ståle Aune soñaba. Al menos suponía que lo que estaba viviendo era un sueño. La sirena que había cortado el aire hacía un momento se había detenido de repente, y ahora oía el rugido lejano de los bombarderos mientras corría por la calle vacía camino del refugio. Llegaba tarde, hacía mucho que todos los demás estaban dentro, y vio que un hombre uniformado estaba cerrando la puerta metálica al final de la calle. Notó que resollaba, debería hacer más ejercicio. Pero solo era un sueño, todo el mundo sabía que Noruega no estaba en guerra. ¿Nos habrían atacado de pronto? Ståle llegó al final de la calle y descubrió que la abertura era mucho más pequeña de lo que pensaba. «¡Venga!», gritó el del uniforme. Ståle intentó entrar, pero no pudo, solo consiguió meter un pie y un hombro. «¡Entra de una vez o vete, tengo que cerrar ya!» Ståle empujaba con fuerza. Estaba atascado, no podía ni entrar ni salir. Empezó a sonar la alarma antiaérea. Mierda. Tendría que consolarse pensando que estaba soñando.

—Ståle...

Abrió los ojos, sintió la mano de su mujer, Ingrid, sacudiéndole el hombro. Mira por dónde el catedrático había vuelto a acertar.

El dormitorio estaba a oscuras, se hallaba tumbado de lado y tenía delante el despertador de la mesilla. 03.13, mostraba la pantalla.

—Alguien está llamando al timbre, Ståle.

Ahí estaba otra vez. La sirena.

Ståle se levantó de la cama, embutió su cuerpo rechoncho en el batín de seda y se calzó un par de zapatillas a juego.

Ya había bajado por la escalera e iba camino del recibidor cuando se le ocurrió pensar que al otro lado de la puerta podía estar esperándole algo desagradable. Un paciente con esquizofrenia paranoide que oía voces en la cabeza instigándole a matar a su psicólogo, por ejemplo. Por otra parte, a lo mejor lo del refugio antiaéreo había sido un sueño dentro de otro sueño, tal vez este fuera el auténtico sueño. Así que abrió la puerta.

El catedrático volvía a tener razón. Lo que tenía delante no era muy agradable. Era Harry Hole. Mejor dicho: el Harry Hole al que no quieres encontrarte. El que tiene los ojos inyectados en sangre más que de costumbre, el del gesto atormentado, desesperado, el que que anunciaba problemas.

—Hipnosis —dijo Harry. Estaba sin resuello, la cara le brillaba de sudor.

—Yo también te deseo muy buenas noches, Harry. ¿Quieres pasar? Aunque no sé si el hueco de la puerta te resultará demasiado estrecho.

—¿Demasiado estrecho?

—Estaba soñando que no cabía por la puerta de un refugio antiaéreo —dijo Aune mientras andaba bamboleándose por el pasillo en dirección a la cocina. Cuando su hija Aurora era pequeña solía decir que papá siempre parecía flotar en el agua.

—¿Y cuál es la interpretación freudiana? —preguntó Harry.

—Que tengo que hacer dieta. —Aune abrió el frigorífico—. ¿Salami con trufa y gruyer madurado en cueva?

—Hipnosis —dijo Harry.

—Sí, eso es lo que has dicho hace un momento.

—¿Recuerdas al marido de Tøyen, ese que creíamos que había matado a su mujer? Afirmaste que había reprimido el recuerdo de lo sucedido. Pero que podrías traerlo a la luz mediante la hipnosis.

—Si esa persona fuera receptiva a la hipnosis, sí.

368

—¿Averiguamos si yo lo soy?

—¿Tú? —Ståle se volvió hacia Harry.

—He empezado a recordar cosas de la noche en que Rakel murió.

—¿Qué cosas? —Ståle cerró la puerta del frigorífico.

—Imágenes. Momentos sueltos.

—Recuerdos fragmentados.

—Si pudiera relacionarlos entre sí o conseguir que emergieran más, creo que averiguaría algo importante. Algo que no sé, ¿entiendes?

—¿Quieres unirlos hasta formar una película? Claro que puedo intentarlo, pero no hay ninguna garantía. A decir verdad, fracaso más de lo que acierto. Pero las limitaciones son las propias de la hipnosis como método, no son mías, claro.

—Claro.

—Cuando dices que crees saber algo importante, ¿de qué clase de conocimiento estamos hablando?

—No lo sé.

—Pero, evidentemente, corre prisa.

—Sí.

—Vale. ¿Te acuerdas de algún detalle en concreto de esos recuerdos fragmentados?

—La araña de cristal del salón de Rakel —dijo Harry—. Estoy tumbado debajo, miro hacia arriba y veo que las lágrimas de cristal forman una S.

—Bien. En ese caso disponemos de un lugar y de una situación, podemos probar una recuperación de memoria asociativa. Espera a que vaya a buscar mi reloj de bolsillo.

—¿Te refieres a uno de esos que haces bailar ante mi cara?

Ståle Aune enarcó una ceja.

—¿Tienes algo en contra?

—No, para nada, solo que sonaba muy… de la vieja escuela.

—Si quieres que te hipnoticen de manera más moderna, puedo recomendarte una serie de psicólogos con buena reputación, aunque con menos méritos, que…

—Ve a buscar el reloj —dijo Harry.

—Fija la mirada en la esfera del reloj —dijo Ståle.

Había sentado a Harry en la butaca de respaldo alto del salón, Ståle estaba en un banquito frente a él. El viejo reloj oscilaba al final de la cadena, adelante y atrás, a veinte centímetros del rostro pálido y atormentado del policía. Ståle no recordaba haber visto nunca a su amigo tan alterado. Se sentía culpable por no haberse puesto en contacto con Harry después del funeral. Harry no era de los que pedían ayuda así como así, si había recurrido a él en ese momento era porque se hallaba en una situación desesperada.

—Estás seguro y relajado, Harry —entonó Ståle Aune despacio—. Tranquilo y relajado.

¿Lo había estado alguna vez? Sí, lo estuvo. En compañía de Rakel parecía estar en armonía consigo mismo y con su entorno. Había encontrado, por muy tópico que sonara, a la mujer de su vida y la había conseguido. Las ocasiones en que Harry había invitado a su amigo a dar conferencias en la Academia Superior de Policía, Ståle tuvo la impresión de que a Harry le gustaban de verdad su trabajo y los estudiantes. Entonces ¿qué había ocurrido? ¿Rakel había echado a Harry, lo había abandonado solo porque había vuelto a beber? Si decides casarte con un hombre que ha estado alcoholizado durante mucho tiempo, debes saber que hay muchas probabilidades de que recaiga. Rakel Fauke era una mujer inteligente, realista. ¿Iba a deshacerse de un coche que funcionaba solo porque tenía un golpe en la chapa o había acabado en la cuneta? También se le había pasado por la cabeza la idea de que Rakel había conocido a otro hombre y había utilizado la recaída de Harry en el alcohol como una excusa para dejarlo. Quizá estuviera esperando a que las cosas se tranquilizaran un poco, que Harry se recuperara de la ruptura, para poder de dejarse ver en público con otro hombre.

—Tu trance se hace cada vez más profundo mientras escuchas la cuenta atrás desde diez.

Ingrid había almorzado con Rakel tras la ruptura, pero Rakel no había mencionado a ningún otro hombre. Al contrario, le había dicho Ingrid a su marido al volver a casa, le pareció que Rakel estaba triste y sola. No eran tan amigas como para que Ingrid se atreviera a sonsacarle pero creía que, si hubiera habido otro hombre, lo habría notado. Rakel había roto con él pero parecía estar buscando una manera de volver con Harry. No es que Rakel hubiera dicho nada que sirviera para fundamentar esas especulaciones, pero el catedrático de psicología tenía claro que, a la hora de leer a la gente, Ingrid era mucho más hábil que él.

–Siete, seis, cinco, cuatro…

Harry tenía los párpados entornados y debajo se veía el iris como una media luna azul pálido. No toda la gente era hipnotizable en el mismo grado. Solo un diez por ciento eran completamente receptivos y había quien no reaccionaba en absoluto a esta manipulación de la mente. Según su experiencia la gente con mucha imaginación, abierta a nuevas experiencias y sobre todo con profesiones creativas, era la que se dejaba hipnotizar con más facilidad. Mientras que los licenciados en ingeniería eran más complicados. Por eso parecía probable que el investigador de asesinatos Harry Hole, que no era precisamente un soñador aficionado a las infusiones, sería duro de pelar. Pero aunque Ståle no le había hecho a Harry uno de esos test psicológicos de personalidad tan en boga, sospechaba que el detective puntuaría muy por encima de la media en un aspecto: la imaginación.

Ahora Harry tenía una respiración de Harry, como si estuviera dormido.

Ståle volvió a contar hacia atrás.

No cabía duda, Harry estaba en trance.

–Estás tumbado en el suelo –dijo Ståle despacio, con voz tranquila–. Es el suelo del salón de la casa de Rakel y tuya. Sobre tu cabeza ves una araña de cristal cuyas lágrimas forman una S. ¿Qué más ves?

Los labios de Harry se movían. Algo parecía tirar de sus párpados. El dedo índice y el corazón de la mano derecha se levantaron como si los músculos se contrajeran involuntariamente. Los labios se movían más, pero no emitió sonido alguno, todavía no. Empezó a sacudir la cabeza de un lado a otro mientras se pegaba al respaldo del sillón con una expresión de dolor. Luego, como si sufriera espasmos, dos fuertes latigazos recorrieron su cuerpo y Harry abrió los ojos de par en par y miró al frente.

—¿Harry?

—Estoy aquí —dijo Harry con voz afónica, turbia—. No ha funcionado.

—¿Cómo te sientes?

—Cansado. —Harry se puso de pie. Se tambaleó. Pestañeó y miró al infinito—. Tengo que irme a casa.

—Tal vez debas quedarte sentado un rato —dijo Ståle—. Si no se acaba la hipnosis correctamente, uno puede sentirse mareado y desorientado.

—Gracias, Ståle. Pero debo irme. Buenas noches.

—En el peor de los casos puede provocar ansiedad, depresión y otras cosas sórdidas. Vamos a dedicar un poco de tiempo a que aterrices en condiciones, Harry.

Pero Harry ya se dirigía a la puerta de la calle. Aunque Ståle se levantó con premura y fue tras él, cuando llegó al recibidor solo pudo ver cómo se cerraba la puerta de la calle.

Harry tuvo tiempo de llegar hasta el coche y agacharse detrás de él antes de empezar a vomitar. Y vomitó un buen rato. Solo cuando devolvió por completo el desayuno a medio digerir, lo único que había comido ese día, se incorporó, se pasó el dorso de la mano por la boca, pestañeó para secarse las lágrimas y abrió el coche. Tomó asiento, miró fijamente por el parabrisas. Cogió el teléfono y llamó al número que Bjørn le había proporcionado.

Pasados unos segundos oyó una voz soñolienta murmurando su apellido, como si se hubiera despistado y hubiera incurrido en una costumbre de la edad de piedra de la telefonía.

—Siento despertarte, Freund. Soy el detective Harry Hole otra vez. Ha ocurrido algo y es urgente. Me preguntaba si podrías facilitarme los resultados provisionales de las imágenes de la cámara de caza.

Se oyó un largo bostezo.

—No he terminado.

—Por eso digo resultados provisionales, Freund. Cualquier cosa será una ayuda.

Harry oyó al experto en análisis 3D de imágenes bidimensionales hablar en susurros con otra persona antes de volver al teléfono.

—Es difícil determinar la altura y la corpulencia de la persona que entra en la casa, puesto que está agachada —dijo Freund—. Pero podría ser, y recalco podría, que la persona que sale luego, suponiendo que esté completamente estirado y que no lleve zapatos con plataforma o algo similar, midiera entre uno noventa y uno noventa y cinco de altura. También podría ser que el coche, en base a la forma y a la distancia entre las luces de freno y las de marcha atrás, fuera un Ford Escort.

Harry respiró hondo.

—Gracias, Freund. Eso era lo que necesitaba saber. Tómate el tiempo que necesites con el resto, ya no urge. O, mejor dicho, puedes dejarlo así. Mándame la tarjeta de memoria y la factura al remite que aparecía en el sobre.

—¿A ti personalmente?

—Es más práctico así. Nos volveremos a poner en contacto contigo si necesitamos unas señas particulares más seguras.

—Como quieras, Hole.

Harry colgó.

La conclusión del experto en 3D solo era una confirmación de lo que Harry ya sabía. Lo había visto todo sentado en la butaca de Ståle Aune. Ahora lo recordaba todo.

36

El Ford Escort blanco estaba aparcado en Berg, mientras las nubes corrían por el cielo como si huyeran, pero la noche aún no daba indicios de que fuera a retirarse.

Harry Hole apoyó la frente en el húmedo y helado cristal del parabrisas. Tenía ganas de encender la radio, StoneHard FM, rock duro, ponerlo a todo volumen, dejar que el sonido le vaciara la cabeza durante unos segundos. Pero no podía. Tenía que pensar. Era casi inconcebible. No que hubiera recordado de repente. Sino que no hubiera recordado nada hasta entonces, que lo hubiera mantenido todo fuera de su mente. Fue como si las órdenes que Ståle le había dado, sobre el salón, la forma de S, el nombre de Rakel, lo hubieran forzado a abrir los ojos. Y en el mismo instante, allí estaba todo.

Era de noche y se había despertado. Vio la araña de cristal. Comprendió que había regresado, estaba en el salón de Homenkollveien. Pero no entendía cómo había vuelto. La luz era tenue, como a Rakel y a él les gustaba cuando estaban solos. Notaba la mano mojada, pegajosa. La levantó. ¿Sangre? Entonces se dio la vuelta. Se giró y vio su rostro de frente. No parecía estar dormida. Tampoco lo miraba inexpresiva. Como si se hubiera desmayado. Parecía estar muerta. Estaba rodeada de un charco de sangre.

Harry se había pellizcado en el brazo, literalmente, no era ninguna metáfora. Se clavo las uñas en el antebrazo con toda la fuerza de que fue capaz con la esperanza de que el dolor borrara esa visión, que se despertara y respirara aliviado dando gracias al dios en el que no creía porque solo fuera una pesadilla.

No había intentado reanimarla, había visto demasiados muertos y sabía que no había nada que hacer. Parecía que la habían acuchillado, tenía la chaqueta de lana empapada de sangre más oscura alrededor de los cortes en el estómago. Pero era la cuchillada de la nuca la que la había matado. Una puñalada efectiva y mortal asestada por alguien que sabía que era letal. Como él mismo.

¿Había matado él a Rakel?

Había mirado a su alrededor en busca de indicios de que no fuera así.

No había nadie más. Solo él y ella. Y la sangre. ¿O no?

Se había puesto de pie y se había dirigido tambaleándose a la puerta de la calle. Estaba cerrada. Si alguien había venido y se había marchado tenía que haber cerrado con llave desde el exterior. Se secó la mano ensangrentada en el pantalón, abrió el cajón de la cómoda. Las dos llaves estaban allí, las de ella y las de él. Se las había devuelto una tarde en el restaurante Schrøder, cuando le suplicó que le dejara volver a pesar de que se había prometido a sí mismo que no lo haría. El único juego de llaves que faltaba se encontraba cerca del Polo Norte, en Lakselv, y lo tenía Oleg. Había mirado alrededor, eran demasiadas cosas para poder asimilarlas todas, había demasiado que comprender, demasiado para encontrar una explicación. ¿Había matado a la mujer que amaba? ¿Había destrozado lo que más veneraba? Al decirlo así, al susurrar el nombre de Rakel, parecía imposible. Pero cuando lo miraba de otra manera, si pensaba que siempre había destrozado todo lo que tenía, no resultaba nada improbable. Todo lo que sabía, toda la experiencia que había adquirido le había enseñado que los hechos se imponen a la intuición. La intuición solo es una suma de indicios que pueden ser derrotados por un solo hecho demoledor. El hecho era el siguiente: él era un marido desairado que se encontraba junto a su esposa asesinada en una habitación cerrada desde dentro.

Harry sabía lo que estaba haciendo. Sabía que al ponerse en modo investigador estaba intentando protegerse de un dolor insoportable que aún no sentía, pero que tenía la certeza de que cuando empezara sería como un tren de mercancías imposible de detener. Sabía que intentaba reducir el hecho de que Rakel estuviera muerta en el suelo a un caso de asesinato, a algo que pudiera manejar, al igual que, antes de que empezara a beber solo, se había lanzado al bar más cercano cada vez que sentía que el dolor de vivir debía combatirse bebiendo, para pasar un rato en un escenario que creía dominar. ¿Y por qué no? ¿Por qué no suponer que la parte del cerebro más instintiva toma la única decisión lógica y necesaria cuando ves que tu vida, tu única razón para vivir, está machacada a tu lado: la decisión de escapar? De beber. Modo investigación.

Porque todavía quedaba algo que podía, que debía salvarse.

Harry sabía que no temía ningún castigo personal, al contrario, cualquier castigo, sobre todo la muerte, sería una liberación, como encontrar una ventana en el piso cien de un rascacielos incendiado cuando estás rodeado de llamas. Daba igual lo inconsciente, loco o simplemente desafortunado que hubiera sido en el momento de los hechos, sabía que merecía ese castigo.

Pero Oleg no lo merecía.

Oleg no merecía perder, a la vez que a su madre, a su padre, su verdadero padre no biológico. Perder el hermoso relato de su vida, el haber crecido junto a dos personas que se amaban, el relato que en sí mismo constituía la prueba de que el amor existía, podía existir. Oleg, que estaba a punto de irse a vivir con alguien, tal vez de empezar su propia familia. Cierto que el joven había visto a Rakel y a Harry separarse unas cuantas veces, pero también había sido el testigo más cercano de la relación de dos personas que se amaban, que siempre deseaban lo mejor para el otro. Por eso Rakel y él siempre habían encontrado el camino de vuelta. Quitarle esa sensación, mejor dicho, esa verdad, sería

376

una putada, destrozaría a Oleg. Porque no era cierto que él hubiera matado a Rakel. Sin lugar a dudas él estaba allí en el suelo, parecía haberle causado la muerte, pero todas las asociaciones, las conclusiones que automáticamente se imponían cuando se sabía que un marido despechado había matado a su mujer, eran mentira. No era por eso.

El curso de los hechos siempre era más complejo de lo que creíamos en un primer momento, pero los motivos eran sencillos y claros. Él no había tenido ningún motivo, ningún deseo de matar a Rakel, ¡nunca! Por eso había que proteger a Oleg de esa mentira.

Harry había recogido todo lo mejor que pudo mientras evitaba mirar el cadáver de Rakel, se dijo que mirarla solo contribuiría a que se tambaleara su resolución, además ya había visto lo que necesitaba ver: que ella ya no estaba allí, que todo lo que quedaba era un cuerpo sin alma. Harry no podría describir con detalle qué recogió; estaba mareado e intentaba recordar sin éxito el momento del suceso, iluminar la oscuridad absoluta que empañaba las horas desde que se había emborrachado en el bar Jealousy hasta que despertara aquí. ¿Cuánto sabe en realidad una persona de sí misma? ¿Había ido a buscar a Rakel? ¿Había comprendido ella al ver a ese hombre borracho y loco en su cocina que no podría hacer lo que le había dado a entender a Oleg que haría: dejar que Harry volviera? ¿Se lo había dicho a Harry abiertamente? ¿Fue eso lo que había dado un vuelco a la situación? El rechazo, la seguridad que lo había invadido de que nunca, nunca podría recuperarla, ¿había convertido el amor en odio descontrolado?

No lo sabía, no lo recordaba.

Solo recordaba que al despertar, mientras recogía, una idea había empezado a formarse en su cabeza. Iba a ser el principal sospechoso de la policía, no había duda. Así que para desviar su atención, para salvar a Oleg de la mentira del clásico crimen impulsado por el odio, para salvaguardar su joven e impoluta fe en el amor, ahorrarle el descubrimiento de haber tenido como modelo y educador a un asesino, necesitaba a otro. Alguien que parara el golpe. Un posible culpable, que debiera y pudiera ser crucificado. No un Cristo, sino alguien peor que él mismo.

Harry miró fijamente por el parabrisas, donde el vaho de su respiración expandía las luces de la ciudad.

¿Había pensado eso? O su cerebro, como el ilusionista manipulador que era, se había inventado la idea de proteger a Oleg, había buscado una excusa para no reconocerse que quería escapar, evitar el castigo, ocultarse en algún lugar, reprimir los recuerdos para poder seguir viviendo, pues en última instancia sobrevivir es la función básica del cuerpo y de la mente.

Al menos era eso lo que había hecho. Reprimir los recuerdos. Olvidarse de que había salido de la casa, que se había asegurado de dejar la puerta abierta para que no concluyeran que el asesino tenía la llave. Se había metido en el coche, pero al caer en la cuenta de que si la policía encontraba la cámara de caza podría descubrirlo, fue a buscarla y la tiró. Cogió la tarjeta de memoria y la arrojó en uno de los contenedores de basura del club deportivo Ready. Más tarde, una partícula se le había desprendido del lodo del olvido cuando, en un instante de profunda concentración, había reconstruido el recorrido más probable del asesino en su retirada y había descubierto dónde se había deshecho de la tarjeta de memoria. ¿Cómo podía haber creído que era casualidad que se dirigiera con Kaja precisamente a aquel lugar, habiendo un millón de alternativas? Incluso Kaja se había sorprendido de la seguridad que había mostrado.

Después la represión del recuerdo se había vuelto contra él y estuvo a punto de desenmascararlo. Le había entregado a Bjørn la tarjeta de memoria sin dudarlo, de ese modo la meticulosa investigación de Harry, que tenía por objeto encontrar a otro hombre que mereciera ser culpable, un violador como Finne, un asesino como Bohr, un enemigo como Ringdal, le había ido acorralando.

El teléfono interrumpió los pensamientos de Harry.

Era Alexandra.

Camino de casa de Ståle, había pasado un momento a darle a Alexandra un bastoncillo con sangre. No le contó que había sacado esa sangre de la que probablemente fuera el arma del crimen, el cuchillo que había hallado entre sus discos. Mientras iba hacia allí comprendió por qué había dejado el cuchillo entre Rainmakers y Ramones. Sencillo. Rakel.

—¿Has encontrado algo? —preguntó Harry.

—Es del mismo grupo sanguíneo que Rakel —dijo ella—. A.

El más común, pensó Harry. El cuarenta y ocho por ciento de la población noruega tiene sangre del grupo A. Que coincidiera con el grupo sanguíneo A era como tirar una moneda al aire, no quería decir nada. Sin embargo, en ese preciso momento significaba lo justo. Porque había decidido por adelantado que, como hacía Finne con el dado, dejaría que esta vez decidiera la moneda.

—No hace falta que hagas un análisis de ADN —dijo Harry—. Gracias y que tengas un buen día.

Solo había un cabo suelto, una posibilidad, una cosa que podría salvar a Harry: destruir una coartada aparentemente perfecta.

Eran las diez de la mañana cuando Peter Ringdal se despertó.

No había sido el despertador, pues lo había puesto a las once. No era el perro del vecino, ni los coches de las personas que se iban al trabajo, ni los niños camino del colegio ni el camión de la basura; su cerebro durmiente había aprendido a ignorar todos esos ruidos. Era otra cosa. Era un sonido agudo, como un grito, y parecía provenir del piso de abajo.

Ringdal se levantó, se puso los pantalones y una camisa y agarró la pistola que cada noche dejaba sobre la mesilla. Al bajar de puntillas por la escalera notó una corriente de aire frío en los pies y al llegar al recibidor entendió por qué. Había cristales en el suelo. Alguien había roto el cristal con forma de media luna de la puerta de la calle. La puerta del sótano estaba entreabierta, pero la luz apagada. Por fin se habían presentado. Había llegado la hora.

El grito, o lo que fuera, parecía proceder del salón. Entró de puntillas con la pistola por delante.

Entendió enseguida que no era un ser humano el que había gritado, que el sonido que lo había despertado era el de la pata de una silla arrastrada por el parqué. Habían cambiado de lugar una de las pesadas butacas, le habían dado la vuelta de forma que ahora estaba de espaldas, vuelta hacia la cristalera y el jardín con la escultura del satélite. Por encima del respaldo asomaba un sombrero. Peter supuso que el hombre de la butaca no debía de haberle oído llegar, pero era posible que hubiera colocado la butaca así para ver a quien entrara reflejado en el cristal de la ventana del salón sin que el recién llegado lo advirtiera. Peter Ringdal apuntó a la butaca. Dos balas a la altura de la región lumbar, dos un poco más arriba. Los vecinos oirían los disparos. Sería difícil deshacerse del cadáver sin ser visto. Y todavía más complicado explicar por qué lo había hecho. Podría decirle a la policía que actuó en defensa propia, que había visto la ventana rota, que le habían amenazado de muerte.

Apretó el gatillo con más fuerza.

¿Por qué le resultaba tan difícil? Ni siquiera veía el rostro de la persona de la butaca, por lo que sabía, podría no haber nadie allí sentado, podría tratarse solo de un sombrero.

—Solo es un sombrero —le susurró al oído una voz afónica—. Pero lo que sientes en la nuca es una pistola de verdad. Suelta el arma y quédate completamente quieto, o te meteré una bala muy auténtica en ese cerebro que te recomiendo utilices para tu propio bien.

Sin darse la vuelta, Peter Ringdal soltó la pistola, que cayó en el suelo con un golpe.

—¿Qué quieres, Hole?

—Quiero saber por qué tus huellas dactilares están en un vaso en el friegaplatos de Rakel. Por qué tienes su pañuelo en un cajón de tu cómoda. Y quién es esta mujer.

Peter Ringdal observaba fijamente la foto en blanco y negro que el hombre que tenía detrás sujetaba delante de su cara. La foto del despacho del sótano. La foto de la mujer que él, Peter Ringdal, había desfigurado y matado. Y después la había metido en un maletero helado y le había hecho una foto allí tumbada.

37

Peter Ringdal miraba exasperado por el parabrisas del coche hacia la ventisca. Aunque tenía poca visibilidad, aceleró. No había mucho tráfico en esa montaña pelada; era sábado por la noche y hacía muy mal tiempo.

Había partido de Trondheim dos horas antes, al escuchar el parte sobre el estado de las carreteras en la radio comprendió que debía ser uno de los últimos coches que habían pasado antes de que cortaran la carretera nacional E6 en Dovrefjell a causa de la tormenta. Tenía una habitación de hotel en Trondheim, pero no soportaba la idea de asistir al banquete. ¿Por qué? Porque era un mal perdedor, y acababa de perder la final de la categoría de peso ligero en el campeonato nacional de Noruega de judo. Si al menos hubiera perdido contra alguien mejor que él en lugar de provocar su propia derrota de una manera tan jodidamente innecesaria. Quedaban segundos del combate e iba por delante con dos *yuko* contra un *koka*, y solo necesitaba mantener el control. Tenía el control, ¡lo tenía! Pero entonces había empezado a pensar en la entrevista que daría como campeón, había perdido la concentración una milésima de segundo, y de pronto voló. A duras penas pudo evitar caer de espaldas, pero a su oponente le concedieron un *waza-ari* y, por tanto, la victoria en cuanto el combate acabó dos segundos más tarde.

Peter golpeó el volante con fuerza.

Después, en el vestuario, abrió la botella de champán que había comprado con su dinero. Alguien hizo un comentario y él respondió que la gracia de que la final sénior, por una vez, fuera a última hora de la tarde del sábado, en lugar del domingo por la mañana, era que pudieran celebrarlo. ¡Qué coño! Tuvo tiempo de engullir más de la mitad de la botella antes de que llegara el entrenador, le quitara la botella y dijera que estaba harto de que Peter se emborrachara después de cada torneo, perdiera o ganara. Entonces Peter había dicho que él estaba harto de tener un entrenador que ni siquiera era capaz de ayudarle a ganar a los que eran notoriamente inferiores a él. El entrenador había empezado a darle la matraca con esa chorrada filosófica del judo, de que *yu-do* quiere decir «la manera suave», y que Peter tenía que aprender a ceder, dejar que el contrincante se aproximara a él, mostrar humildad, no creer que era el mejor, que al fin y al cabo solo hacía dos años que había dejado la categoría junior, que la soberbia no le dejaría ganar. Peter había respondido que de lo que en realidad trataba el judo era de falsa humildad, de engañar al adversario haciendo gala de debilidad e indulgencia, de atraerlo a la trampa para atacarlo sin piedad, como una planta carnívora desplegada, una zorra mentirosa. Era un deporte horrible, falso. Peter había salido en tromba del vestuario gritando que lo dejaba. ¿Cuántas veces no había hecho lo mismo?

Peter tomó una curva mientras los faros pasaban por encima de los cúmulos que habían dejado las máquinas quitanieves al borde de la carretera. Tenían por lo menos metro y medio de alto a pesar de que estaban a finales de marzo y reducían hasta tal punto el carril que era como ir por un túnel demasiado angosto.

Salió a una recta. Aceleró. Más por cabreo que porque tuviera prisa. Porque tenía planes de ligarse a Tina durante el banquete. Sabía que ella también le había echado el ojo a él. Pero la rubia había ganado el oro en peso ligero y una mujer que es campeona de Noruega no se folla a un perdedor, menos si es media cabeza más bajo que ella y ha empezado a sospechar que podría tumbarlo sobre el tatami. Es así como evolucionan las especies.

Dejó de nevar como por ensalmo y la carretera, que se prolongaba entre los cúmulos de nieve como una larga raya negra sobre un folio blanco, quedó bañada por la luz de la luna. ¿Sería el ojo del huracán o algo así? No, joder, esta no era una tormenta tropical, sino una borrasca noruega, no tenía ojos, solo dientes.

Petter miró el velocímetro. Sintió que el cansancio lo invadía, la suma del largo trayecto hasta Trondheim el día anterior, después de las clases en la universidad BI, los combates de ese día, el champán. Mierda, había preparado unas respuestas muy ocurrentes para la entrevista que le harían al campeón, iba a decir…

Y ahí estaba ella. Tina. Justo delante de los faros, con el largo cabello rubio, una estrella roja brillando intermitente sobre la cabeza, moviendo los brazos como si quisiera darle la bienvenida. ¡Quería estar con él a pesar de todo! Peter sonrió. Sonrió hasta que se dio cuenta de que se lo estaba imaginando y el cerebro ordenó al pie que pisara el pedal del freno. No era Tina, pensó, no podía ser ella, ahora mismo Tina estaba en el banquete bailando con uno de los ganadores, seguramente un peso medio, el pie pisó el pedal, porque no era solo producto de su imaginación que en mitad de la carretera hubiera una chica, en medio del monte de Dovrefjell, en plena noche, con una estrella roja en la cabeza, una chica viva, real, con el cabello rubio.

El coche impactó contra la chica.

Se oyeron dos golpes rápidos, uno de ellos en el techo, y desapareció.

Peter soltó el pedal del freno, la presión del cinturón contra el pecho remitió, y siguió despacio. No miró por el retrovisor. No quería mirar por el retrovisor. ¿Tal vez había sido una fantasía después de todo? Aunque el parabrisas tenía una gran rosa blanca donde había impactado Tina. Tina u otra chica.

Había cogido una curva y de ninguna manera podía ver si había algo detrás de él, sobre la carretera. Mantuvo la mirada al frente y frenó de golpe. Un coche que evidentemente había derrapado o había sido arrastrado por el viento tenía el morro metido en la nieve y se había quedado cruzado en la carretera de manera que cortaba el paso.

Peter no se movió hasta que recuperó la respiración y avanzó marcha atrás. Aceleró, notó que el motor se quejaba, pero no pensó en dar la vuelta al coche, porque él iba en dirección a Oslo. Se detuvo cuando vio algo en la carretera, algo que brillaba a la luz de los retrovisores. Se bajó. Era la estrella roja. Mejor dicho, era un triángulo. La chica estaba detrás, sobre el asfalto que el viento había dejado limpio de nieve. Un bulto inmóvil, informe, como un saco de leña del que alguien hubiera prendido una melena rubia. El impacto le había arrancado parte de los pantalones y la chaqueta. Cayó de rodillas. El silbido del viento subía y bajaba con una melodía de mal agüero sobre los cúmulos de nieve que la luna iluminaba.

Estaba muerta. Destrozada. Rota.

Peter Ringdal se sintió sobrio. Más sobrio que nunca en sus veintidós años de vida. Se había terminado. Iba a ciento cuarenta kilómetros por hora cuando empezó a frenar, sesenta por encima del límite de velocidad; por lo que sabía, eran capaces de determinar la velocidad del coche por las lesiones de un cuerpo. O por la longitud de las marcas ensangrentadas, que indicaban la distancia entre el lugar donde el cuerpo había impactado por primera vez sobre el asfalto y el sitio donde había ido a parar. Su cerebro empezó de inmediato a identificar las variables de ese cálculo, como si así pudiera huir de las cuestiones más urgentes. Porque la velocidad no era lo peor. Ni que no hubiera reaccionado con la presteza debida. Podía echarle la culpa al tiempo, decir que no se veía nada. Pero lo que no podía negar, lo que era un hecho medible, era la tasa de alcohol en sangre. Que había conducido borracho. Que había decidido conducir borracho y que esa decisión le había costado la vida a un ser humano. No, él había matado a una persona. Peter Ringdal se lo repitió, no sabía por qué: yo he matado a una persona. Le harían un test de alcoholemia. Lo hacían siempre que había un accidente con daños personales. Su cerebro empezó otro cálculo, no podía evitarlo.

Cuando hubo acabado la cuenta, se puso de pie y observó el desierto paisaje invernal barrido por el viento. Le resultaba totalmente desconocido, diferente al que había recorrido en sentido contrario dos días antes. Ahora podría encontrarse en un desierto en un país desconocido, aparentemente deshabitado, en el que el enemigo estuviera acechando en cada hondonada del terreno.

Dio marcha atrás hasta quedar junto a la chica, sacó su traje de judo blanco de la bolsa de deporte, lo extendió por el asiento trasero. Luego intentó levantarla. Había sido campeón de Noruega de judo, pero el cuerpo se le escurría entre las manos. Por fin la cargó como si fuera una mochila y consiguió acomodarla en el asiento trasero. Puso la calefacción al máximo y condujo hasta el coche de ella. Un Mazda. La llave estaba puesta. Ató una cuerda a su coche para desatascar el Mazda del cúmulo de nieve y luego lo aparcó en paralelo en el tramo recto de la carretera para que los otros coches lo vieran con tiempo suficiente para frenar. Luego se metió en su coche, le dio la vuelta y arrancó en dirección a Trondheim. Pasados dos kilómetros llegó a un desvío, probablemente llevaría a una de las cabañas que se veían en la llanura cuando hacía mejor tiempo. Aparcó el coche a diez metros, no se atrevió a ir más lejos por miedo a quedarse atascado. Se quitó la chaqueta y el jersey, pues había empezado a sudar debido al chorro de aire caliente de la calefacción. Miró el reloj. Habían pasado tres horas desde que se había bebido casi toda la botella de champán de doce grados de alcohol. Hizo la cuenta que había ensayado muchas veces en los últimos años. Alcohol medido en gramos, dividido por su propio peso ligero multiplicado por 0,7. Menos 0,15 por el número de horas. Concluyó que harían falta tres horas más para estar seguro.

Empezó a nevar otra vez. Una ventisca compacta rodeó el coche como una muralla. Pasó otra hora. Por la carretera principal pasó un coche a la velocidad de un caracol. No se imaginaba de dónde podía venir, según la radio la E6 seguía cerrada.

Peter buscó el número de emergencias, ese al que llamaría cuando llegara el momento, cuando hubiera metabolizado el alcohol. Miró por el retrovisor. ¿No había leído en alguna parte que los muertos se vaciaban? Pero no olía a nada. Tal vez la chica había ido al baño justo antes de subir a Dovrefjell. Mejor para ella, mejor para él. Bostezó. Se durmió. Cuando despertó, hacía el mismo tiempo, estaba igual de oscuro.

Miró el reloj. Había dormido hora y media. Marcó el número.

—Mi nombre es Peter Ringdal, llamo para avisar de que ha habido un accidente de coche en Dovrefjell.

Dijeron que llegarían cuanto antes.

Peter esperó un poco más. Aunque vinieran del lado de Dombås, tardarían por lo menos una hora.

Después trasladó el cadáver al maletero y salió a la carretera principal. Aparcó y esperó. Pasó una hora. Abrió la bolsa de deportes y sacó la cámara Nikon, la que había ganado en el torneo de Japón, salió a la tormenta y abrió el maletero. El cuerpo menudo cabía de sobra en el maletero. Tuvo cuidado de hacer las fotos cada vez que la tormenta amainaba un poco y el viento soplaba con un poco menos de fuerza. Se aseguró de que saliera el reloj que, extrañamente, no se había dañado. Luego bajó la tapa.

¿Por qué había hecho la foto?

¿Para demostrar que llevaba mucho tiempo en el maletero y no dentro del coche? ¿O había otra razón, un pensamiento que todavía no había descifrado, un sentimiento al que todavía no había dado paso?

Cuando distinguió la luz que giraba como un faro sobre el techo de la quitanieves, apagó la calefacción por completo. Y esperó que la cuenta cuadrara, tanto para él como para ella.

Un coche de policía y una ambulancia llegaron siguiendo muy de cerca a la máquina quitanieves. El personal de la ambulancia determinó inmediatamente que la chica del maletero estaba muerta.

—Tocadla —dijo Peter poniendo la mano sobre la frente de la chica—, todavía desprende un poco de calor.

Notó que la mujer policía le miraba.

Después de que el personal sanitario le hiciera un análisis de sangre en el interior de la ambulancia, le pidieron que se sentara en el asiento trasero del coche de policía.

Explicó que la chica había salido corriendo en medio de la ventisca y había impactado contra su coche.

—Bueno, más bien fuiste tú quien le diste a ella —dijo la mujer policía mirando la hoja en la que tomaba notas.

Peter habló del triángulo, del coche que estaba atravesado en la curva, dijo que lo había movido para que nadie más chocara con él.

El policía de más edad asintió complacido.

—Está muy bien que fueras capaz de pensar en los demás en una situación así, chaval.

Peter sintió un nudo en la garganta. Intentó carraspear para expulsarlo hasta que comprendió que era llanto. Optó por tragar.

—Cerraron la E6 hace seis horas —dijo la mujer policía—. Si nos llamaste en el mismo momento en que atropellaste a la chica, es extraño que hayas tardado tanto en ir desde la barrera hasta aquí.

—Tuve que parar varias veces por falta de visibilidad —dijo Peter.

—Sí, hay que ver qué tiempo de primavera tenemos —comentó el policía.

Peter miró por la ventanilla. El viento había amainado y la nieve se posaba sobre la carretera. No encontrarían las marcas de la caída de la chica. No verían las huellas de otros coches que cruzaban su rastro de sangre en el asfalto y que podrían llevarles a buscar a los conductores que hubieran cruzado Dovrefjell en ese intervalo de tiempo. No contarían con la declaración de un testigo que dijera que sí, que había visto un coche aparcado en el tramo recto y que sí, que era la misma marca que el coche de la chica, pero no, que lo había visto varias horas antes de la hora en que Peter Ringdal afirmaba haber atropellado a la chica.

—Te libraste —dijo Harry.

Había colocado a Peter Ringdal en el sofá y él estaba justo enfrente, en la butaca de respaldo alto. La mano derecha de Harry descansaba en su regazo, pero todavía sujetaba la pistola.

Ringdal asintió.

—Encontraron rastros de alcohol en mi sangre, pero no lo suficiente. Los padres de la chica me denunciaron, pero quedé libre de todo cargo.

Harry asintió. Recordaba lo que Kaja había dicho de los antecedentes de Ringdal, una denuncia por conducción temeraria en su época de estudiante.

—Qué afortunado —dijo Harry, seco.

—Eso creí yo también, pero me equivocaba.

—¿Por qué?

—Estuve tres años sin dormir. Quiero decir que no dormí una sola hora, ni un minuto, ni un segundo. Esa hora y media que pasé adormilado en la montaña fue la última vez que dormí. Nada me servía, las pastillas me volvían loco, me alteraban, el alcohol me deprimía y me irritaba. Creía que era porque tenía miedo de que me cogieran, que el conductor que había visto pasar por la montaña de Dovrefjell se presentara. No conseguí salir del laberinto hasta que me di cuenta de que el problema no era ese. Tenía pensamientos suicidas y fui a una psicóloga, le conté otra historia, inventada, pero con el mismo contenido, que había provocado la muerte de otra persona. Ella me dijo que mi problema era no haber pagado por mis actos. Hay que cumplir condena, así que lo hice. Dejé las pastillas, dejé el alcohol. Empecé a dormir. Me curé.

—¿Cómo cumpliste tu condena?

—Igual que tú, Harry. Intentando salvar vidas inocentes que puedan compensar a aquellos que murieron por tu culpa.

Harry observó al hombre menudo de cabello negro sentado en el sofá.

—Consagré mi vida a un proyecto —dijo Ringdal mirando hacia la escultura del satélite, que reflejaba los rayos del sol que resplandecían en el salón—. Un futuro en el que no se destrocen vidas en accidentes de tráfico innecesarios y sin sentido. No me refiero solo a la vida de la chica, también a la mía.

—Los coches sin conductor.

—Los vagones —corrigió Ringdal—. No se conducen solos, tienen un control central, como los impulsos eléctricos de un ordenador. No pueden colisionar, aceleran y eligen el trayecto en base a otros vagones desde el primer momento, siguen la lógica de la física, de una matriz, y eliminan la falibilidad mortal del conductor humano.

—¿Y la foto de la chica muerta?

—Desde entonces la he tenido delante, para no olvidar nunca por qué lo hago. Porque me ha pasado de todo, desde que me ridiculicen en los medios de comunicación, me insulten los inversores, hasta sufrir quiebras y las amenazas de los fabricantes de coches. Y porque sigo pasando noches en vela trabajando, cuando no estoy en el bar, que espero que produzca beneficio suficiente para financiar este proyecto, contratar ingenieros, arquitectos, volver a ponerlo en el candelero.

—¿Qué clase de amenazas has recibido?

Ringdal se encogió de hombros.

—Ha recibido cartas con cierto subtexto. Un par de llamadas a mi puerta. Nada que pueda denunciarse, pero suficiente para conseguir una de estas. —Señaló con un movimiento de cabeza la pistola que todavía estaba en el suelo.

—Hummm. Son muchas cosas para asimilarlas de una vez, Ringdal. ¿Por qué debería creerte?

—Porque es verdad.

—¿Desde cuándo ese es un motivo?

Ringdal soltó una risita.

—Quizá tampoco te creas esto, pero cuando estabas detrás de mí con el brazo estirado y la pistola contra mi cabeza, estabas perfecto para que te hiciera un *seoi nage*. Si hubiera querido, habrías estado tirado en el parqué antes de darte cuenta de lo que te había pasado, desarmado, sin aire en los pulmones.

—¿Por qué no lo has hecho?

Ringdal se encogió de hombros.

—Me has enseñado la foto.

—¿Y?

—Había llegado la hora.

—¿La hora de qué?

—De contarlo. Contar la verdad. Toda la verdad.

—Bueno, en ese caso, quizá quieras seguir.

—¿Qué?

—Ya has confesado un asesinato. ¿Qué te parecería admitir el otro?

—¿Qué quieres decir?

—El de Rakel.

Ringdal echó la cabeza atrás curvando el cuello, como si fuera un avestruz.

—¿Crees que he matado a Rakel?

—Cuéntame deprisa y sin pensártelo por qué tus huellas dactilares están en un vaso azul en el friegaplatos de Rakel, un friegaplatos en el que nada sucio dura más de un día, y por qué no le has contado a la policía que estuviste allí. ¿Y por qué guardas esto en un cajón de la cómoda? —Harry se sacó el pañuelo rojo de Rakel del bolsillo y lo sostuvo en alto.

—Es sencillo —dijo—, y las dos cosas tienen la misma explicación.

—Que es...

—Que estuvo aquí la mañana del día anterior a que la mataran.

—¿Aquí? ¿Por qué?

—Porque yo la invité a venir. Quería que siguiera trabajando en el Jealousy. ¿Recuerdas?

—Recuerdo que lo dijiste, sí. Pero también sé que no le interesaba nada; trabajaba en el bar por mí.

—Sí, y eso fue lo que dijo cuando vino.

—Entonces ¿por qué se molestó en venir?

—Porque tenía sus propios intereses. Quería convencerme de que comprara unos vasos que, según me dijo, fabrica una familia siria que tiene un pequeño taller de cristal en las afueras de Oslo. Rakel trajo un vaso y me dijo que era perfecto para servir copas. A mí me pareció que pesaba demasiado.

Harry imaginó a Peter Ringdal sujetando el vaso, sopesándolo. Devolviéndoselo a Rakel. Y a ella llevándoselo a casa y metiéndolo en el friegaplatos. Sin usar, pero tampoco del todo limpio.

—¿Y el pañuelo? —pregunté, intuyendo ya la respuesta.

—Se lo dejó en el perchero al marcharse.

—¿Por qué lo metiste en la cómoda?

—El pañuelo desprendía el perfume de Rakel y mi amiga de ahora tiene un olfato muy fino, es muy celosa. Iba a venir esa misma noche, los dos lo pasamos mucho mejor cuando no sospecha que ando ligando por ahí.

Harry tamborileó con los dedos de la mano izquierda sobre el apoyabrazos.

—¿Puedes demostrar que Rakel estuvo aquí?

—Bueno. —Ringdal se rascó la sien—. Supongo que si no has pasado demasiado los dedos por el apoyabrazos de la butaca en la que estás sentado, sus huellas dactilares todavía deberían estar allí. O en la mesa de la cocina. No, ¡espera! La taza de café que utilizó. Está en el friegaplatos. Nunca lo pongo hasta que no está lleno.

—Vale —dijo Harry.

—Además me pasé por ese taller de cristal de Nittedal. Bonitos vasos. Se ofrecieron a fabricarlos un poco más ligeros. Con el logo del bar Jealousy. Encargué doscientos.

—Última pregunta —dijo Harry sabiendo también la respuesta—. ¿Por qué no avisaste a la policía de que Rakel había estado contigo día y medio antes de que la mataran?

—Temí la incomodidad que me acarrearía verme mezclado en un caso de asesinato y no imaginé que esa información pudiera ser útil para la policía. Además, ya fui sospechoso en otra ocasión, cuando mi exmujer se fue a Rusia de repente, sin avisar a nadie, y la dieron por desaparecida en Oslo. Apareció, pero no fue una experiencia agradable estar en el foco de atención de la policía, eso te lo puedo asegurar. Llegué a la conclusión de que si para la policía tenía interés qué había hecho Rakel día y medio antes de ser asesinada, los investigadores seguirían el rastro de su teléfono, detectarían que había estado aquí y sumarían dos más dos. En resumen, no era cosa mía sino de la policía. Tomé una decisión egoísta. Ahora me doy cuenta de que debería haber informado.

Harry asintió. En el silencio que se hizo oyó el tictac de un reloj y le llamó la atención no haberlo oído la última vez que estuvo en la casa. Sonaba como una cuenta atrás. Se dijo que tal vez fuera eso, un reloj en el interior de su cabeza que iba descontando las últimas horas, minutos, segundos.

Haciendo un esfuerzo que le pareció sobrehumano, se puso de pie. Sacó la cartera. La abrió y miró dentro. Extrajo el único billete, uno de quinientas coronas, y lo dejó sobre la mesa.

—¿Qué es eso?

—El cristal roto de la puerta —dijo Harry.

—Gracias.

Harry se dio la vuelta para marcharse. Se detuvo, se giró y miró pensativo el retrato de la escritora Sigrid Undset.

—Hummm. ¿Tienes cambio?

Ringdal se echó a reír.

—Costará por lo menos quinientas arre…

—Tienes razón —dijo Harry volviendo a coger el billete—. Te lo debo. Suerte con el Jealousy. Adiós.

Harry caminó calle abajo mientras el ladrido del perro se hacía más débil y el tictac más fuerte.

38

Harry estaba en el coche, escuchando.

Se había dado cuenta de que el tictac procedía de la parte de su corazón que latía, la mitad de Rakel. Que estaba acelerado.

Estaba así desde el instante en que vio el cuchillo ensangrentado en la estantería. Habían pasado diez horas, y todo ese tiempo su cerebro había buscado febril una respuesta, una salida, alternativas a la única explicación que había encontrado, había ido corriendo de un lado a otro como una rata en un barco que se hunde, pero solo se había topado con puertas cerradas y pasillos sin salida mientras el agua ascendía y ascendía hasta el techo. Medio corazón latía cada vez más deprisa, más deprisa, como si supiera lo que se aproximaba. Sabía que si quería gastar los dos mil millones de latidos que contiene de media una vida humana debía acelerar. Porque había despertado. Había despertado e iba a morir.

Esa mañana, después de la hipnosis pero antes de ir a ver a Ringdal, Harry había llamado a la puerta del piso de abajo. Gule, que hacía turno de noche en el servicio de tranvías de Oslo, había salido en calzoncillos, pero si le pareció que era demasiado temprano, no lo dijo. Gule no vivía allí en los tiempos en que Harry tuvo su propio apartamento en el segundo piso, por eso no lo conocía. Llevaba unas gafas redondas de montura de acero con pinta de haber sobrevivido a la década de los setenta, los ochenta y los noventa, para después entrar en la categoría Vintage. Gracias a unos mechones largos que no sabían muy bien dónde colocarse lograba que no se le pudiera llamar calvo. Hablaba de manera abrupta y sin entonación, como la voz de un GPS. Gule confirmó lo que le había dicho a la policía y que figuraba en el informe. Que llegó a casa a las once menos cuarto de la noche, que se encontró con Bjørn Holm que venía de dejar a Harry en la cama. Cuando Gule se acostó a las tres de la mañana, todavía no había ni un ruido procedente del piso de Harry.

—¿Qué hiciste aquella noche? —le preguntó Harry.

—Vi *Broadchurch* —dijo Gule. Al advertir que Harry no iba a hacer comentario alguno, añadió—. Es una serie de televisión británica. Cine negro.

—Hummm. ¿Ves muchas series de televisión de noche?

—Sí, bastantes. Tengo un horario diferente al de la mayoría de la gente. Trabajo hasta tarde, cuando llego a casa todavía estoy algo acelerado.

—¿Te altera conducir un tranvía?

—Sí. Pero mi hora de acostarme son las tres. Y me levanto a las once. Tampoco quiero quedarme aislado de la sociedad.

—Si, como dices, en esta casa se oye todo y tú ves series de televisión de noche, ¿cómo puede ser que yo que vivo justo encima de ti y a veces subo por la escalera muy tarde, nunca haya oído ningún ruido procedente de tu apartamento?

—Es porque soy considerado y utilizo cascos. —Pasaron unos segundos y Gule preguntó—: ¿Algo que objetar?

—Dime —dijo Harry—. ¿Cómo puedes estar seguro de que me oíste salir de mi casa si tenías los cascos puestos?

—Estaba viendo *Broadchurch* —dijo Gule. Entonces cayó en la cuenta de que su vecino no había visto la serie—. No es muy ruidosa que digamos.

Harry convenció a Gule para que se colocara los cascos y pusiera *Broadchurch* en la televisión, dijo que podía conectarse a la web de la televisión pública, la NRK, y ver si oía a Harry en su apartamento o en el descansillo. Cuando Harry volvió a llamar a la puerta Gule abrió y le preguntó cuándo iban a empezar la prueba.

—Ha surgido un imprevisto —dijo Harry.

No le contó que acababa de ir a la escalera desde la cama, de ahí al portal y luego había vuelto.

Harry no sabía mucho sobre ataques de ansiedad. Pero si lo que le habían contado era cierto, podía estar sufriendo uno en ese mismo momento. El corazón, el sudor, la sensación de no poder estarse quieto, los pensamientos que fluctuaban sin querer detenerse, que daban vueltas sin cesar al ritmo de su corazón desbocado, al ritmo de «Do You Wanna Dance?» de los Ramones, una carrera frenética para darse contra la pared. El deseo diario de vivir, no eternamente, pero sí un día más, y por tanto para toda la eternidad, como un hámster que corre cada vez más deprisa para no ser alcanzado por la rueda y muere de un infarto mucho antes de darse cuenta de que solo es eso, una rueda, una carrera sin sentido contra el tiempo en la que este ya ha llegado a la meta y te espera, te espera, cuenta hacia atrás, tictac, tictac. Harry golpeó la cabeza contra el volante.

Había despertado del sueño, ahora era verdad.

Era culpable.

En la noche oscura, en la montaña descarnada, en la tormenta de alcohol y los dioses sabían qué más, ¡porque estaba en blanco, completamente en blanco!, había ocurrido. Había vuelto a casa, Bjørn le había dejado metido en la cama. Se había levantado poco después de que su amigo se marchara. Había ido en coche hasta la casa de Rakel, llegaría sobre las 23.21, según la cámara de caza, eso encajaba bien. Seguía estando tan borracho que caminaba agachado, había entrado sin detenerse por la puerta abierta. Se había puesto de rodillas y le había suplicado a Rakel, que le había dicho que lo había estado pensando y que estaba decidida, que no quería volver con él. ¿O en su locura etílica lo había resuelto ya antes de entrar, que la mataría y luego se suicidaría, que no quería vivir sin ella? ¿Le había clavado el cuchillo antes de que Rakel tuviera tiempo de contarle lo que él entonces no sabía, que ella había hablado con Oleg y había decidido darle a Harry otra oportunidad? La idea era insoportable. Golpeó otra vez el volante con la cabeza, sintió que se le desgarraba la piel de la frente.

Suicidarse. ¿Lo tenía pensado ya entonces?

A pesar de que las horas anteriores al momento en que despertó en el suelo en casa de Rakel seguían en blanco, había comprendido, y luego reprimido, que era culpable. Enseguida había empezado la labor de dar con un chivo expiatorio. No por él mismo, sino por consideración hacia Oleg. Pero ahora, cuando había visto que era imposible dar con un chivo expiatorio, al menos alguien que mereciera una condena por un delito que no había cometido, Harry había cumplido su papel. Podía abandonar la escena. Dejarlo todo.

Suicidarse. No era la primera vez que había contemplado esa idea.

Como investigador de homicidios, se había encontrado frente a cadáveres ante los que debía decidir si se trataba de un ser humano que se había quitado la vida, o si se la había arrebatado otro. Rara vez había dudado. Incluso cuando los métodos para quitarse la vida eran brutales y el lugar de los hechos estaba desordenado y ensangrentado, la mayoría de los suicidios tenían un carácter solitario y sencillo: allí había habido una decisión, una acción; no se veía ninguna interacción ni factores técnicos que complicaran las cosas. Los escenarios eran silenciosos. No es que los lugares en los que había tenido lugar un suicidio no le hablaran, porque lo hacían, pero no oía una escandalera de voces y conflictos. Solo un monólogo interior en el que él, si tenía un día muy bueno, o muy malo, podía participar. Y que siempre le llevaba a pensar en el suicidio como una opción. Una salida de escena. La huida de la rata del barco.

Ståle Aune le había explicado a Harry algunos de los motivos de suicidio más habituales. Desde los infantiles, vengarse del mundo para que este se arrepienta, pasando por el desprecio de uno mismo, la vergüenza, el dolor, la culpa, la pérdida, hasta el motivo «menor», la idea del suicidio como consuelo. Para cierta gente el suicidio era una salida de emergencia; les tranquilizaba saber que existía, igual que a mucha gente le gusta vivir en ciudades grandes porque hay mucha oferta de ocio, ópera y clubs de striptease, que no tienen intención de usar nunca. El suicidio calmaba la claustrofobia de estar vivo, en la vida. Pero de pronto, en un momento de desequilibrio provocado por el alcohol, las pastillas, la ruina económica o el amor, se tomaba una decisión, tan poco meditada como la de beberse otra copa o pegar al camarero, porque la idea del consuelo pasaba a ser la única.

Sí, Harry había acariciado la idea de suicidarse. Pero hasta ahora nunca había sido la única. Puede que tuviera ansiedad, pero estaba sobrio. Ese pensamiento tenía más atractivos que la mera ausencia de dolor. Era la consideración hacia el resto, hacia los que seguirían viviendo. Había sopesado sus opciones. La investigación de un crimen debía servir para varios fines. Proporcionar certeza y tranquilidad a los allegados y a la sociedad era solo uno de ellos. Otros —como retirar de las calles a una persona peligrosa, mantener el orden mostrando a potenciales infractores que los delitos se pagan, o saciar la necesidad de venganza de la sociedad, un sentimiento nunca lo bastante valorado— desaparecían si el autor había muerto. En otras palabras: la sociedad destinaba menos recursos a una investigación si suponía que, en el mejor de los casos, descubriría un culpable *post mortem*, e invertía más si existía el riesgo de que el delincuente siguiera caminando por las calles. Si Harry desapareciera ahora, había bastantes probabilidades de que la investigación no volviera a centrarse en un hombre a quien Gule ya había proporcionado una coartada para la hora del asesinato. El único que podía acabar apuntando más o menos en la dirección de Harry era un experto en 3D que afirmaba que el asesino quizá midiera más de uno noventa y que el coche tal vez fuera un Ford Escort. Pero Harry confiaba en que Bjørn Holm mantuviera oculta esa información; su lealtad a Harry era inamovible y a lo largo de los años había cruzado varias veces la frontera de lo profesionalmente ético. Si Harry muriera ahora, no habría ningún juicio con publicidad y la atención centrada en Oleg, el chico no quedaría marcado para el resto de su vida; tampoco su hermana pequeña Søs, ni Kaja, Katrine, Bjørn, Ståle, Øynstein ni ninguno de los que figuraban con una inicial en su lista de contactos. Era a ellos a quienes iba destinada la carta con las tres frases que había tardado una hora en escribir. No porque creyera que las palabras en sí fueran a significar mucho para ellos en un sentido o en otro, sino porque, si se suicidaba, era probable que despertara sospechas de su culpabilidad, por eso quería dar a la policía una respuesta que les permitiera dar el caso por cerrado:

Siento el dolor que esto os pueda provocar, pero no soporto la pérdida de Rakel y una vida sin ella. Gracias por todo. Os he querido. Harry.

Había leído la carta tres veces. Luego sacó el paquete de cigarrillos y el mechero, encendió un cigarrillo, leyó de nuevo la carta y la tiró por el retrete. Había una solución mejor. Morir en un accidente. Se había subido al coche, conducido hasta la casa de Peter Ringdal para comprobar la última pista, apagar la última esperanza.

La había perdido. En cierto modo era un alivio.

Harry reflexionó. Echó una última mirada para ver si se había acordado de todo. La noche anterior había estado sentado en el coche, igual que ahora, y había contemplado la ciudad, los puntos de luz en la oscuridad, y los había unido con un trazo imaginario. Pero ahora contemplaba toda la vista, la ciudad bajo un cielo alto, azul, bañada en la acerada luz primaveral del nuevo día.

El corazón ya no le latía tan deprisa. O tal vez solo fuera la sensación que se tenía de que la cuenta atrás iba más despacio cuando se acercaba al cero.

Harry pisó el embrague, giró la llave y puso la primera.

39

Carretera comarcal 287.

Harry condujo hacia el norte.

La luz se reflejaba en las laderas nevadas con tal intensidad que había sacado las gafas de sol de la guantera. El corazón había empezado a latir con normalidad cuando salió de Oslo; el tráfico de la carretera disminuía cuanto más se alejaba de la capital. La calma podía deberse a que la decisión estaba tomada, a que en cierto modo ya había muerto, solo quedaba un acto relativamente simple. O podía deberse a Jim Beam. Había hecho dos paradas al salir de la ciudad. Una en el monopolio de la calle Theresesgate, donde había comprado media botella con el billete de Sigrid Undset. Y en una gasolinera Shell de Marienlyst, donde había utilizado el cambio para echar gasolina en el depósito casi vacío. No es que fuera a necesitar mucha gasolina. Pero tampoco le haría falta el cambio. En la botella, tirada sobre el asiento del copiloto junto a su arma reglamentaria y el teléfono, solo quedaba un cuarto del contenido. Había vuelto a intentar llamar a Kaja sin éxito, pensó que casi era mejor así.

Tuvo que beberse casi la mitad del bourbon antes de notar su efecto, pero ahora sentía la distancia justa hacia lo que iba a pasar, aunque no tanto como para arriesgarse a matar con el coche a algún inocente.

The green mile.

El policía del lugar del accidente de un par de días atrás no les había indicado el lugar exacto de la comarcal 287 al que se refería, pero daba igual. Le valdría cualquiera de las largas rectas por las que transitaba.

Iba detrás de un camión.

Al salir de la curva siguiente Harry aceleró, cambió de carril, adelantó, vio que era un tráiler. Se colocó delante. Miró por el retrovisor. La cabina iba muy alta.

Harry aceleró aún más, iba a más de 120 aunque el límite era 80. Al cabo de unos kilómetros llegó a una nueva recta prolongada. Al final había un área de descanso en el lado izquierdo. Puso el intermitente, cruzó la carretera, entró en el área de descanso vacía, pasó junto a un cuarto de baño y dos cubos de basura, dio la vuelta al coche y lo dejó orientado hacia el sur. Fue hasta el borde de la carretera, dejó el motor en punto muerto mientras miraba hacia el horizonte. Vio el aire que vibraba sobre el asfalto como si estuviera cruzando un desierto y no un valle noruego en el mes de marzo con un río helado detrás del quitamiedos. Quizá el alcohol le estuviera haciendo una jugarreta. Harry miró la botella de Jim Beam. El sol daba un brillo mate al contenido marrón. Había quien decía que era una cobardía quitarse la vida.

Quizá fuera verdad, pero exigía valor.

El valor que te faltara podías comprarlo por 209,90 en el monopolio.

Harry desenroscó el tapón, se bebió el resto del bourbon, volvió a enroscar el tapón. Así. La distancia justa. Valor.

Más importante era que la autopsia diría que el conocido borracho tenía unos niveles de alcohol en sangre tan altos cuando chocó que no podía descartarse que, sencillamente, hubiera perdido el control del coche. Tampoco encontrarían ninguna nota de suicidio ni ningún otro aviso de que Harry Hole quisiera acabar con su vida. Y si no había suicidio, nadie sospecharía de él en relación al asesinato de su mujer y ninguna sombra caería sobre los que no lo merecían.

Ahora lo vio circulando en dirección contraria. El tráiler. Estaba a un kilómetro de distancia.

Harry miró por el retrovisor izquierdo. Tenían la carretera para ellos solos. Metió primera, soltó el embrague, salió derrapando. Miró el velocímetro. No había que ir demasiado deprisa, eso reforzaría la teoría del suicidio. Además, no era necesario, sería como dijo el policía del lugar del accidente: cuando un turismo colisiona a ochenta o noventa kilómetros por hora contra el frontal de un tráiler el cinturón de seguridad y los airbags no sirven de nada. El volante atraviesa el asiento trasero. Ahora la aguja del cuentakilómetros marcaba noventa.

Cien metros en cuatro segundos, un kilómetro en cuarenta. Si el tráiler seguía a la misma velocidad, se encontrarían en menos de veinte.

Quinientos metros. Diez… nueve…

Harry no pensaba en nada, nada que no fuera su cometido: impactar en medio de la parrilla del tráiler. Habría que alegrarse de vivir en unos tiempos en los que todavía se podía conducir un coche hacia la muerte propia y ajena, pero este entierro sería solo suyo. Le haría al tráiler un bollo y al conductor una cicatriz de por vida, una pesadilla de la que se despertaría a intervalos intermitentes, pero con el paso de los años seguramente cada vez con menos frecuencia. Porque los fantasmas empalidecían, al final siempre era así.

Cuatrocientos metros. Puso el Escort en el carril contrario. Intentó que pareciera que se le iba el coche para que el conductor del tráiler le explicara a la policía que seguramente el conductor del turismo sencillamente había perdido el control del coche o se había quedado dormido al volante. Harry oyó el claxon ululante del tráiler cada vez más intenso y agudo. El efecto Doppler. El aullido laceró su oído como una cuchillada, el sonido de la muerte que se aproximaba. Para tapar el grito, para no morir con esa música, Harry puso la radio a todo volumen. Doscientos metros. Los altavoces chisporrotearon.

«Farther along we'll know all about it…»

Harry había oído antes esta versión pegajosa del góspel. Los violines…

«Farther along we'll understand why…»
El frontal del trailer crecía.
«Cheer up, my brother, live in the sunshine…»
Tan cierto. Tan… erróneo. Harry giró el volante hacia la derecha.

El Ford Escort pasó a su carril, evitó por muy poco el lado izquierdo del frontal del tráiler. Harry avanzó hacia el quitamiedos, frenó y giró el volante con fuerza hacia la izquierda. Sintió que los neumáticos perdían el contacto con el firme, la parte trasera del coche se desplazó hacia la derecha, la fuerza centrífuga hizo girar su espalda sobre el asiento cuando el coche hizo un trompo; Harry pensó que aquello no podía acabar bien. Tuvo tiempo de ver que el tráiler desaparecía, ya estaba muy lejos cuando la parte trasera del coche impactó contra el quitamiedos y se quedó suspendido en el aire. Cielo azul. Luz. Por un instante creyó estar muerto, que veía cómo abandonaba su cuerpo y ascendía hacia el paraíso, tal como había oído contar. Pero el paraíso hacia el que ascendía giraba, también las laderas boscosas, la carretera comarcal y el río, mientras el sol salía y se ponía como una estación del año filmada con *time lapse*, acompañado por la voz que en el repentino y extraño silencio cantó «We'll understand it all…» antes de que la interrumpiera un nuevo estruendo. Harry se vio lanzado hacia el asiento, vio sobre su cabeza el cielo que había dejado de dar vueltas, pero que ahora se expandía, adquiría un brillo verde antes de que echaran una cortina ligera, transparente. Oscurecía, se hundía, descendía debajo de la tierra. No era de extrañar, tuvo tiempo de pensar, que finalmente fuera al infierno. Luego oyó un rugido sordo, como el sonido de la puerta de un refugio antiaéreo que se cierra. El coche se quedó en horizontal, girando despacio, y Harry comprendió lo que había sucedido. El coche había caído en el río, impactando primero con la parte trasera, había atravesado el hielo, y ahora estaba debajo de la superficie. Era como haber aterrizado en un planeta desconocido con un extraño paisaje verde, iluminado por rayos de sol que se filtraban a través del hielo y el agua, donde todo lo que no fueran rocas y restos putrefactos de árboles se movía como en sueños, como si bailaran al son de la música.

La corriente se había apoderado del coche, que se deslizaba despacio por el río como una nave a la vez que ascendía. Se oyó un ruido de arrastre cuando el techo chocó con el hielo. El agua entraba a chorro por debajo de las puertas, tan fría que le paralizó los pies. Se liberó del cinturón de seguridad e intentó abrir la puerta. Pero a solo un metro de profundidad la presión del agua lo imposibilitaba. Tenía que salir por la ventanilla. La radio y los faros delanteros funcionaban, por lo que el agua aún no había cortocircuitado toda la electrónica. Apretó el interruptor para bajarla, pero no ocurrió nada. Un cortocircuito o la presión sobre la ventanilla. El agua ya le llegaba por las corvas. El techo del coche ya no rozaba el hielo, la ascensión había terminado, flotaba entre el cielo y la tierra del río. Tenía que romper a patadas el parabrisas. Empujó el cuerpo contra el respaldo del asiento, pero era demasiado estrecho, las piernas demasiado largas y notaba que el alcohol ralentizaba y descoordinaba sus movimientos y entorpecía sus pensamientos. Tanteó con la mano y encontró la palanca para arrastrar el asiento hacia atrás. Encima de esa palanca había otra para tumbar el asiento. Un recuerdo mínimo. De cuando había colocado el asiento por última vez. Ahora pudo doblar las piernas. El agua ya casi le llegaba por el pecho, notaba el frío como una zarpa en torno a los pulmones y el corazón. Cuando se disponía a patear el parabrisas con las dos piernas el coche chocó con algo y él perdió el equilibrio, cayó sobre el asiento del copiloto y la patada dio contra el volante. ¡Joder, joder! Harry vio la roca con la que había chocado deslizarse por su lado mientras el coche giraba en un vals lento, siguió hacia atrás, chocó con otra roca y volvió a enderezarse. La canción había enmudecido en medio de un nuevo «We'll understand it all...». Harry tomó aire pegado al techo y se metió bajo el agua para volver a tomar impulso para pegar la patada. Esta vez dio en el cristal, pero ya estaba rodeado de agua y Harry notó que los pies aterrizaban sobre el parabrisas ligeros, sin fuerza, como las botas de un astronauta sobre la superficie lunar.

Forcejeó hasta quedar sentado, ya tenía que presionar la cabeza contra el techo para poder respirar. Inhaló profundamente un par de veces. El coche se detuvo. Harry volvió a sumergirse y vio por el parabrisas del Escort que el coche se había enganchado a las ramas de un árbol podrido. Un harapiento vestido lo saludaba. Le invadió el pánico. Harry golpeó la ventanilla con la mano, intentó darle con la cabeza. Nada. De pronto se partieron dos de las ramas, el coche se inclinó hacia un lado y se liberó. Las luces de los faros delanteros, que increíblemente seguían funcionando, barrieron el fondo del río, hacia la orilla, y allí vio el brillo de lo que podría ser una botella de cerveza, al menos algo de vidrio, luego siguieron su camino, cada vez más deprisa. Necesitaba volver a respirar. Pero el coche estaba tan lleno de agua que Harry tuvo que cerrar la boca y presionar la nariz contra el techo para tomar aire por las fosas nasales. Los faros delanteros se apagaron. Algo flotó ante sus ojos, oscilando por la superficie del agua. La botella de Jim Beam, vacía y con el tapón puesto. Como si quisiera recordarle un truco que en una ocasión le había salvado hacía mucho, mucho tiempo. Pero que ahora no tendría sentido, el aire de la botella solo le proporcionaría unos segundos más, la dolorosa esperanza después de que la resignación te hubiera dado la paz.

Harry cerró los ojos. Como decía el tópico, pasó revista a su vida. Desde que siendo un niño se perdió y corrió aterrorizado dando vueltas por el bosque a un tiro de piedra de la granja del abuelo en el valle de Romsdalen. Su primera novia, en la cama de ella con la casa para ellos solos, la puerta abierta que daba a la terraza, las cortinas que se movían, dejaban pasar el sol mientras ella le pedía en voz baja que la cuidara y él le susurraba «sí» y seis meses más tarde leía su carta de suicidio. El caso del asesinato en Sidney, el sol que se ponía al norte provocando que también allí se perdiera. La niña con un solo brazo que se tiraba a la piscina en Bangkok, el cuerpo que cortaba el agua como un cuchillo, la rara belleza de la asimetría y la destrucción. Un largo paseo por la sierra de Oslo, Nordmarkda, solos Oleg, Rakel y él. El sol del otoño que cae sobre el rostro de Rakel, que sonríe a la cámara mientras esperan al disparador automático, Rakel que nota que él la mira, se gira hacia él, la sonrisa que se expande, que se refleja en sus ojos, hasta que la luz es derrotada, es ella la que ilumina el sol, no pueden apartar la mirada el uno del otro y después tienen que volver a sacarse la foto.

Compensar.

Harry abrió los ojos de nuevo.

El agua no había subido más.

Por fin la presión del agua estaba compensada. La cuenta sencilla pero compleja de la física había dejado, de momento, esa franja de aire entre el techo y la superficie del agua.

Y había, literalmente, luz al final del túnel.

Por la ventanilla trasera apenas se veía el lugar del que procedía, que era de un verde cada vez más oscuro, pero delante de él se intensificaba la luz. Eso debía indicar que allí el río no estaba helado o, al menos, era menos profundo, tal vez ambas cosas. Si la presión se había compensado podría abrir la puerta del coche. Harry iba a sumergirse para intentarlo cuando cayó en la cuenta de que todavía tenía hielo encima. Que sería una manera absurda de ahogarse, en el coche tenía aire suficiente para esperar a llegar a lo que, eso esperaba, fuera una zona poco profunda y sin hielo. Ya no faltaba mucho. Daba la impresión de que iba cada vez más deprisa y la luz era cada vez más intensa.

No muere ahogado aquel a quien van a ahorcar.

No supo por qué ese refrán le vino de repente a la mente.

O por qué pensaba en el vestido azul.

O en Roar Bohr. Vestido azul. Hermana pequeña. La cascada de Norafossen. Veinte metros. Destrozada contra las rocas.

Emergió hacia la luz, el agua se convirtió en una pared blanca de burbujas y el sonido pasó a ser un rugido atronador. Harry bajó los brazos, agarró el respaldo del asiento, tomó aire, se metió debajo del agua en el momento en que el coche caía hacia abajo. Miró a través del agua por el parabrisas, de frente hacia un agujero negro donde las cascadas de agua blanca se astillaban en una nada blanca.

TERCERA PARTE

40

Dagny Jensen miró hacia el patio del colegio, hacia el cuadrado de luz que había empezado su camino por la mañana junto a la casa del portero pero que ahora, hacia el final de la jornada escolar, se había desplazado hasta quedar debajo de la sala de profesores. Una lavandera blanca avanzaba dando salititos por el asfalto. El gran roble estaba cubierto de capullos. ¿A qué se debía que de repente viera capullos por todas partes? Recorrió con la mirada el aula donde los alumnos estaban inclinados sobre sus ejercicios de inglés. Lo único que rompía el silencio era el sonido rítmico de los lápices y los bolígrafos. Dagny les había pedido que hicieran los deberes que debían llevarse a casa pues le dolía tanto el estómago que no había tenido fuerzas para impartir la clase que había preparado con tanto entusiasmo: una presentación de *Jane Eyre*, de Charlotte Brontë. Les había querido hablar de Charlotte, que trabajó como profesora y prefirió una vida independiente antes que contraer un matrimonio socialmente ventajoso con un hombre cuyo intelecto no respetaba, una idea casi inaudita en la Inglaterra victoriana. De la huérfana Jane Eyre, que se enamora del señor de la casa en la que trabaja como institutriz, el aparentemente brusco y poco sociable señor Rochester. De cómo se declaran su mutuo amor, pero ella, cuando van a casarse, descubre que él sigue atado a su anterior mujer. Jane se marcha, conoce a un hombre que se enamora de ella, pero que para Jane no es más que un sustituto temporal del señor Rochester. Les habría contado el trágico y a la vez feliz final en el que fallece la señora Rochester de manera que Jane y el señor Rochester por fin pueden estar juntos. El famoso diálogo en el que el señor Rochester, desfigurado por el incendio de la finca, pregunta: «Am I hideous, Jane?», y ella responde: «Very, sir. You always were, you know».

Y al final del todo, el lacrimógeno capítulo en el que Jane da a luz a su hijo en común. Dagny notó que la frente se le perlaba de sudor y sintió otra punzada de dolor en el estómago. Los dolores habían ido y venido los dos últimos días. Las pastillas contra la acidez que tomaba no le hacían efecto. Había pedido cita con su médico de cabecera, pero no la visitaría hasta la semana siguiente, y la idea de pasar una semana con esos dolores no era muy agradable.

—Vuelvo enseguida —dijo poniéndose de pie.

Un par de caras se giraron hacia ella, asintieron y volvieron a concentrarse en su tarea. Eran buenos alumnos, aplicados. Incluso un par de ellos tenían un talento excepcional. A veces, sí, a veces le ocurría que soñaba con que un día, cuando Dagny fuera una profesora jubilada, uno de sus alumnos la llamaría y le daría las gracias. Bastaría con uno. Darle las gracias por haberle abierto un universo que abarcaba más que vocabulario, gramática y el uso práctico del idioma. Una persona que hubiera aprendido, que se hubiera sentido inspirada por sus clases de inglés, y que hubiera empleado esos conocimientos para crear algo por sí misma.

Cuando Dagny salió del aula un policía que esperaba en el pasillo se levantó de la silla y la siguió. Había dado el relevo a Kari Beal y se llamaba Ralf.

—Voy al cuarto de baño —le informó Dagny.

Katrine Bratt le había asegurado a Dagny que tendría un guardaespaldas pegado a los talones mientras Svein Finne supusiera una amenaza para ella. Katrine y Dagny no habían hablado de lo que era evidente: que no era cuestión de cuánto tiempo Finne anduviera libre o estuviera vivo, sino de cuánto tiempo resistirían el presupuesto de Katrine y la paciencia de Dagny.

En los pasillos de los colegios reina un silencio extraño cuando hay clase, como si se tomaran un respiro entre la vida regular y frenética que surgía cada vez que sonaba el timbre para anunciar el principio o el fin de las clases. Como las plagas cíclicas de cigarras en torno al lago Michigan cada diecisiete años exactos. Un tío suyo que vivía allí la había invitado a ir la siguiente vez que hubiese plaga, decía que había que vivirlo, tanto la intensa música que producían millones de insectos como el sabor. Al parecer las cigarras estaban emparentadas con las gambas y otros crustáceos; la última vez que su tío visitó Noruega le había explicado durante un almuerzo en que tomaron gambas que las cigarras se podían comer de la misma manera. Apretar la cáscara dura, quitar las patas y la cabeza y sacar de un tirón la carne blanda y rica en proteínas. Pero no sonaba muy tentador, aparte de que tampoco se tomaba al pie de la letra la invitación de un norteamericano, sobre todo si, como había calculado, era para el año 2024.

—Esperaré aquí —dijo el policía, y se colocó junto a la puerta del servicio de señoras.

Ella entró. Estaba vacío. Fue a la última de las ocho puertas.

Se bajó el pantalón y las braguitas, se sentó en el aseo, se inclinó hacia delante, empujó la puerta hacia el marco para cerrarla. Descubrió que la puerta no se cerraba del todo. Levantó la vista.

Una mano se había introducido entre la puerta y el marco, cuatro grandes dedos ya estaban en el interior, uno de ellos tenía un anillo con forma de águila. En el dorso de la mano se veía el borde de un agujero que la atravesaba.

Dagny apenas tuvo tiempo de tomar aire antes de que abrieran la puerta de golpe, y la mano de Finne saliera disparada hacia ella y le apretara el cuello. Con la otra mano sujetaba el cuchillo con forma de serpiente delante de la cara de Dagny, que notó la voz del viejo muy cerca de la oreja.

—¿Qué te pasa, Dagny? ¿Sufres náuseas matinales? ¿Te duele la tripa? ¿Tienes ganas de hacer pis? ¿Los pechos sensibles? —Dagny pestañeó—. Enseguida lo sabremos —dijo Finne. Se puso de rodillas ante ella, metió el cuchillo en una funda que llevaba bajo la chaqueta sin soltarle la garganta, se sacó del bolsillo de la chaqueta algo que parecía un bolígrafo y se lo metió entre los muslos. Dagny esperó que la tocara, que la penetrara, pero no ocurrió nada.

—Sé buena chica y haz un pipí para papá, ¿quieres?

Dagny tragó saliva.

—¿Qué pasa? Has venido para eso, ¿no?

Dagny quería obedecer, pero era como si todas sus funciones vitales se hubieran bloqueado, ni siquiera sabía si podría gritar si el hombre dejaba de aferrarle la garganta.

—Si no haces pis antes de que cuente hasta tres, te clavaré el cuchillo primero a ti y luego al idiota que está en el pasillo. —La voz susurrante hizo que cada palabra, cada sílaba sonara como una obscenidad.

Lo intentó. Lo intentó de verdad.

—Uno —susurró Finne—. Dos. Tres... ahí está. Buena chica...

Oyó el chorro y el impacto sobre la porcelana de la taza, luego sobre el agua.

Finne retiró la mano con el bolígrafo, lo dejó en el suelo. Se secó la mano sobre el rollo de papel higiénico que colgaba de la pared.

—En dos minutos sabremos si estamos embarazados —dijo él—. ¿No es maravilloso, querida? Este bolígrafo no existía, ni nos lo imaginábamos, la última vez que estuve en libertad. Imagínate las cosas maravillosas que el futuro nos traerá. ¿Es de extrañar que queramos traer hijos a este mundo?

Dagny cerró los ojos. Dos minutos y luego, ¿qué?

Oyó voces en el exterior. Una breve conversación y la puerta se abrió, pasos rápidos, una chica a la que el profesor había dado permiso se sentó en la cabina más cercana a la puerta, acabó de orinar, se lavó las manos, se marchó corriendo.

Finne suspiró profundamente mientras miraba fijamente el bolígrafo.

—Estoy buscando un signo positivo, Dagny, pero me temo que muestra un menos. Y eso quiere decir...

Se puso de pie y empezó a desabrocharse los pantalones con la mano libre. Dagny echó la cabeza atrás, se liberó de su mano.

—Tengo la regla —dijo.

Finne la miró. Su rostro estaba en la penumbra. Proyectaba una sombra. Todo él era una sombra, como un ave rapaz que da vueltas y tapa el sol. Volvió a sacarse el cuchillo de la funda del pecho. Oyó que la puerta crujía y la voz del policía.

—¿Va todo bien, Dagny?

Finne la señaló con el cuchillo como si fuera una varita mágica con que la obligara a hacer lo que él quisiera.

—Ya voy —dijo sin apartar la mirada de Finne.

Se levantó, se subió las braguitas y el pantalón, estaba tan cerca de él que inspiraba la peste a sudor y a otra cosa, algo rancio y nauseabundo. Enfermedad. Infección.

—Volveré —dijo abriéndole la puerta.

Dagny no corrió, pero fue con paso ligero por delante de las puertas, de los lavabos, hacia el pasillo. Cerró la puerta.

—Está allí dentro.

—¿Qué?

—Svein Finne. Tiene un cuchillo.

El policía la miró un instante, luego se desabrochó la funda de la cadera, sacó la pistola. Se metió un pinganillo en la oreja con la mano libre y soltó la radio que llevaba sujeta al pecho.

—01 —dijo—. Necesito refuerzos.

—Va a escapar —dijo Dagny—. Tienes que cogerle.

El policía la miró. Abrió la boca como si fuera a explicarle que su misión fundamental era proteger, no atrapar.

—O volverá —dijo Dagny.

Tal vez fue por su voz, o su expresión, pero el caso es que el policía cerró la boca sin decir nada. Dio un paso hacia la puerta y escuchó unos segundos sujetando con las dos manos la pistola que apuntaba al suelo. Luego empujó la puerta.

—¡Policía! ¡Pon las manos sobre la cabeza! —exclamó, y desapareció hacia el interior.

Dagny esperó.

Oyó batir las puertas de los retretes.

Las ocho.

El policía volvió a salir.

Dagny respiró temblorosa.

—¿El pájaro ha volado?

—Dios sabe cómo —dijo el policía y volvió a coger la radio—. Debe de haber escalado por la pared y entrado por la ventana que está a la altura del techo.

—Volado —dijo Dagny con voz queda mientras el policía volvía a llamar al 01, la central operativa.

—¿Qué?

—No ha escalado. Ha volado.

41

—¿Has dicho veinte metros? —preguntó el investigador de la policía judicial, la Kripos, Sung-min Larsen.

Miró hacia el principio de la cascada de Norafossen, por donde se desplomaban torrentes de agua. Se pasó la mano por la cara mojada; las ráfagas de viento del oeste arrastraban a la orilla un velo de agua. El rugido de la cascada ahogaba el sonido del tráfico de la carretera comarcal que pasaba a lo alto de la escarpada ladera por la que se habían abierto camino hasta el río.

—Veinte metros —confirmó el policía con cara de bulldog que decía llamarse Jan y trabajar en la comisaría local de Sigdal—. No se tarda más de dos segundos, pero cuando impactas contra el suelo ya vas a setenta kilómetros por hora. No tienes ninguna posibilidad de salvarte.

Señaló con uno de sus brazos cortos hacia los restos aplastados de un Ford Escort blanco. Estaba de canto sobre la repisa de piedra negra y pulida donde el agua impactaba y salía disparada en todas las direcciones. «Parece una instalación artística», pensó Sung-min Larsen. Un plagio de los diez Cadillacs semienterrados en el desierto de Amarillo, Texas, por Lord, Marquez y Michel. Sung-min y su padre lo habían recorrido cuando él tenía catorce años. Su padre era piloto y había querido enseñarle a su hijo la maravillosa tierra donde había ido a la academia de aviación y había aprendido a pilotar un Starfighter, el caza que según su padre resultaba más peligroso para el piloto que para el enemigo, un chiste que su padre había repetido con frecuencia durante el viaje entre ataque y ataque de tos. Cáncer de pulmón.

—Así que no hay duda —dijo Jan de Sigdal empujándose la gorra de policía hacia atrás—. El conductor salió despedido junto con el parabrisas, chocó contra las rocas y murió al instante. El río habrá arrastrado el cadáver. Tiene tanto caudal en esta época que dudo que se haya enganchado en ninguna parte antes de llegar a Solevatn. Y aquello todavía está helado, así que no podremos ver al tipo en una temporada.

—¿Qué dijo el conductor del tráiler? —preguntó Sung-min Larsen.

—Dijo que el Escort derrapó hacia su carril, que el conductor debía de estar buscando algo en la guantera. Y que advirtió lo que estaba a punto de ocurrir y dio un volantazo hacia su lado en el último momento. El conductor dice que todo fue tan rápido que no tuvo tiempo de ver lo que ocurría, cuando miró por el retrovisor el coche ya había desaparecido. Pero como estaba en una recta debería haber podido verlo. Así que se detuvo y nos llamó. Hay marcas de neumáticos en el asfalto, pintura blanca en el quitamiedos y un agujero en la capa de hielo donde cayó el Escort.

—¿Tú qué crees? —preguntó Larsen. Llegó una nueva ráfaga de viento e instintivamente se llevó la mano a la corbata, a pesar de que estaba sujeta por un alfiler de la Pan Am—. ¿Conducción torpe o intento de suicidio?

—¿Intento? Pero si te estoy diciendo que está fiambre.

—¿Pero crees que tenía intención de chocar con el tráiler y en el último segundo no se atrevió?

El policía pisoteó la mezcla de lodo del río y nieve podrida con las botas de caña alta. Bajó la vista hacia los pulidos zapatos ingleses Loake de Sung-min Larsen. Negó con la cabeza.

—No suelen arrepentirse.

—¿Quiénes?

—Los que vienen a *the green mile*. Están decididos. Están… —tomó aire— motivados.

Larsen oyó ramas que se partían a sus espaldas, se dio la vuelta y vio a la directora de la sección de Delitos Violentos, Katrine Bratt, que se abría paso por la ladera poco a poco, apoyándose en los árboles. Cuando llegó junto a ellos se secó las manos en los vaqueros negros. Sung-min estudió su rostro mientras ella le tendía la mano seca al policía local y se presentaba.

Estaba pálida. Recién maquillada. ¿Quería eso decir que había llorado mientras conducía desde Oslo y se había maquillado antes de bajarse del coche? Conocía bien a Harry Hole, claro.

—¿Habéis encontrado el cadáver? —preguntó, y asintió en silencio cuando Jan de Sigdal negó con la cabeza.

Sung-min apostó a que a continuación preguntaría si eso quería decir que había alguna posibilidad de que Hole estuviera con vida.

—Así que no sabemos seguro si ha muerto, ¿verdad?

Jan suspiró profundamente y volvió a poner cara de tragedia.

—Cuando un coche cae veinte metros alcanza una velocidad de setenta kilómetros por...

—Están seguros de que ha muerto —concluyó Sung-min.

—Y supongo que has venido aquí porque crees que tiene algo que ver con la muerte de Rakel Hauke, ¿no? —dijo Bratt sin mirar a Sung-min y fijando la vista en la grotesca escultura de los restos del coche.

«¿Y tú no?», estuvo a punto de preguntar Sung-min, pero cayó en la cuenta de que tal vez no fuera tan extraño que la directora de una sección acudiera al lugar donde había fallecido uno de sus subordinados. Bueno. Casi dos horas de coche. Recién maquillada. ¿Tal vez tenía con el subordinado algo más que una relación profesional?

—¿Subimos a mi coche? —preguntó él—. Tengo café.

Katrine asintió y Sung-min dedicó una rápida mirada a Jan para responder a lo que este se estaba preguntando: no, él no estaba invitado.

Sung-min y Katrine se acomodaron en los asientos delanteros de su BMW Gran Coupé. A pesar de que le pagaban por kilómetro recorrido, salía perdiendo al usar su propio coche en lugar de uno de los de Kripos, pero como decía su padre: La vida es demasiado corta para no llevar un buen coche.

—¡Hola! —dijo Bratt, metió la mano entre los asientos y acarició al perro que estaba tumbado en el asiento trasero con la cabeza sobre las patas delanteras y les miraba melancólico.

—Kasparov es un perro policía jubilado —dijo Sung-min echando café del termo en dos tazas de cartón—. Pero sobrevivió a su dueño así que me hice cargo de él.

—¿Te gustan los perros?

—No especialmente, pero el animal no tenía a nadie. —Sungmin le ofreció una de las tazas—. Pero vayamos al caso. Estaba a punto de arrestar a Harry Hole.

Katrine Bratt derramó café cuando iba a beber el primer sorbo. Sung-min sabía que no era porque el café estuviera muy caliente.

—¿Arrestar? —dijo aceptando el pañuelo que el hombre le ofrecía—. ¿En base a qué?

—Nos llamaron. Un tal Freund. Sigurd Freund, por cierto. Especialista en interpretar en 3D fotos y grabaciones. Hemos trabajado con él alguna vez, vosotros también. Quería consultar los aspectos formales de un trabajo que había llevado a cabo por encargo del detective Harry Hole.

—¿Por qué os llamó a vosotros? Hole trabaja para nosotros.

—Tal vez fue precisamente por eso. Freund dijo que Harry Hole le había pedido que mandara la factura a su domicilio particular, algo que es muy poco frecuente. Freund quería asegurarse de que se estaba cumpliendo el reglamento. Después supo que Harry Hole mide entre uno noventa y uno noventa y cinco de altura, lo mismo que el hombre de la foto en cuestión. Y Freund preguntó en la comisaría y se enteró de que Hole tiene un Ford Escort, la marca y el modelo que salía en la foto. Nos mandó las fotos. Están tomadas con una de esas cámaras que llaman de caza desde fuera de la casa de Rakel Fauke. La hora coincide con la supuesta hora de la muerte. Hicieron desaparecer la cámara de caza, probablemente la única persona que sabía que estaba allí.

—¿La única?

—Cuando la gente monta ese tipo de cámaras en zonas muy pobladas suele ser con la intención de espiar. A la pareja, por ejemplo. Por eso mandamos una foto de Harry a las tiendas que venden cámaras de caza en Oslo y un hombre mayor reconoció a Harry Hole, el anterior dueño de Siemensen, Caza & Pesca.

—¿Por qué iba Harr… Hole a pedir un análisis de las imágenes si sabía que lo pondrían al descubierto?

—¿Por qué iba a encargar un análisis sin avisar a la policía?

—Harry Hole está suspendido. Para poder investigar el asesinato de su mujer tenía que actuar de manera encubierta.

—En ese caso el brillante Harry Hole acaba de llevar a cabo su actuación más brillante y ha desenmascarado al brillante Harry Hole.

Katrine Bratt no respondió. Se tapó la boca con la taza de cartón que hacía girar con la mano mientras miraba por el parabrisas hacia la evanescente luz del día.

—Pero más bien creo que estamos ante el caso contrario —dijo Sung-min—. Quería comprobar con un experto si era técnicamente posible desvelar que era él quien aparecía entrando y saliendo de casa de Rakel Fauke durante las horas en que se calcula que ocurrió el crimen. Si Sigurd Freund hubiera sido incapaz de revelar que era Hole, este habría entregado las imágenes tranquilamente, puesto que en ellas se ve claramente que Rakel Fauke recibió visita durante las horas en las que al parecer Hole tiene coartada. Una coartada que se habría visto reforzada porque las fotos corroboran las conclusiones de los forenses; según estas, mataron a Rakel Fauke en algún momento entre las diez y las dos, más concretamente después de las 23.21, la hora en que la cámara graba a una persona entrando en la casa.

—¡Pero si Harry tiene coartada!

Sung-min iba a decir lo que resultaba evidente, que la coartada dependía de una sola persona y que la experiencia demuestra que las declaraciones de los testigos no son fiables. No porque los testigos no sean merecedores de confianza por naturaleza, sino porque la memoria nos hace jugarretas y los sentidos son más frágiles de lo que pensamos. Pero había oído la desesperación de la voz de Katrine, había visto el dolor descarnado en su mirada, y se lo calló.

—Uno de nuestros investigadores está con Gule, el vecino de Hole —dijo—. Están reconstruyendo la situación en la que le proporcionó la coartada a Hole.

—Bjørn dice que Hole estaba completamente borracho cuando lo dejó en el piso, que es imposible que Harry haya podido...

—Aparentemente estaba muy borracho —dijo Sung-min—. Supongo que un alcohólico sabe cómo hacerse el borracho. Pero puede que se haya excedido un poco en su actuación.

—¿Sí?

—Según Peter Ringdal, el propietario de...

—Sé quién es.

—Ringdal dice que ha visto a Hole borracho en otras ocasiones, pero nunca tanto como para que tuvieran que sacarlo a rastras. Hole aguantaba más el alcohol que la mayoría y Ringdal opina que no había bebido mucho más que otras veces. Puede que Hole quisiera parecer más borracho de lo que estaba.

—Es la primera vez que oigo hablar de esto.

—Como creíamos que Hole tenía coartada, supongo que nadie lo ha comprobado a fondo. Pero esta mañana he ido a ver a Peter Ringdal, después de hablar con Freund. Resultó que acababa de tener una visita de Harry Hole y, por lo que me ha dicho, supongo que Hole había comprendido que la red se estaba cerrando a su alrededor, y que estaba buscando desesperadamente un chivo expiatorio, pero cuando vio que Ringdal no le servía, se quedó sin su última esperanza y... —Sung-ming alargó el brazo en dirección a la carretera para que Katrine Bratt sacara sus propias conclusiones.

Katrine Bratt levantó la barbilla, como hacen los hombres de cierta edad cuando les aprieta la corbata, pero a Sung-min le recordó a un deportista que quiere darse ánimos, dejar atrás una marca antes de lanzarse a por la siguiente.

—¿Qué otras pistas está siguiendo Kripos?

Sung-min la miró. ¿No se había explicado con precisión? ¿No entendía que esto no era ninguna pista, sino una autopista bien iluminada de cuatro carriles donde ni siquiera un Ole Winter podía perderse, donde, salvo por la falta de los restos mortales del culpable, ya habían llegado a la meta?

—Ya no hay otras pistas —dijo.

Katrine Bratt asentía y asentía mientras pestañeaba y volvía a mirar fijamente al frente, como si procesar esa información tan sencilla requiriera una gran actividad mental.

—Pero si Harry Hole ha fallecido —dijo ella—, no corre prisa hacer público que es el principal sospechoso de Kripos.

Sung-min también asintió con la cabeza. Con el gesto no prometía nada, solo daba a entender que comprendía el motivo de su petición.

—La policía local ha emitido un comunicado de prensa que dice algo así como «Se busca al conductor de un coche que ha caído al río desde la comarcal 287» —recitó Sung-min, fingiendo que no repetía el mensaje literal, pues sabía por experiencia que la gente se ponía nerviosa y se volvía menos comunicativa si parecías tener una memoria prodigiosa, una capacidad desmesurada para leer a los demás y un cerebro escesivamente deductivo—. No veo la necesidad de que Kripos informe a la opinión pública más allá de eso, pero la decisión en todo caso depende de mis jefes.

—¿Te refieres a Winter?

Sung-min miró a Katrine Bratt y se preguntó por qué la mujer habría considerado necesario nombrar a su superior. Su rostro no daba a entender que tuviera ninguna segunda intención, y ella tampoco tenía por qué saber que a Sung-min le molestaba tanto que le recordaran el hecho de que Ole Winter seguía siendo su superior. Porque Sung-min nunca le había mencionado a nadie que consideraba a Ole Winter un investigador mediocre y un jefe débil. No débil en el sentido de blando, al contrario, era autoritario y tozudo a la antigua usanza.

Winter no tenía autoestima suficiente para reconocer que se equivocaba, que debería dejar más espacio a cerebros más jóvenes con ideas también más jóvenes. En realidad, a mentes investigadoras más agudas. Pero eso se lo había guardado, porque suponía que era el único que pensaba así en Kripos.

—Puedo hablar con Winter —dijo Katrine Bratt—. Y con la comisaría de Sigdal. En ningún caso harán público el nombre del desaparecido hasta que no hayan informado a la familia más cercana. Si soy yo quien asume la tarea de informar, seré yo quien controle cuándo la policía local hará público que se trata de Harry Hole.

—Bien pensado —dijo Sung-min—. Pero tarde o temprano se sabrá el nombre y ni tú ni yo podremos evitar que el público y los medios empiecen a especular cuando sepan que el fallecido…

—El desaparecido.

—… es el viudo de la mujer que acaba de morir asesinada.

Le pareció que Katrine Bratt estaba temblando. ¿Iba a llorar otra vez? No. Pero cuando estuviera sola en su coche, seguramente sí.

—Gracias por el café —dijo Katrine manoteando en busca del tirador de la puerta—. Estaremos en contacto.

Al llegar a Solevatn, Katrine Bratt giró hacia un área de descanso vacía. Aparcó y miró hacia el gran lago helado mientras se concentraba en respirar. Cuando consiguió tranquilizar su pulso, sacó el teléfono, vio que había recibido un mensaje de texto de Kari Beal, la guardaespaldas de Dagny Jensen, pero pensó que lo leería más tarde. Llamó a Oleg. Le explicó lo del coche, el río, el accidente.

Se hizo un silencio al otro lado. Prolongado. Cuando Oleg volvió a hablar, su voz sonó sorprendentemente tranquila, como si no hubiera sufrido el shock que Katrine había esperado.

—No ha sido un accidente —dijo Oleg—. Se ha suicidado.

Katrine iba a responder que no lo sabía, pero comprendió que Oleg no le había hecho ninguna pregunta.

—Tardarán bastante tiempo en encontrarlo —dijo Katrine—. Todavía hay hielo en el mar.

—Voy —dijo Oleg—. Me saqué el carnet de buceador. Antes tenía terror al agua pero… —Se quedó en silencio y por un instante ella creyó que se había cortado la comunicación—. Luego oyó una respiración profunda y temblorosa, y cuando Oleg volvió a hablar le pareció que luchaba por contener el llanto— él me enseñó a nadar. —Otra vez silencio. Katrine esperó. La voz volvió, firme esta vez—. Hablaré con la comisaría de Sigdal y preguntaré si puedo bucear con los que estén a cargo de la búsqueda. Luego hablaré con Søs.

Katrine le pidió que la avisara si podía ayudar en algo, le dio su número directo de la oficina y colgó. Así. Ya estaba. Ya no había ninguna razón para dominarse, estaba sola en su coche.

Apoyó la cabeza en el respaldo y lloró.

42

Eran las cuatro y media. El último cliente. Hacía poco que Erland Madsen había tenido una discusión con un psiquiatra sobre dónde estaba el límite entre los conceptos de cliente y paciente. Si estaba entre las dos profesiones, psicólogo y psiquiatra, o entre un paciente medicado y un cliente no medicado. Como psicólogo a veces le parecía un inconveniente no poder recetar medicamentos cuando sabía exactamente lo que el cliente necesitaba, pero a pesar de ello debía remitirlo a un psiquiatra, que sabía mucho menos que él sobre, por ejemplo, del trastorno por estrés postraumático.

Erland Madsen entrelazó los dedos de las manos. Solía hacerlo cuando acababan los saludos y las frases amables de rigor y el cliente se disponía a expresar el motivo de su visita. Hacía el gesto sin pensar, pero cuando advirtió que era una especie de ritual, hizo algunas indagaciones y descubrió que los historiadores de las religiones atribuían su origen a cuando ataban las manos de los presos con tallos o cuerdas, de manera que las manos entrelazadas acabaron por convertirse en símbolo de sumisión. En el antiguo Imperio Romano un soldado vencido podía rendirse y pedir piedad mostrando las manos con los dedos entrelazados. La petición de piedad del cristiano a un dios todopoderoso solo era la otra cara de la misma moneda. O sea que cuando Erland Madsen entrelazaba los dedos de las manos, ¿estaba expresando sumisión a su cliente? No. Más bien era el psicólogo y su cliente los que se sometían a la dudosa autoridad de la psicología y sus dogmas cambiantes, tal y como los sacerdotes, los veletas de la fe, pedían a sus congregaciones que descartaran las verdades eternas del ayer en favor de las de hoy. Así como los sacerdotes entrelazaban los dedos de las manos y empezaban diciendo «oremos», la frase inicial que repetía Madsen era: «Empecemos donde lo dejamos la última vez».

Esperó a que Roar Bohr asintiera antes de proseguir.

—Hablemos de cuando mataste a alguien. Dijiste que eras… —Madsen consultó sus notas—… un monstruo. ¿Por qué?

Bohr carraspeó y Madsen vio que también él había entrelazado los dedos de las manos. Lo imitaba de manera inconsciente, lo que era bastante habitual.

—Comprendí muy pronto que era una aberración —dijo Bohr—, porque tenía tantas ganas de matar…

Erland Madsen procuró mantener una expresión neutra, no traslucir que estaba deseando saber lo que Bohr diría a continuación; su intención era parecer abierto, receptivo, seguro, alguien que no juzgaba. Que no sentía curiosidad ni ansiaba tener sensaciones fuertes, que no quería oír una historia entretenida. Pero ¿no debería Madsen admitir que había esperado con especial interés este momento en concreto, esta conversación, este tema? Sí, debía admitirlo. Por otra parte, ¿quién decía que una experiencia decisiva para el cliente no podía resultar entretenida para el terapeuta? Sí, después de meditarlo mucho, Madsen había llegado a la conclusión de que lo que era bueno y útil para el cliente automáticamente debía provocar la curiosidad de cualquier psicólogo serio. Si Madsen sentía curiosidad era porque la cuestión era importante para su cliente, precisamente porque él era un psicólogo concienzudo. Ahora que había conseguido poner la causa y el efecto en el orden correcto, no solo entrelazó los dedos de las manos, sino que apretó una palma contra la otra.

—Quería, sobre todo, matar —repitió Roar Bohr—. Y era incapaz. Por eso era un monstruo.

Se detuvo. Madsen tuvo que ponerse a contar en su fuero interno para no intervenir antes de tiempo. Cuatro, cinco, seis.

—¿No podías?

—No, creí que podía, pero me equivocaba. En Defensa hay psicólogos que tienen la misión de enseñar a los soldados a matar. Pero las unidades especiales como FSK no recurren a ellos. La experiencia ha demostrado que los que piden incorporarse a cuerpos como ese ya están tan intensamente motivados para matar que es un desperdicio dedicar tiempo y dinero a psicólogos. Yo me sentía motivado. Nada de lo que sentía o pensaba cuando hacíamos las prácticas indicaba que tuviera ningún escrúpulo. Más bien al contrario, diría yo.

—¿Cuándo descubriste que no eras capaz de matar?

Bohr inspiró.

—Fue en Basora, en Irak, durante una misión que llevamos a cabo junto a una fuerza especial americana. Habíamos aplicado la técnica de la serpiente; entramos lanzando explosivos en la casa de la que, según nuestro observador, procedían los tiros. Dentro había una chica de unos catorce o quince años. Llevaba un vestido azul, tenía la cara gris del polvo levantado por la explosión y sujetaba un kalashnikov tan grande como ella. Me apuntaba. Intenté dispararle, pero me quedé paralizado. Ordené al dedo que apretara el gatillo, pero no lo hizo. Como si no tuviera un problema en la cabeza, sino en el dedo. La niña empezó a disparar, pero seguramente todavía estaba cegada por el polvo y las balas impactaron detrás de mí, en la pared, recuerdo haber notado que un fragmento de la pared se me incrustaba en la espalda. Yo seguía allí, de pie. Uno de los americanos la abatió. El cuerpo menudo se deslizó hacia un sofá cubierto de mantas de colores y una mesita con un par de fotos; en estas creo que se la veía a ella con sus abuelos.

Pausa.

—¿Qué sentiste?

—Nada —dijo Bohr—. No sentí nada en los años siguientes. Salvo pánico ante la idea de encontrarme en la misma situación y volver a fallar. Como ya he dicho, el problema no estaba en la motivación, sino en mi cabeza, que no funcionaba. O que a lo mejor funcionaba demasiado bien. Así que me centré en dirigir más que en realizar, pensé que estaba más capacitado para ello. Y así fue.

—Pero ¿no sentiste nada?

—No, salvo esos ataques de ansiedad. Puesto que la alternativa a no sentir nada era esa, me pareció mejor no sentir nada.

—«Confortably Numb».

—¿Cómo?

—Perdona. Sigue.

—La primera vez que dijeron que presentaba síntomas del trastorno de estrés postraumático, insomnio, irritabilidad, taquicardias, todas esas cosillas, no me molestó demasiado. Todo el mundo en la FSK conoce el TEPT pero, aunque según la versión oficial nos lo tomamos muy en serio, apenas hablamos internamente de ello. Nadie dice en voz alta que el TEPT sea cosa de debiluchos, pero los soldados de las FSK somos conscientes de nuestro carácter, sabemos que tenemos valores más altos de NPY, el neuropéptido Y, todo eso.

Madsen asintió. Según parecía concluirse de algunas investigaciones, en el proceso de selección de los soldados para la FSK se excluía a los que tenían valores bajos o normales del neuropéptido Y o NPY, un neurotransmisor que reduce los niveles de estrés. Había bastantes miembros de las fuerzas especiales que estaban convencidos de que esta predisposición genética, unida a su entrenamiento y el fuerte sentido corporativo del cuerpo, les hacían inmunes al trastorno de estrés postraumático.

—Podías admitir haber tenido un par de pesadillas, claro —dijo Bohr—. Eso daba a entender que no eras un sociópata puro. Pero por lo demás creo que considerábamos el TEPT un poco como nuestros padres pensaban en fumar: mientras casi todo el mundo lo haga un poco, no puede ser tan peligroso. Pero entonces empeoró…

—Sí —dijo Madsen pasando las páginas de sus anotaciones—. Lo hemos hablado. Pero dijiste que a partir de un determinado momento empezaste a mejorar.

—Sí, mejoró cuando por fin fui capaz de matar.

Erland levantó la vista y se quitó las gafas sin ser consciente de la teatralidad de su gesto.

–¿Matar a quién?

Madsen habría querido morderse la lengua. ¿Qué clase de pregunta era esa en boca de un terapeuta profesional? ¿De verdad quería saber la respuesta?

–Un violador. Da lo mismo quién fuera, pero violó y mató a una mujer que se llamaba Hala y era mi intérprete en Afganistán.

Pausa.

–¿Por qué dices que era un violador?

–¿Qué?

–Dices que mató a tu intérprete. ¿Eso no es peor que violar? ¿No sería más natural decir que has matado a un asesino?

Bohr miró a Madsen como si el psicólogo acabara de expresar una idea que a él no se le había ocurrido. Se humedeció los labios como si fuera a decir algo. Los humedeció de nuevo.

–Siempre estoy buscando –dijo–. Siempre busco al que violó a Bianca.

–¿Tu hermana pequeña?

–Tiene que pagar por lo que hizo. Todos tenemos que pagar nuestras deudas.

–¿También tú tienes que saldar tus cuentas?

–Tengo que pagar por no haberla protegido. Como ella me protegió a mí.

–¿Cómo te protegía tu hermana pequeña?

–Guardando su secreto. –Bohr inspiró tembloroso–. Bianca estaba enferma cuando por fin me contó que la habían violado a los diecisiete años; yo supe que era cierto, todo encajaba. Me lo contó porque creía estar embarazada, a pesar de que ya habían pasado varios años. Dijo que sentía al niño en su interior, que crecía muy despacio, como un tumor o una piedra, y que acabaría matándola para salir al exterior. Estábamos en la cabaña, yo le dije que la ayudaría a deshacerse del feto, pero dijo que entonces él, el violador, volvería y me mataría como había prometido. Así que le di una pastilla para dormir y al día siguiente le dije que era una píldora abortiva, que ya no estaba embarazada. Se puso histérica. Más tarde, cuando volvieron a ingresarla y fui a visitarla, el psiquiatra me mostró que había dibujado un águila que gritaba mi nombre, que había dicho algo de un aborto y de que me había matado a mí. Opté por conservar nuestro secreto. No sé si lo contrario hubiera cambiado algo. En cualquier caso, Bianca prefería morir a que yo, su hermano mayor, muriera.

—No fuiste capaz de evitarlo y tenías que pagar.

—Sí. Solo podía pagar vengándola. Detener a los que violan. Por eso me alisté en el ejército, por eso quise formar parte de la FSK. Quería estar cualificado. Y entonces violaron a Hala también…

—¿Mataste al que le hizo a Hala lo mismo que le hicieron a tu hermana?

—Sí.

—¿Cómo te sentiste después de eso?

—Como ya he dicho, mejor. Matar hizo que me sintiera mejor. Ya no soy una aberración.

Madsen miró la hoja en blanco de su cuaderno. Había dejado de escribir. Carraspeó.

—Entonces… ¿has pagado tu deuda?

—No.

—¿No?

—No he encontrado al que violó a Bianca. Y hay otros.

—¿Te refieres a otros violadores a los que hay que detener?

—Sí.

—¿Tú quieres pararlos?

—Sí.

—¿Matarlos?

—Funciona. Me siento mejor.

Erland Madsen dudó. Habían llegado a una situación que había que afrontar correctamente tanto desde un punto de vista terapéutico como jurídico.

—En cuanto a esos asesinatos, ¿es una idea que te gusta acariciar o es algo que tienes intención de preparar y llevar a cabo?

—No estoy seguro.

—¿Quieres que alguien te lo impida?

—No.

—Entonces ¿qué deseas?

—Quiero que me digas si crees que la próxima vez también me sentiré mejor.

—¿Después de matar?

—Sí.

Erland Madsen miró a Roar Bohr. Toda su experiencia le decía que el cliente no encontraría la respuesta en su rostro, en sus gestos ni en su expresión corporal, había demasiadas costumbres adquiridas. Las respuestas se hallaban en las palabras. Ahora le habían hecho una pregunta a la que no podía contestar. No podía responder la verdad. Ni ser sincero. Madsen miró el reloj.

—El tiempo se ha terminado —dijo Madsen—. Continuaremos el jueves.

—Me voy —dijo una voz de mujer desde la puerta.

Erland Madsen levantó la vista de la carpeta que había buscado en el archivo y que estaba encima de su escritorio. Era Torill, la recepcionista que trabajaba para los seis psicólogos que compartían el diáfano espacio de oficinas. Se había puesto el abrigo y le lanzó a Erland una mirada elocuente, como diciéndole que debía acordarse de algo pero que ella era demasiado considerada como para recordárselo abiertamente.

Erland Madsen miró el reloj. Las seis. Se acordó de lo que era. Le tocaba acostar a los niños, su mujer iba a ayudar a su madre a ordenar el desván.

Pero antes debía aclarar esto.

Dos clientes. Había varios puntos de contacto. Los dos habían estado en Kabul, en parte en el mismo periodo de tiempo. Los dos le habían sido remitidos porque presentaban síntomas de TEPT. En sus notas también había encontrado que los dos habían estado próximos a Hala. Podría tratarse de un nombre de mujer frecuente en Afganistán, claro, pero dudaba de que hubie-

432

ra más de una Hala trabajando como intérprete para las fuerzas noruegas en Kabul.

En el caso de Bohr se trataba de una relación habitual en él; se sentía responsable de sus subordinadas o de las mujeres cercanas más jóvenes que él; lo mismo que había sentido por su hermana pequeña, una responsabilidad casi compulsiva, una forma de paranoia.

El otro cliente había tenido una relación con Hala más íntima. Habían sido amantes. Erland había tomado notas detalladas, apuntó que llevaban el mismo tatuaje. No eran sus nombres, eso habría resultado demasiado peligroso si lo descubrieran los talibanes u otros fanáticos religiosos. En lugar de eso se habían tatuado la palabra «amigo» en noruego, un acto que les uniría el resto de sus vidas.

Pero haber tratado a Hala no era la coincidencia más importante.

Erland Madsen deslizó el dedo por la página, encontró lo que buscaba, tal y como creía recordarlo: tanto Bohr como ese otro cliente decían sentirse mejor después de matar. Al pie de la página había anotado por su cuenta: «¡OJO! Profundizar en esto en la próxima cita. ¿Qué quiere decir *mejor después de matar*?».

Erland Madsen miró el reloj. Se llevaría las anotaciones a casa y leería el resto cuando los niños estuvieran dormidos. Cerró la carpeta y le puso una goma roja alrededor. La goma se quedó atravesando el nombre que estaba escrito en la carpeta: Kaja Solness.

43

Tres meses antes

Erland Madsen miró el reloj disimuladamente. La hora estaba a punto de terminar. Era una pena porque, aunque solo fuera su segunda sesión de terapia, no había duda de que la cliente Kaja Solness era un caso interesante. Era responsable de seguridad de Cruz Roja, un puesto que en principio no tendría por qué exponerte a los traumas que provocaban TEPT en los combatientes. A pesar de ello, según le había contado ella misma, había vivido acciones bélicas de cerca y los horrores diarios a los que habitualmente solo se ven expuestos los soldados en combate y que, tarde o temprano, acaban dañando su mente. Era interesante, aunque no raro, el hecho de que no pareciera darse cuenta de que no solo se encontraba metida en esas situaciones de peligro, sino que era ella quien las buscaba. También resultaba interesante que no hubiera mostrado síntomas de TEPT en la charla de descompresión en Talin, y sin embargo hubiera decidido por propia iniciativa someterse a terapia. La mayoría de los soldados acudían a un psicólogo porque alguien se lo recomendaba u ordenaba. La mayoría no quería hablar, algunos incluso afirmaban que la terapia era para tarados y se enfadaban cuando Madsen se negaba a recetarles los somníferos que pedían. «Solo quiero dormir», decían, y no entendían lo enfermos que estaban, no, hasta que llegaba el día en que se encontraban solos con el cañón del rifle metido en la boca y las lágrimas resbalándoles por las mejillas. Los que se negaban a ir a terapia conseguían sus pastillas, por supuesto, antidepresivos y somníferos. Pero Madsen sabía por experiencia que lo que él hacía, terapia cognitiva enfocada a los traumas, ayudaba. No era la terapia de emergencia que había estado de moda hasta que posteriores investigaciones demostraron que no servía de nada, sino un tratamiento a largo plazo en el que el cliente podía revivir el trauma y poco a poco aprender a manejar y convivir con las reacciones corporales. Creer que existía una solución rápida, un *quickfix*, que las heridas podían curarse de la noche a la mañana, era ingenuo y, en el peor de los casos, arriesgado.

Pero parecía que Kaja Solness había acudido a terapia buscando una solución rápida. Quería hablar del asunto. Mucho y rápidamente. Al punto que Madsen había tenido que frenarla. Pero Kaja no tenía tiempo, quería una respuesta ya.

—Anton era suizo —dijo Kaja Solness—. Médico, trabajaba para ICRC, la sección suiza de Cruz Roja. Yo estaba muy enamorada de él. Y él de mí. Eso creía yo.

—¿Piensas que te equivocabas? —preguntó Erland Madsen mientras tomaba nota.

—No. No lo sé. Me dejó. Bueno, dejar no sería la palabra apropiada. Cuando se trabaja con alguien en una zona de guerra, es difícil abandonar a alguien físicamente, vivimos y trabajamos demasiado pegados. Pero me contó que había conocido a otra persona. —Rio un instante—. Tampoco conocido es la palabra adecuada. Sonia era enfermera de Cruz Roja. Literalmente comíamos, dormíamos y trabajábamos juntos. Ella también era suiza. Anton tiene debilidad por las mujeres guapas, así que no hace falta decir que ella lo era. Inteligente. Buenos modales. De buena familia. Suiza sigue siendo un país donde esas cosas importan. Pero encima era muy agradable. Una persona empática que se desvivía por el trabajo; reunía coraje y amor por las cosas. Los días especialmente duros, con muchos heridos graves y bajas, la oía llorar por las noches hasta que se quedaba dormida. Y era buena conmigo. Conseguía dar la impresión de que era yo quien me portaba bien con ella. «Merci vilmal», decía. No sé si es alemán, francés, o las dos cosas, pero lo decía todo el rato.

Gracias, gracias, gracias. Que yo sepa nunca llegó a enterarse de que Anton y yo teníamos una relación cuando ella apareció en escena, pues él estaba casado y lo habíamos mantenido en secreto. Paradójicamente yo fui la única persona a la que ella se lo confió. Estaba frustrada, decía que él le había prometido que dejaría a su mujer, pero que lo aplazaba constantemente. Yo la escuchaba, la consolaba y la odiaba cada vez más. No porque fuera una mala persona, sino porque era buena. ¿Te parece raro, Madsen?

A Erland Madsen le resultó un poco extraño que lo llamara por el apellido.

—¿Te parece raro a ti? —preguntó él.

—No —dijo Kaja Solness tras pensarlo un poco—. La que se interponía entre Anton y yo era Sonia, no su mujer enferma crónica y rica. ¿O no?

—Parece lógico. Sigue.

—Estábamos en las afueras de Basora. ¿Alguna vez has estado en Basora?

—No.

—La ciudad más calurosa del planeta, sino bebes continuamente te mueres, como decían los periodistas del bar del hotel Sultan Palace. Por las noches aparecían enormes tejones carnívoros que llegaban del desierto, cazaban por las calles y se comían todo lo que pillaban. La gente estaba muerta de miedo y los agricultores que rodeaban la ciudad decían que los tejones habían empezado a comerse las vacas. Pero en Basora tienen unos dátiles riquísimos.

—Algo es algo.

—El caso es que nos hicieron ir a una granja donde unas vacas habían pisoteado una valla en mal estado que daba a un campo de minas. El granjero y su hijo habían salido corriendo tras ellas para sacarlas. Luego supimos que creían que solo había minas antipersona. Parecen macetas con brotes asomando y son fáciles de ver y evitar. Pero también había PROM-1, y son mucho más difíciles de detectar. Además las PROM-1 son Bouncing Betty.

Madsen asintió. La mayoría de las minas de tierra se llevan por delante las piernas y la parte inferior del abdomen de sus víctimas, pero esta salta del suelo cuando la pisas y te explota a la altura del pecho.

—Casi todos los animales habían salido bien parados de allí, no sé si por suerte o por instinto. El padre también estaba casi fuera cuando pisó una mina PROM-1 muy cerca de la valla. Saltó y lo llenó de metralla. Pero como las minas saltan, con frecuencia dañan a gente que se encuentra alejada. El hijo había corrido treinta o cuarenta metros hacia el interior del campo para salvar a la última vaca, y también a él le alcanzó la metralla. Habíamos sacado al padre e intentábamos salvarlo, mientras el chico seguía tirado en el campo minado gritando. Los gritos eran insoportables, pero el sol se estaba poniendo y no podíamos entrar en una zona con PROM-1 sin detector de metales, teníamos que esperar a que llegaran refuerzos. Entonces llegó un coche de ICRC. Sonia bajó de un salto. Oyó los gritos, corrió hacia mí y me preguntó qué clase de minas había ahí. Me puso la mano en el brazo como solía. Vi que llevaba un anillo que no había visto antes. Un anillo de compromiso. Comprendí que Anton por fin había dejado a su mujer. Estábamos un poco apartados de los demás y yo le dije que eran minas antipersona. Cuando tomé aire para añadir que también había PROM-1, ya estaba entrando en la zona minada. Le grité, pero no lo bastante alto, supongo que los gritos del chico ahogaron mi advertencia.

Kaja levantó la taza de té que Erland le había servido. Le miró y él vio que ella se daba cuenta de su curiosidad por conocer el final de la historia.

—Sonia murió, el padre también. Pero el chico sobrevivió.

Erland dibujó tres rayas verticales en el cuaderno. Cruzó dos de ellas con una horizontal.

—¿Te sientes culpable? —preguntó él.

—Por supuesto. —Su rostro expresaba sorpresa. ¿Había un deje de irritación en su voz?

—¿Por qué dices por supuesto, Kaja?

—Porque yo la maté. Maté a una persona que no tenía ni una gota de maldad en el cuerpo.

—¿No crees que estás siendo muy estricta contigo misma? Intentaste advertirla.

—¿Es que no prestas atención a lo que digo, Madsen? ¿Acaso no cobras lo suficiente? —Erland notó la agresividad en su tono, pero no en su mirada serena.

—¿Qué es lo que crees que no he oído, Kaja?

—No se tarda tanto en inhalar aire y gritar PROM-1 como para que no puedas hacerlo antes de que alguien se dé la vuelta, salte sobre una valla y pise una de esas mierdas. Y no ahoga tus palabras la voz de un chico que está a medio campo de fútbol de distancia, Madsen.

Se quedaron en silencio durante unos segundos.

—¿Has hablado de esto con alguien?

—No. Como te dije, Sonia y yo estábamos apartadas del resto. A los demás les conté que le había advertido de la presencia de los dos tipos de minas. No les pareció tan extraño, todos sabían lo sacrificada que era Sonia. Durante la ceremonia en su memoria, en el campamento, Anton me dijo que creía que Sonia había muerto por su afán de ser aceptada, amada. Después lo he pensado, lo peligroso que puede resultar el deseo de ser amados. Solo yo sé lo que verdaderamente pasó. Y ahora tú. —Kaja sonrió y enseñó sus dientes pequeños y afilados. Como si ambos fueran unos adolescentes que compartían un secreto, pensó Erland.

—¿Qué consecuencias tuvo para ti lo que le ocurrió a Sonia?

—Recuperé a Anton.

—Recuperaste a Anton. ¿Eso fue todo?

—Sí.

—¿Por qué crees que querías que volviera contigo alguien que te había traicionado de esa manera?

—Quería tenerlo cerca para verlo sufrir. Ver cómo pasaba el duelo, cómo se sentía devorado por la pena como me había sentido devorada yo. Estuve con él un tiempo, luego le conté que ya no lo amaba y lo dejé.

—¿Te habías vengado?

—Sí. Luego entendí la razón por la que había querido tenerlo desde el principio.

—¿Y era?

—Porque estaba casado y era inalcanzable. Porque era alto y rubio. Me recordaba a alguien a quien había amado antes.

Erland intuyó que aquello también era importante, pero tendrían que volver sobre ello en una fase más avanzada de la terapia.

—Volvamos sobre ese trauma, Kaja. Dijiste que sentías culpa. Pero deja que te pregunte algo que parece lo mismo, pero no lo es. ¿Te arrepientes?

Kaja se puso un dedo índice bajo la barbilla, como para demostrar que estaba pensando.

—Sí —dijo ella—. Pero, a la vez, de una manera extraña me liberó, me sentí mejor.

—¿Te sentiste mejor después de que Sonia muriera?

—Me sentí mejor después de haber matado a Sonia.

Erland Madsen tomaba nota. «Mejor después de matar.»

—¿Puedes describir lo que quieres decir con mejor?

—Libre. Me sentí libre. Matar fue como pasar una frontera. Crees que hay una barrera, una especie de muro, pero cuando la traspasas te das cuenta de que solo es una raya que la gente ha dibujado en un mapa. Las dos, Sonia y yo, habíamos cruzado una frontera. Ella estaba muerta, yo era libre. Pero, sobre todo, me sentía mejor porque el que me había traicionado sufría.

—¿Te refieres a Anton?

—Sí. Él sufría para que yo me librara. Anton era mi Jesús. *My personal Jesus.*

—¿De qué manera?

—Lo crucifiqué para que pudiera asumir mi dolor, como hicimos con Jesús. Porque Jesús no se colgó él mismo de la cruz, no sufrió voluntariamente, fuimos nosotros quienes lo crucificamos, esa es la cuestión. Obtuvimos la salvación y la vida eterna matando a Jesús. Dios pudo hacer bien poco. Dios no sacrificó a su hijo. Si es verdad que Dios nos ha otorgado el libre albedrío, matamos a Jesús contra la voluntad de Dios. El día que comprendamos eso, que podemos desafiar la voluntad de Dios, ese será el día que nos liberemos, Madsen. Entonces podrá ocurrir cualquier cosa.

Kaja Solness se echó a reír y Erland Madsen se quedó sin palabras mientras observaba el extraño brillo que había aparecido en la mirada de la joven.

—Mi pregunta es —dijo ella—: si resultó tan liberador la primera vez, ¿debería probarlo de nuevo? ¿Debería colgar al auténtico Jesús? ¿O estoy como una cabra?

Erland Madsen se humedeció los labios.

—¿Quién es el auténtico Jesús?

—No has contestado a mi pregunta. ¿Qué me respondes, doctor?

—Depende de cuál sea de verdad la pregunta.

Kaja sonrió y suspiró profundamente.

—¡Vaya! —dijo mirando el reloj que llevaba en la delgada muñeca—. Parece que se nos ha acabado el tiempo.

Cuando se marchó, Erland Madsen se quedó mirando sus anotaciones. Añadió al final de la página: «ATENCIÓN. Profundizar en la próxima sesión. ¿Qué quiere decir "mejor después de matar"?».

Dos días después Torill le transmitió el recado que le había dado por teléfono una tal Kaja Solness. Que podían cancelar su próxima cita, que no pensaba volver, que había encontrado la respuesta a su pregunta.

44

Alexandra Sturdza ocupaba una mesa junto a la ventana en la cafetería vacía del hospital Rikshospitalet. Delante tenía una taza de café solo y otro largo día de trabajo. El día anterior no había parado hasta la medianoche, había dormido cinco horas y necesitaba todos los estímulos posibles. Estaba saliendo el sol. La ciudad se parecía a esas mujeres que con la luz adecuada podían ser despampanantes y que, al instante siguiente, eran tan vulgares que nadie reparaba en ellas y hasta se veían feas. Pero en ese momento, a primera hora de la mañana, antes de que sus habitantes fueran al trabajo, Oslo era suya, como un amante secreto, medio desconocido y excitante, con quien tuviera un encuentro furtivo y breve.

Las laderas del este estaban en sombra, iluminadas por una luz baja hacia el oeste. Los edificios del centro, pegados al fiordo, dibujaban una silueta negra tras otra como un cementerio al amanecer; solo algunas construcciones de cristal destellaban como un anzuelo plateado bajo la oscura superficie del agua. El mar brillaba entre los islotes y las rocas que pronto reverdecerían. ¡Cómo ansiaba la llegada de la primavera! Decían que marzo era el primer mes de la primavera, pero todo el mundo sabía que seguía siendo invierno. Un mes pálido, frío, con repentinos arrebatos de cálida pasión. Abril era, en el mejor de los casos, un ligue poco fiable. El primer mes en el que podías confiar era mayo. Mayo. Alexandra deseaba un mayo. Sabía que las veces que había tenido un hombre así, un hombre cálido, suave, que le daba todo lo que quería y en las dosis adecuadas, se volvía mimada, exigente y acababa por engañarlo con junio o, todavía peor, con julio, que desde luego no era de fiar. ¿Qué pasaría si lo hubiera intentado con un hombre mayorcito como agosto, uno con canas que hubiese dejado atrás el matrimonio y la familia? Sí, le habría dado la bienvenida. Entonces ¿cómo había acabado enamorándose de noviembre? Un hombre sombrío, oscuro, mojado por la lluvia, lleno de sombras y que, o estaba en silencio y no dejaba oír ni un pájaro, o estaba a punto de arrancar el tejado de tu casa con una de sus locas, desenfrenadas tormentas de otoño. Era cierto que te compensaba con días de sol de un calor inesperado que apreciabas todavía más, que dejaba al descubierto un paisaje infinitamente bello, destrozado, maltratado, en el que todavía quedaban en pie algunos edificios. Los que habían resistido al tiempo y el clima. Perseverantes, inamovibles como rocas, que sabías que seguirían allí el último día del mes y en los que Alexandra, a falta de algo mejor, se había refugiado algunas veces. Pero ya era hora de que llegara algo mejor. Se estiró y bostezó para sacarse el cansancio del cuerpo. Tenía que llegar la primavera. Tenía que ser mayo.

—¿Señorita Sturdza?

Se dio la vuelta sorprendida. No solo resultaba poco noruego presentarse a esa hora, también la manera en que el hombre se había dirigido a ella era inusual. Y, efectivamente, ese tipo no era noruego. Es decir, no tenía aspecto de noruego. No solo su rostro era asiático, sino que su atuendo —traje, camisa blanquísima y recién planchada y corbata con alfiler— sin duda no era la ropa de trabajo de un noruego. Salvo que el noruego en cuestión fuera uno de esos ufanos cretinos que conocías por la tarde en un bar de la ciudad y que simulaban acabar de salir de la oficina, donde curraban muchísimo. Lo primero que te contaban, como quien no quiere la cosa, era que trabajaban de gestor inmobiliario, mostrando una vergüenza impostada, como si fueran un jodido príncipe azul de incógnito. La gestión solía acabar ahí.

—Sung-min Larsen —dijo el hombre—. Soy investigador de Kripos. ¿Puedo sentarme?

Mira por dónde. Alexandra le observó al detalle. Alto. Hacía ejercicio. No mucho, de forma equilibrada, pensando en la estética, pero el ejercicio en sí mismo no le gustaba. Como a ella. Ojos castaños, claro. ¿Poco más de treinta? Sin anillo. Kripos. Sí, había oído a un par de chicas mencionar el curioso nombre medio asiático y medio noruego. Era raro que no lo hubiera visto antes. En ese mismo instante el sol llegó a la ventana de la cafetería de Rikshospitalet e iluminó a Sung-min Larsen a la vez que calentaba con una intensidad sorprendente la mejilla de Alexandra, la señorita Sturdza. ¿Tal vez la primavera llegaría pronto ese año? Sin dejar la taza de café, empujó una silla con el pie.

—Adelante.

—Gracias.

Al ir a sentarse, instintivamente se llevó la mano a la corbata, aunque llevaba un alfiler. El pisacorbatas le resultó familiar, le recordó a su infancia. Enseguida descubrió por qué. Tenía un logo con lo que parecía un ave de la compañía aérea rumana Tarom.

—¿Eres piloto, Larsen?

—Mi padre lo fue —dijo él.

—Mi abuelo también —dijo ella—. Pilotaba un caza IAR-93.

—¿De verdad? Es de fabricación rumana.

—¿Conoces el aparato?

—No, pero me parece recordar que era el único avión comunista que no se fabricaba en la Unión Soviética en los años setenta.

—¿Avión comunista?

Larsen esbozó una sonrisa torcida.

—El tipo de avión que mi padre debía derribar si se acercaba demasiado.

—La guerra fría. ¿Tú soñabas con ser piloto también? —Parecía sorprendido. Alexandra supuso que no le ocurría con frecuencia—. La gente no suele conocer el IAR-93 y llevar un pisacorbatas de Tarom —añadió ella.

—Intenté entrar en la Academia del Aire de la Defensa —admitió él.

—¿Pero no te admitieron?

—Entré —dijo él con un aplomo tan natural que ella no dudó de sus palabras—. Pero tengo la espalda demasiado larga. No cabía en la cabina del caza.

—Pero podías haber pilotado otros aparatos. Aviones de carga, helicópteros.

—Seguro —dijo él.

«Pero tu padre sí fue piloto de caza —pensó ella—. Y claro, tú no podías conformarte con ser una versión en pequeño de él, alguien por debajo de él en la sencilla jerarquía de los pilotos. Entonces optaste por otra cosa completamente diferente.» Larsen era un macho alfa. Tal vez aún no había llegado a su destino, pero estaba en camino. Como ella.

—Estoy investigando un caso de asesinato… —dijo él, y por su rápida mirada comprendió que se lo decía a modo de advertencia. Era un asunto serio y exigía su colaboración—. Tengo unas preguntas sobre alguien llamado Harry Hole. —Alexandra tuvo la sensación de que el sol había vuelto a esconderse detrás de una nube, de que su corazón se detenía—. Por su listado de llamadas veo que habéis hablado por teléfono varias veces últimamente.

—¿Hole? —dijo ella, como si tuviera que esforzarse por recordar el nombre y vio en la mirada de él que no había colado—. Sí, seguramente hemos hablado por teléfono. Es investigador.

—¿Tal vez hayáis hecho algo más que hablar?

—¿Más? —Intentó enarcar una ceja, pero no estaba muy segura de haberlo conseguido; le parecía haber perdido el control de las distintas partes de su cara—. ¿Qué te hace pensar eso?

—Dos cosas —dijo Larsen—. Que instintivamente finjas no recordar su nombre a pesar de que habéis mantenido seis conversaciones y tú has llamado a su número doce veces en las últimas tres semanas, dos de ellas la tarde previa a la noche en que Rakel Fauke fue asesinada. Y que en el plazo de esas mismas semanas su teléfono se haya encontrado dos veces en las antenas de repetición que se cruzan en tu domicilio particular.

Lo dijo sin agresividad, desconfianza o nada que diera sensación de estar manipulando o jugando. O mejor, era como si el juego ya hubiera terminado, como un crupier impasible que dijera en voz alta las cifras antes de quedarse con las fichas de los jugadores.

—Somos... fuimos amantes —afirmó, y en el momento en que lo dijo comprendió que era precisamente así.

Habían sido amantes, ni más ni menos. Y se había acabado. Pero la siguiente implicación no le vino a la mente hasta que Sung-in Larsen dijo:

—Antes de continuar, te aconsejo que pienses si necesitas un abogado. —Debió de poner cara de asombro, porque Sung-min Larsen se apresuró a añadir—: No eres sospechosa, esto no es una toma de declaración oficial y mi objetivo es obtener información sobre Harry Hole, no sobre ti.

—¿Entonces para qué quiero un abogado?

—Para que te aconseje no hablar conmigo, puesto que tu relación con Harry Hole potencialmente podría vincularte a un caso de asesinato.

—¿Quieres decir que yo podría haber matado a su mujer?

—No.

—¡Ajá! Quieres decir que podría haberla matado por celos.

—Como ya he dicho, no.

—Te he dicho que ya no estamos juntos.

—No estoy diciendo que hayas matado a nadie. Pero te aviso porque las respuestas que des pueden tener como consecuencia que seas considerada sospechosa de ayudarle a evitar el castigo por haber matado a su mujer.

Alexandra descubrió que había hecho el gesto más clásico de las reinas del teatro, se había llevado la mano al collar de perlas que, de hecho, llevaba al cuello.

—Entonces —dijo Sung-min Larsen bajando la voz cuando el primer madrugador apareció por la cafetería—. ¿Seguimos hablando o no?

Larsen le había preguntado si quería llamar a un abogado a pesar de que complicaría su labor. Por consideración hacia ella había bajado la voz, a pesar de que estaban solos en la sala. Quizá pudiera confiar en él. Alexandra miró a sus ojos cálidos y castaños. Mayo. Dejó caer la mano. Enderezó la espalda y sacó pecho, quizá inconscientemente.

—No tengo nada que ocultar —dijo.

El detective volvió a esbozar su media sonrisa. Ella se dio cuenta de que el hombre estaba deseando ver el resto.

Sung-min miró el reloj. Las cuatro. Tenía que llegar a la cita que tenía Kasparov en el veterinario, por eso era doblemente inoportuno que le llamaran al despacho de Winter. Había acabado la investigación. Cierto que no tenía todas las piezas, pero sí todas las que necesitaba.

Para empezar, había demostrado que la coartada de Hole, proporcionada por su vecino Gule, carecía de valor. La reconstrucción dejó claro que era imposible que hubiera oído si Hole estaba en su apartamento, o si se había marchado y había vuelto. Era evidente que Hole había pensado lo mismo, porque Gule les contó que acababa de estar allí y le había hecho las mismas preguntas. Por otra parte, la conclusión del experto en 3D Freund era clara. Se podía leer muy poco de la figura agachada que había caminado tambaleándose hacia la puerta de Rakel a las once y media de la noche del crimen. Parecía el doble de gordo que Harry Hole, pero el experto afirmó que probablemente se debía a que iba tan inclinado que la gabardina le colgaba por los lados. Eso mismo imposibilitaba determinar su altura. Pero cuando volvía a salir tres horas más tarde, a las tres de la madrugada, evidentemente más sobrio, se le veía en toda su altura junto a la puerta; seguramente medía lo mismo que Harry Hole, aproximadamente uno noventa y dos. Se había metido en un Ford Escort antes de acordarse de recoger la cámara de caza, luego se marchó. Y, por último, Alexandra Sturdza le había proporcionado la tercera y definitiva prueba. En su rostro duro pero vivaz se había reflejado una desesperación silenciosa mientras oía la descripción de las pruebas que incriminaban a Harry Hole. Poco a poco, el detective también advirtió resignación. Y finalmente observó que la mujer dejaba ir al hombre que había afirmado haber olvidado. Luego la había preparado con delicadeza para las noticias aún peores que tenía que comunicarle. Le contó que Hole había fallecido. Que se había quitado la vida. Que, dadas las circunstancias, tal vez fuera lo mejor para todos. Llegados a ese punto a Alexandra se le habían humedecido los ojos y él había estado a punto de cogerle la mano derecha que ella tenía inmóvil, muerta sobre la mesa. Solo un instante, un gesto de consuelo. Pero no lo hizo. Tal vez ella percibió ese ademán de acercamiento porque, cuando levantó la taza de café lo hizo con la mano izquierda, la derecha siguió encima de la mesa, como invitándole.

Luego ella se lo había contado todo, al menos a él se lo pareció. Eso reforzó la convicción de Sung-min de que Hole había matado en un arrebato, borracho, que lo había olvidado casi todo y que pasó los últimos días de su vida investigándose a sí mismo, de ahí que fuera a interrogar a su vecino. Una lágrima había caído por la mejilla de Alexandra y Sung-min le había ofrecido su pañuelo. Sung-min notó su sorpresa, seguramente no estaba acostumbrada a que los hombres noruegos llevaran en el bolsillo un pañuelo limpio y recién planchado.

Cuando la cafetería empezó a llenarse, se habían marchado a las dependencias del Instituto de Medicina Legal, donde ella le había entregado el pantalón ensangrentado de Hole. Le contó que el análisis estaba casi terminado y que había un noventa por ciento de probabilidades de que la sangre fuera de Rakel Fauke. Le repitió la explicación que Harry le había dado de cómo había llegado la sangre hasta allí; que se había arrodillado junto al cuerpo cuando lo encontraron y que sus pantalones habían tocado el charco de sangre.

—No es cierto —dijo Sung-min—. Cuando estuvo en el lugar de los hechos no llevaba esos pantalones.

—¿Cómo lo sabes?

—Estuve allí. Hablé con él.

—¿Y recuerdas los pantalones que llevaba?

Sung-min reprimió un espontáneo «Claro» y se conformó con un sencillo «Sí». Tenía lo que necesitaba. Motivo, posibilidad y pruebas técnicas que situaban al sospechoso en el lugar de los hechos a la hora del crimen. Había pensado en ponerse en contacto con otra persona con la que, según el listado de llamadas, Harry había mantenido varias conversaciones, Kaja Solness, pero decidió no darle prioridad puesto que sus comunicaciones se habían iniciado después del asesinato. Ahora lo más importante era dar con la pieza que faltaba. Porque aunque tenía lo que necesitaba, no lo tenía todo. No tenía el arma del crimen. Con tantas pruebas concretas la abogada policial no había dudado en proporcionarle a Larsen una orden de registro para el apartamento de Harry Hole, pero allí no habían encontrado ni el arma del crimen ni ninguna cosa de interés. Una falta tan llamativa de hallazgos incriminatorios podía deberse a dos cosas. Que allí vivía un robot. O que el inquilino sabía que la casa sería registrada y había eliminado todo lo que no debía verse.

—Interesante —dijo el director Ole Winter, reclinado tras su escritorio mientras escuchaba el pormenorizado informe de Sung-min Larsen.

«Así que nada de impresionante —pensó Sung-min—. Ni sorprendente, ni brillante, ni siquiera una buena labor de investigación policial.»

Solo interesante.

—Tan interesante que me extraña que no me hayas informado de nada hasta ahora, Larsen. Y que tampoco tendría esta información ahora si yo, el responsable de tu investigación, no te la hubiera pedido. ¿Cuándo tenías intención de compartirla con los que también trabajamos en el caso?

Sung-min se pasó una mano por la corbata y se humedeció los labios.

Tenía ganas de responder que acababa de servirle en bandeja a Kripos el mayor pez que pudiera pensarse, Harry Hole, limpio de tripas y listo para consumir. Y que había vencido al legendario investigador en su propio campo: un asesinato. ¿Y a Winter solo se le ocurría decir que podría haberle informado un poco antes?

Sung-min no se decidió a dar esa respuesta por tres motivos.

La primera era que en el despacho de Winter no había nadie más que ellos dos, no podía recurrir a un tercero con sentido común.

La segunda era que, en general, no se sacaba nada de contradecir al jefe, hubiera terceros o no.

Y la tercera, y más importante, que Winter tenía razón.

Sung-min había aplazado el momento de informar del desarrollo del caso. ¿Quién no lo habría hecho cuando el pez ya ha mordido en anzuelo, lo has traído hasta la orilla y solo falta arrastrarlo a tierra? Cuando sabes que el caso de asesinato de la década, el que para siempre se llamará el caso Harry Hole, llevará tu nombre y solo tu nombre. Fue la abogada policial quien le habló a Winter de sus descubrimientos, le felicitó por haber echado la red al mismísimo Harry Hole. Sí, Sung-min reconocía que tenía un gran ego y no, no se había quedado parado delante de la portería despejada buscando un Messi a quien pasarle el balón y ofrecerle el gol, porque en este equipo no había ningún Messi. Y si había uno, era él mismo. Desde luego que no era el hombre que estaba allí sentado con las venas de la frente hinchadas y cejas bajas como nubarrones sobre los ojos.

Sung-min optó por la siguiente respuesta:

—Fue todo muy deprisa, un momento de la investigación se sobrepuso al siguiente y tuve que ir con la lengua fuera para no quedarme atrás. Sencillamente no encontré el momento para informar.

—¿Y ahora sí? —dijo Winter reclinándose en la silla y apuntándole con su nariz puntiaguda.

—Ahora el caso está resuelto —dijo Sung-min.

Winter soltó una risa breve, enérgica, que sonó como un kart que frena de golpe.

—Si te parece bien, diremos que soy yo, como responsable de la investigación, quien decide cuándo el caso puede darse por resuelto. ¿No te parece, Larsen?

—Por supuesto, Winter.

La intención de Sung-min era transmitir sumisión, pero vio que el viejo cabezota le había calado y se había sentido provocado porque el joven hubiera añadido a su vez el apellido de su superior en tono irónico.

—Pero en vista de que das el caso por resuelto, Larsen, supongo que no tendrás inconveniente en retirarte del mismo mientras acabamos de atar algunos cabos sueltos.

—¿Cómo dice? —Sung-min quiso morderse la lengua cuando se dio cuenta de cómo le sentaba a Winter oír de su boca esa expresión arrogante y burguesa.

Winter sonrió.

—En este momento necesitamos mentes despiertas como la tuya en otro caso de asesinato. El crimen de Lysaker —dijo con una pequeña sonrisa pérfida, como si sus labios no tuvieran elasticidad suficiente para sonreír abiertamente.

El asesinato de Lysaker, pensó Sung-min. Era un tema de drogas. Evidentemente se trataba de un ajuste de cuentas entre drogadictos. Los implicados hablarían en cuanto se les hiciera la más mínima promesa de rebaja de la pena por puro terror a quedarse sin droga. Era la investigación de asesinatos más sencilla, de la que se encargaban los recién incorporados y los poco dotados. Winter no podía decirlo en serio. ¿Pretendía quitarle a él, el responsable de la investigación, el caso justo ahora, antes de la línea de meta? ¿Quería dejarle sin honor ni gloria? Pero ¿por qué? ¿Por haberse guardado las cartas un tiempo de más?

—Quiero un informe por escrito con todos los detalles, Larsen. Mientras tanto, los demás investigadores seguirán trabajando sobre las pistas que has puesto al descubierto. Después veré cuándo debemos hacer públicos nuestros hallazgos.

¿Las pistas que has puesto al descubierto? Pero si había resuelto el caso. ¡Joder!

«Échame la bronca —pensó Sung-min—. Ponme en mi sitio.» Pero Winter no podía cortarle la cabeza a uno de sus investigadores de aquel modo. Hasta que comprendió que no solo podía hacerlo, sino que quería hacerlo y que lo haría. Porque Sung-min acababa de darse cuenta de qué iba todo eso. Winter también sabía que Sung-min era el único Messi del equipo. Y que suponía una amenaza para el liderazgo de Winter, en el presente y en el futuro. Winter era el macho alfa que intuía que había alguien que con el tiempo podía desafiarlo. Sung-min había probado con su investigación en solitario que estaba listo para desafiar la autoridad de Winter. Por eso Winter había decidido que sería mejor deshacerse del gallito ahora, antes de que se hiciera demasiado grande y fuerte.

45

Johan Krohn y su esposa, Frida, se habían conocido siendo estudiantes de derecho en la Universidad de Oslo. Nunca comprendería por qué se había fijado en él. Quizá Johan había defendido su causa con tanto ahínco que ella finalmente cedió. En el momento fueron muy pocos los que comprendieron por qué la guapa y bondadosa Frida Andresen había escogido al friki y asocial Johan Krohn que se mostraba indiferente a todo lo que no fuera el derecho y el ajedrez. Johan Krohn, más consciente que nadie de que había conseguido una mujer que jugaba en una liga superior en cuanto a atractivo, la obsequiaba, cuidaba de ella, ahuyentaba a potenciales rivales, en definitiva: se agarraba a ella con uñas y dientes. Aun así, la gente de su entorno opinaba que solo era una cuestión de tiempo que ella conociera a alguien más emocionante. Pero Johan era un estudiante brillante y un abogado brillante. Fue el magistrado más joven del Tribunal Supremo desde los tiempos de John Christian Elden, recibió ofertas de trabajo y consiguió casos que la gente de su edad no podía ni soñar, y su autoestima social fue creciendo en proporción a su estatus y sus ingresos. Ante él se abrían nuevas puertas, y Johan Krohn, tras pensárselo un poco, las cruzaba como si tal cosa. Una de ellas daba a una vida que se había perdido de joven, y que se resumía en chicas, vino y canciones. Mejor dicho, chicas que se volvían más que tratables cuando se presentaba como socio de un conocido bufete de abogados.

Vino en forma de whisky exclusivo de lugares azotados por el viento como las Hébridas o las islas Shetland, puros habanos y, cada vez más, cigarrillos. El asunto de las canciones nunca lo dominó del todo, pero había criminales a los que acababan declarando inocentes que afirmaban que sus alegatos de defensa eran más hermosos que nada que hubiera salido de la garganta de Frank Sinatra.

Frida se ocupaba de los niños, cuidaba de las relaciones sociales de la pareja, que si no fuera por ella no tendrían, y además trabajaba a media jornada como abogada para dos fundaciones culturales. Johan Krohn había subido de categoría y la había adelantado en la liga del atractivo personal, pero eso no había alterado el equilibrio de su relación. Porque en el pasado ese equilibrio había sido tan desigual —él tan agradecido de su suerte y ella tan acostumbrada a que la cortejara—, que había pasado a formar parte del ADN de su relación, la única manera de tratarse que conocían. Se mostraban respeto y amor, y cara a la galería ambos preferían dar la sensación de que era Johan quien llevaba el timón. Pero en casa no dudaban de quién llevaba la voz cantante. O quién decidía dónde debía Johan fumar sus cigarrillos ahora que —algo que en secreto le producía cierto orgullo— se había hecho adicto a la nicotina.

De ahí que por la noche, cuando los niños se habían acostado y las noticias de la televisión le habían informado de lo ocurrido en Noruega y en Estados Unidos, cogía el paquete de cigarrillos, subía al primer piso y salía a la terraza que tenía vistas a Mærradalen y Ullern.

Krohn se apoyó en la barandilla. Podía ver las oficinas de Hegnar Media y un poco del lago de Smestadsdammen que estaba justo detrás. Pensó en Alise. Se preguntó cómo iba a solucionar ese asunto. La relación era demasiado intensa, demasiado frecuente, llevaban demasiado tiempo, no podía continuar, los descubrirían. Es decir, hacía mucho que los habían descubierto, las sonrisas burlonas que esbozaban los otros socios del bufete cuando tenían una reunión y Alise entraba con una documentación o a darle un recado telefónico, no dejaban lugar a dudas.

Pero Frida no lo sabía, y a eso se refería cuando le dijo a Alise que los descubrirían. Ella se lo había tomado con una flema casi irritante y le había dicho que no se preocupara. «Tu secreto está a salvo conmigo», añadió.

Tal vez fuera esa afirmación lo que más le preocupaba. Tu secreto, no el nuestro (ella estaba soltera), y conmigo, como si fuera un certificado de acciones depositado en una caja de seguridad en el banco. Donde estaba a salvo, pero solo mientras ella mantuviera la caja cerrada. No es que sospechara que sus palabras contuvieran una amenaza velada, pero dejaban una cosa clara. Que ella lo protegía a él. Como tal vez esperaba que él mantuviera su mano protectora sobre ella. En el sector, la competencia entre los abogados jóvenes recién licenciados era muy dura; los que ascendían obtenían grandes recompensas mientras que los que no conseguían un ascenso se hundían de forma despiadada. Que te echaran una mano podía resultar decisivo.

—¿En qué estás pensando?

Johan Krohn dio tal respingo que se le cayó el cigarrillo; el ascua se perdió como una estrella fugaz en la oscuridad, en dirección a los manzanos del jardín. Una cosa es oír una voz a tus espaldas cuando crees estar solo, que nadie te ve. Otra cuando esa voz pertenece a alguien que no debería estar allí y la única manera en la que ha podido llegar a la terraza de un primer piso es volando o siendo teletransportado. Y más cuando esa persona es un criminal peligroso que ha sido condenado por más casos de violación que nadie en los últimos treinta años.

Krohn se dio la vuelta y miró al hombre que estaba apoyado en la pared, en la oscuridad, junto a la puerta de la terraza. A la hora de elegir entre ¿qué haces aquí? y ¿cómo has llegado hasta aquí?, optó por la primera.

—Liándome un cigarrillo —dijo Svein Finne, se llevó las manos a la boca y una lengua gris salió entre sus gruesos labios y humedeció el papel de liar.

—¿Qu... qué quieres?

—Fuego —dijo Finne; se metió el cigarrillo entre los labios y lanzó una mirada interrogante a Krohn.

El abogado vaciló antes de alargar la mano y encender el mechero. Vio que la llama temblaba. Luego Finne dio una fuerte calada al cigarrillo y las hebras de tabaco incandescentes se arrugaron.

—Bonita casa —dijo Finne—. Y bonita vista. Yo solía volar por este vecindario años atrás.

Por un momento Krohn creyó que su cliente quería decir, literalmente, volar.

Finne apuntó con el cigarrillo hacia Mærradalen.

—A veces dormía en el bosque, junto a otros vagabundos. Recuerdo especialmente a una chica que pasó por allí, vivía en el lado de Huseby. Sexualmente madura, claro, pero no tendría más de quince o dieciséis años. Un día le di un cursillo acelerado de pasión. —Finne soltó su risita áspera—. Pasó tanto miedo que luego tuve que consolarla, a la pobre. Lloraba y lloraba y decía que su padre, que era obispo, y su hermano mayor, irían a por mí. Pero yo dije que no me daban miedo ni los obispos ni los hermanos mayores, ella tampoco tenía por qué tenerles miedo, porque ahora tenía su propio hombre. Y puede que un hijo en camino. La dejé ir. Las dejo marchar, entiendes. *Catch and release*, ¿no es así como lo llamáis los pescadores?

—No soy pescador —se le escapó a Krohn.

—No he matado a nadie ni nada inocente en toda mi vida —dijo Finne—. Hay que respetar la inocencia de la naturaleza. El aborto… —Finne dio una calada tan fuerte al cigarrillo que Krohn oyó crepitar el papel—. Tú que entiendes de leyes, dime si hay algo que vaya más en contra de la ley natural. Matar a la descendencia inocente de uno. ¿Puede imaginarse algo más perverso?

—¿Podemos ir al grano, Finne? Mi mujer me está esperando dentro.

—Por supuesto que te espera. Todos esperamos algo. Amor, cercanía, contacto humano. Yo esperé a Dagny Jensen ayer. Nada que ver con el amor, me temo. Y ahora me va a ser difícil acercarme a ella otra vez. Uno se siente solo, ¿no es cierto? Y uno necesita algo… —Miró el cigarrillo—. Algo cálido.

—Si necesitas mi ayuda, te propongo que lo hablemos mañana en mi despacho. —Krohn notó que no daba con el tono autoritario que buscaba—. Yo... eh, te haré un hueco.

—¿Me harás un hueco? —Finne rio un instante—. Con todo lo que he hecho por ti, con el tanto que te has apuntado, ¿es eso todo lo que tienes para ofrecerme? ¿Tu tiempo?

—¿Qué quieres, Finne?

El cliente dio un paso al frente y la luz de la ventana iluminó un lado de su rostro. Acarició la barandilla roja con la mano derecha. Krohn tuvo un escalofrío al ver la pintura roja a través del gran agujero que Finne tenía en la palma de la mano.

—A tu esposa —dijo Finne—. Frida. La quiero a ella.

Krohn sintió un nudo en la garganta.

Finne le mostró su sonrisa putrefacta.

—Relájate, Krohn. Aunque reconozco que he pensado bastante en Frida estos días, no voy a tocarla. Porque no cojo las mujeres de otros, quiero las mías propias. Mientras sea tuya, está segura, Krohn. Pero, claro está, dudo de que puedas conservar una mujer orgullosa y económicamente independiente como Frida si oye hablar de la estilosa ayudante que llevaste a la toma de declaración. Alise. ¿Qué crees tú?

Johan Krohn le miraba fijamente. Alise. ¿Él sabía lo de Alise?

Krohn carraspeó. Sonó como un limpiaparabrisas sobre un cristal seco.

—No sé de qué me hablas.

Finne se llevó el índice al ojo.

—Ojo de águila. Os he visto. Veros follar es como observar a un par de babuinos montándoselo. Rápido, eficaz y sin sentimientos, que digamos. No durará, pero no quieres pasar sin ello, ¿verdad? Necesitamos el calor.

«¿Dónde? —pensó Krohn—. ¿En la oficina? ¿En la habitación de hotel que reservaba de vez en cuando? ¿En Barcelona en octubre?» Era imposible, siempre hacían el amor en pisos altos donde nadie podía verlos desde el otro lado de la calle.

—Lo que sí durará, salvo que alguien le cuente a Frida lo de Alise, es esto. —Finne señaló la casa con el pulgar por encima del hombro–. La familia es y seguirá siendo lo más importante. ¿Verdad, Krohn?

–No entiendo ni de qué estás hablando ni qué quieres –dijo Krohn.

Había apoyado los codos sobre la barandilla que tenía detrás. Su intención era mostrarse relajado e indiferente, pero sabía que debía de parecer un boxeador derrotado que cuelga de las cuerdas.

–Dejaré a Frida si puedo tener a Alise –dijo Finne tirando el cigarrillo al aire. Hizo una parábola como el de Krohn antes de apagarse en algún lugar de la oscuridad–. La policía me busca. No puedo moverme con la libertad con la que solía, necesito un poco de... –volvió a sonreír entre dientes– colaboración para conseguir calor. Quiero que me traigas a la chica a un lugar seguro.

Krohn pestañeó incrédulo.

–¿Quieres que intente convencer a Alise de que te vea a solas? ¿Para que puedas... eh... abusar de ella?

–Borra las palabras *intentar* y *abusar*. Vas a convencerla, Krohn. Y yo voy a seducirla, no a abusar de ella. Nunca he abusado de nadie, es un gran malentendido. Cierto es que las chicas no siempre comprenden en ese momento y lugar cuál es la misión que la naturaleza les ha encomendado. Pero recapacitan. Alise también lo hará. Entenderá, por ejemplo, que si amenaza a esta familia tendrá que vérselas conmigo. Eh, no pongas esa cara tan fúnebre, Krohn, te llevas dos al precio de uno: mi silencio y el de la chica.

Krohn miraba fijamente a Finne. Las palabras retumbaban en su cabeza: tu secreto está seguro conmigo.

–¿Johan?

La voz de Frida llegó del interior de la casa y oyó sus pasos en la escalera. Después una voz susurrante pegada a su oreja que se confundía con el olor a tabaco y algo rancio, animal:

–Hay una tumba en el cementerio de Vår Frelsersgravlund. Valentin Gjertsen. Cuento con tener noticias tuyas en el plazo de dos días.

Frita había llegado al final de la escalera, fue hacia la puerta de la terraza, se detuvo iluminada por la luz del interior.

–Brrr, hace frío –dijo cruzándose de brazos–. He oído voces.

–Según los psiquiatras forenses eso es mala señal –sonrió Johan queriendo entrar, pero no fue lo bastante rápido, ella ya había asomado la cabeza por la puerta y miraba a derecha e izquierda.

Levantó la mirada hacia él.

–¿Estás hablando solo?

Krohn miró a su alrededor. La terraza estaba vacía. Había desaparecido.

–Estaba ensayando un alegato de defensa –dijo.

Exhaló y cruzó la puerta de la terraza, hacia el calor, su casa, el abrazo de su mujer. Cuando sintió que ella lo dejaba pasar para observar su rostro siguió sujetándola con fuerza para que no pudiera leer su rostro, descubrir que algo iba mal. Porque Johan Krohn sabía que el alegato de defensa en el que estaba pensando nunca ganaría el caso, este no. Conocía a Frida y sus principios sobre infidelidades demasiado bien; su mujer lo condenaría a la soledad de por vida, le dejaría estar con sus hijos, pero no con ella. Lo que resultaba aún más inquietante era que Svein Finne también pareciera conocer a Frida.

Katrine oyó el llanto infantil ya desde la escalera. Y apretó el paso a pesar de que sabía que el niño no podía estar en mejores manos. Las manos de Bjørn. Manos de piel pálida y suave y de dedos cortos y gruesos, manos que se ocupaban de todo lo que fuera menester. Ni más ni menos. Intentó evitarlo. Había sido testigo de lo que les ocurría a algunas mujeres al convertirse en madres, se volvían unas déspotas que asumían que el sol y todos los planetas giraban en torno a ellas y al niño. Mujeres que de la noche a la mañana trataban a sus maridos con desprecio cuando estos no captaban las necesidades de la madre y del niño y las satisfacían al instante.

No, Katrine estaba decidida a no ser una de esas mujeres. Pero ¿y si la llevaba dentro? ¿No era cierto que de vez en cuando tenía ganas de poner a parir a Bjørn, ver cómo se encogía, se sometía, se humillaba? No sabía por qué. Y tampoco cómo podía ocurrir tal cosa si Bjørn siempre se le adelantaba y se ocupaba de todo, invalidando de antemano las críticas de su mujer. Por supuesto que no hay nada tan frustrante como tratar a alguien que es mejor que tú, que a diario te hace mirarte en un espejo que te devuelve una imagen odiosa de ti mismo.

No, ella no se odiaba. Eso sería exagerar. Pero a veces pensaba que Bjørn era demasiado bueno para ella. No demasiado bueno en el sentido de demasiado atractivo, sino demasiado bueno en el sentido de provocadoramente bueno. Que los dos habrían sido más felices si él hubiera elegido a una chica como él, equilibrada, práctica, buena, una campesina algo rechoncha de Østre Toten.

El llanto infantil cesó cuando metió la llave en la cerradura del apartamento. Abrió. Bjørn estaba en el recibidor con Gert en brazos. El niño la miró con sus grandes ojos azules llenos de lágrimas; sus rizos ridículamente grandes y rubísimos parecían muelles saliendo de su cabeza infantil. Gert llevaba el nombre del padre de Katrine, incluso eso había sido una propuesta de Bjørn. El rostro del niño se iluminó con una sonrisa y Katrine sintió una punzada en el corazón y un nudo en la garganta. Dejó caer la gabardina al suelo y se acercó a ellos. Bjørn le dio un beso en la mejilla y luego le pasó al niño. La mujer lo abrazó e inspiró el aroma a leche, vómito, piel cálida de bebé y algo dulce e irresistible que solo era de su hijo. Cerró los ojos y se encontró en casa. Por completo en casa.

Estaba equivocada. Su vida no podía ser mejor. Eran ellos tres, ahora y para siempre, así era, eso era todo.

—Estás llorando —dijo Bjørn.

Katrine creyó que se lo decía a Gert hasta que comprendió que se refería a ella y que tenía razón.

—Es Harry —dijo.

Bjørn la miró con el ceño fruncido mientras ella se tomaba su tiempo. El tiempo que requiere un airbag para saltar y, con suerte, aminorar un poco el impacto. Claro que no sirve de nada cuando las cosas han ido mal de verdad, en ese caso el airbag no salva a nadie, se queda colgando, destrozado como un globo aerostático caído sobre el parabrisas de un Ford Escort volcado, que parece haber intentado atravesar el suelo, enterrarse, desaparecer.

–No –protestó Bjørn también inútilmente, consciente de lo que significaba el silencio de Katrine–. No –repitió en un susurro.

Katrine esperó un poco más, seguía sosteniendo entre los brazos al pequeño Gert, que le hacía cosquillas en el cuello con sus manitas. Luego le habló del accidente. Del conductor del tráiler en la carretera comarcal 287, del agujero en el hielo, la cascada, el coche. Mientras se lo contaba él se tapó la boca con una mano pálida de dedos cortos, los ojos de escasas e incoloras pestañas se le llenaron de lágrimas antes de caer, una a una, como una estalactita de hielo fundida por el sol primaveral.

Katrine nunca había visto así a Bjørn Holm, nunca había visto al firme y estable hombre de Toten perder los papeles de esa manera. Lloraba, sollozaba, temblaba con una intensidad tal que parecía llevar algo dentro luchando por salir a la superficie.

Katrine se llevó a Gert al salón. Fue un instinto, proteger al niño del abismo de pena en el que había caído su padre; ya tenía bastantes sombras a las que salir.

Una hora después había acostado a Gert, que dormía en la habitación con ellos.

Bjørn se sentó en el despacho que en un futuro próximo sería el cuarto del niño. Ella oyó que seguía sollozando. Se acercó a la puerta con la intención de entrar, pero en ese momento la llamaron por teléfono.

Fue al salón y contestó.

Era Ole Winter.

–Sé que preferirías que se aplazara la difusión de la noticia de que el fallecido es Harry Hole –dijo él.

–Desaparecido –dijo ella.

–Los buzos han encontrado un teléfono móvil destrozado y una pistola en el río, bajo la cascada. Mi equipo acaba de constatar que ambos pertenecen a Harry Hole. Estamos encajando las últimas piezas del rompecabezas de un caso prácticamente cerrado, y no podemos esperar, Bratt, lo lamento. Pero si se trata de un deseo personal…

—No es personal, Winter, estoy pensando en el cuerpo. Que debemos estar preparados para presentar el asunto lo mejor posible a la opinión pública.

—Es Kripos quien debe hacer públicos los resultados de su trabajo, no el distrito policial de Oslo. Pero entiendo tu dilema, la prensa querrá hacerte preguntas indiscretas en tu condición de jefa de Hole, comprendo que internamente necesitéis hablar de la versión que queréis dar. Así que, en respuesta a tus peticiones, Kripos no convocará la conferencia de prensa mañana por la mañana, como era nuestro deseo inicial, lo aplazamos hasta las siete de la tarde.

—Gracias —dijo Katrine.

—Eso siempre que puedas mantener en silencio a la comisaría de Sigdal para que no hagan público el nombre del fallecido…

Katrine tomó aire para responder pero no dijo nada.

—… hasta que Kripos lo comunique.

«Quieres *breaking news* con tu nombre —pensó Katrine—. Si la comisaría de Sigdal da a conocer el nombre del fallecido, el público sacará conclusiones, tendrán la sensación de que el caso se ha resuelto solo, que Kripos se ha limitado a llegar de remolque, incluso con tanto retraso que Hole tuvo tiempo de coger un atajo para salir de este mundo. Pero si te lo permiten, Winter, harás que parezca que ha sido la aguda capacidad deductiva de tu equipo, superando incluso a las del genio investigador Harry Hole, la que lo empujó a huir hacia la muerte.»

Pero tampoco lo expresó en voz alta. En lugar de eso dijo:

—Vale. Informaré al director de la policía.

Colgaron.

Katrine entró de puntillas en el dormitorio. Se inclinó sobre la gastada cama infantil pintada de azul que les habían regalado los padres de Bjørn, era tradición que todos los hijos y nietos de la familia durmieran en ella de niños.

A través del delgado tabique del despacho oyó que Bjørn seguía llorando.

Más quedo, pero con la misma dolorida desesperación. Mientras observaba el rostro dormido de Gert, pensó que de alguna extraña manera la tristeza de Bjørn aliviaba la suya. Ahora era ella quien debía ser fuerte, ella quien no podía permitirse el lujo de ser sentimental, de darle vueltas al asunto. Porque la vida seguía su curso y tenían un hijo del que ocuparse.

El niño abrió los ojos de repente.

Parpadeó levemente, intentando fijar la vista.

Pasó la mano por sus rizos extrañamente rubios.

–Quién iba a decir que una morena de Vestlandet y un pelirrojo de Toten iban a tener un potrillo rubio, un *fjord* –había comentado la abuela de Bjørn cuando la visitaron en la residencia de Skreia y le presentaron a Gert.

El niño encontró la mirada de su madre y Katrine sonrió. Sonrió, acarició y canturreó en voz baja hasta que los ojos del niño se cerraron. Entonces tuvo un escalofrío. Porque había tenido la impresión de que otra persona la contemplaba con esos ojos desde la muerte.

46

Johan Krohn se había encerrado en lo que en la familia llamaban cuarto de baño. Buscó un número en su teléfono. Harry Hole y él se habían comunicado con la suficiente frecuencia en los últimos años como para que tuviera su número en alguna parte. ¡Ahí estaba! En un antiguo correo sobre Silje Gravseng, la estudiante de policía que había querido vengarse de Harry denunciándolo por violación. Harry había hablado con Krohn, quería que él llevara el caso, pero él vio lo que había detrás y lo impidió. A pesar de que Hole y él habían tenido sus desencuentros tras aquello, Hole le debía un favor. O eso esperaba. Podía llamar a otras personas, policías que le debían más que Hole, pero había dos razones para pedírselo precisamente a él. Una, que Hole, sin duda, se esforzaría al máximo para encontrar y arrestar a un hombre que acababa de engañar a todo el mundo y lo había humillado. Dos, Harry Hole era el único policía que había llevado a cabo la hazaña de capturar a Finne. Sí, Hole era el único que podía ayudarle. Después habría que ver cuánto tiempo conseguía mantener a Finne a buen recaudo por amenazas y chantaje. Sería su palabra contra la de él, claro, pero eso ya se vería en su momento.

«Háblame si no tienes más remedio», dijo una voz agria, seguida de un pitido.

Krohn se quedó tan perplejo que estuvo a punto de colgar. Pero le retuvo algo en esa expresión. «Si no tienes más remedio.» Porque lo cierto era que no le quedaba otro remedio. Sí, debía hacerlo y tenía que decir lo suficiente como para que Hole le devolviera la llamada. Tragó saliva.

«Soy Johan Krohn y debo pedirte que esto quede entre nosotros. Svein Finne me está haciendo chantaje». Volvió a tragar saliva. «A mí y a mi familia. Yo… por favor, ponte en contacto conmigo. Gracias.»

Colgó. ¿Había hablado demasiado? ¿Estaba haciendo lo que debía? La solución pasaba por pedirle ayuda a un policía? Ay, ¡no había manera de saberlo! Bueno, hasta que Hole le devolviera la llamada estaría a tiempo de cambiar de opinión, siempre podía decirle a Hole que se había producido un malentendido con su cliente.

Krohn entró en el dormitorio, se tumbó en la cama y se tapó con el edredón, cogió su revista nórdica de ciencias jurídicas de la mesilla y siguió leyendo.

—En la terraza has dicho algo —dijo Frida a su lado—. Que estabas practicando un alegato de defensa.

—Sí —dijo Johan y vio que ella había dejado su libro encima del edredón y le miraba por encima de las gafas de leer.

—¿De quién? —dijo ella—. Pensaba que ahora mismo no estabas con ningún caso.

Krohn se acomodó mejor sobre la almohada.

—La defensa de un hombre, por lo demás bueno, que ha acabado en una situación complicada. —Descansó la mirada sobre su artículo acerca del doble castigo. Como era natural se sabía el artículo de memoria, pero había descubierto que podía fingir que nunca lo había leído y así disfrutar de sus complejos y sin embargo nítidos razonamientos jurídicos una y otra vez—. Es un caso muy fuerte. Le está chantajeando un cerdo que quiere conseguir a su amante. Si no cede, le quitarán a su familia.

—Uf. —Frida tuvo un escalofrío—. Suena más a novela que a caso real.

—Digamos que es un cuento —dijo Krohn—. ¿Tú qué harías si fueras él y supieras que un alegato de defensa no lo va salvar?

—¿Una amante contra una familia entera? La respuesta es fácil, ¿no?

—No, porque si el hombre bueno deja que el cerdo viole a su amante, el cerdo tendrá todavía más con que presionarlo. Y entonces el cerdo volverá y pedirá más.

—¡Uy! —dijo Frida con una risa queda—. En ese caso contrataría a un asesino a sueldo para que se deshiciera del cerdo.

—Un poco de realismo, por favor.

—¿No habías dicho que era un cuento?

—Sí, pero...

—La amante —dijo Frida con decisión—. Yo le daría la amante al cerdo.

—Gracias —dijo Krohn y clavó la mirada en la revista con la total convicción de que esa noche ni siquiera los argumentos más geniales sobre la doble condena le ayudarían a apartar sus pensamientos de Svein Finne.

Ni de Alise. Ahora, recordándola arrodillada mientras miraba a Johan Krohn con adoración y lágrimas en los ojos porque era tan grande y aun así ella intentaba tragárselo todo, sabía que esa alternativa no era posible. ¿Verdad que no? ¿Y si Harry Hole no le ayudaba? No, ni siquiera en ese caso podía hacerle aquello a Alise. No solo era moralmente despreciable, ¡él la amaba! ¿No era cierto? Krohn sintió que tenía el corazón más henchido que la entrepierna. Porque ¿qué haces cuando amas a alguien? Sí, uno asume las consecuencias. Paga la cuenta. Cuando amas a alguien debe ser a cualquier precio. Esa era la ley del amor, no había lugar para otras interpretaciones. Ahora lo veía claro, tan claro que debía apresurarse antes de volver a dudar, darse prisa en contárselo todo a su mujer. Absolutamente todo, todo lo de Alise. *Alea iacta est.* El dado ha sido lanzado. Krohn dejó la revista, respiró profundamente, mientras ensayaba mentalmente la frase inicial.

—Por cierto, que se me olvidó decirte que hoy pillé a Simon con las manos en la masa —dijo Frida—. Estaba en su cuarto ojeando... no te lo vas a creer.

—¿Simon? —dijo Krohn visualizando a su primogénito—. ¿Una revista porno?

—Casi —rio Frida—. El Código Civil. Tu ejemplar.

—Vaya —murmuró Krohn sonriendo como pudo, y tragó saliva.

Observó a su esposa mientras la imagen de Alise se desvanecía como si fuera una película. Frida Andresen, ahora Frida Krohn. Su rostro era el mismo que vio por primera vez en el auditorio de la universidad, un rostro hermoso y limpio. Estaba un poco más redondita, pero en realidad los kilos solo la habían vuelto más femenina.

—He pensado en preparar un guiso thai para comer mañana, a los niños también les apetece. Todavía hablan de Ko Samui. ¿Tal vez deberíamos volver alguna vez? Sol, calor y… —sonrió a medias y dejó el resto en el aire.

—Sí —dijo Johan Krohn y tragó saliva—. Puede que sí.

Cogió la revista y siguió leyendo. Sobre la doble condena.

47

—Fue David —dijo el hombre con su voz débil y temblorosa de yonqui—. Le pegó a Birger en la cabeza con una barra de hierro.

—Porque Birger le había robado su heroína —dijo Sung-min intentando ahogar un bostezo—. Y la razón por la que tus huellas están en la barra es porque se la quitaste a Birger, pero ya era demasiado tarde.

—Eso es —dijo el hombre y miró a Sung-min como si acabara de resolver una ecuación de tercer grado—. ¿Me puedo ir ya?

—Puedes irte cuando quieras, Kasko. —Sung-min trazó media circunferencia con el brazo.

El hombre, al que llamaban Kasko y que al parecer en el pasado vendía seguros de coche, se puso de pie, separó las piernas como si el suelo de Stargate fuera la cubierta de un barco en pleno temporal, y maniobró camino de la puerta, donde un recorte de prensa lo coronaba como el bar que servía la pinta de cerveza más económica de Oslo.

—Pero ¿qué haces? —siseó el investigador de Kripos Marcussen, mosqueado—. ¡Podía habernos contado la historia completa con todos los detalles! ¡Lo teníamos, joder! Igual la próxima vez cambia de versión, es lo que hacen estos colgados.

—Mayor motivo para dejar que se vaya —dijo Sung-min y apagó la grabadora que tenía sobre la mesa—. Ahora tenemos una explicación sencilla. Si nos da más detalles, cuando comparezca para declarar o se le habrá olvidado o la habrá cambiado. Eso es exactamente lo que necesita la defensa para poner en duda el resto de su declaración. ¿Nos vamos?

—Ya no tenemos ninguna razón para quedarnos aquí —dijo Markussen levantándose.

Sung-min asintió y recorrió con la mirada a la clientela de sedientos que esperaba en el exterior; cuando Marcussen y él habían llegado al bar que servía alcohol a la hora más temprana en Oslo, las siete, ya había cola.

—Mejor pensado, me voy a quedar —dijo Sung-min—. No he desayunado.

—¿Vas a comer aquí?

Sung-min sabía lo que su colega quería decir. Que él no pegaba nada en Stargate. Al menos no hasta ese momento. Pero ¿quién sabe? ¿A lo mejor debía rebajar su nivel de exigencia? Reducir sus expectativas, y podía empezar allí mismo.

Cuando Marcussen se hubo ido, Sung-min cogió el periódico de la mesa vecina, que estaba desocupada.

No había nada del asesinato de Rakel Fauke en la portada.

Nada sobre un accidente en la carretera comarcal 287.

Eso debía significar que ni Ole Winter ni Katrine Bratt habían comunicado la noticia de que el accidentado era Harry Hole.

En el caso de Ole Winter, probablemente se debiera a que quería aplicarle una pátina de trabajo de equipo a los descubrimientos que había hecho Sung-min en solitario. Unas comprobaciones triviales que solo confirmarían lo que Sung-min ya había constatado, pero que bastarían para que Ole Winter pudiera presentarlo como un logro de su equipo bajo su eficiente dirección.

Cuando Sung-min leyó *El príncipe* de Maquiavelo se dijo que nunca había entendido el juego político ni las estrategias de poder. Uno de los consejos que Maquiavelo daba a los príncipes que quisieran conservar el poder en su país era aliarse con los menos poderosos de la nación y darles su apoyo, aquellos que no suponían una amenaza para él, para que siguieran estando satisfechos con el estado de las cosas. Por otro lado, debía debilitar por todos los medios al potencial enemigo más poderoso. Era evidente que lo que valía para los estados italianos en el siglo XVI seguía vigente en Kripos.

En cambio Sung-min no acababa de entender los motivos que tendría Katrine Bratt para aplazar la publicación de la noticia. Había dispuesto de veinticuatro horas, los allegados ya debían de estar informados y había tenido tiempo para preparar la alocución con la que daría a conocer que uno de sus subordinados era sospechoso de asesinato. Que pudiera tener sentimientos personales hacia Hole no explicaba que expusiera su reputación y la de la sección de Delitos Violentos. Proteger de la opinión pública a un policía era un trato de favor inadmisible que le acarrearía un alud de críticas y acusaciones. Pensó que había algo más, que Bratt parecía tratar a Hole con una consideración tan profunda como la que mostraría por un amante. ¿De qué podía tratarse?

Sung-min apartó la idea de su mente. Puede que fuera otra cosa. Una ilusión desesperada de que ocurriera un milagro. Que Harry Hole estuviera vivo. Sung-min bebió un trago de café y miró hacia el río Akerselva, donde el sol brillaba detrás de las fachadas grises de la otra orilla. Si Harry Hole se estaba enterando de algo de eso, sería porque estaba sentado sobre una nube, con un halo alrededor de la cabeza, escuchando el canto de los ángeles mientras lo contemplaba todo desde las alturas.

Bajó la mirada hacia la nube.

Levantó el trozo de espejo y se miró la cara. Tenía un halo blanco alrededor de la cabeza. A su alrededor sonaban cantos.

Bajó de nuevo la vista hacia la nube.

La nube había estado inmóvil en el fondo del valle desde el amanecer, tapaba la visión del río helado, envolvía el bosque de pinos en un manto gris. Cuando el sol ascendiera iría evaporando la capa de nubes, mejoraría la visibilidad. Con un poco de suerte el intenso griterío de los pájaros perdería intensidad.

Tenía frío. No importaba. Así veía todo con más claridad. Se miró otra vez en el trozo de espejo.

Su halo, o el vendaje que había encontrado en un cajón de la cabaña, tenía una mancha roja allí donde había manado la sangre. Probablemente le quedaría una nueva cicatriz. Se sumaría a la que iba de la comisura de los labios hasta la oreja.

Se levantó de la silla apoyada en la pared de la cabaña y entró. Pasó por delante de los recortes de prensa de la pared, uno de ellos retrataba la misma cara que acababa de ver en el trocito de espejo.

Entró en el dormitorio en el que había pasado la noche. Arrancó las sábanas ensangrentadas y la funda del edredón, del mismo modo que había quitado la funda ensangrentada en su apartamento dos semanas antes. Pero esta vez se trataba de su propia sangre, de ninguna más.

Se sentó en el sofá.

Observó la pistola High Standard que estaba junto al juego de dados. Bohr le había contado que la organización de espionaje E14 las había conseguido sin que quedaran registradas. Sopesó la pistola en la mano.

¿Llegaría a necesitarla?

Podría ser, o no.

Harry Hole miró el reloj. Habían pasado treinta y seis horas desde que salió tambaleándose del bosque para aproximarse a la cabaña, hacia la ventana rota, y entrar. Se quitó la ropa mojada, se secó, buscó ropa limpia, un jersey, unos leotardos, un uniforme de campaña, gruesos calcetines de lana. Se lo puso todo, se tumbó en la litera debajo de una manta de lana y permaneció allí hasta que dejó de temblar. Pensó en encender la chimenea, pero descartó la idea, alguien podría ver el humo y acercarse a investigar. Buscó por cajones y armarios hasta que encontró el botiquín y se limpió la herida de la frente. Se vendó la cabeza y la venda que sobró se la puso alrededor de la rodilla, tan hinchada que parecía que se hubiera tragado un balón. Inspiró y expiró intentando averiguar si los dolores eran señal de que se había roto alguna costilla, o si solo se había golpeado con fuerza. Por lo demás estaba de una pieza. Quizá algunos lo considerarían un milagro, pero solo era una cuestión de física elemental y un poco de suerte.

Harry volvió a respirar, oyó un pitido y sintió dolor en el costado.

Vale, puede que fuera algo más que una dosis de buena suerte.

Había intentado no pensar en lo acontecido el día anterior. Esas eran las nuevas instrucciones que recibían los policías que se habían visto expuestos a traumas graves: no debían hablar de ello, no debían pensar en ello antes de que hubiera pasado un mínimo de seis horas. Nuevas investigaciones habían probado, contradiciendo anteriores suposiciones, que «hablar de ello» inmediatamente después de sufrir un trauma no reducía las probabilidades de sufrir estrés postraumático, al contrario.

Por supuesto que le había resultado imposible reprimirlo. El accidente se había repetido en su cabeza como un vídeo de YouTube que se hubiera hecho viral. El coche despeñándose por la cascada, él agachándose en el asiento para poder ver por el parabrisas, la ausencia de peso porque todo caía a la misma velocidad, la extraña facilidad —y la lentitud por estar en el agua—, con que agarraba el cinturón de seguridad con la mano izquierda y el enganche con la derecha. Luego la espuma blanca que salía disparada de una roca negra lo había cubierto todo mientras él abrochaba el cinturón de seguridad. Después la presión. El ruido.

Colgado del asiento con la cabeza apoyada en el airbag del volante descubrió que podía respirar, que el sonido de la cascada ya no le llegaba nebuloso, sino nítido, resoplando mientras empujaba y le escupía por el parabrisas trasero destrozado, tardó unos segundos en cerciorarse de que no solo estaba vivo, sino extrañamente intacto.

El coche estaba de canto, el volante se había incrustado en la parte delantera del coche, o tal vez al contrario, pero no le había seccionado las piernas ni las había atrapado. Todas las ventanillas se habían hecho trizas, el coche debía de haberse vaciado de agua en un segundo. Pero la suma de la resistencia del suelo, el salpicadero y el parabrisas probablemente había retrasado la salida del agua lo bastante como para que funcionara como un airbag más para el cuerpo de Harry, y había evitado la compresión de la carrocería. Porque el agua es fuerte. La razón por la que un pez que vive en las profundidades puede evitar verse aplastado por una fuerza que reduciría a una lámina un carro de combate acorazado, es que el cuerpo del pez habita en una sustancia que no se deja comprimir por intensas que sean las fuerzas a las que se vea sometida: el agua.

Harry cerró los ojos y contempló el resto de la película.

Se había quedado colgado del asiento y no podía liberarse del cinturón, pues tanto el enganche como la bobina que le daba holgura estaban rotos. Había mirado a su alrededor. Por el retrovisor hecho pedazos vio dos cascadas desplomándose sobre él. Arrancó un trozo de espejo. Estaba afilado, pero las manos le temblaban tanto que tuvo la sensación de tardar una eternidad en cortar el cinturón. Se dejó caer sobre el volante y lo que quedaba del airbag, se guardó el trozo de espejo en el bolsillo de la chaqueta por si pudiera necesitarlo, salió con cuidado por el parabrisas delantero con la esperanza de que el coche no se le cayera encima. Después nadó las pocas brazadas que separaban la roca negra de la orilla derecha del río, vadeó hacia tierra firme y de pronto notó que le dolían el pecho y la rodilla izquierda. Probablemente la adrenalina había tenido un efecto analgésico, así como el Jim Beam, por lo que pensó que empeoraría. Se enderezó, tan helado que la cabeza le latía, y notó una corriente cálida que le bajaba por la mejilla y el cuello; sacó el trozo de espejo y vio que tenía un gran corte a un lado de la frente.

Miró hacia la ladera. Abetos y nieve. Vadeó el río cien metros hasta dar con un lugar donde la orilla le pareció menos escarpada y empezó a subir, pero la rodilla cedió al peso de su cuerpo y volvió a caer a una zona enlodada y llena de nieve del río. Los dolores del pecho eran tan intensos que quiso gritar, pero se había quedado sin aire y no emitió más que un siseo sin fuerza, como una pelota pinchada. Cuando abrió los ojos no supo cuánto tiempo había estado inconsciente, si dos segundos o varios minutos. Se sintió incapaz de moverse. Tenía tanto frío que los músculos no le obedecían. Harry aulló hacia el cielo azul, limpio, inocente e implacable. ¿Había sobrevivido a ese horror para después morir de frío?

Ni hablar, joder.

Se levantó con dificultad, partió una rama seca de un árbol muerto que había caído sobre el río y lo utilizó de bastón. Tras luchar contra la ladera embarrada para avanzar diez metros encontró un sendero entre los restos de nieve. No hizo caso del dolor que le latía en la rodilla y tomó rumbo al norte, dejando el sol detrás, contracorriente. El ruido de la cascada y el castañeteo de sus dientes habían sepultado el rumor del tráfico, pero cuando ascendió un poco más vio la carretera al otro lado del río. La comarcal 287.

Vio pasar un coche.

No iba a morir helado.

Respiraba con mucho cuidado para evitar los pinchazos en el pecho.

Cruzaría el río de nuevo, pararía un coche, regresaría a Oslo. O, mejor todavía, llamaría a la comisaría de Sigdal y les pediría que fueran a recogerlo. Tal vez ya estaban en camino, si el conductor del camión había visto lo ocurrido debería haberles avisado. Harry buscó el móvil. Entonces cayó en la cuenta de que había estado sobre el asiento del copiloto junto con la botella Jim Beam y el arma reglamentaria, y que seguramente en este momento estaría ahogado y muerto en algún lugar del río.

Entonces cayó en la cuenta.

También él estaba ahogado y muerto.

Podía elegir.

Retrocedió por el sendero. Se detuvo en el punto en el que había subido a gatas por la ladera. Cubrió de nieve sus huellas con las manos y los pies. Cojeando volvió a dirigir sus pasos en dirección norte. Sabía que la carretera comarcal seguía el curso del río, que si el sendero también lo hacía no tardaría mucho en llegar a la cabaña de Roar Bohr. Si la rodilla aguantaba.

La rodilla había respondido a medias. Tardó dos horas y media. Harry observaba la hinchazón que rebosaba a ambos lados del tenso vendaje.

La había dejado descansar una noche y le daría unas horas más.

Pero después tendría que sostenerle.

Se puso la gorra de punto que había encontrado, sacó el fragmento de espejo del Escort para ver si tapaba el vendaje. Se acordó de Roar Bohr, que había tenido que ir de Oslo a Trondheim con diez coronas. Él no tenía ni eso, pero la distancia era menor.

Harry cerró los ojos. Oyó una voz en su interior:

> *Farther along we'll know more about it,*
> *Farther along we'll understand why:*
> *Cheer up, my brother, live in the sunshine,*
> *We'll understand it all by and by.*

Harry había escuchado esa canción muchas veces. No trataba solo de que se supiera la verdad, sino de cómo los traidores vivían felices, mientras que los traicionados sufrían.

48

La conductora de la nueva línea expres de Eggedal a Oslo observó al hombre alto que acababa de subir con esfuerzo los escalones del autobús. La parada estaba en un tramo desierto de la comarcal 287 y el hombre llevaba ropa de camuflaje, así que supuso que se trataba de uno de los cazadores que venían de Oslo a pegar tiros a la fauna local. Pero había tres cosas que no acababan de encajar del todo. No era temporada de caza. La ropa le quedaba, como mínimo, dos tallas pequeña y bajo el borde de la gorra de punto negra le asomaba un vendaje blanco. Y no tenía dinero para el billete.

—Me caí al río, me lesioné y perdí el teléfono y la cartera —dijo—. Estoy en la cabaña y tengo que ir a la ciudad. ¿Me podrías hacer una factura?

Ella lo miró de arriba abajo, con actitud recelosa. El vendaje y la ropa estrecha parecían confirmar su versión. Y el servicio expres a Oslo no estaba teniendo demasiado éxito, la gente seguía prefiriendo la ruta comarcal de Åmot, donde hacían transbordo en el Timekspressen, así que el autobús tenía muchos asientos vacíos. El problema era que el hombre anunciaba problemas. Y la conductora se preguntaba qué iba a resultar más problemático: denegarle el acceso o dejar que subiera.

Él pareció darse cuenta de que ella dudaba, porque carraspeó y añadió:

—Si me prestas un teléfono puedo pedirle a mi mujer que nos espere en la estación de autobuses con el dinero.

Observó sus manos con detenimiento. El dedo corazón era una prótesis de un metal gris azulado. Y en el dedo vecino llevaba una alianza, sí. Pero no tenía ninguna intención de permitirle que manipulara su teléfono con esa mano.

—Siéntate —dijo.

Apretó un botón y la puerta se plegó a la espalda del hombre con un largo gemido.

Harry fue cojeando al fondo del autobús. Se percató de que el resto de los pasajeros, al menos los que habían oído su conversación con la conductora, apartaban la mirada. Sabía que estaban rogando que ese tipo algo inquietante que parecía venir del campo de batalla no se sentara precisamente a su lado.

Encontró dos asientos libres.

Miró hacia el bosque y el paisaje que se deslizaba al otro lado de la ventanilla. Observó su reloj de pulsera y verificó que lo que decía la publicidad de la marca era cierto, sobrevivía a casi todo, incluso a la caída a una cascada. Eran las cinco menos cinco. Llegaría a Oslo poco después de que se hiciera de noche. La oscuridad le convenía.

Notó que algo se le clavaba en el costado debajo de la costilla que le dolía. Metió la mano en el interior de la chaqueta e hizo girar el cañón de la pistola High Standard que se había llevado de la cabaña. Cuando pasaron junto al área de descanso donde había dado la vuelta al coche el día anterior, cerró los ojos. Sintió la velocidad y la tensión acelerándose.

Había tenido un momento de clarividencia y se había dado cuenta. El verso de la canción, «We'll understand it all», no había sido la pieza que faltaba de un rompecabezas sino una puerta que se había abierto en la oscuridad, sin previo aviso, y le había mostrado la luz. No en su totalidad, no su lógica, pero la luz suficiente como para saber que la historia no cuadraba, que faltaba algo. O, mejor dicho, que habían introducido algo. Lo suficiente como para que hubiera cambiado de opinión y girado el volante.

Había dedicado las últimas horas a encajar todas las piezas. Ahora estaba bastante seguro de saber cómo habían sucedido los hechos. Había resultado relativamente sencillo imaginar cómo alguien con nociones del funcionamiento de una investigación policial podía haber manipulado y organizado a su antojo el escenario del crimen. También cómo podía haber colocado el arma asesina manchada con la sangre de Rakel en su colección de discos, puesto que después del crimen solo había habido dos personas en su apartamento. Únicamente tenía que demostrar la manipulación o la introducción de la prueba.

Le había resultado más difícil dar con el motivo.

Harry había buscado sin descanso en su memoria para encontrar una pista, una explicación. Y esa mañana, cuando estaba medio dormido en la litera y por fin la había encontrado, o ella lo había encontrado a él, primero la descartó como una tontería. No podía ser. Lo meditó. ¿O sí? ¿Podía ser tan sencillo como que el motivo se había manifestado la noche en que estuvo en la cama del apartamento de Alexandra?

Sung-min Larsen se coló sin ser visto en la última fila del nuevo centro de reuniones de Kripos en la calle Nils Hansen 25.

Ante él se había congregado un elevado y poco habitual número de periodistas y fotógrafos a pesar de que la hora excedía con mucho la jornada laboral. Apostó a que Ole Winter había hecho filtrar un nombre que les había empujado a acudir en masa: Harry Hole. En este momento Winter presidía, acompañado por Landstad, su nuevo favorito entre los agentes, tras las mesas colocadas sobre el escenario y miraba el segundero de su reloj. Querían sincronizar el inicio con las noticias en directo de alguna cadena de televisión. Junto a Winter y Landstad estaban una comisaria del grupo de investigación y la responsable del departamento de criminalística Berna Lien. Un poco apartada, en el lado derecho, Katrine Bratt. Parecía estar fuera de lugar y tenía la vista clavada en unos documentos. Sung-min apostó a que no contenían nada de importancia y que ni siquiera los estaba leyendo.

Vio que Ole Winter respiraba hondo, sí, literalmente se hinchaba. Winter había sustituido su traje viejo y barato habitual por uno nuevo que Sung-min creyó reconocer como parte de la colección de esa temporada de Tiger. Supuso que lo había comprado para la ocasión después de consultarlo con la nueva directora de comunicación, que parecía tener cierta idea de moda.

—Les damos la bienvenida a esta conferencia de prensa —dijo Winter—. Soy Ole Winter y, como responsable de la policía, quisiera empezar por informar sobre la investigación del asesinato de Rakel Fauke. Hemos ido desentrañando una serie de puntos y, tras una intensa labor de equipo, creemos haber resuelto el caso.

Sung-min pensó que al llegar a ese punto Winter haría una pausa teatral para conseguir el máximo efecto, pero el jefe siguió sin respiro y, ¿quién sabe?, tal vez así resultara más creíble, más profesional. Nadie debería montar un espectáculo con un asesinato. Sung-min tomó nota mentalmente de la frase para usarla más adelante. Porque un día sería él quien estuviera allí arriba. Si no lo había sabido antes, ahora estaba seguro. No dudaba de que acabaría arrojando al viejo mono peludo de esa rama.

—Creemos y esperamos que sea un alivio para sus familiares, su entorno y el público en general —dijo Winter—. Es una tragedia que la persona a quien señalan las pruebas obtenidas en el caso del asesinato de Rakel Fauke parece haber acabado con su propia vida. No voy a especular sobre los motivos, pero no podemos descartar que haya comprendido que Kripos estaba a punto de alcanzarlo.

Sung-Min notó que Winter decía «la persona a quien señalan las pruebas obtenidas» en lugar de «el sospechoso», «acabado con su propia vida» en lugar de «desaparecido» y «a punto de alcanzarlo» en lugar de «detenerlo». Que Winter especulaba en la misma frase en la que afirmaba no querer hacerlo. Concluyó que unas expresiones más prudentes, profesionales y neutras hubieran funcionado mejor.

—Y digo «parece haber acabado con su propia vida» —prosiguió Winter— porque, de momento, consideramos que está desaparecido. Algunos de vosotros os habréis enterado de que un coche cayó en el río al salirse de la carretera comarcal 287 ayer por la mañana. Podemos hacer público que el coche pertenecía al sospechoso, Harry Hole...

Aquí no hizo falta que Winter hiciera una pausa dramática puesto que le interrumpieron los gemidos, jadeos y exclamaciones que dejaron escapar los periodistas.

La luz oscilante despertó a Harry y descubrió que estaban pasando por el túnel de Lysaker y que pronto llegarían a destino. Cuando salieron al otro lado, Harry vio que se había hecho de noche. El autobús subió el final de la cuesta y volvió a descender hacia Sjølyst. Bajó la vista hacia las pequeñas embarcaciones de la ensenada de Bestumkilen. Bueno, pequeñas, lo que se dice pequeñas... Aunque tuvieras dinero para comprar uno de esos barcos, ¿cuánto tiempo te robaría el papeleo, el mantenimiento y las preocupaciones de la brevísima temporada náutica noruega? ¿Por qué no optar por alquilar un barco los pocos días de buen tiempo disponibles, dejarlo atracado después y marcharse a casa tranquilamente? El autobús medio vacío estaba totalmente en silencio, pero del asiento de delante le llegaba el zumbido de insecto de la música en los auriculares y, por el hueco entre los asientos, veía el brillo de la pantalla de un ordenador. El autobús debía de tener wi-fi, porque lo que veía era la portada de la edición digital del diario sensacionalista VG.

Volvió la vista hacia los barcos. Tal vez lo más importante no fueran las horas que uno pasaba en el mar, sino el hecho de ser propietario. El poder pensar todas las horas del día que en la ensenada había un barco que era mío. Un barco caro, bien cuidado, que otros señalarían al verlo y dirían tu nombre, que era tuyo. Porque como es bien sabido no somos lo que hacemos, sino lo que poseemos. Cuando lo hemos perdido todo dejamos de existir. Harry sabía adónde se dirigían sus pensamientos y se los quitó de la cabeza.

Miró por el hueco entre los asientos el ordenador de delante. Le pareció que la pantalla reflejaba su rostro como si fuera un espejo, pues en la página web de VG no veía otra cosa que sus propios rasgos cansados. Clavó los ojos en el titular que había debajo del reflejo.

VG SIGUE LA RUEDA DE PRENSA. EN DIRECTO: EL SOSPECHOSO DE ASESINATO HARRY HOLE, DESAPARECIDO.

Harry pestañeó con fuerza para asegurarse de que estaba despierto, de que no tenía nada metido en el ojo. Volvió a leerlo. Observó la imagen; no era un reflejo, sino una foto que le habían hecho el año anterior en relación con el caso del Vampirista.

Harry se dejó caer en el asiento y se tapó la cara con la visera de la gorra.

Joder, joder.

En un par de horas la foto estaría por todas partes. Le reconocerían por la calle, porque un hombre que cojea embutido en un uniforme de camuflaje demasiado estrecho estaría de todo menos camuflado. Si le arrestaban ahora todo su plan se iría al infierno. Tendría que cambiar de planes.

Harry intentó pensar. No podía andar por la ciudad, pero debía buscar un teléfono cuanto antes para ponerse en contacto con ciertas personas. Dentro de cinco o seis minutos llegarían a la estación de autobuses. Una pasarela peatonal conducía a la Estación Central. En la estación, entre las masas de gente con prisa, entre drogatas, mendigos y los personajes más excéntricos de la ciudad, pasaría bastante desapercibido. Y, lo más importante, cuando en el año 2016 Telenor había quitado todas las cabinas, había dejado un par de antiguos teléfonos de monedas, casi a modo de curiosidad, en la Estación Central de Oslo.

Si llegaba hasta allí, el problema seguiría siendo el mismo: ir de Oslo a Trondheim.

Sin una jodida moneda en el bolsillo.

—Sin comentarios —dijo Katrine Bratt—. No puedo pronunciarme al respecto en este momento—: A eso debe responder Kripos.

Sung-min sintió pena por Katrine, a la que los periodistas acribillaban a preguntas. Parecía que estuviera en su propio entierro. Pero ¿era esa una manera adecuada de decirlo? ¿Qué certeza tenía él de que la muerte fuera un lugar peor? Era evidente que a Harry Hole no se lo había parecido.

Sung-min abandonó la fila de sillas vacías, ya había oído bastante. Suficiente para comprender que a Winter le habían salido las cosas como quería. Lo bastante como para que él no pudiera retar al macho alfa en un futuro próximo. Porque este caso reforzaría aún más la posición de Winter y, ahora que Sung-min había caído en desgracia, había llegado el momento de preguntarse si debía intentar que lo aceptaran en otro club. Se dijo que estaría dispuesto a trabajar para una jefa como Katrine Bratt. Trabajar con ella. Él podría tomar el relevo de Harry Hole. Si él era Messi, Hole había sido Maradona. Un tramposo por la gracia de Dios. Por mucho que Messi brillara, nunca sería una leyenda tan grande como Maradona. Porque Sung-min sabía que, aunque ahora se estuviera enfrentando a obstáculos, su propia historia no tendría la caída, la tragedia de Hole y Maradona. La suya sería otra aburrida historia de éxito.

Kasko se había puesto las gafas de sol Oakley.

Las había cogido en la barra de la ventana de una cafetería a la que había entrado para pillar un vaso de cartón; usaba esos vasos para mendigar dinero con que pagar la droga. El dueño de las gafas se las había quitado para mirar detenidamente a una chica que estaba en la calle, frente a la cafetería. El sol brillaba sobre la nieve y parecía un poco contradictorio quitarse las gafas. Pero el tipo quería que la chica viera que la estaba observando. Bueno, pues el idiota se merecía que le pasara algo peor por estar tan salido en primavera.

—¡Idiota! —gimió Kasko sin dirigirse a nadie en particular.

Apenas sentía los muslos y el trasero. Era inhumano pasar tanto rato sentado sobre un suelo de piedra duro y frío con cara de sufrimiento. Bueno, la verdad es que sufría. Hacía rato que debería haberse metido el pico de la noche.

—Gracias —canturreó cuando una moneda más tintineó en el vaso de cartón. Era importante mostrar buen humor.

Kasko se había puesto las gafas de sol porque creía que le volvían irreconocible. No porque tuviera miedo a la policía, les había contado lo que sabía. Pero todavía no habían encontrado a David ni le habían pillado, y si David se había enterado de que Kasko se había chivado a ese poli chino, era posible que estuviera buscando a Kasko ahora mismo. Por eso lo más seguro era seguir sentado en medio de la gente, delante de las taquillas de la Estación Central, al menos aquí nadie podía amenazarlo de muerte.

Puede que la combinación del buen tiempo primaveral y trenes más puntuales de lo habitual hubiera puesto a la gente de buen humor. Al menos habían echado más dinero del que solían en el vaso de cartón que tenía delante. Incluso un par de chavales de la tribu emo, que solía reunirse junto a la escalera del andén 19, le habían dado unas monedas. Ya tenía casi asegurado el chute de la noche, de momento no tendría que vender las gafas de sol.

Kasko se fijó en un tipo con uniforme de camuflaje. No solo porque cojeaba, llevaba un vendaje debajo de la gorra y tenía pinta de encontrarse mal, sino también porque andaba de forma errática, tropezaba con la gente, como un pez depredador en un banco de peces que se alimenta de plancton. En pocas palabras: iba directo hacia Kasko. A Kasko no le hizo gracia. Los que le daban dinero pasaban por delante de él, no iban hacia él. Eso no podía significar nada bueno.

El hombre se detuvo.

—¿Me prestas unas monedas? —La voz sonó tan afónica como la de Kasko.

—Lo siento, colega —dijo Kasko—. Búscate la pasta para tu chute en otra parte, yo solo tengo para mí.

—Solo me hacen falta veinte o treinta coronas.

Kasko bufó.

—Ya veo que necesitas medicina, pero como ya te he dicho, a mí también me hace falta.

El hombre se puso en cuclillas a su lado. Sacó algo del bolsillo interior y se lo mostró. Era una placa de policía. Joder, otra vez no. El hombre que salía en la foto se parecía vagamente al tipo ese.

—Requiso tus ingresos provenientes de la práctica ilegal de la mendicidad en un lugar público —dijo alargando la mano para coger el vaso.

—¡Y una mierda! —gritó Kasko agarrando el vaso. Lo apretó contra su pecho.

Un par de transeúntes les dedicaron una mirada.

—Me lo vas a dar ahora mismo, o te llevaré a la comisaría, te arresto y no podrás chutarte hasta bien entrada la mañana. ¿Qué te parece pasar la noche en el calabozo?

—Estás tirándote un farol, ¡jodido poli yonqui! El 16 de diciembre de 2016 la junta municipal votó en contra de la propuesta de prohibir la recaudación de fondos, incluyendo la mendicidad.

—Hummm —dijo el hombre y pareció meditar sobre lo que acababa de oír. Se acercó tanto a Kasko que le tapó la vista de los que pasaban por allí y susurró—. Tienes razón. Era un farol. Pero esto no lo es.

Kasko lo miraba fijamente. El hombre introdujo la mano en el interior de la cazadora con estampado de camuflaje y apuntó a Kasko con una pistola. ¡Una jodida pistola enorme y fea en la Estación Central en plena hora punta! El tío tenía que estar como una puta cabra. La frente vendada y una cicatriz acojonante de la boca a la oreja. Kasko sabía demasiado bien lo que el mono podía hacerle a gente por lo demás normal, hacía poco que había experimentado lo que podía hacer una barra de hierro, y aquí había un tío con una pipa. Tendría que vender las Oakley.

—Toma —gimió dándole el vaso de cartón.

—Gracias. —El hombre lo cogió y miró dentro—. ¿Cuánto por las gafas?

—¿Eh?

—Las gafas de sol. —El hombre sacó los billetes que había en el vaso y se los ofreció—. ¿Será suficiente?

Luego le quitó a Kasko las gafas de los ojos, se las puso, se levantó y se fue cojeando a través de la gente, hacia el viejo teléfono de monedas que estaba delante del 7-Eleven.

Harry llamó primero a su contestador, marcó el código y concluyó que Kaja Solness no había dejado ningún mensaje que indicara que hubiera intentado responder a sus llamadas. Solo había un mensaje, era de Johan Khron y parecía conmocionado: «Debo pedirte que esto quede entre tú y yo. Svein Finne está chantajeándonos a mí y a mi familia. Yo... eh, por favor ponte en contacto conmigo. Gracias».

«Tendrá que llamar a otro, yo estoy muerto», pensó Harry Hole mientras dejaba caer las monedas en el teléfono.

Llamó a información. Le dieron los tres números que pidió y se los apuntó en el dorso de la mano.

El primer número que marcó fue el de Alexandra Sturdza.

—¡Harry!

—No cuelgues. Soy inocente. ¿Estás en el trabajo?

—Sí, pero...

—¿Cuánto saben?

Oyó que la mujer dudaba. Y que tomaba una decisión. Le hizo un breve resumen de la conversación con Sung-min Larsen. Antes de llegar al final pareció que estaba a punto de echarse a llorar.

—Sé lo que parece —dijo Harry—, pero tienes que confiar en mí. ¿Podrás?

Silencio.

—Alexandra. Si yo creyera haber matado a Rakel, ¿habría tenido fuerzas para resucitar de entre los muertos?

Más silencio. Luego un suspiro.

—Gracias —dijo Harry—. ¿Recuerdas la última noche que estuve contigo?

—Sí —sollozó ella—. O no.

—Estábamos tumbados en la cama. Me pediste que usara un condón porque seguro que no querías volver a ser padre. Llamó una mujer.

—Ah, sí. Kaja. Feo nombre.

—Bien —dijo Harry—. Ahora tengo que preguntarte algo a lo que seguro que no tienes ganas de contestar.

—Dime.

Harry le hizo la pregunta a la que debía responder sí o no. Oyó que Alexandra volvía a dudar. Casi era una respuesta válida. Y luego dijo que sí. Harry había conseguido lo que quería.

—Gracias. Una cosa más. El pantalón ensangrentado. ¿Podrías analizarlo?

—¿La sangre de Rakel?

—No, me sangraban los nudillos, así que mi sangre también está en el pantalón, ¿recuerdas?

—Sí, claro.

—Bien. Quiero que analices mi sangre.

—¿La tuya? ¿Por qué?

Harry le explicó lo que estaba buscando.

—Eso llevará un rato —dijo Alexandra—. Digamos que una hora. ¿Te puedo llamar a algún sitio?

Harry pensó.

—Manda el resultado en un mensaje de texto a Bjørn Holm.

Le dio el número y colgaron.

Volvió a echar monedas al teléfono y vio que las coronas se habían dado más prisa que él, tendría que ser más eficiente.

Se sabía el número de Oleg.

—Sí —la voz sonaba lejana. Tal vez porque se encontraba muy lejos de allí o porque lo estaban sus pensamientos. Tal vez las dos cosas.

—Soy yo, Oleg.

—¿Papá?

Harry hizo una pausa para tragar saliva.

—Sí —dijo Harry.

—Estoy soñando —dijo Oleg. No sonó a protesta, sino a la constatación objetiva de un hecho.

—No estás soñando —dijo Harry—. Salvo que yo también lo esté.

—Katrine Bratt me dijo que caíste al río con el coche.

—Sobreviví.

—Intentaste suicidarte.

Harry podía oír el asombro de su hijastro y cómo empezaba a dejar paso a una ira creciente.

—Sí —dijo Harry—. Porque creía que le había arrebatado la vida a tu madre. Pero en el último segundo comprendí que eso era lo que querían.

—¿Qué estás diciendo?

—Es demasiado largo para explicarlo aquí y ahora, y no tengo monedas suficientes. Tienes que hacer una cosa por mí.

Pausa.

—¿Oleg?

—Estoy aquí.

—Te has hecho cargo de la casa. Eso quiere decir que puedes leer el contador de la luz en internet. Muestra el gasto de electricidad hora a hora.

—¿Y qué?

Harry le explicó brevemente «el qué» y le pidió que enviara el resultado en un mensaje de texto a Bjørn Holm.

Cuando acabó, tomó aire y llamó a Kaja Solness.

La señal sonó seis veces. Iba a colgar y casi dio un respingo al oír la voz de Kaja.

—Kaja Solness.

Harry se humedeció los labios.

—Soy Harry.

—¿Harry? No he reconocido el número. —Hablaba deprisa, parecía estresada.

—Intenté llamarte varias veces desde mi teléfono —dijo Harry.

—¿Sí? No lo he visto, yo… tuve que marcharme. Cruz Roja. Dejé todo lo que tenía entre manos, cuando estás en *stand by* suele pasar.

—Hummm. ¿Adónde te mandaron?

—Ejem… Fue tan rápido que ni recuerdo el nombre. Un terremoto. Una islita del Pacífico, un viaje jodidamente largo.

Por eso no te he llamado, me he pasado la mayor parte del tiempo en aviones de carga.

−Hummm. Pues suena como si estuvieras aquí mismo.

−Las líneas telefónicas son excelentes hoy en día. Oye, es que estoy en medio de un asunto. ¿Qué querías?

−Necesito un sitio donde dormir.

−¿Y tu apartamento?

−Demasiado arriesgado. Tengo que esconderme. −Harry miró la fila de monedas que se iba acortando−. Te lo explicaré luego, ahora necesito un sitio enseguida.

−¡Espera!

−¿Sí?

Pausa.

−Ven conmigo −dijo Kaja−. A mi casa, quiero decir. La llave está debajo del felpudo.

−Puedo dormir en casa de Bjørn.

−¡No! Insisto. Quiero que vengas aquí. De verdad.

−Vale. Gracias.

−Bien. Nos vemos pronto. Espero.

Harry se quedó un rato con la mirada perdida después de colgar. Sus ojos se fijaron en un televisor que había sobre el mostrador de una cafetería que ocupaba parte de la terminal de salidas. Pasaban unas imágenes de él mismo entrando en los juzgados de Oslo. También pertenecían al caso del Vampirista. Se giró deprisa hacia el teléfono. Llamó al número de Bjørn que se sabía de memoria.

−Holm.

−Harry.

−No −dijo Bjørn−. Está muerto. ¿Quién eres?

−¿No crees en los espíritus?

−He dicho que quién eres.

−Soy ese al que le regalaste *Road to Ruin*.

Silencio.

−Sigo prefiriendo a los Ramones y su Rocket to Russia −dijo Harry−. Pero estaba muy bien pensado, coño.

Harry oyó un sonido. Tardó unos instantes en comprender

que era llanto. No el llanto de un niño, sino el de un hombre adulto.

—Estoy en la Estación Central —dijo Harry fingiendo que no lo oía—. Me buscan, tengo un pie herido y ni una corona, así que necesito que me lleven a la calle Lyder Sagen.

Harry oyó una respiración pesada. Un «Dios mío» ahogado, musitado para sí mismo. Y entonces Bjørn Holm dijo, con una voz aguda y temblorosa que nunca le había oído:

—Estoy solo con el niño, Katrine está en una conferencia de prensa en Kripos. Pero…

Harry esperó.

—Me llevo al bebé, necesita acostumbrase al coche —dijo Bjørn—. ¿La salida al centro dentro de veinte minutos?

—Han pasado dos tipos que me han mirado demasiado, así que ¿pueden ser quince minutos?

—Lo intentaré. Ponte junto a los tax…

La voz fue interrumpida por un largo pitido. Harry levantó la vista. La última moneda había desaparecido. Se metió la mano bajo la chaqueta, se acarició el pecho por encima de la costilla.

Harry estaba a la sombra en la salida norte de la Estación Oslo S cuando el Volvo Amazon rojo de Bjørn se deslizó junto a la legión de taxis libres y se detuvo. Un par de los conductores que estaban de charla le miraron mal, como si sospecharan que el veterano coche era un taxi pirata o, todavía peor, un Uber.

Harry se acercó cojeando al coche y se sentó.

—Hola, fantasma —susurró Bjørn desde su habitual postura medio tumbada—. ¿A casa de Kaja Solness?

—Sí —dijo Harry, comprendiendo que los susurros se debían al ocupante del asiento infantil sujeto en sentido contrario a la marcha.

Salieron a la rotonda junto a la sala de conciertos Spektrum. Bjørn había convencido a Harry para que lo acompañara allí a un concierto homenaje a Hank Williams el año anterior. Pero Bjørn había llamado a Harry la mañana del concierto para decirle que estaba en el paritorio, que habían empezado un poco antes de lo previsto. Que sospechaba que era el bebé metiendo prisa porque quería ir con su padre a aprender sus primeras canciones de Hank Williams.

—¿Sabe la señorita Solness que vas para allá? —preguntó Bjørn.

—Sí. Dice que ha dejado la llave debajo del felpudo.

—Nadie deja la llave debajo del felpudo, Harry.

—Ya veremos.

Pasaron por debajo del intercambiador de Bispelokket y la sede del gobierno. Por delante del grafiti de *El grito*, el centro okupa Blitz y la calle Stensberggata por donde Bjørn y Harry habían pasado camino del apartamento de Harry a primera hora de la noche del asesinato. Harry iba tan borracho que no se habría percatado ni de la explosión de una bomba. Ahora estaba profundamente concentrado, escuchaba cada cambio en la vibración del motor, cada crujido del asiento y, cuando se detuvieron ante un semáforo en rojo en la calle Sporveisgata junto a la iglesia de Fagerborg, la respiración casi inaudible del bebé en el asiento trasero.

—Cuando te parezca que ha llegado el momento de contármelo ya me lo dirás —dijo Bjørn en voz baja.

—Lo haré —dijo Harry, y su voz le pareció extraña.

Subieron por la cuesta de Norabakken y entraron en la calle Lyder Sagen.

—Aquí —dijo Harry.

Bjørn se detuvo. Harry se quedó sentado.

Bjørn esperó un poco. Apagó el motor. Observaron el chalet a oscuras al otro lado de la valla.

—¿Qué ves? —preguntó Bjørn.

Harry se encogió de hombros.

—Veo a una mujer de uno setenta y tantos de estatura. Pero todo lo demás que posee es más elevado que lo mío. La casa es más alta. Su inteligencia también. Y su moral.

—¿Te refieres a Kaja Solness? ¿O estás hablando de lo de siempre?

—Lo de siempre.

–Rakel.

Harry no contestó. Miró las ventanas negras detrás de los dedos abiertos y desnudos, de bruja, de las ramas de los árboles. La casa no desvelaba nada. Pero no daba la impresión de estar dormida. Parecía contener la respiración.

Tres breves notas. La guitarra eléctrica de Don Helms en «Your Cheatin' Heart». Bjørn sacó el teléfono del bolsillo.

–Un mensaje de texto –dijo y quiso volver a guardarlo.

–Ábrelo –dijo Harry–. Es para mí.

Bjørn hizo lo que Harry le decía.

–No sé qué es esto ni quién lo manda, pero dice «benzodiacepina y flunitrazepam».

–Hummm. Sí, son viejos conocidos en casos de violación.

–Sí. Rohypnol.

–Se le puede inyectar a un hombre dormido y, si la dosis es lo bastante alta, tendrás garantizado que esté grogui un mínimo de cuatro o cinco horas. No notará que lo manipulan, que lo llevan de un lado a otro.

–O que lo violan.

–Exacto. Pero lo que de verdad convierte el flunitrazepam en la droga perfecta para violar, es que borra la memoria. Un blackout total, la víctima sencillamente no recuerda nada de lo sucedido.

–Por eso ya no se produce.

–Pero se vende en la calle. Y una persona que haya trabajado en la policía sabrá exactamente dónde puede comprarla.

Volvieron a sonar las tres notas.

–Vaya, no paran de entrar mensajes –dijo Bjørn.

–Léelo también.

Se oyó un gemido en el asiento trasero, Bjørn se giró para mirar hacia el respaldo de la sillita infantil. La respiración recuperó el ritmo y Harry vio cómo Bjørn se relajaba y presionaba la pantalla del teléfono.

–Dice que el consumo eléctrico se incrementó en 17,5 kilovatios entre las 20 y las 24 horas. ¿Qué quiere decir eso?

–Eso quiere decir que quien asesinó a Rakel lo hizo sobre las 20.15.

—¿Qué?

—Hace poco hablé con un tipo que empleó el mismo truco. Atropelló a una chica cuando conducía borracho, la metió en el coche y subió el termostato de la calefacción para mantener alta la temperatura corporal. Quería engañar al médico para que pensara que había muerto más tarde, cuando él ya no tenía una tasa de alcohol en sangre por encima de la permitida.

—No te sigo, Harry.

—El asesino es la persona que vemos en la primera grabación, el que llega a pie. Esa persona está en casa de Rakel a las 20.03, la mata con un cuchillo de la encimera, sube el termostato al que están conectados todos los radiadores de la planta baja, se marcha sin echar la llave. Va a buscarme a mí, que estoy borracho y no me doy cuenta de que me drogan con Rohypnol. El asesino deja el arma del crimen entre los vinilos de mi colección, encuentra las llaves del Ford Escort, me conduce hasta el lugar del crimen y me lleva dentro. Por eso vemos en la grabación que tarda tanto y parece que es una persona gruesa o alguien que lleva las solapas de la gabardina colgando y entra encogido. El asesino me carga a la espalda como si fuera una mochila. Bohr me contó que en Afganistán e Irak lo hacen así con sus soldados caídos. Luego me deja tirado en el charco de sangre de Rakel y me abandona allí.

—Joder. —Bjørn se rascó las patillas pelirrojas—. Pero en la grabación no vemos marcharse a nadie.

—Eso es porque quiere que yo esté convencido de haber matado a Rakel cuando despierte. Por eso debo descubrir que las dos llaves están dentro de la casa y la puerta cerrada por dentro. Por eso concluiré que nadie más que yo ha podido cometer el asesinato.

—¿Una variante del misterio de la habitación cerrada?

—Exacto.

—¿Entonces...?

—Tras dejarme junto a Rakel, el asesino cerró la puerta desde dentro y abandonó el lugar por la ventana del sótano. Es la única que no tiene rejas. Esa persona no conoce la existencia de la cámara de caza, pero tiene suerte. La cámara se activa con el movimiento, pero no se ve nada puesto que el asesino se mueve en la oscuridad más absoluta al otro lado del acceso y abandona el lugar. Pensamos que sería un gato o un pájaro y no le prestamos más atención.

–Quieres decir que ¿te engañaron por completo?

–Me manipularon para que creyera que había matado a la persona que amo.

–Dios mío, eso es peor que la más cruel pena de muerte, es una auténtica tortura. ¿Por qué…?

–Porque es exactamente lo que estás diciendo, un castigo.

–Castigo, ¿por qué?

–Por mi traición. Lo comprendí cuando estaba a punto de quitarme la vida y encendí la radio. «Farther along we'll know more about it…»

–«Farther along we'll understand why» –dijo Bjørn asintiendo despacio.

–«Cheer up, my brother» –dijo Harry–. «Live in the sunshine. We'll understand why by and by».

–Hermoso –dijo Bjørn–. Mucha gente cree que es una canción de Hank Williams, pero en realidad es uno de los pocos éxitos de otros que grabó.

Harry sacó la pistola. Oyó que Bjørn se removía incómodo.

–No está registrada –dijo Harry enroscando el silenciador–. Se hicieron con ella para el E14, una sección de investigación clausurada. Ilocalizable.

–¿Tienes intención de…–Bjørn señaló con la cabeza la casa de Kaja–… utilizarla?

–No –dijo Harry y le tendió la pistola a su colega–. Entraré sin ella.

–¿Por qué me la das a mí?

Harry miró a Bjørn largo rato.

–Porque mataste a Rakel.

49

—Cuando llamaste a Øystein al Jealousy Bar a primera hora de la noche del crimen y supiste que yo estaba allí, comprendiste que me quedaría un buen rato —dijo Harry.

Bjørn se aferraba a la pistola con la mirada clavada en Harry.

—Después condujiste hasta Holmenkollen. Aparcaste el Amazon a cierta distancia para que los vecinos o algún testigo no pudieran ver y recordar tu llamativo coche. Fuiste hasta la casa de Rakel. Llamaste al timbre. Ella abrió, vio que eras tú y naturalmente te dejó pasar. Tú no sabías que una cámara de caza os estaba grabando, claro. En ese momento solo sabías que todo estaba dispuesto. No había testigos, hasta entonces no se había producido ningún imprevisto, el soporte de los cuchillos estaba en el mismo sitio que la última vez que estuviste en nuestra casa, cuando yo aún vivía allí. Y yo estaba en el Jealousy Bar bebiendo. Cogiste el cuchillo y la mataste. De manera eficaz, sin alegría, no eres ningún sádico. Pero de manera lo bastante brutal como para que yo supiera que había sufrido. Cuando estuvo muerta subiste la temperatura del termostato, cogiste el cuchillo, condujiste hasta el Jealousy, y echaste Rohypnol en mi bebida mientras yo estaba entretenido peleándome con Ringdal. Me llevaste hasta tu coche y fuiste a mi casa. El Rohypnol actúa rápidamente, yo ya estaba soñando cuando aparcaste junto al Ford Escort en el parking que hay detrás de mi casa. Encontraste las llaves del piso en mi bolsillo, apretaste mi mano alrededor del cuchillo para que tuviera mis huellas dactilares, subiste al apartamento, dejaste el cuchillo en mi colección de vinilos, entre Rainmakers y Ramones, en el lugar de Rakel. Encontraste las llaves del coche. Al bajar por la escalera viste a Gule que volvía del trabajo. No lo habías previsto, pero improvisaste bien. Dijiste que me habías metido en la cama y que te ibas a casa. En la trasera del edificio me pasaste del Amazon al Escort y condujiste hasta la casa de Rakel. Conseguiste sacarme después de un buen rato. Me cargaste a la espalda para subir la escalera, entraste por la puerta que no estaba cerrada, me dejaste tirado en el charco de sangre que Rakel. Limpiaste todas tus huellas y saliste por la ventana del sótano. Las fallebas no se podían cerrar desde fuera, por supuesto. Pero esto también lo tenías previsto. Apuesto a que volviste a casa andando. Bajaste por la calle Holmenkollen. Puede que fueras por Sørkedalsveien hasta Majorstua. Evitaste lugares con cámara de vigilancia, un taxi que hubiera que pagar con tarjeta de crédito, cualquier cosa que se pudiera rastrear. Luego solo tuviste que esperar. Tener el radiotransmisor cerca, seguir las conversaciones de la emisora policial. Por eso fuiste uno de los primeros en llegar, a pesar de estar de baja parental, cuando avisaron del hallazgo de una mujer muerta en la dirección de Rakel. Te hiciste con el mando. Tú mismo rodeaste la casa para comprobar vías alternativas de escape, algo en que los demás no habían pensado, puesto que cuando encontraron a Rakel la puerta de la calle estaba abierta. Bajaste al sótano, echaste las fallebas, subiste al desván para disimular, regresaste y dijiste que todo estaba cerrado. ¿Algo que objetar hasta ahora?

Bjørn Holm no respondió. Estaba hundido en el asiento con la mirada vidriosa vuelta hacia Harry pero sin que pareciera fijarse en ningún punto concreto.

—Creíste que habías llegado a la meta. Que habías perpetrado el crimen perfecto. Nadie dirá que no tenías posibilidades. Claro que supuso un problema inesperado que mi mente hubiera borrado el momento en que había despertado en casa de Rakel. Que hubiera reprimido mi convicción de haberla asesinado puesto que la puerta estaba cerrada por dentro; que hubiera olvidado que había eliminado mi rastro, arrancado la cámara de caza y tirado la tarjeta de memoria. Yo no recordaba nada. Pero eso no me salvaría. Habías escondido el arma del crimen en mi casa por si acaso. Si no me daba cuenta de que era culpable y no me autoinfligía un castigo, si parecía que me iba a librar, te ocuparías discretamente de que la policía registrara el apartamento y encontrara el cuchillo. Pero cuando comprendiste que yo no me acordaba de nada, te encargaste de que yo mismo encontrara el cuchillo que habías colocado. Querías que yo fuera mi propio torturador. Así que me diste un disco nuevo que sabías exactamente dónde colocaría en mi colección, pues conocías mi método para archivar. El *Road to Ruin* de Ramones era precisamente eso, el camino a mi perdición. Apuesto a que no sentiste un placer perverso cuando me lo regalaste durante el funeral pero... –Harry se encogió de hombros–. Eso fue lo que hiciste. Y encontré el cuchillo. Y empecé a recordar.

Bjørn abrió y cerró la boca.
–Pero entonces apareció un auténtico problema –dijo Harry–. Encontré la tarjeta de memoria con las grabaciones de la cámara de caza. Comprendiste que había un riesgo real de que fueras identificado y descubierto. Preguntaste si había otra copia de las imágenes antes de pedir que te diera la tarjeta a ti. Pensé que lo preguntabas porque resultaría más fácil mandarlas por Dropbox. Pero solo querías asegurarte de tener el único original y poder destruir o modificar las grabaciones si resultabas reconocible. Cuando viste con alivio que las imágenes no desvelaban gran cosa, las reenviaste al experto en 3D, pero sin mezclar tu nombre en el asunto. *A posteriori* he comprendido que debería haberme preguntado por qué no me pediste que se las mandara inmediatamente.
Harry miró la pistola. Bjørn no la sujetaba por la culata con el dedo sobre el gatillo, sino por el arco del gatillo, como si fuera una prueba en la que no quisiera dejar sus huellas dactilares.

–¿Llevas…? –La voz de Bjørn sonó adormilada, como si tuviera algodón en la boca–. ¿Llevas una grabadora encima, o algo?

Harry negó con la cabeza.

–Da igual –dijo Bjørn y sonrió con resignación–. ¿Cómo… cómo te diste cuenta?

–Lo que siempre nos unió, Bjørn. La música.

–¿La música?

–Justo antes de chocar con el camión, cuando puse la radio y escuché a Hank Williams y los violines. Debería haber sonado rock duro. Alguien había cambiado de emisora. Alguien que no era yo había utilizado el coche. En el río caí en la cuenta de otra cosa, que había pasado algo con el asiento. No fue hasta que llegué a la cabaña de Bohr cuando conseguí recordarlo. Fue la primera vez que me senté en el coche después de la muerte de Rakel, cuando iba a ir al búnker de Nordstrand. Entonces también lo noté, que algo no cuadraba. Incluso me mordí el dedo de titanio, a veces lo hago cuando estoy a punto de acordarme de algo pero se me escapa. Ahora sé que fue el respaldo del asiento. Al meterme en el coche levanté el respaldo. A veces tenía que empujar el asiento hacia atrás cuando Rakel y yo compartíamos el coche, pero ¿por qué iba a tener que ajustar el respaldo del asiento de un coche que solo conducía yo? ¿A quién conozco que baje tanto el respaldo que casi va tumbado?

Bjørn no respondió. Solo esa mirada ausente, como si estuviera escuchando algo que ocurría en el interior de su propia cabeza.

Bjørn Holm miró a Harry, vio que su boca se movía, oía las palabras pero no las comprendía. Era como una sensación de borrachera, estar viendo una película, o debajo del agua. Sí, estaba ocurriendo, era real, pero había un filtro, era como si no le concerniera. Ya no.

Lo supo desde el momento en el que oyó la voz del Harry muerto al teléfono. Que le habían descubierto. Y era una liberación. Sí, lo era. Porque si para Harry había sido una tortura creer que había matado a Rakel, para Bjørn había sido una pesadilla sin fin. Porque no solo lo había creído, sino que lo había sabido: él era quien había matado a Rakel. Recordaba hasta el último detalle del asesinato, lo revivía cada segundo, sin pausa, como un bajo monótono y constante en las sienes. Por cada acorde el mismo shock: no, no es ningún sueño, ¡lo hice! Hice lo que había soñado, lo que había planificado, lo que estaba convencido de que de alguna manera devolvería el equilibrio a un mundo que se había desmadrado. Matar lo que Harry Hole amaba más que a nada, del mismo modo que Harry había matado, destruido, lo único que Bjørn quería.

Por supuesto que Bjørn sabía que Katrine se había sentido atraída por Harry, nadie que hubiera trabajado con ellos podía no haberse dado cuenta. Ella no lo había negado, pero le juró que Harry y ella nunca habían estado juntos, ni siquiera se habían besado. Bjørn la había creído. ¿Porque era confiado? Puede ser. Pero, sobre todo, porque quería creerla. Fuera como fuese, esa historia había quedado muy atrás, ahora estaba con Bjørn. Eso había creído.

¿Cuándo sospechó por primera vez? ¿Cuando le propuso a Katrine que Harry fuera el padrino del niño y ella lo descartó de inmediato? Después no fue fue capaz de aducir otra razón que el carácter inestable de Harry, que no quería que tuviera ninguna responsabilidad en la infancia del pequeño Gert. Como si el papel de padrino fuera algo más que una deferencia que los padres mostraban con un amigo o un pariente. Además, ella apenas tenía familia y Harry era uno de los pocos amigos que compartían.

Harry y Rakel asistieron al bautizo como invitados corrientes. Harry se había comportado como siempre, estuvo en una esquina, saludó sin entusiasmo a quienes se acercaron a él, miró alternativamente al reloj y a Rakel, que charlaba animadamente. Cada media hora le hacía una señal a Bjørn de que salía a fumarse un cigarrillo. Fue Rakel quien reforzó las sospechas de Bjørn. Su rostro se contrajo un instante cuando vio al niño, su voz tembló levemente cuando para cumplir dijo que habían fabricado un niño maravilloso. Y, sobre todo, Bjørn observó su gesto atormentado cuando Katrine le entregó al niño para que lo sujetara mientras ella iba a buscar algo, y Rakel dio la espalda a Harry para que él no viera su rostro, ni el del bebé.

Tres semanas después tuvo la respuesta.

Utilizó un simple bastoncillo para tomar una muestra de saliva de la boca del bebé. Lo envió a Medicina Legal sin especificar de qué caso se trataba, solo que era una prueba de ADN que estaba bajo secreto profesional como era habitual en las pruebas de paternidad. Se encontraba en el despacho de la sección de Criminalística en Bryn cuando leyó el resultado, donde se constataba que no era el padre de Gert. Pero la mujer con la que habló, la nueva, la rumana, dijo que habían encontrado coincidencia con otro de los perfiles que tenían registrados. El padre era Harry Hole.

Rakel lo había adivinado. Katrine también, naturalmente. Harry también. O puede que Harry no. No era ningún actor. Solo un traidor. Un falso amigo.

Los tres contra él. De esos tres solo había uno sin el cual no podía vivir. Katrine.

¿Podría Katrine vivir sin él?

Por supuesto que podía.

Porque ¿qué era Bjørn? Un técnico de criminalística, bondadoso, pálido y blandito que sabía muchísmo de música y cine y que dentro de unos años sería un técnico de criminalística bondadoso, pálido y gordo que sabría aún más de música y cine. Un tipo que en algún momento había cambiado la gorra de rastafari por otra más convencional, se había comprado camisas de franela y había intentado sin éxito dejarse barba. Cambios que había atribuido a una elección personal, un reflejo de su desarrollo individual, cambios que hablaban sobre su evolución, sobre su clarividencia, al fin y al cabo, todos somos especiales. Hasta que un día, durante un concierto de Bon Iver, había mirado a su alrededor y había descubierto miles de copias de sí mismo, y había comprendido que formaba parte de un grupo, el grupo de personas que, más que nada en el mundo y al menos en teoría, desprecia ser del montón. Era un hípster.

En su condición de hípster despreciaba a los hípsters, en especial a los hombres. Había algo pringoso, poco masculino, en esa búsqueda idealista y soñadora de lo natural, lo primigenio y auténtico. En ese hípster que quería tener el aspecto de un leñador que vive en una cabaña y caza y cultiva su comida, pero que seguía siendo un adolescente sobreprotegido que consideraba, con razón, que la vida moderna le había robado la masculinidad y le había transmitido un sentimiento de indefensión. Bjørn había visto confirmada esas sospechas sobre sí mismo en una fiesta navideña con sus antiguos compañeros de colegio en Toten. Endre, el hijo guaperas del director del instituto que estudiaba sociología en Boston, dijo que era el típico *hipsterloser*. Endre se había apartado el espeso flequillo moreno de la frente para citar a Mark Greif quien, en un artículo publicado en el *New York Times*, había escrito que el hípster compensaba su falta de empuje social y profesional buscando una superioridad cultural.

—Aquí estás tú, Bjørn, un funcionario treintañero que ocupa el mismo puesto que hace diez años. Crees que solo con llevar el pelo largo y vestirte con ropa campesina, que parece comprada de segunda mano al Ejército de Salvación, eres superior a tus jóvenes colegas de pelo corto y trajes convencionales que te adelantaron profesionalmente hace muchos años.

Endre lo había soltado de golpe, sin tomar aire, y Bjørn le había escuchado y había pensado: ¿Es cierto? ¿Es eso lo que me define? ¿El hijo del campesino había huido de los sinuosos campos de Toten para convertirse en eso? ¿Un conformista militante, un hombre afeminado y perdedor? ¿Un policía fracasado y rezagado que buscaba una imagen a modo de compensación? ¿Que utilizaba sus raíces —coche customizado, Elvis y viejos ídolos del country, peinado de los años cincuenta, botas vaqueras de piel de serpiente y dialecto— para regresar a lo auténtico, a la tierra, pero que era tan deshonesto como el político del este de Oslo, de los barrios ricos, que cuando iba a dar un discurso electoral en una fábrica se quitaba la corbata, se remangaba la camisa y se comía tantas consonantes como podía?

Tal vez. O, si no era exactamente así, al menos en parte era cierto. ¿Pero esto le definía? No. Como tampoco le definía el ser pelirrojo. Una posible descripción sería que era un técnico criminalista cojonudo. Y una cosa más.

–Tal vez tengas razón –había respondido Bjørn cuando Endre calló para tomar aire–. Puede que sea un patético perdedor. Pero se me da bien la gente. Y a ti no.

–Pero coño, Bjørn, ¿te has mosqueado? –Endre cacareó, le puso una mano amistosa en el hombro y sonrió con complicidad a todos los presentes, como si se tratara de un juego en el que participaban todos, pero del que Bjørn no había comprendido las reglas.

Era cierto que Bjørn había bebido una copa de más del alcohol de destilación casera que servían por motivos nostálgicos más que económicos, pero allí, en ese instante, tuvo la intuición de lo que era capaz de hacer. Podía haber enmudecido la risita de sociólogo improvisado de Endre con un puñetazo, podía haberle roto la nariz, haber contemplado su mirada aterrorizada. En su infancia Bjørn nunca se había peleado con nadie. Nunca. Así que no sabía nada del asunto cuando se matriculó en la Academia Superior de Policía, donde aprendería un par de cosas sobre el combate cuerpo a cuerpo. Como que la mejor manera de ganar una pelea era ser el primero en golpear y hacerlo con la máxima agresividad posible. Que cuando eso ocurría, nueve de cada diez peleas ya se habían acabado. Lo sabía, lo deseaba, pero ¿sería capaz? ¿Cuál era el umbral que tenía que traspasar para llegar a ejercer la violencia? Lo ignoraba, sencillamente nunca había estado en una situación en la que la violencia le hubiera parecido la solución adecuada. Tampoco lo era ahora, Endre no suponía una amenaza física, lo único que conseguiría golpeándolo sería montar un escándalo y arriesgarse a que lo denunciaran. Entonces ¿por qué había sentido un deseo tan intenso de notar el rostro del otro en los nudillos, oír el hueso quebrándose contra la carne, ver cómo le salía sangre de la nariz, el miedo en el rostro de Endre?

Esa noche, cuando se tumbó en su antigua habitación, Bjørn no pudo dormir. ¿Por qué no había hecho nada? ¿Por qué se había limitado a contestar con una risita que no, que no estaba de mala leche? ¿Por qué había esperado a que Endre le quitara la mano del hombro, murmurado que bebería un poco más, y buscado a otra gente para charlar y se había marchado poco después? Hubiera sido la ocasión perfecta. Podría haberse excusado con el alcohol casero, en Toten se entendía que uno podía pelearse un poco en una fiesta. Además, se habría limitado a asestar un único golpe, tampoco Endre era ningún fortachón. Si hubiera respondido, todos le habrían animado a él, a Bjørn. Porque Endre era un cabrón, siempre lo había sido. Y todos querían a Bjørn, también había sido siempre así. Aunque eso no le hubiera servido de gran cosa en su infancia.

En el último curso de la ESO Bjørn por fin se había armado de valor para preguntarle a Brita si quería acompañarle al cine rural de Skreia. El director de la sala había dado el espectacular paso de programar la película del concierto de Led Zeppelin *The Song Remains the Same*, aunque hubieran pasado quince años desde el estreno, pero eso a Bjørn le daba igual. Buscó a Brita y la encontró detrás del baño de las chicas. Ahí estaba, llorando, le contó a Bjørn entre sollozos que había dejado que Endre se acostara con ella el fin de semana. Pero que en el recreo su mejor amiga le había confesado que ella y Endre eran novios. Bjørn consoló a Brita lo mejor que pudo y luego, sin mucho preámbulo, la invitó al cine. Ella lo miró extrañada y le preguntó si no había oído lo que le acababa de decir. Bjørn confirmó que sí, que la había oído, pero que le gustaban los dos, Brita y Led Zeppelin. Ella había empezado diciendo que no, pero luego pareció tener un instante de clarividencia y aceptó, iría encantada. Cuando se sentaron en el cine resultó que Brita también había invitado a su mejor amiga y a Endre. Brita besó a Bjørn durante la proyección, primero cuando ponían «Dazed and Confused» y después en pleno solo de guitarra de Jimmi Page en «Starway To Heaven». Y había ayudado a que Bjørn subiera varios peldaños de esa escalera al cielo. Pero luego, cuando estuvieron solos y él la acompañó hasta la cancela de su casa después de la película, ya no quiso más besos y entró derecha a casa con un breve «Buenas noches». Una semana después Endre había roto con la amiga y era novio de Brita.

Bjørn soportaba el peso de esos sucesos, claro que sí. La traición que debería haber visto venir, el golpe que no llegó. Ese puñetazo inexistente hasta cierto punto había confirmado lo que Endre decía de él, que lo único que era más fuerte que el temor a no ser un hombre era el miedo a ser un hombre.

¿Había un hilo conductor desde entonces hasta ahora? ¿Había una causa–efecto, era esa violencia un volcán que se había ido forjando, que solo precisaba una nueva humillación para erupcionar? ¿Era ese asesinato también el puñetazo que nunca fue capaz de propinarle a Endre?

La humillación. Había funcionado como un péndulo. Cuanto mayor era su orgullo por convertirse en padre, mayor resultó su humillación al saber que el niño no era suyo. El orgullo cuando sus padres y sus dos hermanas habían visitado al niño en el hospital, y Bjørn había visto sus caras radiantes. Sus hermanas que se habían convertido en tías y sus padres en abuelos. No es que no lo fueran ya, Bjørn era el menor y el último en estrenarse, pero de todas maneras… Comprendió que habían temido que nunca le llegaría el momento de ser padre. Su madre le dijo que siempre había tenido un aire de solterón que prometía poco. Y adoraban a Katrine. Cierto que hubo cierta tensión en el ambiente durante sus primeras visitas a Toten, cuando el carácter abierto, locuaz de Katrine, propio de Bergen, había chocado con su estilo más lento, callado y reservado. Pero Katrine y sus padres se habían encontrado a mitad de camino y, durante la primera cena de Navidad en la granja, cuando Katrine bajaba por la escalera después de haberse arreglado para la ocasión, su madre le había dado un codazo en el costado y le miró con una mezcla de admiración y asombro, una mirada con la que le preguntaba: ¿Cómo has podido pillar a una tía como esa?

Sí, se había sentido muy orgulloso. Demasiado orgulloso. Tal vez ella también se había dado cuenta. Puede que ese orgullo, tan difícil de disimular, la hubiera llevado a preguntarse lo mismo: ¿Cómo ha conseguido pillarme? Así que le dejó. No fueron esas las palabras que utilizó cuando ocurrió, en ese momento dijo que era una pausa, que notaba un bajón en su relación, que había sentido una claustrofobia temporal. Era insoportable pensar otra cosa. Y ella había acabado por volver. Fue al cabo de unas semanas, puede que un par de meses, no lo recordaba bien, había reprimido ese episodio, pero fue poco después de que creyeran haber resuelto el caso del Vampirista. Katrine se había quedado embarazada enseguida. Era como si hubiera despertado de un letargo sexual, Bjørn pensó que tal vez no estaba tan mal tomarse un descanso, que a veces es necesario estar separados para valorar lo que se tiene. El hijo había sido concebido con la alegría del reencuentro. Así lo había considerado. Con ese niño se había recorrido Toten, visitado a la familia, a los amigos, a parientes cada vez más lejanos, había enseñado al niño como un trofeo, una prueba de su masculinidad ante aquellos que dudaban. Había sido una idiotez, pero todo el mundo tiene derecho a hacer el idiota una o dos veces en la vida.

Después, la humillación.

Había resultado insoportable. Era como ir en un avión durante el despegue o el aterrizaje, cuando la presión le oprimía sus estrechos canales auditivos y nasales y estaba seguro de que iba a estallarle la cabeza, casi deseaba que le estallara, lo que fuera para librarse del dolor que, cuando creía que había alcanzado la cumbre, intensificaba los pinchazos un poco más. Y le volvía loco. Estaba dispuesto a tirarse del avión, pegarse un tiro en la sien. Una operación matemática con un solo factor: el dolor. La muerte era la única constante liberadora. Su muerte, la de otros. En su desconcierto creyó que su dolor, como ocurría con una diferencia de presión, podría neutralizarse con el dolor ajeno. Con el dolor de Harry.

Se había equivocado.

Matar a Rakel había resultado más fácil de lo que esperaba. Tal vez porque llevaba mucho tiempo planificándolo, la cuestión física, las tareas, como decían los deportistas. Lo había repasado mentalmente una y otra vez de manera que, cuando de verdad se encontró allí y estuvo a punto de convertirse en una realidad, le pareció que seguía solo en sus pensamientos, que lo contemplaba desde fuera, como un espectador. Como había dicho Harry, bajó por Holmenkollveien, pero no en dirección a Sørkedalsveien. Había optado por desviarse a la izquierda en Stasjonsveien, entrar en Bjørnveien y serpentear hasta Vinderen por callejuelas en las que un peatón resultaría menos visible. La primera noche durmió bien, ni siquiera le despertó Gert, quien, según Katrine, había estado llorando a grito pelado desde las cinco de la mañana. Debía de estar agotado. La segunda noche ya no durmió tan bien. Pero fue el lunes, al ver a Harry en el lugar de los hechos, cuando empezó a darse cuenta de lo que había hecho. La imagen de Harry era como la de una iglesia en llamas. Bjørn recordaba las imágenes del incendio de la iglesia de Fantoft en 1992 que había provocado un satanista a las seis de la mañana, el sexto día del mes sexto. Con frecuencia las catástrofes poseían cierta belleza, una belleza que no te dejaba apartar la mirada de ellas. Al quemarse las paredes y el techo, el esqueleto de la iglesia, su verdadera forma y personalidad, había emergido desnudo, verdadero. Le había pasado lo mismo con Harry durante los días siguientes. Había sido incapaz de apartar los ojos. Harry quedó reducido a su patético y verdadero yo. Él, Bjørn, se había convertido en un pirómano fascinado por su propia destrucción. Pero, a la vez que no podía dejar de mirar, sufría. Él también se estaba quemando. ¿Había sabido desde el principio lo que le pasaría? ¿Había elegido conscientemente ungirse con el resto de la gasolina y acercarse tanto a Harry que él también perecería en el incendio de la iglesia? ¿O había creído que Harry y Rakel desaparecerían, que él seguiría con su vida, se ocuparía de la familia, la haría suya, recuperaría su entereza?

Entereza.

Habían reconstruido la iglesia medieval de madera de Fantoft. Podía hacerse. Bjørn inhaló despacio, temblando:

–¿Sabes que todo eso son elucubraciones, Harry? Una emisora de radio y la inclinación del respaldo del asiento de un coche, eso es todo lo que tienes. Cualquiera puede drogarte. De hecho, con lo que sueles meterte no sería raro que te la hubieras tomado tú solito. No tienes ninguna prueba, nada.

—¿Seguro? ¿Qué hay del matrimonio que dijo haber visto a un hombre adulto bajando por Holmenkollveien a las doce menos cuarto de la noche?

Bjørn negó con la cabeza.

—No fueron capaces de describirlo. Tampoco se acordarían si vieran una foto mía, porque el hombre que vieron tenía una barba postiza negra, gafas de pasta y cojeaba, o algo así.

—Hummm. Eso está bien.

—¿Bien?

Harry asintió despacio.

—Está bien que estés seguro de no haber dejado huella alguna.

—¿Qué coño quieres decir?

—No hace falta que se entere mucha gente.

Bjørn miró fijamente a Harry. No tenía una mirada triunfal. Ni rastro de odio hacia el hombre que había matado a su amada. Todo lo que veía en sus ojos era dolor. Una mirada desnuda. Algo que parecía piedad.

Bjørn bajó la vista hacia la pistola que le había dado. Lo había comprendido.

Ellos lo sabrían. Harry. Katrine. Con eso bastaba. Era suficiente para no continuar. Pero si se acababa aquí, si Bjørn lo paraba aquí, nadie más lo sabría. Los colegas del trabajo. La familia y los amigos de Toten. Y, lo más importante de todo, el niño.

Bjørn tragó saliva.

—¿Lo prometes?

—Sí —dijo Harry.

Bjørn asintió con un movimiento de cabeza. Casi sonrió al pensar que por fin tendría lo que había deseado. Que le explotara la cabeza.

—Ahora me iré —dijo Harry.

Bjørn señaló el asiento trasero con un movimiento de cabeza.

—¿Te... te llevas contigo al niño? Es tuyo.

–Es tuyo, tuyo y de Katrine –dijo Harry–. Pero sí, sé que soy el padre. Y que solo lo sabemos quienes estamos obligados a guardar el secreto. Y así seguirá siendo.

Bjørn miró al frente.

Había un lugar en Toten, un alto desde el que los campos parecían las olas de un mar amarillo en primavera, bajo la luz de la luna. Donde un joven con carnet de conducir podía besar a una chica en el coche. O estar solo, reprimiendo el llanto, soñando con un amor imposible.

–Si nadie lo sabe, ¿cómo lo supiste tú? –preguntó Bjørn sin que en realidad le interesara mucho la respuesta, solo quería aplazar su marcha unos segundos más.

–Pura deducción –dijo Harry Hole.

–Por supuesto. –Bjørn, cansado, sonrió.

Harry bajó, soltó la sillita infantil del asiento trasero y la sacó. Miró al niño dormido. Inocente. Todo lo que no sabemos. Todo aquello de lo que nos protegen. Esa breve frase que había pronunciado Alexandra la noche que rechazó el preservativo que ella le ofrecía.

–¿No querrás volver a ser padre?

¿Volver a ser padre? Alexandra sabía que Oleg no era su hijo biológico.

¿Volver a ser padre? Ella sabía algo más, algo que él no sabía.

¿Volver a ser padre? Un fallo, unas palabras de más. En los años ochenta el psicólogo Daniel Wegner afirmó que nuestro subconsciente se ocupa constantemente de que no demos a conocer aquello que deseamos mantener en secreto. Pero que cuando surge el secreto en nuestro subconsciente informará a la parte consciente del cerebro y lo obligará a pensar en ello. Que a partir de ese momento solo es cuestión de tiempo que la verdad escape en forma de lapsus.

Volver a ser padre. Alexandra había mencionado el bastoncillo que Bjørn había enviado para que lo compararan con la base de datos. Allí estaba registrado el ADN de todos los policías que trabajaban en escenarios de crímenes por si dejaban alguna muestra de su ADN en un descuido. Así que no solo tenía el ADN de Bjørn y podía descartar que él era el padre. Tenía el de ambos padres y pudo ver que había una coincidencia: Katrine Bratt y Harry Hole. Ese era el secreto que la obligación de confidencialidad impedía que Alexandra contara a otro que no fuera quien le había hecho el encargo, Bjørn Holm.

La noche en que Harry hizo el amor, o al menos tuvo sexo, con Katrine Bratt, había estado tan borracho que no se acordaba o, mejor dicho: recordaba alguna cosa, pero creyó que lo había soñado. Después, cuando se dio cuenta de que Katrine le evitaba, empezó a sospechar que había pasado algo. Vio que pedían a Gunnar Holm que fuera el padrino a pesar de que Harry sin duda era un amigo mucho más cercano de Katrine y Bjørn. No, no había podido descartar que aquella noche hubiera ocurrido algo, lo que había provocado una fractura entre Katrine y él. Del mismo modo que había destruido su relación con Rakel cuando poco antes de Navidad, después del bautizo, había dado un vuelco a su vida al preguntarle si había mantenido relaciones sexuales con Katrine durante el último año. Y él no había tenido el buen juicio de negarlo.

Harry recordaba su desconcierto después de que ella lo echara y se viera sentado en una cama de hotel junto a una bolsa de viaje con ropa y un neceser. Al fin y al cabo, Rakel y él eran adultos con expectativas realistas, se amaban con todos sus defectos y peculiaridades, ciertamente estaban bien juntos. ¿Por qué quería echarlo todo por la borda por un solo paso en falso, algo que había ocurrido sin más y ya había pasado, que no tenía consecuencias para el futuro de nadie? Conocía a Rakel y aquello no encajaba.

Solo ahora comprendía lo que Rakel ya había entendido, pero no le había explicado. Que esa noche había tenido consecuencias, que el hijo de Katrine era de Harry, no de Bjørn. ¿Cuándo empezó a sospechar? Tal vez en el bautizo, cuando vio al bebé. Pero ¿por qué Rakel no se lo contó, por qué se lo quedó para ella? Sencillo. Porque la verdad no ayudaría a nadie, solo estropearía las cosas para más gente aparte de la misma Rakel. A Rakel le había costado vivir con esa certeza. Que el hombre con quien compartía mesa y cama, pero con quien no tenía hijos, tuviera otro hijo, un hijo al que tratarían y verían crecer.

El sembrador. Las palabras de Svein Finne en la grabación frente a la iglesia católica que había resonado en la cabeza de Harry durante las últimas veinticuatro horas, como un eco que no quería desaparecer. «Porque yo soy el sembrador.» No. El sembrador era él, Harry.

Bjørn giró la llave y encendió la radio en un solo movimiento mecánico. El motor arrancó, bajó de revoluciones y ronroneó con alegría a la espera de que metiera una marcha. Por la pequeña abertura de la ventanilla del copiloto Harry oyó la voz de Rickie Lee Jones uniéndose a la de Lyle Lovett en «North Dakota». Finalmente el coche se alejó despacio. Harry lo siguió con la mirada. Bjørn era incapaz de conducir sin escuchar música country. Como un gin-tonic. Hasta cuando Harry había ido drogado, tumbado a su lado camino de casa de Rakel. Tal vez no fuera tan raro. Bjørn necesitaría compañía. Porque nunca se habría sentido tan solo como entonces. Ni siquiera ahora, pensó Harry. Porque antes de que el coche se alejara lo vio en la mirada de Bjørn. Alivio.

50

Johan Krohn abrió los ojos. Echó una mirada al reloj. Las seis y cinco. Pensó que había oído mal e iba a darse la vuelta para seguir durmiendo cuando volvió a sonar. El timbre de la planta baja.

—¿Quién es? —preguntó Frida adormilada a su lado.

Ese, pensó Johan Krohn, es el diablo que ha venido a reclamar lo que es suyo. Cierto que Finne le había dado un plazo de cuarenta y ocho horas para dejar el mensaje en la lápida, y no vencía hasta la tarde. Pero nadie más llamaba a la puerta. Si se había producido un asesinato y necesitaban un abogado defensor al instante, le llamaban por teléfono. Si se producía una crisis en el trabajo, llamaban por teléfono. Incluso el vecino le telefoneaba si quería algo.

—Debe de ser una cosa del trabajo —dijo—. Tú duerme, querida, yo abriré.

Krohn cerró los ojos unos instantes e intentó respirar con tranquilidad, profundamente. No había dormido, llevaba toda la noche con la vista clavada en la oscuridad, mientras el cerebro daba vueltas sin parar a lo mismo: ¿Cómo podría detener a Svein Finne?

Él, el gran estratega de los tribunales no había dado con la respuesta.

Si conseguía que Finne se reuniera a solas con Alise estaría colaborando con la comisión de un delito. Lo que ya era bastante malo de por sí, tanto para Alise como para él. Si se convertía en cómplice solo estaría dándole a Finne mejores cartas para cuando se presentara con nuevas exigencias, y no le cabía duda de que lo haría. Salvo que de alguna manera consiguiera que Alise accediera a mantener relaciones sexuales con Finne, claro. Pero ¿sería posible? Y, en ese caso, ¿qué tendría que prometerle a Alise a cambio? No, no, era una idea imposible de realizar, al menos no tan imposible como la propuesta espontánea que le había hecho Frida cuando le planteó el problema como un caso hipotético: ¡contratar a un asesino a sueldo para que se cargara a Finne!

¿Sería mejor que le confesara su pecado a Frida? Confesión. Verdad. Penitencia. La idea era liberadora. Pero solo como lo serían unas breves y paliativas ráfagas de aire bajo un sol abrasador en un desierto con un horizonte desesperadamente infinito. Le abandonaría, lo sabía. El bufete, las victorias en los tribunales, los artículos en prensa, la reputación, las miradas de admiración, las fiestas, las mujeres, los ofrecimientos, al infierno con todo. Frida y los niños eran todo lo que tenía, siempre fue así. Y cuando Frida estuviera sola, cuando ya no fuera suya, ¿no había dicho Svein Finne más o menos a las claras que sería su presa de caza mayor, que la quería para él? Desde ese punto de vista ¿no tenía una clara obligación moral de cargar el solo con ese pesado secreto y asegurarse de que Frida no le dejara, por su seguridad? Lo que a su vez significaba que debía entregarle a Alise a Finne y que Finne, en el siguiente movimiento de la partida… ah, ¡era un jodido nudo gordiano! Necesitaba una espada. Pero no tenía ninguna espada, solo un bolígrafo y una boca incontinente.

Se puso las zapatillas.

—Enseguida vuelvo —dijo, casi tanto a sí mismo como a Frida.

Bajó la escalera y fue por el pasillo hacia la puerta de roble.

Cuando abriera tendría que tener preparada una respuesta para Finne.

Diré que no, pensó Johan Krohn. Entonces me pegará un tiro. Bien.

Pero entonces cayó en la cuenta de que Finne usaba un cuchillo, y se arrepintió.

Cuchillo.

Cortaba a sus víctimas.

Además, no las mataba, solo las hería. Como una mina terrestre. Las dejaba lisiadas para el resto de sus vidas. Y debían seguir soportando sus vidas aunque la muerte resultara preferible. Finne le había confesado en la terraza que había violado a una joven de Huseby. La hija del obispo. ¿Era una amenaza velada a sus propios hijos? Finne no había arriesgado nada confesando esa violación. No solo porque Krohn fuera su abogado, sino porque el caso debía de haber prescrito. Krohn no recordaba ninguna violación, pero sí que el obispo Bohr había muerto de pena porque su hija se había tirado por una cascada. ¿Iba a dejarse aterrorizar por una persona que había dedicado su vida a destrozar la de otros? Johan Krohn siempre había sabido hallar la motivación social y moral, profesional y a veces incluso emocional para luchar con uñas y dientes por sus clientes. Pero esta vez se daba por vencido. Sencillamente odiaba a la persona que estaba al otro lado de la puerta. Deseaba, de todo corazón y con todo su intelecto, que esa alimaña, el destructor Svein Finne, muriera muy pronto y no necesariamente sin dolor. Aunque él mismo se viera arrastrado en su caída.

—No —murmuró John Krohn para sí—. Te digo que no, hijoputa.

Se preguntó si diría hijoputa y abrió la puerta.

Al ver al hombre que le miraba de arriba abajo se quedó atónito. Sintió el aire helado de la mañana sobre su cuerpo desnudo y enjuto. Se dio cuenta de que no se había puesto el albornoz, que solo llevaba los calzoncillos que Frida le regalaba todas las navidades y las zapatillas que le habían regalado los niños. Krohn carraspeó para que le saliera la voz.

—El mismísimo Harry Hole. ¿Tú no estás...?

El policía, si es que era él, negó con la cabeza y esbozó una media sonrisa.

—¿Muerto? No del todo. Pero necesito un abogado de primera. Y me ha parecido entender que tú también necesitas ayuda.

51

Era la hora del almuerzo en el restaurante Statholdergaarden. Un joven músico callejero se sopló los dedos y empezó a tocar debajo de las ventanas. Un trabajo solitario, pensó Sung-min, que lo veía pero no podía oír lo que tocaba ni si lo hacía bien. Solitario e invisible. Quizá los músicos callejeros de más edad que mandaban en la calle Karl Johan hubieran desterrado al pobrecillo a la calle Kirkegata, que seguramente era menos rentable.

Levantó la vista cuando el camarero desplegó la servilleta como si se tratara de una bandera sacudida por el viento y dejó que el damasco blanco se posase en el regazo de Alexandra Sturdza.

—Debería haberme arreglado —rio ella.

—A mí me parece que vas muy bien —dijo Sung-min y se reclinó mientras el camarero repetía el mismo movimiento con su servilleta.

—¿Esto? —Se señaló el vestido ceñido con las manos abiertas—. Es mi uniforme de trabajo. Lo que pasa es que no visto de manera tan informal como mis colegas. Y tú te has puesto de gala como si fueras a una boda.

—Vengo directamente de un funeral —dijo Sung-min y vio que Alexandra cambiaba de expresión como si le hubiera dado un tortazo.

—Por supuesto —dijo en voz baja—. Lo siento. Bjørn Holm, ¿verdad?

—Sí. ¿Le conocías?

—Sí y no. Era un técnico de criminalística, hablábamos por teléfono de vez en cuando. ¿Dicen que se quitó la vida?

—Sí —dijo Sung-min.

Respondió «sí», y no «eso parece» porque en realidad no había duda alguna. Habían encontrado su coche aparcado junto a un camino de grava en un pequeño montículo con vistas a los campos de cultivo en Toten, no muy lejos de la casa en la que se crio. Las puertas estaban cerradas, la llave puesta. Algunos se extrañaron de que Bjørn Holm estuviera en el asiento trasero y de que se hubiera disparado en la sien con una pistola cuyo número de serie resultó ser imposible de asociar a ningún propietario. Pero la viuda, Katrine Bratt, había explicado que fue en el asiento trasero donde murió el ídolo de Holm, Williams no-sé-cuántos. Tampoco era especialmente raro que un técnico de criminalística tuviera acceso a un arma sin registrar. La iglesia se había llenado de familiares y amigos, tanto de la comisaría como de la Policía Judicial Kripos, Bjørn Holm trabajaba para las dos. Katrine Bratt parecía serena, de hecho, más que cuando Sung-min la había visto en la cascada de Norafossen.

Después de saludar con aire eficiente a la cola de asistentes que querían darle el pésame, se había acercado a él para comentarle que corrían rumores de que no estaba contento donde trabajaba. Que deberían hablar un día. Tenía un puesto libre para cubrir. Tardó un instante en darse cuenta de que se refería al puesto de Harry Hole. Él pensó si no sería poco apropiado que la mujer hablara de trabajo en el entierro de su marido y además le ofreciera a Sung-min el puesto de un hombre que todavía estaba en paradero desconocido. Pero tal vez necesitaba cualquier distracción que le permitiera apartar a los dos hombres de su mente. Sung-min había respondido que lo pensaría.

—Espero que Kripos tenga presupuesto para pagar esto —dijo Alexandra cuando el camarero dejó el primer plato sobre la mesa explicando que se trataba de vieiras crudas, mayonesa a la pimienta negra, ghoa cress y salsa de mantequilla a la soja—. Porque Medicina Legal no lo tiene.

—Ah, confío que si cumples con lo que prometiste por teléfono podré justificar el gasto.

Alexandra Sturdza le había llamado la noche anterior. Sin preámbulo alguno dijo que tenía información relativa al caso Rakel. Que llamaba porque las implicaciones eran delicadas, que había decidido confiar en él después de su primer encuentro. Pero que preferiría no hablar de ello por teléfono.

Sung-min le propuso almorzar. Reservó mesa en un restaurante con unos precios que, efectivamente, estaban lejos de las tarifas de Kripos. Tendría que pagarlo de su bolsillo, pero se dijo que era una inversión sensata, agasajar a un contacto de Medicina Legal podría resultarle útil cuando necesitara pedir un favor. Un análisis de ADN al que hubiera que dar prioridad. Cosas así. ¿O no? Algo le decía que había más. ¿Qué era? No había tenido tiempo para pensarlo con detenimiento. Sung-min miró de reojo al músico callejero que estaba en plena actuación. La gente pasaba deprisa, sin mostrar interés alguno. Hank. Ese era el nombre que su colega le había dicho. Hank Williams. Tendría que buscarlo en Google cuando llegara a casa.

—He analizado la sangre de Harry Hole que estaba en los pantalones que llevaba puestos la noche del asesinato —dijo ella—. Contiene Rohypnol.

Sung-min apartó de golpe la vista de la calle y la miró.

—Suficiente para dejar a un hombre fuera de combate durante cuatro o cinco horas —dijo—. Eso me llevó a pensar en la hora del asesinato. Nuestra forense la estableció en algún momento entre las 22 y las 2. Pero lo hizo basándose en la temperatura corporal. Había otros indicios, como el grado de palidez de las manchas mortuorias, que indicaban que podría —levantó un largo dedo índice que parecía aún más largo a causa de una uña pintada de morado—, repito, podría haber tenido lugar antes.

Sung-min recordó que la primera vez que la vio no llevaba las uñas pintadas. ¿Se las habría pintado para la ocasión?

—Por eso hice una comprobación con el suministrador del contador de energía eléctrica de la casa de Rakel Fauke. Resulta que el consumo aumentó en 70 kilowatios entre las 20 y las 24.

Todo consumo eléctrico indica cierto incremento de la temperatura y, si tuvo lugar en el salón, calculan que subiría unos cinco grados. La forense dice que en ese caso ella establecería la hora de la muerte en algún momento entre las 18 y las 22.

Sung-min parpadeó. Había leído en alguna parte que el cerebro humano solo procesa sesenta kilobits por segundo. Desde ese punto de vista el cerebro es un ordenador sorprendentemente débil. La velocidad que consigue se debe a cómo se ordenan los datos que contiene. A que la mayoría de nuestras decisiones tratan de despertar recuerdos, esquemas, y utilizarlos, no en repensar las cosas. Tal vez por eso aquello le estaba llevando tanto tiempo. Tenía que pensar de otra manera. Completamente nueva. Oyó la voz de Alexandra en la distancia.

—En base a lo que Ole Winter ha dicho en la prensa, Harry Hole estuvo en un bar con testigos hasta las 22. ¿No?

Sung-min observó la cigala. Esta le devolvió una mirada de total indiferencia.

—Así que la pregunta sería si en algún momento habéis tenido a otra persona en el punto de mira. Alguien a quien dejasteis libre porque tenía coartada para el rato en el que supusimos que Rakel fue asesinada. Pero que no necesariamente la tiene para el intervalo de las 18 a las 22.

—Vas a tener que disculparme, Alexandra. —Sung-min se puso de pie y descubrió que se había olvidado de la servilleta, que se le cayó al suelo—. Por favor, quédate y acaba de comer. Tengo que… Hay cosas que debo hacer. Otro día podríamos… tú y yo podríamos…

Vio por su sonrisa que sí, que podrían.

Se marchó, le dejó al maître su tarjeta de visita para que le mandara la factura y salió apresuradamente a la calle. El músico callejero tocaba una canción que Sung-min había oído, algo de un accidente de coche, una ambulancia y Riverside, pero a él no le interesaba la música. Canciones, letras, nombres, por alguna razón no las retenía. Pero recordaba cada palabra, cada hora del informe del interrogatorio a Svein Finne. Había llegado al paritorio a las 21.30. En otras palabras: Svein Finne había dispuesto de tres horas y media para matar a Rakel Fauke. El problema era que nadie sabía dónde estaba Finne.

Entonces ¿por qué corría?

Corría porque así iba más deprisa.

¿Para qué serviría ir más deprisa si todo el mundo ya estaba intentando dar con Svein Finne?

Porque Sung-min lo intentaría con más intensidad. Era mejor. Estaba muy motivado.

A Ole Winter, ese carroñero, pronto se le atragantaría el impresionante triunfo de su equipo.

Dagny Jensen se bajó del metro en Borgen. Se quedó unos instantes mirando hacia el cementerio Vestregravlund. Pero no iba a entrar, no sabía si volvería a entrar en la vida en un cementerio. Optó por bajar por la calle Skøyenveien, hasta Monolitveien, allí fue hacia la izquierda. Pasó por delante de chalets blancos tras vallas de madera blanca. Parecían estar vacíos. Era por la mañana un día de entre semana. La gente estaba en el trabajo, en el colegio, se mantenían activos y ocupados. Ella estaba atascada. De baja por enfermedad. Dagny no lo había pedido, pero tanto el psicólogo como el director se lo habían recomendado. Le pidieron que se tomara unos días de descanso, que se tranquilizara, que intentara descubrir cómo se sentía después de la agresión sufrida en el aseo del colegio. ¡Como si alguien fuera capaz de descubrir cómo se sentía en realidad!

Bueno, ahora al menos sabía lo jodida que estaba.

Oyó el teléfono vibrar en el bolso. Lo sacó y vio que otra vez era Kari Beal, la guardaespaldas. La estaba buscando. Rechazó la llamada y envió un mensaje de texto.

Lo siento. No pasa nada. Solo necesito estar un rato a solas. Os avisaré cuando esté lista.

Veinte minutos antes Dagny y Kari Beal estaban en el centro y Dagny había anunciado que quería comprar tulipanes. Había insistido en que la agente de policía esperara en la puerta mientras que ella entraba en una floristería que sabía que también tenía una salida a la calle de atrás. Desde allí Dagny caminó deprisa hasta la estación de metro que estaba detrás del Congreso de los Diputados y cogió el primer metro que pasó en dirección oeste.

Miró el reloj. Le había dicho que tenía que estar allí antes de las dos. En qué banco debía sentarse. Que debía llevar ropa que no soliera ponerse para que no fuera reconocible. Dónde tenía que posar la mirada.

Era una locura.

Eso era. La había llamado desde un número desconocido. Ella contestó y no fue capaz de colgar. Ahora, como si la hubieran hipnotizado y careciera de voluntad, estaba haciendo exactamente lo que él le había ordenado, este hombre que la había engañado y utilizado. ¿Cómo era posible? No sabía la respuesta. Solo que debía tener en su interior algo cuya existencia desconocía hasta ahora. Un impulso feo, animal. Sí, eso era. Era una mala persona, tan mala como él, y ahora dejaba que la arrastrara hasta el fondo. Sintió que se le aceleraba el pulso. Ah, ya estaba deseando llegar allí abajo, adonde el fuego la purificaría. Pero ¿vendría? ¡Tenía que venir! Dagny oyó sus zapatos golpeando el asfalto cada vez con más fuerza.

Seis minutos más tarde estaba en el banco que le habían indicado.

Eran las dos menos cinco. Tenía vistas al lago de Smestad. Un cisne blanco se deslizaba por la superficie. El cuello y la cabeza formaban un interrogante. ¿Por qué tenía que hacer aquello?

Svein Finne caminaba. Pasos largos, tranquilos, que avanzaban por el campo. Caminar así, en la misma dirección hora tras hora era lo que más había echado de menos los años que pasó en prisión. Bueno, la segunda cosa que más había echado en falta.

Tardó algo menos de dos horas en andar desde la cabaña que había encontrado en el valle de Sørkedalen hasta el centro de

Oslo, pero podía apostar a que la mayoría de la gente habría tardado casi tres.

La cabaña estaba encima de un risco vertical. Puesto que había pernos taladrados a la pared rocosa y había encontrado carabinas y cuerdas en la cabaña, supuso que la utilizaban escaladores. Pero todavía había nieve en el suelo, el agua de la nieve fundida corría por la superficie de granito rojo y grisáceo cuando daba el sol, y hasta ahora no había visto escaladores.

Pero había visto el rastro del oso. Tan cerca de la cabaña que había comprado lo necesario para fabricar una trampa con un hilo sujeto a unos explosivos. Cuando se fundiera la nieve del todo y los escaladores empezaran a aparecer, se buscaría un lugar más hacia el interior del bosque, se construiría un tipi. Cazaría. Pescaría en los lagos más hacia la sierra. Solo lo necesario. Quitar la vida sin necesidad era matar, él no era ningún asesino. Ya estaba deseando que llegara el momento.

Cruzó el paso subterráneo que apestaba a orines del cruce de Smestad, volvió a salir a la luz del día, siguió su camino hacia el lago.

En cuanto entró en el parque, la vio. No es que él, ni siquiera con su vista aguda, pudiera reconocerla a esa distancia, pero la reconoció por su figura. La manera en la que estaba sentada. A la espera. Probablemente un poco asustada, pero, sobre todo, expectante.

No fue derecho al banco, dio un rodeo para comprobar que no hubiera policía en la zona. Era lo que hacía cuando visitaba la tumba de Valentin. Enseguida concluyó que estaba sola a este lado del lago. Había alguien en un banco al otro lado, pero estaba demasiado lejos como para poder ver ni oír gran cosa de lo que iba a suceder y, además, no tendría tiempo de intervenir. Porque esto iba a suceder deprisa. Todo estaba listo, el escenario estaba preparado, él estaba a punto de estallar.

—Hola —dijo cuando llegó hasta el banco.

—Hola —dijo ella sonriendo.

Parecía menos asustada de lo que había esperado. Pero tampoco sabía lo que iba a pasar. Miró a su alrededor para asegurarse de que estaban solos.

—Es que se ha retrasado un poco —dijo Alise—. A veces pasa. Ya sabes, abogados estrella.

Svein Finne se rio. La joven estaba relajada porque creía que Johan Krohn iba a participar en la reunión. Esa era la explicación que Krohn le había dado de por qué tenía que presentarse en un banco del lago de Smestad a las dos. Que Krohn y ella iban a reunirse con Svein Finne, pero como su cliente estaba en busca y captura no podían verse en el bufete. Todo eso figuraba en la carta que Svein Finne había encontrado clavada con un cuchillo ante la tumba de Valentin, firmada por Johan Krohn. Por cierto, que Krohn había usado un bonito cuchillo a tal efecto, y Finne se lo había guardado en el bolsillo puesto que encajaba en su colección y podría venirle bien en la cabaña. Después abrió la carta. Parecía que Krohn había pensado en todo para que tanto Finne como Krohn mismo quedaran libres. Salvo por las consecuencias de haberle entregado su amante a Finne, claro. Krohn aún no lo sabía, pero nunca podría volver a amarla como antes. Nunca sería libre. Al fin y al cabo, Krohn había pactado con el diablo y, como es bien sabido, los demonios son satánicos cuando se trata de cumplir con la letra pequeña. En el futuro Finne no tendría que preocuparse por acceder a las cosas que necesitaba, se tratara de dinero o de placer.

Johan Krohn seguía dentro del coche en el parking para visitantes de la empresa de prensa económica Hegnar Media. Había llegado antes de la hora, no tenía que estar en el lago, al otro lado de los edificios, hasta las dos y cinco. Sacó la cajetilla de Marlboro Gold que acababa de comprar, se bajó del coche, a Frida no le gustaba que oliera a tabaco, e intentó encender un cigarrillo. Pero le temblaban demasiado las manos y se dio por vencido. Mejor así, había decidido dejarlo. Volvió a consultar el reloj. Habían acordado darle dos minutos. No habían hablado directamente, era lo más seguro, pero el mensaje era que con dos minutos tendría suficiente.

Siguió el segundero con la mirada. Ahora. Eran las dos. Johan Krohn cerró los ojos. Era horrible, por supuesto, algo que le pesaría el resto de su vida, pero al final había resultado ser la única salida posible.

Pensó en Alise. Lo que iba a tener que pasar. Sobreviviría, aunque estaba claro que las pesadillas la perseguirían. Todo porque él había decidido hacerlo así y no le había dicho ni una palabra, la había engañado. No era Finne, sino él quien le estaba haciendo aquello a Alise.

Volvió a mirar el reloj. Dentro de minuto y medio entraría en el parque, fingiría que llegaba tarde, la consolaría como pudiera, avisaría a la policía, fingiría estar horrorizado. Mejor dicho: no tendría que fingir. Le daría a la policía una explicación que sería cierta en un noventa por ciento. Alise escucharía otra que sería mentira cien por cien.

Johan Krohn se vio reflejado en una de las ventanillas de su coche.

Odiaba lo que veía. Solo odiaba más a una persona: Svein Finne.

Alise miró a Svein Finne, que se había sentado a su lado en el banco.

—¿Sabes por qué estamos aquí, Alise? —preguntó.

Llevaba un pañuelo rojo atado alrededor del cabello negro en el que solo asomaban unas pocas canas.

—Solo en términos generales —dijo ella.

Johan solo había tenido tiempo de informarle de que iban a tratar del asesinato de Rakel Fauke. Su primera intuición fue que iban a plantear la posibilidad de demandar a la policía por los daños físicos que Harry Hole había infligido a su cliente en el búnker de Ekeberg. Pero cuando se lo preguntó, Johan le había contestado de un modo cortante, le dijo que se trataba de una confesión, y que no tenía tiempo para explicárselo. Últimamente se había comportado así, arisco, seco. Si no le conociera tanto pensaría que había dejado de interesarse por ella. Pero sabía que no era el caso. Le había visto así en otras ocasiones, en los breves periodos en los que había dudado de seguir con la relación y le había propuesto que lo dejaran, en consideración a su familia, al bufete. Sí, lo había intentado. Pero ella lo había impedido. Por Dios, hacía falta tan poca cosa. Hombres. O, mejor dicho: chicos. Porque a veces tenía la impresión de que ella era la más adulta de los dos, que él era un boy scout, alto para su edad, equipado con una agudísima mente jurídica, pero poco más. Aunque a Johan le gustaba interpretar el papel de amo con ella como esclava, los dos sabían que era al revés. Le dejaba jugar ese papel, como una madre interpreta a la princesa asustada cuando el niño quiere hacer de monstruo.

No es que Johan no tuviera buenas cualidades, las tenía. Era bueno. Considerado. Alegre. Sin duda. Alise había conocido a hombres que tenían muchos menos escrúpulos a la hora de engañar a sus esposas que Johan Krohn. La cuestión que había empezado a molestar a Alise no era tanto la fidelidad de Johan o su familia, sino qué sacaba ella de todo aquello. No, cuando empezó su relación con Johan no tenía un plan detallado, no había sido tan cínica. Como abogada recién licenciada se había emocionado al conocer al graduado *cum laude* que había accedido al Tribunal Supremo antes de empezar a afeitarse y que era socio de uno de los mejores bufetes de la ciudad. Pero Alise también sabía lo que ella podía ofrecer en un despacho con sus buenas calificaciones y era consciente de lo que su juventud y belleza podían suponer para un hombre. Al final del día (Johan había dejado de corregir sus anglicismos y optado por copiarlos) la suma de factores racionales y de factores irracionales le impulsaba a uno a empezar una relación con alguien. (Johan habría comentado que los factores correspondían al producto, no a la suma.) No era fácil saber qué era cada cosa, y tal vez tampoco fuera tan importante saberlo. Lo relevante era que ya no estaba tan segura de que la suma tuviera un resultado positivo. Puede que su despacho fuera un poco más grande que el de otros abogados de su mismo nivel, quizá sus casos fueran un poco más interesantes, pues trabajaba para Johan. Pero su bono anual era la misma cantidad simbólica que recibía el resto de los abogados del bufete que no eran socios. Tampoco había indicios de que fueran a encomendarle tareas de mayor enjundia. Alise sabía lo poco que valían las promesas de los hombres casados en cuanto a dejar a su mujer y a su familia, pero el caso era que Johan ni siquiera se las había hecho.

—Términos generales —repitió Svein Finne y sonrió.

Dientes marrones, constató ella. Pero también observó que no fumaba, estaba tan cerca que podía sentir su aliento en la cara.

—Veinticinco años —dijo él—. ¿Sa-sabes que estás dejando atrás a gran velocidad tu mejor edad para tener hijos?

Alise miró fijamente a Finne. ¿Cómo sabía su edad?

—La mejor edad es el final de la a-adolescencia, hasta los veinticuatro —dijo Finne deslizando la mirada sobre ella.

Sí, deslizando, pensó Alise. Como si fuera algo físico, como un caracol que deja un rastro de baba.

—A partir de ese momento aumentan los riesgos para la salud y también las posibilidades de sufrir un aborto espontáneo —dijo subiéndose la manga de la camisa de franela. Apretó un botón de su reloj digital—. Mientras que la calidad del esperma de los hombres suele mantenerse constante toda la vida.

No es verdad, pensó ella. Había leído que si comparaba a un hombre de su edad con otro de cuarenta y un años, el joven tenía cinco veces más probabilidades de dejarla embarazada. También que el mayor tenía un riesgo cinco veces mayor de concebir un hijo con alguna forma de autismo. Lo había buscado en Google. Frank la había invitado a ir con él y otros amigos de la universidad de excursión a una cabaña. Cuando Frank y ella eran novios, él era un estudiante demasiado aficionado a la fiesta, sin metas claras ni buenas notas, ella lo había descartado como un niño de papá sin iniciativa. Resultó ser un error, a Frank le había ido sorprendentemente bien en el bufete de su padre. Pero todavía no había respondido a la invitación.

—Así que considera esto un regalo que te hacemos Johan Krohn y yo —dijo Finne desabrochándose la chaqueta.

Alise lo miró desconcertada. Le cruzó un pensamiento por la mente. ¿Tendría intención de abusar de ella?, pero lo descartó inmediatamente. Johan Krohn llegaría en cualquier momento y, al fin y al cabo, estaban en un lugar público. Bueno, justo allí no había nadie, pero al menos veía una silueta al otro lado del lago, puede que a unos doscientos metros, sentada en un banco.

—Qué… —empezó Alise, pero no pudo decir nada más.

La mano izquierda de Svein Finne se había cerrado en torno a su garganta con la fuerza de un hierro, la derecha apartaba los faldones de la chaqueta. Intentó tomar aire, pero no pudo. El pene erecto se curvaba hacia el glande, como el cuello de un cisne.

—No te preocupes, no soy como los demás —dijo Finne—. Yo no mato.

Alise intentó levantarse del banco, intentó apartar su brazo, pero la mano era como una garra que se hubiera cerrado alrededor de su cuello.

—No, si haces lo que te digo —dijo Finne—. Primero, mira.

Seguía sujetándola solo con una mano, allí sentado con las piernas bien abiertas, exhibiéndose, como si quisiera que ella lo viera y se imaginara lo que le esperaba. Y Alise vio. Vio el cuello de cisne blanco recorrido por venas y un punto rojo, que bailaba y le ascendía por el miembro.

¿Qué era eso? ¿Qué era eso?

Entonces la cabeza del pene explotó a la vez que oía un ruido sordo, como cuando le daba a la carne un golpe con el martillo para dejarla tierna. Sintió una lluvia cálida en el rostro, le entró algo en los ojos, tuvo que cerrarlos, y oyó un trueno por encima de ellos.

Alise creyó por unos instantes que era ella quien gritaba, pero cuando abrió los ojos vio que el que estaba gimiendo era Svein Finne. Se sujetaba la entrepierna con las dos manos, la sangre se le derramaba entre los dedos y la miraba fijamente con los ojos desorbitados, negros, acusadores, como si ella le hubiera hecho aquello.

Entonces el punto rojo regresó, esta vez bailó sobre su cara. Recorrió sus mejillas arrugadas, hacia el ojo. Podía ver el punto rojo en el blanco de sus ojos. Quizá Finne también lo viera. Al menos susurró algo que no fue capaz de interpretar, hasta que lo repitió:

—Socorro.

Alise sabía lo que iba a pasar, cerró los ojos y tuvo tiempo de protegerse la cara con una mano antes de volver a oír aquel ruido sordo, esta vez le recordó más a un latigazo. Después, con mucho retraso, como si el disparo se hubiera efectuado a bastante distancia, se oyó el mismo trueno por encima de su cabeza.

Roar Bohr miró por la mira telescópica.

El último disparo a la cabeza había lanzado a su objetivo hacia atrás, después el hombre se había deslizado hacia el suelo de lado y se quedó tumbado sobre el sendero de gravilla. Movió la mira telescópica. Vio a la joven correr hacia los brazos de un hombre que se apresuraba hacia ella. Le vio sacar el teléfono y empezar a marcar, como si ya supiera exactamente lo que tenía que hacer. Probablemente fuera así, pero ¿qué sabía Bohr?

No más que lo que quería saber.

No más que lo que Harry le había contado veinticuatro horas antes.

Que había encontrado al hombre al que Bohr había estado buscando todos estos años.

Svein Finne le había confesado a una fuente que Harry describió como muy fiable, que hacía mucho tiempo había violado a la hija del obispo Bohr en el valle de Mærradalen.

El caso había prescrito hacía mucho tiempo, claro.

Pero Harry tenía lo que había llamado «una solución».

Le contó a Bohr lo que necesitaba saber, nada más. Exactamente igual que cuando estaba en la E14. El momento y el lugar. A las dos junto al lago de Smestad, en el mismo banco en el que se habían sentado Pia y Harry.

Roar Bohr movió la mira y vio a una mujer alejarse del otro lado del lago a paso rápido. Por lo que podía ver, era la única testigo adicional que había. Cerró la ventana del sótano y dejó el rifle. Miró la hora. Le había prometido a Harry Hole que habría acabado dos minutos después de la llegada del objetivo, y lo había cumplido, a pesar de que había caído en la tentación de darle a Svein Finne un pequeño adelanto de su propia muerte cuando vio que se exhibía. Pero había utilizado las llamadas *frangible bullets*, balas sin plomo que se deshacen y permanecen en el cuerpo del objetivo. No para asegurarse de que resultaran mortales, sino porque los expertos en balística de la policía no tendrían un proyectil con el que relacionar un arma, ni un impacto en el suelo que les permitiera seguir el recorrido de la bala hasta su punto de partida. En resumen: se quedarían desconcertados mirando hacia una colina en la que había miles de casas y ni la más mínima idea de por dónde empezar a buscar.

Lo había logrado. Había pegado un tiro al visón. Por fin había vengado a Bianca.

Roar se sintió renacer. Sí, solo podía explicarlo así. Metió el rifle en el armario de armas y fue a darse una ducha. Antes se detuvo, sacó el teléfono del bolsillo y marcó un número. Pia contestó al segundo tono.

—¿Algo va mal?

—No. —Roar Bohr se rio—. Solo me preguntaba si podríamos salir esta noche a cenar a un restaurante.

—¿A un restaurante?

—Ha pasado mucho tiempo desde la última vez. He oído hablar bien de Lofoten, un restaurante especializado en pescado que está en Tjuvholmen.

Oyó que dudaba. Desconfiaba. Pero siguió el hilo de sus pensamientos hasta concluir con un «¿Por qué no?», como había hecho él.

—Vale —dijo ella—. Te ocupas…

—Sí, reservaré una mesa. ¿Te parece bien a las ocho?

—Sí —dijo Pia—. Me parece muy bien.

Colgaron, Roar Bohr se desvistió, se metió en la ducha y abrió el grifo. Agua caliente. Quería darse una ducha caliente.

Dagny salió del parque por el mismo camino por el que había entrado. Intentó descubrir cómo se sentía de verdad. Había estado demasiado lejos para ver los detalles de lo sucedido al otro lado del lago, pero le bastaba con lo que había visto. Sí, una vez más se había dejado llevar por la capacidad hipnotizadora de Harry Hole, pero esta vez no la había engañado. Había cumplido con su promesa. Svein Finne había salido de su vida. Dagny Jensen pensó en la voz profunda y áspera de Hole al teléfono, cómo le había contado lo que iba a suceder, y por qué nunca, nunca, podría contárselo a nadie. Aunque ya entonces se había sentido extrañamente alterada y sabía que no sería capaz de resistirse, le había preguntado por qué le había llamado, si creía que ella era una de esas personas que se entusiasmaban ante una ejecución pública.

—No sé lo que te entusiasma —respondió—. Pero dijiste que no te bastaba con verlo muerto para que no te persiguiera. Tenías que ver cómo moría. Después de todo lo que te he hecho pasar, te lo debo. Lo tomas o lo dejas.

Dagny pensó en el entierro de su madre, en la joven pastora que había dicho que nadie tenía una respuesta segura de lo que había al otro lado del umbral de la muerte, que todo lo que sabíamos era que el que lo cruzaba, nunca regresaba.

Sí, ahora Dagny Jensen lo sabía. Sabía que Svein Finne estaba muerto. Y cómo se sentía de verdad.

No se sentía estupendamente.

Pero se sentía mejor.

Katrine Bratt estaba sentada a su escritorio mirando alrededor.

Hacía mucho que había recogido las pocas cosas que quería llevarse a casa. Los padres de Bjørn estaban en el apartamento cuidando de Gert, y era consciente que una buena madre se habría apresurado a volver a casa lo antes posible. Pero Katrine quería esperar un poco más. Respirar un poco. Prolongar ese descanso de la pena que la ahogaba, las preguntas sin respuesta, el desasosiego de la sospecha.

Era más fácil manejar la pena cuando estaba sola. No se sentía vigilada, no tenía que procurar no reírse de una broma sin importancia, de algo que hiciera Gert, no tenía que preocuparse de decir lo que no debía, como que estaba deseando que llegara la primavera. No porque los padres de Bjørn la miraran mal por eso, eran inteligentes, lo comprendían. Sí, eran unas personas increíbles. Pero estaba claro que ella no lo era. La pena seguía presente, pero era capaz de espantarla un poco cuando los demás no estaban allí para recordarle constantemente que Bjørn estaba muerto. Que Harry estaba muerto.

Ella sabía que albergaban una sospecha, pero que no tenían la certeza. Creían que de alguna manera ella era la causa de que Bjørn se hubiera quitado la vida. Ella sabía que no era así. Por otra parte: ¿debería haberse dado cuenta de que Bjørn estaba mal cuando se derrumbó por completo al saber que Harry había muerto? ¿Debería haber comprendido que había algo más, que Bjørn arrastraba un peso mucho mayor, una profunda depresión que había conseguido mantener a raya, que había mantenido en secreto hasta que la muerte de Harry fue la gota no solo que desbordó el vaso, sino que reventó la presa entera? ¿Qué sabemos en realidad de las personas con las que compartimos mesa y cama? Todavía menos que lo que sabemos de nosotros mismos. Era una idea desagradable, pero la imagen que construimos de los que nos rodean es solo eso, una imagen, pensó Katrine.

Había dado la voz de alarma cuando Bjørn había dejado al niño en casa sin decirle nada.

Katrine acababa de llegar al apartamento después de la agotadora conferencia de prensa con Ole Winter, y lo encontró vacío, Bjørn no había dejado ningún recado de dónde estaban Gert y él, cuando llamaron al interfono. Descolgó el telefonillo y oyó a Gert llorar, supuso que Bjørn se había dejado las llaves y presionó el interruptor para abrir. Pero no oyó el zumbido de la cerradura, solo el llanto del bebé como si lo estuvieran aproximando al micrófono. Pronunció varias veces el nombre de Bjørn sin obtener respuesta y decidió bajar por la escalera.

El asiento Maxi-Cosi de Gert estaba en la acera, delante de la puerta.

Katrine miró arriba y abajo por la calle Nordahl Brun pero no vio ni rastro de Bjørn. Tampoco vio a nadie en el portal sin luz al otro lado de la calle, lo que no significaba que no hubiera alguien escondido entre las sombras. Tuvo la loca idea de que no había sido Bjørn quien había llamado al timbre.

Subió a casa con Gert y llamó a Bjørn al móvil, pero recibió el aviso de que estaba apagado o fuera de cobertura. Ya en ese instante comprendió que algo iba mal y llamó a los padres de Bjørn. El solo hecho de llamarlos a ellos instintivamente en lugar de a algún compañero de trabajo o a algún amigo de la ciudad, le hizo caer en la cuenta de que tenía miedo.

Los padres la consolaron, le dijeron que Bjørn seguro que se pondría en contacto con ella y le daría una explicación razonable de lo sucedido, pero Katrine notó que la madre de Bjørn también estaba preocupada. Quizá también hubiera notado que Bjørn no estaba bien últimamente.

Uno pensaría que un investigador de crímenes aprende a aceptar que hay casos en los que nunca se obtienen las respuestas, y que la vida sigue. Pero algunos investigadores no podían. Como Harry. Como ella misma. Katrine no sabía si era una ventaja o un problema desde un punto de vista profesional, pero una cosa era segura: para la vida civil ese carácter era un estorbo. Se veía pasando semanas y meses sin dormir. No por Gert, que no tenía problemas para conciliar el sueño. Iba a serle imposible frenar la búsqueda obsesiva de su cerebro desconcertado en la oscuridad.

Katrine cerró la cremallera de la bolsa que contenía los informes y documentos de los casos que iba a llevarse a casa, se acercó a la puerta, apagó la luz e iba a salir del despacho cuando sonó el teléfono del escritorio.

Contestó.

—Aquí Sung-min Larsen.

—Me alegro —dijo Katrine sin entonación.

No era que no se alegrara, pero si el policía la llamaba para aceptar la oferta de trabajo en la sección de Delitos Violentos, no era el mejor momento para comunicárselo.

—Te llamo porque... ¿Llamo en mal momento?

Katrine miró por la ventana, hacia el parque de Botsparken. Árboles desnudos, hierba marrón y marchita. No faltaba mucho para que en los árboles brotaran hojas y flores, para que creciera hierba verde. Después, llegaría el verano. O eso decían.

—No —dijo ella, pero notó que no sonaba nada entusiasmada.

—Acabo de vivir una extraña coincidencia —dijo Larsen—. Esta mañana me han llegado informaciones que abren nuevas perspectivas en el caso Rakel. Y hace un minuto he recibido una llamada de Johan Krohn, el de...

—Sé muy bien quién es Johan Krohn.

—Dice encontrarse junto al lago de Smestad, donde él y su asistente iban a reunirse con su cliente Svein Finne. Y que acaban de disparar y matar a Svein Finne.

—¿Qué?

—No sé por qué Krohn me ha llamado precisamente a mí, dice que nos lo explicará después. En cualquier caso, este es, en principio, un caso del distrito policial de Oslo. Por eso te llamo.

—Daré aviso al personal del centro de emergencias —dijo Katrine. Vio un animal andando furtivo por la explanada de la comisaría, camino de los calabozos. Esperó unos instantes. Notó que Larsen también estaba expectante—. ¿Qué has querido decir con coincidencia, Larsen?

—Quería decir que es extraño que Svein Finne muera de un disparo cuando solo hace una hora me ha llegado información que vuelve a inculpar a Finne del asesinato de Rakel.

Katrine dejó caer la bolsa y se sentó tras el escritorio.

—Estás diciendo...

—Sí, digo que dispongo de datos que dan a entender que Harry Hole es inocente.

Katrine sintió que su corazón empezaba a latir. La sangre llegaba a todas las extremidades, le escocía la piel. Y otra cosa que parecía haber estado adormecida se despertó.

—Cuando dices que dispones, Larsen…

—¿Sí?

—Suena a que no has compartido esa información con otros colegas todavía. ¿Es así?

—No del todo. Solo la he compartido contigo.

—Lo único que has compartido conmigo es tu propia conclusión de que Harry es inocente.

—Tú llegarás a la misma conclusión, Bratt.

—¿Ah sí?

—Te propongo una cosa.

—No sé por qué, pero me lo imaginaba.

—Que tú y yo nos reunamos en el lugar de los hechos y empecemos por ahí.

—Bien. Iré con los inspectores de guardia.

Katrine llamó a la central de emergencias y luego a sus suegros para decirles que llegaría tarde. Mientras esperaba que contestaran volvió a mirar hacia Botsparken. El animal había desaparecido. Su padre ya fallecido, Gert, le había contado que los tejones lo cazan todo. Lo que sea, estén donde estén. Come cualquier cosa, pelea con quien haga falta. También le dijo que algunos investigadores tenían un tejón en su interior, otros no. Katrine sintió que el tejón había dejado de hibernar en su interior.

52

Cuando Katrine llegó al lago de Smestad, Sung-min Larsen ya estaba en el lugar de los hechos. Un perro sujeto con una correa gañía y temblaba entre sus piernas, como si quisiera esconderse. De algún lugar llegaba un pitido bajo pero agudo, como si fuera la alarma de un reloj.

Se acercaron al cadáver que estaba tendido de lado en el suelo junto al banco. Katrine confirmó que la alarma procedía del reloj del muerto. Y que era Svein Finne. Que le habían disparado en la parte inferior del abdomen y atravesado un ojo, pero que no presentaba orificio de salida ni en la espalda ni en el cogote. Tal vez fuera una munición especial. Pese a saber que era imposible, Katrine tuvo la sensación de que el pitido monótono y electrónico del reloj de pulsera del fallecido iba subiendo de intensidad.

–¿Por qué no le...? –preguntó.

–Por las huellas dactilares –dijo Sung-min–. De momento cuento con la declaración de un testigo, pero está bien poder descartar que nadie ha manipulado su reloj, ¿no crees?

Katrine asintió con la cabeza. Indicó con un gesto que se apartaran un poco.

Los agentes de guardia empezaron a desplegar la cinta para marcar el perímetro de la zona, mientras Sung-min le contaba a Katrine lo que había podido averiguar de lo acontecido por el relato de Alise Krogh Reinertsen y su jefe, Johan Krohn, que ahora estaban con un grupo de curiosos al otro lado del lago. Sung-min explicó a Katrine que los había mandado allí para alejarlos de la línea de tiro, puesto que no se podía descartar que Svein Finne fuera una víctima aleatoria y que el autor de los disparos estuviera buscando más objetivos.

—Bueno —dijo Katrine mirando hacia la ladera con los ojos entornados—. Tú y yo debemos de estar en la trayectoria del proyectil ahora mismo, así que supongo que habéis descartado esa hipótesis.

—Sí —dijo Sung-min.

—Entonces ¿qué crees que ha pasado? —dijo Katrine y se agachó para acariciar al perro.

—Yo no creo nada, pero Krohn tiene una teoría.

Katrine asintió.

—¿Es el cadáver lo que le da miedo a tu perro?

—No. Cuando llegamos lo atacó un cisne.

—Pobrecito —dijo Katrine y lo rascó detrás de la oreja. Sintió que se emocionaba, como si la mirada fiel del perro le resultara familiar.

—¿Te ha explicado Krohn porqué te llamó precisamente a ti?

—Sí.

—¿Y?

—Creo que deberías hablar con él tú misma.

—Vale.

—¿Bratt?

—¿Sí?

—Como ya te dije, Kasparov es un perro policía jubilado. ¿Te parecería bien que intentara averiguar por dónde vino Finne?

Katrine observó al perro tembloroso.

—La patrulla canina puede estar aquí en media hora. Supongo que habrá una razón por la que jubilaron a Kasparov, ¿no?

—Tiene mal las caderas —dijo Larsen—. Pero puedo llevarle en brazos si hay que andar mucho.

—Bueno. ¿Pero no se debilita el olfato de los perros con los años?

—Un poco —dijo Larsen—. Pero eso también es aplicable a las personas.

Katrine Bratt miró a Sung-min Larsen. ¿Se estaría refiriendo a Ole Winter?

—Adelante, Kasparov —dijo dando una palmada en la cabeza del perro—. Buena caza.

Como si el perro comprendiera lo que le había dicho, empezó a mover el rabo, que hasta ese momento había estado rozando el suelo como una vara doblada.

Katrine dio la vuelta al lago.

Krohn y su ayudante estaban pálidos y parecían helados. Había empezado a soplar un viento del norte suave pero glacial, de esos que frustran cualquier sueño primaveral que hayan abrigado los habitantes de Oslo.

—Me temo que tendréis que volver a contarlo todo desde el principio —dijo Katrine sacando un bloc de notas.

Krohn asintió.

—Todo empezó porque Finne se puso en contacto conmigo hace unos días. De repente apareció en la terraza de mi casa, sin más. Quería contarme que él había matado a Rakel Fauke, para que le ayudara si llegabais a investigarlo.

—¿Y Harry Hole?

—Después del asesinato Finne drogó a Harry Hole y lo dejó en el escenario del crimen. Manipuló el termostato para que pareciera que Rakel había sido asesinada después de dejar a Hole en la casa. Finne tenía un móvil para ese asesinato: quería vengarse de Hole, ya que este pegó un tiro a su hijo cuando iba a arrestarlo.

—Ah, ¿sí? —A Katrine le pareció raro que no se tragara esa historia a la primera—. ¿Explicó Finne cómo consiguió salir de la casa de Rakel Fauke? Me refiero a que la puerta estaba cerrada por dentro.

Krohn negó con la cabeza.

—¿Por la chimenea? No tengo ni idea. He visto a ese hombre aparecer y desaparecer de la manera más incomprensible. Acepté quedar con él porque quería convencerlo de que se entregara a la policía.

Katrine pateó el suelo.

—¿Quién crees que disparó a Finne? ¿Y cómo lo hizo?

Krohn se encogió de hombros.

—Un hombre como Svein Finne, que ha abusado de niños, tiene muchos enemigos en la cárcel. Dentro fue capaz de controlarlos, pero sé de algunos que han cumplido su condena y que solo estaban esperando a que Finne saliera en libertad. Me temo que es la clase de individuos que posee armas, y que sabe cómo utilizarlas.

—Así que tenemos un montón de potenciales sospechosos y todos ellos han cumplido condena por delitos graves, algunos por asesinato, ¿no? ¿Es eso lo que estás diciendo?

—Eso es lo que quiero decir, Bratt.

Krohn era convincente, de eso no había duda. Puede que el escepticismo de Katrine se debiera a que había escuchado demasiados cuentos de labios de Krohn en los tribunales. Miró a Alise.

—Quisiera hacerte unas preguntas. ¿Te parece bien?

—Aún no —dijo Alise cruzando los brazos sobre el pecho—. Antes tienen que pasar seis horas. Las últimas investigaciones han demostrado que revivir un hecho dramático antes de ese plazo aumenta el riesgo de quedar traumatizado.

—Pero cuantas más horas pasen más nos costará atrapar al asesino —dijo Katrine.

—Esa no es mi responsabilidad, soy abogada de la defensa —dijo la mujer con obstinación, aunque se notó que le temblaba la voz.

A Katrine le dio pena, pero no era el momento de andarse con contemplaciones.

—En ese caso has hecho un trabajo pésimo, tu cliente está muerto —dijo—. Ya no eres abogada de la defensa, eres una chica licenciada en derecho que se folla a su jefe porque cree que le dará ventajas. No va a ser así. Tampoco te reportará ventaja alguna hacerte la dura conmigo. Así que, ¿qué hacemos?

Alise Krogh Reinertsen miraba fijamente a Katrine. Pestañeó. Una primera lágrima se abrió paso por su joven mejilla maquillada.

Seis minutos más tarde Katrine había obtenido todos los detalles. Había pedido a Alise que cerrara los ojos, que recreara el primer disparo, y que dijera «ahora» cuando la primera bala impactara y luego otra vez al oír el trueno. Había pasado más de un segundo entre ambas. Eso quería decir que el disparo se había hecho a un mínimo de cuatrocientos metros. Katrine pensó en los blancos. Los genitales del hombre y uno de sus ojos. No eran casuales. El asesino o bien era un tirador profesional o bien había recibido una formación especial en el ejército. No creía que hubiera muchos delincuentes con ese perfil que además hubiesen cumplido condena con Svein Finne. Apostaría a que no había ninguno.

Le sobrevino una esperanza, no, ni eso, un deseo ilusorio. Y desapareció con la misma rapidez. Pero la posibilidad de que hubiera otra verdad dejó en ella un poso cálido, anestésico, como el consuelo que los creyentes buscan al aferrarse a una fe que la razón descarta. Durante unos segundos Katrine no sintió el viento del norte, contempló el parque, el islote del sauce que iba a florecer, los insectos que zumbarían, los pájaros que trinarían, todo lo que iba a enseñarle a Gert. Pensó una cosa más.

Las historias que le iba a contar a Gert sobre su padre.

Cuanto mayor se hiciera el niño, más sentiría que era parte de él, más sentiría la materia de la que estaba hecho.

Eso podría hacer que se sintiera orgulloso o avergonzado.

Era cierto que el tejón había despertado en su interior. Y que, en teoría, un tejón podía atravesar la tierra cavando si dedicaba su vida a ello. Pero ¿hasta qué profundidad le interesaría llegar? Quizá ya hubiera encontrado lo que deseaba.

Oyó un ruido. No, no era un ruido. Era el silencio.

El reloj del otro lado del lago. La alarma había dejado de sonar.

El sentido del olfato de un perro es, más o menos, cien mil veces más sensible que el de una persona. Según nuevas investigaciones que Sung-min había leído, los perros no solo huelen. El órgano vomeronasal, situado en el paladar del perro, lo capacita para percibir e interpretar feromonas sin olor y otra información sin aroma. En conjunto eso le permite, si se dan las condiciones adecuadas, seguir las huellas de una persona hasta un mes después de que haya pasado por un lugar.

Pero las condiciones no eran las más adecuadas.

Lo peor de todo era que la pista que seguían discurría por una acera, lo que quería decir que habían pasado personas y animales que complicaban el mapa olfativo, además de que había poca vegetación para retener las partículas de olor.

Por otra parte, tanto la calle Sørkedal como la acera, que transcurría por una zona residencial, tenían menos tráfico que el centro. Hacía fresco, lo que contribuía a preservar los olores. Pero lo más importante era que, aunque llegaban nubes oscuras del noroeste, no había llovido desde que Svein Finne pasó por allí.

Sung-min se ponía tenso cada vez que se acercaban a una parada de autobús, pensando que allí se acabaría la pista, que Svein Finne se había bajado allí de un autobús. Pero Kasparov seguía y seguía, tiraba de la correa, parecía haberse olvidado del dolor de caderas, y cuando llegaron a la cuesta de Røa, Sung-min empezó a arrepentirse muy en serio de no haberse puesto un chándal.

Sudaba y se sentía cada vez más emocionado. Llevaban casi media hora andando y parecía poco probable que Finne hubiera utilizado un medio de transporte público para luego caminar durante tanto rato.

Harry miraba hacia el fiordo de Porsanger, hacia mar abierto, hacia el Polo Norte, hacia el principio y el fin, hacia lo que en días más despejados debería ser el horizonte. Pero hoy el mar, el cielo y la tierra se confundían. Era como estar sentado bajo una enorme cúpula gris y blanca, el silencio era sepulcral, solo se oían los gritos quejosos de alguna gaviota y el mar que chasqueaba sin fuerza contra la barca de remos en la que iban el chico y el hombre. Y la voz de Oleg:

–… y cuando llegué a casa y le dije a mamá que había levantado la mano para decir que Old Tjikko no es el árbol más viejo del mundo, sino las raíces más viejas del mundo, se rio tanto que creí que acabaría llorando de risa. Y entonces afirmó que esas eran las raíces que teníamos nosotros tres. No se lo dije, pero pensé que no podía ser cierto, tú no eras mi padre como esa raíz es el padre y la madre de Old Tjikko. Pero con el paso de los años, comprendí lo que quería decir. Que las raíces crecen. Que cuando estábamos juntos y hablábamos de… Bueno, ¿de qué hablábamos? Tetris. Los tiempos de los patinadores. Los grupos musicales que nos gustan a los dos…

–Hummm. Y que los dos…

–… odiamos. –Oleg esbozó una sonrisa torcida–. Entonces echábamos raíces. Así fue como te convertiste en mi padre.

–Hummm. Un mal padre.

–Tonterías.

–¿Quieres decir que fui un padre aceptable?

–Un padre diferente. Suspendías en algunas cosas, y eras el mejor del mundo en otras. Me salvaste cuando volviste de Hong Kong. Pero es raro que sean las pequeñas cosas las que recuerdo mejor. Como que me engañaste.

–¿Te engañé?

–Cuando por fin batí tu record en Tetris, presumiste de que te sabías todos los nombres del Atlas Universal de la estantería. Sabías exactamente lo que iba a ocurrir.

–Bueno…

–Tardé un par de meses, pero cuando dije Yibuti y mis compañeros de clase me miraron extrañados, yo ya me sabía casi todos los países del mundo, sus banderas y capitales de memoria.

–Casi todos.

–Todos.

–No. Creías que San Salvador era el país y El Salvador…

–Ni lo intentes.

Harry sonrió. Sintió que de eso se trataba. Una sonrisa. Como el primer rayo de sol después de la oscuridad del invierno. A pesar de que le esperaba otra época oscura ahora que por fin había despertado, no podía ser peor que la que habían dejado atrás.

—A ella le gustaba —dijo Harry—. Le gustaba oírnos hablar.

—¿Le gustaba? —Oleg miraba hacia el norte.

—Solía traer el libro que estaba leyendo o la labor de punto y sentarse cerca de nosotros. No se molestaba en interrumpirnos o en participar en la conversación, ni siquiera se fijaba en el tema del que estuviéramos hablando. Decía que le gustaba el sonido, sin más. Que así sonaban los hombres de su vida.

—A mí también me gustaba —dijo Oleg tirando de la caña de pescar cuando la punta se inclinó respetuosa hacia la superficie—. Escucharos hablar a mamá y a ti. Cuando me iba a dormir solía dejar la puerta abierta solo para oíros. Hablabais bajito, parecía que ya os lo habíais dicho casi todo, os entendíais. Como si solo hiciera falta una palabra clave aquí y allá. Pero aun así la hacías reír. Me sentía seguro, era la mejor manera de dormirme.

Harry rio bajito. Tosió. Pensó que ese sonido llegaría muy lejos con ese tiempo, tal vez hasta tierra firme. Tiró de su caña de pescar.

—Helga dice que nunca ha visto a dos adultos enamorados como lo estabais mamá y tú. Que espera que seamos como fuisteis vosotros.

—Hummm. Tal vez debería esperar algo más.

—¿Algo más?

Harry se encogió de hombros.

—Te diré lo que he oído decir a demasiados hombres. Tu madre merecía a alguien mejor que yo.

Oleg esbozó una sonrisa.

—Mamá sabía lo que había y te quería a ti. Solo le hizo falta esa pausa para recordarlo. Para que los dos sintierais las raíces de Old Tjikko.

Harry carraspeó.

—Escucha, tengo que contarte una cosa…

—No —le interrumpió Oleg—. No quiero saber por qué te echó. No te importa, ¿verdad? Y no quiero que me cuentes nada del resto.

—Vale —dijo Harry—. Sabrás lo que quieras saber, dependerá de ti.

Siempre le decía eso a Rakel. Y ella se había acostumbrado a pedirle que le contara menos, no más.

Oleg pasó la mano por la quilla.

—Porque el resto también duele, ¿verdad?

—Sí.

—Te he oído esta noche en el cuarto de invitados. ¿No has dormido nada?

—Hummm.

—Mamá está muerta, nada puede cambiar eso. Para mí, de momento, es suficiente saber que tú no fuiste el culpable. Si descubro que necesito saberlo, tal vez puedas contármelo más adelante.

—Eres sabio, Oleg. Exactamente igual que tu madre.

Oleg esbozó una media sonrisa y miró el reloj.

—Helga nos está esperando. Ha comprado bacalao.

Harry echó una mirada al cubo vacío junto a la bancada.

—Chica lista.

Recogieron el sedal. Harry miró la hora. Tenía un billete para volver a Oslo con el avión de la tarde. No sabía qué iba a ocurrir después, el plan que había hecho con Johan Krohn no pasaba de allí.

Oleg enganchó los remos y empezó a remar.

Harry lo observó. Recordó cuando él remaba mientras su abuelo iba sentado en la bancada delante de él, sonreía y le daba a Harry pequeños consejos. Que utilizara el tronco y llevara los brazos estirados, rema con el abdomen, no con los bíceps. Que se lo tomara con calma, que no se estresara, que buscara el ritmo, una barca que se desliza constante por el agua avanza más deprisa empleando menos fuerza. Sentir en la musculatura de los glúteos que estás en el centro del banco. Todo era cuestión de equilibrio. Que no mirara los remos, solo había que sentirlos, la vista debía estar sobre la estela, lo que sabíamos que ya había sucedido nos indicaba hacia dónde nos dirigíamos. Pero, sorprendentemente, apenas nos hablaba de lo que iba a suceder, decía el abuelo. Eso lo decidiría el siguiente impulso de los remos. El abuelo sacaba la petaca y decía que, cuando llegáramos a tierra, pensaríamos en el viaje como una línea continua desde el punto de partida hasta el destino. Un relato, con sentido y dirección. Lo recordaríamos como si fuera exactamente en ese punto donde habíamos decidido que la barca tocara tierra, decía. Pero el lugar al que llegamos y nuestro destino eran sitios diferentes. No era que una cosa tuviera que ser mejor que la otra. Llegamos a donde llegamos, y puede estar bien, puede ser un consuelo creer que era ahí adonde queríamos llegar o, por lo menos, adonde nos dirigíamos todo el tiempo. Nuestra pobre memoria es como una madre bondadosa que nos dice que lo hemos hecho bien, que cada impulso que dimos a los remos era limpio y se sumaba como un elemento intencionado y lógico del relato. La idea de que en algún momento perdimos el rumbo, que no supimos adónde nos dirigíamos, que la vida se convirtió en un caos de movimientos convulsos y torpes de los remos, es tan desagradable que preferimos reescribir la historia después. De ahí que la gente que ha tenido eso que llamamos éxito, cuando les piden que cuenten su historia, suelen decir que desde infancia tuvieron ese sueño, así, en singular, que siempre quisieron conseguir lo que ahora tienen. Seguro que hablan con sinceridad. Lo que pasa es que han olvidado sus otros sueños, los que no alimentaron, los que se marchitaron y desaparecieron. Tal vez seríamos más conscientes del caos de casualidades sin sentido que componen la vida si en lugar de escribir autobiografías elaboráramos un pronóstico de nuestra existencia, cómo creemos que será nuestra vida. Si olvidáramos esa predicción y pasados los años la recuperáramos, veríamos cuáles fueron nuestras verdaderas aspiraciones.

Más o menos en ese punto el abuelo bebía un largo trago de la petaca y miraba al chico. A Harry. Y Harry observaba los pesados párpados del anciano, tan pesados que parecía que fueran a caérsele, como si al llorar se derramara clara de huevo e iris. Harry no lo había pensado entonces, pero lo pensaba ahora: el abuelo tenía la esperanza de que su nieto tuviera una vida mejor que la suya. Que evitara los errores que él había cometido. Pero también que cuando un día fuera adulto, pudiera sentarse así, y mirar a su hijo o a su hija, o a un nieto remar. Darle los consejos del abuelo. Y comprobar cómo algunos de esos consejos le habían servido, otros los había olvidado y otros no los había tenido en cuenta. Sentir que el pecho se abre, la garganta se cierra, una extraña mezcla de orgullo y compasión. Orgullo porque el niño era una versión mejorada de sí mismo. Compasión porque todavía tenía por delante más dolor del que había dejado atrás, y remaba con el convencimiento de que alguien, él mismo o, si no, al menos el abuelo, sabía adónde se dirigían.

—Estamos investigando un caso —dijo Oleg—. Dos vecinos, amigos de la infancia, se pelearon en una fiesta. Nunca habían tenido problemas, los dos son personas íntegras. Cada uno se fue a lo suyo, pero a la mañana siguiente uno de ellos, un profesor de matemáticas, apareció en casa del otro con un gato en la mano. Después el vecino denunció al profesor de matemáticas por intento de asesinato, dijo que había intentado golpearle en la cabeza con el gato antes de que consiguiera cerrar la puerta. Tomé declaración al profesor de matemáticas. Y pensé que si ese hombre era capaz de matar a alguien, lo somos todos. Pero no lo somos, ¿verdad?

Harry no respondió.

Oleg descansó sobre los remos.

—Pensé eso mismo cuando me dijeron que la Policía Judicial tenía pruebas contra ti. Que no podía ser cierto. Sé que has matado en acto de servicio, para proteger tu vida o la de otros. Pero un asesinato planificado, intencionado, un crimen del que después borras las huellas. No serías capaz, ¿a que no?

Harry miró a Oleg, que esperaba su respuesta. El chico, que pronto sería un hombre, todavía tenía todo el viaje por delante, con la posibilidad de ser mejor persona que él. Rakel siempre decía con un deje de preocupación que Oleg le admiraba demasiado, intentaba imitarle hasta en los detalles más nimios, como su manera de andar, con los pies un poco hacia fuera, a lo Chaplin. Que utilizaba las expresiones y muletillas propias de

Harry, como «obviamente». Hasta copiaba la manera en que Harry se frotaba la nuca cuando se concentraba. Repetía los argumentos de Harry sobre la razón de ser y las limitaciones del Estado de derecho.

—Por supuesto que no podría haberlo hecho —dijo Harry sacándose el paquete de tabaco del bolsillo—. Hace falta ser un tipo de persona especial para planificar un asesinato a sangre fría. Tú y yo no somos así.

Oleg sonrió. Casi parecía aliviado.

—Me darías uno…

—Ni hablar, tú no fumas. Rema.

Harry encendió un cigarrillo. El humo se elevó, fue hacia el este. Entornó los ojos mirando hacia el invisible horizonte.

Krohn parecía bastante desconcertado cuando abrió la puerta en calzoncillos y zapatillas. Dudó unos instantes antes de invitar a Harry a pasar. Se sentaron en la cocina, donde Krohn le sirvió un café espresso que no sabía a nada, preparado en una máquina enorme, mientras Harry se cercioraba brevemente de que el abogado estaba obligado a guardar el secreto profesional y le contaba la historia.

Cuando acabó, la taza de café de Krohn seguía intacta.

—Así que lo que buscas es limpiar tu nombre —dijo Krohn—. Pero sin poner al descubierto a tu colega Bjørn Holm.

—Sí —dijo Harry—. ¿Puedes ayudarme?

Johan Krohn se rascó la barbilla.

—Es difícil. La policía no dejará ir a un sospechoso sin más si no tiene otro, como bien sabes. El análisis de la sangre de un pantalón que demuestra que estabas drogado con Rohypnol y el consumo eléctrico que señala que subieron y bajaron la temperatura del termostato, solo son indicios. Tu sangre podría ser de otro día, el gasto de electricidad de otra habitación, no prueba nada. Lo que necesitamos es un… chivo expiatorio. Alguien que no tenga coartada. Alguien que tenga un móvil. Un asesino que todo el mundo acepte.

Harry se fijó en que Krohn hablaba en primera persona del plural, como si ya formaran un equipo. Krohn estaba cambiado. Había recuperado el color de la tez, respiraba más profundamente, sus pupilas se habían agrandado. Como una alimaña que ha detectado una presa, pensó Harry. La misma presa que yo.

—Existe la creencia popular y errónea de que el chivo expiatorio tiene que ser inocente —dijo Krohn—. Pero su función no es la de ser inocente, sino la de asumir la culpa, independientemente de lo que haya hecho o no. Incluso en los estados en los que funciona el sistema judicial, vemos que los crímenes que provocan aborrecimiento en la opinión pública y en los que solo se detiene a los cómplices del delito juzgado, la pena impuesta es desproporcionadamente dura.

—¿Vamos al grano? —preguntó Harry.

—¿Qué grano?

—Svein Finne.

Krohn miró a Harry. Asintió con un breve movimiento de cabeza para indicar que se entendían.

—Con estos nuevos datos —dijo Krohn—, Finne ya no tiene coartada para la hora del asesinato, todavía no se encontraba en el paritorio. Tiene motivos, te odia. Tú y yo podemos conseguir que un violador en activo acabe entre rejas. No es un chivo expiatorio inocente. Piensa en todo el dolor que ha infligido. Finne confesó, no, más bien presumió de que en su día había abusado de la hija del obispo Bohr, que vivía cerca de aquí, ¿sabes?

Harry se sacó el paquete de tabaco del bolsillo. Sacó un cigarrillo partido.

—Dime qué tiene Finne contra ti.

Krohn se echó a reír. Se llevó la taza a los labios para disimular la risa falsa.

—No tengo tiempo para marear la perdiz, Krohn. Vamos, suelta todos los detalles.

Krohn tragó saliva.

—Por supuesto. Lo siento, es que no he dormido. Coge el café; vamos a la biblioteca.

—¿Por qué?

—Mi esposa está durmiendo. Allí dentro se nos oirá menos.

Gracias a los libros que cubrían las paredes desde el suelo hasta el techo, en la biblioteca la acústica era perfecta. Hundido en una gran butaca de piel Harry escuchó al abogado. Esta vez quien no tocó la taza de café fue él.

—Hummm —dijo cuando Krohn acabó—. ¿Vamos al grano?

—Encantado —dijo Krohn, que se había puesto una gabardina.

Al verlo, Harry recordó a un exhibicionista que merodeaba por un bosque de Oppsal cuando era niño. Øystein y Harry habían ido de expedición al bosque y le habían disparado al exhibicionista con pistolas de agua. Pero lo que Harry recordaba mejor era la mirada perruna del tipo mojado e inmóvil, antes de que los niños echaran a correr, y que después se había arrepentido de su acción sin saber muy bien por qué.

—No quieres que encierren a Finne —dijo Harry—. Eso no evitará que le cuente a tu mujer lo que sabe. Quieres que Finne desaparezca. Del todo.

—Bueno… —empezó Krohn.

—Para ti es un problema que cojan a Finne vivo —le interrumpió Harry—. El mío es que, suponiendo que consigan encontrarlo, quizá tenga una coartada válida entre las 18 y las 22 horas. Quizá estuvo con la mujer embarazada en las horas anteriores a que llegaran al paritorio. Aunque no creo que esta fuera a declarar si Finne muriera asesinado, claro.

—¿Asesinado?

—Liquidado, finiquitado, anulado. —Harry dio una calada al cigarrillo que había encendido sin pedir permiso—. Prefiero «asesinado». Las cosas feas merecen nombres feos.

Krohn rio un instante, asombrado.

—Hablas como un asesino que mata a sangre fría, Harry.

Harry se encogió de hombros.

—Asesino es correcto, a sangre fría no. Pero si somos capaces de llevar a cabo esto, tendremos que bajar el termostato. ¿Me entiendes?

Krohn asintió.

—Bien —dijo Harry—. Déjame pensar un poco.

—¿Te puedo pedir un cigarrillo mientras tanto?

Harry le ofreció el paquete.

Los dos hombres miraron en silencio cómo el humo se enroscaba hacia el techo.

—Si... —empezó Krohn.

—Shhh.

Krohn suspiró.

El cigarrillo casi se había consumido hasta el filtro cuando Harry volvió a hablar:

—Lo que necesito de ti, Krohn, es que digas una mentira.

—¿Sí?

—Dirás que Finne admitió haber asesinado a Rakel. Yo implicaré a dos personas más en el asunto. Una trabaja en el instituto de Medicina Legal. El otro es un francotirador. Ninguno de vosotros sabrá el nombre de los demás. ¿Te parece bien?

Krohn asintió con la cabeza.

—Bien. Escribiremos ese mensaje para Finne diciéndole dónde y cuándo puede encontrarse con tu ayudante y tú lo clavarás en la tumba con una cosa que yo te daré.

—¿Con qué?

Harry dio una última calada al cigarrillo y lo dejó caer en la taza de café.

—Un caballo de Troya. Finne colecciona cuchillos. Si tenemos suerte, será lo que necesitemos para acabar con todas las especulaciones posibles.

Sung-min oyó un grajo entre los árboles mientras miraba la pared rocosa y brillante que tenía delante. El agua fundida dibujaba líneas negras sobre el granito gris que ascendía unos treinta metros. Kasparov y él habían caminado unas tres horas; el perro estaba sufriendo a ojos vistas. Sung-min no sabía si seguía por lealtad o por instinto de caza. Incluso cuando se vieron al final de un sendero embarrado del bosque, ante un precario puente de cuerdas que conducía por encima de un riachuelo hacia un bosque lleno de nieve e intransitable, el perro había tirado de la correa para seguir avanzando. Sung-min había visto pisadas en la nieve al otro lado, pero tendría que cruzar el puente colgante con Kasparov en brazos y sujetarse con una mano. ¿Qué más da? Pensó. Sus zapatos Loake cosidos a mano hacía mucho que estaban empapados y estropeados, pero la pregunta era hasta dónde sería capaz de llegar con esas suelas escurridizas de cuero en el terreno abrupto y nevado del otro lado del riachuelo.

Sung-min se puso en cuclillas delante del perro, se frotó las manos frías, y miró a los ojos cansados del viejo animal.

—Si tú puedes, yo también —le dijo.

Kasparov había gemido y pataleado mientras Sung-min lo levantaba y lo llevaba en brazos, pero de alguna manera habían conseguido cruzar el puente.

Ahora, después de desplazarse veinte minutos sobre esa superficie deslizante, la pared rocosa les cortaba el paso. ¿O no? Siguió las huellas que giraban hacia un lado y vio una cuerda gastada y mojada enrollada al tronco de un árbol que salía del talud casi vertical. Solo era un apoyo intermedio, la cuerda seguía entre los árboles y había un sendero con una especie de escalones para ascender. Pero era imposible izarse con la cuerda y llevar a Kasparov en brazos a la vez.

—Lo siento, colega, esto te dolerá —dijo Sung-min. Se arrodilló, puso las patas delanteras de Kasparov alrededor de su cuello por la espalda y ató las patas firmemente con su bufanda.

—Si no vemos nada allá arriba, nos volvemos —dijo—. Te lo prometo.

Sung-min agarró la cuerda y plantó los pies. Kasparov aulló al verse colgado indefenso del cuello de su amo, como una mochila con patas traseras que pateaba y rasgaba la espalda del traje.

Tardaron menos de lo que Sung-min había calculado y de repente se vieron en la cima del peñasco desde donde el bosque se abría hacia el interior.

A unos veinte metros había una cabaña roja.

Sung-min soltó a Kasparov, pero en lugar de seguir el sendero que llevaba a la cabaña, Kasparov se escondió entre las piernas de su amo y empezó a gañir y llorar.

—Vamos, vamos, no hay nada aquí que deba darte miedo —dijo Sung-min—. Finne está muerto.

Sung-min vio las huellas de un animal, y de un animal muy grande. ¿Era eso lo que provocaba la reacción de Kasparov? Dio un paso hacia la cabaña, sintió el hilo contra la pantorrilla, pero fue demasiado tarde y supo que había caído en una trampa. Se oyó un estallido, y tuvo tiempo de ver el destello del objeto lleno de explosivos que se elevó ante él. Cerró los ojos instintivamente. Cuando volvió a abrirlos echó la cabeza hacia atrás para ver el objeto que salía disparado hacia el cielo dejando un fino rastro de humo. Después se oyó un ruido sordo cuando el cohete explotó e incluso a la luz del día pudieron verse el amarillo, el azul y el rojo, como un precioso Big Bang en miniatura.

Era evidente que intentaban estar sobre aviso por si alguien se acercaba. Tal vez incluso asustarle, fuera lo que fuese. Sintió a Kasparov temblando contra su pierna.

—Solo son fuegos artificiales —dijo dándole unas palmaditas—. Pero gracias por advertirme, amigo.

Sung-min se acercó a la terraza de tablones de la cabaña.

Kasparov había recuperado el valor y le adelantó corriendo hacia la puerta.

Sung-min vio por el marco de la puerta astillado que no hacía falta que forzara la entrada, alguien le había ahorrado el trabajo.

Empujó la puerta y entró.

Enseguida vio que la cabaña no tenía ni agua ni electricidad. Había cuerdas colgadas de ganchos en la pared, tal vez para que no las mordieran los ratones.

Pero en el banco de la ventana que daba al oeste había comida.

Una hogaza de pan. Queso. Y un cuchillo.

No era como el cuchillo corto, parecido a una navaja de mango marrón, que había encontrado al registrar el cadáver de Finne. Este tenía una hoja que a ojo mediría algo menos de quince centímetros. Sung-min sintió que su corazón se aceleraba gozoso, casi como cuando vio llegar a Alexandra Sturdza al restaurante Statholdergaarden.

—¿Sabes una cosa, Kasparov? —susurró mientras deslizaba la mirada por la empuñadura de roble y los remaches de cuerno—. Algo me dice que el invierno se va a acabar.

Porque no cabía duda alguna. Era un cuchillo universal Tojiro. Era el cuchillo.

53

—¿Qué le gustaría? —preguntó el camarero vestido de blanco. Harry deslizó la mirada por las botellas de akevitt y whisky de las estanterías antes de volver a fijarla en la pantalla muda del televisor. Era el único cliente del bar, que estaba extrañamente silencioso. Silencioso para ser el bar del aeropuerto de Gardermoen en Oslo. Un aviso leído con voz somnolienta en una puerta de embarque lejana, un par de duras suelas de zapato que impactaban sobre el parqué. Eran los sonidos de un aeropuerto que estaba a punto de cerrar por la noche. Pero seguía habiendo un par de opciones. Hacía una hora que había llegado en avión desde Lakselv, con escala en Tromsø, sin más equipaje que una bolsa de mano y había ido hacia la sala de tránsito en lugar de a llegadas. Harry miró con los ojos entornados la pantalla que anunciaba las salidas cerca del bar. Las alternativas eran Berlín, París, Bangkok, Milán, Barcelona o Lisboa. Todavía tenía tiempo y la oficina de venta de billetes de SAS estaba abierta.

Volvió a mirar al camarero que seguía esperando que pidiera.

—Ya que me lo preguntas, me gustaría que pusieras el sonido —dijo Harry señalando la pantalla del televisor en la que Katrine Bratt y el jefe de comunicación Kedzierski, un hombre de abundante cabello rizado, estaban sobre la tarima de la gran sala en la que se daban las conferencias de prensa en la comisaría de Oslo.

Debajo de la pantalla pasaba la misma línea de texto repetida:

El sospechoso de asesinato Svein Finne muere por los disparos de un francotirador sin identificar en Smestad.

—Sorry —dijo el camarero—. Todos los televisores del aeropuerto tienen que estar en silencio.

—Estamos solos.

—Son las normas.

—Cinco minutos, solo esta noticia. Te daré cien coronas.

—Y desde luego que no puedo aceptar ningún soborno.

—Hummm. No será un soborno si pido un Jim Beam y te doy una propina para agradecerte que me hayas atendido bien.

El camarero esbozó una sonrisa. Miró con más detenimiento a Harry.

—¿Tú no eres el escritor ese?

Harry negó con la cabeza.

—Yo no leo, pero a mi madre le gustas. ¿Podemos hacernos un selfie?

Harry señaló la pantalla con la cabeza.

—Vale —dijo el camarero, se inclinó con el teléfono en la mano y sacó un selfie antes de apretar una tecla del mando a distancia.

El televisor emitió unos suaves decibelios y Harry se inclinó para oír mejor.

La cara de Katrine Bratt parecía iluminarse cada vez que hacían una foto con flash. Escuchaba concentrada una pregunta de la sala que el micrófono no captaba. Su voz sonó clara y firme cuando respondió al periodista.

—No puedo entrar en detalles, solo repetir que los agentes del distrito policial de Oslo, en su investigación del asesinato de Svein Finne, han encontrado hoy mismo pruebas irrefutables de que Finne fue el autor de la muerte de Rakel Fauke. Se trata del arma empleada, que ha sido hallada en el refugio de Svein Finne. Además, el abogado de Finne ha comunicado a la policía que su cliente le contó cómo había asesinado a Rakel Fauke y plantado después pruebas para incriminar a Harry Hole. ¿Sí?

Katrine señaló a alguien de la sala.

Harry reconoció la voz de Mona Daa, la periodista de VG.

—¿No debería Winter también estar aquí para responder a cómo él y Kripos se han dejado engañar por Finne?

Katrine se inclinó hacia el mar de micrófonos.

—En su momento Winter tendrá que comparecer en una conferencia de prensa de la Policía Judicial. El distrito policial de Oslo hará llegar la información de la que dispone sobre la relación de Finne con el caso Rakel a Winter, y estamos aquí en primer lugar para informar sobre el asesinato de Finne, puesto que es nuestro caso.

—Pero ¿cómo calificarías el modo en el que Winter ha llevado el caso? —insistió Ek—. Kripos y él han acusado de asesinato, en público, a un policía inocente, ya fallecido, que trabajaba aquí, en la sección de Delitos Violentos.

Harry vio que Katrine se interrumpía cuando estaba a punto de responder. Tragaba saliva. Se cargaba de valor. Y luego volvía a hablar con claridad:

—Ni yo ni el Distrito Policial de Oslo criticamos a la Policía Judicial. Al contrario, uno de los agentes de Kripos, Sung-min Larsen, ha jugado un papel importante en la búsqueda del asesino de Rakel Fauke. Una última pregunta, ¿sí?

—Del diario *Dagbladet*. Decís que no hay ningún sospechoso del asesinato de Finne. Hay fuentes que afirman que había sido amenazado por otros reclusos que han acabado su condena. ¿Está la policía investigando esa pista?

—Sí —dijo Katrine Bratt mirando al responsable de comunicación.

—Gracias por su asistencia —dijo Kedzierski—. No tenemos previsto dar otra conferencia de prensa, pero...

Harry le indicó al camarero que ya había oído suficiente.

Vio que Katrine se ponía de pie. Se iría a casa. Alguien se habría quedado al cuidado de Gert. El niño, que había estado tumbado en la sillita del coche, sonriente, muy despierto, levantando la vista hacia Harry mientras lo llevaba por las calles de la ciudad. Harry había llamado al telefonillo del piso de Katrine, sintió que le agarraban el dedo índice, bajó la mirada. Los blancos deditos del bebé parecían sujetar un bate de béisbol. Y su mirada azul, intensa, parecía pedirle que no se marchara, que no lo dejara así, que Harry le debía un padre. Cuando, oculto en el oscuro portal de enfrente, Harry vio aparecer a Katrine, había estado a punto de dejarse ver. Contárselo todo, para que ella tomara una decisión, y decidiera por los dos. Por los tres.

Harry se incorporó sobre el taburete del bar.

Descubrió que el camarero había dejado un vaso con un líquido marrón sobre la barra. Harry lo observó. Solo una copa. Sabía que no debía hacer caso a esa voz. La voz le decía: «¡Venga, hombre, te mereces celebrarlo un poco!».

No.

«Ah, ¿no? Bueno, pues si no tienes que celebrar nada, al menos muestra respeto por los muertos y dedícale un brindis a su memoria, desalmado cabrón.»

Harry sabía que, si empezaba a discutir con esa voz, perdería.

Examinó la pantalla de las salidas. Miró el vaso. En ese momento Katrine estaría camino de casa. Harry podía salir del aeropuerto, subirse a un taxi. Llamar a su interfono otra vez. Esta vez esperar bajo la luz de la farola. Resucitar de entre los muertos. Por qué no. No podía esconderse para siempre. Ahora que ya no estaba bajo sospecha, ¿por qué habría de hacerlo? Le sobrevino un recuerdo. En el coche, bajo el hielo del río, tuvo un vislumbre. Pero se le escapó. La cuestión era qué podía ofrecerles a Katrine y a Gert. Se preguntaba si la verdad y su presencia no serían más dañinas que beneficiosas. Ni el mismo demonio lo sabía. Tal vez estuviera planteándose las jodidas dudas a fin de tener un motivo para escapar. Recordó los deditos del bebé agarrándose a su índice. Su mirada intensa. Sus pensamientos se interrumpieron cuando oyó el sonido del teléfono. Miró la pantalla.

—Soy Kaja. —La voz seguía sonando muy cerca. Tal vez el océano Pacífico no estuviera tan lejos, después de todo.

—Hola. ¿Cómo va todo?

—No hemos parado ni un minuto. Ahora acabo de despertarme, he dormido catorce horas seguidas. Estoy al lado de la tienda de campaña, en la playa. Está saliendo el sol. Parece un globo aerostático que hubieran hinchado y estuvieran a punto de echar a volar en el horizonte.

—Hummm. —Harry observó el vaso.

—¿Cómo estás tú? ¿Cómo llevas el haber despertado?

—Bueno. La verdad es que era más fácil estar dormido.

—El duelo será muy duro, Harry. Y ahora has perdido también a Bjørn. ¿Tienes gente a tu alrededor que pueda…?

—Sí, claro.

—No, no tienes a nadie, Harry.

Temió que ella pudiera notar que estaba sonriendo.

—Solo tengo que tomar un par de decisiones —dijo.

—¿Me llamabas por eso?

—No, te llamé para decirte que he dejado la llave en su sitio. Gracias por prestármela.

—Prestártela… —repitió ella. Suspiró—. El terremoto se ha llevado por delante muchas de las pocas construcciones que había, pero el lugar es increíblemente bello, Harry. Hermoso y destruido, ¿entiendes?

—¿Si entiendo qué?

—A mí me gustan las cosas hermosas y destrozadas. Como tú. Yo también estoy un poco rota.

Harry intuyó más o menos lo que iba a decir.

—¿Por qué no vienes aquí, Harry?

—¿A una isla del océano Pacífico donde ha habido un terremoto?

—A Auckland, en Nueva Zelanda. Vamos a coordinar la ayuda internacional desde Auckland, y me han hecho responsable de la seguridad. Esta tarde tomaré un avión de transporte.

Harry miró la pantalla de las salidas. Bangkok. Tal vez siguiera habiendo vuelos directos desde allí hasta Auckland.

—Deja que me lo piense, Kaja.

—Vale. ¿Cuánto tiempo crees que…?

—Un minuto. Y vuelvo a llamarte. ¿Vale?

—¿Un minuto? —Su voz sonaba alegre—. Sí, puedo esperar tanto.

Colgaron.

Todavía no había tocado la copa que tenía delante.

Se dijo que podía desaparecer, dejarse ir en la oscuridad. Entonces recuperó el atisbo de pensamiento que se le había escapado, en el coche, bajo el hielo. No, no era un pensamiento, era una sensación. Hacía frío. Daba miedo. Estaba solo. Pero también había algo más. Silencio. Una paz extraña.

Volvió a mirar a la pantalla con la lista de salidas.

Lugares en los que perderse.

Desde Bangkok podía ir a Hong Kong. Todavía tenía contactos allí, seguramente podría conseguir un trabajo, incluso algo legal. O podría viajar hacia el oeste. América del Sur. Ciudad de México. Caracas. Desaparecer de verdad.

Harry se frotó la nuca. La venta de billetes cerraría dentro de seis minutos.

Katrine y Gert. O Kaja y Auckland. Jim Beam y Oslo. Sobrio en Hong Kong. O Caracas.

Harry se metió la mano en el bolsillo y sacó el pequeño dado de metal gris azulado. Observó los puntitos de sus caras. Inhaló, formó un cuenco con las manos, agitó el dado, y lo hizo rodar por el mostrador.

Papel certificado por el Forest Stewardship Council®

Título original: *Kniv*
Primera edición: octubre de 2019

© 2019, Jo Nesbø
Publicado mediante acuerdo con Salomonsson Agency
© 2019, Penguin Random House Grupo Editorial, S. A. U.
Travessera de Gràcia, 47-49. 08021 Barcelona
© 2019, Lotte Katrine Tollefsen, por la traducción

Printed in Spain – Impreso en España

ISBN: 978-84-17511-02-9
Depósito legal: B-17.481-2019

Compuesto en M. I. Maquetación, S. L.
Impreso en Black Print CPI Ibérica
(Sant Andreu de la Barca, Barcelona)

R K 1 1 0 2 9

Penguin
Random House
Grupo Editorial